KB267725

한국 명작 명저 총서

김지하의 문예이론

한국 명작 명저 총서

김지하의 문예이론

김 지 하

국학자료원

이 도서의 국립중앙도서관 출판시도서목록(CIP)은 서지정보
유통지원시스템 홈페이지(http://seoji.nl.go.kr)와 국가자료공동목
록시스템(http://www.nl.go.kr/kolisnet)에서 이용하실 수 있습니다.
(CIP제어번호: CIP2013004329)

• 서문 •

김지하의 문예이론에 대하여

_'흰 그늘'의 미학을 중심으로

1. 김지하와 '흰 그늘'의 길

김지하는 1970년대 이래 우리 시사의 대표적인 시인으로서 활발한 시
작 활동과 더불어 문예미학과 생명론에 관한 깊은 문제의식을 지속적으
로 개진해왔다. 물론 그의 문예미학과 생명론은 자신의 시 창작의 형식론
과 내용가치의 밑그림으로 작용해왔다. 그러나 그의 이러한 이론적, 사상
적 문제의식과 저술 활동은 단순히 시 창작의 부가적 차원을 넘어 민족미
학과 생명론의 현재적 재창조를 선도해온 위상을 지닌다.

그의 문예미학론은 1970년 「풍자냐 자살이냐」를 발표하면서 전통민예
의 잠재적 가능성과 의미를 날카롭게 제기한 이래, 「민족의 노래 민중의 노
래」(1970), 「민중문학의 형식문제」(1985) 등을 거쳐 『율려란 무엇인가』(1999),
『예감에 가득 찬 숲 그늘』(1999), 『탈춤의 민족미학』(2004), 『흰 그늘을 찾

아서』(2005) 등으로 이어지면서 우리 민족민중민예의 생성, 의미, 구성 원리, 미래지향적 가치 등에 대한 천착을 매우 폭넓고 다채롭게 보여주었다.

한편, 그의 생명론은 문예미학과의 연속성 속에서 전개된다. 창작판소리「오적」등에서 보듯 전통 민중민예 양식과 세계관이 그의 초기 문학세계에서부터 기본 바탕을 이루었으나 1970년대 군사정권에 대한 직접적인 저항과 투쟁의 역정이 전면화되면서 잠복기의 양상을 보이다가 1980년대 이후부터 본격적으로 구체화된다. 1980년대 시집『애린』(1986) 연작을 마디절로『별밭을 우러르며』(1989),『중심의 괴로움』(1994)을 거쳐『흰 그늘의 산알 소식과 산알의 흰그늘 노래』(2010)에 이르기까지 심화, 확장되어온 치유, 소통, 생태적 상상이 이를 선명하게 드러낸다. 이와 같이 그의 시 세계를 통해서도 구체화된 생명사상론은 우리나라의 전통 종교, 철학, 예술, 과학 등에 중심을 두면서 서구의 다양한 학문적 성취를 포괄적으로 아우르는 방법을 통해 지속가능한 생명 발전을 위한 보편적인 생명학의 지평을 열어나간다. 특히 그의『김지하의 화두』(2003),『생명과 평화의 길』(2005),『촛불, 횃불, 숯불』(2010),『디지털 생태학』(2010) 등은 문명적 전환의 동력을 현재적 삶 속에서 발견하고 평가하고 의미화하는 양상을 보인다.

이 글에서는 김지하의 생명의 세계관에 입각한 문예미학의 핵심적인 내용가치와 구성 원리에 해당하는 '흰 그늘'의 미의식을 중심으로 살펴보고자 한다. 그가 1999년부터 언급하기 시작한 '흰 그늘'의 미학은 그동안 자신이 추구해온 문예미학, 철학, 인생론[1] 등의 성격과 가치의 총체적인 표상이다. 다시 말해, 그에게 '흰 그늘'은 스스로의 자전적 인생론과 문예미학론, 사상론에 대한 귀납적인 의미 규정이면서 동시에 인생론, 사상론, 문예미학의 방향을 결정하는 연역적 명제이다. 그는 '흰 그늘'의 반대

----

[1] 김지하는 3권으로 간행한 자신의 삶의 회고록의 제목을『흰 그늘의 길』(학고재, 2001)로 정한다. 이때 '흰 그늘'은 자신의 신산한 삶의 역정을 가리키면서 동시에 지향점을 표상하는 것으로 파악된다.

일치의 역설이 생명의 생성 및 진화론의 원리에 상응한다는 점을 규명하고 여기에서 더 나아가 전통적인 생명문화의 구성원리라는 점을 민족 민중 종교, 사상, 민예 등은 물론 동서양의 과학, 생명학을 넘나들면서 분석적으로 해명하고 있다. 그리고 이를 통해 궁극적으로는 '흰 그늘'의 미학이 민족미학의 핵심원리이면서 동시에 보편적인 생명학의 원형이라는 점을 강조하고 있다. 이렇게 볼 때, 결국 '흰 그늘'의 미학은 생명 지속적 발전을 지표로 하는 21세기 문명적 가치의 기준이며 원형으로서의 의미를 지닌다.

이 글은 이러한 문제의식 속에서 김지하의 '흰 그늘'의 미학에 대해 집중적으로 논의해 보기로 한다. 이러한 작업은 그의 '흰 그늘'의 미학에 대한 이해이면서 동시에 그의 문학적 삶과 생명사상의 요체를 이해하는 데 유효할 것이다.

2. '흰 그늘'의 미학의 내용과 성격

김지하의 문예미학은 물론 인생론과 사상론의 요체는 "흰 그늘"의 모순형용으로 표상화된다. 그러나 그의 문예미학론에서 '흰 그늘'이라는 용어가 등장하는 것은 1999년부터이다.[2] 그는 이때부터 그동안 꾸준하게 추구해온 자신의 민족민중문예 미학은 물론 어둠의 세력에 대한 직접적

---

2) 김지하가 '흰 그늘'이란 용어를 쓰기 시작한 것은 1999년에 들어와서부터 이다. 그가 '흰 그늘'이란 용어를 쓰게 된 경위는 다음의 진술에서 드러난다. "고조선 이후에 이 민족이 협종을 황종 자리에서 연주한 이유가 무엇인지 깊이 생각해 볼 일입니다. 우리 민족이 카오스적 사상을 신시시대 때부터 숨겨진 채로 갖고 있다가 미래를 위해서 내놓는 것이 아닌가 하는 신비적인 생각까지 들었습니다. 조금은 이렇게 신비주의적인 생각을 하면서 며칠 고민을 했습니다. 이런 생각을 하다가 며칠 전 잠이 반깨어 있는 상태에서 이상한 체험을 했습니다. 메시지를 받았다고 할까요? 계속해서 눈 안에 '흰 그늘'이라는 글자가 이상한 형상으로 클로즈업 되는 것이었습니다." 김지하, 「율려운동의 나아갈 길」, 『율려란 무엇인가』, 한문화, 1999.

인 저항에서 어둠의 세력까지 순치시켜 포괄하는 살림의 세계에 대한 시적 삶의 역정을 "흰 그늘"이라는 감각적 표상으로 규명하고 있는 것이다. 그리고 여기에서 더 나아가 그는 생명의 존재 원리와 전통문화예술이 내재하고 있는 생명의 이치를 "흰 그늘"의 미학 속에서 규명하고 있다. 그에게 "흰 그늘"은 생명시학을 추구해온 자신의 시적 삶에 대한 인식이면서 동시에 생명학의 인식 방법론이며 결과물이기도 하다. 이점은 '저항'에서 '생명'을 끌어낸 자신의 시적 삶과 생명학에 대한 인식론이 연속성을 이루는 면모로 파악된다.

한편, '흰 그늘'의 미학은 1990년대 중반부터 그가 언급해 온 '그늘'의 미의식의 연장선에 놓인다. '그늘'의 미의식이 역동적이고 입체적인 감각으로 표상화 된 것이 '흰 그늘'로 파악된다. 따라서 '흰 그늘의 미학'을 이해하기 위해서는 먼저 '그늘'의 미의식에 대한 이해의 선행이 요구된다. '그늘'이란 주로 판소리에서 통용되는 용어로서 그 일반적 내용을 살펴보면 다음과 같다.

> 판소리 용어에 그늘이라는 말이 있다. 판소리 가락을 오랜 수련을 통해서 잘 삭혔을 때 시김새가 붙었다, 시김새가 좋다고 하거니와 시김새가 좋은 광대의 소리에서 빚어지는 미적인 운취를 '그늘'이라고 한다. '그늘'이란 시김새 좋은 판소리에서 빚어지는 웅숭깊은 여운, 여유, 멋을 이르는 말이다. 비유컨대 노래의 씨를 뿌려 싹이 트게하고 비바람을 견디며 자라게 하여 거목을 가꾸는 과정을 광대의 경우에 있어서 시김새를 획득하는 과정이라고 비유한다면 거목으로 자란 나무가 울창하게 가지를 뻗어 온갖 새들을 그 품에 안는 너그러운 여유, 그것이 곧 그늘이라 하겠다. 그런데 그늘이라는 말은 판소리의 경우만이 아니라 사람이 사람답게 성숙해가는 과정에 있어서 윤리적 미덕을 이르는 말이기도 하다. 사람이 세상을 살아가는 동안 그야말로 산전수전을 다 겪으면서 육체적으로나 정신적으로 성숙해간다. 이렇게 성숙한 사람, 여유 있는 사람을 일러 그늘이 있는 사람이라고 한다.[3)]

위의 인용문에서 '그늘'의 의미를 요약하면 ① 광대의 잘 삭힌 시김새에서 배어나오는 운취, 멋, 웅숭깊은 여운 ② 산전수전을 다 겪으면서 도달하는 인간적 성숙함 등으로 정리된다. 여기에서 시김새란 신산고초의 삶의 직접적인 표출이 아니라 인욕정진을 통해 육화된 소리를 가리킨다. 이와 같이 '그늘'이란 판소리는 물론 사람의 내면에서부터 배어나오는 유현하고 그윽한 미감을 가리키는 보편적 용어로 통용된다.

김지하는 이와 같이 비교적 추상적이고 보편적으로 통용되는 '그늘'에 관한 미의식을 좀 더 구체적으로 정리하여 자신의 문예미학으로 끌어온다. 다음과 같은 그의 언급은 시적 언어와 이미지의 내적 근원으로서의 '그늘'의 의미와 가치를 집중적으로 전언하고 있다.

> 그늘이란 몽양(蒙養)이라 했을 때의 '몽(蒙)'즉 태고무법과 같이 얽혀지고 설켜져서 말로는 규정되지 않고, 해명되지 않는, 애매하고 불확실하고 통괄적인 것 같으면서도 뭔가 그 안에 들어 있는 날카로운 어떤 것이지요. (······) 그늘은 어떻게 생기느냐 하면 두 가지인데, 우선 삶의 신산고초에서 나오고 또 하나는 피나는 수련의 경과에서 나옵니다. 신산고초라는 것은 삶에 투항하고 야합하는 사람에게는 생기지 않습니다. 삶의 장애들을 어떻게든지 이겨내고, 제대로 된 삶을 살아보려고 하는 사람에게는 신산고초가 따르는 것이지요. 수련도 마찬가지입니다. 피투성이로 계속 반복하고 노력하여 장인적인 수련을 거치는 동안에 문득 얻어지는 익숙한 답 혹은 달관의 세계에 이르는 과정이 수련이지요. 공부 없는 사람은 그늘이 생기지 않아요.
>
> 여기서 주의할 것은 그늘지게 하는 것은 뭐냐 하는 건데, 그것은 한(恨)입니다. 한은 그늘로 나타납니다. 그늘은 실제 이미지를 동반합니다. 그것은 악이기도 하고 선이기도 하고 맑기도 하고 탁하기도 하고 온갖 것이 다 복합된 애매모호하고 불확실한 세계입니다. 그런데 이 그늘이 언어에서의 이미지의 모태입니다. 그늘은 밖에서부터 들어온 이미

---

3) 천이두, 『한의 구조 연구』, 문학과지성사, 1993, 117쪽.

지가 아니라, 자기 삶을 통해서 생성된 이미지이지요.4)

위의 인용문에서 명시하는 '그늘'의 실체는 ① 애매하고 불확실하게 얽히고설킨 태고무법太古無法의 혼돈한 기운. ② 신산고초의 체험적 삶과 자기 수련의 경과를 통해서 쌓일 수 있는 것. ③ 자기 삶의 내재적 원리를 통해 생성된 이미지의 모태 등으로 요약된다.

이를 다시 좀 더 구체적으로 살펴보면, 먼저 ①의 문면에서 '그늘'이란 아직 작품의 형상으로 실체화되기 이전 단계의 층위에 해당하는 것으로서, 규정될 수 없고, 보이지 않는다는 측면에서 '없음'이면서 동시에 예술 작품의 미적 생성이 가능하도록 작용하는 이면의 중심적인 힘이라는 측면에서 '있음'의 존재, 즉 '없음'의 '있음'에 해당하는 활동하는 무無의 범주에 속하는 것으로 풀이된다. ②에서 '그늘'이란 "삶에 투항하고 야합하지 않는" 사람에게 생성된다는 것은 '그늘'의 내용적 성격을 암시해 준다. 즉, '그늘'은 현실적 삶을 진실하게 실현해 나가는 사람에게서 찾을 수 있는 생명의 원상, 본질, 본디 성품을 그 내용적 바탕으로 한다는 것이다. ③은 '그늘'이 예술작품의 형상적 이미지를 형성시키는 내적 토대, 근원적인 씨앗이라고 지적하고 있다. 즉, 그늘은 예술작품을 창작, 생성, 생기시키는 원천으로서 작용한다.5)

이상의 내용을 종합해 볼 때, '그늘'이란 예술 작품을 생성시키는 이면의 생성의 기운과 에네르기로 요약해 볼 수 있다. 여기서 생명적 에네르기란 신산고초와 수련을 통해 체득한 개인, 사회, 역사, 더 나아가 우주적 차원의 현묘玄妙한 생명적 본질과 근원을 핵심적인 내용으로 한다.

이렇게 보면, '그늘'의 성격은 칼 융C. G. Jung의 심원한 무의식으로서의 '그림자'와 유사한 범주에서 비견된다. 칼 융의 '그림자'는 집단무의식의

---

4) 정현기, 「시와 시인을 찾아서 ─ 김지하」, 『시와시학』 1995 봄호.
5) 김지하, 『김지하문학 연구』, 시와시학사, 1999, 258~259쪽 참조.

‘태고 유형’에 해당하는바, 무의식 속에 버려진 열등한 인격이며 자아의 어두운 면이다. 그에 따르면, 인간의 정신은 의식과 무의식의 상호작용으로 이루어진다. 의식은 사고, 감정, 감각, 직관 등의 심적 기능으로서 개인이 자각적으로 인지할 수 있는 영역이다. 무의식은 개인 무의식과 집단무의식으로 구별되는 데, ‘그림자’는 집단 무의식의 ‘태고 유형’ 중의 한 요소로서 동물적 본성에 가깝다. 의식이 지나치게 ‘그림자’를 억압하면, ‘그림자’는 투사를 통해 왜곡된 인식을 외부에 투영한다. 자기 자신의 결점을 스스로 자각 하지 못하고, 오히려 자신의 결점을 남에게 전가하여 공격하는 양상은 이러한 문맥 속에서 이해된다. 그러나 ‘그림자’는 이를 대면하는 태도에 따라 병리적인pathological 힘이면서 창조적 생명력으로 작용할 수도 있다. 무의식에 버려진 그림자가 적절하게 의식화되면 어떤 일을 추진하고 생산하는 강한 힘으로 작동하기도 한다.6) 따라서 무의식을 대면하는 태도와 이를 생산적으로 의식화하는 노력이 중요하게 요구된다. 이렇게 볼 때, 칼 융의 집단 무의식론에서 ‘그림자’는 악이면서 선일 수 있으며 예술적 창조의 에너지로 작동할 수 있다는 점에서 ‘그늘’과 상통한다. 또한 ‘그림자’를 어떻게 대면하여 의식화할 것인가 하는 점이 선과 악의 성향을 결정하는 관건이라는 점은 ‘그늘’을 직접 표출하느냐, 인욕정진을 통해 삭혀(삭힘)내느냐에 따라 미학적 성취 여부가 결정된다는 점과도 연관된다. 그러나 ‘그림자’가 의식 세계와 상대되는 집단무의식에서 태고 유형에 속하는 원시적 충동에 근간을 두고 있는 점은 ‘그늘’이 신산고초와 인욕정진의 결과물로서 의식과 무의식이 혼재하는 점이지대에 근간을 두고 있다는 점과 변별된다.

한편, ‘흰 그늘’에서 ‘흰’의 의미는 무엇일까? 먼저 이에 대한 김지하의 전언을 직접 들어보면 다음과 같다.

---

6) 이부영,『그림자』, 한길사, 1996, 89~192쪽 참조.

그늘 앞에 '흰'은 왜 붙었을까요? (------) '흰'은 우리말로 '신'도 됩니다. 머리가 흰 할아버지보고 '신할아비'라고 하죠. 우리 전통 사당패 놀이 같은 데 가끔 신할아비가 나옵니다. 머리가 하얗습니다. 붉, 한, 불, 이런 것들이 전부 흰 빛, 성스럽고 거룩한 초월성, 소위 '아우라'올시다. '흰'입니다. 그늘이 어두컴컴하면서도 그 안에 서로 대립되는 것들이 이리저리 얽히는 과정이라면, 그 안에 숨어 있는 성스러운, 거룩한, 일상과는 전혀 다른 새 차원을 '흰'이라고 합시다. 그 차원이 드러난 차원으로 떠올라오는 것을 '흰 그늘'이라고 합니다.[7]

인용문에서 '흰 그늘'의 '흰'에 대한 개념이 분명하게 드러난다. 이를 요약적으로 이해하면, ① '흰 그늘'의 '흰'은 초월적 아우라로서 어둠의 혼돈과 얽힘의 '그늘'과 대조된다. ② '흰 그늘'의 '흰'의 출처는 그늘이다. 그늘 속에 숨어 있는 성스럽고 거룩한 것의 승화가 '흰 그늘'이다.

이러한 '흰 그늘'의 미의식을 판소리의 실례를 통해 언급한 내용을 살펴보면 다음과 같다.

예술적으로 그것은 피를 몇 대접씩 쏟는 독공의 결과로 슬픔과 기쁨, 웃음과 눈물, 청승과 익살, 이승과 저승, 사내와 계집, 나와 너 등 온갖 상대적인 것들을 함께 또는 잇달아 하나로 또는 둘로 능히 표현할 수 있는 성음인 '수리성'을 '그늘'이 깃든 소리라고 한다. (------) 바로 이 같은 '그늘'도 귀신울음소리(鬼哭聲)까지 표현할 정도래야 진정한 예술로서 지극한 예술(至藝)에 이르고 지예만이 참 도(道)에 이르는 것이다.

귀곡성까지 가려면 '그늘'만으로는 부족하다. 우주를 바꾸려는 신의 마음을 움직이고 감동시켜야 하는 데 그러자면 그늘이 있어야 하고 그 그늘만 아니라 거룩함, 신령함, 귀기(鬼氣)나 신명(神明)이 그늘과 함께 있어야하며 그늘로부터 '배어나와야' 한다.[8]

---

7) 김지하, 『흰그늘의 미학을 찾아서』, 실천문학사, 2005, 315쪽.
8) 김지하, 앞의 책, 320쪽.

　인용문을 바탕으로 판소리에서 '흰 그늘'을 요약적으로 정리하면 다음과 같다. '그늘'은 신산고초의 삶에 대한 분노나 폭발이 아닌 '삭힘'으로 인욕정진할 때 깃들 수 있다. 이러한 '그늘'에는 서로 상대적인 것이 연속성을 이룬다. '흰 그늘'은 이러한 그늘이 지극한 경지에 이르렀을 때 도달된다. 판소리에서는 '귀곡성'이 이에 해당한다. '귀곡성'은 그늘로부터 신령함, 귀기鬼氣나 신명이 배어나올 때 가능하다. 이 경지를 '흰 그늘'의 미학이라고 할 수 있다. 따라서 '흰 그늘'의 미학은 '그늘'에서 초월의 아우라가 상승하는, '그늘'의 지극한 경지를 가리킨다. 즉, 중력과 초월, 속과 성, 지상과 천상의 통일이 사람을 통해 성립된 경지이다.

　그렇다면, 이와 같은 예술의 지극한 경지를 가리키는 '흰 그늘의 미학'에서 세계변화의 동력을 찾을 수는 없을까? 다시 말해, '흰 그늘의 미학'을 우주변화의 미의식으로 확장시킬 수 있는 계기성은 없을까? 이러한 물음 앞에 1850년 충청도 연산의 연담 이운규가 제시한 영동천심월影動天心月, 즉 '그늘이 우주를 바꾼다'는 문구가 떠오른다. 영동천심월影動天心月에서 천심월天心月은 주역에서 가리키는 "우주핵으로서 한울님의 마음"9)을 뜻한다. 여기에서의 천심월이 인간의 존재핵, 황중월皇中月 즉 사람 마음의 최심층과 일치한다면 우주변화의 힘으로서의 '그늘'의 미의식을 말할 수 있게 된다. 그래서 김지하는 천심월이 인간 마음의 가장 심층부에 내재한다는 논리를 적극적으로 규명한다.『천부경』에 등장하는 '인중천지일人中天地一', 즉 사람 안에 하늘과 땅이 하나를 이룬다는 논리나『삼일신고』에 나오는 강재뇌신降在腦神, 즉 신은 머리(뇌) 속에 내재한다는 논리를 통해 이를 설명한다. 이렇게 보면, "그늘이 우주를 바꾼다"는 것은 그늘로부터 숨은 신령이 드러남을 통해 우주를 변화시킨다는 것인 바, 곧 '흰 그늘'을 가리킨다. 따라서 '흰 그늘의 미학'은 궁극적으로 우주변화의 원리까지 닿아 있게 된다.

---

9) 김지하, 앞의 책, 322쪽.

그렇다면, 우주변화의 원리를 추동할 수 있는 '흰 그늘의 미학'의 구체적인 예술적 양상은 어떤 것일까? 김지하는 이에 대해 한민족 생명 문화의 원류에 해당하는 풍류도에서 찾아낸다. 고조선 단군에서 발원하여 신라의 화랑으로 이어진 한민족의 심원한 민족종교이며 사상에 해당하는 풍류도의 최고의 문헌적 자취는 『삼국사기』에 나오는 고운孤雲 최치원崔致遠의 「난랑비서鸞郎碑序」이다. 그 일부를 제시하면 다음과 같다.

國有 玄妙之道 曰 風流 設敎之源 備詳仙史 實乃包含三敎 接化群生10)
(나라에 깊고 오묘한 도가 있으니 가로대 풍류라 한다. 그 가르침을 세운 내력은 『선사』에 상세히 실려 있으며, 실로 삼교를 포함한 것으로 뭇 백성과 접촉하며 교화하는 것이다.)

김지하가 최치원의 「난랑비서」에서 가장 주목하는 지점은 '접화군생接化群生'이다. 그에 따르면, '군생'은 '뭇 삶' 즉 인격, 비인격, 생명, 무생명을 포괄하는 일체우주만물을 뜻하고 '가까이 사귄다'는 '접接'은 널리 이롭게 하는弘益 공공성과 소통을 말한다. 이렇게 보면, '접화군생接化群生'이란 인간의 우주만물에 대한 친밀한 관여로서 인간에 대한 사회적 공공성인 천지공심天地公心의 실현을 가리키는 것으로 파악된다.11) 이와 같은 접화군

---

10) "國有 玄妙之道 曰 風流 設敎之源 備詳仙史 實乃包含三敎 接化群生. 且如入卽孝於家 出卽忠於國 魯司寇之旨也 處無爲之事 行不言之敎 周柱史之宗也 諸惡莫作 諸善奉行 竺乾太子之化也"『삼국사기』권 4, 고전간행회, 1978.
   (나라에 깊고 오묘한 도가 있으니 가로대 풍류라 한다. 그 가르침을 세운 내력은 『선사』에 상세히 실려 있으며, 실로 삼교를 포함한 것으로 뭇 백성과 접촉하며 교화하는 것이다. 이를 테면, 들어와서는 집안에 효도하고 나아가서는 나라에 충성하는 것은 노나라 사구의 으뜸 가르침과 같은 것이요, 함이 없이 일하고 말없이 가르침은 주나라 주사의 으뜸 가르침이며, 악한 일을 하지 않고 선한 일을 받들어 행함은 축건태자의 가르침과도 같은 것이다).
11) 접화군생을 김지하가 생명의 가장 큰 특성으로 꼽는 영성, 관계성, 순환성, 다양성에 대응시키면 다음과 같다. 접(接)은 관계성, 화(化)는 순환성, 군(群)은 다양성, 생(生)은 영성에 상응한다. 주요섭, 모심과살림연구소 엮음, 「동도동기의 생태담론을

생을 예술미학에 대응시키면 모든 삼라만상을 사귀어 감화시키는 것을 가리킨다. 이를 또한 연담 이운규가 제시한 영동천심월影動天心月과 연관시키면, '흰 그늘의 미학'은 모든 삼라만상의 심층에 내재하는 '천심월'을 감화시켜 우주생명의 질서를 열어가는 차원에 이를 때 완성된다는 것으로 파악된다. 여기에 이르면 '흰 그늘의 미학'의 세계변화의 계기성이 마련된다.

3. '흰 그늘'의 모순어법과 생명의 논리

앞에서 살펴본 바대로, '흰 그늘의 미학'은 '흰'과 '그늘'이라는 서로 대립되는 개념이 연속성을 이룬 반대일치의 형용모순으로 이루어진다. 드러난 질서는 상극이지만 보이지 않는 질서는 상호 의존의 관계를 지니고 있다. 다시 말해, 드러난 질서는 '아니다'이지만, 그 이면의 보이지 않는 질서는 '그렇다'이다. 김지하는 '흰 그늘의 미학'이 지닌 이와 같은 '아니다 그렇다', '그렇다 아니다'에 해당하는 역설의 논리가 생명의 생성 및 진화론의 논리와 동일성을 지닌다는 점에 주목한다. 이렇게 되면, '흰 그늘'은 생명의 존재론의 감각적 표상이 될 수 있기 때문이다.

따라서 그는 '흰 그늘'의 역설을 동학의 「不然其然」편의 이중적 교호작용과 연속성 속에서 파악한다. "불연기연不然其然", 즉 '아니다 그렇다'는 변증법적 세계관과 뚜렷하게 차별된다. 변증법의 전개과정이 테제와 안티테제가 진테제라는 합목적적인 제3의 지양과 통합으로 향하는 삼진법의 구도로 설명되는 것과 달리, "불연기연"은 보이는 차원 밑에 숨어 있던 보이지 않는 차원이 드디어 보이는 차원으로 차원변화하는 이진법적 양식이다. 다시 말해, "숨은 차원은 드러난 차원을 추동, 발전, 변화, 수정, 개입, 보조하다가 드러난 차원의 해제기에 숨은 차원 스스로 드러난 차원

위한 시론」,『모심 侍』, 2005, 192쪽 참조.

으로"12) 가시화되는 것이다. 이때 드러난 차원은 '아니다'이고 숨은 차원은 '그렇다'이다. 이러한 이중적 교호작용의 역설적 원리는 생명 생성론의 다양한 국면에 적용되는 데, 드러난 질서와 숨겨진 질서 사이의 '아니다 그렇다'의 관계, 드러난 질서 내부의 대립적인 것 사이의 기우뚱한 균형을 이룬 '아니다, 그렇다'의 관계, 근원적 질서가 새로운 현상의 드러난 질서로 생성하기 시작했을 때 그 새 질서를 지배하는 대립과 상호보완성의 역설 등이 모두 해당된다.

한편, 김지하의 변증법에 대한 인식은 기본적으로 아도르노의 부정의 변증법과 문맥을 같이 한다. 아도르노에게 헤겔의 변증법이란 부르주아적 이상론에 입각한 주관과 객관의 비동일성을 동일화하는 개념화이며 유형의 더미라고 파악한다. 따라서 그에게 테제와 안티테제가 진테제를 향해 지양, 극복의 과정을 거친다는 것은 허구이다. 이미 부재하는 진테제를 향해 간다는 것은 합목적적인 형식론에 그칠 뿐이다. 그는 헤겔의 변증법을 극복하는 방법으로 허구적인 개념화를 차단하고 개별화를 강조하는 부정의 변증법을 내세운다. 김지하의 변증법에 대한 인식 역시 이와 연속성을 지닌다. 그에 따르면, 정반합正反合에서 정반正反의 이중성은 동의하지만 합의 과정은 정반의 숨어 있던 차원이 살아 생동하여 올라오는 것이 아니라 동일 현실의 연장선에서 인위적으로 조직하고 취합하는 데 그친다는 것이다. 즉, 변증법은 드러난 질서의 표면에만 주목하는 데 그치면서 숨은 질서의 동력을 봉인하는 과오를 반복했다고 본다.13)

그러나 불연기연의 역설은 드러나고 숨겨지는 중층적인 이중생성, 내

---

12) 『생명과 평화 선언』, 2004, 37쪽.

13) 김지하의 변증법에 대한 비판 논리는 아도르노의 부정의 변증법과 유사하다. 아도르노는 "정반합(正反合)"의 변증법에서 합(合)이란 실재하지 않는다고 보고 "정반(正反)"의 부정(否定)의 변증법을 대안으로 제시한다. 변증법의 테제와 안티테제의 진테제로의 지양, 통합은 드러난 질서만의 생성과 지양을 설명하는 데 그칠 뿐 아니라 합의 진테제가 합목적적인 형식논리에 의해 만들어진 허구라고 파악한다. 아도르노, 홍승용 역, 『미학이론』, 문학과지성사, 1994 참조.

면으로부터 솟아나는 새로운 질서의 잠재적 가능성을 포괄해 낼 수 있다. "생명 운동이나 정신운동 심지어 물질운동까지도 그 기본 구조는 이중적"이며 "디지털 같은 것이 뇌의 모방이면서 이진법원리의 집결"이다.[14] 이와 같이 '아니다 그렇다', 즉 불연기연不然其然의 이진법적 모순 어법이 생명의 생성원리라는 점은 동학에서 제시한 진화론을 통해 볼 때, 더욱 구체적으로 분명해진다.

동학의 진화론은 다윈의 적자생존론을 극복한 것으로 평가되는 테야르 드 샤르댕의 생명의 자기조직화론과 상응하면서 동시에 이를 넘어서고 있다. 김지하의 이 점에 대한 명료한 해석을 요약하면 다음과 같다.

> 1) 진화의 내면에 의식의 증대가 있고inward consciousness
>   진화의 외면에 복잡화가 있으며outward complexity
>   군집은 개별화한다union differentiates
>
> 2) 안으로 신령이 있고內有神靈
>   밖으로 기화가 있으며外有氣化
>   한세상 사람이 각자각자 사람과 생명이 서로 옮겨 살 수 없는 전체
> 적 우주유출임을 제 나름나름으로 깨달아 다양하게 실현한다一世之人
> 各知不移者也

테야르 드 샤르댕의 진화론의 요체를 요약한 1)은 찰스 다윈의 약육강식의 투쟁론과 도태설의 적응론으로 설명한 진화론을 부정하고 생명의 자기조직화와 자기 조절기능을 바탕으로 한 창조적 진화설[15]을 제시한 논의로 평가된다. 테야르 드 샤르댕의 이러한 우주진화의 3대 법칙은 수운 최제우가 1860년 4월 5일 주창한 본주문 2)에 대응된다. 1)의 진화의 내면에 의식의 증대가 있다는 것은 2)의 안으로 거룩한 우주적 신령함이

---

14) 김지하, 『흰 그늘의 미학을 찾아서』, 실천문학사, 2005, 454쪽.
15) 김지하, 『생명과 자치 － 생명사상 · 생명운동이란 무엇인가』, 솔, 1996, 77쪽 참조.

있다는 것에 대응하고, 1)의 진화의 외면에 복잡화가 있다는 것은 2)의 밖으로 신령한 기氣의 외화가 실현되고 있다는 것에 대응된다.[16] 그런데 문제는 1)과 2)의 세 번째 항목의 차이이다. 1)의 군집은 개별화한다고 정리한데 반해 2)는 이 세상의 사람들이 제각기 개별적인지만 그 이면에 전체성을 실현한 개별자라는 점이 강조된다. 우주의 제3 진화법칙에 해당하는 김지하의 설명을 직접 전언하면 다음과 같다.

> 모든 생명 모든 물질, 모든 의식은 먼저 전체 군집에서 발생하며, 그 이후에 서서히 개별성을 찾아 개별화하고 특수화한다는 법칙이다. 이것이 19세기에서 20세기 초까지 생물학의 정설이며 생물발생이론의 통설이었다. 그런데 이것이 최근의 세포 생물학과 생물학의 새로운 입론과 발견에 의해 반대로 뒤집혔다. (중략) 근원적인 생명 내면의 자유 활동에 의하여, 바로 그 자유에 의하여 생명개체들은 진화를 선택하며 발생과정에서 먼저 다양성, 다산성 혹은 돌연변이 등의 다양한 기제를 통해 개별화한다. 그리고 이 개별화 과정에서 개별적 생활 형식, 물질단위 속에 더욱 생동하며 확장하는 깊은 우주적 전체성을 실현함으로써 무질서하면서도 자발적 형태로 자유롭게, 또는 종잡을 수 없이 매우 독특한 형태로 다양하게 결합, 연계해 그물망, 즉 네트워크를 만들어간다.[17]

인용문에서 보듯, 김지하는 진화의 원리란 개별화를 통해 전체적 유출을 실현하고 자유로운 네트워크를 이룸으로써 우주화하는 분권적 융합의 양상을 띤다는 점을 강조하고 있는 것이다. 따라서 수운 최제우의 이론은 서양의 생물학 보다 100여 년 앞선 선견지명을 드러낸 것으로 평가한다.

이상의 논의를 통해 볼 때, 우주 생명학의 기본이 되는 생명 진화론 역

---

16) 김지하는 피에르 태야르드 샤르댕(1881~1955)을 20세기 현대진화론의 창조적 기념비로 평가한다. 그는 『인간현상』(한길사, 1996)에서 무기물, 유기물, 생명 의식, 정신 영성의 전우주진화사를 관통하는 세계의 법칙을 압축적으로 제시한다.
17) 김지하, 『생명과 자치 ─ 생명사상·생명운동이란 무엇인가』, 125~126쪽 참조.

시 '흰 그늘'에 상응하는 모순어법으로 이루어져 있음을 알 수 있다. 개체 속의 숨은 차원으로서의 전체성을 자각하고 자신의 양식에 맞는 분권적 융합의 형태로 자기의 생명형식을 조직화한다는 것은 앞에서 강조한 드러난 질서에서의 '아니다'와 숨은 질서에서의 '그렇다'가 서로 연속성을 이루는 반대일치의 양상을 지닌 경우이다. 따라서 '흰 그늘'은 모든 생명의 존재론과 진화론의 감각적 표상으로 정리된다.

4. '흰 그늘의 미학'과 한민족생명문화의 구성 원리

앞에서 살펴본 바대로, '흰 그늘의 미학'은 생명예술론이면서 동시에 생명 생성론과 진화론의 논리와 상응한다. 그렇다면, 생명적 삶의 양식론 역시 '흰 그늘의 미학'과 상응한다고 볼 수 있을 것이다. 따라서 김지하가 한민족생명문화의 구성원리를 '흰 그늘의 미학'으로 읽어내는 것은 자연스러운 귀결로 보인다. 그의 생명사상은 '흰 그늘'에 상응하는 한민족 전통문화의 가치를 규명하고 평가하고 의미화하는 작업과 직접 연관된다. 따라서 그가 「흰 그늘의 미학(초)」에서 한민족생명문화의 원류를 다채롭게 추적하고 있는 것은 자연스럽다. 그는 전통문화의 생명적 원형에서 미래문화의 비전을 읽어내고자 한다. 그에게 특히 주목되는 한민족의 생명문화원류의 대표적인 사례를 중심으로 요약적으로 살펴보면 다음과 같다. 먼저, 단군신화의 원리와 '흰 그늘'의 미학과의 상응관계이다. 단군신화에 등장하는 환웅은 영적 존재가 육적인 인간 세상에 내려온다는 점에서 이중적 교호작용, 즉 혼돈적 질서의 산물이다. 또한 굴속에서 쑥과 마늘을 먹고 백일을 견딘 이후 사람이 된 웅녀 또한 육의 영적 전환이라는 역설의 산물이다. 한편, 환웅과 웅녀의 결합 역시 지상으로의 하강과 천상으로의 상승의 만남이라는 모순 통합을 드러낸다. 이렇게 보면 홍익인간 이화세계弘益人間 理化世界의 주체가 혼돈적 질서의 자기조직화18)로서

‘흰 그늘’의 모순어법에 상응된다.

다음은 고조선 시대의 『천부경』19)에 대한 해석이다. 특히 김지하는 『천부경』에서의 삼사성환오칠일(三四成環五七一: 셋과 넷이 고리를 이루어 다섯과 일곱이 하나가 된다)의 원리에서 탈춤, 판소리, 시나위, 민요, 풍물, 굿, 춤사위 등 전통 예술을 일관하는 한민족과 동아시아 예술의 미학원리를 읽어내고 있다. 그 핵심 내용을 정리하면 다음과 같다.

> ① 셋과 넷, 혼돈의 질서, ② 고리를 이루어, 끝과 처음이 확장순환하는 고리의 시간관, ③ 고리 속의 무궁, 고리 속에서 형성되는 ‘무궁무궁’의 차원 변화, ④ 다섯과 일곱이, ⑤ ‘한’으로 하나가 된다.

인용문에 대한 김지하의 해석을 요약적으로 정리하면 다음과 같다. ①의 삼사성환三四成環에서 셋三은 천지인 삼극의 혼돈한 우주관의 표현으로 역동, 변화, 생성의 리듬이다. 사四는 둘의 배수로서 균형, 안정, 정착, 질서를 가리킨다. 한국 전통사상, 문화와 한국음악의 구성원리를 보면 ‘셋’의 삼수분화론, ‘넷’의 이수분화론이나 사수분화론20)으로 나누어지는데, 삼사성환은 이 둘이 서로 교호작용을 하여 고리를 이룬다는 것을 가리킨다. 이것은 혼돈의 질서를 가리키는 것으로서 우리 민족사상사에서 동학의 패러다임인 ‘혼원지일기混元之一氣’,21) ‘태극 또는 궁궁太極又形弓弓’22)

---

18) 김지하, 『흰 그늘을 찾아서』, 실천문학사, 2005, 456쪽 참조.
19) 『천부경』은 환인이 환웅에게 전한 우리나라 최초의 경전으로 알려져 있다. 81자로 이루어진 원문을 옮기면 다음과 같다.
   一始無始一析三極無 盡本天一一地一二人 一三一積十鉅無匱化 三天二三地二三人二 三大三合六生七八九 運三四成環五七一玅 衍萬往萬來用變不動 本本心本太陽昂明人 中天地一一終無終一.
20) 우실하에 의해 체계화된 이론으로서 삼수분화론이란 천지인 삼극의 생성과 혼돈의 사상 또는 박자를 가리키고 이수분화론은 음양사상 등 이기의 질서와 균형의 사상 또는 박자를 가리킨다.
   우실하, 『전통음악의 구조와 원리』, 소나무, 1998 참조.
21) 『동경대전』의 「논학문」에 나온다. 수운 최재우는 ‘혼원지일기(混元之一氣)’에 대

의 원리와 연속성을 이룬다. 이러한 동학의 논리 또한 '흰 그늘'에 상응하는 창조적 역설의 생성론에 해당된다.

그리고 셋과 넷이 어우러져 고리環를 만든다는 것은 셋과 넷이 엇걸려서 '공소의 미', 빈터, 무, 공, 허를 이룬다는 것이다. 다음 인용문은 엇걸이의 '고리'에 대한 구체적인 이해에 용이하다.

> 혼돈의 질서가 역동과 균형의 엇걸이로 고리가 만들어지는 빈 마당의 지점에서 웃음과 눈물, 무의식과 의식, 칠식(七識)과 팔식(八識), 할미와 영감, 중과 창녀, 익살과 청승, 저승과 이승, 싸움과 사랑이 서로 부딪히고 어울리는 복잡한 그늘이 굿(제의), 불림(초혼)이 섞여들면서 초월성, 아우라, 희망, 화해, 상생의 신명들이 드러나 흰 빛을 뿜으며 제의적인 성스러운 넋풀이가 진행된다.[23]

혼돈의 질서가 역동과 균형의 엇걸이로 고리를 생성하면서 빈 마당 안에 솟아나는 판으로 '무궁무궁'을 체험할 때(빈칸의 우주적 확대, 제로의 체험, 제로의 전개) 비로소 리비도 등 무의식의 욕구불만이나 근친상간, 패륜 또는 패배와 회한 같은 중력체험, 귀신의 검은 그림자, 그늘이 탈춤의 마당극과 마당굿을 통해 드러난다[24]는 것이다.

② 고리의 시간관이란 끝과 시작이 서로 맞물려 있는, 그래서 처음과 끝이 없는 순환론적인 시간관을 특징으로 한다. 이를테면, 「천부경」의

해 혼원은 혼돈한 근원이요, 일기는 주역의 태극을 가리키는 것으로서 질서, 안정의 표상이다. 따라서 혼원지일기는 '혼돈의 질서'를 가리키는 모순어법으로 이루어진 생명의 생성론이다.

22) 이것은 최수운 선생에게 내린 신의 계시 속에서 '질병과 혼돈에 빠진 우중 중생을 모두 구원할 원형이 내게 있으니 그 모양이 태극이고, 또한 그 모양이 궁궁이다'에서 기인한다. 여기에서 太極은 이수분화의 안정, 체계에 해당하고 弓弓은 삼수분화의 역동, 변화에 해당한다.

23) 김지하, 『흰 그늘의 미학을 찾아서』, 실천문학사, 2005, 468쪽.

24) 위의 책, 468쪽.

"一始無始一", 즉 한 처음이 처음이 아닌 하나요,에서 시작하고, "一終無終一", '한 끝이 끝이 없는 하나다로 끝난다. 여기에서 더 나아가 김지하는 성환成環에 해당하는 고리의 시간관을 장자의 「제물론齊物論」편에 나오는 '우주의 핵심은 그 고리 속을 얻음을 시작으로 하여 무궁에 응한다樞始得其 環中以應無窮'25)는 논리에 대응시킨다. 따라서 ③ 무궁무궁은 고리 속을 통해 얻어지는 우주적 무한을 가리킨다. ④ 다섯과 일곱, 귀신(무의식 속의 불온한 침전물인 그림자 따위의 콤플렉스, 한 등등)과 신명(집단 또는 심층무의식, 거룩한 영성, 신령, 흰 빛으로 표상되는 '아우라'나 초월성)이 ⑤ '한'은 하나를 가리킨다. 작은 것과 큰 것, 큰 것과 작은 것 사이의 관계, 개체성을 잃지 않으면서 전체를 이루는 분권적 융합을 가리킨다.

지금까지 살펴본 「천부경」의 '삼사성환오칠일三四成環五七一'에서 '삼사성환三四成環'의 음양의 2수분화론二數分化論과 천지인의 3수분화론三數分化論의 통합 논리는 김지하가 주창해온 '흰 그늘'의 모순어법에 상응하는 것으로서 생명생성론의 기준으로 해석된다. 특히 그는 이천 년대 들어와서 붉은 악마들을 통해 표출된 문화현상을 이러한 모순의 통합 논리의 연장선에서 해석하고 있어 이채롭다. 그가 붉은 악마로부터 주목하는 민족 전체의 고유문화이며 전 세계 인류의 새로운 문화의 기준26)은 다음 세 가지의 표상으로 요약된다.

① 엇박 ② 태극 ③ 치우천황이다. ① 이박 플러스 삼박의 엇박은 음양의 2수분화론二數分化論과 천지인의 3수분화론三數分化論, 즉 안정과 혼란, 질서와 변화의 이중적 교호작용을 통해 개진되는 새로운 차원의 혼돈의 질서, 역동적 균형에 대응한다. 그가 강조해온 천부경의 삼사성환, 동학의 혼원지일기, 태극과 궁궁의 생명 생성 논리가 붉은 악마의 엇박을 통

---

25) 장자, 「제물론(齊物論)」, 樞始得其 環中以應無窮에서 環中無窮은 대도의 근본인 줄기(樞)가 우주 중앙의 공처(空處)인 그 고리 속을 얻으면 사방팔방의 모체가 되어 피차 상하의 분리가 없다는 의미이다.
26) 김지하, 『김지하의 화두』, 화남, 2003, 25쪽.

해 고스란히 재현되고 있는 것으로 해석되기 때문이다. 또한 ② 태극은 붉은 악마들이 들고 나온 태극기의 태극을 가리킨다. 태극의 표상은 역학의 음양법으로서 천지음양의 대립과 통일을 가리킨다. 이것은 빛과 그늘, 하늘과 땅, 남성과 여성, 역동과 안정의 통합이다. '아니다, 그렇다'의 교차적 생명논리와 모순어법이 적용되고 있는 것이다. 따라서 태극 또한 그가 일관되게 견지해온 생명생성 논리의 핵심원리를 구현하고 있다. ③ 붉은 악마의 로고인치우천황은 4천5백 년 전에 살았던 신화속의 배달국의 제 14대 천황이다. 치우천황이 유명해진 것은 중국 화화족의 황제와 74회의 전쟁을 치러 승리한 전쟁신이란 점이다. 치우천황과 중국 황제의 긴 전쟁의 주된 배경은 문명적 가치관의 충돌이다. 중국황제가 남방계 정착문화의 영향에 따라 이를 기반으로 중국의 쇄신을 추구했던 것에 반해 치우는 남방계 농경 정착문명과 북방계 유목이동문명의 병행을 추구했던 것이다. 동이의 치우천황이 추구한 유목과 농경의 이중적 결합은 이중적 교호작용의 역동성을 표상한다. 따라서, 이천 년대 들어 새로운 문화적 사건으로 드러난 붉은악마의 일련의 행위가 한민족생명문화원형의 현재적 표출로서 해명되는 것이다. 그리고 이러한 한민족생명문화의 어법은 '흰 그늘의 미학'과 상응한다는 점을 확인할 수 있다.

5. '흰 그늘'과 네오르네상스의 미학적 원형

김지하는 우리 시사에서 보기 드물게 시인이면서 동시에 문예이론가와 생명사상가로서 활발한 활동을 지속해왔다. 그의 초기의 문예미학은 주로 문예창작의 보고寶庫로서의 민중민예의 잠재적 가능성과 민중문학의 형식론에 집중되었다면, 1980년대 중반 이후부터는 민족민중문화의 전통 속에서 살림의 세계관을 적극적으로 들어 올리고 논리화하는 데 집중한다. '흰 그늘의 미학'은 이러한 그의 사상과 미학적 도정의 감각적 표상이면서 동시에 그가 추구하는 우주 생명학의 인식론이며 실천론이기도 하다. 김지하는 '흰 그늘'의 미학의 원리가 생명의 생성 및 진화의 원리이며 생명문화양식의 구성 원리라는 점을 규명한다.

'흰 그늘'의 미학은 모순의 통합이다. '흰'과 '그늘'의 상대적 개념이 연속성을 이룬 것이다. 이것은 표면적으로는 '아니다'이지만 이면적으로는 '그렇다'이다. 이와 같이, '흰'과 '그늘'이 한 몸인 것은 '흰'이 '그늘' 속에서 생성되는 것이기 때문이다. 신산고초를 인욕정진의 자세를 통해 삭혀나갈(시김새) 때 생성되는 '그늘'이 지극한 경지에 이르면 초월적 아우라 혹은 신성성으로서 '흰'을 표출하게 된다. 따라서 '흰 그늘'은 어둠의 중력과 밝은 초월성, 세속과 신성, 지상과 천상의 가치가 통합된 결정이다. 그래서 '흰 그늘'은 세계를 변화시키는 미학적 계기성을 지닐 수 있다. 연담 이운규가 언급한 '그늘이 우주를 바꾼다影動天心月'고 할 때 우주의 핵에 해당하는 '천심월'이 인간 내면의식의 핵에 해당하는 황중월皇中月과 일치하는 지점, 즉 지상과 천상의 가치의 통일은 곧 '흰 그늘의 미학'에 대응되기 때문이다.

'흰 그늘'의 미학의 '아니다, 그렇다不然其然'에 해당하는 반대일치의 역설은 생명의 생성 및 진화론과 연관된다. 생명의 생성 및 진화론은 숨은 질서가 드러난 질서와 서로 추동, 발전, 교감, 수정, 개입 속에서 드러난 차원의 해제기에 숨은 차원이 드러난 차원으로 외화되는 이진법의 양상을 띠기 때문이다. 이점은 동학의 진화론 '내유신령 외유기화 일세지인 각지불이자야內有神靈 外有氣化 一世之人 各知不移者也'에서도 구체적으로 확인된다. 또한 '흰 그늘'의 미학은 한민족생명문화 양식의 구성원리이다. 단군신화를 비롯하여 풍류도, 『천부경』, 『정역』 그리고 동학을 비롯한 민족 종교는 물론 판소리, 탈춤, 시나위 등의 민중민예의 구성 원리 역시 '흰 그늘'의 역동적 균형의 이진법적 원리가 면면히 내재되어 있다.

이와 같이 '흰 그늘'의 미학은 주로 민족문화전통 속에서 규명되고 검중되고 평가되지만 동시에 세계적 보편성과 미래문화의 가치를 지닌다. 그래서 그에게 '흰 그늘'의 미학은 '생명과 평화의 길'의 과정이요 궁극적인 목적의식이[27] 된다. '흰 그늘'로 표상되는 이중적인 교호작용과 반대일치의 역설이 궁극적으로는 지속가능한 생명의 발전이 절실하게 요구되는 21세기 문명적 가치의 원형으로서 의미를 지니기 때문이다. 작게는 인간의 정체성 상실에서부터 크게는 전 지구적 생명가치상실의 위기를 맞고 있는 치명적인 현실 속에서 생명과 평화의 길을 열어갈 수 있는 신생의 인식론과 방법론으로 '흰 그늘의 미학'이 자리매김 된다. 따라서 그의 '흰 그늘의 미학'은 민족 미학의 범주를 뛰어넘어 전 지구적 차원의 21세기형 네오르네상스의 원형으로서 보편적인 의미를 지니게 된다.

---

27) 김지하는 자신이 창설한 사단법인 ≪생명과 평화의 길≫의 「생명평화선언」(2004)에서 "생명과 평화의 길이 '흰 그늘'을 목적으로" 한다고 적고 있다.

차 례

풍자냐 자살이냐*

누이야
풍자가 아니면 자살이다

　이것은 김수영 시의 한 구절이다. 이 시구 속에 들어 있는 딜레마, 풍자
와 자살이라는 두 개의 화해할 수 없는 극단적 행동 사이의 상호 충돌과
상호 연관은 오늘 이 땅에 살아 있는 젊은 시인들에게 그들의 현실인식과
그들의 시적 행동에 있어서 매우 중요한 관건적인 문제의 하나로 되고 있
다. 풍자도 자살도 마찬가지로 현실의 일정한 상황과 예민한 시인 의식 사
이의 대결 과정에서 발생하는 것이다. 고인의 세대에 대해서와 마찬가지
로 여전히, 아니 그보다 더욱더 혹독하게 현실의 상황은 젊은 시인들의
의식 위에 견디기 힘든 고문을 가하고 있으며 모멸에 찬 수치스런 시대의
낙인을 찍고 있다. 이 정신적 고문과 영혼 속에 깊이 찍힌 이 낙인은 그들
을 매우 초조하게 만들고 있으며, 이것이냐 저것이냐를 결단하도록 조급
하게 강요한다. 괴로움 속에서도 결단을 끝없이 보류함에 의하여 찰나의

---

* 제목의 김수영 시구는 오독이다. 본래의 '풍자냐 해탈이냐'로 교정하자면 내용의 변
　경이 요구되겠기에 그대로 두었다.

자유를 확보하려는 사람도 있고, 때로는 속박당한 이 실존을 의식의 내부
에서 초월하려는 사람도 있다. 그러나 그런 사람들마저도 압도하는 물신
物神의 거대한 발 아래 버르적거리는 한 편의 섬세하고 아름다운 서정시
속의 초월이 너무나 애잔하고 너무나 초라하고 너무나 무력하다는 명백
한 사실 앞에 분노를 느낀다. 이 분노와 동시에 시인은 또한 이렇게 분노
한 표현들이 이제껏 뜬세상의 야유와 비웃음 아래 그 얼마나 처참하고 우
스꽝스럽게도 희화화되어 버렸던가를 생각한다. 외치면 외칠수록 공허해
지고, 가라앉으면 가라앉을수록 답답하다. 삶은 하나의 불가사의한 괴물
처럼 보인다. 이 괴물의 선회 속에 말려버리든가 아니면 멀리 달아나버리
든가 두 길밖에 없는 것처럼 보인다. 시는 삶으로부터 떨어져나간 한 조
각의 휴지거나 일상적인 삶 자체보다, 하나의 유행가 구절보다 더 나을
것 없는 도로徒勞로 전락한다. 시는 일단 물신의 폭력아래 여지없이 패배
한 것처럼 보인다. 암흑시만이 유일한 진실의 표현으로 보인다. 시 자체
가 이미 역사적으로 멸망해버린 양식처럼 보인다. 그러나 이 명백한 패배
의 시간이야말로 시의 패배를 물신의 폭력에 대한 창조적 정신과 시의 승
리로 뒤바꿀 수 있는 절호의 기회이기도 한 것이다. 불가사의한 이 삶을
지배하는 저 물신의 폭력이 시인의식 위에 가한 고문과 낙인은 시인의 가
슴에 말할 수 없이 깊고 짙고 끈덕진 비애를 응결시킨다. 폭력은 그 폭력
의 피해자 속에서 비애로 전화되는 것이다. 해소되지 않고 지속되며 약화
되지 않고 날이 갈수록 더욱더 강화되는 동일한 폭력의 경험 과정은 무한
한 비애 위에 더욱 무한한 비애를, 미칠 것 같은 비애 위에 미칠 것 같은
비애를 축적한다. 이 무한한 비애 경험의 집합, 이 축적을 우리는 한恨이
라고 부른다. 한은 생명력의 당연한 발전과 지향이 장애에 부딪혀 좌절되
고 또 다시 좌절되는 반복 속에서 발생하는 독특한 정서 형태이며, 이 반
복 속에서 퇴적되는 비애의 응어리인 것이다. 가해당한 폭력의 강도와 지
속도가 높고 길수록 그만큼 비애의 강도도 높아지고 한의 지속도는 길어

진다. 비애가 지속되고 있고 한이 응어리질 대로 응어리져 있는 한 부정否定은 결코 종식되는 법이 없으며, 오히려 부정은 폭력적인 자기 표현의 길로 들어서는 법이다. 비애야말로 패배한 시인을 자살로 떨어뜨리듯이 그렇게 또한 시적 폭력으로 그를 떠밀어 올리는 강력한 배력背力이며, 공고한 저력이다. 비애에 의거하여, 한의 탄탄한 도약대의 그 미는 힘에 의거하여, 드디어 시인은 시적 폭력에 이르고, 드디어 시적 폭력으로 물신의 폭력에 항거한다. 가장 치열한 비애가 가장 치열한 폭력을 유도하는 것이다. 비애와 폭력은 서로 모순되면서 동시에 서로 함수관계 속에 있다. 폭력이 없으면 비애도 없고, 비애가 없으면 폭력도 없다.

김수영 시인의 이른바 '풍자가 아니면 자살'이라는 딜레마는 일단 서로 충돌하고 서로 배반하는 극단적인 이율배반 사이의 하나의 결단으로 나타나지만, 동시에 그것은 서로 연관되는 것이며, 자살로밖에는 이룰 수 없는 격한 비애가 격한 시적 폭력의 형태, 즉 풍자로 전화하는 관계를 함축하고 있다. 현실의 폭력이 시인의 비애로, 시인의 비애가 다시 예술적 폭력으로 전화한다. 폭력이 비애로 응결되는 과정에서 시인이 넋의 삶을 죽이고 육신의 삶을 택할 것인가, 더러운 육신의 삶을 죽이고 깨끗한 넋의 삶을 택할 것인가, 그렇지도 않다면 육신과 넋이 동시에 살 수 있는 어떤 치열한 저항적 삶의 형태를 택할 것인가를 결단해야 되듯이, 응결된 비애가 예술적으로 폭력으로 폭발하는 과정에서 시인은 마땅히 저항의 형식, 즉 폭력의 표현 방법과 폭력을 가할 방향을 결정해야만 한다. 이 방법의 결정에 있어서 때로 어떤 시인은 비극적 표현에 의한 폭력의 발현으로 나아간다. 이러한 지향의 극단에서 암흑시가 나타난다. 때로 어떤 시인은 희극적 표현에 의한 폭력의 발현으로 나아간다. 이러한 지향의 정점에서 풍자시가 나타난다. 또한 그 방향의 결정에 있어서 때로 어떤 시인은 자기 자신과 자기가 속해 있는 사회계층에 대한 부정과 자학과 매도에 폭력을 동원하는 곳으로 나아간다. 그러나 때로 어떤 시인은 자기 자신과 자기가 속해있는 민중의 편에 분명히 서서 자기와 민중을 억압하는 어떤 특수집단에 대한 부정과 폭로와 고발에 폭력을 동원하는 곳으로 나아간다.

실제에 있어서 흔히 이런 방향과 저런 방법이, 또는 저런 방향과 이런 방법이 서로 배합된다. 한 시인의 작품에 있어서도 여러 가지 형태의 조합組合이 나타난다. 여기서 중요한 것은 이런 방향에 이런 방법만이 옳다거나 혹은 이러저러한 온갖 산란한 다양성이 다 어쩔 수 없이 옳다거나 하는 일면적인 주장이 아니라, 이러저러한 다양성을 접수하면서도 한 시인이 어떤 방향 어떤 방법 사이의 어떤 형태의 통일을 자기 작업의 핵심으로 부단히 결단해 나아가며 또 발전시켜 나아가야 하는가에 주의하는 일이다. 그러나 문제가 시적 폭력 표현으로 집약될 경우 변화하는 현실과 우리 생활의 특수성에 비추어 무엇이 가장 바람직한 형태인가는 선명하게 결정되어야 한다. 본래 비극적 표현은 귀족사회의 산물이며 희극적 표현은 귀족사회에서 억압당했던 평민의식의 산물이다. 비극적 표현은 정도의 차이는 있으나 대체로 그 주요한 갈등이 인간과 운명, 또는 인간과 신 사이의 관념적 모순에서 발생한다. 희극적 표현은 정도의 차이는 있으나 대체로 그 주요한 갈등이 인간과 인간, 즉 지배하는 자와 지배받는 자, 상호간의 현실적 구체적인 모순에서 발생한다. 오늘날, 귀족도 평민도 옛날의 그들은 아니다. 이제 그들의 표현만이 남아 있고, 그 표현 속에서 빛났던 그들 생활의 적합성은 이미 사라져버렸다. 새로운 대치가 나타나 있다. 이 새로운 대치의 반영과 예술적 형상화에서 그 표현들이 어떻게 얼마만큼 효력 있는 이월가치移越價値로서 작용하느냐가 문제다. 소박한 의미에서의 비극적 표현에만 전적으로 의존하여 시인 자신과 현실 민중의 비애와 폭력의 발현을 육신화하려는 지향이나, 소박한 의미에서의 희극적 표현에만 전적으로 의존하여 민중과 시인이 받은 폭력과 그 폭력의 지양자가 비애로부터 발생하는 것을 형상화하려는 지향이나 마찬가지로 잘못이다. 중요한 것은 현실의 가장 날카로운 요청의 내용이며, 이 요청에 따라 양자는 새로운 효력성을 지닌 형식가치로서의 그 중요성이 결정된다. 이 두개의 지향은 상호보완에 의해 서로 어떤 형태의 자기 변경을 이룸으로써 어떤 정도의 새로운 폭력 표현으로 될 수 있다. 그러나 이러한 결합이 절충주의적인 형태로 이루어졌을 때, 또는 장식주의적인 방향에서 시도되었을 때, 그것은 양자의 비유기적인 조직 때문에 또는 양자의 비현실적인 효력 때문에 폭력의 표현방식으로는 될 수 없다. 비유기적 조직도 절충주의가 아닌 올바른 미학적 통일 아래서 의도된 몽타주나 갈등의 형태가 아니라면, 장식적인 효력도 비현실적인 의취意趣에 의해서가 아닌 참된 형태적 확신 아래 이루어진 부분적 배합이 아니라면 말이다. 비극적인 것과 희극적인 것의 결합에는 두 가지가 있다. 하나는 애수와 해학 또는 연민과 명랑의 결합이며, 다른 하나는 비애와 풍자 또는 공포와 괴기의 결합이다. 전자는 폭력 표현과 하등의 인연도 없다. 때로 애수와 풍자가, 비애와 해학이 결합되고, 때로 연민과 괴기가, 공포와 명랑이 조합된다. 이러한 조합은 그 표현하고자 하는 내용의 복잡성·특수성에 관련된 특수 표현이므로 어떤 독특한 다른 전제가 주어지지 않는 한 역시 폭력 표현의 주 영역은 될 수가 없다.

주 영역은 우연한 비애와 풍자 또는 공포와 괴기의 결합이다. 이러한 결합의 구조는 두 가지로 이해되어야 한다. 비애와 풍자의 결합에 있어서 그 결합이 하나의 정서 형태로서의 비애 또는 한이 하나의 표현으로서 대타적對他的 공격, 즉 풍자를 유발하고 풍자로 나타나고 풍자 속에서 표출되는 관계라는 것이 그 하나요, 비애의 일반적인 시적 표현형식, 즉 이른바 비극적 표현이 비애의 축적물인 한恨의 독특한 표현형식, 즉 풍자 속으로 부분적·특수적인 형식요소로서 흡수되는 관계라는 점이 그 둘이다. 또 공포와 괴기의 결합에 있어서 그 결합의 첫째는 현실의 폭력이 시인의식에 반영된 정서형태로서의 공포가 괴기, 즉 그로테스크나 일그러짐 Fratze(찌푸린 얼굴, 일그러진 모습, 추한 형상)과 같은 왜곡 표현을 필연적으로 요구하게 되는 관계이며, 둘째는 비극적 폭력 표현의 일반형식인 공포형식의 체계 속에 극단적인 희극적 표현방식으로서의 괴기가 흡수되어 비극적 폭력 표현의 형식요소로 작용하게 되는 관계인 것이다.

모든 형태의 비극적 표현과 희극적 표현의 결합은 아마도 새로운 민족서사시의 대단원적인 형식 속에서 적절하게 배합되고 탁월하게 통일될 수 있을 것이다. 다만 분명한 것은 공포와 괴기의 결합이 비애와 풍자의 결합의 경우와 마찬가지로 하나의 강력한 폭력 표현이긴 하되 오직 그 하나로서는 오늘날 이 땅에 살아 있는 젊은 시인들이 요청할 만하고 또 요청해야만 되는 폭력 표현방식은 못 된다는 점이다. 또한 분명한 것은 그것이 시의 패배를 물신의 폭력에 대한 창조적 정신과 시의 승리로 뒤바꿔 놓을 수 있는 폭력 표현으로 될 수도 없으며, 시인의 육신과 넋이 동시에 생활할 수 있는 치열한 저항적 삶의 유일하고 유력한 최고 표현으로 될 수도 없다는 점이다. 공포와 괴기의 결합은 그 맹폭성에 있어서는 강력하나 그것은 절망적 · 항구적 · 부정적 · 찰나적 · 허무주의적 파괴력의 표현이다. 그것은 죽음의 에네르기이며 사형수의 폭동이다. 그것은 때로 쉽사리 썩은 양식인 극단적 그로테스크로 전락함으로써 장식화되어 버리고, 때로는 불가피하게 괴기나 일그러짐을 포기하고 그 대신 명랑이나 낙수형落首型과 야합함으로써 쉽게 형식적으로 파탄되거나 또는 쉽게 카타르시스에 의하여 사회적 비애를 장기화시키고 사회심리적 폭력의 예봉을 약화시키는 방향으로 떨어진다. 젊은 시인들은 어떤 시적 폭력 표현을 비애와 폭력의 가장 탁월한 통일로서 선택할 것인가? 그것은 암흑시인가? 아니다. 암흑시는 비애를 강한 폭력으로 유도하는 촉매이긴 하나, 일정한 정도의 약점을 가지고 있어 야유와 욕설로 가득 찬 군중의 내적 · 잠재적인 폭력의 시적 형상화에 있어 무력하다. 그것은 초현실주의로 기울 위험이 많다. 그러면 공포시인가? 아니다. 공포시는 일상성에 대한 충격에 의해서 굳어지려는 체제 내 의식을 교란할 수는 있으나, 산발적인 정서적 표현을 한 방향으로 집중시킬 수가 없으며, 그렇기 때문에 부정적 에네르기를 약화 분산시킬 가능성이 더 크다. 그것은 표현주의·다다·즉물주의로 기울 위험이 많다. 그러면 암흑시·공포시와 같은 비극적 표현은 저항시로서는 불합격품인가? 아니다. 그것은 특수효과를 가지고 있다. 그것은 부분적으로 매우 큰 효력을 행사한다. 그러나 오히려 그 효력은 비극적 표현이 폭력을 포기할 때 더 높아질 수 있다. 단순한 비애 표현, 비애의 시가 훨씬 더 강력하다. 가없는 비애의 스며드는 듯한 맑은 표현이 캄캄하고 점착질적이며 잔혹하고 피비린내 나는 비명과 신음과 절망과 짐승의 충혈된 눈들로 가득 찬 지옥의 소리보다 훨씬 더 커다란 호소력을 가지고 있다. 그것은 마치 살육이 끝난 바로 뒤의 침묵한 마을의 여름날 정오, 젊은 병사의 시체 곁에 흔들거리는 한 송이의 작은 들꽃의 묘사가, 막상 그 죽음의 아우성과 유혈의 표현보다는 그 현실비극성을 더 훌륭히 압축하는 것과 같다.

그러나 희극적 표현에 있어서의 단순한 명랑 표현은 이와 다르다. 낙천성·명랑성·쾌활성 등의 무해한 일반 골계滑稽만을 효과로 노리는 현실긍정적인 해학일류諧謔一流의 소박한 희극적 표현은 사회적 비애와 아무 인연도 없을 뿐 아니라, 비애의 전화물로서의 폭력의 표현과도 인연이 멀다. 이러한 표현방식은 해학의 영역 가운데도 특히 낙수落首, 즉 보편 현실을 외면하고 특수 현실만을 희극적으로 전도하는 매우 폭 좁은 낙수형태의 한 측면, 그것도 심미적 측면만을 강조함으로써 들뜬 시절의 사회적 환각제로 타락하기 십상이다. 오직 치열한 비애와 응어리진 한을 바탕으로 하고, 비극적 표현을 흡수하는 한편, 해학을 광범위하게 배합하면서도 강력한 풍자를 주된 핵심으로 삼는 고양된 희극적 표현만이 새로운 폭력 표현의 유일한 가능성이다. 이것은 단순히 심미적인 낙수나 현실긍정적인 해학도 아니요, 그렇다고 특수한 현실의 전도나 해학 자체를 무시하는 추상적·관념적 문명비판형도 아니다. 그것은 외설이나 괴기물 또는 단순한 말장난이나 최소적崔笑的인 수사학이나 무의미한 돈강법頓降法, 무내용한 전복顚覆 표현 따위와는 전혀 촌수가 멀다. 또한 그것은 자기 자신과 자기가 속해 있는 민중을 예외없이 웃음거리로 만들고 모멸과 매도의 주요 대상으로 삼아 그 민중의 변화 발전과 그 민중 속에 있는 자신의 민중적 정서의 급변을 묵살하고 변함없이 초연하게 오직 그 표적만을 적대적으로 계속 공격하고 회화화하는 극단적인 자학과는 구별되어야 한다. 저항적 풍자의 올바른 형식은 암흑시에 투항한 풍자시여서는 안 되며 풍자시를 위장한 암흑시여서도 안 된다. 그것은 민중 가운데에 있는 우매성·속물성·비겁성과 같은 부정적 요소에 대해서는 매서운 공격을 아끼지 않지만, 민중 가운데에 있는 지혜로움, 그 무궁한 힘과 대담성과 같은 긍정적 요소에 대해서는 찬사와 애정을 아끼지 않는 탄력성을 그 표현에 있어서의 다양성의 토대로 삼아야 하는 것이다. 저항적 풍자의 밑바닥에는 올바른 민중관이 자리 잡고 있어야 한다. 민중 속에 있는 부정적 요소도 단순히 일률적인 것만은 아니다. 올바르지는 않지만 결코 밉지 않은 요소도 있고, 무식하지만 경멸할 수 없는 요소도 있다. 그리고 겁은 많지만 사랑스러운 요소도, 때 묻고 더럽지만 구수하고 터분해서 마음을 끄는 요소도, 몹시 이기적이긴 하나 무척 익살스러운 요소도 있는 것이다. 민요는 이 요소들의 표현에 모범을 보여주고 있다. 이러한 요소에 대해서조차 적대적인 폭력을 가한다면, 그러면서도 이 민중 위에 군림한 어떤 집단의 용서할 수 없는 악덕에 대해서는 일언반구도 내비치지 않는 그러한 풍자가 있다면, 그것은 민중관이 올바르지 못할 뿐만 아니라 사회를 보는 눈이 그릇되어 있는 것이며, 그것은 이미 풍자가 아닌 것이다. 올바른 풍자는 폭력 발현의 방법과 방향이 모순 없이 통일된 것이라야 한다. 부단히 변화하고 있거나 또는 좀처럼 변화하지 않는 민중의 비애 및 욕구체계에, 불만의 폭발 방향에 알맞은 발상체계 및 공격 방향을 바로 결정한 것이라야 한다. 그것은 민중에 대한 표현에 있어서는 해학을 중심으로 하고 풍자를 부차적·부분적인 것으로 배합하는 것이며, 민중의 반대편에 대한 표현에 있어서는 풍자를 전면적·핵심적으로 하고 해학을 극히 특수한 부분에만 국한하여 부수적으로 독특하게 배합하는 것이어야 한다. 우리의 전통 민예 가운데 특히 희극적인 표현에 있어서 익살스럽고 수더분한 해학 속에 풍자의 가시가 섬뜩섬뜩하게 돋쳐 있는 것은 주의 있게 보아야 할 문제점이다. 올바른 저항적 풍자는 또한 방향에 있어서는 민중의 반대편을 주요 표적으로, 민중을 부차적인 표적으로 삼는 것이며, 방법에 있어서는 주요 표적에 대한 해학은 부차적인 표현으로 배합하는 것이다. 민예 속의 풍자의 경우 양반과 탐관오리에 대한 풍자적 공격과 민중에 대한 해학적 표현의 배합관계가 풍자의 형식원리에 정확히 입각해 있음은 주의 깊게 보아야 한다.

김수영 시인의 폭력 표현의 특징은 풍자의 방법 속에 자기 자신과 더불어 자기가 속한 계층에 대한 부정·자학·매도의 방향을 보여준 점에 있다. 바로 이 점에 김수영 문학의 가치와 한계가 있고, 바로 이 점에서 젊은 시인들이 김수영 문학으로부터 무엇을 어떻게 이어받고 무엇을 어떻게 넘어설 것인가 하는 문제점이 선명하게 나타난다. 물론 김수영 시인의 어떤 작품, 어떤 구절들은 이와 전혀 다르다. 뿐만 아니라 그러한 부정·자학·매도도 단순한 공격이 아니며, 단순한 적의나 경멸에서 비롯된 것이 아니다. 때로 비극적이며 때로는 풍자의 방향이 대타적이다. 그러나 무엇보다도 중요한 것은 김수영 시인이 풍자의 방법에 의하여 소시민 계층의 속물성, 비겁성 그 끝없는 동요와 불안을 폭로하고 매도함으로써 현실 모순이 화농 일변도로만 치닫는 현상의 뿌리 깊은 사회적 모티프로 잡아내려 한 점에 있다. 사실상의 평화의 성실에 대해 비판도, 잃어가는 자유와 무너져가는 민주주의에 대한 경고도, 이 거대한 도시 서울을 뒤덮어 흔들어대고 있는 소비문화에 대한 신랄한 공격도 모두 그것을 조작하는 자가 아니라, 그 조작에 혼신의 힘으로 부역하고 있는 민중의 일부, 즉 소시민에 대한 구역과 매질의 방향에서 전개하였다. 사회적인 계층 개념에 의해서가 아니라 일반적인 사회의식의 형태로 파악된 소시민, 좁은 의미의 소시민 의식의 본질을 문화적으로 확대해서 전 민중에게 적용한 결과로서의 소시민, 이러한 소시민 속에서 그는 우리 사회의 진보를 가로막고 있는 중요한 부정적 요소를 파악해내려 했고, 그 요소에 공격을 집중함으로써 거대한 뿌리를 내린 채 결코 쓰러지려 하지 않는 오랜 모순의 정체를 폭로하고 고발하려 했다. 그 자신이 태어나고 또 그 자신이 몸담아 숨 쉬고 헤엄치던 자궁이자 집이요, 공기이며 바다인 민중에게 칼날을 맞세운 그의 문학 방향에 또 하나의 의미심장한 아이러니가 숨어 있다. 그는 자기 자신을 죽임으로써 넋의 생활력이 회복되기를 희망한 하나의 강력한 부정의 정신이었으며, 현실 모순의 육신으로 파악된 소시민성을 치열하게 고발함에 의하여 참된 시민성의 개화開化를 열망한 하나의 뜨거운 진보에의 정열이었다. 과연 그가 그 자신의 지향에 맞게 풍자를 선택했고 또 그 풍자의 폭력을 권력집단이 아니라 민중 자체에게 가한 것은 그로서는 당연한 것일는지도 모른다. 그의 풍자가 사회 전체, 이 문명 자체에 대한 비판으로 되어야만 반역사주의의 거대한 뿌리를 갉기는 도끼질로 되고 또 그렇게 되려면 그의 시적 폭력의 대상인 소시민의 하나의 계층이나 계급이 아니라 하나의 의식형태로 집약되고 상징되는 민중 자신이어야만 하는 것이다. 그래야만 그 민중에 가해진 풍자의 폭력이 합법성을 획득한다. 그러나 민중은 그리고 민주의 의식형태는 영구불변한 것도 아니며 단순히 긍정적이거나 간단히 부정적인 것도 아니다. 부정적 요소가 있다면 그에 비례하여 있는 긍정적 요소를 보지 않고 부정적 요소만을 공격하면서 민중 위에 군림한 특수집단에 대한 공격을 포기한 것이라면, 김수영 문학의 폭력은 그릇된 민중관 위에 선 것이며, 그 풍자는 매우 위험한 칼춤일 수밖에 없다.

역시 그가 매도한 소시민은 비록 그것이 다수라 하더라도 거대한 민중 속의 일부에 불과하다. 현실은 소시민이 민중의 사회생활 전면에 활력적으로 클로즈업되고 있는 것이 사실이며, 따라서 소시민적인 부정적 요소가 민중 전체의 본질을 지배하는 것처럼 보인다. 그러나 그러한 요소도 특수집단의 악덕과 대비시키는 풍자에서라면 결코 전면적 · 적대적인 매도에 의해서가 아니라 부분적인 매도의 방법에 의해서 다루어져야 하는 것이다. 이것은 1960년대 하반기보다도 1970년대 특히 지금부터 앞으로, 현실상황의 변화에 따라 민중의 의식형태가 점차 혹은 급격히 달라지리라는 예상과 관련시킬 때 더욱 중요한 문제로 된다. 만약 이 세상에 변하지 않는 것이 없고 단지 하나 변하지 않는 것이 있는데 그것은 만물이 모두 세월의 흐름에 따라 변한다는 법칙이다라는 예로부터의 가르침을 믿고 있으며 또 시시각각 변하고 있는 현실을 깊고 넓게 멀리 볼 수 있다면, 그리고 미래의 변화를 확신 한다면, 민중을 전면적으로 신뢰하는 방향을 택하는 것이 당연한 일이다. 민중의 거대한 힘을 믿어야 하며, 민중으로부터 초연하려고 들것이 아니라 민중 속에 들어가 그들과 함께 생활하는 자기 자신을 확인하고 스스로 민중으로서의 자기 긍정에 이르러야 할 것이다. 시인은 민중 풍자를 통하여 그들을 계발해야 하며 민중적 불만 폭발의 방향으로 풍자 폭력을 집중시킴에 의해서 그들을 각성시키고 그들의 활력의 진격 방향을 가르쳐주어야 한다.

사물의 한 면만을 알고 다른 면을 모르는 것을 우리는 일면적이라고 부른다. 이러한 일면성이 김수영 문학에 없다고 말할 수는 없다. 그의 모든 훌륭한 점을 다 긍정하면서도 말이다. 좁혀진, 사회학적 계층 구분에 의해 좁혀진 소시민에 있어서조차 긍정적인 것은 얼마든지 있다. 문제는 민중 속에서, 그 긍정적인 것의 사랑을 통하여 민중으로서 느끼고 생각하느냐 아니면 민중의 밖에서 선택된 자아의식으로 사고하느냐의 차이에 있다. 민중으로서의 시인은 민중들을 사랑하고 민중들의 사랑을 받는 가수이자 동시에 민중을 교양하며 민중들의 존경을 받는 교사여야 한다.

올바른 민중 풍자는 바로 이렇게 긍정과 부정, 애정과 비판, 해학과 풍자, 오락과 교양이 적절하게 통일된 것이어야 한다. 김수영 문학의 풍자에는 시인의 비애는 바닥에 깔려 있으되 민중적 비애가 없다. 오래도록 엉켰다 풀렸다 다시 엉켜오면서 딴딴한 돌멩이나 예리한 비수로 굳어지고 날이 선, 민중의 가슴속에 있는 한의 폭력적 표현을 풍자라고 한다면 그런 풍자는 김수영 문학에선 찾아보기 힘들다. 이것은 바로 그가 민중으로서 살지 않았다는 점에 그 중요한 원인이 있다. 바로 이것이 그의 한계다.

젊은 시인들은 김수영 문학으로부터 무엇을 어떻게 이어받을 것이며, 무엇을 어떻게 넘어설 것인가?

그가 시적 폭력 표현 방법으로서 풍자를 선택한 것은 매우 올바르다. 이것을 이어받아야 할 것이다. 그가 폭력 표현의 방향을 민중에만 집중하고 민중 위에 군림한 특수집단의 악덕에 돌리지 않은 것은 올바르지 않다. 이것을 비판적으로 넘어서야 할 것이다. 풍자를 민중에게 가한 김수영 문학의 정신적 동기만을 긍정하는 방향에서 젊은 시인들은 이제 풍자의 가장 예리한 화살을 특수집단의 악덕으로 돌려야 한다.

그가 우리 시에서 모더니즘의 부정적 측면을 극복하고 그 강점을 현실 비판의 방향으로 발전시킨 것은 훌륭하다. 특히 그가 시 속에서 힘의 표현, 갈등의 첨예한 표현, 난폭성, 조악성, 공격성, 고미苦味와 소외감, 신랄성 등의 사회적 적의와 비판적 감수성, 한 마디로 추醜를 양성醸成시킨 점은 더없이 높이 칭찬해야 할 업적이다. 추야말로 철없는 자들의 말장난에 의해 꾸며지지 않은 비애의 참모습이며, 분 바르지 않은 한恨의 얼굴이다. 추야말로 폭력의 안이요 바깥이다. 추야말로 모순에 찬 현실의 적나라한 현상이다.

이것은 마땅히 이어받아야 한다. 그러나 그럼에도 불구하고 그의 풍자가 모더니즘의 답답한 우리 안에 갇혀 민요 및 민예 속에 난파선의 보물들처럼 무진장 쌓여 있는 저 풍성한 형식가치들, 특히 해학과 풍자 언어의 계승을 거절한 것은 올바르지 않다. 이것을 비판적으로 극복해야 한다. 민요·민예의 전통적인 골계를 선택적으로 광범위하게 계승하고 창조적으로 발전시켜 현대적인 풍자 및 해학과 탁월하게 통일시키는 것은 바로 젊은 시인들의 가장 중요한 당면과제이다.

사회가 병들고 감수성이 퇴폐함으로써 미美가 그 본래의 활력을 잃어버릴 때 추가 예술의 전면에 나타난다. 추는 장애에 부딪힌 감수성의 산물이다. 추는 일반화된 고통과 절망, 증오와 적의, 즉 한과 폭력의 예술적 반영물이다. 그것들은 모두 대립적 감정이며 갈등하고 있는 정서다. 그 정서들은 그 대상의 극복에 의해서만 해소되고 그 자체의 소멸에 의해서만 소멸된다. 추는 대립의 산물인 사회적 폭력의 산물이다. 그것은 대립에 의해 추적醜的 형상을 조직하는 골계와 숭고 속에서 그 스스로를 지양하고 미美로 자기 자신을 투항시킨다. 그러나 사회적 폭력이 지속되고 퇴폐와 질병이 현실적으로 종식되지 않는 한, 예술 속에서의 추의 잠정적 해소는 더욱 커다란 추를 축적하는 계기에 불과한 것이다. 추는 부단히 스스로를 해소하려 하나 현실의 장애, 현실적 감수성의 장애에 부딪혀 더욱 고미苦味를 띠고 더욱더 기괴하거나 공격적인 난폭성을 띠게 된다. 추는 골계, 특히 풍자 속에서 그 가장 날카로운 폭력을 드러낸다. 풍자의 관조 심리가 일종의 샤덴프로이데Schadenfreude(남의 불행을 보고 느끼는 기쁨) 또는 대상에 대한 우월감, 도착倒錯된 것에 대한 자만, 대상에 대한 신랄성, 고미의 적대감정, 사회적 적의를 바탕으로 하고 있는 것은 당연한 일이다. 추의 예술은 현실에의 도전, 즉 사실적 추에 대한 예술적 추의 도전이다. 사실적 추를 예술적으로 왜곡·과장하고 사실의 폭력을 찬탈하거나 폄출貶黜하는 방법에 의하여 그 모순을 전형적으로 폭로하고 규탄하는 비판의 예술이다. 모순을 표현하려면 대립의 표현, 즉 갈등의 핵심적인 원리로 삼아야 하며, 원형과 변형 사이의 대조, 변형 내부의 부분과 부분, 부분과 전체 사이의 충돌 · 갈등을 중요한 방법으로 삼아야 한다. 그러나 이 요소들 사이의 균형, 상호침투, 응결 등의 조화관계를 간과해서는 안 된다. 풍자는 요소 사이의 충돌과 가파른 대립의 갈등을 핵심으로 하고 요소 사이의 상호친화 · 침투의 연속성을 광범위하게 배합하는 표현이다. 왜곡 방법에 있어서도 찬탈과 폄출의 기법을 주로 하고 강화와 약화 같은 점층 기법을 배합하는 것이다. 풍자와 해학의 통일이 바로 그것이다. 그러나 풍자는 한의 표현이다.

풍자는 강렬한 증오의 표현이며 '샤덴프로이데'의 활동장이다. 대상에 대한 우월감과 비웃음은 그것을 비판하는 민중의 자기 긍정을 토대로 해서만 가능한 것이다. 골계의 발달은 원시 부락제에서 행한 공동체 내의 범법자, 전 공동체 성원의 증오의 대상, 즉 민중의 적에 대한 재판과 매도, 마지막에 전원이 그를 돌로 쳐 죽인 풍속과 관련이 있다고 한다. 풍자의 방향은 민중적인 것, 민중의 증오의 방향에 일치하지 않으면 안 된다. 강력한 민중적 자기 긍정에 토대를 둔 비판이요, 폭로 · 규탄이어야 한다. 결코 그것은 민중 자체를 매도하는 시적 폭력 표현으로 될 수가 없다. 그것은 본질적으로 반민중적인 소수집단에 대한 폭력의 표현인 것이다. 추가 현실적인 악 또는 폭력의 반영이며 동시에 그것에 대한 저항이라면, 풍자는 현실의 악에 의해 설움 받아 온 민중의 증오가 예술적 표현을 통해 그 악에게로 퍼부어 던지는 돌멩이와 같은 것이다. 우리는 이러한 날카로운 풍자를 우리의 전통적인 민예 및 민요 속에서 얼마든지 찾아볼 수 있다. 풍자적 표현은 언어의 특질과 깊이 관련되어 있다. 우리말의 고유한 본질과 구조, 예술적 표현, 특히 풍자에 대한 그 적합성에 따라서 민예와 민요는 풍자와 해학을 그 주된 전통으로 창조하였다. 서정민요 · 노동요 등 광범한 단시들과 서사민요 · 판소리의 풍자와 해학은 문학으로서의 탈춤 대사 등과 더불어 현대 풍자시의 보물창고이다.

민요의 전복轉覆 표현과 축약법, 전형典刑원리와 우의寓意, 단절과 상징법 등등 복잡다양한 형식가치들은 현대 풍자시의 갈등원리, 몽타주, 소격 疏隔원리, 비판적 감동 등의 형식원리와 배합되어 우리에게 풍자문학의 커다란 새 토지를 열어줄 것이다. 재래형의 시어와 시행 등은 민요의 전통과 결합되어 전개되어야 할 새로운 민중적 시어에 의해 극복되어야 한다. 노래와 대화체를 대담하게 시도해야 한다. 서사민요의 3음보격과 4음보격 사이의 갈등원리는 그 토대 위에서 변용되는 율격들의 숱한 종류들과 함께 오늘날의 생활 언어를 효율적인 민중 시어로 높이고 세우는 데에 튼튼한 주춧돌을 제공한다. 과연 현대에서는 민요가 효력이 없어졌는가? 과연 오늘날의 한국시는 민중에게 버림받은 채 자살할 수밖에 없는 것인가? 아니다. 민요는 아직도 강력한 효력을 민중 속에 가지고 있으며, 이 효력은 한국시가 풍자와 해학에 눈뜰 때 말할 수 없이 크게 확대될 것이다. 올바른 저항적 풍자와 민중적 해학의 시를 통하여 전통과 만나고 전통 민요와 현대 생활언어의 고양된 시적 통일을 통하여 시의 효력과 현실과 민중에 대한 시정신의 에네르기가 강화되고 민중 속으로 폭발적인 힘을 가지고 확대되어 나갈 것이다. 이것은 결코 질의 저하를 뜻하지 않는다. 새로운 질을 찾는 노력으로 이해되어야 한다. 사회현실을 압축 반영하고 사회현실과 개인 내부의 갈등을 표현하며 동시에 그것을 극복하려는 싸움을 포기하지 않고 주체적 언어전통 확립으로 나가는 노력을 중단하지 않을 때 비로소 시의 패배는 시의 승리로 뒤바뀔 것이다. 결코 민요는 사멸한 것이 아니다. 부당한 민요 경멸은 청산되어야 한다. 민중은 시인의 시를 모른다. 민중은 자기 자신의 시, 민요를 가지고 있는 것이다.

시인이 민중과 만나는 길은 풍자와 민요 정신 계승의 길이다. 풍자, 올바른 저항적 풍자는 시인의 민중적 혈연을 창조한다. 풍자만이 시인의 살 길이다. 현실의 모순이 있는 한 풍자는 강한 생활력을 가지고, 모순이 화농하고 있는 한 풍자의 거친 폭력은 갈수록 날카로워진다. 얻어맞고도 쓰러지지 않는 자, 사지가 찢어져도 영혼으로 승리하려는 자, 생생하게 불꽃처럼 타오르려는 자, 자살을 역설적인 승리가 아니라 완전한 패배의 자인으로 생각하여 거부하지만 삶의 고통을 견딜 수가 없는 자, 삶의 역학力學을 믿으려는 자, 가슴에 한恨이 깊은 자는 선택하라. 남은 때가 많지 않다. 선택하라, '풍자냐 자살이냐.'

현실동인 제1선언*

◆ 예술은 현실의 반영이다

참된 예술은 생동하는 현실의 구체적인 반영태로서 결실되고, 모순에 찬 현실의 도전을 맞받아 대결하는 탄력성 있는 응전능력에 의해서만 수확되는 열매다. 경험은 일상적 감각의 타성 아래 때가 묻은 정식화한 대상의 수동적 재현이나 그 주관화는 물론 거대한 정신적 공간공포에 밀려 현실로부터 떨어져나간 공허한 형식열의 그 어떤 표현 앞에도 내디딜 미래가 없음을 명백히 가르쳐주었다. 우리는 이제 미술사 발전의 필연적 방향과 현실의 줄기찬 요청에 따라 새롭고 힘찬 현실주의의 깃발을 올린다. 우리는 미학적 불모와 현실에 대한 무기력, 외래 신형식에의 몰지각한 맹종과 조형질서의 무정부 상태, 그리고 순수의 미신이 지배하는 이 척박한 조형 풍토에 그것들의 극복을 위해 마땅히 도래해야 할 치열한 현실주의 바람의 필연성과 그 정당성을 확신한다.

---

* 이 글은 1969년 10월 25일경 판화가 오윤 등과 전람회를 하려다가 미술대학, 중앙정보부 등의 방해로 무산되었을 당시 발표한 글이다.

우리의 테제는 현실로부터 소외된 조형의 사회적 효력성을 회복하는 일이다. 최저선에 걸린 색채의 일반적인 연상대마저 박탈한 형식주의 아류들의 조국 없는 조형언어와 현실 부재의 정적주의와 낡은 화범에 속박된 무풍주의의 정체성을 반대하는 일이며, 새로운 역학과 알찬 현실적 조형언어로 충전된 강력한 미학을 출산시키는 일이다. 표현의 구체성과 형상의 생동성을 확보하고, 형상들의 날카로운 갈등을 통해서 모순의 전형적인 압축에 도달하는 일이다.

모든 현실주의 미술사의 풍부한 자산을 연료로 하고, 건전한 공간탐색 속에 관통하고 있는 진보적인 조형정신의 보편적 지평을 탄두로 하는 통일개념에 굳건히 의거하여, 우리 미술의 전통 속에 숨겨진 특유한 가치, 특히 일정한 실사적 지향을 계승·발전시키는 주체적 방향에 따라 현실인식과 그 표현에서의 주관성과 객관성의 통일, 직접적 소여와 그것을 넘어서는 창조적인 주동의 통일, 전형성과 개별성, 연속성과 차단, 1운동계열과 타운동계열, 세부와 총체 사이의 전 갈등의 탁월한 통일을 내용으로 하는 강령을 실천하는 일이며, 그리하여 대립을 통해 통일에 이르고 통일속에서 대립을 추구하는 역동적인 현실주의 미학의 심오한 회랑에 도달하는 일이다.

아직 우리의 조형은 난폭하고, 아직 우리의 사상의 연륜은 일천하다. 그러나 모든 위대한 예술의 역사적 유년시대의 특징은 난폭하였다. 난폭성이야말로 공간으로부터 사라진 생생한 현실의 구체적 감동을 불러들이는 초혼곡이며, 난폭성이야말로 새로 태어나는 예술의 청청한 미래를 약속하는 줄기찬 에네르기이다.

오직 생생하게 반영하고 날카롭게 도전하고 강력하게 조직하는 공간의 끝없는 현실 가담만이 현대조형의 숙명적 한계를 돌파할 것이다. 오직 공간공포와 정치주의를 넘어서서 들끓는 현실에 맞서고 나아가 그것에 조형적 효력을 가함으로써만이 이 참담한 생의 조건으로부터의 진정한 자유에 대한 밝은 희망에 도달할 수 있음을 우리는 확신한다. 정직하고 능동적인 현실 파악과 인식 없이는, 모순에 찬 현실의 과감한 표현 없이는, 개척자적인 용기와 주체적인 조형전통 확립에의 강한 의지 없이는, 떠나온 곳도 도착할 곳도 알 수 없는 이 밑 모를 생의 혼돈과 공간의 무질서로부터 그것을 뚫고 참된 의식의 자유와 참된 예술의 저 광활한 대지로 가는 그 어떠한 길도 차단되어 있음을 우리는 확신한다.

예술의 역사는 길고 그 흐름은 굴곡으로 이루어졌으나, 예술은 변함없이 현실의 반영이며 또한 변함없이 현실로부터 나와 현실로 돌아가는 끝없는 운동 그 자체인 것이다.

◈ 형식주의와 자연주의의 오류

우리의 미술사는 현실과 반현실, 외화 모방적 타성과 주체적 창의 사이의 갈등의 역사다.

우리는 지금 그 광범한 반현실과 그 완강한 타성이 지배하는 밤의 한복판에 서 있다. 한편에는 정체적인 동양화의 악순환이 거듭되고, 다른 한편에는 소모적인 외래 형식열의 불꽃들이 끊임없이 명멸한다. 그 사이에 그릇된 절충주의, 무기력한 정적주의, 즉물성의 광란과 각종의 속물적 표현들이 창궐하고 착종한다. 이제 이 밤의 현상들을 분해하자.

이조 후기의 진경산수와 속화의 후퇴 이래, 동양화는 그 하강선을 끝내 변경하지 못하였다. 동양화가 숨막힌 현실 추이와 양식 발전에 있어서의 사회적 모티프의 변화, 그리고 홍수 같은 외래 미술의 상륙에 맞서 그것을 능동적으로 흡수하고 혹은 대결함으로써 현실적 요청에 알맞은 새 전통으로 발전되기에는 너무나 무력하였고 너무도 비현실적이었다. 전통의 참된 흐름은 거의 전면에서 차단되기에 이르렀고, 그 잔유의 힘은 퇴화를 거듭하였다.

오늘날 그것은 겨우 지나간 시대의 한갓 잔영으로서만 연명하고 있을 뿐, 그 안팎의 장애와 타성을 극복하지 못한 채 한국화가 아닌 동양화로서 남아있다.

근대의 평민적 시각 체험을 독특하게 형상화한 경험의 기초 위에서 새 현실을 해석하는 민족미술이 아니라 이미 역사적으로 그 양식적 생명이 쇠진해버린 과거의 중국 화범과 화통에 매달려 낡은 정식을 반복하는 죽은 공간으로 되어버렸다.

동양화가 진정한 한국화로 되기 위해 그 내용과 형식에 있어서의 참된 혁파와 발전을 이룩하고 그 주체와 기법에서의 생동하는 현실성과 미학적 효력성을 획득하는 길은, 일방으로 과감한 현실정위와 스스로의 혈통 속에 매몰되어 있는 실사적 지향의 여러 성과를 발전적으로 통일시킴으로써 주체적인 시각과 현실미감의 독특한 표현을 확보하는 일이며, 타방으로는 양화의 진보적인 조형정신, 특히 현실주의 미학과 긍정할 수 있는 여러 형식원리를 비판적으로 흡수·소화함으로써 그 조형언어에 보편성의 토대를 구축하는 데 있다.

이 길은 광범한 잠재력을 총동원하면서 양화와 전통미술의 두 측면에서 함께 통일적으로 전개되어야 할 새 현실주의운동이 중요한 국면으로 될 것이다.

동양화의 혁신에 대한 여러 가지 부분적인 시도들이 있어 왔다. 예컨대 오늘날의 농민, 오늘날의 행상과 근로자들의 참담한 생활을 그리려 한 소재면에서의 현실 지향은 우선 혁신의 단서일 수 있다. 예술에 있어 가장 중요한 것은 내용이며, 내용에서 강렬한 현실 지향이 방사될 때 기법의 변모는 불가피하게 따라온다. 그러나 조형예술의 내용은 단순한 소재만이 아니라 사물과 형상의 운동에 대한 본질적인 인식 내용 또는 그 공간

적 표현을 결정하고 눈의 해석 방향을 결정하는 조형적 목적의식이기도
한 것이다. 소재면에서의 현실 지향은 내용 전체에서의 그것으로 제고되
지 않으면 안 된다. 바로 이렇게 되지 못했던 점에 혁신적 시도들의 한계
가 있다. 그러나 줄기차게 제기되는 자기혁신에의 요청에 따라, 특히 양
화 내부에서 발생하는 전통지향과 새 현실주의 바람과의 긴밀한 교호작
용을 계기로 하여 이 혁신적 지향은 필연코 정당한 방향으로 서서히 발전
할 것이다.

한편 이러한 과제가 요구로서만 제기되어 있고 아직도 실현되지 못하
고 있는 틈을 타서, 동양화와 서양화의 양 측면으로부터 그 혁신의 잠재
적 가능성을 미리 좀먹는 오도된 경향과 숱한 시행착오들이 전통의 올바
른 해석이요 혁파인 듯이 분장하고 나선다.

수묵의 훈 같은 기법을 그 표현적 특징이 생성되어 나온 독특한 감수
성·내용·관념 등의 연관으로부터 오로지 자의에 따라 절개해내고, 또
그것을 전혀 이질적인 감수성의 혈통 속으로 투항시킴으로써 앵포르멜
따위를 흉내 내려 드는 동양화의 한 경향과, 색동·연·아자창·회장 등
을 평면적으로 색채 처리함으로써 오리엔탈리즘을 분장하고 있는 서양화
의 몇몇 순수주의 아류들은 그 오도된 경향의 대표적인 예이며, 그릇된
절충주의적 결합의 좋은 표본이다.

정체적인 동양화에 있어서의 외래적 표현의 흡수는 주체적 방향정립
과 외래 중형정신 및 그 형식원리에 대한 비판적 검토의 통일을 토대로
하여 부분적으로 신중하게 이루어져야 한다. 그리고 그것은 '현실 지향에
의한 자기혁신의 과정'에서 이루어져야 한다. 마찬가지로 급진적인 서양
화의 전통 접근도 전통적 조형정신과 그 형식원리의 참된 이해에 의하여
부분적·점진적으로 이루어져야 하며, 그것 역시 현실 지향에 의한 자기
극복의 과정 속에서만 의미 있는 작업으로 된다. 현실에 대한 끈덕진 조형
적 관심에 의해서만 외래적인 것과 전통적인 것의 참된 통일이 가능하다.

그릇된 절충과 참된 통일은 엄격히 구별되어야 한다. 훈과 평면화의 기술적 유희가 아닌 보다 생활력 있고 보다 총체적이며 보다 현실적·역동적인 곳에 계승할 전통과 계승방향의 참된 지표가 있음을 우리는 잘 알고 있다.

타기해야 할 동양화의 그 정체성은 또한 아카데미즘을 가장하고 이미 사멸해버린 외래양식의 빈 껍질을 핥고 있는 저 잡다한 정적주의 집단의 특징이기도 하다. 그들은 시각 체험과 그 표현에서 가장 저급한 단계인 단순한 정물 재현, 운동과 현실이 제거된 알록달록한 자연의 인상 재현에 끝없이 머무르려 한다. 이것은 작가의식의 수동성이라는 상대적인 문제를 넘어서 끝없이 변화·발전하는 현실 사건과 피비린내 나는 생의 드라마로 가득 찬 인간 현실에 대한 공포와 무기력의 퇴색한 표현이다. 대상을 의욕하고 변경시키려는 강렬한 조형적 의지가 거세되고, 그 대신 대상의 외관을 명상적으로 보려는 의지만이 남는다.

그들은 애써 쓰디쓴 현실의 유입을 막고 오로지 식물적·정적·여성적인 아름다움에만 탐닉한다. 그럼에도 불구하고 그들의 화면에 격렬한 현실 체험의 그림자가 서서히 기어들고, 우수와 불안의 그늘이 스며든다. 이어 시각의 변화와 표현의 역동화를 요구하는 압력이 뒤따른다. 이윽고 그들의 정학은 파탄된다. 역동화 아니면 공간의 죽음이 있을 뿐이다. 정학히 충족시킬 수 없는 이 요구의 확대 과정에서 마침내 역학적 재현이 나타난다. 정학적 재현 속에 은폐되어 있던 주관화의 경향은 드디어 재현의 틀을 깨고 나와 현실을 해체하는 극단적인 주관주의 속에서 그 뼈를 드러낸다.

그들이 공간의 역동화를 통하여 현실로 돌아가지 못하고, 그들이 전 국민적인 대중미술을 건설하지 못하고, 그들이 철저한 주관주의자·형식주의자로 변모하지도 못하면서 동시에 일체의 전위적 모험에 미학적으로 탁월하게 대응할 수 있는 참된 아카데미즘을 구축하지도 못한다면, 그들은 도대체 무엇인가? 그들은 한낱 예술적 스노브에 불과하지 않은가?

이 지루한 두 개의 정체성의 대안에서 요란하게 타오르는 것이 있다. 그것은 형식주의 열병의 미친 불이다.

현실이 제거된 공간 앞에서 기하학적 순수와 음악에로의 비약을 꿈꾸던 추상의 신화가 끝없는 혼미를 거듭하고, 무의식의 다산성에 대한 신앙이 그 본고장에서 이미 난파해버린 지금에도 아류들은 미친 듯이 그 순수한 기적의 재현을 믿는다.

화면으로부터 일체의 이질적 요소를 제거하고 난 뒤에 남는 회화 본래의 화학적 순수성에 대한 신앙은 자체적으로 궁극적 순수화면을 추출한다는 기술적 탐구의 하나로서는 가치 있으나, 총화로서의 공간, 생과의 긴장된 관계에서 살아나는 표현형식으로서는 허무이며 또 하나의 무임수태다. 현실적 생의 검은 운명으로서의 소외, 혹은 인간 상실은 인간의식을 현실로부터 탈락시키고 현실에 대한 공포와 무력을 일반화하였다. 추상주의, 순수주의, 즉 형식주의 이러한 일반화된 공포의 산물이다. 빌헬름 보링거는 현대적 추상충동의 근원을 이와 같은 '정신적 공간공포' 혹은 '미증유의 안정 욕구'에서 찾아냈다. 그가 말하고 있는 대로 '객체와 전적으로 무관하며, 그 스스로 존재하는' '절대적 예술 의욕'이라는 것은 다름 아닌 '형식에의 의지'이다. 일체의 추상미술은 이 의지의 지상명령에 복종한다. 그것들은 이 의지의 지휘 아래 공포로 가득 찬 현실의 구체적 공간을 떠나 내면에 귀 기울이고 그 내면의 소리에 실려 질량도 뜻도 효력도 없는 순수히 형식을 위한 형식을 찾아 덧없이 방황한다.

이 형식에의 의지는 순수히 '잠재적인 내적 요구'라고 한다. 과연 외계의 자극과 그것에 대한 의식의 반작용의 체계로부터 완전히 독립된 순수한 의지가 가능한가? 그것은 불가능하다. 만일 그것이 가능하다면 오직 의식의 본질적 객관성을 쉴 새 없이 거부하고 있는 동안에만 가능하다. 그것은 마치 밑장 뚫린 나무배와도 같다. 스며드는 물을 끊임없이 퍼내고 있는 동안에만 배는 떠 있다. 본질적으로 불가능한 순수성에의 이 환상은 결국 하나의 허구이며, 극단적인 주관주의의 산물이다. 그리고 그것은 객체의 의식 반영과 함께 의식의 본질적인 현실인식의 기능을 전면적으로 허무화하려는 그릇된 주관주의적 왜곡의 초점이다. 미학적인 둔사 아래 인간의식의 필연적 객관성을 마멸하고, 스스로를 합리화하려는 이론적 기도가 파탄됨에 따라 형식주의는 한편으로는 기술화하고 다른 한편으로는 밀교화하는 방향에서 둔갑해버렸다. 이리하여 무내용, 무사상, 무의미를 요체로 하는 이 검은 미사의 신비성은 절정에 이른다.

소외와 인간 상실을 고발하고, 불가해한 괴물로 화해버린 생과 모순에 찬 세계를 변경시키려는 성실한 노력이야말로 현대미술에 부과된 그 누구도 거역 못할 지상의 태제다. 그러나 이 순수 신앙, 이 형식열은 현실로부터 증발하여 에테르화 · 절대화 · 국면화 · 기술화함으로써 타락 · 부패하고 있는 생과 상황을 외면해버리고, 인간회복에 대한 책임과 인류적인 연대성을 철저히 포기해버렸다.

이 순수 신앙의 무내용, 무사상, 무의미성은 우리나라를 포함한 몇몇 후진 지역에서 오히려 활발한 그 아류적 표현 속에서 더욱 극단화된다.

고도의 과학기술 발전에 따른 분업, 기계화 · 자동화 · 조직화와 사회적으로 일반화된 소외, 그리고 막대한 잉여를 특징으로 하는 공업사회의 특수한 예술양식이 조그마한 비판의 여과 과정도 없이 밀수입되어 전혀 이질적인 우리 사회의 현실에 메커니즘에 대한 혐오보다는 오히려 공업화에 대한 희망이 강하고 잉여의 처리보다는 결핍의 해결이, 소외된 실존의 정신적 초월을 강조한 예술보다는 그 실존의 능동적인 변경을 강조하는 현실적인 예술이 더욱 요청되는 이 현실에—그대로 이식될 수 있고 그대로 열매 맺을 수 있다고 믿는다면 그것은 그릇된 환상이다. 어차피 그 양식의 본질과 정신은 변모하고 파탄될 것이며 현실의 특수성에 따른 주체적인 해석 각도의 마련 없이 변모하고 파탄되는 한, 그 생명은 죽어버린다.

아류에게 접수된 새 양식은 다시 한 번 현실과 담을 쌓는다. 그것은 이 땅의 구체적 생활에서 발생하는 현실적 욕구와 대중적인 갈망과 역사적인 요청의 그 어떤 그늘도 용납하지 않으려 한다.

그러나 현실로부터 이탈하고 또 민족적 특수 환경에 대한 고리로부터 철저히 도피하는 극단적인 주관주의의 이중의 오류는 그들 자신이 냉랭하게 거부하고 있는 것을 동시에 그들 자신이 열렬히 또는 어쩔 수 없이 추구하고 있다는 이율배반 속에서 나타난다. 그들의 미학과 신앙의 교리는 객관성과 전혀 무관한 절대적 주관성에, 오로지 내적인 의욕에 의해서 순수한 공간을 탐색하려는 철저한 형식의지에 있다. 그럼에도 불구하고 그들의 화면에는 공간 구성의 단서와 계기가 현실의 객관적 모티프로부터 원초적인 관념, 내용, 의미 또는 서정과 욕구체계로부터 명백히 주어지고 있음을 나타낸다.

형식주의자들 자신이 객관성과의 이 혈연을 어쩔 수 없는 공간의 숙명으로서 자인한다. 결국 그들의 순수 신앙은 최소한도로 객관성의 침식을 막을 수 있는 매우 좁은 범위의 가능성에 대한 회의에 찬 신앙으로 상대화된다. 그러나 아류들, 이 땅의 아류들은 오히려 혈연을 무자각적 · 자의적으로 열렬히 강조하고 더욱이 형식주의의 일반적인 볼모성에서 생기는 근원적인 결함과 공허를 바로 이 혈연의 강화 과정에서 모면해버리려고 시도한다. 이 시도가 치열하면 할수록 그만큼 양식적 특질의 한계와 순수한 기술로서의 가치가 크게 파괴되어 간다. '새동파'이 화면에서 자용하는 바 전통적 색채 경험과 같은 객관적 계기의 발전이나 리리시즘의 횡일은 민족적 특수감정 따위의 구체적 제약과는 도무지 촌수가 없는 순수주의 미학의 파탄이요 그 이식의 비극임을 웅변적으로 보여준다. 형식주의 자체가 모순이며, 그것을 이 땅에 이식하는 것이 또 하나의 모순이다. 그것은 또한 순수주의, 형식주의 회화가 파리나 뉴욕이 아닌 한국—형식보다는 내용을, 순수한 볼모성보다는 효력적인 다산성을 필요로 하고 공허한 세계주의보다는 실속 있는 민족주의가 더욱 요청되는 한국에서 그 양식적 본질의 수정 없이는 최소한의 생활력조차 얻어낼 수 없고 그 수정에 의한 양식 자체의 파탄 없이는 애당초 존재할 수조차 없음을 가르쳐준다.

아류적인 순수주의, 형식주의 밑에 도사린 무시대·무국적의 허황한 코스모폴리터니즘의 환상은 깨어져야 한다. 참된 보편성을 언제나 특수 속에서만 실현되는 것이며, 오직 민족적인 것만이 세계적인 것이다. 현실적인 것이 곧 본질적인 것이며 오직 동시대적인 것만이 영원한 것이다.

열병의 또 하나의 이름은 자연주의다. 그것은 1960년대의 시작과 더불어 미국에서 '팝아트' 또는 '네오다다'의 이름 아래 물질과 일상성의 피동적 수락 또는 그것에 대한 비틀린 야유로서 선풍화하였다. 그것은 예외 없이 우리나라에 상륙했고 또한 예외 없이 잘못되었다. 즉물적 재현의 극단, 자연적 직접성의 극단에서 국부화된 이 선풍은 모든 형식주의의 공허한 수사학과 순수 신앙의 오만한 볼모성을 파괴하는, 미술사 발전의 필연적인 부정적 단계의 도래를 뜻한다. 그것은 형식주의를 테제로 한 하나의 안티테제이며 잃어버린 물질과 잃어버린 객체, 잃어버린 인간을 한꺼번에 직접적으로 포획하려는 하나의 폭력적인 안티테제다. 그 미친 듯한 열광과 허무주의, 그 물질의 무정부상태와 동결은 그러나 참된 해방이 아니라 또 하나의 예속이다. 그것은 현실의 총체적 반영과 물질의 창조적 지양을 폐기하는 또 하나의 즉물주의다.

선풍은 극단화하고 열광자들은 마침내 캔버스를 걷어치운다. 해프닝이다. 인간적 규정으로 반영되는 행동 대신에 행동 그 자체의 벌거벗은 야수적 규정을 유도한다. 작가의 예술적 이서니티브는 그것이 지배해야 할 물질과 감관의 폭력 아래 짓밟힌다. 이니셔티브의 통제력이 거세된 곳에서 물질의 광분은 자동화·우연화·폭력화한다. 참된 객관성도 참된 주관성도 찾을 수 없다. 자동화한 물질의 근원적 폭력은 파괴할 수 있는 모든 규범을 파괴하고, 거부할 수 있는 모든 질서를 거부하고, 야유할 수 있는 모든 권위를 야유한다. 드디어 폭력은 자기 자신을 파괴한다. 드디어 물질은 그 스스로를 지배할 새로운 이니셔티브를 갈망하게 된다. 드디어 이 선풍은 세계미술사 위에 다시 또 하나의 강력하고 새롭고 질서 있는 현실주의의 탄생을 불가피하게 앞당기는 접촉 반응제로 된다.

자연주의는 그 탄생의 첫날부터 이미 그 스스로에 대한 부정을 잉태하고 있었다.

자연주의의 근본 오류는 현실반영에 있어서 인식의 수동성과 능동성, 표현의 객관성과 주관성 사이의 긴장된 교호작용 및 그것의 참된 통일을 성취하지 못하고 직접적 사실을 있는 그대로 하등의 예술적 가공과 능동적 해석 없이 다만 수동적으로 접수하고 재현하는 데 있다. 또한 그것은 현실의 다양한 운동태를 총체적으로 폭넓게 반영하지 못하고 편집광적으로 국부화함으로써, 총체성·생동성·구체성·다양성과 전형성·현실성을 박탈해버리고 오직 고립되고, 침투할 수 없고, 개별적·국소적·폐쇄적이며, 발전이 정지된, 야수적 혹은 광물적인 물질 그 자체의 살벌한 직접성만을 제고시킨 점에 있다. 이것은 공간과 형상으로부터 자유를 거세해버린 숙명론적·기계적인 객관주의의 중대한 오류이며 바로 이것에 의하여 자연주의 그 스스로를 부정한다.

자연주의의 이러한 오류와 일면성은 오직 참된 현실주의의 탄생과 그 현실주의로의 흡수 과정에서만 극복될 수 있다 오직 현실주의 속에서만 그 직접성과 수동성은 참된 주관성의 능동적 개입에 의해, 그 국부화는 현실의 총체적 표현과 전형화에 의해 극복된다.

팝과 네오다다는 모두 고도화한 문명의 산물이며 철저한 도시 미술이다. 그것을 우리나라에서 정착시키려면 뉴욕과 서울의 근본적 차이를 알듯이, 서울이라는 도시문화의 특징과 그 생활조직이 내포한 특수한 모순을 잘 알아야 한다.

네오다다는 직접적·구체적으로 그들이 살고 있는 현실의 체제와 문명, 일체의 생활조직과 관념조직, 현대적인 생 전체, 혹은 네오다다 자체 마저도 부정하는 극히 니힐한 소시민적 반역이며 센세이셔널리즘에 의한 폭동이다.

우리나라에서 그것을 수입하고 그것을 운동화할 때 중요한 것은 그 반역의 표적을 가장 직접적인 서울생활의 현실에서 결정하는 문제다. 네오다다는 그 자체가 지닌 자연주의적 기본 결함 때문에, 즉 사상과 의미, 능동성과 주관성의 근원적 결여 때문에 언제나 그들이 대도시생활에서 직접적으로 마찰하고 있는 가까운 사물들, 아이스크림, 코카콜라, 햄버거, 통조림, 자동판매기, 만화, 광고 등의 통신 방법 그리고 금발의 나부, 낡은 필름, 자동 전축 등에 간단없이 밀착한다. 그리고 도시생활에서 그 누구에게나 익숙한 사물들에의 밀착을 토대로 해서만 그 사물들의 조합 속에 보이는 물질문명 자체에 대한 야유가 가능하고 또 야유에 의해서만 그들의 부정은 생명을 유지한다. 중요한 것은 익숙한 대중적인 사물에의 밀착이다.

우리나라의 팝이나 네오다다의 야유와 저주는 무엇이며 어디로부터 발생하는가? 그들이 야유와 저주가 아무도 이해할 수 없는 것이고, 그 오브제들은 한결같이 외국 취향이며 생경한 것이라면, 또 그것이 이곳에서 그어떤 독특한 충격이나 추문을 발생시킬 수 없는 워싱턴 광장의 해프닝을 그대로 흉내 내는 것에 불과하다면, 그것은 그 하나만으로도 실패다. 무엇이 서울 사람의 대다수와 한국인에게 익숙한 사물이며 현실인가를 생각해 보아야 한다. 그것은 반드시 햄버거, 자동판매기, 금발의 나부와 코카콜라이어야만 하는가? 그것은 어째서 연탄재와 집단자살 기사와 옐로 페이퍼와 짐짝 버스와 바람 집어넣은 동태와 오징어포에 붙어 있는 죽은 파리와 병균이 득실거리는 상한 생선과 관상쟁이의 그림책이어서는 안 되는가? 야유가 난해한 법은 없다. 야유는 외롭고 불만에 쌓인 도시의 소외된 대중들 속에서 대중의 갈채 속에서 폭발하는 대중적 권태와 불만의 표현이다. 그것은 즉물성이며 즉흥적이며 외설적이며 현장적이다. 그것이 난해할 수는 없다.

우리나라의 새로운 자연주의자들은 무엇을 저주하고 무엇을 야유하는가? 그들의 쇼와 그들의 음험한 익살과 저주가 대중의 귀에 들리지 않는 한, 그들의 야유가 계속 이해할 수 없는 또 하나의 난해시인 한, 그들의 표현이 계속 형식주의, 추상서정주의와의 야합을 기도하고 다다의 폭력과 신랄성과 직접성을 약화시키고 있는 한, 그것은 네오다다가 아니요, 네오다다가 아닌 한 그것은 예술이 아닌 쓰레기통이다. 또한 그들이 계속 『룩』지나 『보그』지를 오려 붙이는 것으로 만족하고, 알파벳 활자나 체스터필드 담뱃갑을 점착하는 것을 흉내 내고 있는 한, 뜻 모를 해프닝을 광장이 아닌 한강에서 남몰래 하는 배설처럼 되풀이하는 우리나라에선 팝도 네오다다도 모두 부질없는 짓이요. 이중의 허망한 열병에 지나지 않는다.

이로써 우리의 형식주의건 자연주의건, 그것이 이 땅의 아류들에게 접수되는 각도와 형태는 극히 속물적·피상적이고 유치한 외국 취향이나 천민적인 특수욕구의 한계를 벗어나지 못한다는 것을 확인하게 될 것이다. 중요한 것은 이 물결의 외관이 아니라, 그 속에 있는 양식 정신과 그 폭력의 본질이다. 중요한 것은 이 폭력에 함축되어 있는 직접성의 조형적 의의와 유해성의 한계, 그 일정한 부정적 효력성에 대한 깊은 인식이다. 이 인식이 조형의 현실적 요청에 대한 작가적인 각성과 긴밀히 결합될 때 자연주의 유충들이 현실주의의 탄력 있는 나비로 바뀌어 태어날 가능성이 마련된다. 바로 이러한 현실 지향만이 자연주의를 올바로 극복할 뿐 아니라 더 이상 아류이기를 그칠 수 있는 유일한 길이다.

형식주의와 자연주의. 그것은 참된 예술이 닫고 가는 면도날의 좌우에서 입을 벌린 두 개의 음험한 벼랑이다. 동시에 그것은 참된 현실주의가 스스로를 위해 채취해야 하고 의거해야 할 몇 국면의 저장소이기도 하다. 그러나 새 예술 건설에서 그 무엇보다도 핵심적인 것은 언제나 현실에의 새로운 관심과 집착이며, 생에 대한 책임의 자각이다.

그렇다. 형식주의와 자연주의의 모순을 분해 · 파악하고 그것을 넘어 서려는 노력의 연장선상에서, 오랜 정체성을 극복하고 강력한 전통 확립과 민족미술 건설을 향해 진출하는 모든 공간의 한복판에서, 드디어 미술의 역사는 또 하나의 힘찬 현실주의의 탄생을 외친다. 드디어 우리 미술의 역사는 이조 후기의 진경산수와 속화 이래 또 하나의 주체적인 현실주의의 탄생을 외치기 시작한다.

그렇다. 우리의 미술사는 현실과 반현실, 외화 모방적 타성과 주체적 창의 사이의 갈등의 역사이며, 이 땅의 모든 조형의 젊은 에네르기는 그 타성과 그 반현실을 거부하고 그 현실과 그 창의를 회복하는 대열에서 뭉쳐야 한다.

그렇다. 바로 이것이 우리 세대의 일체 공간 작업의 제일의 과제이다.

◈ 현실주의의 역학

현실주의란 무엇인가? 새 시대의 주체적 현실주의, 보편적이면서 독특하고, 전위적이면서 민족적인 강력한 새 현실주의란 무엇인가? 이것을 밝히고, 이것을 실천하기 위하여 우리가 걸어왔고 또 앞으로 걸어가야 할 미학적 견해의 방향과 기술적 탐색의 내용을 압축한다.

1. 현실이란 무엇인가

현실이란 객관적으로 존재하는 사물 및 생의 현상과 그 현상의 본질의

통일이며, 현상의 운동을 지배하고 관통하고 총화하는 그 운동의 총체현
상이다.

현상과 본질은 두 개로 분열된 것이 아니라 하나로 통일되어 있으며,
현상은 그 본질에 따라서 변화·발전하고 본질은 현상 속에서 가시적으
로 나타나는 그 현상의 합법칙성이다. 말하자면 현실은 그 본질을 개시하
고 있는 현상이요, 현상으로서 나타나는 현상의 본질이다. 예술이 현실을
그린다고 할 때, 그것은 사물의 현상만을 그리거나 사물의 본질만을 그리
는 것이 아니라, 그 현상과 본질을 함께 그리는 것을 뜻한다. 그것은 매를
든 형상과 더불어 그 형상의 포학성을 그리는 것이며, 매 맞는 형상과 더
불어 그 형상의 고통을 그리는 것이다.

현실은 단순히 현전하는 직접적 자연, 즉 감성적으로 개별적이고 즉자
적으로 구체적인 일상적 사실의 단순한 집합이나 또는 그것의 국부화가
아니다. 현실을 사실적 직접성으로서만 이해한 점에 자연주의의 오류가
있다.

현실은 또한 사실과 현상의 저쪽에서 아물거리는 관념적인 본질이나
순수유는 더욱 아니다. 일체 인식과 그 표현의 토대인 사실과 생을 허무
화 시키고 그것을 넘어서, 그것을 제거하는 과정에서 절대적인 그 무엇을
찾으려 한 점에서 추상주의의 오류가 있다.

현실은 바로 현상의 구체적·직접적인 사실을 토대로 하여 그것으로
부터 고양되는 사실들 사이의 충돌과 통일, 사실들의 특징적인 집중과 압
축, 사실들의 긴장되고 두드러지는 현전과 선택, 다시 말해서 그 사실들
의 존재와 운동의 전형성을 가리켜 말하는 것이다. 현실은 특히 상황으로
압축되는 사회적 생의 형상이며, 특징으로 고양되는 개별적 생의 총화이
다. 현실은 사실의 토대 없이는 불가능하고 동시에 사실의 극복 없이는
또한 불가능하다. 현실은 사실의 총화이며 동시에 사실의 지양이다. 현실
은 특수하면서도 또한 보편적인 하나의 모순이다. 이 모순에 현실의 본질

이 있다. 바로 이 모순에 현실주의 예술에 있어서 현실을 있는 그대로 반영하되 동시에 변형과 예술적 강조·과장이 또한 가능한 이유가 있다. 그러나 현실은 부단히 운동한다.

그리고 연속적인 운동 속에서 그 모순은 통일된다. 우리는 현실을 그 연속성, 그 발전 속에서 통일적으로 파악하지 않으면 안 된다. 끝없이 변화하고 있는 이 현실의 올바른 인식은 그것에 대한 인간의 능동적인 가담 속에서, 특히 역사적 체험 속에서 가능하다. 현실에 대한 인간의 능동적 가담으로서의 현실인식, 특히 역사적 체험으로서의 집중적 현실인식은 현실 운동의 과거와 현재뿐 아니라 그 미래까지도 예상하는 적극적인 의식 활동이다.

현실이 이미 단순한 사실적 잡다의 소여만이 아니라 사실 운동의 본질적 형상인 것처럼, 현실의식도 단순한 소여의 수동적인 지각일 뿐 아니라 소여와 더불어 그 본질을 파악하는 능동적 활동인 것이며 현실은 바로 이와 같이 능동적·적극적인 현실의식의 가담과 활동에 의해서만 올바로 파악되는 것이다.

2. 현실의식이란 무엇인가

현실의식이란 주어진 사물과 생의 총체로부터 그것과 더불어 그것의 형상인 현실을 인식하고 파악하는 의식 및 의식내용이다. 그것은 현실을 그 다양성과 개별성·직접성에서 감수할 뿐 아니라, 그 법칙성·통일성·총체성에서 집약적으로 접수한다. 단순히 수동적으로 접수할 뿐 아니라 오히려 그 대상을 의욕하고 선택하며 능동적으로 해석한다.

현실의식의 기초는 통각 체험에 있다. 통각은 소여를 수동적으로 접수하는 일상적 지각 경험을 전체로 하여 이루어진다. 시각 위에 주어진 잡다로부터 통각은 하나 또는 일련의 대상을 선택하고 거기에 집중한다. 시각 체험에서의 통각현상에 의하여 비로소 시각적 소여는 시각적 대상으로 높아진다. 수동적인 지각 경험과 능동적인 통각 경험은 동시에 이루어진다. 바로 이 동시성이 현실의식의 수동성과 능동성과의 통일을 함축하고 있다. 시각 체험에서의 이 동시성과 통일로부터 현실의식의 탄력성을 귀납할 수 있으며 의식에 대한 사물의 반영작용과 사물에 대한 의식의 반작용의 통일성으로부터 시각적 현실 체험과 시각적 현실 파악에 있어서의 수동성과 능동성의 통일을 연역할 수 있다. 여기에서 우리는 현실을 단순히 수동적으로 인식할 뿐 아니라 그것의 변화 발전에 가담하면서 인식하는 현실의식의 적극적 측면을 이해하였다. 바로 이 측면에 의하여 우리는 현실 운동의 핵심과 그 총체성, 강도, 밀도와 방향을 파악하며 이 측면에 의하여 우리는 사태를 해석하고 선택하며 전형과 특징을 구성하고 객관적 법칙과 주관적 요청의 결합 속에서 현실 운동의 방향을 희망하고 욕구하게 된다. 우리는 이 능동성을 의식의 일반성으로부터 하나의 경향적 특질에로까지 발전시켜야 한다. 그것은 현실을 창조적으로 표현하는 현실주의의 하나의 깃발로까지 높여져야 한다.

이렇게 함으로써만 우리는 현실의 예술적 반영과 표현에 있어서의 변형 및 과장과 강조의 새 원리, 새 역학의 창조를 기할 수 있다.

현실의식의 능동성은 치열한 역사적 체험에서 그 절정에 이른다. 수많은 인간의 희망과 투쟁의 응결체인 이 역사적 시간의 체험은 현실에 대한 인간의 능동적 가담의 극치이며 이때의 현실의식이야말로 참된 역사의식이고, 이때의 인간의식의 능동성이야말로 참된 자유의 근거요 창조의 추력이다. 현실의 반영, 특히 상황 속에서 압축되어 들어간 군중 체험을 공간 속에 표현할 때 가장 큰 문제는 바로 이 능동성이다. 이 능동성의 강화만이 우리들로 하여금 힘의 표현, 고양된 상황 자체의 고도한 표현으로 이끌 수 있다. 낡고 무기력하고 편협한 모사론과 기계론적 객관주의의 숙명론을 버리고 탄력 있는 새 현실주의를 건설하는 길은 바로 수동적 인식의 토대 위에서 오히려 이 능동성을 강화하고 확대하는 길이다.

3. 현실주의란 무엇인가

현실주의는 시각적 형상을 통하여 다양한 생활현상을 공간 속에 구체적으로 폭넓게 반영하되 그것을 기계적·수동적으로 재현하는 것이 아니라 높은 예술적 해석 아래 필요한 변형·추상·왜곡에 의하여 전형적으로 심오하게 표현하는 것이다.

그것은 단순한 사실적 현전만을 묘사하는 것이 아니라 현실 운동의 역사적 과거와 현재 또 미래까지도 함축하며, 단순한 현장만을 그리는 것이 아니라 공간적 거리를 넘어서 조형적 의미와 내용의 요청에 따라 가능한 모든 특징적 공간현실을 동시에 압축 표현한다.

그것은 완강하면서도 융통성 있는 목적론적 질서 밑에 현실이 총체적 형상과 비밀을 구체적으로 정사하고 그 내용을 시각적으로 구성하는 것, 단적으로 말하여 그것은 현실의 예술적 구상이다. 현실은 그 본질상 기계적 재현이 아니다 예술적 구상에 의하여 반영될 때 오히려 더 높고 힘찬 현실성을 획득한다.

현실주의를 말할 때 언제나 발생하는 혼란이 있다. 그 첫째는 19세기와 20세기 미술에 있어서와 같은 하나의 구체적인 역사적 경향으로서의 현실주의와 일반적 창작 방법, 즉 원칙적으로 정당하고 충실한 현실반영을 표현하는 예술적 방법으로서의 현실주의와의 혼동 또는 그 어느 한쪽만에의 집착이다.

이에 대하여 그 둘째는 하나의 구체적인 역사적 경향으로서의 반현실주의와 예술적 인식 및 일반적 창작 방법 속에서 일정한 정도로 작용하는 반모사적 지향 혹은 추상적 기능을 혼동하는 일이다. 역사적 경향으로서의 현실주의와 일반적 창작 방법으로서의 그것 사이의 상관관계를 올바르게 이해하지 못하고 경향이 아니라 방법으로서만 파악할 때 현실주의의 구체적인 양식적 결정성은 용해되어 버리고, 미술 발전의 합법칙성의 여러 문제를 애매하게 하며 그것들을 혼란과 착종 속으로 몰아넣는다. 이에 반해 방법이 아니라 경향으로서만 파악할 때 미술 발전의 풍부한 다양성의 계기를 말살하게 된다. 여기에서 요청되는 것은 다양성의 계기인 일반적 창작 방법으로서의 현실주의와 하나의 경향으로서의 현실주의와의 상호관계를 정확하게 파악 하는 일이다.

한편 역사적 경향으로서의 반현실주의와 인식 및 표현의 본질적 국면으로서의 반모사적 지향 또는 추상의 관계를 올바르게 이해하지 못하고 국면을 전적으로 확대하고, 하나의 경향이 아니라 절대적이고 보편타당한 방법으로 고집할 때, 미술은 현실로부터 증발한 하나의 WEG ABSTR-AHIREN으로 되어 버린다. 여기에 대해 반모사적 지향 또는 추상을 대상 인식과 그 반영에서 있는 그대로의 현실 재현과 더불어 작용하는 본질적인 한 국면으로서 이해하지 않고, 현실주의와는 철저히 무관한 하나의 경향적 특징으로서만 이해할 때 미술 발전에서 차지하는 반현실주의의 일정한 가치와 일정한 필연성을 매장해버리고 결국은 현실주의 자체마저 편협한 자연주의로 전락시킨다.

역사적 경향으로서의 현실주의와 반현실주의는 조제프 간트너가 해명한바와 같이 미술사 발전의 필연적인 파장의 한 극단과 다른 한 극단으로서 날카롭게 대응하고 있다. 그러나 두 극단 사이에 놓여 있는 거의 무한대한 변용 가능의 점이지대에서는 일반적 창작 방법으로서의 이 두 개의 지향이 미술사 전반에 걸쳐 다종다양한 현상 속에 복잡 미묘하게 얽히고 서로 영향하고 서로 갈등하고 서로 패권을 교환하면서 발전한다. 동시대적인 각 미술경향들 사이에서, 심지어 한 경향의 내부, 한 작가 세계의 내부, 한 작품의 내부에 있어서까지도 양자는 서로 얽혀 있다. 이 문제의 혼란을 극복하는 길은 경향에서의 대립과 방법에서의 공존 사이의 유동적인 관계를 똑바로 파악하는 일이다.

그리고 하나의 새로운 미술운동으로서의 현실주의는 이와 같은 일반적 방법의 본질구조에 대한 투명한 이해에 폭넓게 기초하여 새 시대의 새로운 정신의 요청과 현실의 상황적 본질에 즉하여 그 경향성과 그 방향을 전혀 새롭고 날카롭고 독특하게 정위해야 한다.

현실주의란 바로 이와 같은 두 국면의 갈등이 현실의 생동하는 반영이라는 방향으로 긴장하면서 통일되는 발전이다. 지난 시기의 현실주의에는 추상적 지향이 묘사적 지향에게 일방적으로 복종하였다. 도래하는 새 현실주의는 가일층 높여진 폭넓고 탄력 있는 현실반영의 강력한 목적론적 질서 밑에서 지난 시기에 죽어버린 방법적 특질로서의 추상적 지향의 정당한 생활력을 회복하고 강화하는 방향이다. 이리하여 현실주의는 다시금 있는 그대로의 현실의 반영이면서 동시에 풍부한 변형과 과정과 추상의 가능성으로서의 강화된 예술적 표현에 의한 현실의 반영이게 된다.

그러나 이 가능성은 경향으로서의 반현실주의가 보여주는 그 극단성과는 인연이 없다. 현상과 그 본질의 통일로서의 현실, 현실의식의 수동성과 능동성의 통일, 현실 표현에서의 구체성과 추상성의 통일은 새 현실주의의 기본 내용이며 그 내용이 지어주는 새 가능성들의 계기에 따라 현실주의는 그 토대와 건축을 확고히 발전시킨다.

4. 새 역학이란 무엇인가

현실인식에 있어서 중요한 것은 현실을 힘과 힘의 운동으로 이해하는 기본 관점의 확립이다. 현실을 인식한다는 것은 현실과 함께 현실 속에 있는 여러 가지 모순을 인식하는 것이며, 모순의 구조와 모순 사이의 관계, 또 그 관계들의 복합화의 모든 층구조를 총체적으로 인식하는 것이다. 사물과 생과 상황 속에서 대립하고 충돌하고 발전하는 이 모순의 작용에 의하여 현실은 곧 힘과 힘의 운동으로서 나타난다. 모순은 존재의 규정이며 운동의 본질이며 힘의 산출자이다. 한 사물이나 형상의 내부에 있는 두 개의 상반된 경향의 충돌이나 서로 다른 사물들 사이의 대립 또는 서로 다른 색채들 사이의 날카로운 대조는 맞서고 있는 양자 사이에 긴장을 조성시키고 이 긴장에 의하여 사물·형상·색채들을 생동성을 갖게 된다. 생동성이야말로 예술의 기본 문제다. 현실을 모순관계로 이해하고 힘의 운동으로 표현하는 역학적 방법에 의거할 때 비로소 공간은 약동하게 되고 비로소 그 역동적 효력의 파급 범위를 확보한다. 능동적으로 파헤쳐서 인식된 현실형상은 그 반영에 있어서도 필연적으로 역동적인 표현을 요청한다. 따라서 역학은 현실주의 조형의 불가결한 무기로, 기본적인 기법으로 된다.

그러나 모순이 생동성의 영원한 근거인 것과 마찬가지로 모든 시대의 모든 화면에는 많든 적든, 강하든 약하든 간에, 그 형상과 공간 및 색채 처리의 일반적 방법으로서의 역학과 갈등형식이 숨어 있다.

새 현실주의가 요구하는 것은 일반적 방법으로서의 역학이 아니라 하나의 특수한 경향적 기법으로서의 역학주의다. 일반적 방법으로서의 역학 또는 갈등은 모순의 동일률, 즉 조화와 균형에로의 경향을 핵심으로 삼고 그 배반율, 즉 대립과 분열에로의 경향을 부차적인 것으로 삼는다. 이에 반해 특수경향으로서의 갈등형식은 동일률을 부차적인 것으로 배반율을 핵심적인 것으로 삼는다. 현실주의의 새 역학은 이와 같이 일반적 방법으로서의 갈등을 토대로 하면서, 그 갈등형식을 경향적 특질로 확대하고 높이고 앞세우는 곳에서 그들을 잡는다.

새 역학은, 공간 내부의 여러 개의 모순, 여러 갈래의 힘과 힘의 계열들이 세부적으로 그 갈등을 해소시키면서 부단히 응결·조화·균형·침투·통일에로 이르는 총체적인 복합화 과정을 그 토대 또는 그 배경으로 깔아 흡수하면서 동시에 그것을 넘어서서 형상적 간부 사이의 첨예한 대립을, 중요 운동계열들 사이의 날카로운 갈등을, 전형과 전형, 특징과 특징 사이의 가파른 충돌을 조직하는 하나의 기술적 경향으로 발전해야 한다.

이 역학은 지난 시기의 현실주의의 통일성보다 더 높고 더 완성된 통일성을 욕구하는 시대정신의 산물이다. 지난 시기의 현실주의가 도달한 통일성을 일반적 방법으로서 접수하면서도 경향적으로는 부정하고 오히려 대립성을 강조하는 방향에 따라 그 통일을 화면 밖으로 유예하고 요청적으로 미래화하는 점에 이 역학의 특징이 있다. 본열과 상극, 적의와 부조리와 소외, 파괴와 불신과 파쟁을 특징으로 하는 현 시대의 내용적 경향에 상응하는 조형미술체계의 핵심이 바로 여기에 있다.

그러나 이것은 끝끝내 현실반영의 한 방법일 뿐이다. 방법으로서의 역학의 한계 밖으로 역학을 끌어내어 기계력의 포학한 인간지배를 찬미토록 만든 미래주의의 그것과는 아무런 인연이 없다.

이 역학은 정학의 모멘트까지도 포함하는 체계다. 발성의 체계가 침묵까지도 포함하듯이 힘의 억압, 힘의 동결, 힘의 압축과 무력상태, 힘의 정적을 표현하는 차디찬 역학과 더불어 발랄한 힘에 대비된 힘의 죽음을 그리는 정학도 포함한다. 또 그것은 그 정적의 정점에서 평면화 · 간결화된 모순을 요약하는 '그림'의 모멘트도 포함한다.

우리는 공간에서의 여러 형태의 갈등을 분석 · 실험하는 과정에서 이 역학과 새 현실주의의 내용을 풍부히 할 것이다. 바로 이 갈등은 현실주의 미학의 관건이며 현실적 시각언어를 강력화 · 효력화하는 기법의 핵심이다. 역학은 바로 갈등의 체계다.

5. 갈등이란 무엇인가

갈등은 현실 모순의 공간적 반영형식이며 시각적 구성형식이다. 그것은 각 시각요소들 사이의 상호 충돌이며 그 충돌의 복합이다. 단순 갈등으로부터 복합 갈등으로, 상생 관계로부터 상극 관계로 이르는 공간갈등의 층구조는 매우 복잡하다. 그러나 화면 속의 이같이 복잡한 민주제적 다양성도 연속·침식·응결·균제·고양 등의 원리에 의해 전 화면을 지배하는 군주제적 질서 아래 통일되어버린다. 경향으로서의 갈등은 이와 같이 세부적 갈등을 화면 내부에 집중시키고 유폐시키는 군주제적 통일성을 기초적으로는 흡수하면서도 그 핵심 표현에서는 오히려 충동과 대립을 더욱 격화함으로써 그 통일을 화면 밖으로 유예하고 미래화한다. 이리하여 화면 내부의 운동이 화면 밖으로, 잠재적 운동 공간 속으로 현실화되면서 발전하고, 공간은 마침내 강력한 효력성의 자장을 형성한다.

이것은 화면과 관조자 사이에 고정되어 있는 반투명성의 개입을 제거하고 화면의 자극적인 운동을 관조자 속으로 직접 연속시키고 확대시킴으로써 어떤 새로운 통일에 도달하려는 방향이다. 형상 사이의 갈등이 심화됨에 따라 화면은 관조자의 여념 없는 도취의 대상이나, 주관적인 자기 정수의 매체가 아닌 하나의 도전으로서, 비판과 사상의 혼입으로 인해 긴장된 지적 정서의 발생을 유도하는 하나의 도전적 사태로서 현전한다. 화면은 관조자와 갈등관계를 형성하고 양자의 가파른 역학관계 속에서 화면이 정립하는 현실해석의 방향으로 점차 비판적 기분이 앙양된다. 이리하여 갈등은 화면 내부의 현실화된 예술적 역학체계로부터 화면 외부의 잠재적인 현실적 역학체계 속으로 확대되고 그 현실적 효력을 실현시키면서 발전한다. 갈등은 현실로부터 예술 속으로 반영되어 들어와 다시금 예술로부터 현실 속으로 되돌아간다.

경향으로서 갈등은 그 극단에서 몽타주와 부분 강조로 나타난다. 몽타주의 소격효과疏隔效果는 몽타주에 의한 총체적 반영과 현실 모순의 선명한 집중 표현의 직접적인 결과로서 이것은 관조 심리 내부의 대상에 대한 기초적 친수감과 더불어 그것에 대한 소외감을 동시에 조성시킴으로써 비판적 기분을 유도한다. 소외효과는 대상에 대한 환각이나 대상의 사실적 유비에 의한 감정이입을 적절히 차단한 강력한 갈등 기술에 의거하여, 대상에 밀착하려는 근원적 경향과 충돌하면서 부단히 대상과 관조자 사이에 비판적 거리를 마련하고 부단히 대상으로부터 관조자를 밀어내고 소외시킴으로써 그로 하여금 대상 속에 압축된 모순의 핵심을 구체적으로 선명하게 파악하게 하고 나아가 비판하게 한다. 더욱이 그것을 형수 과정에 점차 제고되는 지적 앙양 속에서 감동적으로 열렬히 비판하게 만드는 효과이다. 몽타주는 바로 이러한 효과에 의하여 화면을 현실에 대한 관조자의 방향정위자로, 훌륭한 교사로까지 이끌어 올린다. 바로 이러한 기능의 수행, 그 높은 효력성 속에서 유예된 통일이 비로소 이루어진다.

갈등은 모순의 지적 간결화, 평면화 속에서도 빛나는 기법이다. 그것은 때로는 캐리커처로, 풍자와 해학으로, 또 때로는 고도한 사상의 내용과 그 전개를 시각화하고 표현하는 이념예술의 기법으로서 나타난다.

이것은 갈등의 가장 높은 단계로서, 아마도 갈등이 그 자체의 규정을 해소시키지 않고 표현할 수 있는 한 가장 높은 단계일 것이다. 갈등의 전 체계는 바로 이것까지도 포함한다.

갈등은 현실주의 조형의 눈동자다. 갈등은 현실로부터 나와 예술 속으로 오고, 예술로부터 나와 현실로 돌아가는 그 반복 속에서 확대되고, 높은 통일에 도달하는 끝없는 운동이다. 이 운동, 이 원리의 눈동자 밑에서 우리는 일체의 기법을 이해하고 그리고 추구한다.

있는 그대로의 현실묘사는 현실주의의 움직일 수 없는 기초다. 그리고 있는 그대로의 현실묘사에 있어서 작용하는 일반적 방법으로서의 갈등은 이미 일반적이고 보편타당한 문제다. 현실의 사실성, 의식의 수동성, 표현의 구체성, 대상에 대한 관조 심리의 근원적 밀착 경향과 마찬가지로 이것은 재론할 여지가 없는, 일반화된 토대다. 그러므로 여기에 요약하는 기술문제는 첫째 그 일반가치에 대한 몇 가지 새 해석, 둘째 전통 속에서 새롭게 발견되는 독특한 갈등, 셋째 새 시대의 요청에 응한 갈등의 배반율에 한한다.

1) 전형성

전형성은 이미 고전적인 원리다. 원칙적으로 모든 공간형상은 개별적이면서 동시에 전형적이다. 그러나 현실주의 미술의 발전 과정에는 전형성이 개별성보다 우세한 경우가 있고, 반대로 개별성이 전형성보다 우세한 경우가 있다. 바로 지금은 개별성의 우세를 누르고 오히려 약화된 전형성을 강화해야 하는 시기다. 전형성은 특징압축의 원리이므로 선택 · 과장 · 왜곡 등이 그 기법의 내용을 이룬다. 이러한 기법들을 강조 · 강화하는 방향에서 전형성의 우세가 회복될 수 있다.

(1) 선택

전형화 과정은 선택과 변형으로 나누어진다. 우선 잡다 속에서 그 잡다의 특징을 스스로 압축하고 있는 형상을 발견하고 선택해야 한다. 개별적인 형상뿐 아니라 특징적인 집단도 선택한다. 집단과 계층의 중요한 속성들을 선택하고, 또 현실생활의 핵심모순에 따라 특징적인 생활을 선택한다. 잡다와 그로부터 선택된 전형 사이의 관계에서 선택성을 적극 강화함으로써만 잡다의 개별성을 누르고 전형성을 회복시킬 수 있다.

이조 속화에서 단원의 광대, 머슴, 상인과 장인들, 혜원의 한량과 기생들은 광대사회의 여러 계층을 대표하는 선택된 전형들이다. 그리고 야공, 건축, 타작, 행상과 풍물놀이, 선유와 칼춤과 도박과 정사 등은 당대 현실생활의 중요한 두 측면, 즉 생산과 소비의 특징 선택의 모범을 보여준다.

속화는 당대 현실의 계층적 특징을 다양하게 선택하여 구성지게 조합하였다. 혜원의 경우, 특징들 사이의 갈등은 그 주제와 견해의 친화적 경향 때문에 부드럽게 융화되고 동질화하고 있다. 이에 비하여 단원의 경우에는 특징들 사이에 대립의 단서가 나타나고 있으며 그것은 더욱 발전할 가능성을 가지고 있다. 그러나 아직 그것은 무해한 대립으로 머물러 있고, 날카로운 전형성과 전형의 가파른 갈등과는 아직도 거리가 멀다. 우리는 오늘날의 사회현실과 각 계층의 생활로부터 그 특징을 선택해야 한다. 이때 이조 속화의 전통, 특히 혜원의 그것을 바탕으로 하고 그 위에서 단원의 갈등을 더욱 강화 발전시키는 방향에서 강한 전형의 선택과 산출에 도달해야 한다. 우리나라 가면극의 여러 탈들은 이와 같은 강하고 탁월한 전형의 선택을 보여주었다. 한 계층 내부의 상반되는 두 가지 중요한 성격 특징을 선택하여 한 인물 속에 압축함으로써 그 계층의 내부 모순과 특징을 강력하게 전형화하였다. 예컨대 양반탈은 그 표정의 너그러움과 간악함을, 의젓함과 비추함을 또는 기민성과 우둔성을 함께 압축하고 대립시킴으로써 양반의 전형을 완성하고 있다. 탈의 표정이 부드러워지고 개별성이 강화될수록 전형성이 약화되고 갈등이 둔화된다. 탈춤은 더 나아가 당대 사회의 특징적인 생활전형을 선택한다. 양반과 상놈, 파계승과 오입쟁이 소무, 영감과 할미와 젊은 첩의 장면들, 이것은 당대 사회현실의 핵심적 모순을 선택에 의하여 총체화한 것이다.

물론 드라마와 회화는 다르다. 그러나 드라마가 회화로부터, 그리고 회화가 드라마로부터 배울 수 있다. 우리는 탈춤으로부터 그 고도의 선택성과 탁월한 압축력을 배워야 하고, 배운 것을 공간적으로 발전시켜야 한다. 그러나 이것은 개별성을 완전히 배제하는 경향과는 인연이 멀다. 그것을 배제할 수는 없다. 전형화란 원형과 그 변형 사이의 관계요, 형상의 개별성은 바로 이 관계 자체를 규정하는 도식이기 때문이다. 개별성의 토대 없이는 선택과 변형 자체가 불가능하다.

선택은, 형상의 잡다로부터 특징을, 시간의 잡다로부터 역사적 시간을, 공간의 무한대로부터 상황 속에 축약된 특정 공간을, 그리고 사실과 생의 무더기로부터 현실 자체를 선택하는 현실주의 창작 방법의 기본이다. 그

리고 그것은 전형성을 산출하고 그것을 강화하는 경향적 기술이기도 한
것이다.

(2) 과장 또는 강화와 약화

원형의 특징을 강조 표현하기 위하여 원형의 사실적 비례를 점차적인
고양에 의하여 강화하거나 약화시키는 과장 방법, 이것은 눈의 해석에 의
해 파악된 구체적인 색채, 선, 형상 및 형상관계의 조형적 의미나 내용의
요청에 따라 이루어지고 구체적인 색채, 선, 형상 및 형상관계의 질적 규
정의 한계 속에서 이루어진다. 질적 규정이란 구체적인 형상의 양적 변화
(변형)의 한도를 규정하는 그 형상의 본질적인 제약이다.

8세기 중엽에 이루어진 석굴암의 불상들, 특히 본존불의 그 힘과 아름
다움은 조형적 강화와 표현적 과정을 통하여 얻어진 결과였다. 석굴암의
모든 불상에서 우리는 구체성과 추사성의 완숙한 통일로서의 현실주의,
특히 과장과 경화, 강화와 간결화의 신비한 종합을 발견한다. 마찬가지로
숱한 불경과 불화들에서 한 형상이 그 사실적 비례보다 더 커지거나 작아
지고 형상의 운동이 사실보다 더 강화되거나 약화되는 것은 그 의미와 내
용에 따른 보다 높은 현실 표현의 방법일 것이다. 뿐만 아니라 전통미술
의 도처에서 보이는 공간의 형상배치에 있어서의 탄력성 있는 강화와 약
화도 역시 현실 운동의 특징을 시각적으로 요약하는 중요한 기법이다. 이
것들은 모두 현실주의에 위배되는 것이 아니라 오히려 그것을 고도화하
는 탁월한 기법이다. 우리는 이 과장 방법을 광범위하게 계승하고 발전시
켜서 독특하고 융통자재하게 사용해야 할 것이다.

(3) 왜곡

왜곡은 조화적인 원형을 파괴하는 것이다. 형상의 한 부분이 그 전체와
의 일상적 · 조화적인 상관관계를 지양하고 불균형 · 부조화 상태로 변형
되는 것을 말한다.

이것은 형상의 한 계기와 형상의 총체성 사이의 갈등이다. 이것은 특징과 성격 또는 성격 내부의 모순을 극단적으로 과장하여 양식화하는 방법이다. 현실의 극심한 분열과 적의, 병적인 퇴폐와 추악성을 공격적으로 표현하기 위해서는 왜곡은 불가피하다. 그것은 캐리커처와 가까이 연접되어 있고, 또 그로테스크에로 떨어질 위험성도 가지고 있다. 그러나 동시에 그것은 역사적으로 병든 시대의 병든 생의 내용을 표현함에 있어 그 병든 것에 대한 적극적인 저항형식으로서 평가되어 왔다. 그것은 병든 현실과 인간의 병든 영혼을 공격하는 데 비상한 효력을 나타낸다.

왜곡의 방법에는 대표적인 두 가지가 있다. 찬탈과 폄출이 그것이다. 찬탈은 원형이 그 본질에 의해 얻을 수 있는 지위보다 훨씬 더 높은 형식 속으로 끌어올리는 방향에서 왜곡하는 것이며, 폄출은 반대로 원형의 본질에 의해 얻어야만 하는 지위보다 훨씬 더 저급한 형식 속으로 끌어내리는 방향에서 왜곡하는 것이다. 둘 다 전복표현이며, 돈강적 표현이다. 이것은 극단적인 갈등형식이고, 이 방법에서 전형성은 그 정점에 이른다. 그러나 여기에서도 개별화와 변형의 질적 규정은 지켜져야 한다. 그것이 지켜지지 못할 때 왜곡은 '썩은 양식'인 그로테스크로 전락할 것이다.

여기에서 문제가 되는 것은 캐리커처와의 관련이다. 사실 사물의 기계적 재현으로부터 정치적 캐리커처에 이르는 넓은 영역의 중심에서 현실주의 회화는 그 두 극단을 배제함으로써 성립되었다. 그러나 그것이 그 두 극단과 부분적으로 관련을 맺고 있는 것도 사실이다.

때로 캐리커처적인 표현이, 때로는 즉물적 재현이 부분적으로 용납될 수 있다. 풍자는 모사와 더불어 현실주의의 한 계기인 것이다. 이 왜곡의 영역은 회화의 현실비판 기능으로, 교양 기능으로 연결된다. 각종 불화의 불정, 벽화에서 권선징악의 교화적인 목적 아래 사용된 이 왜곡의 영역이 오늘날의 현실비판과 대중계몽과 교양을 위해 계승·발전되어야 함은 물론이다. 특히 미래관이 강한 우리나라 토착 불교의 대중적인 교리의 특징은 현세와 내세, 성과 속, 죄와 벌, 선과 악의 대립이 칼날처럼 가파르고, 그 포교에 쓰인 그림들도 따라서 갈등의 배반율이 강하고, 시각표현에 극단적인 적대적 대립과 왜곡이 심하다. 이것은 우리 민족의 정신사와 우리 미술사를 뚫고 흐르는 한 특성이요, 하나의 독특한 양식 정신을 보여주고 있다. 오늘의 현실에서도 돌출하고 있는 극심한 저 이율배반의 편재성에 대응하여 이 형식은 다시금 살아날 수 있고, 살아나 발전할 수 있는 생명력을 가지고 있다.

2) 동시성

현대 미술에서 동시성의 문제보다 더 중요한 문제는 아마 없을 것이다. 그것은 현대문명의 성격과 그 문명양식의 내부로부터 발생한 요구다. 지금 우리에게 필요한 것은 다양한 현실의 총체적 표현을 위한 특징적 공간 현실의 동시축약이며, 현실의 선명한 집중 표현을 위한 역사적 시간의 동시축약이다.

정치 · 경제 · 문화의 국제화는 현실과 상황의 공간적 범위를 넓히고, 현실 발전의 파장의 복잡성과 거기에 첨가되는 가속도는 현실의 시간적 함축성을 비상하게 강화하였다. 바로 이러한 팽창이 미술 속에서 동시성의 문제를 새로운 수수께끼로 숙제화한다. 그런데 이 숙제해결의 단서를 우리는 이미 고구려의 고분벽화와 각종의 불화 속에서 찾아내었다. 새 시대의 수수께끼를 옛 그림이 암시해 준 셈이다. 고구려 벽화나 물화에 나타난 이 동시성은 공간적 · 시간적 차이를 초월하여 서로 다른 형상 및 운동 계열들을 한 화면에 묶거나 또는 몇 개의 벽면에 분산시킴으로써 시대의 사회적 생활현상을 총체화하는 일종의 몽타주로 나타났다. 동시성은 바로 몽타주의 문제인 것이다.

(1) 공간의 동시축약

공간적 차이와 거리를 축약함으로써 동일화면, 동일한 예술현실 속에
서로 다른 요소를 종합한다. 벽화에서는 수렵하는 기사군과 마을 부녀자
생활이 그 공간 · 시간의 차이를 넘어서 몽타주되어 있다. 이것은 오늘날
예컨대 빌딩군이 솟은 도시생활과 삭막한 황야에 놓인 농촌생활의 동시
표현으로, 항구와 내륙, 한국과 미국, 산간과 바다 또는 전선과 후방, 공장
의 내부와 농장의 전야의 동시표현으로 바뀔 수 있다.

이때 중요한 것은 그러한 조합과 구성의 의미나 내용이다. 그 의미나
내용의 요청에 따라서 갈등의 성격이나 강도가 결정되고 요소들 사이의
처리 방법이 결정된다. 고구려 벽화에서, 다양한 현실반영에 나타난 이
동시성의 일반적 기능을 우리는 다시금 강조하여 경향적으로 적극화 ·
역동화 할 필요가 있고, 이렇게 함으로써만 옛 그림의 전통적 가치를 오
늘날의 현실가치로 바꿀 수 있는 것이다. 현실의 사회성 · 총체성을 표
현함에 있어 공간의 축약은 그 기본 기법이며, 몽타주는 그 기법의 눈
이다.

(2) 시간의 동시축약

한 형상의 과거 · 현재 · 미래의 행동을 한 화면에 종합하는 것으로부
터, 과거의 인물과 현재의 다른 인물과의 관련을 구성하고, 과거 민중의
역사적 체험과 현재의 그것, 그리고 미래의 그것을 한 화면에 압축하고
전형적으로 총체화하는 것에 이르기까지 중요한 것은, 단순한 자연시간
의 축약으로부터 그것을 넘어 특징적인 역사적 시간의 의미심장한 축약
으로 발전시키는 체계를 이해하고 확립하는 일이다. 우리는 업의 발전과
윤회를 그린 불화의 몽타주에서 과거 · 현재 · 미래의 인간운명의 전복과
장난과도 같은 생명 형태의 전화 속에 숨어 있는 그 예리한 갈등을 요해
하고, 그것을 민중 운명의 역사적 변화와 파괴되고 건설되는 문명 발전의

필연적 법칙성을 표현하는 현대적 몽타주로 바꾸어놓아야 한다.

이와 같이 선택되고 축약된 시간의 갈등을 통하여 비로소 역사의 참된 본질에 대한 각성이 관조 심리 속에서 이루어질 수 있다.

공간과 시간의 동시성이 한 화면 속에서 교직될 때 그것은 표현의 무한한 가능성을 가져다준다. 이 가능성은 몽타주의 공로이며 몽타주야말로 공간표현의 최고봉이다.

동시성이 하나의 화면 속에서 이루어지지 않고, 몇 개의 화면으로 분산되어서 표현된 경우 문제가 따로 남는다.

그 주제와 표현하려는 의미는 통일되어 있고, 긴장된 일련성 아래 그 내용이 발전하고 있거나 또는 동시성이 표현되고 있는데, 그 화면들은 따로 떨어져 있고 또 그 구성은 각기 독립적이다. 하나이면서 여럿이고, 여럿이면서 하나인 경우가 바로 이것이다. 우리나라 부락제의 열두 거리의 구성형식, 탈춤의 열두 마당 형식, 김유신 묘의 십이지신상과 병풍이 이것이다.

병풍은 각기 다른 화면들이면서 일련성을 가진 화면군이며, 서로 떨어져 있어 독립적이면서도 동시에 서로 붙어 있어 연방적이다. 병풍은 각각 서로 다른 현실을 전개하여 독립적인 하나의 작품으로 성립되면서도 동시에 내용이나 주제의 일련성에 의하여 커다란 또 하나의 통일된 작품을 형성하는 독특한 새 미술형식으로 발전할 가능성이 있다. 그것은 한 화면 속에 여러 형태의 갈등을 몽타주하는 데서 발생하는 그 갈등들의 필연적인 질서화 경향과 숙명적인 통일지향을 근원적으로 극복하고, 보다 높은 차원의 날카로운 소격을 탁월한 의미에서의 가파른 대조와 대립을 결정할 수 있는 새 소격형식으로서의 가능성을 지닌다.

서양화가 그들의 전통적인 단일화면의 한계를 벗어나려고 몸부림치면서도 숙명적으로 벗어나지 못하고 있는 점을 고려한다면, 병풍이야말로 괄목한 만한 문제점이요, 우수한 전통적 유산이다.

우리는 마땅히 새 시대의 새 요구에 맞게 이 병풍을 발전시켜야 한다. 총체적 표현기법의 정점이라 칭송되는 몽타주를 미학적으로 탁월하게 극복하는 길이 혹시 이 병풍형식의 현대화 과정에서 열리지는 않을까? 아마도 그럴지도 모른다.

3) 연속성과 차단

역학적 표현과 갈등과 갈등에 의한 소격효과의 산출에 있어서 운동의 연속성과 그 차단의 문제는 매우 중요하다.

운동은 다양한 형태로 복잡하게 연속되고 또한 다양한 형태로 차단된다. 더욱이 민주의 운동은 복잡다기한 연속의 파동선 사이의 갈등과 그 복합 과정이다.

이것은 커다란 몇 줄기의 운동 속으로 흡수되고, 운동의 줄거리 사이의 충돌에 의하여 차단된다. 어느 곳에나 연속이 있으면 차단이 있고, 차단된 운동은 다시 연속되는 것이다.

우리 미술의 특질은 연속성에 있다고 한다. 일체의 행차도는 연속성의 표본이다. 연속성은 선의 본질이다. 야나기 무네요시柳宗悅는 우리 미술의 본질을 선이라고 단정했다

이 땅의 많은 학자와 예술가들은 지금껏 이 일인의 설을 절대시하고 있다. 그러나 이조 속화에서 이 연속성의 차단과 그 차단에 의한 공간의 역동화가 강력히 나타났다. 단원과 혜원뿐 아니라, 겸제 일파의 진경산수에서도 차단에 의한 역학적 표현의 단서가 진출하고 있다. 단원의 용주사 불정에서 보이는 요철과 준찰에 의한 입체표현은 선묘보다 차단을, 갈등을 강화한 점에서 매우 중요하다. 고구려 벽화와 수많은 불화들에서 갈등과 연속의 차단은 흔히 보인다.

뿐만 아니라 미술 이외에 판소리 · 탈춤 · 풍물 · 시나위 등 광범한 민예 속에서 강력한 차단기법들이 무수히 나타나고 있다. 이 민예의 자료들

에 의하면 선이나 연속성보다는 그것을 차단하고 오히려 요소 사이의 갈등을 제고함으로써 비애보다는 약동을, 내면화보다는 저항과 극복을 고취하는 활력 있는 남성미의 특질이 지배적이다.

시대적 조건과 사회구성, 예술사 발전의 단계와 그 복합적 구조를 이해함이 없이 그저 선이다라고 단정 지은 것은 잘못이다. 연속과 차단은 언제나 동시에 있으며 오직 그 어느 쪽이 강해지거나 약해지는 균형의 변화가 있을 뿐이다.

혜원의 무녀도와 단원의 도반도는 속화의 역동주의의 싹을 보여준 모범이다. 이러한 전통을 전면적으로 계승하여 그 역동성의 싹을 앞으로 끌어내고, 차단 방향을 강화함으로써 주체적인 독특한 역동주의를 결실시켜야 한다.

4) 소격

갈등이 모순의 표현이듯이 소격은 소외의 표현이다. 소외가 모순의 산물이듯이 소격은 갈등의 산물이다. 세계로부터의 인간의 고립, 기계화·자동화 과정으로부터의 인간의 탈락, 번영과 방종으로부터의 민중의 탈락, 민중으로부터의 개인의 고립, 즉자와 대자의 분열, 인류적·민족적 연대성의 파탄, 사회적 적의의 발전, 농촌과 도시의 낙차, 고독의 창궐, 극단적 방종과 극단적 부자유, 사치와 빈곤, 종교의 속화와 이데올로기의 종교화, 민중과 엘리트의 분열, 이 모든 모순이 소외의 근거이듯이 이 모든 모순의 표현은 소격인 것이다. 이미 선택이, 몽타주가, 연속성의 차단이 소격이었다.

이러한 갈등의 수평으로부터 돌출하는 소격형식이 있다. 그것은 부분강조 혹은 클로즈업이다. 이 형식의 원형을 우리는 옛 그림에서 찾는다.

안악 고분벽화에는, 그 의미의 중요성에 따라 한 형상이 다른 형상들보다 몇 배로 더 크게 그려진 예가 보이며, 그 뒤의 도석화와 불화와 문인화에서도 도처에 신선과 부처 혹은 그 밖의 중요한 형상들이 기타의 형상들보다 비교할 수 없을 정도로 강조되어 있고 돌출되어 있다. 이러한 예는 이조 속화에서 비판적으로 흡수되어 나타났다. 속화의 경우 그 돌출은 다른 형상과의 현실적 비례관계에 의해 크게 억제되어 있으나 역시 운동의 핵심 형상들은 그 힘의 밀도와 공간적 의미의 중요성에 따라 알차게 강조되어 있다. 이것은 형상 사이의 비례를 사실화하려는 근원적 경향에 대한 차단이며 충돌이다.

도석화, 불화, 문인화의 경우, 이 기법은 철학적 · 종교적 관념이나 서권기의 그 '서먹서먹함'의 표현에 봉사하였다. 그러나 이조 속화는 이 기법을 그 서권기의 표현면은 아예 지양하고 오히려 속기(역동성 · 현실성 따위)의 표현 형태로서 거꾸로 흡수하여 실사적 질서 아래 복종시켰다. 이것이 바로 부정적 계승이다.

우리는 실사적 지향에 의해서 이 기법의 반현실성을 견제한 속화의 전통을 긍정적으로 받아들여야 한다. 그러나 그와 동시에 이 기법 본래의 표현적 생활력을 오히려 회복하고 강화하는 방향에서 속화의 긍정적 계승과 문인화의 부분적 · 비판적 계승을 올바로 통일할 수 있다. 이 기법은 단순한 '서먹서먹함'의 표현으로부터 현대의 기괴하기 짝이 없는 소외감의 가장 정확한 표현으로 동시에 그것에 대한 가장 저항적인 표현으로 발전되어야 한다.

강조 또는 클로즈업은 집단 속의 한 형상이나 형상 속의 한 부분을 강조 또는 확대하는 것이다. 이것은 때로 전형이나 특징을 극도의 직접성속에서 고도화하는 방법으로 되기도 한다. 물론 대체로 한 형상이나 얼굴, 발이나 손의 클로즈업이 의미의 강조나 격한 감정의 표현으로 쓰인다. 그런데, 예를 들어 인물들의 한 집단 옆에 회전하는 기계의 거대한 한 부분을 극히 즉물적으로 클로즈업시킨다고 하자. 그 비정적인 광물성, 번들거리는 기계적인 표현은 그 옆 인물들 속에서 발전하고 있는 하나의 경향을 급격히 차단해버린다. 이 차단에 의하여 소격효과가 발생하고, 관조 심리 내부에 날카로운 오성의 발작이 일어난다. 이 발작을 통하여 일종의 각성, 일종의 비판적 감동이 나타난다.

그러나 클로즈업의 이 즉물성은 부분적인 현상으로 한정된다. 초현실주의에서의 공간소격은 이와 같은 차단과 갈등에 의거하지 않고, 극단적인 주관화와 전체적인 직접성의 그릇된 절충에 의한 '속임수 그림'에 몰두함으로써 소외를 극복하는 소격이 아니라, 소외를 심화시키는 그릇된 소격형식으로 전락했다.

오직 탄력성 있고 완강한 현실주의만이 그 정신과 기법의 참된 통일 아래 소격형식을 지배하고 구사함으로써 소외의 극복에 그 효력적인 강타를 가할 수 있다. 일체의 기법은 그것을 지배하는 조형정신의 명징성과 강력성 밑에서만 그 생활력을 획득하는 것이다. 중요한 것은 기법이 아니라 조형정신이기 때문에.

◆ 현실주의 미술의 건설과 전통계승의 통일적 방향

전통이란 무엇인가?

우리는 동상 옛 그림을 모두 전통 미술이라 부른다. 또 일제침략과 양화의 수입 이전까지의 모든 우리나라 미술사를 전통이라 통칭한다. 그러나 엄밀한 뜻에서의 전통은 이와 다르다. 그렇다면 전통이란 도대체 무엇인가?

참된 전통이란 죽어가면서 살아나는 것이다. 그것은 부단히 새 미술에 의하여 지양되어 죽어가고, 새 미술에 의하여 계승되어 살아난다. 옛 그림이면서도 오늘날에까지 그 빛과 힘을 잃지 않고 살아 있으며, 그렇게 살아날 수 있으며, 그렇게 살아갈 가치가 있는 그림을 일러 참된 전통미술이라 부른다.

참된 전통은 한편으로 그 스스로의 양식적 생명력에 의하여 살아 흘러 내리고, 다른 한편으로 새 미술이 새 현실의 요청에 따라 선택함에 의하여 살아 피어오른다. 어떤 것은 무조건 계승되고 어떤 것은 무조건 폐기된다. 어떤 것은 전반적으로는 긍정적으로, 부분적으로는 비판적으로 계승된다. 또 어떤 것은 전반적으로는 부정되고 지양되면서 부분적으로는 부정적으로 혹은 비판적·조건적으로 계승되기도 한다.

전통의 계승은 일률적인 것이 아니다. 요컨대 그 계승의 방향과 방법에서 관건이 되는 것은 민족정신의 강력한 연속과 조성되고 있는 새 현실이다.

민족정신이란 것도 소박하게 단군 때부터 그대로 흘러 내려오는 정신이 아니라 이 민족의 역사 속에서 한때 무너져가는 한 사회와 그 사회집단으로부터 새로 일어나는 다른 한 사회와 그 사회집단에게로 계승되고 그들 구미와 희망에 알맞게 비판적으로 해석되고 덧붙여 새로 만들어지면서 발전하는 것이다. 바로 그렇게 계승된 지난날의 정신이 지금에도 강력하게 계속 문화적 욕구의 충격력일 수 있다면, 그 정신의 인력에 의해 낡은 양식은 변모를 거듭하면서도 살아 있는 것이다. 한편 새 현실은 새로운 요청에 따라 능동적으로 지난날의 어떤 양식을 계승하거나 또는 지양한다.

이 현실이란 것도 간단치는 않아서 그 요청이 낡은 것과 새것으로 갈라진다. 새 요청이란 현실 가운데서 지금 막 발달하고 있는 역사적으로 새로운 기호를 중심으로 하는 것이고 그것이 선택하는 전통은 역시 새로 피어오르는 사회의 초기 양식, 진취적이고 현실적이며 역동적인 양식을 중심으로 한 것이다. 낡은 요청이란 현실 가운데서 바야흐로 사양하기 시작한 기호를 중심으로 하는 것이고, 그것이 선택하는 전통은 역시 무너져가던 사회의 말기 양식, 퇴폐적이고 반현실적이며 명상적인 양식을 중심으로 한 것이다.

참된 전통이란 강력한 민족정신의 인력에 의하여 끊임없이 살아 있어 흐르면서 빛나고 그와 동시에 새 현실의 새롭고 건강한 요청에 의하여 욕구되고 또한 선택됨으로써 전혀 새로운 생활력에로 통일하고 발전하는 미술양식을 일러 말한다.

그러나 불행히도 우리나라의 근대사 및 근대미술사는 외압의 시달림 아래, 특히는 일침의 압력 아래 다분히 기형적으로 발전하였고, 따라서 전통에 대한 민족정신의 압력은 무참히 차단되었고, 현실의 새로운 요청은 그 싹부터 잘리었다. 오랜 악순환이 시작되었다. 확대되어야 할 전통이 위축되고, 발전되어서는 안 될 것들이 오히려 만연하였다. 현실을 올바르게 파악하고 표현한 단원·혜원 등의 실사적 전통과 이 땅의 독특한 미감을 주체적으로 표현하려 한 겸재 일파의 진경산수의 흐름은 핍박 아래 시들고, 오히려 현실을 외면한 안견류의 주간화의 전통과 막화 일변도의 문인화풍이 풍미하였다. 더욱이 전통을 전면적으로 깔보는 조국 기피증의 창궐과 더불어 쏟아져 들어왔고 지금도 여전히 퍼부어 들어오고 있는 양화의 신조류들과 그것에 대한 아류적인 '새것 콤플렉스'의 범람은 우리 미술사 발전의 도장과 해결해야 할 문제의 산적을 걷잡을 수 없을 정도로 넓히고 높여 놓았다. 주체적 시각을 회복하고 현실을 똑바로 보고 그리려는 소수의 창의가 다수의 외화 모방적 타성과 반현실적인 몽유도원병에 의하여 구축되었다.

결과는 현실 부재와 무기력과 타성뿐이다.

현실이란 말은 바로 이것들의 대명사로 되었다.

그러면 극복의 길은 없는가? 있다면 어디에 있는가? 그리고 우리들은 무엇부터 착수해야 되는가?

물론 그 길은 있다. 그 길은 현실주의 미술을 건설하는 일이다. 이 길에서 참된 전통계승의 문제와 주체적 시각 회복의 문제가 통일적으로 해결될 것이다. 핵심은 현실이고, 현실복구의 길이며 그리하여 우리가 우선 착수해야 할 일은 현실주의의 건설이다.

『우리나라 옛 그림』의 필자 이동주 선생은, 이조 후기미술의 완당바람, 즉 문인화의 새 대두가 당시 꽃봉오리처럼 피어오르던 진경산수와 속화를 모진 바람으로 꺾어버린 것이라고 한탄하면서 다음과 같이 썼다.

> 옛 그림이 만일 그대로 그러한 풍조를 타고 갔더라면 혹은 새로운 기법, 새로운 화법 위에 선 새로운 근대미를 그림 속에서 찾았을는지도 몰랐었다. 그림이 그림의 본도인 회화적 현실감에 되돌아가서 테마를 구하게 되어야 현실의 감각에서 출발하여 현실을 넘는 회화미의 새로운 탐색도 가능할 것으로 생각된다.

이조 말의 미술 풍토를 두고 또한 이동주 선생은 다음과 같이 썼다. "화공은 여전히 정형산수를 그리는 동안에 그만 세상은 바뀌고 옛 그림은 그것이 요구하여야 되는 현실적인 미감과 유리하게 되었다." 그러고 나서 선생은 역설하였다. 결국 화법이 정형화되고 현실로부터 유리되었을 때, 그것을 극복하는 길은 오직 하나, 과감하게 눈을 현실로 돌리는 것뿐이라고.

그렇다. 현실주의 건설만이 유일한 길이다.

그 밖의 다른 길은 아무 곳에도 없다. 그것을 건설하고 발전시키는 과정에서 우리는 주체적 시각을 회복하고, 참된 전통을 생활시켜야 한다. 우리는 이조 속화와 진경산수의 전통을 새 현실주의의 혈연적 토대로서 무조건 계승하고 발전시켜야 한다. 그것을 중심으로 8세기 신라미술의 현실주의와 기타 모든 시대의 실사적 지향의 전통을 전반적으로는 긍정적으로, 부분적으로는 비판적·조건적으로 계승해야 한다. 한편 광범한 반실사적 미술의 전통을 전반적으로 지양하면서 부분적으로는 중요한 그 형식적 이월가치를 발굴하여 비판적 · 조건적으로, 때로는 날카롭게 부정적으로 계승해야 한다. 특히 문인화의 경우 몇 가지 한정된 기법의 비판적 계승이 아닌 무조건적 · 전면적 계승은 인정할 수 없다. 작금에 풍미하고 있는 사군자나 서예, 금석학 또는 시대착오적인 정형산수들의 유행은 속화나 춘의동국진경들을 찾는 새로운 요청이 아직 청소함에 대응하여 낡은 요청이 여전히 완강하고 오히려 더 증가하고 있는 형편임을 보여준다.

낡은 요청에 상응하는 반현실적 양식의 무한대한 보급은 새 요청의 잠재력을 약화시키고 현실예술과 대중기호 속에서 광범한 양반문화의 전통을 복고시키고 몽유적인 반현실주의를 회복 · 강화시킬 것이다.

이것은 낡은 기호의 낡은 요청에 의한 것이다. 우리는 이것을 제동하기 위해 그 계승과 유행을 전적으로 비판해야 하며, 한편 새 요청을 강화시키고 거기에 부응하여 속화, 진경산수와 신라통일기 현실주의 미술의 연구열을 일으켜야 한다. 외래 미술에 대해서는 전통계승의 측면에서 보다 더 가파른 검토와 선택과 비판의 준엄한 원칙 아래 그것을 흡수 · 소화하는 질량과 정도와 종류를 결정해야 한다. 전통의 계승 방향과 외래미술 흡수 방향의 통일은 동양화에 있어서 전통의 무조건적 계승의 연소성을 핵심으로 하여 외래미술 흡수 방향을 부분적으로 배합해야 한다. 양화에 있어서는 그 양화의 현실주의 자산을 전반에 긍정적으로 계승하면서 거기에 전통혈연의 무조건적 계승 방향을 대립시켜야 한다. 그리고 그것의 통일을 중심으로 문제를 서서히 해결해 나가야 한다. 이와 같은 전통계승의 문제는 동양화 내부에서 반드시 일어나야 할 자기혁신과 현실 지향의 고조와 더불어 이루어져야 한다. 이 모든 선택된 자산은 강력한 현실 표현의 목적의식 밑에 종합되고 체계화되어 현실주의 미학의 내용을 더욱 풍부히 하고 보다 고도화할 것이다.

전통과 현실은 함수관계다. 올바른 전통계승의 방향은 현실 지향과 통일되어 있으며, 전통의 참된 가치 해석은 현실주의 미학의 건축 과정에서 비로소 가능하고 또한 전통을 발전적으로 해석 · 적용하는 과정에서 비로소 현실주의는 그 미학적 토대를 굳히게 된다.

현실주의 미학이 틀을 잡을 때에만 그것을 넘어서서 나아가는 보다 새로운 것의 탐색도 또한 가능하다.

"그림이 그림의 본도인 회화적 현실감에 되돌아가서 테마를 구하게 되어야 현실의 감각에서 출발하여 현실을 넘는 회화미의 새로운 탐색도 가능하다"는 말은 천만번 정당하다. 우리들의 미학적 견해 또한 정당하며, 우리들이 올리는 현실주의 깃발 또한 정당하다.

그렇다. 지금이야말로 우리들에게 중요한 것은 현실이기 때문에.

그렇다. 현실주의의 건설과 그것을 통한 민족미술 전통의 확립을 위해 우리 미술 내부의 온갖 잠재력이 총동원되고 총집결되어야 한다는 우리의 주장은 정당하고 또 정당하다. 재삼재사 우리는 우리의 정당성을 확신한다.

민중문학의 형식 문제

　자고로 글 쓰는 사람들은 워낙 따지기 좋아하고 큰소리하기 좋아하고 조그만 내용의 이야기를 하는데도 진한 문자를 겁 없이 쓰기를 좋아하는 그런 버릇이 있습니다. 예전에 어떤 큰소리 좋아하고 문자 쓰기 좋아하는 글쟁이가 있었는데 이 사람이 죽은 뒤에 그 자손들이 남녘의 남향받이 땅에 그 유택을 고이 모셨다고 합니다. 그런데 그 후 성묘 때 가보니까 남쪽으로 향했던 비석이 북쪽을 향하여 돌아 앉아 있는 게 아니겠습니까? 그래서 바로잡아 놓았는데 그다음 성묘 때 가 봐도 역시 북쪽을 향하여 돌아앉아 있기에 무당을 불러다가 푸닥거리를 한 끝에 그 영혼을 불러내서 물었다고 합니다. "아니 남쪽으로 따뜻한 곳을 향하여 무덤을 정해 드렸는데 가만히 계시지 않고 왜 자꾸 북쪽으로 돌아 앉으시우. 그러나가 국가보안법에라도 걸리면 어떡하시겠수"라고 말입니다. 그랬더니 그 죽은 화상이 가라사대 "이놈아, 너 지금 시대가 어떤 시댄 줄 알고 그러느냐, 지금이 바로 분단시대요, 이 시대야말로 문학자가 민중주체의 민족통일문학을 해야 될 시대가 아니냐. 그런데 내가 살아서 분단문학만 했으니 죽어서라도 통일문학을 하려고 이북의 현실을 살피고 있는 중이다"라고 하더란 애깁니다.

이게 어떻게 해서 나온 얘기냐 하면 어떤 친구가 하도 술 먹고 입만 열면 '민중', '민족', '역사', '생산력', '생산관계' 하고 읊어싸니까 듣기 싫어서 해줬다는 얘긴데, 저도 오늘 그런 놀림거리가 될 짓을 하게 될 것 같습니다. 모두들 입만 벌리면 민중이고 민족이고 떠들어대니 저 또한 그 중의 한 사람으로 놀림거리가 되어버리겠지만 그 말들이 요즘 상용되는 말이니 어쩔 수 없습니다. 오늘의 주제는 '민중문학의 형식 문제라'라고 주어졌습니다. 시간 관계상 길게 이야기 드릴 수는 없고 함축해서 말씀드려야만 될 듯하니까 다소 비약이 있더라도 그냥 경청해 주시면 고맙겠습니다.

◆ 삶이 민중문학의 주체이다

민중문학이라는 것은 민중의 삶의 문학입니다. 민중문학은 민중 자신의 문학행위를 말하는 것이올시다. 그것은 민중이 주체가 되는 문학행위입니다. 민중문학에 있어서 민중이 주체라는 이 말은 바로 민중의 삶이 주체가 되는 문학행위입니다. 이 말은 동어반복 같습니다만 그렇지 않고, 내용 측면에서 볼 때, 양자 사이의 유기적 관계 속에서의 주체와 삶의 관계를 규정지어 보려는 의도에서 드리는 말씀입니다. 정리한다면 민중이 주체로 되는, 민중의 삶이 스스로 주체적으로 그렇게 행하는 삶의 문학행위가 민중문학이라는 뜻입니다. 따라서 삶이 곧 민중문학의 주체입니다.

삶이란 자연적 '죽음'에 맞서 있는 것이 아니라, 인위적인 '죽임'에 맞서 있습니다. 생명의 본디 성품에 따르는 민중의 삶은 자연적 죽음을 이미 초월하고 있기 때문입니다. 민중의 삶은 생명의 본디 성품에 따라 인위적인 여러 가지 '죽임'으로부터 스스로를 인위적으로 '살림'입니다.

민중문학이란 민중 스스로 스스로를 살리는 '삶'을 말합니다. 그 살림에는 규모가 있습니다. 참된 살림에는 살아 있는 규모, 즉 '산 틀'이 있는 법이올시다. 산 틀은 그것이 산 것이기 때문에 이미 그 스스로 산 삶이며 적극적인 살림행위일 것입니다.

민중문학의 형식 문제는 바로 산 틀, 산 규모, 즉 살림살이가 문제입니다. 살림살이라는 것은 '살림 사는 것을 제 자신의 삶으로 하는 그러한 삶'을 말합니다. 살림은 민중 누구나가 다 사는 것이올시다. 그 중에는 살림살이를 잘하는 사람도 있고 서투른 사람도 있을 것입니다. 소위 현장 민중도 살림을 살고 소위 작가도 살림을 삽니다(지금 말씀드리는 '살림'은 '죽임으로부터의 살림'을 뜻하는 것이올시다). 그러나 누가 더 살림을 잘하는지는 '삶', '죽임' 그리고 '살림'의 역동적인 운동원리 위에서 판가름이 난다고 생각됩니다. 때로 작가가 더 나을 수도 있고 현장 민중이 더 나을 수도 있겠습니다. 바로 이 점이 민중문학의 형식 문제의 핵심입니다. 작가가 곧 민중으로 될 수 있는 것은 바로 이 '살림'이라는 민중문학의 큰 원리 안에서 획득된다고 볼 수 있습니다. 작가가 참으로 민중의 참된 삶—살림 사는 것을 제 삶으로 성실히 그리고 충실히 이행할 때 그는 곧 민중인 것입니다. 그러나 현실의 사태가 그렇지 못하기 때문에 오늘 여기 민중문학의 형식 문제가 제출된 것입니다.

그러면 민중의 '삶', '죽임', '살림'이라는 것은 무엇이겠습니까. 민중의 삶이란 생명의 본디 성품, 즉 본성에 따라 사는 삶입니다. 자유롭고 통일적이며 창조적이고 순환적인 삶이면서 공동체적인, 그리고 처음도 끝도 없는 무변광대한 우주적인 생명의 경험 전체를 말합니다. 민중이 삶의 본디 성품을 확고히 자각하는 것은 그러나 현실적인 죽임의 경험을 통해서입니다. 현실적인 죽임의 경험을 통해서 삶의 본성을 뼈저리게 깨닫고, 죽임과의 적극적인 접촉 관계를 통해서 참 삶을 자가적이고 창조적으로 성취하는 것이 민주의 삶의 운동이라 하겠습니다. 따라서 민중적 가치관, 민중적 세계관의 핵심을 '삶'이라 불러도 무방할 것 같습니다.

이와 같이 말씀드린 민중의 삶에는 중심적 전체가 있습니다. 중심적 전체라는 것은 삶의 모든 개별적인 가치들을 통일하고 수렴하는 가지의 핵심을 말합니다. 민중적 삶의 중심적 전체는 한마디로 말씀드리면, 활동하는 '무無'라고 부를 수 있겠습니다. 즉, 활동하는 '자유'올시다. 끊임없이 창조적으로 활동하는 텅 빈 무, 텅 비어 있음으로써 오히려 신선하고 근원적인 창조적 생명을 뜀뛰게 하는 그러한 자유가 바로 민중적 삶의 중심적 전체―곧 민중적 삶을 통일하고 해방시키며 그 본디 성품을 끊임없이 성취시키는 '최고선'입니다. 이 활동하는 자유가 바로 민중의 주체인 삶인바, 아까 민중문학의 주체가 민중의 삶이라는 다분히 규정적인 개념을 끌어냈을 때의 그 삶과 같은 개념이올시다. 바로 이 활동하는 자유가 민중의 주체인 참삶, 참생명인 것입니다. 그리고 바로 이것이 민중의 자아, 즉 민중의 '나', 즉 민중의 주체입니다. 곧 이것은 실현되어야 할 자아요, 스스로 실현해야 할 자아이며 스스로 실천해 나아가는 그 주체로서의 나, 즉 자아올시다. 이 '나' 즉 이 자아가 바로 자유로운 삶입니다. 죽임당한 삶, 억압당한 삶, 남의 재물이 되어 있는 삶, 노예가 된 삶, 노예적인 어둠의 굴레를 벗어나지 못하는 생계노동 속에서 허덕이는 삶, 분단당한 삶, 본디 삶의 성품으로부터 다른 곳으로 옮겨져 버린 삶, 즉 소외된 삶, 그리고 기만당한 삶에는 나, 즉 주체가 없습니다. 그것은 '남의 삶'이올시다. 그렇게 감금당하고 억압당하고 분단된 삶은 남들의 삶이지 자기의 삶이 아니올시다. 오로지 자유로운 사람만이 자아의 중심을 자기 안에서 끊임없이 활동시키며, 자아의 중심, 즉 생명의 본디 성품인 바로 그 활동하는 자유를 자신 속에 끊임없이 활동시킴으로써만 자유로울 수 있을 것입니다. 민중적 삶의 핵심에는 반드시 모든 민중의 부분적 삶을 통일하여 중심적 전체로서 활동하는 자유가 살아 있습니다. 이 활동을 우리는 민중의 참다운 삶이라 부릅니다.

그렇다면 이것의 배척적 차원에 있는 '죽임'이란 무엇이겠습니까. 자연

적 죽음이 아닌 인위적인 죽임, 인간에 의한 인간과 생명의 파괴 곧 ‘죽임’
이란 무엇이겠습니까. 죽임이란 민중의 현실적 삶을 삶의 본디 성품, 즉
삶으로부터 다른 곳으로 옮겨 놓는 것입니다. 즉. ‘옮김’이올시다. 생명의
본디 성품에 따라 살지 못하는 삶은 다 옮김 당한 삶이며 옮겨진 삶이며
그래서 ‘죽임’당한 삶이올시다. 50년, 70년 만에 숨이 끊어져서 죽어가는
그것만이 죽음이 아니고, 전쟁터에서 폭탄을 맞아 죽는 것만이 죽음이 아
니고, 살아 있으면서도 참삶의 성품을 파괴당하고 참삶의 성품대로 자유
롭고 통일적이며 창조적으로 살지 못하는 삶을 살 때는 이미 그것을 ‘죽
임’당한 삶이라 볼 수 있습니다. 따라서 그때의 삶은 이미 삶이 아니라 죽
임으로서의 삶, ‘죽임당한 채 삶’이라 불러야 마땅한 것입니다. 삶의 중심
적 전체로서 활동하는 자유가 제약 · 감금 · 분단 · 냉동 · 분열 · 왜곡 · 약
탈 · 고립 · 변질 · 오염 · 변형 · 이전되거나 파괴되었을 때의 삶이 바로
옮겨진 삶이요 죽임당한 삶입니다. 그리고 바로 이와 같은 죽임은 민중적
삶의 생명 에너지의 소모요 왜곡입니다. 이러한 인간에 의한 인위적인
‘죽임’에 맞서서 그 죽임으로부터 참삶을 창조적이고 인위적으로 살리는
것이 살림으로서의 민중운동이며 민중문학이라고 할 수 있겠습니다. 따
라서 이 살림살이의 핵심에는 중심적 전체로서의 활동하는 자유가 끊임
없이, 가없이 살아 생동해야 된다는 조건에 이르게 됩니다.

　‘살림살이’로서의 민중문학의 형식 문제, 즉 민중문학의 미학적 견해의
핵심은 비로 이러한 중심적 전체로서의 활동하는 ‘무’, 곧 활동하는 ‘자유’
에 있는 것입니다. 그리고 우리는 이것을 ‘신명’ 또는 ‘집단적 신명’이라고
부릅니다. 민중문학의 형식 문제는 바로 이 ‘신명’ 또는 ‘집단적 신명’을
이해하고 해명하며 바로 이 집단적 신명으로부터 모든 문제를 차근차근
풀어나가야만 해결될 수 있을 것입니다.

　민중문학에 있어서 이와 같이 중심적 전체로서 활동하는 자유, 곧 ‘신
명’ 또는 ‘집단적 신명’의 예를 하나만 들어봅시다. 오늘날, 시든 산문이

든, 우리의 민중문학의 한복판을 점령하고 있는 것들 중에서 보이는 가장 중요한 현상의 하나는 이야기 형식입니다. 민중전기형식, 담시형식, 또는 서정담시형식 등의 모든 형식들을 망라하여 시에서건 산문에서건 이야기 형식이 오늘날 우리의 민중문학의 한복판을 점령하고 있는 중요한 현상이올시다. 그러면 이 이야기 형식에 있어서의 시간성을 한번 생각해 봄으로써 중심적 전체로서 활동하는 자유인 집단적 신명의 정체에 조금 접근해 보도록 합시다. 민중적 삶의 적극적인 살림살이로서의 이야기 형식이 갖는 시간성이라는 것은, 모든 시간을 다 시계로 재고 기록하고 난 다음에야 그 시간의 총화를 알 수 있는 그러한 시간성이 아닙니다. 그것은 바로 지금 여기 현실적으로 살아 있는 민중의 '현재'라는 삶의 중심으로 과거와 미래를 끌어당겨 핵심적으로 시간을 보았을 때의 그 역사적 시간, 중심적 시간, 곧 활동하는 자유를 핵으로 하여 살핀 세계사적 시간이어야 할 것입니다. 언뜻 들으면 어려운 이야기일지 모르겠습니다만 조금만 생각해 보면 별로 어려운 이야기는 아니올시다. 이러한 예로 비추어볼 때에도 중심적 전체라는 것은 결코 가치중립적이고 냉랭한 과학적 인식으로는 문제 삼을 수 없는 것이며 오직 가치론적인 바탕에서만 문제가 되는 것입니다. 민중이 저항하는 가치들을 중심적으로 통일하는 하나의 가치를 핵심으로 하지 않는다면 민중의 삶 전체 또는 총체는 파악되지도 않으며 따라서 표현할 수도 없을 것입니다. 민중문학의 형식 문제는 인위적인 '죽임'에 대한 그 삶의 본디 성품을 핵으로 한 인위적 '살림살이'라는 하나의 자각적이고도 조직적인 운동이기 때문입니다. 민중문학에 있어 이와 같은 중심적 전체의 활동으로서의 형식의 객관성은 과학적 객관성이 아니라 주관적 객관성이라고 불러야 옳을 것 같습니다. 왜냐하면 삶의 본디 성품이 그 성품에 따라 요구하며 죽임과의 관계 속에서 자각적으로 요구하고 능동적으로 실천함으로써 성취되는, 이루어져야 할 객관성, 도래해야 할 객관성, 현실화되기 시작하는 객관성이기 때문입니다. 이 문제는 민중문학의 역동적인 형식의 미학문제와 매우 긴요하게 연결되어 있으므로 잘 이해해 주셨으면 합니다.

◆ 신명 ― 민중적 미의식의 핵심

'신명' 또는 '집단적 신명'이란 쉽게 설명드리자면 바로 처음에 말씀드렸듯이 민중적 삶의 본디 성품입니다. 그것은 죽임과의 접촉을 통해 죽임으로부터 '인위적으로 살려지고 죽임과의 관계에서 새롭고 또 힘차게 살아나는' 민중적 삶의 살아 생동하는 자유입니다. '신명' 또는 '집단적 신명'은 마음인가? 정신인가? 영혼인가? 아니면 힘인가? 기氣인가? 에네르기인가? 신명론은 정신주의인가? 아니면 물질주의인가? 대답은 '아니다―그렇다'입니다. 그것은 정신도 물질도 아니면서 정신이며 물질입니다. 신명에 있어서는 정신과 물질의 근본적 차별은 없습니다. 노동이 구상 및 계획으로서의 정신과 힘 또는 에네르기로서의 물질의 통일적 활동이듯이 신명 또한 일원적인 활동입니다. 일과 놀이가 본디 하나인 것은 신명의 활동이 곧 일과 놀이로 똑같이 나타나기 때문입니다. 일과 놀이가 '죽임'과 '옮김'의 장애에 걸릴 때 신명은 죽임 아래 억눌리며, 따라서 민중운동과 민중문화운동 및 민중문학은 생명의 활동하는 자유의 본성에 따라 죽임에 맞서 저항하고 싸워 넘어섬으로써 억눌린 신명을 더욱더 연대적으로 넓게 확장하고 더욱더 감동적으로 거룩하게 드높이며 일과 놀이를 해방하고 일과 놀이를 고양된 신명의 충족 속에 하나로 통일합니다. 신명은 활동하는 자유의 구체적인 모습이며 민중 스스로 민중의 삶을 창조하고 해방하고 통일하는 생명력의 고양된 활동입니다. 신명에 관한 참된 논의는 유심론으로도 유물론으로도 불가능하며 오직 물物과 심心을 하나의 두 측면으로 보는 유기론唯氣論 기일원론氣─元論으로서만 가능합니다. '신명'이란 일과 놀이, 개체와 집단, 주체와 객체, 의식과 물질, 언어와 언어 관계들 사이에 위치한 여러 가지 형태의 구별 밑에서, 구별 속에서 그리고 그것들을 넘나들면서 그것들을 다 싸잡아 끊임없이 왜곡된 생명의 옮김 또는 죽임으로부터 해방하되, 왜곡된 생명의 체험 또는 죽임의 정서 체험과의 접촉 속에서 해방하고, 또한 그러한 접촉 속에서 그 죽임의 경향들을 전향시키면서 새롭게 더 큰 하나로 아우르며, 삶 그 스스로를 스스로 해방해 나아가는 이른바 '생명 에너지의 고양된 충족'인 것입니다. 이것이 바로 신명 또는 집단적 신명입니다. 생명 에너지, 특히 민중적 삶에 있어서의 민중적 생명 에너지의 고양된 충족, 바로 이것이 민중적 미의식의 핵심 내용입니다. 이 말은 바꾸어 말하자면 "보편적 생존의 통일이 만들어지는 현실의 올바른 존재 방식이 바로 아름다운 현실이다"라는 현실미학적인 명제하고도 같은 이야기가 됩니다. 조금 어렵게 들리실지 모르겠습니다만 뒤에 가면 쉬운 이야기를 괜히 어렵게 했구나 하는 느낌이 드실 겁니다. 조금만 더 경청해 주셨으면 고맙겠습니다.

인간은 혀를 사용하는 동물이올시다. 혀는 곧 언어인데, 이 언어란 아시다시피 노동과 삶의 도구입니다. 노동과 삶에 유용하고 중요하며 핵심적인 도구인 이 언어는 동시에 바로 그런 이유 때문에 인간의 노동과 삶을 지배하는 강력한 무기도 됩니다. 언어는 지배의 무기로도 되며 해방의 무기로도 됩니다. 그것은 바로 그 언어가 그 스스로 살아 있는 삶의 표현이자 삶의 고양된 충족으로서의 '신명'이며 또한 '신명'의 표현이기도 한 까닭입니다. 이와 같이 살아 생동하는 생명 에너지의 고양된 충족에 바탕을 둔 '신명'의 활동이기 때문에 노동과 삶의 도구가 되며, 또한 그만큼 중요하고 핵심적인 인간의 삶의 활동 내용이기 때문에 지배의 무기로도 되고 억압의 무기로도 되는 동시에 해방과 통일의 무기로도 될 수 있는 것입니다. 그만큼 언어는 우리의 삶 속에서 중요한 역할을 지닙니다. 그런데 바로 이러한 언어는 생명자체가 그러하듯 가락, 장단, 울림, 그늘, 빛깔과 냄새를 가지고 있는 '신명'의 움직임입니다. 지시하는 것과 지시된 것 사이의 관계만이 언어가 아니올시다. 언어에는 그 스스로 가락이 있고 장단과 울림이 있으며 그늘, 즉 의미나 속셈같이 오랫동안 때가 묻어온 문화적인 외형 같은 것이 있습니다. 뿐만 아니라 빛깔이나 냄새까지도 가지고 있습니다. 이런 이유로 삶의 도구이며 연장이 될 수 있는 것입니다. 여기서 우리는 연장과 도구라는 용어를 조금 구분해서 써야 할 것 같습니다. 연장이라 할 경우에는 그 스스로 생명의 적극적인 활동이라는 뜻이며, 도구라 할 경우에는 물질적인 첨가물로 이해될 수 있겠습니다. 이와 같이 중요한 것이 바로 언어와 '신명'의 관계입니다. 신명이 없는 노동을 우리는 노예 노동, 소외 노동이라 부릅니다. 마찬가지로 신명이 없는 노래를 억지 노래나 죽은 노래라고 부릅니다. 아무리 판소리 대사를 다 외우고 소리, 즉 가락과 장단을 익힌 사람이라도 그날 신명이 나지 않으면 딱할 정도로 못난 소리가 되어버리고 마는 이유도 여기에서 찾을 수 있겠습니다.

언어에서 '신명'을 박탈하는 것, 즉 가락, 장단, 그늘, 울림, 빛깔, 냄새 등을 떼어내고 냉랭한 의미와 논리만을 구조의 중심으로 하든가, 또는 이른바 존재론적 의미를 '묻기 위해' 장단, 그늘, 빛깔 등을 사용하되 거기서 본디의 신명을 박탈한다면 그것은 삶의 현실로부터 점점 멀어지는 괴상한 언어, 소리 없는 언어, 유령 언어로 둔갑해버리고 말 것입니다. 이것이 바로 죽임의 언어요, 언어의 죽임입니다. 그리고 그러한 언어는 반민중적입니다.

그런데 언어의 '신명'을 살리면서도 다른 한편 본디 살아 생동하는 언어와 언어 관계를 어떤 독특한 고정된 속셈 밑에 감금하거나 냉동하는 형식에 의해서 언어벽돌장을 만들어, 곧 사물의 힘을 장악하기 위하여 소유의 체계로 만들어 냉동시키는 구조가 있습니다. 예를 들면 어떤 사람이

걸어가다가 무슨 물건을 집어 들었다고 할 때, 우선 걸어가고 있는 동작이라는 살아 있는 삶 그 자체를 냉동 언어로 잡아서 하나의 언어벽돌장(언어 단위)으로 만들고 이어서 물건을 집어 드는 동작을 또 하나의 언어벽돌장으로 만든 다음 이 두 개의 언어단위들을 건축하듯이 축조학적으로 쌓아올리는 방식을 말하는 것이올시다. 이것은 그 속셈을 감동적으로 산출하기 위하여 체계로서 완결된 제품으로 되돌려주는 것인데, 이것 역시 비록 그 속셈이 민중지향적이라 하더라도 언어의 '신명'을 '죽임'이며 역시 부분적이라도 어떤 특별한 시도라는 정당한 조건이 없다면 이것 또한 반민중문학적이라고 부를 수밖에 없을 것 같습니다.

또한 신명, 즉 민중적 삶의 역동적인 의미연관을 다 배제하고 가락, 장단 등을 그 자체로서 연관으로부터 독립된 감성적인 활동물로 '풀면서 냉동하는' 이른바 '심미주의' 역시 반민중문학적입니다. 동시에 가락, 장단 등을 동반한 신명의 역동적 수렴·확장 활동을 배제하고 사태 자체의 즉물적인 묘사나 의미연관을 보고하는 일면적인 '르포르타주'도 특별한 경우 및 폭로적 의도라는 조건이 없는 한 그 양식 자체로서는 반민중문학적이라고 할 수가 있겠습니다.

나아가 동일한 언어를 다른 속셈으로 사용한 경우, 즉 원래는 민중의 삶을 현실적으로 살리려는 데 쓰이는 언어를 민중적 '신명'을 죽이려는 '속셈'에 의하여 사용하는 경우도 '죽임'의 언어요 죽임이며 반민중문학적이라는 것은 물론이겠습니다.

또 지금 여기 살아 있는 민중의 있는 그대로이거나 소망되는 '신명'의 움직임을 제약하는 형식들도 반민중문학적입니다.

또 민중의 삶을 '죽임'의 이념 선전과 그 집행에 활용하는 모든 언어형식이 반민중문학적임은 물론입니다.

이와 같은 '죽임'의 언어, 언어의 죽임, 죽임의 문학은 왜곡된 생명 체험을 끝없이 강요하며 왜곡된 정서 체험을 조장합니다.

오늘의 문학을 대체로 '고통의 언어'라고 규정하는 것이 통상적인 예입니다. 비극성을 말하는 것입니다. '고통의 언어'와 '신명'은 어떤 관계에 있는가? '고통의 언어'도 '죽임의 언어'인가? 그렇지는 않습니다. '고통의 언어', 곧 민중적 비극문학은 민중적 삶이 '왜곡된 생명의 체험, 죽임의 정서 체험과의 접촉 속에서' 비극적 신명으로 확장해 나가는 변증법적 전환에서 태어납니다. 전환에 의해 고양된 비극적 신명은 비장, 연민, 숭고 등의 감동을 통해 민중적 삶을 그 나름대로 해방하고 죽임의 체험을 삶의 의지로 전향시킵니다. 바로 이 점에서 민중적 고통의 언어 역시 민중적 생명 에너지의 고양된 충족을 가져오는 민중문학의 중요한 한 형식일 수 있습니다.

그러나 오늘날 우리 주변에 대체로 통용되고 있는 문학에 있어서의 문체, 구조, 유통되는 형식, 양식과 장르들은 다 그 나름대로 독특한 기여를 하고 있으나, 똑같이 그 나름대로 복잡다단한 현재의 민중적 삶의 복합적이고 총체적인 반영과 그 반영을 넘어선 참다운 '살림'에 대하여 참답게 살려내는 그러한 목적에 대하여 적합성을 잃고 있거나 나아가 '죽임'의 형식으로 전락하고 있는 것이 사실입니다. 이것이 바로 문학형식에 대한 미학적인 소수 독점, 그리고 전문작가와 민중 사이의 틈이 날이 갈수록 확대된다는 사실에 대한 어쩔 수 없는 증거입니다.

문학행위의 주체는 삶이며 민중문학의 주체는 민중의 삶 그 자체라고 말씀드렸습니다. 삶이 문학의 형식주체입니다. 이 말을 잘 이해해주셨으면 합니다. 삶이 문학의 내용주체일 뿐만 아니라 형식주체이기도 하다는 말입니다. 민중적 삶의 주체가 되는 참다운 '살림'의 문학일 때는 작가와 민중, 삶과 형식 사이에 틈이 있을 수 없을 것입니다. 참삶, 즉 본디 성품에 따른 활동하는 자유가 중심적 전체로서 한 인간과 민중집단 전체를 아우르며 해방하여 삶의 질적 성취를 이루는 그러한 참삶 가운데에 있어서는, 다시 말하면 삶이 현실적으로 부딪히고 있는 장애, 즉 '죽임'으로부터 죽임과의 적극적 교섭관계를 통해서 삶의 본성을 오히려 더욱 창조적으로 확대해서 살려내려고 하는 그러한 '살림'에 있어서는, 즉 집단적 '신명'이 활발하게 약동하는 그 가운데에 있어서는, 주관과 객관, 주체와 객체가 이미 한 삶 속에 유기적으로 상호작용하는 두 개의 측면이며 예술과 운동, 내용과 형식 등등이 이미 하나의 살아 있는 생명체로서 우리 앞에 또 우리 속에 그리고 우리 주변에 현존하게 되는 것입니다.

오늘날 삶은 오로지 '살림'의 형태로만 존재하는가? 그렇다면 어째서 그런가? 그렇지 않다면 삶과 살림의 관계는 무엇인가? 오늘날의 문학 또는 민중문학은 오로지 '살림'의 형식으로만 존재하는가? 그렇다면 어째서 그런가? 그렇지 않다면 문학 또는 민중문학에 있어서 삶과 살림의 관계는 무엇인가?

오늘날 민중의 삶은 '죽임으로서의 삶'과 '살림으로서의 삶'으로 나뉩니다. 그것들은 흔히 서로 섞여 있고 서로 전화轉化합니다. 민중의 삶은 총체적인 생명 파괴라는 포괄적 위협 아래 놓여 있습니다. 이 지구의 어느 구석에도 자연적인 삶, 이른바 '잠이 들면 꿈이 없고 깨고 나면 근심 없는' 삶은 더 이상 존재하지 않습니다. 그 누구도 그 어떠한 삶의 형태도 이 보편화된 위협으로부터 벗어나 있지 않으며 생명의 본디 성품인 중심적 전체로서의 활동하는 자유, 곧 참된 자아를 살고 있지 못합니다. 인간이 제 삶의 본디 성품을 참으로 인식하고 그것을 참으로 살기 위해 '죽임'에 맞서 저항하여 자각적 · 능동적 · 조직적으로 스스로의 삶을 '살림'이 없이는 이미 그 삶은 죽임당하는 삶, 노예적인 삶, 자아가 없는 삶, 소외된 삶, 곧 남의 삶입니다. 삶이란 목숨이 붙어 있는 것만이 아닙니다. 자유롭고 생산적인 활동 속에 부단히 자아를 통합하는 질적 향상 활동이 참된 삶입니다. 죽임은 목숨을 끊는 것만이 아닙니다. 자유롭고 생산적이며 통일적인 삶을 억누르고 소모시키며 분열시키는 모든 행위가 죽임입니다. 특히 민중적 삶에 있어 '죽임으로서의 삶'은 인간적 삶 일반의 사회적 · 심리적 연관의 바다로부터 불쑥 솟아올라 도드라집니다. 역사 사회적 구조모순의 질곡과 정신 심리적 소외의 고통과 같은 형태로 심각하게 도드라집니다. 이 '도드라짐'의 도전에 맞서 민중적 삶을 '죽임'으로부터 참된 삶으로 창조적으로 회복시키는 자각적·능동적·조직적인 집단적 '살림'이 곧 민중운동입니다.

민중문학은 이러한 민중운동에 자기 차원에서 적극적으로 대응합니다. 본디 '죽임'은 '옮김'으로서 생명의 활동과정 자체의 자기 소외 작용의 산물입니다. 문학은 이 '옮김'을 반영하고 표현합니다. 인간의 삶은 '죽임'의 전면적 지배 밑에서도 소극적·수동적으로 '내적 자유'를 지키며 유지될 수 있고, '죽임'에 압도되어 노예적 굴종을 자기의 삶으로 착각하면서 목숨을 부지할 수도 있습니다. 문학은 이러한 '수동성'과 이러한 '도착倒錯'을 반영하고 표현합니다.

그러나 민중문학은 이 '옮김'과 이 '수동성', 이 '도착'을 다 함께 접수 반영하고 두루 표현하는 기초 위에서 그것들과의 활발하고 예리한 접촉과 심각한 관련 속에서 오히려 그것들을 성큼 뛰어넘어 대담하게 '죽임'에 맞서 저항하며 민중적 삶을 '옮김'과 '죽임'으로부터 자각적·능동적·조직적·적극적으로 '살림'이며 변혁함인 것입니다. 때문에 민중문학은 관조로서의 문학인식이 아니라 운동으로서의 문학노동인 것입니다. 따라서 운동 및 노동으로서의 민중문학은 스스로 하나의 삶의 형식이며 '삶·죽임·살림'의 역동적 구조를 자기 형식의 활동적 본성으로 하게 되는 것입니다.

민중적 삶의 참다운 살림의 문제는 분명히 우리가 현실적으로 부딪쳐 있는 가장 큰 명제 중의 하나인 공동체의 문제와 직결되어 있습니다. 제 개인적 견해로서, 그것은 농업공동체가 가진 잠재적이고 보편적이며 광범위한 전승과 관련되어 있는 민중적인 생명의 세계관으로부터 그러한 민중적 세계관을 중심기초로 하여 현실적으로 우리가 부딪치고 있는 복잡다단한 산업사회의 도전에 대비하여 창조적으로 응전, 생명의 본디 성품에 보다 더 충실할 수 있는 새로운 생명공동체를 창조해내야 하는 오늘날 민중운동의 첨예한 명제와 그대로 직결되어 있습니다.

여기서 우리가 생각해야 될 점은 농민은 물론 수많은 도시빈민과 8백만 이상의 도시노동자들의 언어생활과 총체적 정서 생활의 밑바닥에는 불과 10여 년 전 그들이 떠나온 농촌공동체의 여러 가지 개인적 또는 집단적 삶의 기억과 어마어마한 양의 도덕적·윤리적·종교적·정서적인 전승의 축적이 있다는 점입니다. 그리고 그것과 더불어 거의 변경되기가 힘든 잠재적 세계관·가치관의 뿌리가 깊이 내려져 있다는 것을 잊어서는 안 됩니다. 바로 이 기초를 바탕으로 하여 오늘날의 민중문학의 형식 문제를 해결해 나아가야 합니다. 왜냐하면 민중문학에 있어서의 형식 문제의 해결은 바로 지금 우리에게 요구되는 민중적 삶의 새로운 사회적 양식을 창조하는 문제와 그대로 직결되어 있기 때문입니다. 이러한 전제에서 볼 때 민중문학의 경우에 있어서 민요, 판소리, 가사, 기타 다른 모든 전승민예 속에 살아 있는 그 '신명' 또는 집단적 신명과 여러 가지 형태로 표출되고 있는 생명의 세계관 및 그것을 감동적으로 형상화해내는 의장의 법칙성들과 미학적인 특징들을 올바로 찾아내고, 그것을 중심으로 하여 현재 산업사회의 모든 언어체험의 틀과 사회적 경험들과 여타의 모든 문제에 대하여 '살아 생동하는 통합'으로 대답할 수 있는 민중적 생명의 문학형식, 삶의 문학형식을 지어내야 할 것입니다. 이것을 저는 '민족형식'의 문제라고 부르겠습니다.

민중문학의 바람직한 언어형식은 지금 여기 주어져 있는 온갖 '죽임'을 뚫고 나가 현실에서 진행되고 있는 민중 자신들의 '민중적 신명'의 활동지향과 그 활동 양상에 충실히 따라야 하며, 그렇게 함으로써 모든 왜곡된 생명 체험과 정서 체험을 강요하는 죽임의 언어, 언어의 죽임, 냉동언어, 감금언어까지도 민중적 신명의 언어적인 파도, 물결, 그 분류 위에 띄워

서 밝은 햇빛 아래 그 속셈을 폭로하고 그 왜곡 기능을 해체시키는 과정
에서 죽임의 언어를 쇄신시키고 새롭게 그 기능을 부여함으로써 생명 체
험의 충만에 소극적으로 이바지하게끔 만드는 전향의 변증법까지도 갖추
어야 할 것입니다.

◆ 민족형식의 창조와 삶, 죽임, 살림

　민중의 삶이 주체가 되는 새로운 문체, 민중의 삶이 그 형성주체가 되
는 새로운 형식, 양식, 새로운 장르의 창조가 요구됩니다. 동시에 기존장
르의 새로운 방향으로 변용 · 변혁 · 재활성화가 요구됩니다. 뿐만 아니
라 아까도 말씀드린 바와 같이 민중문학에 있어서 매우 지배적인 형식으
로 등장하고 있는 이야기 구조의 세계사적 시간성의 문제에 대해서도 보
다 대담한 시도들이 있어야 할 것 같습니다. 언어와 언어 사이의 관계에
역동적인 변형과 그것에 의한 관계 자체의 변화에 대한 문제 역시 마찬가
지입니다. 또한 축제 또는 굿으로서의 언어분류, 언어 물결, 그 언어의 뜀
뛰는, 고양된 춤에 의해서 딱딱하게 고정되어 있는 '죽임'의 의미와 죽임
의 이념들을 언어로써 포위하여 그 이념들이 가진 현실적인 권위를 풍자
적으로 추락시키고 잔딜시키는 방법에 대한 새로운 시도가 있어야겠습
니다.

　언어의 민중적인 신명의 주권회복에 의한 언어 죽임 일체에 대한 부정
도 마찬가지입니다. 거기에다 민중적인 생활언어 안에 있는 복문 구조와
빈번한 도치구조를 어떻게 의도적이고도 창조적으로 문학표현에 대거 활
용할 것인가의 문제, 어떻게 현실에 살아 뜀뛰는 민중들의 생활 감정의
그 신명을 문학 내에서 살려낼 수 있겠는가의 문제, 장식물로서 주변부로

밀려나 있는 조사·부사·형용사의 주권회복의 문제, 즉 동사의 명사 속에서는 얼른 잡히지 않는 언어의 색채, 울림, 빛깔, 그늘과 같은 언어기능들을 보다 더 자주적으로 살아 생동하게 만드는 문제, 또 크게 보아 언어의 죽임과의 적극적인 접촉에서 확대되어야 할 생물학적 상상력의 문제가 예의 검토되어야 할 것 같습니다. 그리고 언어 전개, 언어 운동에 기이하게도 기초적인 구조를 이루고 있는 생식 구조를 찾아내고 그것에 대하여 착안하는 점, 생명의 확대 재생산 구조가 언어의 기본구조를 이루고 있다는 다소 일면적인 주장에도 착안하는 점, 종발생과 개체발생이 반복하듯이 언어 운동 안에서도 모든 시대, 모든 사회의 언어의 순환이 가진 언어 자체의 살아 생동하는 의미가 압축·발전하고 있다는 개체 생성 구조로서의 언어 운동에 착안해야 한다는 점에 유의하여야 하겠습니다. 우리의 굿이나 탈춤, 부락제 같은 것을 염두에 두시면 이해가 쉬우실 겁니다. 다시 말하면 시장판에서 나타나는 다성적多聲的인 구조의 탈중심화라는 미학적 방법을 새로운 방향에서 어떻게 확대·활용시킬 수 있느냐는 문제인데, 이러한 문제에 대한 시도들은 '민중의 집단적 신명', 즉 민중적 삶의 생명 에너지의 고양된 충족이라는 민중 미의식의 핵심, 민중의 미학적 견해의 핵심에 의해서 통어되고 확대되고 창조되고 비판되어야 할 것입니다. 그것이 곧 중심적 전체로서의 활동하는 자유를 핵으로 하는 민중문학의 형식 문제의 한 해결 방향이라고 저는 생각합니다.

민중문학의 형식 문제의 해결은 '삶', '죽임', '살림'이라는 역동적인 움직임 속에 있는 민중적 삶이 곧 민중문학과 민중문학형식의 현실적이면서도 실질적인 창조주체라는 이 이상한 말을 문자 그대로 이해하는 데서부터 출발하는 수밖에 없습니다. 삶이란 무규정적인 것입니다. '이것이다, 저것이다'라고 꼭 집어 말할 수 없는 바로 그 삶이, 말로는 뭐라고 딱 집어낼 수 없는 그 삶이 바로 민중문학형식의 주체라는 점을 어떻게 이해하느냐—여기에 따라서 민중문학의 형식 문제의 해결의 가능성도 보이며 작가와 민중이 그 삶 속에서, 그 삶을 적극적으로 사는 문학행위 속에서 이미 하나라는 창조적 결론에 도달할 수 있을 것이라는 이야기입니다.

저는 오늘 논의를 위한 한 꼬투리를 마련하려고 이 자리에 선 것이지 묻고 답하는 해결사로서 선 것이 아닙니다. 그저 제가 이제까지 의심해 왔던 바에 따라 생각해 보실만한 자료를 하나 던지는 것에 불과하니까 너무 어렵다고 하지는 말아주십시오, 이때 그 삶이 바로 민중문학과 민중문학형식의 형식적인 주체라는 것을 문자 그대로 명백히 이해하고, 바로 그것을 굳세게 믿고, 바로 그것을 믿는 기초 위에서 크게 넓혀진 정서의 광야를 가진다는 것, 즉 온 지구를 둘러싼 모든 중생들의 고통과 삶과 죽임과 살림의 온갖 생성, 소멸, 울부짖음, 고통 그리고 환희의 노래 소리들이 다 자기의 집중적인 정서 체험 안에서 일어나고 있다고 느끼는 확장된 정서를 가진다는 것—바로 이것이 아까 얘기한, 삶이 창조의 주체라는 것을 이해하는 결과가 되겠습니다. 이렇게 해서 그 표현에 있어서도 느낌과 마찬가지로 호호탕탕한 표현을 대담하게 해나가는 것이 가능할 때, 민중문학의 형식 문제는 소승적으로 따지고 따지는 행위로부터 이미 삶의 행위로 크게 승화될 것을 믿습니다. 이때 이 민중문학 창조의 주체인 중심적 전체로서의 활동하는 자유, 그 집단적 신명 속에서는 작가냐 민중이냐, 일이냐 놀이냐, 대중화냐 의식화냐, 운동이냐 예술이냐, 실용성이냐 심미성이냐, 광대냐 현장이냐 따위의 이른바 현실적인 갈등은 그 존재 의의를 잃어버리게 될 것입니다. 오직 작은 형식은 작은 형식대로, 큰 형식은 큰 형식대로, 직접적인 양식은 직접적인 양식대로, 구렁이는 구렁이대로, 뱁새는 뱁새대로, 황새는 황새대로, 바로 그 하나하나가 중심적 전체로서의 활동하는 무, 활동하는 자유를 나름나름 자기 안에 살아 뜀뛰게 할 때, 그것들 하나하나로서도 독립적으로 살아 행동하는 민중문학행위요 민중문학형식이 될 수 있는 것이며, 다 함께로서도 하나의 거대한 '문학적 육체', '예술적 육체', '민중적 신명이 활동하는 큰 언어육체'로서 통일되는, 민중

삶의 생명 에너지가 고양되고 충족되는 민족형식의 큰 한판이 있을 뿐입
니다. 이것저것의 구별이 이미 원칙적으로 그 존재의의를 잃게 되는 바로
그곳에 민중문학의 커다란 성취가 있을 것을 믿습니다.

　감사합니다.

민족의 노래 민중의 노래*

　참다운 민족문학, 참다운 국민문학 건설에 대한 요청은 일제 통치시기
로부터 오늘에 이르기까지 우리 사회와 우리 문학 안에서 줄기차게 제기
되어 온 문제다. 이 문제의 해결은 단적으로 말하여 시정신과 역사의식,
민족적 문학전통과 외래의 근대문학, 민중적 정서와 시인의 지적 교양,
특히는 민요와 현대시가 탁월한 의미에서의 통일에 도달하려 하고 또 도
달할 때에 비로소 가능하다.

　이러한 두 가지 서로 분리된 것들 사이의 통일은 일제 통치시기로부터
오늘에 이르는 전 시기를 통해 계속 요구되어 왔으나 그 해결에 큰 전진
을 보지 못한 채 오늘날 우리 문학이 반드시 해내지 않으면 안 될 벅찬 숙
제로 남게 되었다.

　일제 통치시기에 민족의 비애와 일제에 대한 저항을 반영한 노래는 크
게 보아 두 가지가 있다. 그 하나는 시인의 개인작으로서의 신시이며 다
른 하나는 민중의 공동작으로서의 민요다.

　일제의 극악한 식민지 통치는 우리의 시와 민요로 하여금 민족적인 비
애와 일제에 대한 민중의 저항을 그가 표현해야 할 가장 중대한 내용으로

---

* 이 글은 1970년 11월 4일 제1회 '민족학교'에서 강연한 내용을 초록한 것이다.

삼도록 하였고, 또 우리의 시는 그 때 그러한 내용을 표현하려는 노력을 가열화 함에 의하여 시 자체의 진정한 본질의 파악에 도달할 수 있는 커다란 가능성을 부여받았었다. 소수이긴 하나 교양 있는 시인들의 신시가 그러한 내용을 표현했고 민요는 대부분이 그러한 내용을 직접적으로 대담하게 표현하고 있다. 전자의 대표적인 예를 우리는 이상화의 「빼앗긴 들에도 봄은 오는가」에서 후자의 전형적인 예를 우리는 다음의 민요에서 발견할 수 있다.

벼깨나 나는 논 신작로가 되고요
말깨나 하는 놈 가막소로 가고요
일깨나 하는 놈 공동산에 가고요
애깨나 낳을 년 유곽으로 가고요

여기에서 우리가 우선 발견할 수 있는 것은 신시가 현실을 매우 우회적으로 표현하고 있는 데 반하여 민요는 그것을 직접적으로 대담하게 표현하고 있다는 점이다.

이 점은 한편으로 이른바 근대시로서의 신시가 가진 상징 및 비유 기능 또는 민요가 가진 소박성에 기인하며, 다른 한편으로는 신시가 당대의 구체적이고도 보편적인 현실에 날카롭게 대응할 수 있는 언어적 적합성을 발견하지 못했던 신시 나름의 한계성에, 그리고 민족적인 비운이 곧 자기 자신들의 직접적인 생의 불행으로 직결되는 민중이 자기 자신의 불행을 표현할 적절한 언어적 적합성을 솔직 대담한 민요의 직접성에서 발견했다는 점에 기인하고 있다. 신시의 상징 및 비유 기능은 신시가 근대시로 자처하는 한 그 나름으로 당연한 것이며, 그것을 민족적 감수성과 현실의식에 알맞게 서서히 개발시키는 일은 오히려 바람직한 것이었다. 그러나 그러한 기능이 예외는 있으나 대체로 현실과 무관하게 확대·남발되고 유미주의적인 목적에 봉사하게 되었던 점이나, 신시가 현실에 대한 언어적 적합성을 발견하지 못했다는 점은 당시의 상황이 가한 여러 가지 조건과 더불어 그 조건을 돌파할 수 없었던 시인들의 한계와 소극성의 결과다.

민요가 광범위한 민중 속에 공감을 불러일으키며 양적 확산을 했던 반면, 신시는 소수 지식인들의 공감을 얻는 정도에서 국한되었다.

한편 민요가 대중을 얻으면서도 그 스스로 근대적인 시 예술에로의 자기 극복을 못한 데 대하여 신시는 탁월한 의미에서의 근대적인 시 예술에로 질적 발전을 할 수 있는 큰 가능성을 지니고 있었음에도 그 가능성의 오도·왜곡·소모만을 지배적인 현상으로 나타냈을 뿐 실질적인 발전을 이룩하지 못했다.

신시의 이러한 현상은 그것이 일반적으로 형식에 있어서 또는 감수성에 있어서까지도 민족적인 것보다 외래적인 것을 우위에 두고 내용 혹은 정서에 있어서 민중적인 것보다 특수계층적인 것을 우위에 두었던 것과 관련이 있다.

민족적인 비운을 표현하고 있는 얼마 안 되는 당시의 애국적인 시편들에서조차 외래적인 상상력과 감수성, 국적불명의 언어형식들이 범람하고 있다. 최소한 민족적 비운과 비애를 표현하고자 할 때에 그 민족의 독특한 감수성이 그 바탕을 이루어야 한다는 것은 하나의 상식이다. 외적의 침입과 유린에 의하여 회진灰塵된 조국의 성지城址와 전야田野 앞에 설움 속에서 그 아름다웠던 옛 모습을 추억하는 일은 이미 그 성지와 전야가 오래도록 자신의 생활과 결부되어 왔고 그토록 그것들을 사랑해 왔다는 어떤 기본적인 생활 및 감정체험을 근거로 해서만 가능한 것이며, 되풀이하여 자행되는 외적의 탄압에 대항하여 자신들의 생활적 가치와 민족적 문화유산을 보위코자 하는 몸부림은 그 가치와 유산에 대한 진정한 애착과 존경을 토대로 해서만 필연적인 것으로 된다. 이러한 생활 및 감정체험, 이러한 짙은 애착과 무한한 존경의 독특한 성질이야말로 독특한 민족적 감수성을 바탕으로 하여 이루어지고 또한 그 감수성 자체의 바탕이 되기도 한다.

따라서 이러한 민족적 감수성은 전 국가적 비극이 곧 자기 자신의 생의 구체적인 비극으로 나타나는 민중의 독특한 비극적 정서와 비극적인 생의 내용에 단단히 결부되어 있는 것이다. 외압 아래 있는 민족의 비극은 어떤 경우에도 외래적인 감수성이나 특수층의 특수한 그것에 의해 똑바로 접수되는 법이 없으며 정당하게 표현되는 법이 없다.

민족이란 실제에 있어서 그 민족의 절대다수를 구성하는 민중 바로 그것 이외에 아무것도 아니며, 또한 민족이란 그 민족이 타민족과의 부단한 상호관계 속에서도 부단한 자기 동일화의 몸부림을 치며 살아온 강인한 주체의 역사에 의해 형성되는 것이기 때문이다. 민족적인 것은 민중적인 것이며 가장 민중적인 것이야말로 가장 민족적인 것이다.

한편 이와는 다른 각도에서 볼 때 신시는 그 자체로서, 부분적이긴 하나 민요가 아직 얻지 못한 여러 가지 근대 시 예술적인 요소를 진보시킬 수 있는 가능성을 지니고 있다. 그것은 고도의 예술적 향상성과 이성적인 현실 파악의 가능성을 역사의 참된 진보 방향에 따라 민예·민요와의 올바른 통일을 이루어나가는 데에 크게 기여할 수 있는 것들이었다. 그러나 민요는 부당하게도 교양 있는 시인들로부터 외면당하고 경멸당함으로써 그 생득生得의 소박성·직접성 등의 한계를 크게 지향하지 못한 채 근대 시의 복잡성·다양성, 심도 있는 형상성에 의한 폭넓은 현실 표현으로부터, 특히 변화하고 있는 당대의 미묘한 현실을 날카롭게 드러낼 수 있는 근대적 표현으로부터 멀리 떨어져 재래의 전통적 형태만이, 소박한 민중적 정서만이 지배하는 언어의 변방으로 남아 있게 되었다.

근대시에로의 민요의 자기 지향은 자각된 예술 인텔리들의 적극적인 매개활동이 없이는 대체로 불가능하며 특히 일제 통치 밑에서와 같이 어려운 형편에선 절대적으로 불가능하다. 독일의 경우 하인리히 하이네와 같은 국민적인 민요시인, 근대 시민혁명의 그 열렬한 예찬자도 선배 지식인들의 게르만 민요에 대한 방대한 채집, 연구 활동을 전개하지 않고서는 그 탄생조차 상상할 수 없다. 근대 시민혁명과 민족적 자각은 서로 떼어놓고 볼 수 없는 두 개의 눈동자이며, 근대적 시민문학의 형성은 민족적 문학전통의 계승·발전 없이는 이루어질 수 없는 것이다. 일제 통치시기의 예술 인텔리들의 민요 경멸은 일제의 민족문화 말살정책의 공범으로서 민요가 경제 또는 퇴영退嬰하도록 만든, 근대적인 민족문학 건설을 장해한 바로 그 장본인의 하나이다. 오늘날에도 역시 예술 인텔리들의 부당한 민요 경멸은 청산되지 않고 있다.

고도의 지적 교양을 갖춘 시인, 역사·사회·정치·경제학에 관한 높은 수준의 학식을 지닌 문학이론가들마저 현대에 있어 민요의 생활력·창조력이 완전히 죽어버렸고, 또 계승할 만한 가치가 별로 없다고 부끄러움 없이 주장하고 있는 형편이다. 숨어 있는 민요의 수집과 수집된 민요의 분석·연구라는 현장 체험을 전제하지 않은 이런 따위의 도식적 판단이야말로 위험한 것이며 단연코 청산되어야 할 태도다. 민요·민예에는 그 나름대로의 정교하고 섬세한 예술적 의장意匠의 법칙성과 독특한 형상화 원리, 형식가치들의 원형이 숨어 있음을 똑똑히 알아야 한다.

소박한 서정요·노동요로부터 전문화된 판소리에 이르기까지 다양한 정도의 차이를 보이면서 점차 세련되고 질적으로 발전되어 온 표현형식 체계의 미분화 현상이 연구에 의해 밝혀지고 있다. 이것을 올바른 방향에서 계승·발전시킨다면 현대적인 현실내용의 날카로운 도전을 충분히 받아낼 수 있는 새로운 시형식의 보물창고로 될 수도 있다. 사실 일제 통치시기로부터 오늘에 이르는 전 시기에 걸쳐 여러 사람들의 여러 가지 형태의 시도가 민족문학·민족시의 이름으로 행해져 왔다. 그러나 그것들의 거의 대개가 현실의 날카롭고 생생한 고통에 찬 상황으로부터 멀리 떨어져서 발생된 것들이었고, 그 고통을 온몸으로 받고 있는 민중의 독특한 정서, 특히는 민요 및 민족적 문화 전통 속을 관류하는 참된 민중적인 흐름은 철저히 외면하는 방향에서 행해진 것들이었다. 때로는 중세 귀족문학에의 복고 방향이, 때로는 무속의 신비화가, 또 때로는 허황한 신라 예찬이나 불가佛家의 밀교적 왜곡이 나타났다.

참다운 민족문학이란 벅찬 현실적 내용의 압도적인 도전 앞에서 생생한 민중적 정서표현에 밀착된 독특한 민족적·평민적 형식이 비판적으로 흡수된 외래의 건강한 근대적 문학표현의 원리들과 더불어 차원 높은 지성의 조명 아래 탁월하게 통일되는 곳에서만 가능한 것이다. 이때에 그 통일의 결정적 모티프는 올바른 문학정신, 참된 시정신이며 이것은 또한 강하고 바른 역사의식·현실의식을 토대로 해서만 영그는 열매인 것이다. 더욱이 전 민족적 현실이 외적의 침략과 억압 아래 있거나 또는 참담한 고통과 사회적 혼란으로 인한 민중 전체의 인간 상실 현상을 그 특징으로 나타내고 있을 때, 시정신이 일으키는 과도한 '의식 내의 세계 초월'이라는 현상은 있을 수 있는 일이긴 하나 과히 바람직한 것은 못 된다. 시정신 또는 시인의 상상력 등은 그 자체가 지닌 권리에 따라 마음껏 자유로울 수 있고 또 자유로워야 하지만, 한편 그 자체가 지닌 연대성과 현실성의 구속력에 따라 사회와 역사에 대한 문학의 기본적 책임에 대해 적극적인 것이며 적극적이어야 하는 것이다. 상상력은 하늘에서 떨어지는 것이 아니다. 상상력의 활동에 있어서의 기초적인 자유스러움을 상상력 자체의 미학적 본질로 착각해서는 안 된다.

그것은 주어진 현실로부터 일으켜지는 인간 활동이며 주어진 현실적 사물, 사건과의 적극적인 교섭 과정에서 더욱 활발해지고 더욱 자유스러워질 수 있는 그러한 성질의 것이다. 이와 마찬가지로 시 작업에 있어 본질적인 것으로 되는 언어의 구체성·형상성·사회적 효력성, 그리고 현실에 대한 언어적 적합성 등은 현실 및 역사적 현실에 대한 끊임없는 시의 깊고 폭넓은 개입과 관여에서부터 비로소 풍성하게 수확되는 열매인 것이다. 바로 이러한 관련을 자각하고 이 자각을 인식과 창조 과정에서 적극화시킬 때에만 비로소 사회현실에 대한 문학의, 시정신의 지도적 기능이 확보 또는 회복된다. 사회현실에 대한 문학의 지도적 기능의 확보야말로 우리 문학이 오래도록 염원해 온 문제다. 오늘날에도 역시 일제 통치시기의 신시에 있어서와 마찬가지로 사회현실에 대한 문학의 일방적인 피동성이 여러 가지 형태로 우리들의 현대시 속에 나타나고 있으며 현실에 대한 시의 언어적 적합성의 결여가 그 어느 때보다 더욱 심한 형편이다. 외국의 문학조류에 대한 기이하게도 끈덕진 충성심이, 잡문화의 한 해괴한 예증으로서나 겨우 그 값이 나갈 아류 시형들이, 아직도 후안무치한 각색시들이 판치고 있다. 이것들은 마땅히 청소되어야 한다. 이러한 현상은 강한 문화적 외압 때문이며 기본적으로는 이 문화적 외압에 맞설 수 있는 튼튼한 국민문학이 건설돼 있지 않기 때문이다. 그러나 국민문학 건설이 시급하고 가장 중요한 과제라 해서 일체의 실험적인 작업, 내부에의 시적 탐색, 순수한 영상의 추구와 같은 일련의 언어적 노력들을 무차별하게 각색시와 같은 것으로 취급, 반민족적·반현실적이라 하여 매도하는 식의 편협한 배타적 태도는 결코 올바르지 않다. 이러한 노력들 가운데에도 여러 가지 종류가 있다. 때로 극히 부질없는 말의 유희 따위가 있는가 하면, 때로 의미 있는 사색의 결정도 있다. 현실로부터의 의식의 증발만을 목표로 하는 '검은 미사'가 있는가 하면, 현실 운동의 모순을 고도록 추상하여 언어의 긴장된 율동 속에서 심오하게 재구성하거나 해체시키는 실험적인 것도 있다. 이 모든 것들은 섬세하게 식별되어야 하고 그러한 식별과 신중한 이해가 모든 판단에 선행되어야 한다. 다양한 예술 창작의 여러 가지 복잡 미묘한 동기와 그 동기들의 복합을 알아야 하며 우리의 현실에 있어서 진정으로 스타일의 다양성이 어떻게, 또 어째서 문제되는가 하는 점을 폭넓게 정확히 이해한 뒤에 비로소 판단해야 할 것이다. 그러나 그렇다 하더라고 민요 경멸은 용납될 수 없는 일이며 현실로부터 증발한 시가 바람직한 것일 수도 없는 일이다. 다만 자기와 다른 문학경향을 비난하는 일이 중요한 것이 아니라 참된 국민문학, 국민적인 시문학이 주류를 형성하여 그 튼튼한 저력 위에서 여러 가지 실험적 노력들이 다채롭게 꽃필 수 있도록 만드는 기초공사에 힘을 집어넣는 일이 중요할 뿐이다. 즉 실천이 중요할 뿐이다.

국민문학 특히 국민적인 시문학 건설의 첫걸음은 앞서도 말한바와 같이 예리한 현실의식과 강한 역사의식 그리고 민중적 질서를 토대로 하여 현대적인 지성의 조명 아래 민요와 현대시를 서로 통일시키는 곳에서부터 내디뎌져야 한다. 단형의 서정요·노동요로부터 장형의 서사민요·서사무가·판소리 그리고 문학으로서의 탈춤 마치 인형극의 대사류 등 언어표현과 관련된 광범위한 민예 영역의 채집·분석·연구 및 비교연구 활동 등의 선풍이 일어나야 하며 그 과정에서 추출되고 귀납된 문학정신과 형식원리, 표현가치들을 어떤 비판·검토 과정을 거쳐 현대시의 영역 속으로 이끌어 들이는 작업과 공동 작업들이 활발히 전개되어야 한다. 특히 중세 평민문학의 핵이라 할 수 있는 해학과 풍자는 우리의 현대시가 국민문학 건설에 기여함에 있어 거대한 디딤돌을 놓아줄 것으로 믿는다. 그러나 이 모든 언설言說과 활동들에 앞서 전제되어야 하고, 또 그 무엇보다도 더욱 중요시돼야 할 것은 오늘의 젊은 시인들이 과거 일제에 항거하여 과감하게 싸웠던 저 위대한 시인 이상화·한용운·이육사의 그 열렬한 조국애와 그 날카로운 현실의식과 그 피 끓는 자유에의 열정에서 자기 자신의 혈통을 발견하는 일이며, '말깨나 하는 놈 가막소로 가고요/ 애깨나 낳을 년 유곽으로 가고요'와 같은 투박한 민요 속에 흘러넘치는 고통받는 민중의 그 서러운 한과 역동적인 정서를 곧 자기 자신의 정서로 일치 시키는 일이다. 이때에만 비로소 우리의 현대문학, 우리의 현대시는 참된 민족의 노래, 참된 민중의 노래로 될 것이다.

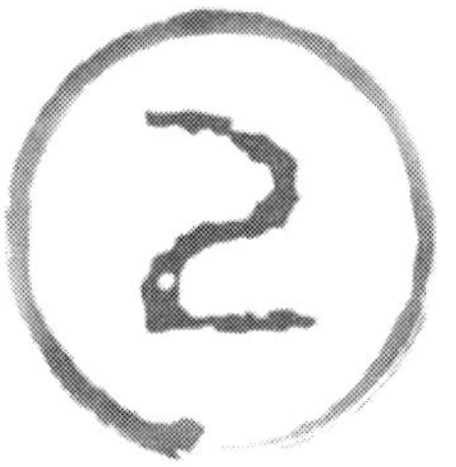

생명의 미술로!

_90년대 민족민중미술에의 한 제안

알다시피 나는 무슨 이론가가 아니다. 미학을 전공했지만 학자가 아니며 비평가는 더욱 아니다. 그런데도 이 글을 쓰게 된 것은 순전히 '현실과 발언'의 김정헌 형의 줄기찬 부탁 때문이고, 20년 전 「현실동인선언」을 썼다는 그 악연 때문이다. 다분히 직관이나 인상 차원을 넘어서지 못하는 글이니 그리 알고 읽어주기 바란다.

◆ 회고

요즘의 이른바 민중미술운동의 첫 시작은 아무래도 1969년 겨울 '현실동인전', 그 불발 쿠데타로부터일 것이다. 오윤·임세택·오경환 3인전이었는데 작품은 다 파기되고 선언문만 달랑 남았다. 그 선언문이 아마 그 뒤로 여러 사람 손을 거쳐 돌아다니며 무슨 음흉한 작용을 조금은 한 모양인데 그건 나도 자세히 모르겠고, 하여튼 모두들 그 물건이 시작은 시작이라고 하니 나도 그런가 보다 하는 수밖에 없다. 그 물건은 애당초 오윤 등과 의논해서 내가 쓰고 김윤수 선배가 봐준 것이다.

지금은 내 손에도 없지만 내 기억으로는 무척 소박한 차원의 글이었던 것 같은데 하여튼 분명한 것은 마르크스류의 사회주의 사실주의는 아니라는 점이다. 사실주의란 말 대신 현실주의를 내건 것부터가 그렇고 그 무렵의 내 사상 경향이 그랬듯이 구태여 이름 붙이자면 민족민중현실주의라고나 할까 뭐 이쯤이 될 것 같고 그것을 중심뼈대로 해서 몇 종류의 서로 다른 사회주의 사실주의 미술론과 니콜라이 하르트만의 비판적 실재론 미학, 헤겔 미학, 카를 로젠크란츠의 추醜의 미학, 아돌프 루텐버그의 질병의 미학, 일반적인 비극·희극 풍속화 이론들, 김정록 선생의 동양미학사상, 이용희 교수의 한국미술사상, 조동일 교수의 한국민예이론과 내 자신의 미학 및 한국민예·민화·속화 등에 관한 단편적 견해들을 이리저리 섞어서 구성한 것이다.

아는 사람은 이미 알겠지만 선언에 요약된 미적 인식론은 사회주의 사실주의의 객관적 실재론보다 오히려 하르트만의 비판적 실재론에 훨씬 더 가깝다.

예의 비판적 실재론은 칸트와 헤겔을, 립스의 감정이입설과 마르크스의 반영론을 함께 지양한 것이다. 그 핵심적 특징도 지각知覺과 소여所與, 통각統覺과 형상形相을 선택選擇과 개시開示의 통일 활동으로 결합시키며 경험과 연상축적을 바탕으로 한 선험적 미적 판단을 인정함으로써 주관주의와 객관주의, 심리주의와 사실주의를 넘어선 곳에 있다.

선언에서 '현실'이라는 개념을 구성함에 있어 사실과 현실을 구분·연관 지은 것과 통각과 형상 개시의 동시성을 강조한 것, 선택과 돌출의 원리를 갈등·전형·왜곡·과장의 기술체계로 연결시킨 것 등은 바로 비판적 실재론과 헤겔 우파의 미학사상, 마르크스주의 미학, 그리고 한국민예와 동양미학 등을 결합한 흔적들이다.

그 밖에 선언에는 유물과 유심, 변증법과 모순어법, 음양의 상보원리와 갈등원리 등이 지각되지 않은 상태로 여기저기 섞여 있다. 또 애는 썼지만 하르트만에서 희미하게 그 단초가 나타난 바 있는 선험 판단을 넘어선 '창조적 예감'의 문제를 소화시킬 수가 없었고, 그 무렵의 나의 한계겠지만 역학적 갈등이론과 객관적 실재론을 분명히 넘어서 서지 못했다.

다 알고 모두 느끼는 것이겠지만 지금 우리의 삶, 민중의 삶, 세계와 자연은 엄청난 변모와 파괴를 경험하고 있다. 세계사적 급변, 문명의 위기, 동북아시아 정세의 변모, 사회주의체제의 붕괴, 자본주의 체제의 쇠퇴, 특히 이른바 환경 곧 자연생태계의 전면적 파괴와 오염 등은 인간의 주체분열과 사회윤리의 결정적 타락 등과 함께 놀라운 생산력 증대와 과학기술의 발전에도 불구하고 단순히 세기말적 혼란이 아니라 문명 전체, 나아가 인류문명사 전체의 대전환을 요구하고 있는 것이 오늘의 현실이다.

한반도를 둘러싼 주변 4강의 변화는 격세지감이 있다. 남북의 형편 또한 그러하다. 남한사회 내부만 하더라도 농업·공업·정보화 등 생산양식의 다차원적 중첩과 그에 따른 사회·생활양식의 복잡화, 천차만별로 세분화되는 노동내용, 문화의 다중적 분열과 퇴폐, 경제침체, 미·일 등의 무차별 개방 압력과 잠식, 정치의 무능·부패, 경제력 집중과 토지독점, 사회윤리의 전면 타락, 교육공해·환경오염의 보편화, 각종 질병의 만연, 노동소외의 일반화, 노동력의 제조업 부분 이탈격증, 서비스 부분 팽창, 물가고, 실질임금 저하, 세금, 주택문제 등등에 개인의 정체상실, 분열, 정신질환·신경질환의 확산, 이로부터의 폭력적 돌파와 환상적 도피의 만연, 여기에 대응하는 민중운동의 각종 분열, 지지부진한 시민운동, 취약한 주민운동, 민주화·민족통일·사회개혁운동의 쇠미, 환경운동은 이제 시작에 불과하며 농촌은 붕괴 직전에 있고 학생운동·지식인·문화운동은 침체상태에 있으며 그나마 소극성을 탈피하지 못하고 있다.

이 같은 복잡성을 두고 많은 사람들이 다차원적 교체기·전환기라 부르며 한 부분, 한 계급이나 계층적 세계관이나 사상으로는 대응할 수 없는 심각한 도전으로 받아들이고 있는데 역시 타당하다.

이 복잡한 삶에 창조적으로 대응할 새로운 세계관, 새로운 문화가 요구되고 있다. 부분적이거나 미시적인 세계관으로는 해결할 수 없는 다 차원적·중층적 혼란이며 한 계급의 당파적 세계관으로는 해결할 수 없는 복수적 교체기다. 물론 중요한 것은 우리의 오늘의 삶으로부터 모든 것을 시작해야 한다는 점이다.

나는 예전부터 지금까지 일관된 민중관을 지니고 있다. 민중은 기층 산업노동자, 농민, 도시빈민, 지역 주민, 사무직 노동자, 서비스 정보부 부분과 과학기술 노동자, 소시민, 여성, 주부, 노인, 장애자, 학생, 지식인, 종교인과 광범위한 중산층, 신중간층을 다 포함한다. 이들은 정도의 차이, 형태의 차이는 있으나 모두 극심한 생명소외, 주체분열을 경험하고 있다. 극소수의 생명 파괴자, 암세포, 기생충들을 제외한 모든 사람이 민중이며 이 민중 안에는 자연생태계의 중생도 포함되어야 한다.

오늘날의 생산양식은 중층적·다차원적이다. 농업·공업·정보화 위에 '창조화'시대의 새 물결이 다가오고 있다. 노동도 육체노동, 정신노동, 서비스, 통신, 정보, 문화, 교육, 과학, 기술노동 등 복잡다단하며 산업노동도 천차만별로 세분화되고 있다. 삶의 소외와 분열은 전면화 되고 있으며 임금 문제만 아니라 노동강도, 노동력 파괴, 산재, 육체 질환, 현대병, 신경질환, 주체분열, 정신소외, 정신고갈, 생명 박탈감, 자연의 소외·오염·파괴와 사회적 분열·해체, 개인적 또는 집단적 환각 등 삶은 혼란하다.

남북의 복잡한 변화는 앞을 예측하기 어렵다. 나는 이 모든 것을 삶의 해체 과정, '엔트로피(무질서화) 과정', '생명 파괴'라고 부른다.

바로 우리의 이 삶은 현 문명의 집약이다. 새 문명의 창조 없이는 삶은 근본적으로 변화되지 않는다. 새 문명의 전망은 새로운 문화운동의 내용 및 형식과 깊이 연결되어 있다. 민족민중미술운동은 현실반영, 고발과 계급투쟁과 같은 소극적 차원을 넘어서서 민중적 삶 속에서 솟아나고 있는 새 삶의 요구에 새롭게 대답하는 적극적인 가치 창조운동으로 전환해야 한다.

새로운 민중적 삶의 양식의 창조는 새 문명의 전망과 연결되며 그 전망이 바로 민족의 완전한 통일사회의 전망이다. 이 전망과 이 전망을 현실적 삶으로 비록 낮은 차원, 제한된 범위에서나마 실현하려는 운동이 없이는 남북의 공존을 보장할 수 없다. 그리고 민주화와 생존 문제를 실질적으로 성취할 수 없다.

새로운 미술운동은 현재의 삶과 새 삶의 요구와 새 전망에 따른 현실문제 전반에 대한 총체적·창조적 견해를 함축해야 한다. 여기에 새로운 세계관이 요구되며 이 세계관은 곧 새로운 미학적 견해와 관계가 있다.

오늘의 삶은 그 삶의 본질인 생명에 대한 근본적인 재발견을 요구하고 있다. 민족민중문화와 예술의 경우 그것은 '신명'의 미학적 견해로 나타난다. 신명은 바로 생명이다. 생명의 세계관, 신명의 미학적 견해가 새로운 문화운동·미술운동이 이제부터 검토해야 할 적극적 가치창조운동의 핵심이라고 생각한다.

바로 이 생명과 신명의 관점을 중심으로 「현실동인선언」 이후 '현실과 발언', 그리고 그 뒤로 전개된 민족민중미술 전반에 대한 재검토가 필요할 것이며 그 이론과 작품과 여러 경험들을 비판적으로 취사선택해야 할 것이다. 바로 이 관점에 설 때 「현실동인선언」에 나타난 여러 가지 문제들, 가치와 한계들은 다시금 명료해질 것이며 창조적 통합이 가능할 것으로 여겨진다.

나의 이 글은 이런 것들을 생각하고 검토함에 있어 도움이 될 만한 하나의 끄트머리를 주기 위해 쓰인다. 지금 우리에게 요구되는 것은 '세계관의 변화Paradigm Shift'다. 여기에는 여기에 맞는 통신을 할 수 있는 언어가 발견되어야 한다.

지금 우리 주변, 특히 젊은이들과 운동권 학생들 속에 유행하는 말은 '갇힌 말', '죽임 말', '줄임말', '짜름말', '가둠말', '역학적인 말', '구조화된 말', '닫힘 말', '한탕주의 말', '폭력적인 말', '딱딱한 말', '명사화된 말'과 외래어가 잡탕이 되어 판을 친다. 언어는 사고에, 사고는 생활과 행동에 결정적인 영향을 준다. 생명 사고, '살림 생각'은 '열린 말', '살아 생동하는 말', '늘임 말', '풀어주는 말', '부드러운 말', '따스한 말' 등을 요구한다. 명사의 압박 아래서 동사, 형용사, 부사, 조사 등이 그 주권을 회복해야 한다.

우선 우리말에 착안하자. 우리말은 열린 말, 산 말이다. 그리고 한문을 새롭게 조명하자. 나는 이러한 새로운 예술언어, 미술언어 또는 암호를 발견하기 위해 이 글을 쓴다. 따라서 이론 전개의 틀을 취하지 않고 수필 모양을 취한다.

◆ **갇힘**

생명은 가둘 수 없다. 현실의 삶에서도 그렇지만 이론이나 사상에 있어서도 그렇다. 가두면 생명은 파괴되고 분열되고 굳어진다. 가두지 않고 그 생명의 본성에 따라 살며 그 본성에 알맞게 느끼고 생각하고 그 질의 향상을 위해 창조활동을 해야 한다. 현실의 모든 어둠도 이 관점에서 생각해야 올바로 풀린다. 삶의 질의 향상이라는 미명 아래 삶을 그 근거로부터 파괴하는 것이 오늘의 문명이라고 한다면 이런 관점은 매우 중요한 것이다. 그러나 다만 관점으로 끝나면 그것 또한 '가둠'이요 '갇힘'이다.

제가 그렇게 살아야 하며, 살면서 관점을 발견해야 한다. 따라서 갇힘이 무엇을 뜻하는가를 잘 생각해야 한다. 사람의 갇힘만 아니라 물질의 간힘도 생각해야 한다. 물질도 생명이다. 특히 미술가는 이점을 잘 생각해야 한다. 질료를 생명이 없는 죽은 물건으로 생각하고 자기의 사상 표현을 위해 이용되는 수단이나 개조 대상만으로 보는 태도로부터, 즉 ‘자연의 인간화’라는 예술관으로부터 오늘 민족민중미술의 한계를 발견할 수도 있다. 사람의 삶은 더 말할 것이 없다.

몇 달 전 나는 간힌 화가 홍성담 씨를 의왕구치소로 면회 간 적이 있다. 그때 홍성담 씨의 모친을 만났다. 모친의 주름투성이 얼굴, 그리고 눈물, 하소연과 푸념, 나는 거기서 그 관점, 생명의 관점을 발견했다.

어느 시인처럼 그 눈물에 우리의 적이 있다고 생각한다면 바로 그 생각이 ‘가둠’이요, ‘간힘’이라는 것. 오히려 모친의 그 눈물이 ‘간힘’ 속에 있는 아들을 풀어내리라는 것.

홍성담 씨를 만났다. 웃고 있었다. 그 웃음이 중요한 것이다. 내가 그를 아끼는 것도 어찌 보면 그 웃음 때문인데, 사실 터놓고 말하자면 그는 자기에게는 잘 안 맞는 길을 가고 있다. ‘간힘’ 속에서의 그 웃음, 그것이 그를 풀어낼 것이다.

그의 그림은 언뜻 보아 ‘간힘’과 ‘가둠’의 체계에 갇혀 있다. 그러나 꼭 그렇지도 않다. 그는 자신도 모르게 그 ‘간힘’을 풀고 있다. 험상궂은 소재를 맹렬하게 전투적으로 간힌 것들끼리의 대결과 투쟁 또는 획일적 통일로 ‘가두어’ 다루면 다룰수록 그의 그림은 파탄한다. ‘관계’다. ‘이음새’다. ‘그물’이다. 형상들 사이의 ‘이음새’와 ‘그물’에서 배어 나오는 ‘따뜻함’과 ‘해맑음’이 그의 그림을 파탄시키며 또한 그의 그림을 민중미술의 내일에 대한 예언적 미광으로 이어준다.

그의 광주 친구들이 『홍성담 문집』을 내는 데 나의 서문이 꼭 필요하다고 수없이 연락을 해와 대개 이와 같은 뜻을 적어 보냈으나 그들은 그 글을 문집에 싣지 않았다. 이해한다. 그래 빙긋 웃었다. 허나 내 웃음은 다른 뜻도 있었다. 그의 문집은 바로 예의 그 파탄을 증명하고 있기 때문이다.

도처에서 그는 '동지들!'이라는 부름으로부터 시작하여 내내 전투적 미술운동을 선전·선동하고 있다. 그러나 그것도 가만히 들여다보면 도처에서 파탄이 보인다. 그가 사회주의 사실주의를 잘 모르고 있거나 철저하지 못하기 때문이겠는데 논리의 이음새가 그의 본바탕과 관련된 극히 감성적인 사고로부터 나오고 있다. 더욱이 문집 첫 갈피에 어린 아들에게 이런 말을 하고 있다.

"모든 생명을 귀하게 여겨야 한다."

나는 홍성담 씨에게 단학丹學책을 넣었으니 동양 고전들과 함께 열심히 공부하라는 말만 남기고 떠났다. 그의 웃음과 모친의 눈물과 그의 어린 아들 소식과 그리고 그가 나더러 '성님'하고 부를 때의 그 어감 속에서 퍼져 나오는 그 '따뜻함'과 '해맑음'을 안고 기쁜 마음으로 돌아왔다. 그는 머지않아 풀려날 것이다. 그리고 크게 변할 것이다. 아니 자신의 바탕을 자신 있게 크게 자각적으로 들어 올릴 것이다. 들어 올려 이전의 자기 그림을 없애면서 다시 찾을 것이다. 사람은 그런 것이다. 특히 예술가는 그런 것이다. '사람'이란 말은 '삶'의 늘임 말이다.

◆ '현실과 발언 10년 전'의 인상

저녁에 대화모임이 있고 그 자리에서 무슨 말을 해야 한다기에 시간이 없었다. 그런데 작품은 많았다. 한 40분 정도에 모두 보아치웠다. 무슨 말을 할 것인가? 단지 인상만이 남아 있을 뿐이다. 그때의 인상을 몽땅 담고 있는 듯한 그림 한 폭이 생각난다. 김정헌 씨의 <음식백화점>이다.

일종의 풍자인데 내게는 풍자로 보이지 않고, '현실과 발언 10년 전'의 취지문으로 보였다. 내 나름의 말투로 한다면 '생명 전시장'. 물론 이 말도 풍자적으로 들리는지 모르나 그 뜻이 아니다. 그 수많은 그림들이 모두 다 제 나름의 독특한 개성들을 내뿜고 있었는데 하나같이 찢어지고 깨어져나가는 생명에 대한 만가輓歌와 생명의 생명다운 실현에 대한 숨은 갈증으로 일관하고 있었다. 가히 월인천강月印天江.

김정헌 씨의 <음식백화점>은 그 바탕의 '붉음'을 통해 '토막토막'난 자연 '생명'이 상품포장 속에 따로따로 '갇힌 채' 그 본래의 연속적이고 생기 넘치는 '생태계를 회복'하고자 '몸부림'치는 고깃덩어리들의 '외침'을 그림 '밖으로' '울려 보내'고 있었다. 나는 '아!' 하고 짧은 탄성을 질렀는데 그것은 뭔가 '알겠다'는 뜻이었다. 뭘? 앞으로의 민족민중미술의 방향에 대한 모색의 좋은 끄트머리 하나가 그 안에 숨어 있음을 알겠다는 것. 갈등원리에 의하지 않고 '불연속적 연속성'으로 생명소외와 생명실현의 요구를 함께 표현할 수 있는 기술체계의 끄트머리. 하나 아직은 막막하고 몽롱하고 애매하다.

그 곁의 <짜깁기>(콜라주)를 보았는데 '몽타주'가 아니라 말 그대로 '짜깁기'였다. 무슨 뜻인가? '몽타주'는 변증법이다. 감동에 대한 '목적의식적' '예측'이나 '셈(계산)' 아래 '갈등'을 '조직화'하는 것이다. 여기서 구성은 선정·선동 내용에 '복무'함으로써 '기계화'하며 감상자의 감동은 일정하게 '정위定位' 된다.

낡은 '교양과 오락의 변증법적 통일' 이론이다. 공간으로의 확장은 '무작위성'을 잃음으로써 도리어 이른바 감동의 '창조적 재생산력'을 잃고 '소재화'된 내용이 딱딱하게 '연동'한다. 감상자의 마음, 열린 향수의식享受意識은 닫힌다. 머리가 그 '주입을 주입식으로 제 자신의 의지에 주입시킨다'. '해방'하는가? 아니다, '가둠'이다.

한편 말 그대로의 '콜라주'는 해체의 기법이다. 삶의 즉물적 반영은 삶의 '엔트로피 확인 내지 증폭'일 뿐, '엔트로피와 네겐트로피의 동시진행'이나 '엔트로피를 타고 복잡화하는 생명의 질서형성'과는 거리가 멀다. 그런데 이 <짜깁기>는 다르다. 몽타주와 콜라주의 합명제나 중간이 아니라 그 양식은 빌려왔지만 전혀 다른 어떤 것이다. 왜 그럴까? 소재나 쪼가리들의 물질성, 육체성 안에 애당초부터 숨어 있는 우리 민중적 삶의 독특함 때문이다. 김정일은 이런 경우 '종자'라고 부르겠는데 그것이 아니라 '신명'이다.

작가는 우리 민중의 삶에 가해진 아메리카의 낙인을 콜라주로 풍자하는 동안 그 삶 자체가 가진 신명, '엔트로피를 그대로 타면서 복잡화하는 생명의 질서형성' 행위를 그림을 통해 질적으로 확산한 셈이다. 작가가 알았거나 몰랐거나 바로 여기에 우리 작가들의 큰 축복이 있다. 이것이 '자각'되어 '드러나' 크게 '열려야' 한다. 이 자각, 여기에서 미래 미술에 대한 '현실과 발언'의 예언적 미광이 드러날 것이다.

민정기의 세수하는 그림, 묘하다. '가장귀를 때려 복판을 울리는 재주', '변죽치는 솜씨'인데 하여튼 나는 웃고 말았다. 그 쓸쓸함이라니! 아마 작가는 심각했던 것 같다. 쓸쓸하고 심각할수록 복판이 더 싱그럽게 울려 퍼지는 걸 작가가 알았을까? 아는 것 같다. 그것을 나는 배경의 엉성한 방문짝 따위를 처리한 '대강대강疎略描寫'에서 보았다. 이 경우 '촘촘'하면 '울림'을 오히려 '빨아들여'버린다.

노동자의 고달픈 노동과 생활의 '옮김移, 疎外'을 이런 모양으로 '옮겨' 거꾸로 들어 올리는 이 '널뛰기'는 바로 생명의 기법, '아니다―그렇다不然其然'의 '신명 솜씨'며 생명의 문제를 그려내는 탁월한 산 방법이다. 민예, 민요, 민화에 두루 퍼져 있는 이 기법에 대한 본격적 검토가 있어야 할 것이다.

임옥상의 시뻘건 땅 그림. 이른바 환경, 바로 말하면 생태계, 더 정확히 말하면 자연생명 또는 중생이 그림 안에서 정면으로 아가리를 벌리고 쏟아져 나온다. 이 그림을 '뻘겋다'는 이유로 경찰이 묶어 갔다니 더욱 '재미' 있다. '그림을 묶어 갔다'는 것도 재미있지만 그럴 만도 하다. 우리나라에

서는 '뻘건 것'만 보면 눈이 뒤집히니까. 땅에도 흙에도 공산주의가 있다
는 건 얼마나 재미난 일이냐! 흙이 사상을 가질 수 있다는 얘기가 되고 흙
이 정신을, 신령을 지녔다는 얘기도 되지 않는가! 하기는 '생태사회주의'
란 것도 있으니까.

이 사건은 환경운동이 초기에 반체제로 탄압받았던 일과 함께 내게는
아주 아주 '재미'있는 '되잡이反轉'의 기법의 한 '끄트머리'로 보인다. 생태
사회주의처럼 환경을 사회구조론 안에 억지로 끌어들이는 것이 아니라
오히려 환경 안에 그 구조를 끌어들여놓고 직신작신 패줄 수 있다는 것,
무기물이 사상·정신·신령을 가지고 그렇게 한다는 것, 이때 주의할 것
은 '감정이입'에 의지해선 안 된다는 것이다. 그러면 '우스개(캐리커처)'가
된다. '자연의 인간화'가 아니라 '인간의 자연화'다. 단순한 풍자 원리가
아니라 '생명의 미학적 견해'를 말하는 거다.

임옥상의 그 파헤쳐서 살해당한 시뻘건 흙이 울부짖는 한 맺힌 외침이
가슴속으로 쑤셔온다. 이상한 것은 그 '시뻘검'이 사방으로 흩어져 확산하
면서도 정확히 정면으로 화살처럼 쑤셔오는 느낌의 정체다. 아마 비밀은
그 '붉음'에 대비되어 있는 '푸른' 밭의 '제한', '수정', '비판'에 있는 듯하다.

임옥상은 정확하다. 생명의 '푸름'이 파헤쳐진 생명의 '시뻘건' 파괴를
스스로 '비판하는 것', '비판하게 하는 것'이 아니라, 내장까지 터져 나온
듯한 흙의 한 맺힌 살기등등한 '붉음'은 '확산'하고, '푸름'은 그 확산을 '제
한'한다. 획신하면서 동시에 '그 유출백터'을 직선으로 '쏜다'. '홍보'와 '공
격!' 환경운동의 정치학이다. 이쯤이면 우리가 이미 초현실주의도 우리
호주머니에 집어넣은 셈이다. 이 그림은 특히 이제부터 시작되는 '환경
그림'(이 말이 영 마땅치 않다!)의 귀감이 될 듯하다.

오윤. 그리움이 앞서서 그림인들 제대로 보였겠는가! 다시 봐도 좋고
또 봐도 재미난다. 오윤 그림의 '생명은 신명이다'. 신명이 사상도 주제도
소재도 형상도 질감도 모두 이리저리 흔들고 살리고 춤추게 한다. 그리고

그것은 굵고 깊은 '윤곽선의 제동에 힘입어' '폭발적으로' '공간에 확장'한다. '질적 확산'이 아니라 '확장'이다. 이 점 생각해야 될 점이다. 오윤이 아직은 역학에 붙어 있다는 말이다. 신명과 역학은 아직은 사촌으로 보이지만 기실은 촌수가 멀다. '중심이행' 과정의 '수렴' 현상이다.

생명은 생명의 활동 원리에 인간의 능력으로 가능한 충실히 따라야 한다. 역학은 구조적인 힘의 '조직체계'이지 생명 활동의 '기운생동'의 체계가 아니다. 물론 역학의 기초인 기계적 세계관과 그에 입각한 현 문명이나 그 문명적 삶에 대한 비판을 기법적으로 함축할 수 있는 가능성은 열려 있다.

그러나 오윤의 경우는 그와 다르다. '굵고 깊은 윤곽선'의 수수께끼를 해명하지 않으면 안 된다. 어떤 화가는 내 앞에서 그것을 '도장'이라고 비웃었는데 그렇지는 않다. 그것은 '음양·흑백의 역학적 파악·표현'이다. 그러나 조금은 생각해 보아야 한다. '도장 낌새'도 있다. 그것은 '음향·흑백의 디지털적 단순 대립'의 결과다.

오윤은 1969년의 그 불발 쿠데타 때의 큰 기름 그림에서도 여러 군데 인간과 기계의 날카롭고 무서운 대립을 그린 적이 있는데 그것은 분명 시케이로스의 영향이다. 그리고 이것은 생명과 기계를 수평적인 대립관계로 보는 '생기론Vitalism—기계론의 투쟁'에 연계되어 있다. 기계론은 물론이지만 생태학Ecology도 아직은 생명의 세계관과 거리가 있듯이 생기론도 역시 생명의 세계관과는 거리가 있다. 비슷하면서도 같지 않다.

생명은 기계를 반대하는 것이 아니라 기계론적 이데올로기를 비판한다. 그리고 그 비판은 탁월한 차원에서 말한다면 기계의 구조를 생명 활동으로 '되돌리기轉向'하고 철의 입자 속에마저 살아 있는 정신의 씨앗들을 그 자신의 리듬에 따라 살아 움직이게 해야 한다. 이렇게 생각해야 그림에서의 기계, 기계적 구조, 기계적 관계, '갇힘', '가둠'을 '풀어내는' 생명의 위대한 '살림'의 능력에 이르게 될 것이다. 오윤은 아직 여기에 이르지 못했다. 그러나 오윤은 그 대립을 자기 그림의 역동성의 근거로 거꾸로 받아들여 활용했다.

오윤의 그 굵고 깊은 윤곽선의 비밀은 지난 20여 년의 민중투쟁 시대의 세계관적 한계 안에서 그 한계를 뛰어넘는 생명관을 발견했음에도 그 한계 안에 아직 한 발을 채 빼지 못한 오윤이 그 나름으로 '지금 여기'서 성취할 수 있었던 예술적 높이의 담보물이다.

선의 기능, 그 안에 들어 있는 이 이중성은 오윤 그림의 구도, 크기, 움직임의 수직성 등에 나타나는 전형 선택의 가치와 한계 등에 관련이 있다. 그러나 그럼에도 그의 인물들이 살아 생동하며 신령하게 우리 안에 '계시는' 것은 그가 '신명으로 신명을 밀고 나왔'기 때문이다. 그것은 <도깨비 연작>에서 특히 그 '민중적 신령함'을 드러낸다. '민중적 신령함'은 삶과 죽음을 넘나드는 '익살'과 '장난기'와 함께 '엄엄한' 생명 체험의 세계다. 도깨비들이 낄낄거리며 굵고 깊은 기계적 윤곽선들을 '열고 나온다'. 오윤은 그의 한계에도 불구하고 살아생전에 이미 성취했다. 민중적 삶의 비밀을. 그림으로!

나는 '열고 나온다'고 말했다. 그렇다. <원귀도>의 틀은 '열려 있다'. 그 '두루마리'. 고쳐 말하자. 두루마리는 '열려 있는 것'이 아니라 '열고 나옴'이다. <원귀도>는 오윤의 민중적 삶의 비밀의 성취를 또 넘어서 저쪽, 죽음의 세계, 원귀의 세계를 이쪽, 우리에게로, 삶에로 열고 나온다. 그는 죽음으로 마감된 것이 아니라 이 두루마리의 개방성 속에서 죽기 전에 이미 '장생長生'한다. 죽음이 삶 속으로 열고 나온다. 단순한 풍자 이상의 복잡한 '선禪의 널뛰기'다. <원귀도>를 '기습', '충격'으로 해석하면 안 된다. 그것은 우리들 산 자의 자기중심주의다.

오윤이 그림에서 쓴 여러 솜씨들을 잘 보아야 한다. 이 그림은 거의 음악이다. 중모리, 중중모리, 자진, 느진, 휘모리, 엇모리, 엮음, 아니리에 창조唱調에다가 잉아걸이, 완자걸이에 부침, 발림 총동원인데 유독 '진양을 빼앗았다.' '계면'도……. <원귀도>에서 '진양, 계면'을 빼앗다니! '빼앗음'이 이 그림의 주제요, 형식원리다. 요즘의 그 흔해빠진 진혼이나 만가나 한풀이가 아니다. '살림'이다. 슬플 리 없다. 깨 쏟아지게 재미난다. '괴기'가 없는 것은 그 탓이다. 그래놓고 '능청스럽게' '떠억 하니' 옆구리를 열어놓는다. 원귀를 '살려놓았고' 계속(여기서 말을 바꾸자!) 원귀들이 '스스로 살아' 원한과 비탄과 소문의 벽을 열고 '지금 여기'로 끊임없이 줄줄이 '걸어나온다'. 그렇지 않은가!

빨치산 문학, 6·25문학의 전성을 보라! 그들이 살아나왔다. 거의 복권되어 간다. 그들은 현실의 삶에 이상한 영향력을 미쳐 삶을 바꾼다. 우리의 삶은 굴곡이 깊고 넓고 길어지고 역사를 바꾸며 역사에 이어진다. 그리고 이 두루마리의 연장으로 큰 걸개그림들이 요즈음 유행하는 것을 보라. 허나 젊은이들은 이 두루마리의 비밀을 모른다.

오윤은 생사를 넘나든 사람이다. 그는 살아서도 이미 귀신, 곧 신령한 생명, 곧 '기화신령氣化神靈'이 되었다. 아니라면 이런 그림, 이런 양식을 찾아내지 못한다. 두루마리 '가로'인 것에서 무엇인가를 눈치 채야 한다. '가로'는 직선적 시간관, 그 수직성, 옛 사람들이 삶과 죽음을 생각하던 선적線的 사유의 버릇, 진보주의, 미래주의, 이 모든 '세로'에 대한 반란이며 '대전향'이다. '세로'를 '가로'로! 이 '뒤집기'는 그림 안에도 여기저기에 있다. 주검이 걸어 다니고 산 사람이 떠다닌다. 이 '역설'에서 생명의 이중성, '아니다—그렇다'의 복잡화를 또 본다. 그러나 여기에서도 오윤의 한계가 삐죽이 얼굴을 내민다. 아직도 1969년 선언의 그 '갈등론'에서 완전히 못 벗어났다. 하긴 '병든 세계'의 '뒤집기'니까 '이중성이 갈등으로 과장되고 극화'했겠지만.

두루마리의 이 가로 '열림'은 민족민중미술이 스스로 지금의 한계를 넘어갈 내용·형식 양면에서의 '노잣돈' 중의 일부다. <지옥도>에 대해서는 더 할 말이 많으나 그만 하자. 다만 <원귀도>보다 더 큰 문제와 가능성이 숨어 있다는 것, 알다시피 그것은 '탱幀'의 저 드넓은 '화엄'의 세계에 닿아 있다. 그리고 그 불타는 무변광대한 생명의 체계 안에서 코카콜라 문명과 그 부역자들을 여지없이 처형한다. 자기 동료들과 자기 자신마저도. 현 문명의 비판은 화엄세계를 새 문명의 전망에 연결시킨다는 것만 말하고 넘어가자.

'현실과 발언'은 부자다. 스스로 자랑스러워해야 할 일이다. 그리고 젊은이들은 '현발 죽어라!' 대신 겸손하게 '현발 배우자!' 해야 한다. 참된 배움의 태도는 '아니다—그렇다'이다. 고故 오윤! 내 이 기회에 그대의 삶과 예술에 이름 하나 붙이마. '아니다—그렇다의 끝없는 뒤집기의 세계'.

다른 작가들에 대해서 말 못하는 것이 유감이다. 허나 나는 평론가가 아니지 않은가! 그리고 하나하나 기억을 못한다. 단 40분이었으니까!

◈ 심정수 조각전 구경담

심정수 씨는 오랜 친구다. 고등학교 때 친구, 그런데도 그의 작품은 처음 본다. 그래서 놀란 나머지 내가 그의 예술에 너무 과찬을 하는지도 모르겠다. 허나 처음 말한 대로 오늘 나의 글은 '틀 변경Paradigm Shift'의 새 언어를 발견하자는 데 목적이 있나. 우리에겐 지금 열러오고 있는 우리의 삶과 예술의 미묘한 '떨림風'과 '흐름流'을 표현할 새로운 암호나 언어가 없기 때문이다.

작품의 화랑 배치가 맘에 안 든다. 전체적 메시지와는 거리가 멀다. 아쉽다. 전체적인 '시너지'의 맛을 보아야 하는 건데. 왜 그런지는 이야기해 가는 동안에 짐작이 갈 것이다.

1.

우선 그 <발>. '날아오름飛翔'과 '디딤着地'의 이중성이 어느 '속점'에서 끌어당기는 힘에 의해 통일되어 있다. 그러나 이것은 '뼈대骨組' 세울 적 일일 것이고 '날아오르되 삼제芟除된 싹'이요 '땅을 딛되 발끝은 붙이고 뒤꿈치는 뜸'이다. '이중성의 복잡화'인데 이것이 갈등으로 '극화極化'하고 다시 그것이 통일되어 역동적 긴장을 확보하는 '변증법적 역학'과는 거리가 있다. 역학처럼 보이는데 그게 아니다. 이 점이 중요하다. 힘, 역동감이 아니라 고통스럽도록 매운 의지의 긴장이다. 그래서 양보다 질을 느끼게 한다.

사실은 '양'이니 '질'이니 하는 말이나 '느끼게 한다'는 말은 틀린 말이다. 이런 말은 수동적 사고의 표현이다. 감상자가 더 적극적이어야 한다. 창조적 감상은 그 나름으로 '질적 확산 진화'이기 때문이다. 오는 것도 가는 것도 없고 '나옴'도 '들어감'도 없는 것, 적극도 소극도 없는 것이 근원적인 생명 체험이기 때문이다. 창조자의 작품 감상자를 향한 일방적인 '감성적 독재'는 끝나야 한다.

<발>은 '독재'하지 않는다. 이 점이 이상하다. 어떤 원리로 그런가? 갈등을 조직화하지 않기 때문이다. 강요하지 않는다. 오히려 '안으로' 움직임을 '끌어 들이'고 있다. 그래서 도리어 밖으로 자연스럽게 '퍼진다'. '퍼지게 한다'가 아니다! 퍼지는 일을 일단 생각에서 내보낸다. 선禪의 기초 요령, 그리고 '몽양蒙養'의 법이다.

'날아오름'은 봉기의 의지일 수도 있다. '날아오르려는 싹'이 누가 '자른' 게 아니라 이미 '잘려 있다'. '잘렸다'기보다 '뽑혔다'고 할까? 여기서 시작이다. 내 마음의 움직임이 위에서부터 아래로 내려간다. 내 마음이 '내려감을 타고' 거꾸로 발끝이 아니라 뒤꿈치에서 '웅어리져' 되돌아 오르는 의지의 새싹이 '주욱' 솟는다'. '솟음'일 뿐 '솟구쳐오름'이 아니다. '살짝' 혹은 '뻐끔'이다.

그런데 이 '살짝'이 앞 발가락의 큼직한 '디딤'과 '번쩍' 방전하면서 어떤 '속점'에서 '응어리진' 어떤 '것'을 '비춘다'. 분명 숨을 멈춘 듯 응어리가 거기 어디엔가 있는데 그럼으로써 어떤 것이 퍼져 나오는 것을 기이한 빛으로 '비춘다'. '비춤'은 친절하다. 어떤 '것' 곧 '힘'은 멈추는데 무엇인가가 퍼지고 있고 '비춤'은 그 퍼지는 것이 바로 메시지임을 알도록 친절히 돕는 것 같다.

그렇다. 그 메시지는 영적인 무엇이다. 좌절당한 봉기는 숨을 죽이고 '신령한 호소'가 되어 소리 없이 울려나온다. 원한이 아니다. 역사를 내려다보는 한울님의 엄엄한 눈빛이다. 질책하고 있다. 숙연해진다. '길쭉'한 수직 구도가 바닥의 이중성('디딤'과 '뜸')에 '움직이는 지지'를 받아 확고한 '고요 속에서 그러나 움직인다'. 신령하다. '민중의 신령.' 그런데 조금 이상하다. '신령하면서도 속되다.' 그러나 나는 여기쯤에서는 그냥 감탄해버린다.

그런데 모를 것은 바로 그 '비춤'이다. 그리고 그 '친절'한 '도움'이다. 도대체 세상에 이런 작품도 있는가? '기발이승氣發理乘'인가? 영지靈知의 조명인가? 이 의문에 대해 그 '거칠면서 부드러운' '손때터치'가 대답해 왔다. '것'의 '응어리'가 '멈춤'으로써 '무엇'이 '퍼져나옴'의 양식은 '배어남'이라는 것, 마치 흙무더기를 통해서 배어나오는 로댕의 '고뇌'처럼. 마치 루오의 그 고통의 '인광'처럼.

그 '손때'의 '드남凹凸'은 '다공성多孔性', 그러니까 '소개성疏開性'과 관련이 있는데 이 엉성한 흙의 구멍들을 통해서 푸르스름한 빛깔, 귀신스러운 인광처럼 배어나오는 것, 그것이 '비추는 짓'을 했는데 그게 도대체 무얼까? 아, 알겠다. '한숨'이다! 뒤꿈치에 응어리져 있는 어떤 '것', 아마 한恨 또는 한의 들끓는 힘일 것이다. 그것이 '숨죽인' 동안 나직이 '한숨'을 쉰 것이다. 역시 사람이었구나! 아아, 이제야 확실히 알겠다. 왜 그토록 '신령하면서도 속된' 느낌이었는지! 그러나 한숨이 비추지 않았다면 한을 넘어선 그 '신령함', 그 역사 전체를 뚫고 나오는 초超메시지를 식별할 수 있었겠는가?

살아 호흡하는 듯한 그 '드남', 그 '다공성', '엉성함', '소개성(엉성하게 해서 열어놓음)', '거칠면서도 부드러움', 그것은 '끈적끈적하면서도 매끄러움'과 관련이 있다. 그것은 창호지, 닥, 그리고 흙벽돌처럼 '빨아들이면서 동시에 뱉어낸다'. 그것은 '흙'의 생명성과 관련이 있다. 질료의 영성靈性, '방편바라밀'이다.

그것이 우리를 작품에 '개입하게' 하고 '비판하게' 하고 급기야 '속점'에까지 들어가서 보고 만지게 하는 것이다. '속점'은 멈췄는데도 그렇게 엄엄하게 울려 퍼진 것은 내가 개입해 들어갔기 때문이다. 내리 쏟아지는 폭포를 타고 거꾸로 거슬러 오르는 물고기는 바로 물의 '성性'을 탄다. 위아래, 안팎이 없는 본면목本面目, 그것이 성이다. 이 경우는 '흙의 성'이다. 심정수 씨는 흙의 생명성을 터득한 것 같다. 그리고 그것을 고통과 좌절의 역사 속에서의 민중의 영성에 연결시킨 것이다. 이래야 한다. 질료와 영성, 형식과 내용이 생명의 성에서 이미 '둘이 아님不二'이어야 한다. '신령하면서 속됨'(민중미학의 첫 관문!). 참 좋구나!

2.

<어떤 생각> 앞에서 나는 많은 생각을 했다. 둘의 '각角'이 와락 달려든다. 그런데 금세 물러서 제자리에 가 있다. 홀렸나? 작가는 장난을 치고 있다. 도깨비처럼! 나는 상단전上丹田에 힘을 준다. 바로 이렇게 말을 걸어오기 시작하는구나! 이것은 하르트만이 "예감에 가득 찬 숲 그늘"이라고 표현했고, 수운 최제우 선생이 "거울이 만 리를 비추매 눈동자가 이것을 먼저 깨닫는다鏡投萬里 眸先覺"고 했을 때 그 '먼저 깨달음先覺'의 예감의 영역이다. 감동의 예감이 이렇게 '말 걸어옴'에서 번득인다.

이 작품에서 내가 내내 생각한 것은 '여백'이다. 공간을 여백으로 파악

하기 시작한 작가에게 먼저 박수 치자! 칼끝 같은 '각진 형상'이 마치 '추상적인 기하학의 각 자체'가 '확산'하듯 확산한다. 날카로운 '울림'이 비명을 지르며 '무궁 확산'하는데도 그 확산의 '질' 곧 '씨앗' 속의 생명, '신명'은 도리어 천지간에 '적막'하다. 그러나 적막에 서린 저 고뇌. 오히려 이렇게 말하자. "적막이 칼끝 같은 예각이 되어 사방팔방 시방十方으로 울려 확산한다". 여백으로서의 공간을 마치 각선으로 칼질하는 듯, 실로폰 소리가 공간에 연쇄하는 듯! 이 또한 각들의 '둥근 확산'. '단순 확장'이 아니라 '분산 확장', 곧 '뿔뿔이 흩어져' '확산함'이다. 칼날이 사방으로 나는 것 같다.

그런데 사실은 적막이 '각져서 확산'한다. 그 적막은 고뇌와 번뇌에 싸인 적막이다. 이 '복잡성'. 이 '복잡한 이중성'은 전혀 '무작위적(혹은 확률적)'이다. '피나는 학습', '피나는 수련'을 했구나(민중예술 작가들은 바로 이것이 부족하다. 서투른 것이 민중예술이라고 헛소리하고 있다)! 그 학습이 나의 감상 과정에 반복체험, 추체험된다. 나의 체험도 학습이 되어 무작위적이다. 작가 자신의 적막한 우주적 생명 체험, 명상 같은 것, 그런 깊고 넓은 체험이 있어야만 이 울림은 가능할 것이다.

그 적막의 '속'은 '텅 비어' 있다. 이상한 일이다. 속이 빈 푸른 이끼 낀 바위! 각진 바위의 둥근 울림! 암각巖刻된 보살! 바위가 바로 보살이다. 생각하는 바위 등등. 이따위 여러 가지 생각을 일으키며 고뇌에 찬 적막 속의 그 텅 빈 '공空'이 마치 '덧없는 세월처럼' 확산한다. 나는 이 '빈' 메시지를 반복적으로 계속 받으며 이렇게 퍼져나가는 것이 이른바 '허령창창虛靈蒼蒼'한 '기氣'라는 생각을 한다. '기'로구나!

그런데 그렇지도 않다. 부조浮彫 같기도 하고 이상한 짐승 같기도 한 것은 왜일까? '만물상'이로구나! 그러고 보니 푸르스름한 돌(돌이 아니겠지만. 아니! 돌이 아닌 것이 더 중요한 점이다) 속에서부터 언뜻언뜻 솟는 '빛'의 '번득임'은 무엇일까? 만물상은 햇빛을 받아 '번득임'으로 자기 형용을 '천변만화'한다.

물론 그 암층 표면에 섞인 수많은 광석들, 그 중엔 수정, 금, 은, 금강석 따위가 많다고 하는데, 그 광석들이 햇빛에 반사되는 것이다. 그래서 칠 보빛으로 '무지개'가 선다고 한다. 나는 그것을 돌의 생명, '바위의 신명' 이라 부른다. 그건가? 그걸 끌어들인 건가? 허나 틀렸다. 아니 맞았다. 도 대체 이렇게 여러 갈래의 생각을 '일으키게' 하는 까닭은 무엇인가? 이렇 게 내 마음이 만물상처럼 '천변만화'하며 칠보빛깔 무지개가 서린 듯 아리 땁고도 혼란스럽게 빛들 속에 흔들리는 것은 무엇 때문일까?

'공空' 바로 그것이다. 이 모든 생각들을 복합적, 다층적으로(각, 층층이 각 을 이룬 돌의 다층성도 관계가 있다) '습격'하며 '일으키'며 또 그것을 '수정'하며 '교란'하는 것은 이 작품의 메시지의 '속'이 '비었기' 때문이다. 이것은 '선 禪'의 세계다. 이것은 높은 생명 체험으로부터만 가능하다. 작가는 흙으로 '명상'하는가 보다.

'각진 확산'에 베어, 마치 칼날에 베이듯 마음과 몸이 베여나는 복잡한 아픔이 온다. 저 돌의 천 년의 서러움이 내 마음에 그렇게 아파온다. 각과 층의 '조화'다, 험상궂은 역사, 칼날의 역사, 베어지고 찢어지며 한없이 천 갈래 만 갈래 찢어지는 역사 속 민중의 삶의 아픔, 그리고 진화하는 우주 생명의 아픔, 복잡한 아픔 속에 서리는 텅 빈 중심, 아픔을 통해 아픔을 넘 어서는 중생의 길.

나는 한숨을 머금었다. 이 복잡한 이중성의 바탕은 역학이나 갈등의 조 직화에 의해서가 아니고 큰 우주적 생명 체험을 통해 '숨은 신명'의 '드러 남'이 전제되는 데에 있다. 그것이 '아니다―그렇다'로 현란한 춤을 추는 것이다. 그러나 그 '숨은 신명'이 춤을 '질서 짓고, 제한하고, 수정하고 ,더 넓은 차원으로, 여백으로 생성 시킨다'. 신명이 무궁한 여백으로 나아가는 그 겹쳐진 차원과 차원을 건너뛰면서 춤추듯(춤은 '불연속적 연속'의 체계다. 사 실은 이 체계란 말도 감금의 위험이 있다. 조건적·방편적 제한 안에서만 쓰기로 하자) 확 산한다. 나의 몸과 마음도 춤추듯 확산하며 8만4천 가지로 진동하는 그

빛의 알맹이들 속에 내가 들어가 천지사방으로 흩어지면서 그 중심의 텅 빈 것을 체험한다. 이상한 체험이다. 화엄세계의 무수한 영롱한 빛들의 그물의 떨리는 각성 체험, 말이 너무 어지럽다.

정리해 보자. 심정수 미학은 '신명', '복잡한 이중성', '자제된 기운생동' 그리고 '여백으로 확산'되는 '중층적인 그물'이다. '작품 질료'의 '육체성'에 집착하지 않고 그것이 거기 '있음'으로써 여백 전체에 확산하며 생성되는 생각의 '빔空', 곧 '생각의 천변만화하는 확산의 육체성'이 중요하다. 혹은 바꿔 말해 8만4천 가지로 분산하는 '육체의 한 공空의 생각성', 따라서 미래의 여백에서 크게 흔들릴 큰 여백이, 공이, 공간이, 산 생명의 신령한 중심, 허허한 우주가 '먼저 신명 속에 생동'하고 작품의 그 확산하는 육체성의 끄트머리인 작품은 그 신명의 춤에 따라 빚어지거나 깎아진다. 따라서 그의 솜씨, 질감은 '섬세하면서도 거칠' 수밖에 없다.

이 이중성(음향)이 그의 생명인데, 그런데 그것이 그냥 '우러난다'. 묘하다. 이 '우러남'은 '배어남'과 같으면서 같지 않다. '우러남'은 '흔들림' 또는 '떨림' 또는 '진동'과 관련이 있다. '입자들의 연쇄현상'과도 희미하나마 관련이 있다. 쪼가리 쪼가리 알갱이들이 반짝거리며 서로 '공명共鳴'하면서 분산하면서 동시에 서로 '통신'하면서 나아가는 무궁 확산. 이것이 삼베처럼 '엉성하면서도 명주실처럼 부드러운 불연속적 연속성'의 비밀이다. 또 말하지만 감상자의 개입을 '흡수하면서' 그 '그물(네트워크)'로 '놓아주면서 붙들며' 혹은 빨아들이며 둥겨낸다. 나는 이 모든 것을 '소개疏開'라 부른다.

중국의 유종원柳宗元이 "엉성하게 함은 통하게 하려 함疏之欲其通"이라고 한 것이 이것이다. 마치 '준법峻法' 같은 불연속적 연속성이 도처에 다양하게 나타나는 것도 결코 이상한 일이 아니다. 이 기법은 '여백', '이중성', '질적 확산' 그리고 '신명의 예술'의 기법체계 전체, 민족민중적 생명예술에 있어서 가장 중요한 것이 될 것이며 '이음새'와 '그물'을 통해 생명의 움직임과 메시지·초메시지를 '기起'하고 '발發'하고 '전轉'하고 '확擴'하는 기본 솜씨의 하나가 될 것이다.

사변을 통해서가 아니고 더욱이 이념이나 목적의식, 의도 집착에 의해서라 아니라 스스로 우주 생명을 '삶', 생명의 이치에 따라 삶, 생명 체험으로서의 노동, 그 신명의 움직임에 따라 마음과 몸이 함께 질료의 입자들의 춤과 어우러져 '무궁' 공간·시간으로 확산함에 의해서 이것들은 가능해진다. 그것은 굿에서처럼, 탈춤이나 판소리에서처럼 사방팔방 시방으로 신명을 '뿌린다'. 그러나 속의 공空 속의 '얼어붙음'으로 오히려 밖으로 그렇게 '흩뿌려짐'이다.

아마도 이 <어떤 생각> 앞에 제일 오래 선 것 같다. 나는 이제 엄청나게 넓어진 그러나 적막한 우주 속에 춤추는 빛을 내 안팎에 느낀다. 작가는 나의 혼란스러운 진동과 드넓은 세계에 번득이는 수많은 생각들을 '셈(계산)'한 것일까? 아니다. 그렇게 '셈'에 의해서는 결코 이런 결과는 안 나온다. 그는 그 경우 그 생각을 '끊었다斷'. '단'은 중요한 창조 원리다. '얼어붙음'도 '흩뿌려짐'도 이 '단'으로부터 가능한 것이다. 석도石濤의 몽양처럼 화의畵意, 곧 생각을 '있는 듯 없는 듯' 끊고 또 그 '끊음'을 '이어야' 한다.

참된 조각가는 흙을 통해서 선禪을 수행한다. 이것 없이는 민중중생의 가슴속의 비밀, 삶의 비밀, 생명의 비밀을 열 수 없고 열 수 없으면 신명의 감동 없고 신명의 감동 없으면 참된 예술 없다.

3.

<다섯 별을 위한 진혼곡>. 로댕을 못 벗어났으면서 벗어나는 계기를 숨기고 있다. 아니 그것이 '숨은 채 드러난다'. 안으로부터 '터져 나오는' (이때 이 '터져 나오는'도 가장 옳지는 않다) 것을 면의 매끄러움이 '가두는' 것이 아니라 마치 질감의 올에 촘촘한 연속성을 줌으로써 '속에 들끓는 한恨'이

그 올 사이사이로 '새어 나옴'('우러남'이나 '배어남'과 비슷하나 다르다)으로 '흩어져' '산발'한다.

그런데 이 '산발'이 왜 '섬뜩'하지 않고 '다부질'까? 그리고 '장중'할까? 이 역시 심정수의 비밀의 하나다. 그런데도 내 '가슴에 구멍'이 뚫리는 느낌을 받는다. 목이나 팔 등이 '동체 안으로' '오목'하게 파이면서 잘려나간 곳, '안'으로부터 무엇인가 '터져 나올 듯 터져 나오지 않고' 그렇다고 '불록'도 아니고 '불록'한 듯하면서도 '빙글 돌아螺線' '둥근' '흰 연기'가 '새어 나온다'(이 경우에도 '새어 나옴'이다).

여기 '셈(계산)'이 들어 있는 것 같다. 왜 여기 '셈'이 들어갔을까? 그것은 잘 잡히지 않는데 내 나름대로 이런 생각을 해 본다. 확실한 것은 잘려나간 모가지나 팔다리는 그 혁명적 참혹성을 멀리 '울리면서' 동시에 그것을 다시 안으로 '긁어 들인다'. 묘한 '끄트머리(계기)'라는 느낌이 든다. 망자亡者의 머리 한복판 숨통에서 '새어 나온다'는 영靈의 흰 연기오라기. 그리고 식구나 친구가 지붕에 올라가 망자의 흰 옷가지를 흔들며 망자의 이름을 불러 돌아오라고 세 번 외치는 것. 그때의 그 '아무개야!' 하고 부르는 바로 그것이다. 우리네 옛 상속喪俗이다.

서러움인가? 서러움 아니다. 원통함인가? 원통함 아니다. 그러나 또한 서러움이고 원통함이다. 망령과의 통신, 서러움과 한恨의 '섬뜩'함을 동반하면서도 그것만이 아닌 '영계靈界의 긍정'이 있으므로 '묘'하다. 이 묘한 느낌, 나는 이것을 '시너지 효과'라고 부른다. 한 속의 신령을 '상여 메듯' 들어올리는, 한을 '타고' '한을 영으로' 우리들 마음속에서 '들어올리는(승화)' 혹은 '드넓히는(무궁)' 제사, 혹은 진혼이다(이 경우는 오윤과 달리 진혼이다. '풀이' 계열이다).

다섯 죽음의 배치와 그 곡선, 오행, 오방, 오상, 오음, 오색, 오재의 공간성을 리드미컬하게 병렬함으로써 오행의 원 운동적 폐쇄체계에 '엇걸어가는' 다섯 개의 높이가 각기 다른 그 '병풍' 사이의 '불연속 · 연속'의 복잡화와 '다중적인 긴장'이 가져오는 '시나위' 혹은 '장중하면서도 아담한' 민중적 '수제천'의 음악적인 큰 울림은 죽음들을 단순한 기념비(열사·의사따위 '죽음 고착화'의 호칭운동)가 아닌 그들 '죽음으로서의 새 삶'의 의미를 '강하게 그러나 여리게'(이것 또한 '묘'하다. 하여튼 도처에서 이 음양의 이중성을 만난다) 우리 삶에 '방전'시킨다.

방전은 '진동'이다. 작품과 감상자 사이에서 울리는 '떨림'이지 '저 혼자 떠는' '방정'이나 '청승'이 전혀 아니다(앞으로의 모든 '살풀이 예술'은 이것을 꼭 명심해야 할 것이다). 그것은 '촉매'다. 선동하지 않고 우리는 가슴속에서 뇌수 속에서 그 죽음로서의 삶의 신비, 그 '정치적 신비'를 '쓰윽' 드러나도록 '촉매'한다. 이 경우는 '확산'이 아니다. '촉매'다. '촉발', '기폭', '접촉 반응' 다 틀렸다. '촉매'가 제일 가까운 말이다.

그런데 여기 숨죽인 한 통곡이 있다. 작품군 바깥에서 다섯 기둥 사이사이로 감돌며 핏발 선 큰 눈을 뜨고 일렁이며 공간을 배회하며 보이는 듯 안 보이는 듯 희뿌옇게 흔들리는 것이 있다. 저 숨죽인 흐느낌은 웬일인가? 이것이 막 돌아서려는 내 뒤통수에 와 '슬며시' '닿는다'. 또 내 옷자락에 무슨 흰 손길 같은 것이 와 닿는다. 나는 속으로 '전율(떨림, 風)'하면서 나직한 당황감에 빠진다.

이제까지의 내 느낌, 내 생각은 모두 다 헛것이었을까? 아! 그들이 지금 여기 왔구나! 그렇다면 <다섯 별을 위한 진혼곡>은 초혼招魂이었는가? 초혼으로서 진혼鎭魂인가? 전혀 예상하지 못한 초혼인가? 분명 '널뛰기'는 아니다. 이 작품 자체에 초혼의 끄트머리가 숨어 있었다. 아아, 갈수록 알 수 없는 예술의 신비! 혼란. 혼란 속에서 나는 판단을 보류한다. 이것은 아직 끝나지 않은 장정이다. 아마 끝나지 않을 것이다.

4.

<탑바위>는 한 마디로 '돌장승'이다. '각진 돌장승'이다. 풍화하고 침식한 자연의 층층돌탑 같은 장승이다. 자연 속에 솟구쳐 오르는 인간의 신명―기복祈福, 벽사辟邪, 익살, 실용성, 공리성, 이것들이 모두 다 생명인데―의 표출이다. 그것은 '자연의 인간화'가 아니라 '인간의 자연화'다.

작가는 인간 역사를 자연 속에서도 본다. 작가는 여기서 '풍수'와 깊은 관련을 맺는다. 그는 기본적으로 돌과 같은 무기물 안에서도 생명, 그것도 신령한 생명이 살아 있음을 인정하고 있다. 아니 느끼고 체험한다. '애니미즘精靈崇拜'이 아니다. '감정이입'도 아니다. '감정이입'으로는 이런 형상이 나올 수 없다. <탑바위>는 한 열댓 권 분량의 '근세민중사'이기 때문이다. 그것도 역사적 사실만이 아니라 민중의 집단심리학, 민중적 역사심리학, 민중적 귀신학의 핵들이 외치는 고요한 외침이다.

<탑바위>는 <어떤 생각>처럼 '각진 울림'으로 확산한다. 그러나 나는 <탑바위>를 보며 내 안에서 일어나는 웃음을 본다. 조금 '삐뚤랑'하게 기운 느낌. 조금은 '멍청'한 듯하면서도 쏘는 듯 '날캄'한 눈빛을 가진 여러 사람의 '묘하게 생긴' 농민들과 갑자기 어느 시골 후미진 길바닥에서 부딪친 느낌이다. 그들은 '우줄우줄' 내 앞에 선다. '한 장승'에서 '줄 장승'을 본다.

왜 이럴까? 그것은 이 원리다. 생명의 원리, 네 생물학에 의하면 한 사람의 두뇌활동 가운데에 우주 전체의 활동이 일어난다. 한 사람의 무의식 안에는 인류 역사는 물론 전 우주 진화의 역사적 기억이, 그리고 앞으로 진행될 진화의 전적 예감이 들어 있다. 만약 작가가 여기에까지 이르지 못한다 하더라도 생명의 이 다차원적 중층적 '화엄성華嚴性'을 '살짝' '건드리기'만 해도 전체 생명의 무궁무궁한 '그물'이 한꺼번에 '울리는' 것이다. 하물며 자기 가슴속에서 전 민중의 역사적 신명을 체험하면서 그 '신명의

石化’ 과정을 ‘타고’ 거꾸로 ‘화석화된 집단 신명’을 ‘역사화’하여 ‘살리려’
는 일에 있어서랴!

묘하다. <탑바위>는 <어떤 생각>처럼 ‘각진 확산’을 하면서도 내 가
슴을 베지 않는다. 그것은 <어떤 생각>의 ‘역逆’이다. 그 ‘속’ 안에는 조금
‘익살’스럽고 ‘엉뚱’한 혹은 ‘의뭉’한 어떤 것이 숨어 있는 것 같다. 그런데
그것은 석층의 구조식에 의해 마치 ‘블라인드 홀더’가 바깥 풍경의 연속성
과 형상eidos을 ‘가로’로 ‘자르듯’이 그렇게 자르며 ‘산란’시킨다. 더욱 ‘엉뚱’
하다. 그러나 ‘애잔’하기까지 하고 ‘애틋’하기도 하고 ‘애살’스럽기도 하다.

내 어렸을 적 우리 동네에 묘지기 하는 사팔눈의 황보닻줄이라는 늙은
딸기코 술꾼이 있었다. 그분을 만난 것 같다. 아니면 그의 사촌 동생 ‘그리
미’, 그 기다랗고 여리면서도 거칠거칠한 손을 가진 ‘그리미’(그의 이름은 ‘그
림자’이기도 하다. 밤에 벽으로 다니는 곤충). 도시락을 뒤꽁무니에 차고 새벽녘
이면 터진목을 넘어가던, 왼쪽 어깨가 조금 처진 그 구부정한 모습, 그 모
습의 여러 부위가 겹쳐진 착시현상을 보는 듯도 하다.

그것은 ‘삼베’의 질감이 아니라 ‘생모시의 가녀린, 꺼글꺼끌한 부드러
움’이다. 그것은 ‘성큼’도 아니고 ‘우뚝’도 아니고 ‘우줄우줄’ 걸어온다. 나
를 통과해 가지 않고 나를 만나러 조금씩 오고 있다. ‘깨금발’로 ‘통통 뛰
어’ 장난질하러 오듯이, ‘마슬’ 돌러 오듯이, 날 ‘놀리러’ 오듯이, 산 것처
럼, 살아서 못한 장난을 이제 조금 하자는 것처럼. 그러나 아니다. 그들은
할 말이 있다. 그런데 침묵한다. 무엇을 말하려는 침묵인가. 대답은 역시
‘내 안에서 울린다’. 돌 속에서 생성하는 초超메시지가 내 뇌수에 복제되
듯이. 그것은 ‘자연이 된 민중사’, ‘중생이 된 민중사’, ‘우주가 된 민중사’
그것은 반대말인 ‘민중 속의 우주 · 자연 · 중생의 파괴된 삶’이다. ‘삐뚤
랑’하게 처진 왼쪽 어깨의 ‘그리미’가 ‘돌이 되어 호소’한다. 같이 ‘연속’하
잔다. 분리를 ‘넘어서잔’다. ‘역사 속에서 자연을 다시 살고 싶’단다.

나는 이것을 확산이 아닌 ‘떨림’ 곧 ‘풍風’의 하나라 부른다. 가깝게는 이

것을 '도깨비걸음' 혹은 '신장대걸음'이라고 부른다. 미약한 '진동'의 일종이다. 영교靈交는 이렇게도 진행된다. 이것은 내 내부의 '미열微熱' 현상에 대응한다. 나는 왜 떨고 있을까? 나는 돌 속에 들어가 돌과 함께 신음하고 있다. 바로 그 진동이 미열이다. 귀신은, 민중의 귀신은 이렇게도 통신한다. 돌이 된 민중귀신의 통신을, 바로 그 통신 관계를 형상화한 심정수에게 박수!

귀신이 바로 생명현상이다. 파괴되고 훼손된 자연 속의 민중의 신령은 조금 '울적'한 상태에서 이렇게 '통통' 뛴다. 본 경험 있는가? 도대체 전 역사적 민중의 산 넋을 아는가? 살면서도 죽은 넋, 죽어서도 산 넋? 그것이 훼손되고 있는 자연 속에 갇힌 채 살아서 우리에게 침묵으로 말을 건다. 쓰라리다!

5.

<별이 된 소녀>. '인간의 자연화'다. 또는 '삶의 신화화'다. 신화해석이 아니라 그 역이다. 내가 그악스레 끝내 한 마디 한다면 '귀신화', '천령화天靈化'다. 그것은 '신계神界 속의 박제나 이야기 속의 감금'이 아니라 오히려 무궁한 신선계로의 해방, '넋풀이'다. 소년의 넋이 반짝이며 천계를 난다.

그러나 이것은 '빗봄誤觀'이다. 별이 소년의 '몸속에서' 빛나고 있다. 소녀는 '육체, 물질, 재료 속에서' '우주로' '해방된다'. 공간형상의 불완전함으로 여백을 울려 그 울림으로 형상 내부에서 보이지 않는 완전한 우주의 별, 해방의 꽃을 피우고 있다. 그 꽃은 밖의 울림에 공명하며 반짝거린다. 우리 눈의 서투름이여! 시각의 한계여! 기하학적 공간과 방향의 미개함이여! 한 방향으로 나는 듯한 몸짓을 '꼴 잡을' 수밖에 없는 공간예술가 심정수의 '공간 속 갇힘'의 저 답답함이여! 그러나 공간예술이여, 힘을 내라!

이 번뇌에 가득 찬 공간적 구속, 바로 그것에 비밀스러운 공간해방의 열쇠가 숨겨져 있다.

'속'에 '갇힌' 채 스스로를 '해방'하는 것, '단전주丹田住'의 비밀, 육체 속의 '신명', 물질 속의 우주적 생명 체험 확산의 비밀, 역사적 물질 속에 '갇혀' 그 '가둠'을 풀어내 우주로 무궁무궁 나아가는 '민중 · 중생' 해방운동의 비밀. 민중 '단전주!' 나는 이것을 '속꽃' 또는 '속꽃핀 열매의 꿈' 또는 '무화과 현상' 또는 그저 '단전'이라고 부른다.

6.

<태>. 돌확 위에 절굿공이가 놓인 넓적한 작품. 한마디로 하자. 우리네 말에 이런 게 있다. "넓적해서 좋네!" 내 말이 그 말이다. 그런데 조금 엉뚱한 말도 있다. 아주머니들이 곧잘 쓰는 말인데 '뭉툭해서 더 좋네' 이 말도 이 경우 내가 하고 싶은 말이다. 그러나 결코 '두루뭉수리'는 아니다. '두루뭉수리'는 고된 노동과 찌든 생활, 그리고 권력이나 금력의 억압에 짓눌린 분열의 흔적이다. 심정수에게서는 이것이 보이지 않는다.

노동은, 바로 옛날에나 지금에나 그 원체험, 원래의 그 빛나는 생명 체험이 아니라 소외 노동, 생계 노동이다. 닳아빠진 연장에서 노동과 삶에 지쳐 마모된 민중의 심성을 있는 그대로 읽을 수 있다. 그러나 생명은 모질고 질기다. 그 고통 속에서 마저 '비죽이' '배어나오는' '웃음기'와 '얼렁뚱땅', '어벌쩡' 얼버무리는 '슬기 아닌 슬기', 바로 그게 '두루뭉수리'인데 심정수의 민중미술은 거기까진 안 갔다. 그래서 더 '정치적'인지도 모르겠다.

마당에 납작하게 깔린 주제에 '턱도 없이' 위를 감히 쳐다보고 '슬그머니' 대들려고도 한다. '넓적'해서 '어리숙'하고 '뭉툭'해서 '바보스러운'데 그것이 '데데'하게 버팅기며 '자빠져' 누운 것 같고 '엉큼'하게 '덥석' 달려

들 것 같기도 하다. 이것은 어디서 오는 걸까? 이동순의 '농구農具' 연작이 아직 못 잡은 비밀, '연장의 인간화', '연장의 거룩함'의 차원이 아니라 '연장의 신령', '신령화한 연장' 바로 그것이 비밀이요 '떼'와 '엉큼'이 함께 움직이게 하는 '무기'다.

<태>는 무섭다. 숙연하다. 그러면서도 육중하고 '믿음직'하고 '규모'가 있다. 지금도 무얼 빻고 부수고 깨고 빻고 부수고 깨고 빻고 계속 일할 듯 '거기 그렇게' '여기 내 앞에' 그러나 '내 밑에' 동시에 '마주서서' '떠억'하니 버틴다. 쌀 석 짐 지는 장사 만난 기분이다. 무거우면서 '빛남'이다. '빛남'은 '도드라짐'이다. 이것이 '선택' 또는 '돌출' 원리의 하나다.

내리깔리는 '물질의 관성' 속에서 선뜻 빛처럼 솟는 '신령한 창의'가 있다. 그것이 이제 '항의', 누군가에 대한 만만찮은 '항의'로 '다가드는' 곳에 심정수의 '물질의 정치학'이 자리 잡고 있다. '둥글면서도 돌지 않고, 묵직하면서도 손잡이가 짧고 가느다란 곳'에 심정수의 물질 정치학의 민중성의 한계도 함께 있다. 해방으로 '플러스 연결'이 안 되는 한 짧은 파업 같기도 하다. 이것은 '널뛰기'나 '변죽치기'의 일종이기도 하다. 연장을 쳐서 그 연장으로 일하는 노동자·농민의 소외, 고통과 가난 그리고 노여움을 드러내는 '아니다—그렇다'의 기법.

그러나 또한 나는 이것을 '떠오름', '생겨남' 그리고 '도드라짐'의 일종이라고 보고 싶다. 무엇이 도드라지는가? '물질의 정신'이다. 서양 사람들은 태어나면서부터 물질주의자인지도 모르겠는데 이것을 '형상'이라 부르고 있고 북한에서는 이것을 '종자' 또는 '파종'이라고 부르지만 나는 '물질의 신명' 또는 '연장의 신명' 그리고 '일'을 통한 또는 '파업'을 통한 그 신명의 '떠오름', '도드라짐'이라고 부른다.

예술가들은 지금 도처에서 물질신명의 항의성 '도드라짐'을 본다. 자연을 생명으로 보지 않고 소득으로, 기껏해야 자본으로, 아예 죽은 물건으로 치부하고 약탈, 파괴, 멸정, 절단, 분쇄, 마모하는 인간에게 쏘는 듯한 푸른 눈빛을 보내고 있다. 공장의 녹슨 기계의 쇠붙이도, 농가에 버려진 농기구들조차 항의한다. 풀, 벌레, 나무, 짐승만이 아니다. 그들은 일어설 것이다. 자연은 우리에게 복수한다. 생명의 정치학, 중생의 정치학, 물질의 정치학을 생각할 때다. 먼저 그들의 신령이 우리의 신령과 한 생명임을 생각할 때다.

7.

그 작품들 제목이 무엇이었나? 기억은 못하겠지만 하여튼 몇 점의 '정치적 알레고리'들이 있다. <독립문 위에 놓인 손>, <박정희 등의 군상> 따위. 여기서 조금 긴 이야기가 필요한 것 같다.

1969년 '현실동인전' 이후, 80년대 '현실과 발언' 이후 미술의 서사성, 문학성이 분출하기 시작한다. 미술의 서사성은 미술을 역사에 접근시키고 민중운동에 연결시키는 가장 '든든'한, 그러나 매우 '위험'한 '다리'다. 물론 서사성은 미술에 있어 공간과 시간의 동시성을 획득함으로써 세계사적 시간의 사회적 의미, 혁명적 의미를 가장 확실하게 표현할 수 있게 한다. 민중적 삶의 역사적 연속성, 집단적 구체성, 전형성, 변화 속에서의 세계 관계와 전망, 조직운동 등의 질적 내용들이 동시에 한 공간에 또는 연속적 공간에 현란하게 압도적으로 표현 · 전개될 수 있다. 이것은 공간이 가진 '시간압축', 시간성의 최대의 '자기고양' 능력이다. 그것은 굉장한 '힘'으로 '선전 · 선동' 기능을 '확장'할 수 있는 '역학체계'를 만든다. 그러나 바로 여기에, 바로 그 '압축', '고양', '힘', '확장'과 '선전', '역학체계'에 위험한 한계가 도사리고 있다.

서사성은 문학과 역사주의에의 투항을 유도할 수 있다. 그것은 형상과 형상, 전형과 전형 관계를 관계 그것의 예감, 인식, 수정, 요구, 표현으로 이끌지 않고 이 모든 것을 객관적 실재, 폐쇄적 실체로서의 사물 속의 모순대립의 형식으로 형상 속에 '압축'하며 모든 관계를 항상 사이의 충돌 아니면, 삼투, 통일 아니면 투쟁의 극단화된 '이분법'으로, 또는 그것의 '파동'으로 '조직화'하도록 이끈다. 서사성이 사회주의 사실주의와 결합할 때 특히 그것이 두드러진다.

근원적인 생명, 신령한 생명, '신명'이 형상관계, 끝없이 변화하여 순환 · 확장하는 '삶의 그물'에서 사상, 주제, 소재, 형상, 구도, 색채, 형태, 질감, 솜씨 등으로 '질적 확산'하며 상대성, 이중성, 상보성으로 '복잡화'하고 차원 변화를 통해 '시방'으로 퍼져 나오지 않고 오히려 역사적 시간의 당대 혁명적 의미체계나 구조 안에 '예감에 가득 찬 신령한 여백'으로서의 공간 가능성 전체를 '복속'시키며 이 의미를 '해설', '선동'할 목적 아래 사회조직적 역동성, 대립 · 투쟁 등의 기계적 '역학'을 통해 사상 · 주제를 형상과 형상관계의 의도적인 '조직화'에 '위탁'한다.

따라서 주제, 소재, 형상, 구도, 색채, 형태, 질감, 솜씨 등은 모두 고정된 사상체계, 이데올로기에 복종, 이른바 '복무'하게 된다. 이때 미학은 '군사체계'가 되며, '병법'이 되며 '심리전'과 '세뇌'의 양상을 띠게 된다. 그것은 '가둠'과 '갇힘' 곧 '죽임'의 질서로 이어진다. '반영', '과장', '선전', '선동'으로 '확장'하는 이 '역학체계'는 사실은 '획일'과 '수렴'의 '부메랑'이다. 계산된 '효과'는 극대화되는 '확장 조직'에도 불구하고 그 조직을 계산하는 이데올로기적 목적의식의 견고한 체계로 되돌아 들어가고 만다. 미의식은 혁명적 '공리성'에 제한되며, 이념에 의해 '감시'받고 목적에 의해 '정위'되고 '해석'받는 세계체험은 모든 생명 활동과 그 감성적 인식을 형상론 · 요소론적인 객관적 실재론에 감금시킨다.

헤겔과 마르크스는 "만물은 견고하고 불변하는 원자다"라고 믿었던 데모크리토스와 "우주는 폐쇄적 동력학 체계이며 모든 사물은 자기완결적 폐쇄계로서 우주 밖의 신으로부터 주어지는 제1동기에 의해 상호 충돌, 조화함으로써 운동이 발생한다"고 '증명'한 뉴턴의 후예들이다. 그들

은 뉴턴의 이 정태적 폐쇄성을 벗어나고자 자생적 변화·발전의 체계로
서 사물 내부의 모순과 모순의 자기부정의 원리, 변증법을 내세웠으나 역
시 관념 또는 물질의 실재·실체 안에 그 변화와 운동을 마저 감금해버
렸다.

사물 관계를 투쟁이나 통일로만 보는 태도가 바로 사물의 실체성을 인
정하는 주관적 또는 객관적 실재론이다. 따라서 그것은 관찰대상과 관찰
자를 분리하는 것이며 역사와 우주 진화를 스스로 능동적으로 '삶'으로써
그 삶의 주관적 요구를 현실화·객관화하는 민중의 생동하는 삶의 '주관
적 객관성'의 세계와는 거리가 멀다. 더욱이 제3의 합명제의 존재는 원칙
적으로 귀납적이라는 제한에도 불구하고 이른바 객관적 지식인의 역사
'참여' 또는 '개입' 혹은 '조직화'를 빌미로 '목적화'하며 '포섭자화'한다.

그들이 그처럼 비판했던 '목적론'의 구렁으로 다시 떨어진다. 공공연히
'목적에 의해 원인을 설명'하고 과정을 '수정'하고 운동을 '선택'하고 사실
을 '박탈'하고 허구를 '첨가'하고 생명을 '구조화'시킨다. 합명제는 우주 밖
에서 우주 내 운동에 제1동기를 부여하는 초월자처럼 이제는 우주와 역
사 안에서 그렇게 하는 또 하나의 신神이 되었으며 수평적 변증법을 '수직
화'하고 명제와 반명제의 모순운동은 '우상숭배'라는 정치적 샤머니즘의
통과의례로 변질한다.

동양의 역易의 음양과 태극, 노자의 '1·3'의 원리, 불교의 '중론中論', 풍
류도風流徒의 '포함삼교包含三教' 원리, '3·1'의 원리 등은 하나 속에서의
둘의 원리이나 역시 상대적·상보적이며 셋은 '실재나 실체'가 아니라 내
재해 있는 '새 차원'의 '드러남'이다. 이것이 바로 '삼생만물三生萬物'에 있
어서의 그 '생生'의 미묘한 이치다. '삼三'이 곧 '만물생성'이다. '질적 확산'
이요, '차원 변화'다. 이것은 변증법과 비슷하게 보이지만 전혀 같지 않다.
이것이 결정적으로 나타난 것이 동학사상의 '아니다―그렇다不然其然'로서
의 '무궁진화'의 이치, '개벽'의 이치다. 불교의 '양극단을 떠나되 중간도

아니다離邊非中'의 '생성적인 실현'이다.

정신과 육체, 영혼과 물질의 상보적 이중성으로 확산 진화하는 근원적 일원성은 인간이 변경시킬 수 없는 생명의 실상이다. 그들은 정신을 혹은 물질을 '유일화'함으로써 결국은 둘 다 이원론으로 떨어진다. 생명을 거역할 수 없기 때문이다. 토대와 상부구조는 상하관계가 아니라 차라리 내외 관계로 보는 것이 더 가까울 것이며 작용·반작용 하는 것이 아니라 한 체계의 상호보완적 활동이다. 양이 질을, 존재가 의식을, 물질이 정신을 규정하는 것이 아니라 애당초 그것들은 한 생명의 활동이다.

음양은 실재나 실체가 아니라 기호다. 음양의 '상극相剋'도 극단적 투쟁·대립이 아니라 '상생相生'과 함께 한 태극의 상보적 순환질서다. 따라서 "대립적인 것은 상보적이다"라는 명제가 성립하는 것이다. 이 '상극의 극대화', '폭력적 단순화', '실재화'시킨 것이 '병학兵學'이다. 병든 시대, 차원 변화의 큰 '틈', 전쟁시대의 음양 경향의 '경직화', '사물화'의 예인데 변증법도 이와 같다. 차라리 "질이 양화를 추동하고 양의 질화를 유도한다"고 말하는 편이 진화와 역사 해석에 더 가까운 인식인지도 모른다.

그러나 이것 역시 옹색하다. 질량은 함께, 분열로 보이지만 사실은 언제나 함께 있는 것이며 다만 이른바 '지식인의 객관적 인식'이나 '가치중립적 파악' 또는 그 표현의 문제다. 물질의 초미립자 안에도 '정신'의 '발아'가 있다. 계급은 '있다', 그러나 '없다'. 그것은 오로지 끊임없는 불연속·연속적인 변화 속에서만 있다. 계급투쟁은 '있다', 그러나 '없다'. 그 극단적 대립은 역사의 기본적 생태가 아니다. 신령의 분열, 자의식 발생, 이른바 분별지, 이성과 분별에 의한 언어의 발생과 그에 의한 생명 활동의 '감금적' 인식과 장악, 도덕으로서의 과학 발생, 기술과 공구의 창조, 노동 및 삶의 조직화, 사회화, 복잡화, 이에 따른 잉여의 산출, 음양 등 이원적 우주운동의 발견, 이것은 모두 신령기화神靈氣化 활동으로서의 우주와 인류 진화의 거대한 차원 변화, 곧 인간문명의 탄생인데, 이 차원 변화가 바로 틈이요 이 틈이 바로 음양 등을 실재론적으로 물질화, 실체화, 극단화하며 분열하는 질병의 시작이다.

문명의 탄생이라는 거대한 차원 변화는 위기를, 위기는 무작위적이고 확률적인 학습을, 그 학습은 제사장과 국가로 표현되는 상보적 이중성과 오행질서의 '수직화', '위계화', '파문화', '공간화'로 병든 시대, 억압·독점·폭정·분열·투쟁·세뇌의 시대를 준비했다. 계급투쟁은 바로 이와 같은 병든 시대의 병리적 상태다. 더욱이 그것이 역사발전의 원동력이라는 주장은 허구다. 지나간 역사가 비록 그 병리적 상태가 강하게 나타난 역사였다 하더라도 인류생태의 기본 질서가 아니며 오히려 모든 계층의 공생과 상호보완적·상부상조적 생태가 기본이다.

역사는 항시적인 계급투쟁의 역사가 아니다. 역사는 우주 진화 전체가 그러하듯이 공생과 상호보완적 순환과 불연속적 연속성·이중성의 무한 복잡화·무한 연기緣起의 역사이며 직선적·파동적·양적 수렴진화론인 유물변증법과는 전혀 다른 질적 확산 진화이다. 끝없는 차원 변화와 그 위기에 대응하는 '확률적' '무작위적'인, 그러나 인류 신령의 '피나는 학습'(따라서 변화의 틈에 대한 대응에서는 '우연적'이며 새로 드러나는 '새 차원'에서의 이중적 활동은 필연적이다)을 통한 무궁무궁한 질적 확산 진화의 자각적 역사다. 차원의 변화는 혹 병리를 발생시킬 수 있으며 전 역사 생명의 '신경세포적 분열' 확산을 '타고' '암세포적 질병의 분열' 확산이 일어나도록 초래할 수 있다.

암적 분열·확산은 독재·독점·억압·착취·약탈·파괴·침략·감금·분단 그리고 세뇌와 역사 왜곡의 국소화된 소수 지배 아래 인간과 인간, 남자와 여자, 계층과 계층, 계급과 계급, 민족과 민족을 극단적인 분열·증오와 대립·투쟁, 통신 두절과 전쟁으로 몰아넣는다. 암세포는 통신하지 않는다. 그러나 근원적인 생명 활동의 리듬은 암세포에서도 멈추지 않는다. 암세포는 생명의 근원적 통신의 리듬을 타고 분열·확산하면

서도 동시에 개방적 통신체계를 폐쇄적인 명령과 세뇌교육의 체계로 '구
조화'한다. 고전적인 폭정이 바로 이것이다.

그러나 어떠한 구조적 '감금'이나 수직체계도 살아 있는 근원적 생명의
'확산적·수평적' 질서를 완전히 억압할 수 없다. '수직화'에 '엇걸어드는'
민중의 '수평적' 삶의 모습을 역사에서 찾아보라. 도처에서 드러날 것이
다. 그것은 때로 원시공생사회에의 동경으로, 유토피아적인 종교운동과
반란으로 나타나며 그 '수평적·확산적·네트워크적·영적·공동체적·
생태'에의 요구를 일면 '타고' 다시금 그것을 교묘하게 '수직화'·'위계화'
하는 이른바 '통일' 세력의 등장이 바로 '제국의 성립'이요 '승평기昇平期의
역사'다. 제국의 '세뇌' 이론가들은 이 같은 '확산'의 역사를 '수렴적·선적
線的 진보'나 '단순 순환'이나 '수직적 상승의 역사' 혹은 '신령의 하강의 역
사'로 '왜곡'한다.

제국은 '수직화의 틀' 속에 전 민중과 전 생명계의 통신체계를 '개방적
으로 감금', '감금적으로 개방'함으로써 민중의 공생요구를 무마하며 '공
생의 질적 확산'을 '제국의 군사적·문명적 영토 확장'으로 바꾼다. 그러
나 그 침략전쟁마저도 '타고' 확산하는 '민중적 공생문화'의 '신령한 그물'
들의 활동을 역사에서 찾아 보라. 역사는 전혀 다르게 보일 것이다.

폭정과 독점과 감금은 인간만 아니라 우주 생명 전체의 재난으로서 자
연생태계까지도 병들게 한다. 역사에 나타난 그 숱한 자연의 이변, 소위
'재이災異'의 출현, 산이 울고 산맥이 무너지고 강물이 핏빛으로 변하고 짐
승이 떼죽음당하고 초목이 고사하고 혜성이 나타나며 절기가 뒤틀리고
해와 달의 괴변, 성좌의 혼란 등은 모두 다 인류 역사와 자연생태계 전체
의 우주 생명 진화와 큰 차원 변화에 따른 질병의 발생을 알려준다. 인간
의 우주 윤리적 책임은 그만큼 큰 것이다.

인류 역사 전체를 계급투쟁의 역사로 본 것은 마르크스다. 마르크스 시
대는 16세기 이래 나타나기 시작한 서양을 비롯한 전 문명사의 대전환,

대규모 차원 변화의 큰 '틈'이었고 그로 인한 사회심리적 질병은 민중 전체를 재난에 빠뜨리고 사회는 인간에 대한 늑대로서의 인간들이 지배하는 극단적 투쟁과 계급대립의 시대였다. 그러나 사실 그 원인은 계급대립이 아니라 사회생명체 전체의 리듬과 통신체계와 신령의 활동에, 자연생태계 관계와 생산활동의 관계의 그물에 이상이 생겼기 때문이다.

그 시대에 구속당한 눈으로 역사를 본 결과가 계급투쟁설이다. '모순矛盾'이란 창과 방패로서 전쟁과 병학의 개념이다. 대립·투쟁도 역시 상보적 이중성의 병적인 '전쟁' 상태에서의 왜곡·극단화에 불과하다. 전쟁이 생명의 기본 질서란 말인가? 이것은 뉴턴의 기계적 역학체계에 바탕을 두고 있는 다윈의 자연투쟁설, 홉스의 사회투쟁설의 연장일 뿐이다. 다윈이 자연투쟁으로 본 생태계 질서도 병적·부분적 상태였으며 정상적 상태는 오히려 '공생'이 기본 질서라는 것이 최근의 거듭된 생물학 발견의 정설이다.

역사는 이러한 암세포에 의한 질병의 역사이기도 하지만 어느 한 계급이 아니라 당대의 소외된 절대다수 전 계층의 '민중'에 의한, '민중과 신령'과 그 '신령의 상호통신'의 강한 활성화와 고양에 의한 치유의 역사이기도 하다. '집단 신명의 질적 확산'에 의한 전 사회생명체의 리듬과 통신체계와 신령의 활동과 자연생태계 관계와 생산활동 관계의 다차원적·중층적인 그물 전체의 생명력 회복, 그 회복에 의한 '상승효과', 강한 정신적 '항체' 생산에 의한 '치유'와 '전향'의 역사이기도 한 것이다. 이른바 '민주의 힘' 곧 '피플 파워'의 점차적·문화적 강화·확장과 개벽적인 '드러남'의 실현의 역사다.

역사는 이 '치유'와 함께 나타나는 자연의 상서로운 변화, 이른바 '휴상休祥'을 기록하고 있다. 기린이 울고 봉황이 날며 탁한 황하의 물이 맑아지고 숲에 서기가 어리고 우순풍화雨順風和의 변화가 온다. 민중과 중생과 우주 전체의 총체적인 움직임이다. 이것은 조작인가? 조작이다. 민중의 상상력에 의한 풍문의 확대재생산, 그리고 새 제국의 야심가, 세뇌 이론가에 의한 그것의 확대조작이다. 그러나 조작이 아니다. 실제로 일어난 일에 살이 붙었을 뿐이다. 그 살을 떼어내고 그 뼈에 들어 있는 우주 진화와 직결된 인류 역사운동의 깊은 비밀을 보아야 한다. 이것은 오늘날 인간문명 역사의 일대 위기가 자연생태계의 파괴·변질과 함께 나타나고 있음에 비추어 깊이 생각해야 할 문제다.

그렇다면 바로 지금 이 시대야말로 극도의 계급투쟁의 시대가 아닌가? 그렇다, 그러나 아니다. 병든 시대, 큰 차원 변화에 따른 사회심리적·병리적 양극화, 해체, 분열 따위의 질병 현상이지 필연적 역사 발전의 동력 따위가 결코 아니다. 무차별한 생산력 중대주의와 토대 결정론이 바로 그 주체론, 동력론의 근거인데 그것이 오늘날 무엇을 가져왔는가? 인류 생존의 근거인 지구 생태권과 대기권을 모조리 파괴하고 인간정신을 깡그리 해체하고 있지 않은가!

지금은 인류문명사 전체의 대전환기이다. 따라서 다차원적 혼란이 중첩되고 있으며 복수적인 계급·계층 혼효混淆현상, 즉 중층 네트워크가 일반화되고 있다. 이런 시대, 이런 사회에 단순 변증법에 의한 계급투쟁론 따위로는 현실을 이해할 수도 해결할 수도 없다.

마르크스주의는 이미 사회와 역사의 다양한 변화에 대응하여 여러 가지 수정과 자기부정을 거쳐 불가피하게 변질했다. 사회민주주의, 레닌주의, 스딸린주의, 가우츠키주의, 트로츠키주의, 티토이즘, 신좌익, 모택동주의, 시장사회주의, 게바라주의, 종속이론, 유로콤, 구조주의, 젊은 마르크스운동, 오늘의 민주적 사회주의, 생태사회주의 등등이다. 그런데 하필이면 우리나라에서는 고전 정통의 낡아빠진 마르크스·레닌주의인가? 남북관계, 대미종속, 파쇼체제 등에 관련이 있겠으나 중요하게는 농촌 붕괴와 급속한 산업화에 따른 산업노동자 및 근로대중 전체의 열악한 삶에 그 바탕이 있으며 특히 산업화의 초점이 제조업 부분에 집중되어 있어 제

조공업 부분에 역사적 토대를 두고 있는 고전 마르크스주의와 민족해방 관련의 레닌주의가 지식인들 사이에서 선호 받게 된 것 같다. 그리고 김일성의 주체사상 또한 민족 통일문제와 걸려 있다.

그러나 세계는 급변한다. 우리의 경제 형편도 그렇다. 제조업 부분이 약화되고 있으며 수출도 침체한다. 기업가도 이 부분에서 손을 떼기 시작하고 노동자도 서비스 부분 등으로 대거 이동한다. 고된 노동을 기피하며 삶의 질을 요구하고 있다. 사무직 노동자, 정보·통신·반도체·과학기술 노동자의 급격한 증가, 빈민층 확대, 농촌의 전면 붕괴 조짐이 보인다. 고전적 마르크스·레닌주의의 계급모순론은 제한된 범위 내에서나마 적합성도 잃고 있다. 그것은 전 민중적·복합적인 노동소외문제로 이행 확산될 것이다.

남북공존 기류가 강화되고 있으며 주변 4강과의 남북의 교차외교는 복잡해졌다. 북한의 개방과 개혁은 필연적이다. 주체사상은 개방화에 대한 주관적 점진주의와 세계시장 속에서 개방의 객관적 가속도의 엇갈림으로 인해 해체될 것이다. 주사파의 민족모순론은 그 자체로서 힘을 잃고 민족노선은 최근 미국의 무차별 통상압력과 내정간섭, 소비자 주권침해 등에 대한 전 국민적 애국운동의 방향으로 이월·확산할 것이다. 민족민중미술운동 속의 계급미술운동 경향 또는 이른바 주체미술운동 경향은 이것을 잘 인식하고 폭을 넓히고 새 방향을 찾아야 할 때다.

민족의 삶, 민중의 삶은 극도로 복잡하다. 정신과 사회생활 전면에서 그렇다. 1980년대 중반 광주 사태 이후 급격히 확산된 산업노동자 중심의 당파적 계급미술운동은 우선 민중의 삶을 형상화하는 데서 일차적으로 실패하고 있다. 인텔리운동의 한계요, 미학적 견해의 한계다. 그들이 그려내는 민중은 산 사람이 아니다. 그 형상들은 거의 단세포 동물이며 투쟁, 분노, 원한, 단순 육체노동, 획일적 연합만 할 줄 아는 혁명세력 구성의 고정 단위, 고정 메뉴일 뿐이다. 그 삶의 내용은 천편일률이며 삶과 노동의 체험과는 인연이 먼 사회과학 서적이나 팸플릿이나 구호 차원에 '갇혀' 있다.

오늘날 노동자와 민중의 삶과 정신의 소외, 분열과 좌절은 결코 단순한 차원이 아니며 그들의 욕구와 희망 또한 단세포적인 것이 아니다. 그런데 그 계급미술에는 상투적인 집단성, 도식화된 전형성만 있고 개별성, 자유가 전혀 없으며 노동보다 투쟁을, 생활보다 죽음을, 안정된 삶의 자연스러운 요구보다 끝없는 혁명의 강요를, 질이 없는 양, 정신없는 육체, 영혼 없는 물질, 공동체적 친교가 없는 무자비한 집산주의Collectivism만이 난무한다.

나는 첫눈에 안다. 그것은 '먹물'들의 정치미술이지 기층 민중의 실제의 계급적 삶과는 인연이 없다. 민중, 민중 하지만 민중과는 촌수도 없는 혁명가, 선비, 지식인, 지도자, 조직자, 활동가의 '지도 노선'만이 앙상하게 떠 있고 민중은 형상을 빌려줘 거기에 살을 붙여주는 괴상한 '부역'을 하고 있을 뿐이다. 인텔리의 체계화된 정치적 세계관이지 민중의 잠재적인 살아 생동하는 우주적 · 역사적 세계관은 거기 없다. 서양 중세 말기의 교회의 '프로파간다', '도덕미술' 따위와 하나도 다름없다. 형상관계, 구도 등에 이르면 더욱 심하다. 거의 기하학적 · 역학적 단순구도에 치우쳐 있으며 형상들은 피투성이로 싸우거나 마구 겹쳐서 한 덩어리로 달라붙어 있을 뿐이다.

깊고 깊은 고뇌, 분열, 거기서 솟는 영적인 빛, 형상의 이중성, 그 이중성의 복잡회, 형상의 쉴 새 없는 변화 가능성, 확산하는 삶의 요구의 다채로운 울림, 무궁무진한 세계변화에의 깊은 예감의 그늘, 우주자연 속에서의 창조노동, 그 노동에 걸려 있는 소외의 질병체험을 감싸는 미묘한 적막, 가난과 소외감, 박탈감에서 오는 폭력적 충동과 윤리적 억압 사이의 번뇌의 심층 활동, 몸과 움직임을 통해서 배어나오는 한과 탄식과 노여움, 희망, 의지, 공동노동의 찬란한 희열, 파업의 집단적 신명, 자기 고양, 실패 · 좌절 경험에서 역전하는 정신체험의 급변, 사무실 노동의 신경자극, 생체리듬의 혼란, 삶의 지루함, 주체의 소외와 분열, 이상욕구, 환상, 신경질환, 만성적 질병체험, 가족의 기쁨과 상호연민, 타고난 낙천성, 우주적 감수성, 삶과 죽음을 뛰어넘는 민중의 독특한 지혜, 총체적 삶의 포용력, 섬세한 정서의 흔들림, 영적인 통신, 어머니와 자식이 헤어져 감옥과 공장과 병원과 술집, 논밭에서 서로 부르는 혼의 교통, 물질의 빛, 산천과 풀, 벌레들의 생명력 또는 파괴된 생태계의 신음과 통곡, 뭇 생명의 자기정체인 우주적 생명, 신령, '신명'의 미미한 드러남, 사람의 정신 속에서, 기계노동 과정에서, 그 노동 대상 속에서 일어나는 나무와 철과 구리의 물과 모든 화학물질들의 울부짖음, 찢어지는 생태계의 아픔, 그 원한에 가득 찬 파헤쳐진 붉은 흙빛의 압도, 이런 것, 이런 것들의 가능성은 아예 자취 없이 사라진다.

누구를 감동시킬 수도 없으며 감동과 예감을 통해 새 전망과 메시지를 전할 수도 없다. 세계를 해석할 수도 없으며 역사의 지평선을 참으로 뛰어넘을 수도 없다. 억지와 강요, 압박, 감성적 독재가 판을 치며 역사에 대한 도식적 사고를 유도하려 한다. 사실 요즘의 대형 걸개그림에 '조직'된 역사는 그 방면 사회과학 논문들의 보다 섬세하고 정제된 역사이해하고는 비교도 안 될 정도로 '폭력적으로 단순화된 역사'다. 따라서 참된 '교양'일 수 없으며 그저 저급한 '선동'일 뿐이다.

이것은 내용에서도 역사에 대한 중대한 왜곡일 뿐 아니라 예술로서는 참담한 타락을 자초하는 것이다. 민중의 이름으로, 혁명의 이름으로, 조직의 이름으로 예술적 실패가 합리화될 수 없다. 다만 이 경우 인정할 것이 있다면 북한미술처럼 자연주의 틀에 묶이지 않고 과감한 왜곡·과장 등의 기법과 탱화·민화 등의 양식을 계승하고 있는 점, 색조에서 보이는 민족적·민중적 색채학 등은 훌륭한 것이고, 이는 오윤 등의 '현실과 발언'과의 혈통을 의미한다는 점, 그리고 민중에 대한 열정과 동기 등이다.

집체창작도 그 기능분담원리가 재검토되어야 한다. 그것이 가능한 영역이 있고 해서는 안 되는 영역이 있다. 요소들의 집합이나 총화는 대개 '1+1=2'이지만, 본래의 집체창작의 원리는 '1+1=4'거나 '1+1=100'이다. 즉 '상승효과', '칵테일효과'인데 이 '상승'의 비밀은 요소의 '양적 집합'이 아니라 각 요소들의 '메시지복합'을 질서 짓고 제한 · 수정하여 애초부터 그 메시지 안에 내재해 있어 생성 · 돌출하는 '초超메시지', 즉 '영성'에 있는 것이다.

이것은 매우 어렵다. 따라서 어떤 영역에 한정되어야 하며 그 기능은 섬세하게 검토되어야 한다. 요즘의 집체미술을 보면 다 그런 것은 아니지만 대체로 '1+1=2'가 아니라 '제로'로 전락하거나 아예 작품의 일관성마저 해체해버리고 있다. '민중미술 교육'에서 이미 프로그램화되어 있는 당파적 · 정치적 · 미학적 견해나 심지어 기법의 틀까지도 안 그런다 하면서도 결국은 주입시키는 경향이 일부에 있는 모양인데 최소한 파울로 프레이리의 '민중교육 테제'마저 무시한다면 참으로 곤란한 일이다.

민중 개개인 자신의 자발성 · 창의성, 바로 이것이 민중의 '영성'이요 '신령'인데 그것의 움직임을 절대적으로 존중하는 산 프로그램이 있어야 할 것이다. 민중의 영성은 지도하면 할수록 '갇혀서' 숨어버리고 비틀린다. 그것은 '드러나는' 것이다. 그리고 그것은 혁명적 지식인 미술운동가들의 '갇힌' · '닫힌' 미의식과는 비교할 수 없는 산 창조력과 신령함과 '열린' 세계체험을 드러낸다. 앞으로의 민중미술 교육은 이제부터 일어나기 시작할 생명학교운동과 연결하여 생명미술학교운동으로 확장 · 전환해야 할 것이다.

'영성', '신령'이란 말을 이상하게 생각할 것 없다. 그것은 '세계에로 열린 의식'이며 '총체적인 우주체험', '창조적인 생명 체험', '전일체로서의 생태계체험'을 말한다. 나와 너가 다른 존재가 아니요, 인간과 자연, 우주가 서로 적대적 존재가 아닌 살아 있는 전체로서 서로 연결되고 순환한다는 깨달음이다. 민중은 노동을 통해서 또는 자식을 출산하거나 애틋한 사

랑을 통해서, 모든 사람에 대한 공경을 통해서 영성을 체득한다. 민중은
노동을 통해 참선한다. 노동이 바로 선禪이다. 노동은 살아 있는 생명으로
서의 노동대상과 함께 이루는 빛나는 생명 체험이며 생명의 창조·확장
체험이다. 그것은 창조하는 사랑이며, 극진한 '공경'으로서의 '성교'다. 예
술도 그렇다. 노동은 '양'의 참선이요, 참선은 '음'의 노동이다. 예술은 이
것의 결합이다.

서사성은 문학을 떠날 때, 특히 미술 안에서는 '프로파간다'와 직결된
다. 미술의 시각적·공간적 형상성의 '원죄'다 오늘날의 사회주의 사실주
의 서사미술은 정도의 차이가 있으나 필경 종교화의 재판再版이다. 그것
은 참된 의미, 탁월한 차원에서 중세 정신주의로부터의 인간해방사상이
었던 그 유물론이 아니라 오히려 물질화된 또 하나의 중세적 정신주의,
스콜라주의에의 예속으로 이끈다.

모든 자연의 움직임과 생명의 빛, 끊임없는 형상의 변신과 메시지들의
복합, 그것들의 신비한 그물의 겹쳐진 흔들림 등은 그 본래의 미묘함을
잃어버리고 이념이라는 기계 이념적 물질체계에 거꾸로 감금되어 버린
다. 그것은 미술의 죽음을 유도할 수도 있다.

서사미술은 해체되어야 하는가? 아니다. 서사미술은 대혁신을 선택해
야 한다. 그것은 형상과 형상관계의 '조직화'를 단연코 포기하는 일이다.
그 대신 형상 내부의 생명의 통신체계, 신명의 그물, 곧 형상관계의 미묘
복잡한 그물 그 자체에로 눈을 돌리는 일이다.

관계와 관계의 그물이란 무엇인가? 생명 활동의 메시지, 초메시지의 체
계, 창조적 커뮤니케이션의 산 체계다. 그것도 연기적緣起的 이중성과 그
복잡화·중층화의 세계이며 다차원적·질적 확산활동의 세계다. 미시세
계의 개념으로 본다면 고립적인 입자로서의 형상과 형상관계의 '조직화'
가 아니라, '입자이면서 동시에 파동', '형상이면서 동시에 끊임없는 변화'
의 복수적 생명체계다.

종자, 사상, 주제, 소재, 형상, 구도, 색채, 형태, 기술, 질감, 솜씨 등은 이 살아 생동하는 '신명'의 확산 움직임 속에서 이중적 · 상보적 · 불연속적 · 연속적으로 춤추며 스스로의 신명을 드러내게 된다. 이 신명 또는 집단적 신명의 물결에 실릴 때 그때는 비록 아무리 격렬한 비판, 항의, 분노, 저주, 원한, 투쟁, 소외 극복의 변혁 요구와 같은 병든 시대의 급진적 '외침'이라 하더라도 현실 정치적이면서 동시에 광활한 넓이를 가진 역사 · 사회 · 자연 · 우주적인 신령한 생명의 정치적 '파성破聲'으로 울려 퍼지게 될 것이다. 그리고 그 울림은 어마어마한 '항체'를 생산하며 탁월한 '시너지 효과'로 인간 · 사회 · 자연의 전 관계의 개혁에 영향을 미칠 것이다.

이것이 가능할 때, 이 '신명'의 춤추는 그물들의 물결 위에 실려, 그로부터 전통민예와 민화, 속화의 기술원리, 모든 동양미술의 다양한 원리와 역사적 경험들, 불화, 탱화, 불상들 그리고 '현실동인', '현실과 발언' 그 이후의 젊은 민족민중미술의 경험, 사회주의 사실주의의 여러 원리와 기법들이 다 '자기변화'하여 부분적으로 선택되어 여기에 통합될 수 있을 것이며, 비판적 사실주의나 제3세계의 미술들, 나아가 몽타주, 콜라주, 캐리커처, 포스터, 중세의 서양 · 동양 · 남미 · 아프리카 · 중동 · 러시아 · 중앙아시아와의 종교미술, 광고 그래픽 아트, 컴퓨터 미술, 비디오 아트 등과 포스트모더니즘, 추상까지도 다 그 나름의 체계를 해체하고 민중, 시민, 주민, 중산층, 각 계층의 복잡한 삶과 희망, 암세포와 기생충들의 생명 파괴를 풍자적으로, 자연생태계의 온갖 파괴를, 우주의 움직임과 모든 민족들의 삶을, 모든 개인, 집단의 무의식의 움직임과 혼란, 예감, 기억들과 영감들을 다채롭게 표현하는 데에 모두 부분적 기법으로 통합되어 우주적 신명의 그물 복합 속에 현란하게 춤추며 말 그대로 민족 · 민중 · 중생의 총체적 '화엄미술'의 세계를 창조할 수 있을 것이다. 이것은 곧 '주체의 개방성', '해체 속에서의 넓은 주체 형성', '신명의 질적 확산'이다. '신명'이 곧 '산 주체'다.

정치적 서사미술이 '알레고리'를 선택했을 때의 미학적 파탄과 예술적 실패의 위험은 가중된다. '알레고리'는 매우 날카로우면서도 위험한 기제다. 그것은 사상보다는 논리에 가까우며 표현보다는 묘사에 가깝다. 그 관계는 '위탁'과 '연상'의 관계로서 원형과 모형 사이, 묘사된 것과 묘사하는 것 사이에 논리가 개입함으로써 그 '연상대聯想帶'가 너무 길면 '애매몽롱'으로, 너무 가까우면 '캐리커처'로 전락한다. '캐리커처'나 '포스터' 등의 예술성은 별도의 문제다.

<독립문 위에 놓인 손>과 <박정희 등의 군상>은 서사적 정치 알레고리로서 전자는 그 주제만 덩그렇게 떠올랐을 뿐 '감동의 육체성·생명성'을 잃었고 후자는 주제도 떠오르지 않은 채 애매하고 산만하고 그저 짐작 근처에서 배회하게 만든다. 세계 파악에 대한 도식적 논리가 개입한 결과, 묘사관계 '기계화'된 예이다. 나는 이것을 '컴퓨터 정치미술'이라고 부른다. 즉, 그것은 '디지털'과 '퍼지'의 체계다. 생명을 닮았으되 기계적 논리와 자연주의적 기법 안에 갇혀 '분해·조립'된 생명의 소외 양식이다.

8.

<명태>. 한 마디로 '묘'하다. 신경림의 시구들이 떠오르기도 하고 이용악이 눈에 보이는 듯도 하다. 오윤의 어떤 면도 보인다. 민중 미의식의 '묘'한 자리에 '파고들었다'. 아니 그것을 '드러냈다'. 그 크기가 더욱 재미나다. '익살'을 넘어 '풍자'에 이른다. 그러나 풍자는 '자제'가 아니라 스스로 '익살 안에 숨는다'. 왜일까? 이것이 '접물接物미술'이기 때문이다. 대체로 영물문학詠物文學 등이 그렇듯 '우의'나 '상징'으로 새어 나가지 않고 정면으로 '접물'을 시도한 점이 탁월하고 신선하다.

'명태'의 결 갈피갈피에 민중과 함께 한 생명을 사는 중생의 그 오래고

오랜 '민중적 친화력'이 '돋아 오른다'. '애니메이션'이 아니라 그 자체로서 '생활적 신명'이 '뽀꼼이' 눈 뜨고 쳐다본다. 거기다 그 '눈깔'과 '아가리'라니! 가히 명품이다. '명태눈깔'이란 말도 있지만 이게 바로 그 눈깔인데, 여기서 잠깐 여담 한마디 하자.

예전에 신상초라는 사람이 있었다. 그 사람이 일제 강점기 때 학병으로 끌려갔다가 탈출해서 중국 연안으로 갔는데 거기서 모택동과 주덕을 보았다 한다. 그런데 그 모택동과 주덕의 눈이 꼭 명태눈깔 같더란 얘기다. 먼지가 가득하게, 뿌우옇게 끼어서 빛도 없고 머얼건 게 무슨 생각을 하는지 도무지 알 수 없는 그런 눈. 공갈인지 사기인지 알 순 없으나 하여튼 조금은 재미있는 소리였다.

내가 들은 전설로는 갑오동학농민혁명 때의 거물이었던 배후 주동자 서장욱과 온건파 손화중, 둘 다 그런 눈이었다는데 과격파인 김개남과 중도파인 전봉준의 눈이 번쩍번쩍 부리부리한 것과 비교해 본다면 뭣인가 재미난 느낌이 든다. 서徐와 손孫은 무단武斷이라기 보다 수양修養 쪽이니 더욱 그렇다.

그런데 내가 이 얘기를 생각할 때면 늘 떠오르는 사람들이 있다. 내가 젊어 한때 방랑을 할 무렵 어울렸던 나이 많은 시골 술꾼들 중에도 '명태눈깔'이란 사람과 '까치머리'란 사람이 있었는데 이 사람들 눈이 똑 그랬으니까. 헌데 이 사람 둘이 다 사실은 보통 슬기 있고 심지 깊은 사람들이 아니었나. 나도 여러 번 감단하고 또 감동헤서 눈물 바람까지 한 일이 있지만 하여튼 그 눈, 뿌우옇고 머얼겋게 '총기'라고는 없는 '멍청이 눈', '팔푼이 눈'. 그런데 '세상에 삶'이 뭔지를 아는 자만이 이런 눈이 무슨 눈인지를 안다는 그 얘긴데, 바로 그 눈 속에 노자, 장자가 노닌다.

무위無爲의 신령, 구부러지고 어수룩하고 서투른 삶의 세계, 질박, 삶과 죽음이 다 어울려 노니는 자연, 무위무불위無爲無不爲의 중생 부처의 마음, '번뇌이면서 보리'인 그 눈, 이것을 함축한 것이 심정수의 '명태'의 눈이다.

그러나 뭇 생명은 다 '독毒'이 있는 법, 저것 봐라! 저 아가리 좀 봐라! 아가리에 뭣이 들었다. '쫑긋' 솟았다. 뭘까? 아래쪽에서 솟아올랐다. 풍자의 가시! 못난 중생의 유일한 무기인 풍자의 가시! 그런데 왜 꼬리가 저리 슬플까? 제일 까불어야 할 꼬리가 어찌 저리 슬프디 슬플까? 꼬리를 내렸구나! 이건 결국 흙이지 산 고기가 아니다, 이 말씀이렷다. 물질의 비애!

명태는 긴 게 배같이 생겼다. 앞대가리 '고물'이 뒤꽁무니 '이물'보다 무거운 배. 민예의 세계는 기초적으로 배의 체계다. '선수중력船首重力'과 '선미중력船尾重力'의 이중성의 체계다. 가볍고 작은 놈부터 먼저 나와 점점 크고 무거운 놈들이 뒤에 나오면서 먼젓 놈을 엎어 까는 것이 대체로 '해학'적인 희극의 체계, '선미중력'의 체계다. 이 경우 '애수'와 '연민'이 섞여 있다.

반대로 무거운 놈이 먼저 나오고 점점 가벼운 놈으로 옮겨가는데 먼젓 번의 무거운 놈이 가벼운 놈에게 파탄당하는 '풍자'적인 희극의 체계가 '선수중력'의 체계다. 이 경우 '공포'와 '비애'가 함께 섞여 있다. 혹은 '비장'이나 '숭고', 삶과 죽음의 '통과'나 '기원'과 연결되는 '제의祭儀'적인 체계는 '선수중력'의 체계와 '선미중력'의 체계의 '섞음'과 관계가 있다. 그러나 그것은 전혀 다른 세계다.

<명태>는 기본적으로 아주 간결한 형태로 '선수중력'과 '선미중력'의 이중성을 다 압축하고 있다. 그런 점에서 '명태'는 총천연색 시네마스코프 민중예술 작품이다. <명태> 안에는 수세기에 걸친 여러 곳의 수많은 민중의 전형인, 또 수많은 광대들이 서로 지껄이고 까불고 놀고 춤춘다. 앞에서 뒤로, 뒤에서 앞으로 가고 오고 그러면서 옆으로 위아래로 그 춤을 확산하고 놀이는 무르익어가며 온통 왁자지껄 잔치판인데 막상 그걸 다 담고 있는 <명태>는 멍청하다. 왜 이렇게 될까?

이상한 것은 '선수'에 '풍자'가 '선미'에 '비애'가 있다. <명태>는 민중의 집단심리학이다. 민중생활사요, 민중희로애락사요, 민중어업사, 모든

배의 역사, 민중식생활사, 민중어류약탈사, 전 바다의 역사, 전 해양생물의 역사, 전 익사자의 역사, 식민주의 제국주의 해양침략의 역사, 민중예술사요, 민중신명의 전 체계요, 미학이론의 체계, 모든 고기의 역사를 다 '담아' '드러낸다'.

그리고 '눈깔'은 '공空'이다. 또는 '한恨'이다. 한이 아니라 '한울' 말이다. '명태'의 '기이함'은 여기에서 비롯된다. 생각해 보았다. 심정수는 민예의 기본 법칙을 알고 있을까? 모른들 어떠랴. 그는 '신명'으로, '민중의 신명'으로, 나아가 '중생의 신명'으로 이것을 꿰뚫고 풍자와 비애의 위치를 바꾸며 이것을 '공'으로 '균형' 잡으면서 또한 그것을 넘어서버린다.

아아, 만만치 않구나! 절정에 가깝다.

이때 명태 아가리에서 슬그머니 보살이 일어난다. '풍자법문'인가? 몽둥이 몇 대인가? 드디어 법문한다. 그 보살 입으로 내가 법문하는 걸 내가 본다. 그것은 '미微' 한 마디다. 이게 바로 '미'의 경지다. '짚신 세 켤레!' 그래도 좋다. 허나 기왕이면 우리말로 하자. '얼푸시'다

'한'도 '원'도 '능청'도 '의뭉'도 '청승'도 '방정'도 '재랄'도 '익살'도 '대살'도 '애살'도 '홍'도 '신'도 '구성'도 '옹굴'도 '기참'도 '대참'도 '당참'도 '멍청'도 '그악'도 '점잔'도 '얌전'도 다 아니고 그것 모두를, 수많은 민중의 전형인 수많은 광대들의 그 와자지껄한 살판, 투전판, 장판, 놀이판, 춤판, 광대판의 그 시끄러운 육담, 덕담, 깨끼춤, 자라춤, 앞소리, 뒷소리, 제석거리, 시상거리, 무꾸리, 푸다거리, 살풀이를 제 신명 안에다 지그시 눌러 담고 '얼푸시' 드러내는 '미'.

그러나 <명태>는 누굴 감동시키려 들지도 않고 힘을 확장하지도, '질'을, 메시지를 보내지도 않는다. 이상하게 '가만' 있다. 공간이, 여백이 움직이질 않는다. 내 몸과 마음이 움직이질 않는다. 그 '드남'이 심한 '결'의 '다공성', '소개성'의 엉성한 피부를 통해 '얼푸시' 무엇인가 '드러냄'을, 내가 '얼푸시' 알 뿐이다. '숨을 멈추고' 있다. '내방집중內方集中'이다. 집중점

이 어딘가? '혈소穴小'가 어딘가?

아아. 이제야 알겠다.

'물질의 비애'. 바로 그 슬픈 꼬리 위쪽 어디에, 잘록한 거기 어디 위쪽에 꼼짝 않고 웅크린 채 무엇이 있다. 그것이 무엇일까? 비애, 중생의 비애, 삶 자체의 비애, 업業의, 윤회전생의, 산다는 일의, 고苦의 슬픔, 그것이 '확산'을 자르고 '안으로' 웅어리진 것이다. 그래서 꼬리가 그리도 슬프게 보였구나!

작가는 이 대목에서 무엇이라 할 것인가? 이것은 '무의식의 여행'일 수밖에 없다. 물질, '생명의 물질화'라는 운명의 비애, '틀'을 떠 조각 작품으로 '굳어진' '갇힌' 흙의 생명의 영성의 비애, 그 비애가 바로 '미'의 비밀이었다. 아마 고려청자와 이조백자의 유약의 비밀도 이와 관련이 있을 게다.

<명태>는 저기 멈춰 있고 나는 여기 멈춰 있고 여백에는 풍자 · 해학 · 능청 · 청승 등을 다 휩싸 거느리고 '얼푸시'가 '얼푸시' 드러난다. 명태의 눈이 이 '드러남'을 머얼건히 보고 있다. 무슨 생각을 할까? 명태의 눈이 허공에 걸린다. 거기서 새벽을 맞는다. '미', '박명薄明'이다. '현빈玄牝'으로 이어진 길목이다.

내 속의 어떤 점에 새벽별이 떠오를 듯한 예감이 '얼푸시' 드러난다. 오래도록 잊었던 어머니와 아버지가 '곰보할매'의 옛 물레 안에서 함께 돌아간다. 창호지문에 파아란 새벽빛. 방 안에는 빠알간 호롱불 꽃봉오리!

9.

<흰 돌이 하나 있다>. 유일하게 돌이 하나 거기 있었다. 작가가 손가락으로 가리켰다. 흘끗 한 번 보고 실패작임을 알았다. 그러나 또 한 번 힐끔 핥았다. 새 차원이다. 그러나 역시 실패다. 이 사람은 욕심이 많구나! 미켈란젤로의 '피에타!' 슬픔으로 돌을 해방하려 한다. 물질 안에 '갇혀 있

는' 생명을 해방하려 한다. 그러나 '피에타'는 '일회성'이다. 그리고 기독교 문화의 적층積層 없이는 안 된다.

'피에타'도 불완전이었다. 거기서 보이는 것은 '애매함'인데 '풀린살'이 '굳은 살'을 급격히 대체하는 데서 회한과 육욕이 함께 섞여 기이한 '부드러움'을 낳는다. 그 '부드러움'이 가치요 동시에 불완전함이다. '애매함', 그것은 유혹이다. 대승大乘의 '비심悲心'은 그 '끄트머리'가 다르다. 그리고 심정수는 이 점에선 아직 너무 젊다. 이 최후의 슬픔을 정말로 꿰뚫고 그 속에 서려 있는 또 다른 무엇을 보기 전에는 인간의 굴레나 돌의 '갇힘'을, 물질의 숨은 빛을 해방할 수 없다. 그러나 그것을 보는 날 사람은 죽는다. 신을 본 자는 죽는다. 더욱이 물질의 '신', 그것은 자칫하면 '우상숭배'라는 치명적 죄악의 씨앗일 수 있기 때문이다.

그러나 실패할 수밖에 없는 이 짓을 거듭하는 바로 그것은 무엇일까? 아마도 그것이 모든 예술의 수수께끼일 것이다. 모든 인간, 모든 민중, 모든 중생, 모든 생명을 '물질화', '육신화', '개체화' 또는 '집단화', '객관화', '실재화'하는 바로 그 생명의 덧없는 역사적 운명의 속박으로부터, 그 '역려逆旅'로부터, 고통의 집으로부터, 그 주인이 '나그네', 그 생명을 무궁한 '나그네 길'에로 해방시키고자, 해방시켜 천지간에 자유롭게 노닐게 하고자 하는 보살의 비원! 바로 이것이 '살림'이다. 나는 심정수의 예술세계를 '살림'이라고 이름 붙이기로 했다.

구경이 끝나고 함께 술 한잔하는 인사동 뒷골목 어느 술집에 앉아 그에게서 '곤충 연작' 계획을 듣고 나는 고개를 끄덕였다. 중생이 모두 다 해방되는 '대 해탈'의 날까지 그는 '학습'의 피나는 '끌질'을 멈추지 않으리라. 그러나 내 마음의이 울적한 해방감은 무엇인가? 집에 가 엎드려 시 한 줄 써야겠다!

◈ 전망

민족민중미술은 계급·시민·주민을 다 함께 민중으로 보며, 민중 속에서 무기물, 유기물, 식물, 동물, 자연생태계와 대기권을 다 함께 묶은 중생을 보고 중생 속에서 시공 연속의 우주 전체, 그 무궁무궁한 삼라만상의 처음도 끝도 없는 생명의 질적 확산 진화를 보며, 자기 자신 안에서 민중·중생·생명·우주가 다 함께 살아 있음을 보며, 끊임없는 변화 속에 열리는 차원과 차원 사이의 틈을 넘어서기 위한 민중의 피나는 '학습'을 바로 자신의 미술로 보며 그 창조활동이 바로 전 생명의 '몸을 떠나지 않는 대 해탈', '기화신령의 현실화'임을 보고 믿고 닦아야 할 것이다.

이 '관점' 안에, 이 '창조의 그물'과 전망 안에, 민주화, 민족통일, 새 문명의 건설, 인류해방과 자연생태계의 회복의 실질적인 성취가 있을 것을 굳게 믿고 그것을 그려야 할 것이다. 생명도 예술도 '만드는' 것이 아니라 '낳는' 것이다. '제작'이나 '조직'이 아니라 '성교'요, '산고'다. 명상과 노동을 통해 우주적 '신명'과 '내림'을 체득하고 이 '신명'이 '밀고 나옴'을 따라 종자도, 사상도, 형상도 다 찾아 '드러내' 활기차게 '살려'내는 길을 이제 새롭게 찾아 나서야 할 것이다.

천지굿

 '천지굿'이란 말은 본시 증산 강일순 선생이 그 자신의 법통을 고수부高
首婦에게 이어주는 굿을 하면서 "이것이 바로 천지굿이요, 너는 천하 일등
무당이다. 그리고 너는 천하 중생의 두목이다"라는 말을 한데서부터 기원
합니다. 이때의 천지굿이란 당시의 모든 억압받는 천민, 민중들 가운데서
도 가장 밑바닥의 천민으로서 괄시당하고 이 세상에서 내쫓겼던 찌꺼기
사람 중의 찌꺼기 사람인 무당, 광대나 무당 같은 사람들이―그 정도의 처
지에 빠진 "온갖 바닥의 민중이, 바로 세상의 두목이 된다. 세상의 주인이
된다"라는 '후천개벽'의 의미를 가지는 것입니다. 바로 이 밑바닥 사람이
하늘같이 높은 두목, 천하 중생의 두목, 즉 한울님과 같은 처지로 뒤집혀
진다. 천지개벽의 하나의 '굿판'을 의미하는 것입니다
 이 굿에 있어서 가장 중요한 것은 '일과 놀이'의 관계, 그리고 '일과 춤'
의 관계, 그리고 일과 춤에 있어서의 그 기초로서의 '신명'의 관계입니다.
최근 우리 주변에서도 일과 놀이의 문제에 대해서, 일과 춤의 문제에 대
해서, 그 상관관계에 대해서 여러 가지 물음들이 나오고 있으며 이에 대
답하려는 노력들이 다각적으로 나타나고 있습니다.
 오랜 역사 동안 동서양을 막론하고 일과 놀이는 분리된 것으로, 일과

춤은 서로 다른 것으로 통용되어 왔습니다. 그래서 일은 춤과 아무 관계도 없는 생계노동을 의미하며, 춤은 생계노동 따위의 일과는 아무 관계도 없는 매우 고상한 또는 매우 즐거운 하나의 오락이요 휴식이요 예술인 것으로 이해되어 왔습니다. 한 인간에게 있어서도 일과 춤은 분리되었으며, 한 사회와 전체 인간세계에 있어서 집단적으로도 똑같이 일과 춤은 서로 다른 것으로 분리되어 왔습니다. 일은 인간의 노동·경제활동, 밥 먹는 활동, 돈 버는 활동 또는 세속적인 모든 활동을 의미했으며, 춤은 예술·문화, 영적인 여러 가지 활동 또는 휴식·여가·오락 또는 제사와 관련을 맺는 것으로 일반적으로 이해되어 왔습니다. 그리고 일은 외적인 것으로서의 육체적인 일이요, 춤 또한 육체적이긴 하나 그 동기는 내적인 것 또는 매우 신나는 그러한 것으로 이해된 것도 사실입니다.

일을 하는 사람은 일만 하고 춤추고 노는 사람은 춤추고 놀기만 하는 그러한 세상으로 분리되어 온 것도 사실입니다. 또 일하는 사람이 춤을 추고 논다 하더라도 그것은 극히 부분에 불과하며, 주로 춤을 추고 노는 사람들이 일을 한다 하더라도 그 일은 죽도록 일을 하는 사람에 비하면 그저 어느 정도만 하는, 하나마나한, 그러한 분리현상이 오랜 역사를 거쳐서 오늘날에 와서는 특징적인 분리현상으로 굳어진 것 같습니다. 특히나 이 놀이와 춤은 전문 예술가들을 통해서 하나의 문화양식으로 발전했고, 일은 절대다수의 민중이 그저 생계를 위해서, 먹고살기 위해서 하는 것으로 대체로 대표되어 왔습니다.

이렇게 해서 예술사 또는 미학 또는 예술사회학 등등으로 예술의 기원을 '노동기원설'로 주장하는 사람과 '예술의 욕설'로 주장하는 사람으로, 대체로 크게 두 갈래로 분리되게 되었습니다. '노동기원설'이란 한마디로 모든 인간의 문화와 예술은 실질적인·실용적인 필요에 따른 원시인들의 노동활동으로부터 노동대상과의 접촉을 통해서 발생한 실용적 양식이라는 것이며, '예술의 욕설'은 대체로 노동과는 관계없이 인간의 내면으로부터 솟구쳐 오르는 어떤 표현 욕구, 어떤 신비스러운 마음의 움직임에 의해서 예술과 문화가 발생하고 발전해 왔다는 주장이올시다.

그러나 우리가 믿고 있는바, 예술도 노동도 모든 문화 활동도 인간의 생산 활동도 두 개의 다른 것이 아니라 본래 하나인 생명의 이러저러한 표현이요 이러저러한 운동 양상에 불과하다는 믿음에서부터 본다면, 노동기원설이나 예술의 욕설은 다 같이 일면적일 뿐 본래는 하나라는 결론에 미리 도달할 수 있겠습니다.

일체의 인간과 인간의 내적 활동이나 외적 활동이나 개인적이거나 집단적이거나 사회적인 활동이거나 간에, 또는 인간 이외의 일체의 우주 삼라만상과 그들의 변화, 그리고 인간의 생각의 변화, 눈에 보이지 않는 일체의 존재하는 것, 또 존재한다고 생각되는 것—일체의 것은 하나의 총체적이고 통일적인 기氣, 즉 생명인데, 이러한 생명은 쉴 새 없이 변화하고 쉴 새 없이 일하며 쉴 새 없이 순환하고 운동하고 자기 스스로를 외화外化하는(밖으로 내보내는) 노동으로서도 나타나고, 그것은 표현으로서도 나타나고, 즉 예술로서도 나타나고 생산노동으로서도 나타난다는 믿음이 우리들의 믿음입니다. 따라서 노동과 예술은 그 기원에 있어서 이미 하나요, 근원적으로 하나이며, 지금도 하나요, 앞으로도 하나여야 합니다. 노동기원설이나 예술의 욕설은 그 자체로서는 일면적이요 한 귀퉁이만을 얘기하고 있다고 보아야겠습니다.

이 세상에 살아 생동하는 모든 것은 일하며, 이 세상에 살아 생동하는 모든 것은 춤을 춥니다. 몸도 마음도 인간도 삼라만상도 다 일하며 춤추고 춤추며 일합니다. 일과 춤은 이러한 살아 생동하는 모든 것의 존재 또는 활동 양상의 두 개의 다른 이름일 뿐입니다. 일은 한울인 생명 자신의 존재 규정이며 천변만화하는 존재로서의 생명 자신의 존재 규정입니다. 춤은 한울인 생명이 역시 천변만화하며 생동하는 생명 자신의 활동 규정입니다. 활동이 바로 존재이며 존재한다는 것은 곧 활동한다는 것을 의미하는 것입니다.

생명은 일함으로써 춤추며 춤춤으로써 일하는 것입니다. 춤은 모든 예술의 기원입니다. 모든 예술의 기원·문화의 기원은 춤이며 또한 일입니다. 춤은 근원적인 활동이며 생명의 의욕의 근원적인 표현입니다. 일의 주체는, 누가 일을 하는가 할 때 일을 하는 것은 생명이며, 누가 춤을 추는가 할 때 춤을 추는 것은 계속해서 우리 안에서 밖에서 활동하고 있는 생명입니다.

생명은 다른 말로 '신명'이라고도 부를 수 있습니다. 신명이 바로 일과 춤의 주체요 근본입니다. 신명이 나지 않으면 일을 할 수 없고 신명이 나지 않으면 춤을 출 수 없습니다. 신명이 나지 않는 일은 노예 노동이며 강요된 노동입니다. 신명이 나지 않는 춤은 억지 춤이며 울며 겨자 먹기 춤이올시다. 정신노동과 육체노동이 본래 하나요, 본래 한 생명의 이러저러한 활동이듯이, 이렇게 예술과 노동도 본시 하나의 생명 활동입니다. 일과 춤은 본시 한 생명의, 한 신명의 활동인 것입니다.

노래와 시 또는 그림은 동서고금을 막론하고, 개인작 또는 공동작을 막론하고 예외 없이 모두 다 바로 이러한 춤추는 신명, 일하는 신명 또는 신명의 '일춤', 신명의 '춤일'의 활동 또는 운동하는 리듬을 기초로 해서 이루어지는 것이며, 마찬가지로 '한울이 한울을 먹는' '먹이사슬'의 끊임없는 순환·역동으로서의 경제활동·창조활동·생산활동, 하나의 생명체가 타 생명체에 대해서 역동적으로 관여하는 것을 통해서 생명의 전환이 이루어지는 그러한 일체의 노동활동·생산활동도 결국은 이와 같은 신명 또는 생명의 의욕으로부터 분출되어 나오는 활동인 것입니다.

유명한 알타미라 동굴 벽화의 경우에, 거기에 그려진 무수한 들소들의 그림 표면에 무수한 창끝이 돌을 파헤친 흔적들이 있다고 합니다. 이것은 원시인들이 들소를 잡기 이전에 들소를 잡기 위한 집단적인 예행연습·기동연습·CPX를 건 흔적이라고도 합니다. 그들은 먼저 그림을 그리고 나서 모두 창을 들고 그 그림 앞에서 집단적으로 춤추며 그 소를 향해 창을 던져서 그림 속에 있는 들소를 맞추었습니다. 이때에 그림을 그리고 집단적으로 춤추며 창을 던지며 노래 부르며 소리 지르며 돌아가는 것─ 그것은 그 근본에 있어서 생명 활동의 표현으로서, 알 수 없는 실재로부터 북받쳐 나오는 생의 의욕, 생명의 집단적 의욕으로부터 분출되어 나오는 것을 동기로 할 뿐만 아니라, 동시에 수렵노동의 현실적 형식으로 나타나는 것입니다.

일체의 생명 표현은 일이며 또한 춤입니다. 아까도 말씀드렸다시피 육체노동과 정신노동은 근본적으로 차이가 없는 통일적인 생명의 활동양식이듯이, 육체노동은 이미 정신적 계획·구상·의도를 동반하며 정신노동은 수집·구성·형상화 등의 육체활동을 동반하는 것이 본래의 소외되지 않은 육체노동이요 소외되지 않은 정신노동이듯이, 일과 춤도 또한 하나인 것입니다. 근본적으로 한 생명의 표현인 일과 춤을 둘로 분리해서 서로 완전히 독립된 양식이요 활동인 것처럼 그것을 극대화시켜서 상호 관계를 인정하지 않고 양쪽을 완전히 분리되고 독립된 활동으로 보며 일이 춤에 대해서, 춤이 일에 대해서 배타적인 관계, 상호 배치적 관계에 있는 것으로 생각하는 이른바 '노동기원설'이나 '예술의 욕설' 등등은 현대 문화의 가장 큰 모순의 핵심 내용이라 할 것입니다.

즉, 원래 하나인 것, 통일적·일원적인 것을 이원적으로 분리시키고, 이 분리가 일정한 합리적인 수준을 넘어서서, 필요한 분석적인 요구를 넘어서서 또는 과학적인 요구를 넘어서서 극단화되었을 때에, 즉 이원적 분리가 극단화됐을 때 거기서 '틈'이 열리며, 이 틈을 통해서 활동하는 것이 '마귀'입니다. 또한 이러한 이원적 분리의 거대한 틈을 극대하게 극단적으로 넓혀나가는 자들이 또한 마귀입니다.

마귀들은 이와 같이 동일한 사물의 총체적이고 통일적인 생명 활동을 이원적으로 분리시키는 극대화된 분별지·분별지의 극대화를 통해서 만든 틈을 통해서 일로부터 춤을 떼어내어—마치 모든 생명 활동으로부터, 순환적인 활동으로부터 밥을 떼어내어 독점하는 것과 똑같은 형태로—춤을 독점하는 것입니다. 그리고 춤을 통해서 굿을 독점하며, 이 굿의 독점 · 춤의 독점에 의하여 일을 통제하고 통치하고 제약하고 규정하며, 일 자체와 일의 힘과 힘의 순환과 그 순환으로서의 일의 총체적 과정과 그 결과와 그 미래의 확장을 독점합니다.

현실적으로는 일의 질적인 정점, 즉 일이 질적으로 절정에 달한 것이 춤으로 나타난 것이며, 춤이라는 것은 질적으로 높아지고 깊어지고 더욱더 넓어진 일, 즉 넓어진 생명 활동의 새로운 시작으로 나타나는 것입니다.

이와 같이 춤이 일로, 일이 춤으로 서로 상승하는 생명 활동의 확대재생산 과정의 시작과 그 매듭을 이루는 부분을 우리는 '굿'이라고 부릅니다. 일의 결과인 밥이 사람에게 돌아오거나 또는 돌아오게 하는 것, 또는 더 큰 힘으로(즉, 더 큰 의욕으로) 그리고 더 큰 일로(즉, 더 큰 노동으로) 생명이 확대재생산되도록 하며 여기에 어떤 장애가 있을 때에는 이 장애에 저항하고 그 장애를 극복함으로써 계절이나 육체의 율동이나 생각의 천변만화와 똑같은 일체의 생명 순환의 질서에 대해서 합해 들어가는 것이 바로 우리가 '굿'이라고 부르는 '일춤' 또는 '춤일'인 것입니다.

원시공동체 사회에서 무당이 발생하는 과정이나 제정일치시대에 있어서 제사장 곧 임금의 발생 과정 등은 춤과 결코 무관하지 않으며 춤의 독점과 무관하지 않습니다. 그리고 춤을 일에서부터 분리시키는 것과 결코 무관하지 않습니다. 결코 그들 자신은 일을 하지 않았던 선비들이었던, 그리고 통치 집단이었던 공자와 그 주변의 제자들이 예악을 숭상하고 노래하고 춤을 춤으로써 세상을 구제한다는 등의 말을 하고 있는 것은 바로 이것의 잔여 문화형태입니다. 이것은 동서양이 별로 크게 다를 바가 없는 춤의 독점으로서 나타난 지배자 · 지배집단의 춤과 일의 분리양상의 증거입니다.

춤을 일로부터 분리시켜서 춤을 독점하고 굿을 독점하고 그렇게 함으로써 일을 통제하고 일과 일의 결과를 또한 약탈하는 그러한 것은, 제사와 식사를 분리하고 현세와 내세를 분리시키며 하늘과 땅을 분리시키고 신과 인간을 분리시켜서 그 사이에 제상을 놓고, 현세적인 모든 인간 활동·생명 활동의 결과와 생명 활동 자체인 '밥'을 내세의 하늘 또는 미래주의적인 환각과 '목적의 왕국', '천당'으로 표시되는 '종이 한울님', 즉 우상에게 갖다 바침으로써 제상으로 만들어지는 '틈'을 통해서 그 밥을 가로채고 계속 지배를 강행·강화하여 왔던 이제까지의 모든 마귀들의 독점의 역사와 결코 무관하지 않습니다.

이와 같이 춤의 독점·놀이의 독점·일과 놀이의 분리·일과 춤의 분리를 통해서 굿을 독점하고, 굿의 독점을 통해서 일과 일의 결과와 일의 확대적인 전개를 통제·독점하는, 그렇게 해서 지배를 강화하는 바로 이러한 마귀짓에 대해서, 본래 생명 그 자체의 근원에 있어서 하나이고 총체적이고 통일적인 생명 활동의 한 표현인 춤과 놀이를 통일시키는 새로운 굿에 의해서 굿의 독점·독점된 굿에 대하여 이것들을 무화시키는 것, 무산시키는 것이 바로 '마귀들의 틈'에 대한 '생명의 틈'·'민중의 틈'이 틈을 열고 나가는 것이라고 할 수 있겠습니다.

이와 같은 독점과 이원적인 분리에 저항하여 진정한 춤·진정한 일의 통일을 실현시키려면 민중들의 '대동굿'을 통해서 마귀들의 '독점굿'을 무력화시켜야 합니다. 굿에 의해서 굿에 저항하고 '민중굿'에 의해서 '마귀굿'을 극복해야 하는 것입니다. 대동굿을 통해서 굿 독점과 춤 독점과 밥 독점과 놀이 독점과 그리고 모든 이원적인 분리를, '틈'을 없애버려야 하는 것입니다. 틈을 없애버리는 활동인 살아 생동하는 '틈의 개방'·'틈의 개벽'이 바로 굿이라고 할 수 있습니다.

이와 같은 민중들의 대동굿은 틈, 즉 모든 이원적 분리에 대항하여 그것을 없애버리며 독점—굿 독점·춤 독점·밥 독점·놀이독점—에 대해서 이를 없애버리는 활동이기 때문에, 광대의 춤과 현장 민중의 일은 하나가 돼야만 하며, 하나가 될 때에 대동굿은 가능한 것입니다. 이렇게 현장 민중의 일과 광대의 춤이 하나가 되는 것—그것은 현장 민중의 일로서의 춤과 광대의 춤으로서의 일이 하나가 되는 것을 말합니다.

그러나 이것은 본래 근원적으로 분리되어 있는 독립적인 두 개의 것을 종합하는 것이 아니라, 본래부터·근원부터 하나인 일하는 생명·춤추는 생명을 일춤과 춤일을 통해 생동하게 드러내는 굿—춤과 일의 주체인 민중의 집단적 신명이 스스로를 역동적으로 드러내는 개방 또는 개벽으로서 굿—에 의해, 잘못 분리된 상태가 그 패권을 잃어버리면서 근원적인 하나가 힘차게 드러나게 되는 과정을 말합니다.

다만, 현상적인·현실적인 분리를 넘어서기 위해 광대 쪽에서 현장 민중 쪽으로, 현장 민중 쪽에서 광대 쪽으로의 접근은 필요한 과정상 방편이 되겠습니다만, 그 경우에도 반드시 전제되어야 할 것은, 광대의 경우든. 현장 민중의 경우든 근원적으로 춤과 일이 하나인 민중의 집단적 신명, 즉 생명의 적극적 활동의 역동적인 드러남을 동기로 하여 출발해야 한다는 점입니다. 그렇다면 광대들의 경우에는 본래 일과 춤이 하나의 신명 활동이라는 출발에서부터 춤에서 일로, 또한 춤이 일로 확장되고 통일되고 변화돼야 할 것이며, 현장 민중의 경우에 있어서는 본래 춤과 일이 하나의 신명 활동이라는 출발에서부터 일에서 춤으로, 또한 일이 춤으로 확장되고 통일되고 변화돼야 할 것입니다. 이러한 과정이 바로 현실적으로 하나가 되는 과정이라 할 것입니다.

따라서 광대의 춤은 '춤일'이 돼야 하며, 현장 민중의 일은 '일춤'이 돼야 합니다. 광대의 경우에는 춤이 바로 일이 돼야 하며, 민중의 경우에는 일이 바로 춤이 돼야 합니다. 뿐만 아니라 광대에게 있어서는 춤추는 일이 바로 민중의 일하는 일과의 연관 속에서 일과 춤이 통일돼야 하며, 현장 민중의 경우에 있어서는 일하는 것이 바로 춤추는 광대와 같이 신명나고 그리고 감동적으로 자기통합을 가능케 하며 자기 정서를 집단적으로, 질적으로 더욱 고양·확장·심화시키는 아름다운 춤사위와의 연관 속에서 일과 춤이 통일돼야 하는 것입니다. 바로 이와 같은 통일 노력 속에서 춤일 또는 일춤이 확대되고 통일되고 본래 하나인 큰 생명 활동이 드러나는 것—바로 이것이 '큰 굿'이며 '대동굿'이며, 이 큰 굿·대동굿이 바로 '후천개벽'에 있어서의 가장 중요한 출발이요 시작인 '문화개벽'·'정신개벽'인 것입니다.

우리들은 이미 농민들의 집단적인 공동 모내기 현장에 있어서 또는 여러 가지 형태의 두레(공동 탈곡과 같은 경우)에 있어서, 잔치나 굿판이 아니라 하더라도 공동으로 일하는 것 자체가 춤과 같은 동작과 노래로 이루어지고 있다는 것을 잘 압니다. 어민들의 그물끌기나 배 끌기의 경우에 있어서도 술비노래나 배 끌기노래와 같은 그런 것과 풍물을 동시에 치는 것과 그물 또는 배를 끄는 매우 생동적인 춤 동작들과가 하나가 되어 어우러지는 것을 무수히 보아왔습니다. 또한 산판에서 목도 메는 일꾼들에게서 '어영차' 또는 '옹헤야' 등 여러 가지 형태의 노동요들과 그들의 목도를 메는 동작인 일, 즉 노동이 이미 분리 될 수 없는 하나로 어우러져 힘차게 확장하는 것을 봐왔습니다.

반대로, 대동놀이나 굿이나 여러 가지 형태의 잔치에 있어서, 명절 또는 세시의 여러 가지 풍속에 있어서 굿을 벌일 때에 그 굿에 나타나는 춤과 소리의 여러 가지 형태의 동작과 재담들이 일할 때의 그것과 크게 분리되지 않는, 거의 하나로 통일된 '어우러져 있음'을 발견해 왔습니다. 일하는 동작이 바로 춤이요, 춤이 바로 일하는 동작을 기초로 해서 활발하게 확장·심화하는 것을 명백히 봐왔습니다.

전문적인 만신들의 여러 가지 춤사위와 소리—이런 것들은 매일 매일의 생산적인 노동활동과 직접적인 관련은 없으나, 이 기초의 춤사위와 리듬에는 또한 노동하는 일의 가락과 일의 장단들이 밑에 깔려 있는 것이며, 이 가락·장단들과의 관련 속에서 만신들의 여러 가지 춤사위가 발전해 온 것으로 봐야 합니다.

그뿐 아니라 소위 '틈'에 대해서, 마귀들이 이원적 분리의 확장을 통해서 밥을 독점하고 놀이를 독점하고 춤을 독점해 가는 그러한 마귀활동(마귀짓)에 대해서 민중들이 대중굿을 통하여 저항·비판하는 것—이와 같은 것들과 만신들의 칼춤은 깊은 연관을 가질 수가 있습니다. 즉, 살풀이나 오귀굿 또는 벽사辟邪의 여러 가지 춤사위들이 모두 다 기본적인 일의 가락과 장단, 두레의 가락과 장단을 토대로 한 것입니다. 그것이 발전되고 또한 좀 더 영신적으로 신비적으로 발전한 것은 사실이나, 이런 경우에 있어서도 인간의 마음 또는 생각과 정신에 있는 여러 가지 틈, 마귀들의 틈, 분리·분열과(즉, 하나의 병이죠) 사회적인 분리와 틈, 독점과 이원적 분리 즉 마귀들을 안팎에서 몰아내는 벽사·살풀이·오귀굿 등등의 만신들의 칼춤은 바로 새로운 대동굿, 민중들의 대동굿에 의해서 마귀들의 독점굿을 극복하는 '틈에 대한 틈'의 굿으로서의 실천, 즉 후천개벽의 큰굿에 있어서는 깊은 연관을 갖는 것입니다.

후천개벽을 하나의 민중적인 해방운동의 표현으로서 적극적으로 주장하기 시작했던 수운 최제우 선생의 '칼춤'—즉, 굿으로서의 칼춤, 칼춤으로서의 굿—도 또한 이러한 점에서 볼 때 중요한 것으로 평가 돼야 합니다. 증산 강일순 선생은 수운 최제우 선생의 뒤를 이어 또한 김일부 선생의 뒤를 이어 민중들의 전 역사적·전 문명사적인 해방과 '원시반본原始反本'—원래의 개벽 초의 화해와 그 평화와 통일, 애초에 이원적 분리가 발생하지도 않고 틈이 없었던, 독점이 없었던 그와 같은 평화로운 세상의 창조적 회복—을 '후천개벽'이라는 이름으로 주장하였습니다. 바로 이 후천개벽을 주장한 증산이 후천개벽의 실천에 있어서 무당의 활동과 무당의 의미 또는 광대의 의미를 매우 의미심장하게 뜻 깊게 말하고 있는 점에 유의해야 합니다.

강증산은 "후천개벽을 하는 데 있어서는 무당을 따라가야 산다"고 했습니다. 이때의 '무당'은 '만신'을 뜻하는 무당이기도 하면서 동시에 '없을 무' 자 '무리 당' 자 무당無黨, 즉 어떤 당파에도 가담하지 않는 '무당파'의 뜻을 가지고 있습니다. 이것도 매우 재미나는 말이라 하겠습니다.

또한 강증산은 그 자신이 어릴 때 마당 밟기 풍물, 즉 농악을 듣고 크게 깨쳤다고 합니다. 농악을 듣고 크게 깨쳐서 평생 다른 가무를 모르고 즐기지 않았으나 풍물, 즉 농악과 굿만은 매우 즐겼다고 합니다. 강증산의 후천개벽에 대한 주장과 바로 이 풍물, 즉 농악과 굿은 깊은 관련을 가진다고 하겠습니다. 밑바닥에서 고통 받는 민중이 그 자신을 해방하기 위해서 그 자신의 일의 가락과 장단, 일에서 나온 춤사위, 일에서 나온 소리들로 이루어진 굿으로 그 자신을 해방하고 개벽하는 그러한 것을 강증산의 후천개벽 주장에서 볼 수가 있습니다.

나아가 증산은 "광대와 무당이 바로 큰 개벽장이다. 광대와 무당이 바로 가장 큰 후천개벽의 전위다", 이런 뜻을 말했으며, 자기 자신이 광대요, 무당이라고 늘 자처했던 사례가 있습니다. 그의 이른바 '천지공사天地公事', 즉 후천개벽을 실질적으로 혹은 상징적으로 집행하는 그의 천지공사는 모두 다 이와 같은 우리나라 농민들의 농업노동의 가락과 장단 및 전통적인 굿의 형태로서 진행되었으며, 스스로 천지생명을 낳고 키우고 살피는 '한울님'일 뿐만 아니라 '무당'이요, '천지농사꾼'이라고 자기 자신을 비유했습니다.

이것은 바로 우리가 이제까지 이야기해 온 후천개벽과 '틈에 대한 틈'의 선포로서의 큰굿·대동굿, 일과 춤, 두레와 대동놀이, 노동과 문화사이의 통일적인 상관관계에 결코 무관하지 않은 것입니다. 증산 자신이 실제로 후천개벽공사를, 그의 천지공사를 바로 '천하굿'이라고 불렀고 바로 '무당공사'라고도 불렀습니다. 이때에는 언제나 농악장단으로 북을 치고 때로는 꽹과리까지 치며 춤추면서 주문을 외우고 천하사를 처리한다고 했습니다. 즉, 농악가락과 장단 그리고 농민들의 일에서부터 나온 춤사위를 통해서 한울님의 신명을 해방시키고 세상과 천지우주를 해방시키는 춤을 춘다고 주장한 셈입니다.

우리는 '탈춤'에서 노동하는 민중, 특히 농민들의 일의 가락·장단에 그대로 기초를 두는 춤의 사례들, 여러 가지 춤사위와 가락·장단들을 접하게 됩니다. 탈춤 자체가 이미 부락굿·화합굿 또는 여러 가지 형태의 굿에서부터 발전해 왔다는 것은 익히 아는 바입니다.

탈춤의 경우 그러나, 그것이 고도로 발전돼 있던 이조 중·후기 사회에 민중의 여러 가지 형태의 일의 영역이 매우 확대되고 일과 춤이 상당한 정도로 분화되어서 춤사위 자체가 매우 세련되고, 또한 굿이 상당한 정도로 극劇으로 이동하는 양상을 보여줍니다. 두레와 놀이, 또는 춤과 일이 분리되는 양상을 보여주고 있으며, 따라서 전문 광대 집단과 현장 민중 사이에 춤과 일, 일과 춤을 통한 굿 또는 굿을 통한 감수성·상상력 또는 율동 등의 분리를 우리는 보게 됩니다.

그러나 이러한 일정한 문제점이 있음에도 불구하고 춤과 일의 통일과 춤과 일의 분리가 가지고 있는 사회학적인 제 의미가 매우 심각하게 형상화된 것을 볼 수 있으며, 이 형상화된 의미들을 미학적으로 표출·연출하는 데 있어서 여러 가지 미학적인 특징들을 심화시키고 있는 점을 볼 수 있겠습니다. 일면에 있어서 한계와 문제점을 가진 반면에 타면에 있어서 의의와 가치를 보여준다고 하겠습니다.

그 탈춤을 본래의 굿과의 관계와 현실의 요청과의 관계, 민중극과의 관계에 있어서 또는 여러 가지 민중운동과의 관계에 있어서 창조적으로 제기해 왔고 또한 제기하고 있는, 오늘날 우리들이 제기하고 있는, 계속해서 놀고 있는 '마당굿'—이 마당굿은 탈춤보다는 훨씬 더 춤과 일을 통일시키고 일치시키려는 노력을 강력하게 또 의식적으로 보여주고 있으며, 미학적으로도 탈춤 단계에서부터 더욱더 확장되고 심화된 시도와 노력들을 기울이고 있는 것은 사실입니다.

그러나 사회적인 여러 가지 분열과 모순의 의미를 심각하게 표현하는 점에 있어서는 상당한 정도의 발전을 보이고 있으나, 그것을 미학적으로 형상화하는 데 있어서 민족적 특수성·민중적 특수성에 아직 핍진하게 접근하지 못한 한계 또한 가지고 있습니다.

역시 지금의 마당굿은 대체로 젊은 학생층이 중심이 되어 놀고 있으며, 현장 민중들의 경우에는 지금의 학생들의 마당굿과는 다른, 오히려 대중매체에 의해서 선전되는 국적불명의 문화형식과 전통적으로 내려오는 여러 가지 잡다한 굿의 전통과 즉흥적인 것과 탈춤의 전통 등등이 잡다하게 어우러진, 그러나 그보다도 더 크게는 그들 자신의 일로부터 나온 춤을 중심으로 해서 다양한 양태로 이루어지고 있습니다. 따라서 지금의 마당굿은 광대 쪽과 현장 민중 쪽에서 노는 연희들이 서로 영향을 적극적으로 주면서도 병행될 수밖에 없다는 결론에 이를 수 있습니다.

그러나 이러한 병행은 춤과 일이 본래 하나인 집단적인 신명 활동의 드러남을 그 동기와 출발과 구조로 하여 상호 영향을 적극화하는 것과 동시에 진행되기 때문에 앞으로 보다 더 노래·춤·일 그리고 대동놀이와 두레가 하나가 되는 통일적인 '민중굿'·'민족굿'·'통일굿', 이른바 '개벽굿', 그리고 허두에 말씀드렸던 '천지굿'과 같은 형태로 나타나야 한다고 생각합니다. 바로 이것이 개벽, 즉 총체적 생명이 통일적으로 부활하는 후천개벽이며, 비로 이것이 춤과 일이 근원적인 통일이 현실적으로 역동적으로 드러남을 말하는 것이 되겠습니다.

대체로 우리가 지금 진행시키고 있는 마당굿의 구조의 특징들을 본다면 '삶과 죽음 그리고 부활'의 구조라고 하겠습니다. 공동체적 삶의 선포, 그 삶을 방해하는 제약요소들에 대한 공동체 자체의 저항, 즉 마귀들이 만든 틈에 대한 민중들의 살아 있는 틈의 실천, 그리고 상호 화해와 개벽의 도래 같은 구조입니다. 민중들이 자기 자신들의 노동의 결과를 놓고 그것을 축수하며 서로 나누어 먹고 서로 무더기로 더불어 춤을 추는 '군무群舞', 그다음에는 '벽사', 즉 재앙과 장애요인·장애세력을 물리치는 살풀이 또는 저항과 같은 내용, 그리고 더 큰, 더 새로운 창조와 화해와 활기찬 노동을 의미하는 '군무'로 발전하는 것이 대체적인 구조로 되어 있는 것 같습니다.

그러나 이 마당굿은 바로 현장으로, 현장 민중의 구체적인 일로 직결되질 못하고 있으며, 거기에는 아직도 큰 거리가 있습니다. 현장 민중들의 경우에는 그 구조가 명백하지는 못하고 그 안에 잡다한 외래적인 그리고 불결한 요소들이 많이 섞여 있는 것도 사실이지만, 그들의 춤과 놀이는 바로 일로, 두레로 확장·연속되는 구조를 가지고 있으며—물론 그와 반대되는 측면도 간혹 있습니다만—그들의 일과 두레는 바로 그들의 공동의 놀이와 공동의 춤으로 연속되는 특징을 일면 가지고 있습니다. 이것은 현장 민중들의 무작위적인 순수한 집단적 신명의 구성진 드러남에 그 까닭이 있습니다.

현장 민중들의 이러한 좋은 특징은 계속 확장돼야 하며, 그 안에 섞여 든 외래적인 여러 가지 잡다한 불결한 요소들은 부정적 접수의 형태로 '패러디'화하여 뒤집어서 비판적으로 흡수해버리든 형태로든지 아니면 외적 시각에 의해 괴기골계怪奇骨稽로 왜곡·과장·처리하든지 또는 청소하든지 하는 방향으로 발전돼야 할 것이요, 주로 학생과 지식인들에 의해서 이루어지는 지금의 마당굿, 도시 중심의 마당굿의 경우에 있어서는 이와 같은 구조적인 특징, 즉 여러 가지 사회적인 모순의 의미들과 깊은 관련을 가지고 있는 이러한 구조적 특징들을 보다 더 큰 일과의 관계, 현장 민중과의 관계 속에서 다양성 있게 폭넓게 큰굿으로 확대하고 자기 자신의 민중적인 미학 특징과 민중적인 형상 특징들을 더욱더 활발하게 창조함으로써, 그리고 심화하고 확장함으로써 자기의 한계를 극복해야 할 것입니다.

특히 학생·지식인·도시 민중 운동가들의 마당굿이 정치적 비판과 공격적인 저주로, 교술적教述的으로 과도하게 집중되는 것이 바로 민중의 집단적 신명이 가진 그것을—여유 있고 넉넉하며 익살맞은 능청과, 서럽고 딱하면서도 실소를 일으키는 청승과, 그런 흐트러진 해학·비참·흥의 바다 속에서 섬뜩섬뜩 빛나는 풍자의 꼴통의 칼날같이 날카로운 가시, 그리고 가차 없는 공격과 저항, 능청스런 뒤통수치기, 그럼에도 다시금 넉넉하게 감싸 안아 화해와 새로운 창조적 통일에로 확장하는 그 생동성·유기성과 산 사람들의 삶 자체를—놓치고 있다는 증거입니다. 민중 전통을 박제해버리는 전문가들의 신명 없는 냉동연회冷凍演戱나 도시 학생·지식인 등의 일면적인 정치지향적·소인적素人的인 억지 신명을 다 같이 떠날 수 있는 길은 바로 춤과 일이 이미 하나인 민중의 집단적 신명이 풀리는 모양을 제대로 보고 실천하는 데 있습니다.

모든 놀이와 예술, 문화의 출발은 춤이라고 했고 또한 일이라고 했습니다. 춤은 일이고 일은 바로 춤입니다. 일과 놀이, 공동체적인 일치의 삶을 시작하고 지탱하며 항상 그 기본이 되는 것은 신명입니다. 따라서 모든 중생이, 민중이 원하는—강증산의 이른바—'확장적 원시반본'(개벽 초의 그 화해롭고 평화롭고 모든 것이 하나이며 이원적 분리와 마귀들의 틈과 독점과 약탈의 역사가 없는 그러한 화해로운 근본에 확장적·창조적으로 되돌아가는 것)이 후천개벽이요 우리들의 희망이요 생명이 부활이요 민중시대의 시작이라고 한다면, 바로 그와 같은 개벽을 위해서는 춤과 일이 하나로 합하는, 아니 이미 하나인 집단적 신명이 문득 드러나 사방팔방으로 물결쳐 확장되는 큰굿이 벌어져야 하며, 이 큰굿은 바로 생명, 즉 신명으로부터 우러날 수밖에 없을 것입니다.

모든 것이 통일돼서 총체적으로 살아 움직이고 자기 자신의 본성에 따라 순환하고 가로막힌 모든 장애가 물리쳐지는 그러한 진정한 의미의 민중공동체 · 중생공동체 · 생명공동체에로, 전통적인 농촌공동체의 생명적인 연대와 도시산업사회의 생산 · 기술 · 과학 · 유통과 정보 · 지식 등을 중심으로 한 온갖 집단적 경험을 창조적으로 아우르는 제3의 새로운 공동체의 건설에로 확장해 나가려는 후천개벽은 바로 큰굿을 뜻하며 큰굿에 의해서 비로소 이루어지는 것입니다.

그리고 이 큰굿은 신명에 의해서, 신명이 우러남으로써, 신명이 역동함으로써 비로소 이루어집니다. 신명은 개인과 집단 내면의 온갖 억압을 해제하고 개인과 개인 사이의 담과 벽을 헐어버리며 영적으로 뿐만 아니라 사회적으로, 감성으로뿐만 아니라 이성적으로 근원적 해방과 통일을 가져오는 집단 체험의 주체이며, 저항과 극복을 통한 참된 화해에로 인도하는 '굿의 역동적 주체'입니다. 신명이 바로 주체로서 굿을 통해서 사람과 세상을 개벽하며, 신명은 굿으로 또는 굿은 더 큰 신명으로 확장 · 반복하고 반복 · 확장하는 것이 바로 큰굿을 통한 후천개벽 · 정신개벽 · 문화적 개벽에 있어서의 기본 특징입니다.

이것이 바로 진정한 의미에서의 굿이며 후천개벽이고 광대와 민중의 굿에 있어서의 일과 춤, 춤과 일의 근원적 통일의 주체가 어디에 있는가 하는 것을 바로 가르쳐주는 바입니다. 그 주체는 바로 신명, 즉 생명입니다. 근원적 생명, 즉 신명에 따라서, 신명이 시키는바에 따라서 신명 자신이, 즉 우리들 민중 자신인 신명이, 신명이 민중 자신이 자기를 스스로 개벽하고 해방하기 위해서 굿을 벌여야 한다는 뜻입니다.

굿은 신명이 인간과 사회, 인간과 우주자연 중생 전체, 인간과 자아 즉 생명 전체의, 모든 것의, 삼라만상의 육체에서부터 원한과 살煞을 없애버리고 그 본성에 따라 춤추고 일하는, 살아 생동하는 육체로서 개벽하는 것을 뜻하기도 합니다. 노동과 마찬가지로 굿에 있어서도 개인 및 집단적인 '신명의 육체성'이 바로 열쇠입니다. '신명의 몸'과 '몸의 신명'이 바로 열쇠입니다. 특히 신명과 육체의 관계를 근원적으로 통일적으로 해결하는 것이 특히 '광대들의 굿'에 있어서 열쇠인 것입니다.

따라서 몸짓·뜀·뜀뛰는 모양·매무새 등등에서 나타나는 민중 신명의 그 생동성·유기성을 잘 관찰하고 형상화할 필요가 있습니다. 마치 두레에서 신명(의욕)이 몸이(육체노동)과 일치·통일될 때에 집단적 춤일로 되고 영성적인 해방노동으로 되는 것과 같습니다. 이 춤과 춤일이 집단적이고 영성적인 해방노동으로 되는 것—이 두레의 체험이 바로 광대굿에서나 현장 민중에 있어서의 대중놀이에 있어서도 똑같이 준거 기준이 돼야 할 것입니다.

의욕이 바로 노동이요 노동이 바로 의욕이며, 의욕과 노동은 생명 활동에 있어서 애당초 하나요, 하나로 통일됩니다. 일에서와 같이 춤에서도 신명과 몸 또는 몸짓, 즉 육체는 하나로 통일돼야 하며, 하나로 통일되는 거대한 굿을 우리는 '천지굿'·'개벽굿'·'생명부활'이요 '천지개벽'이라고 부르는 것입니다. 춤과 일의 '통일일'이며 동시에 일과 춤의 '통일춤'이 바로 이 '굿'입니다. '천지굿'입니다.

민족미학의 탐색*

_율려운동과 고대로부터 비전

◈ 막히면 근본으로 되돌아가라

최근 들어 문화가 정치나 경제보다도 오히려 중핵의 위치로 이동하고 있고, 문학담론들이 새 시대에 대한 새로운 해석이나 새 시대의 민중론으로 이어지고 새로운 시민운동의 형태나 지역운동의 형태를 모색하는 작업으로 다양하게 나타나고 있습니다. 또한 소위 제3섹터로서 정부나 기업에 대응하는 새로운 창조적 역할이 기대되기도 합니다.

하지만 세계정세는 혼란스럽기 짝이 없습니다. 미국은 호황을 누리고 있는데도 불구하고 전 세계 민중은 곤고하고 빈부격차가 날로 심해집니다. 자본주의에 대한 대안은커녕 지금 당장 헤지펀드의 작동을 제한하는 경제적 조치도 취할 수 없습니다. 대불황과 기상이변이 일어나고 있습니다. 여기에 대해서는 대체로 자연과 사회를 하나로 보아야 한다는 의견이 지배적입니다. 그러나 이러한 의견들은 대개가 인간의 내면적 삶은 꼭 빼먹습니다. 이 세 개의 주제를 하나로 연결하는, 보편적이면서도 다양하게

<hr>

* 이 글은 1999년 5월 20일 문예아카데미 강좌를 옮긴 것이다.

적용될 수 있는 포괄적인 담론에 대한 요구가 솟고 있습니다.

이에 반해 서구에서는 푸코와 들뢰즈 이후 창조적인 담론이 보이지 않습니다. 유럽의 많은 지식인들을 존경하지만 무엇인가 표류하고 있다는 느낌을 지울 수가 없습니다. 아시다시피 유럽 지식인들은 르네상스시대 이후 벽에 부딪힐 때마다 발칸과 희랍으로 돌아갔습니다. 그들이 고대에서 발견한 것은 교환시장과 민주주의의 여러 가지 형태였으며, 이후 서구사회는 이를 변용變容하면서 자본주의체제를 발전시켜 왔습니다. 이것이 유럽에서 성장하고 아메리카에서 정점에 도달하고, 지금은 전 세계에 그 틀을 강요하고 있는 실정입니다.

한국의 지식인들은 위기에 부딪히면 서양으로 건너가 그들의 담론들을 카피해 오고는 했습니다. 그러나 서구 지식인들이 이제 발칸이나 희랍에서 새로운 세계체제나 구원에 대한, 즉 자연과 사회뿐만 아니라 인간의 내면까지도 구원할 수 있는 비전을 발견할 수 없다면 어떻게 해야 할까요?

하늘 아래 새것은 없다고 하죠, 막히면 근본으로 되돌아가는 거지요. 동양에서는 '원시반본原始反本'이라고 하는데, 이것은 자연의 이치입니다. 한국의 지식인들도 오히려 희랍이나 발칸의 사원이었던 동아시아, 중앙아시아, 바이칼, 티베트 북부, 중국, 만주, 한반도를 가로 지르는 인류 시원의 문명, 한 문명, 태양 문명으로 되돌아가 볼 필요가 있습니다.

짐작진대 9천 년 전, 고고학적으로 증명되기는 5천 년 전의 고대의 시원 아시아문명으로부터 미래의 정치·경제적 세계체제, 문화적인 세계질서, 인간 내면의 평화 완성, 다양한 개성을 꽃피울 수 있는 새로운 문명, 다양한 문명이 공존할 수 있는 새로운 지구적 질서의 단서를 찾아낼 수는 없겠는가, 그럴 용의는 없는가, 매번 불성실하게 서양에 가서 구걸할 것이 아니라 우리의 고대로 가보자는 것입니다.

뜻이 있으면 길이 열립니다. 사람의 뜻은 좌우로 갈라설 때 결정됩니다.

지금이 바로 갈림길이고 위기입니다. 수운은 "하느님이 뜻을 품으면 금수 같은 세상 사람도 어렴풋이 안다"고 말했습니다. 아무리 금수 같은 미련한 백성이라도 하느님이 뜻을 두면 그것을 대강 안다는 것입니다. 동학에서 원형 계시의 내용이 있었습니다. 그 작은 뜻을 미루어 5천 년 전의 탐색 여행을 시작할 수 있습니다. 이 과정에는 물론 오류가 많겠지만 기왕이면 우리가, 고대의 확고한 지식을 가지고 떠나려고 합니다.

서양에서 수세기에 걸쳐 진행되어 온 르네상스 물결은, 서양을 부강하게 하고 새로운 세계의 중심을 만들고 세계화하는 데 기여했습니다. 이제 그쪽의 영향이 끝나가는 때, 동방이라기보다는 인류 시원의 고대로 거슬러 올라가 인류가 공동으로 참가하는 대탐색 작업을 시작하고, 그로부터 미래 체제에 대한 인류 전체의 전망을 살피며 자연과 사회와 인간의 긴밀한 연계를 통합적으로 해명할 수 있는 새로운 비전을 찾아내는 운동을 하자는 것입니다. 이 과정에서 우리 민족의 남북 간 문제나 민족의 정체성, 단군이 역사적 인물이냐 신화적인 인물이냐 따위의 사소한 문제도 함께 해결될 수 있다고 봅니다.

이러한 세계적 대장정을 우리가 조직하고, 민족미학의 핵심은 무엇이며 민족정신은 19세기에 어떻게 살아났는가, 또 지금은 어떤 의미를 갖는가를 살펴보고 중국의 여러 사상들과 서구의 여러 가지 과학들과의 대종합을 시도할 때라야 우리 민족의 웅비도 가능해질 것입니다. 예를 들어 수운水雲, 증산甑山, 일부一夫 등의 19세기 민중적 사상은 물론 단군시대의 신시神市와 화백和白의 그림자, 그 이전의 신선도 그림자 등을 찾아보자는 것입니다. 이를 위해서는 우리가 현재 알고 있는 지식·정보만이 아니라 어떤 타임캡슐을 타고, 어떤 아이디어를 가지고 고대로 여행할 것인가가 중요합니다.

◆ 정신병 치료를 위한 고대의 탐색

우리는 우리의 고대를 잘 모릅니다. 그동안 저는 소위 개벽開闢사상, 민족주체사상을 찾았다고 굉장한 자부심을 가졌지만, 단군에 대해서는 잘 몰랐습니다. 앞으로 여러 가지 운동을 전개하겠지만, 정신병을 극복하기 위한 정신치료운동을 위해서라도 고대에 대해 알 필요가 있습니다.

우리가 고대를 잘 모르는 것은 일제치하 때 일본인들이 "단군, 즉 곰의 자손인 조선인은 조선인의 역사를 모르게 하라"는 지시 아래 단군에 관계된 것은 다 몰수하고 그 자료가 지금도 일본의 국가도서관에 그대로 밀폐되어 있다는 역사와 직접적인 관련이 있습니다. 게다가 해방 이후 내내 상고사上古史는 전부 허구로 가득 차 있고 회복해 봐야 별 거 아닌 것으로 교육을 받아왔습니다. 하지만 이제 단군을 제고하고 상고사 연구를 부활해야 합니다.

약하기는 하지만 고고학적 발굴이 조금씩 드러나고 있습니다. 어떤 신화神話가 47대까지 왕위 계승을 합니까? 신화라도 좋습니다. 신화라도 그 안에 보물이 있습니다. 이제 고대로 돌아가기 위해서는 과학적인 검증만이 아니라 환상 체험에 대한 분석까지도 동원해야 합니다. 인류로서, 한민족韓民族의 젊은이로서 인류의 시원을 발견하려는 작업을 스스로 외면한다면, 시원始原의 문제는 '억압된 것의 복귀'와 같이 다양한 형태의 '민족적 정신병'으로 되돌아옵니다. 그럴 경우, 이 문제들은 재야 사학자들의 울분 형태로 끝나거나 아니면 김진명의 『무궁화꽃이 피었습니다』와 같은 쇼비니즘으로 전락하거나, 그것도 아니면 박정희 숭배자들의 새로운 형태의 팽창주의에 이용됩니다.

고조선 역사를 실제 역사로 전위시키고, 고조선의 '신시神市'를 발굴하고 재해석하여 현대적인 '성스러운 시장'—획일적 계획주의와 무정부적 경쟁시장을 동시에 넘어서는—을 구성해내야 한다고 봅니다. 그때의 경제체제, 소위 신적인 지위를 가지고 있는 경제공동체의 기본 내용은 무엇인지 살펴보아야 합니다.

동대문시장, 남대문시장은 IMF 때 다른 곳에 비해 영향을 적게 받았어요. 왜냐하면 그곳은 마치 질긴 풀뿌리처럼 얽힌 호혜互惠와 공제共濟적인 계조직이기 때문입니다. 고조선의 신시는 호혜 시스템과 교환질서가 하나로 습합되어 있었다고 보입니다. 이것은 현 세계를 억압하고 있는 자본주의 금융시장에 대한 강력한 대안이 될 수 있습니다.

생태계 파괴까지도 비용을 지불할 뿐 아니라 아예 파괴를 사전에 예방할 수 있는, 소득이 아니라 자본으로, 자본이 아니라 생명으로, 생명이 아니라 영성靈性으로, 영성이 아니라 신적 존재로 생각할 수 있는 새로운 질서가 경제 질서로 정착할 수 있는 '성스러운 시장'에 관심을 가져야 합니다. 이것이 고대로 여행하는 우리가 타고 갈 과학적 장비의 바로미터입니다.

21세기는 '문화의 시대'라고 하고, '문화'가 정보화 시대의 콘텐츠웨어의 핵심어로 등장하며, 소위 정보화 시대 이후에 도래한다는 창조화 시대의 핵심 내용으로 '미학적 생산성 및 창조적 아이디어'의 중요성이 부상하고 있습니다. 하지만 그와 동시에 디지털 비디오와 컴퓨터 아트 등이 일반화하는 가운데 기호와 이미지의 범람이 무분별하게 가속화되고 있습니다. 거기에 더해 깨달음이나 영적인 내용까지도 상업화하려고 하는 아주 악랄한 문화자본주의가 등장했습니다.

언론·정부·문화자본이 합작해서 사람들을 병들게 만듭니다. 대통령은 '햇볕론'을 떠들지만 <쉬리>는 쳐부수자고 하고, 젊은이들은 PC 게임방에서 밤을 지새우며, 비트는 더욱 급해지고, 죽음과 폭력과 권태를 다룬 내용이 범람합니다. 참으로 우리 문화가 썩었습니다. 그렇다면 과연 이것도 문화라고 부를 수 있을까요?

문화로부터 새로운 시대의 정치·경제·세계 체제에 대한 비전이 나와야 한다고 합니다. 그렇다면 문화 안에서 어떤 미학적이고 윤리적인 부분을 집어내야 그로부터 사회적 모럴이나 사회적 에토스가 나오고 정치 · 경제 · 사회적인 대개혁을 감행할 수 있을까요? 지구질서와 지구생태계와 지구생태계를 둘러싼 우주의 정기가 이상합니다. 영하 50도에 달하는 추위가 오고 해수면이 급격히 상승하고 있습니다. 과연 생명운동, 환경운동의 근본이 될 수 있는 문화적 신념, 삶의 양식이 있을까요?

지금 독일 환경운동이 전 세계적인 담론의 핵심으로 떠올랐습니다. 그중에 가장 중요한 것이 근본생태학과 사회생태학인데, 이 둘의 긴 논쟁의 초점은 '인간의 재규정'입니다. 자연, 문화, 사회에서 인간이 무엇이냐를 재발견해야만 지구적인 환경문제의 전체를 시민적인 일상의 삶의 내용으로 끌고 올 뿐만 아니라 시민적 삶의 집약적 표현인 정치문제로 부상시킬 수 있습니다.

하지만 지금 우리와 환경운동은 생태학에 입각한 것이 아니라 개량적인 환경보호 작업에 불과하며 실질적인 생태운동으로 볼 수 없습니다. 진정한 생태학이란 인간의 영성에 기초해서 자연과 사회와 개인의 삶을 새롭게 하는 것입니다. 생태학에서 가장 중요한 초점으로 떠오르는 인간의 재발견, 이것을 수행하기 위해 고대로부터 어떻게 도움을 얻을 수 있겠는가 하는 논의의 초점이 필요합니다. 고발 · 고소도 필요하지만 다른 한편으로는 생태계문제와 시민생활이 실제적으로 연관이 있어야 합니다. 또 환경의 변화와 인간의 내면적 평화가 맞물려야 합니다.

지금 시민단체의 활동이론은 하버마스 식의 합리적 의사소통론에 기초해 있습니다만, 이것은 인간 삶의 총체적 역동적인 과정과는 따로 놉니다. 법적인 문제, 시민들의 권리문제를 생태적인 문제로, 일상적으로 숨 쉬고 물마시고 밥 먹는 문제로, 대화하는 문제로, 인간과 인간 사이의 주관적인 문제로 통합해낼 수 있는 비전이 고대에 있는가 하는 점이 문제입니다.

있습니다. 우리와 직접적으로 관계된 것이 '풍류도'입니다. 최치원 선생이 비문碑文에 쓴 서문 중에 이런 말이 있습니다.

> 국유현묘지도國有賢妙之道—나라에 현묘한 도가 있다.
> 왈풍류曰風流—그 이름이 풍류다.
> 포함삼교包含三敎—애당초부터 유불선儒佛仙 삼교를 아울러 가지고
> 있으며,
> 접화군생接化群生—인간뿐만 아니라 동식물, 무기물까지 우주만물
> 을 가까이 사귀어 감화시키고 변화시키고 진화시켜 해방하는 것이다.

이것이 풍류風流의 본질입니다. 여기서 중요한 것은 '접화군생接化群生'입니다. 이는 생명·환경운동의 핵심이요, 뼈대입니다. 자본주의는 자연을 삶의 터전으로 보지 않고 소득으로 보기 때문에 아무 가책 없이 망가뜨리는데, 하물며 자연을 생명·영성·마음을 가진 형제로 볼 수 있겠습니까?

토지, 신용, 노동, 문화, 네 가지만은 사실상 사회에서 상품화되어서는 안 되는 것입니다. 노동은 인간과 자기 자신 사이의 관계이며, 신용은 인간과 인간 사이의 사회적 신뢰입니다. 이것들이 비인간적인 금융이 된다고 생각해 보세요. 토지는 인간과 자연 사이 생태적인 관계입니다. 변경될 수 없어요. 인간과 자연 사이를 소유관계로 보면 안 됩니다. 시골의 나무 한 그루, 물속에서 노니는 송사리 한 마리가 자기 삶에 들어오면 모든 것이 형제요, 동포요, 동학에서 이야기하는 '물오동포物吾同胞'입니다. 그만큼 세계가 넓어져요.

저는 아직도 민중주의자이지만, 예전에는 시골 농부들이나 노동자는 굉장히 민중적일 것이라고 생각했습니다만 이제는 다 옛날이야기입니다. 시골에 가면 농부들이 도시 사람들보다 더 심하게 토지를 자기 자본이라고밖에 생각 안 해요. 노동이 자아실현의 수단이라고 말하는 사람은 이제

바보, 마르크스주의자, 멍청한 놈으로 간주됩니다. 노동은 이미 생계수단
도 아닐뿐더러 인간관계가 금융시장으로 전락해버렸습니다. 인간과 인간
사이에 돈 놓고 돈 먹기만 남았습니다. 근대 경제학, 근대국가, 근대과학
이 망쳐 놓은 게 이런 것들입니다.

자본주의는 시장원리에 의해, 사회주의는 명령체계에 의해 황폐화되
었습니다. 문화도 종교적 신념도 상품화되어 버리는 지금, 토지와 인간,
인간과 인간, 인간과 노동, 인간과 영성, 이 네 가지 관계를 지역의 생명경
제학에 뿌리내리고 탈상품화시키려는 새로운 노력이 시급합니다. 여기에
문화운동이 개입하고 국가 기능의 개입과 재조정이 필요합니다. 그러나
어려움이 있습니다. 동질적인 화폐가치로 묶이는 대신 다양한 맥락에 따
른 다양한 사용가치들이 활성화되게 해야 합니다만, 동시에 폐쇄적이고
자급자족적인 경제로 고립화되어서는 안 되며, 반대로 일정하게 교환질
서를 유지하면서 세계시장과의 역동적인 관계를 유지해야 합니다.

이러한 어려움이 있지만 최근에는 물질적 가치보다는 생명적 가치, 경
제적 가치보다는 영성적 문화적 가치가 올라가는 추세입니다. 예를 들면
장인적인 기술이 오래도록 전승되어 있는 볼로냐 같은 지역도시들의 장
인적·문화적 경제가 유럽을 떠받치는 큰 힘이 되고 있습니다. 그 경제에
는 익숙한 질감, 예술적인 디자인에 들어 있는 전통적 요소, 문화적 가치,
생명적 가치가 포함되어 있기 때문에 가능한 일입니다.

이러한 전통적인 지역의 생명경제에 토대를 두고 지역과 기업, 국가를
넘어서는 초국적 시민연대를 이룩하여 미국 중심의 세계금융시장을 전향
시키는 새로운 운동을 이루자는 것입니다. 고대의 '신시神市'가 이러한 연
대에 아이디어를 보태주리라고 생각합니다. 이것은 제3섹터로서의 시민
사회, 주민운동이라는 지역경제에서의 생명가치, 제3의 문화적 가치가
서로 연결되는 새로운 사회적 경제체제일 것입니다.

외면적인 개혁을 해봐야 사람 마음보가 변하지 않으면 마찬가지입니

다. 최치원의 '접화군생'은 생명운동이자 예술의 기본정신입니다. 예술을 잘하면 생명운동을 잘하는 것입니다. 사람뿐만 아니라 동식물도 무기물도 '마음'이 있어요, 무기물도 라이프 폼life form을 만들어요. 돌도 자기조직화 방식으로 흙을 쌓아요, 소위 양자역학의 충격 이후 물리학이나 생물학만 변한 것이 아니라 진화론도 많이 변하고 있습니다. 그 돌처럼 잠든 마음을 감동시키고 진화시키고 완성시키는 것, 이것이 예술의 가장 높은 목표죠. 이것이 생명운동이라는 말입니다. 마음이 변해야 진짜 변혁입니다.

민중이란 옛날부터 이중적입니다. 조선시대에는 피난과 변혁을 동시에 요구했고, 환경시대에는 자연보호와 개혁을 동시에 요구합니다. 이러한 변덕을 당해내야 종교든 정치든 예술이든 제대로 이루어질 수 있습니다. 이러한 변덕이 바로 '인간의 마음'입니다. 인간의 마음이란 본래 환하다가 캄캄해지고 캄캄하다가 환해지는데, 이것이 생명과 똑같아요.

그레고리 베이트슨의 『정신과 자연』이라는 책에 보면 '아니다'와 '그렇다', 차원이 바뀌어도 바뀐 차원과 기성의 차원의 관계가 다시 '아니다'와 '그렇다'라는 주장이 있습니다. 다니엘 벨이 "컴퓨터와 생명에는 변증법이 없다"라고 말한 것도 비슷한 이야기입니다. 제3의 종합을 주장하는 변증법이 아니라 '아니다—그렇다'가 계속 작동하는 전혀 다른 논리를 주목해 보아야 합니다. 저는 이 논리에 근본생태학과 사회생태학의 긴 논쟁의 초점과 지구생태계 문제와 정치 문제를 함께 끌어들일 수 있는 철학적 바탕이 있다고 봅니다.

1917년 묘향산 석벽에서 탁본拓本으로 발견된 『천부경天符經』은 고조선시대, 신시시대의 텍스트입니다. 여기에 '인중천지일人中天地一', 즉 사람 안에 천지가 통일되어 있다는 것인데, 이것이 바로 '홍익인간弘益人間'입니다. 단순히 인간만이 아니라 동식물, 삼라만상에 대해 널리 유익한 인간을 홍익인간이라고 하지요. 『천부경』의 천지인天地人은 삼극 질서를 지칭하면서 동시에 인간 안에 천지인 세 가지가 하나로 통일되어 있다는 점을 강조합니다. 인간 안에 자연과 신적인 우주가 있을 뿐만 아니라 물질적이면서 정신적이면서 영적인 방식으로 통합되어 있다는 것입니다.

수운은 새로운 '천지인 삼재론'을 내세웠습니다. 천天은 오행五行, 즉 우주 구성의 물질적 상징으로서, 오행의 강綱, 벼리, 대강, 개념. 원칙, 법칙이라는 뜻입니다. 지地는 땅, 즉 오행의 바탕으로 물질, 질료, 가시적인 것들입니다. 인人은 오행의 기氣, 진화의 주체, 즉 생명입니다. 기氣 안에는 물질, 생명, 마음이 다 들어갑니다.

서화담은 "기는 가시화되면 물질이요, 그 움직임은 심心이요, 그 미묘함은 신神"이라고 했습니다. 기는 절대로 유물론과 같지 않으면서도 유물론에 기초합니다. 유물론적이면서 유심론적이면서 유신론적인, 모든 진화의 기초입니다. 이 기는 최종적으로는 인간에 의해 완성됩니다.

이 삼재관은 김일부金一夫의 『정역正易』에서는 '황극인皇極人'으로, 들뢰즈에 있어서는 '개념적 사유와 과학적 기능과 감각적 창조'라는 삼항일치, 삼혼합으로 나타납니다. 또한 들뢰즈는 다시 철학은 비철학적으로, 과학은 비과학적으로, 예술은 비예술적인 것과의 관계 속에서만 제대로 실현될 수 있다고 주장합니다. 이것이 바로 3수와 2수의 결합, 우리 민족 전통문화의 핵심원리이자, 우리 사상과 중국 사상의 결합 · 대결 원리이면서 수운과 들뢰즈가 만나는, 동양과 서양이 만나는 지점이기도 합니다.

증산은 '천지공사'를 이야기합니다. 인간의 주동적 개입에 의한 우주질서의 재조정을 이야기합니다. 우리는 이것을 새로운 문학적 비전으로 재개념화해야 합니다. 인간이 능동적으로, 문학적으로 과학적으로 지구, 우주를 재조정할 수 있다는 꿈을 꾸어야 합니다. 즉, 너와 나 사이에서만 소통을 형성할 것이 아니라 동식물, 흙이나 물과 함께 텔레파시적 커뮤니케이션에 이를 수 있도록 해야 합니다. 이런 전망 하에서 교육하고, 예술작품이 나오고, 담론을 형성한다면 큰 깨달음은 얻지 못한다 하더라도 앞으로 그 세대, 3세대쯤 가면 먼저 남과 대화하려 할 것이고 흙을 만지더라도 지금처럼 다루지는 않을 것입니다.

우리는 모든 만물과 파트너십을 가져야 합니다. 수운의 첫 깨달음은 '오심즉여심吾心卽汝心', 내 마음이 네 마음이라는 것입니다. 이것은 단순히 인간 사이가 아니라 우주핵과 존재핵 사이의 관계로, 오늘날 세계가 애타게 기다리는 '사회적이자 동시에 우주적인 공공성'의 기본입니다. 이것이 천지공심天地公心이며, 천지공사의 조건입니다.

우리 사회에서도 최근 동아시아에 대한 관심이 부쩍 커지고 있습니다. 하지만 동아시아적 가치를 막상 따져보면 혼란스럽기 짝이 없습니다. 동아시아적 가치를 따지더라도 척도가 필요합니다. 단군시대 사상의 부활로서의 19세기 민중적 개벽사상이 바로 그 척도가 되어야 한다고 봅니다. 바로 이 19세기의 새로운 개벽적 가치관에 기본을 두면서 유불선과 기독교와 서양 과학사상 등을 해체하고 재구성해야 합니다.

인간사회의 진화는 도덕의 진화이기도 하지만 일정한 시대에 중요했던 도덕은 시대가 지나도 유효합니다. 그러나 충효忠孝는 좀 다릅니다. 중산은 1905년에 "충忠이 나라를 망치고 효孝가 가정을 망치고 열烈이 부부를 망친다"고 말했습니다. 아시아에는 유교儒敎만 있는 것이 아니라는 소리이기도 합니다. 천지공심天地公心을 통해 새로운 전 지구적이고 우주사회적인 공공성이 형성된다면 시민운동 안에 생태계문제가 포함될 수 있다고 봅니다.

신비가로서의 최수운은 하느님의 계시를 받고 5만 년의 큰 대세를 역전시킬 혁명가로서 새로운 공적 질서를 건설하려고 했습니다. 해체되는 동양 문명의 말기에 서양이 대포를 들고 쳐들어올 때의 그 위기와 그 공포는 상상을 초월하는 것입니다. 6년에 걸친 콜레라, 7년에 걸친 흉년과 굶주림, 북경의 함락과 아편전쟁 등 중국을 비롯한 당대의 세계 전체가 공포에 휩싸였고 해체되어 갔습니다. 이때 새로운 공적 질서를 세우려 했던 이가 바로 최수운입니다.

이제는 밥 굶는 시기도 지났고 서양에서 배울 만큼 배웠으니 우리 나름의 힘과 깨달음으로 새로운 공공성이론과 사회이론을 창조적으로 이루어 낼 시기가 되었다고 봅니다. 대체로 이러한 생각을 가지고 고대로 가면 더 많은 것을 얻을 수 있을 것입니다.

독특한 전승과 내면 생성의 역사는 뭉개지고 개인은 간데없습니다만 지금과 같은 전 지구화시대에 새롭게 주목해야 할 문화적 삶의 새로운 양식은 '유목민적 삶'의 양식입니다. 들뢰즈가 뛰어난 점은 역사에서 출발하지만 '내면적 생성의 시간에 입각한 민중적인 삶'을 함께 규명했다는 점입니다. 이것이 고정된 역사 기술과 정치이데올로기의 억압적 틀에 묶여 농간당해 온 사람들이 모두 느끼는 잃어버린 삶입니다.

고대 유목민들의 아이콘은 지역생태계와 삶의 관계의 역사, 신과 삶의 관계의 질서를 표상합니다. 이런 아이콘들이 최근 고조선 역사 발굴 과정에서 수없이 터져 나옵니다. 말하자면 고대 유목민들은 마을마다의 독특한 자연사와 마을 사람들 개개인의 내면적인 삶의 생성의 역사를 다 존중했다는 거예요. 즉, 남방적 농경정착문화와 북방적 이동유목문화가 다양하게 이중결합됐다는 것이지요. 이런 것이 하나의 비전으로, 미래의 세계적인 문화적 삶의 원형으로 투사될 때 미래가 어떻게 변할지, 나는 이것을 일단 '다양한 정착적 노마디즘의 비전'이라 부릅니다만, 고대로 갈 때 우린 이러한 것을 찾아가야 합니다.

◆ 깽깽이로 세계를 변혁한다.

증산은 "후천세상에서는 율려가 세상을 지배한다"고 말했는데, 이것은 바로 '고대질서의 회복'입니다. 고대로 올라갈수록 '소리'가 정치의 기본입니다. 중국이나 한국이나 마찬가지입니다. 소리는 단순히 희로애락의 소리가 아니라 우주의 리듬 변화와 인간 마음의 변화를 일치시키는 것입니다. 율려는 음양陰陽이며 12계절의 움직임을 담은 우주의 질서이고 희로애락과 오행, 궁상각치우宮商角徵羽 등 이 모든 것을 함축합니다. 음악에 기초한 시詩이며, 시에 기초한 율동이 율려입니다.

중국의 『예기禮記』를 보면 "나라가 망하려고 하면 음악이 썩는다"고 했습니다. 거꾸로 '음악이 썩으면 정치가 썩는다'는 뜻도 됩니다. 서양의 경우도 피타고라스 이후 음악을 중시했다는 것도 그 질서 때문이라고 생각됩니다. 고대에서는 음악을 가지고 정치·사회·경제의 제도를 평가했습니다.

우주를 살리려면 먼저 사람의 마음을 살폈던 옛 성인들의 역할을 지금 우리가 해야 합니다. 마음 안에도 율려가 있고 우주 안에도 율려가 있습니다. 수운의 '오심즉여심'의 원리입니다. 우주적 공공성, 생태계 회복, 자연과 사회와 인간의 통일적 해결, 새로운 홍익인간, 인간의 재규정이 율려에 있습니다. 율려는 역동과 균형, 균형과 역동이 동시에 상호작용하면서 그 배후에서부터 새로운 무궁한 성스러운 삶이 생성하는 창조적 질서를 함축합니다.

지금은 카오스시대입니다. 음악을 통해서 인간과 우주의 관계를 회복하고, 여기에 기초해서 사회적 예절과 질서와 문화를 세우고, 사회·정치·경제 제도를 바꿔 전 세계를 변혁하는 것이 율려운동입니다. 병든 인간, 사회, 지구와 우주를 치유하는, 대 의료 행위입니다. 깽깽이 하나 가지고 세계를 개혁하려 한다고 비웃을 수도 있습니다. 그러나 우리나라만 하더라도 대나무로 소리를 내어 사람 마음을 사로잡아 왜적을 물리쳤으며, 신라 때는 임금이 거문고 소리를 듣고 정치를 했으며, 악기가 발달하지 않았던 시대에도 동이족東夷族은 사흘 동안 춤추고 노래 부르면서 몸 안에 있는 율려로부터 비롯된 비전을 통해서 마을공동체 일을 결정했습니다.

우리나라의 『악학궤범』이나 중국의 여러 음악이론은 정치론이자 우주론입니다.

율려에서 중요한 것이 '중심음中心音'입니다. 율려는 12율인데, 6율은 양陽이고 6율은 음陰입니다. 여기에 궁상각치우가 붙는데, 그 중심음이 '궁宮'입니다. 이 중심음은 소위 천지황궁월天地皇宮月의 관계, 즉 우주의 핵과 존재의 핵, 사람의 마음과 하느님 마음의 관계입니다.

수천 년 전 주나라 성립 이후 중국 황제에 의해 율려의 중심음은 '황종黃鐘'으로 결정되었습니다. 황종은 양陽입니다. 그리고 하늘, 건乾괘입니다. 『주역』 전체를 보면 군자君子의 처신법이나 성인 지배를 일관적으로 다루고 있어 학생 때부터 이것만 보면 심기가 뒤틀렸지만, 이제 와 보면 이 안에 깊은 질서가 있다는 것을 깨닫습니다.

그렇다면 우주율려는 지금도 황종 중심이냐? 지금도 주역적인 질서나 코스모스, 로고스의 지배질서일까요? 아닙니다. 지금은 카오스와 에로스가 압도하는 시대이고, 군자 제왕들의 시대가 아니라 여성과 오랑캐 민족, 그리고 민중이 압도하는 시대입니다. 수천 년간 기독교가 굴속에 가둬놓은 우로보로스 뱀이 굴 밖으로 나오고 있으며, 제 꼬리를 제 입에 무는 순환적인 시간의 자기회귀 구조적인 새로운 시간이 등장합니다. 실체가 아니라 생성生成을 강조하는 주장은 오늘날 서구의 과학과 철학에서도 크게 일반화되고 있습니다.

"이 해체석인 시대에, 주체 자체가 소멸되는 시대에 계속 중심이라는 범주가 성립될 수 있는가" 하는 질문을 많이 받습니다. 중심을 찾자는 저의 노력이 젊은 지식인들에 의해서 새로운 권위주의로 비판받고 있습니다. 그래도 저는 믿음이 있습니다. 제가 새로운 중심이라고 생각하는 것은 일종의 '무질서의 질서'입니다. 이것이 한국미의 본질이라고도 봅니다. 시나위나 산조 민속음악의 해체적 무질서의 용납이지요. 이것은 우선 시조나 정가正歌나 정악正樂과는 다릅니다.

『예기』의 미학원리는 '시詩'인데 사람이 우주의 풍우風雨를 흉내 내는 것, 민지풍우民之風雨인데, 즉 '우주를 모방한다, 섬긴다'는 뜻입니다. 우리 민중의 미학원리는 사事가 아니라 '동사同事'입니다. 동사라는 말은 '동지'라는 말이에요. 김구는 『백범일지』에서 비슷한 말을 했습니다. '일을 같이 하는 동지는 서로가 동시에 섬긴다'는 뜻입니다. 내면성의 무궁신령한 생성을 돕고, 생성을 공경하고, 생성과 함께 생성하는 것으로 이는 '사事'의 단순한 모방과는 다릅니다.

수운의 시천주侍天主 주문 해석에서 나오는 이 '동사同事'는 사실 '사'이면서 '동사'로서 비스듬한, 또는 가로지르는 듯한 '사귐'이자 '섬기는 사귐', '섬기는 동역同役의 파트너십'입니다. 춤의 경우, '비정비팔非丁非八', '모둠발도 아니고 벌린 발도 아니다'는 민중적 미학원리는 노동 동작, 도약을 상징할 수 있는 미학적 원리로, 역동하는 우주적 생명 에너지, 신과 함께 뛰는 것입니다. 우리나라의 고대 예술원리의 핵심은 '신명'이고, 이는 곧 '생명 에너지'입니다, 지극한 기운입니다. 수운의 '칼노래 칼춤'을 보면 시호시호時乎時乎, 5만 년 만에 내 때가 왔다면서 기가 뻗치는데, 그 기의 생성을 공경하여 동역하는 것이 동사입니다. 내면에서 오는 에너지, 신과 함께 뛰는 것은 민족 민중의 중요한 미학원리입니다.

우리의 신神 개념은 서구와는 달리 단순히 초월적인 존재가 아니라 초월적이면서도 내재적인 기와도 같습니다. 수운에 오면 이 동사가 결국은 백성, 민중들의 자식 낳는 일과 노동하는 일 자체를 우주적인 사건이자 미적 원리로 승화시켜 놓습니다. 동학의 위대성이 바로 여기에 있습니다.

앞으로 민중시대가 자꾸 운위되고 카오스 민중, 다가올 민중, 대중적 민중, 세계적 민중과 같이 가슴 뜨거운 말들이 많이 나올 것입니다. 들뢰즈는 카오스시대에 단순한 구조주의의 틀을 벗어나 스피노자의 우주철학을 재생시키고, 또 프란치스코 식의 우주적 영성을 밀고 나가면서 우주적 민중론을 재구성했습니다.

1990년대에 들어 현실 사회주의의 붕괴와 함께 이전의 민중론이나 민족론 등이 모두 깨져버렸습니다. 이제라도 수운과 함께, 들뢰즈와 함께, 천부사상과 함께 새로운 민중적 중심을 세우면서 유불선을 비롯해서 기독교와 과거의 우주론들, 과학사상들 모두를 새롭게 재구성하고 재평가해야 됩니다. 이러한 종합적인 큰 노력이 없으면 인류의 미래는 어둡습니다.

20년 전 감옥에서 『동경대전』을 읽었는데, 하느님이 수운에게 계시를 주는 내용이 감동적이었습니다. 즉, 문명의 전환기에 새 삶을 결정할 수 있는 새 원리로서 인간 삶의 원형이 계시되는데 그것이 이중적이라는 것이 문제입니다.

> 오유영부五有靈符―나에게 영부가 있다.(여기서 영은 보이지 않는 질서이고 부는 보이는 질서입니다. 이런 점이 바로 『천부경』과 연결됩니다.)
> 무왕불복無往不復―한번 간 것이 다시 돌아오지 않는 법이 없다.
> 기형태극 우형궁궁其形太極 又形弓弓―그 모양이 태극太極이고 또 그 모양이 궁궁弓弓이다.

동학에서 홀수는 역동수입니다. 궁궁은 카오스, 역동수이고, 태극太極은 안정수, 코스모스입니다. 그런데 태극이면서 궁극이다, 둘이면서 셋이다라고 합니다. 『정역』에서는 정식으로 삼재양지三才兩之, 음양이면서 천지인 삼재三才라고 했습니다. 수운 이후 계속 쏟아지는 후천개벽론後天開闢論은 모두 3이면서 2입니다.

우리나라 전통사상의 구성원리는 삼재론三才論을 중심으로 한 음양오행론陰陽五行論의 습합입니다. 삼수분화와 이수분화의 이중결합니다. 하·은대의 동이족의 점괘에서 시작된 음양관에서부터 한漢나라 때 천문학사상으로 발전된 음양오행론과 민족 고대의 삼재론을 중심으로 습합된 것입니다. 이는 곧 카오스적인 것이 궁극적인 원리이지만 이것이 동시에 코스모스적인 질서를 포함한다는 것이죠. 이런 관점에서 보면, 카오스적인 세계에서 카오스 자체의 무질서에 빠지지 않고 검증되고 관찰된 드러난 질서만의 과학적인 카오스이론에 휘말려버리지 않고 그 가운데 보이지 않는 숨겨진 복잡한 질서를 또한 찾을 수 있겠는가가 새 시대 과학의 초점입니다.

전통적인 율려의 관점에서 보면 중심음은 황종입니다. 우리나라 음악의 3대 구성은 아악雅樂, 정악正樂, 속악俗樂입니다. 그런데 문제는 신라 때부터 궁중예술가들이 황종黃鐘 자리에서 '협종夾鐘'을 연주했다는 것입니다. 황종이 건乾이고 코스모스이고 높은 음이라면, 협종은 곤坤이고 카오스이고 낮은 음입니다. 황종이 흰 건반이면 협종은 검은 건반입니다. 그런데 일제 말 악기 개량 이전까지는 속악 산조도 전부 협종을 중심으로 연주했다는 점입니다.

무질서하면서도 질서가 있는 것을 들뢰즈는 카오스모스 혹은 카오이드라고 했고, 그의 동료였던 펠릭스 가타리는 카오스모시스라고 했습니다. 이 무질서의 질서가 바로 인간의 마음 안에 있습니다. 역동과 균형이란 하나는 뛰고 하나는 자제하고, 역설의 시대에 세계화화면서 지방화하고, 지방화하면서 보편화하고, 개성화하면서 보편화하는 것을 말합니다. 수운의 '불연기연不然其然', 테야르와 베르그송과 그레고리 베이트슨의 '아니다—그렇다', 이것이 현대의 새로운 생명의 진리입니다.

◆ 율려의 중심음을 찾아

19세기 개벽사상과 고대의 율려를 강조한 것은 19세기 자체, 고대 자체에 집착하자는 것이 아니고 오늘의 관점에서 새로운 척도를 세워서 과거를 다시 보자는 것입니다. 새로운 신적 창조력, 치유기능을 가지고 있는 것이 우리 몸 안에 있는 율려입니다.

최근 '뇌의 기능이 온몸에 퍼져 있는 것이 아닌가' 하는 가설이 제기되고 있습니다. 실제로 뇌의 명령 없이 신체가 반응하는 현상은 바로 단전과 7백~8백여 개의 경락의 작용 때문이라고 나는 봅니다. 경락經絡은 신적 에너지이며 마음을 동반하는 에너지로, 눈에 보이지 않습니다. 단전丹田과 마찬가지입니다. 뇌의 기능이 온몸에 퍼져 있다면 심신과 영육靈肉 분리는 사라집니다. 들뢰즈나 메를로퐁티처럼 신체와 두뇌의 이중분석이 필요 없습니다.

영적 내용을 동반하는 에너지, 기氣 또는 신기神氣, 지기至氣 이 안에 카오스적이면서 코스모스적인 것이 살아 있습니다. 협종적 황종을 연주하고 춤추고 노래 부를 때, 수운이 칼노래를 부르고 칼춤을 춘 것은 '전투적 율려'입니다만, 『천부경』의 천지인天地人 원리로 구축된 '시천주조화정 영세불망만사지侍天主造化定 永世不忘萬事知'의 삼박자 그 자체가 이미 이중적인 것을 함축하고 있습니다.

우선 『주역』의 협종 부분의 「상전像傳」을 보면 황상원길黃裳元吉, '누런 치마를 입으면 매우 길하다'고 나와 있습니다. 누런 치마란 천자天子 위치에 들어가서 누런 치마, 즉 재상宰相의 옷을 입고 세상을 다스리면 매우 길하다는 뜻으로, 선천시대 점령했던 문화의 높은 위치를 바탕으로 이 안에 새로운 질서가 들어갔을 때 으뜸으로 길하다는 것입니다. 이것이 황종(코스모스) 위치에 협종(카오스)이 들어가는 것으로 보이며, 선천의 태극 위치에 후천의 무극이 들어가는 것으로 보입니다.

김일부의 『정역』에서 태극의 코스모스적 질서와 새로 생성되는 숨겨진 질서, 개벽적 질서로서의 '무극無極'을 인간 안에 통합하는 것이 새 시대 성인의 황극皇極이라는 것으로, 이것이 제3원의 논리입니다. 변증법은 보이는 차원의 이것과 저것 사이의 통합 내지 상호 길항관계를 봉합하는 것이지만, 이 제3원의 논리는 드러난 세계와 보이지 않는 세계의 습합이나 현 차원을 견인·조정·비판하고 스스로 생성하는 숨겨진 생명의 무궁신령한 새 질서입니다.

지금 세계는 숨겨진 새로운 카오스 질서가 드러나 돌아다닙니다. 우리를 둘러싼 우주계의 엄청난 혼란과 카오스 앞에서 어떻게 구성된 이론으로 대응할 것인가? 수운은 '비흥比興'에서 '흥비興比'로 바뀌는, 숨겨진 질서에서 보이는 질서로 바뀌는 각비覺非의 무서운 문화혁명, 의식숙청 이야기를 했습니다. 이때 생성하는 것이 존재핵과 우주핵의 무궁한 생성적 일치, 무궁한 생성적 창조관계입니다. '아니다'와 '그렇다', 숨겨진 질서와 드러난 질서, 비흥과 흥비, 그 복잡화된 그늘이 신화神化 율려이고 여율呂律이며 신령한 카오스모스이며, 신령한 협종적 황종이니, 바로 다름 아닌 '흰 그늘'입니다.

서양의 혁명은 낡은 질서를 깨고 새로 성립하면서 모험과 피와 수많은 시행착오를 겪으며 새로운 질서를 세웠지만 그것은 인간의 황폐, 도덕의 황폐, 그리고 세계의 황폐를 가져왔습니다. 여기에 비해서 동양의 후천개벽사상은 후천을 중요시하되 선천을 가까이 끌어들이는 의학적인 전환질서입니다. 그러니까 김일부의 새로운 역술체계인 『정역』은 『주역』의 상호보완작용이 없으면 해설할 길이 없게 됩니다.

그래서 수운이 "수심정기守心精氣, 즉 가장 중요한 카오스적 기의 수련, 마음과 몸의 수련은 유아지갱정唯我之更定, 내가 새로 정한 것이고, 인의예지仁義禮智는 선성지소교先聖之所敎라, 인의예지는 공자의 가르침"이라고 했습니다. 이것이 선후천 통합의 원리인 포오함육包五舍六의 이치입니다. 앞으로 과학적 탐색에 의해서 카오스에 접근했을 때 이것을 원용한 정치경제론, 문화론이 미래 세계의 좋은 대안을 제시할 것입니다. 이것을 미학과 예술에서는 '흰 그늘'이라고 합니다.

『주역』과 『시경』에서 문채는 아름다움이며 그 안에 미적 질서가 있습니다.『주역』의 곤坤괘의 협종 해설에서 '황상원길' 즉 협종이 황종 위치에 들어가면 '문재내야文在內也'라 했는데, 이 문채, 무늬가 최고의 성스러운 미적 질서인데 그것이 안에, 즉 숨겨진 내면성의 질서 속에 살아 있다가 제3의 차원으로 창조·생성된다는 이야기가 됩니다. 이것이 '흰'빛인데, 우리 민족 최고의 미의식이지요. 흰빛이, 최고의 성스러운 미적 체험이 그늘로부터 솟아나옵니다. 예술에서 '그늘'이 왜 중요할까요? 그늘은 신산고초가 없으면 만들어지지 않습니다. 피나는 수련을 하지 않으면, 고생을 하지 않으면 그늘이 깃들이지 않습니다. 그늘이 깃들이지 않으면 인생의 희로애락과 자연과 인간, 인간과 인간, 가족과 자신, 자신과 자기의 관계를 표현할 수 없습니다.

흔히 판소리에서도 최고로 치는 소리는 타고난 아름다운 목청이나 맑고 곧은 소리가 아니라 그늘이 깃들인 껄껄한 '수리성'입니다. 이것은 우리 민중 미의식의 훌륭한 점이기도 합니다. 전라도 무지렁이 시인인 송수권은 이렇게 읊었습니다. "그늘은 우주이다/좋은 시인은 그늘을 갖는 법/언 땅에서 자라나는 달빛만이 그늘을 갖는 것/그늘은 우주를, 우주는 그늘로부터 생성하는 것."

윤리적 차원에서 보자면 인생의 신산고초를 겪은 사람이 스스로 인생을 견디고 견인하면서, 승화시키는 삶을 살면서 새로운 이상적 삶을 건설할 능력을 가졌을 때 그늘이 있다고 이야기합니다. 문제는 그늘은 한恨이 없으면 형성되지 않는다는 것입니다.

우리 민족을 한이 많은 민족이라고 하죠, 저 또한 이제 늙었지만 호흡이 긴 문화운동으로 다시 시작하겠다고 생각합니다. 이것도 한입니다. 그런데 요새 젊은이들은 한이 깃들일 여지도 없이 풀어버리기에 급급합니다. 성주풀이, 생명풀이, 신명풀이……. 원래 한은 신명풀이로 풀어야 되지만 푸는 것만이 다가 아닙니다. 민중문화는 그렇게 표피적이지 않습니다.

우리 민족은 풀기보다 삭였습니다. 참고 누르고 관용하고 이해하고 너

그렇게 싸안고 끓고……. 이것은 굉장한 인욕정진人辱精進을 필요로 합니다. 이렇게 했을 때 더 깊고 더 길고 더 넓은 힘이 나옵니다. 풀기만 하면 예술이 멜로드라마처럼 쉽게 해소되고 절대 진지한 매듭에 못 이릅니다. 판소리 기교 중에 소리를 주고받는 최고의 기교요 수련으로서 시김새라는 것이 있습니다. 삭여야 고도의 테크닉이 나옵니다. 삭이지 않고는 발효된 김치의 참맛을 볼 수 없습니다.

◆ 흰 그늘을 통한 깨달음의 길

문화의 시대의 흰 그늘, 예술과 미학을 통한 깨달음의 길을 찾아야 합니다. 벤야민이 사진의 발전 이후 대중 복제예술에서 사라졌다고 말했던 '아우라'를 이제 대중문화 속에서 회복해야 합니다. 아우라와 대중오락을 함께 가져가는 과정을 통해 만인 성인 시대, 모든 민중이 깨닫는 시대가 오리라고 봅니다. 낡은 엘리트적 수련방법으로는 세계는 변하지 않습니다. 제가 율려를 강조하는 이유가 바로 여기에 있습니다.

아방가르드 문화예술의 기본 중심음이 새로운 카오스적 질서를 깨달을 수 있지만, 이 가치는 대중 복제기술, 즉 컴퓨터와 디지털 테크, 사이버, 영화, TV 드라마를 통해 드러나야 합니다. 이렇게 기계과학과 미학의 새로운 결합을 가능하게 해주는 원리를 정역적 주역의 미학적 전용轉用을 통해 얻어낼 수 있다고 봅니다. 대중 복제예술 가운데서 아우라 같은, 혹은 카오이드 같은 신령한 질서와 무질서의 아름다움을 표현하는 것이 바로 '그늘' 또는 '흰 그늘'입니다.

현 시대의 신神은 신산고초를 겪는 과정에서 달관한 개인의 삶, 그 자체에 내재합니다. 서구식의 초월적 존재자로서의 신이 아니라 초월적임에도 우주적 자연 안에 내재하는 신의 영역에 속하는 많은 환상 체험을 통해서 인간 안에서 힘이 뻗쳐 나오는 것을 '환幻'이라고 부릅니다. 환상이란 것을 무시하고 폄하하는 것은 플라톤적인 이상주의 관념론과 공자적인 실용주의 명분론의 잘못된 전통에서 비롯됩니다. 반대의 관점에서 보면 환상은 우리가 우주적 자연과 일체를 이루는 체험의 산물입니다.

『천부경』의 '태양앙명 인중천지일太陽仰明 人中天地一'은 태양이 높이 솟아서 밝게 비치면 인간 안에 우주가 하나로 통일된다는 것입니다.『정역』에 의하면 일원一元의 질서와 조화됨으로써 태양지정太陽之政, 즉 태양 정치가 시작된다고 합니다. 일원이 그늘이고 율려이며 음양의 상호조화를 말합니다.

태양 정치는 고대 한국의 이상 정치로 만물이 평화롭고 사람의 마음이 순수하고, 땅이 화순하고 바람이 곱게 불고 절기의 순환이 고르고, 극도의 추위와 더위가 떠나고 춘분과 추분처럼 온화한 날씨가 계속되는 소위 우주 '만물 질서의 신적인 평온'이 깃들이는 시대를 뜻하는 것이며, 이것이 바로 흰 그늘이자 우리가 고대로부터 가져오려는 민족예술, 민중예술, 민족미학의 원리이고 율려의 대중적 표현이기도 합니다.

이때에 현실 감각을 통괄하는 7식七識과 무의식의 시작인 8식八識이 일심一心으로 현실적 창조의식 안에 하나 되어 통합되는 경지가 나타납니다. 비로소 현실과 환상이 결합되고 초자연적인 것으로 보이는 비가시적인 실서와 자연계의 가시적 질서가 서로 걸림 없는, 상호 보완성이 나타난다는 것입니다. 이것을 이해해야 고대를 이해하는 것입니다.

최고의 예술은 우주적 총화를 가져오는 생명운동입니다. 흰 그늘, 신라의 율려, 본청本淸 안의 협종적 황종, 제3의 무궁무궁한 창조적 내면의 생성에 착안해야 합니다. 그래야 우주의 절기를 인간이 조정할 수 있는 과학적 원리가 나타납니다. 예술이 과학으로 가는 귀착점에 율려가 있습니다. 19세기 개벽사상에서 부활한 고대의 천부사상, 천부적 질서를 척도로

하여 중국학과 서양학을 연계하는 우리식의 창조적 종합을 시도할 때, 아
마도 우리의 앞날에 큰 서광이 있을 것으로 믿습니다.

율려와 생명*

신문지상에서는 흔히 김지하가 이제 생명운동에서 율려律呂운동으로 옮겨갔다 그럽니다. 그러나 그건 엉터리입니다. 율려운동은 생명운동을 문화 쪽에서 구체화하고 현실화한 근원적 생명운동입니다. 오해 없기 바랍니다.

율려라는 것은 음악을 말합니다. 동시에 우주 질서를 말합니다. 율은 양이고, 여는 음입니다. 또 율은 12계절의 6개월, 따뜻한 철의 반영이고, 여는 6개월 추운 시절의 반영입니다. 서양에도 12음계란 게 있죠. 동양의 12음계를 12율려라고 합니다. 어려운 이야기가 아닙니다. 원래 음악은 피타고라스 때도 우주의 반영이었습니다. 물론 수數를 통과했고, 동양 쪽의 질서도 수가 개입합니다만은, 수 이전에 음音이죠. 동양은 서양과는 조금 다릅니다. 특히 한국은 하여튼 율려라고 하니까 자꾸 어렵다고 하는데 너무 어렵다고만 생각 마세요. 오늘 이야기는 그 율려가 바로 생명이라는 이야기입니다.

저로서는 제 개인의 실존적인 이유 때문에 생명의 중요성에 도달했습니다. 감옥에서 나온 뒤 화가 나서 매일 술만 먹으니까, 소위 불기운이 위

---

* 1999년 6월 8일 카톨릭대 강연.

로 올라가고 물 기운이 아래로 내려 환상에 시달리게 된 거죠. 그래서 10
여 년간 신경안정제만 먹은 겁니다. 어떤 속 편한 사람은 그걸 계시啓示라
고 그러데요. 하느님도 만나고 별별 체험을 다했습니다만, 그런 건 소용
없어요. 육체가 건강하고 신비 체험은 조금만 하는 게 좋은 겁니다. 신비
한 체험 찾으려고 너무 영성, 영성 자꾸 떠들지 마세요.

그러나 미리 말씀드릴 건 난 영성을 중요시합니다. 생명의 핵심은 영성
에 있습니다. 생명을 살리려면 모든 생명체 안에 있는 영성과 소통해야
됩니다. 그 말씀을 드리기 위해서는 영성을 중요시하지 않을 수가 없습니
다. 그러나 육체의 건강을 잃어버리면서까지 영성을 추구해서는 안 됩니
다. 에고가 약화되어 무의식에 끌려 다녀서는 안 된다는 겁니다.

나는 그 동안 생명론을 통해서 유기농 운동, 무공해 농산물 운동, 도농
직거래도 하고……, 다 나하고 관련이 있습니다. 요즘은 유기농 하는 사
기꾼도 많아졌습니다. 그러나 처음에는 사기꾼도 없었고 잘 되었지요. 카
가톨릭이 역할을 참 많이 했습니다. 그 다음에 환경 운동, 나중에는 지역
자치운동과 지역경제 자립운동, 지역통화 운동으로까지 굴러갔지요.

여기에 문화운동이 필요하다고 해서 제 본령으로 돌아온 겁니다. 그렇
다고 해서 생명론, 생명적 세계관, 소위 뉴턴이나 데카르트 등 기계론적
세계관과 인간 파악, 이런 관점의 대척적 입장에 서는 새로운 대안으로서
의 생명적 우주관, 생명적 인간 이해를 버린 것은 전혀 아니지요. 사실 이
생명론적 관점에 입각해서만 문명은 성립이 될 겁니다.

◆ 예술의 목표와 생명운동

율려 이야기를 합시다. 저는 물질 안에도 마음이 있다고 생각합니다.

테야르도 그렇게 이야기합니다. 비록 씨앗 상태에서 불과할망정 물질 안에도 마음이 있다고. 사카르 같은 유명한 요기도 '잠자는 상태로 남아'라는 조건을 붙입니다만 마음이 있다는 거죠.

요즘은 여러 가지 진화론 또는 생태학 쪽에서도 물질 안에 있는 마음의 움직임을 자기조직화의 진화론이라고 하고 진화의 자기선택론이라고도 합니다. 그러니까 이게 미신이나 환상이나 관념론이나 신비주의 따위로 폄하될 수 있는 우스운 망상이 아니라는 것을 먼저 이해하십시오. 물질 안에 있는 마음, 동식물 안에도 분명히 있는 마음 곧 영성과, 그 인간 안에 있는, 인간의 중핵이라고 할 수 있는 그 마음, 그 영성. 이것이 소통하고 서로 교류하는 것 비록 교류는 안 된다 하더라도 물건이나 흙, 공기, 바람, 티끌에마저도 마음이 있다고 생각하는 것, 이것이 바로 생명론입니다.

동강 댐 건설 반대하는 첫날 선언문 읽으라고 해서 읽었습니다만은 돌아오면서 환경운동연합 최열 씨에게 차 안에서 그랬어요. "당신, 동강 감시 고발해 봤자 그린피스보다 나을 게 뭐 있느냐?" 무슨 뜻일까요? 그린피스는 전 세계를 누비죠. 좀 우스운 이야기를 하나 할게요. 그 사람들은 액티브한 전통 때문인지 물속에 들어갈 때도 그냥 쑥 들어가요. 언젠가 가만히 보니까 한국의 환경운동가들은 바짓가랑이 걷고 한참 살핀 뒤에 엉금엉금 들어가더라고. 우리 동양 사람들은 그렇게 액티브하지 않아요. 감시고발 같은 액션 중심의 행동에는 적합하지 않으니 그것 하면서 한편으로는 삶의 안쪽으로 깊이 들어가자고 그랬어요. 흔히 환경이라 잘못 부르는 동식물과 무기물의 마음과 인간마음이 소통해야 근본 해결이 되는데 그 마음을 어떻게 소통하죠? 가장 확실한 건 예술입니다. 예술 중에서도 가장 확실한 건 음악입니다.

마음과 마음을 소통하고 나아가 그 마음을 감화시키는 것, 예술의 최고 목표, 음악의 최고 목표는 인간 생명의 핵심이라 할 수 있는 깊은 마음을 감화시키는 겁니다. 나아가 동식물의 마음까지도 움직이는 것입니다. 돌

속에 있는, 쇠 속에 들어 있는 마음까지도 감동을 시킬 수 있다면, 거기까지 간다면 최고의 예술입니다. 그런데 이상하게도 예술의 최고의 이상이 바로 생명운동의 최고 목표가 됩니다. 또 그것을 목표로 하는 운동이 아니면 생태계 오염은 해결 안 됩니다.

우리가 실제로 그렇게 감화시키고 소통을 못 한다 하더라도 물질에 마음이 있다는 생각 하나만으로 시작해도, 정말 그것이 사무친다면, 우리 세대에서 그걸 해결하지 못한다고 하더라도 그런 예술, 음악, 시, 연극, 영화가 온다면, 디지털, PC방의 소프트웨어가 그런 내용에 조금이라도 접근한다면, 우리 다음 세대들은 그런 내용에 감화를 받고 교육을 받기 때문에 가치관이 그 방향으로 형성될 것이 아니냐. 그렇다면 오염된 뒤에 해결하기 전에 아예 오염, 파괴할 마음을 내지 않을 것 아니냐. 감시 고발을 반대하는 것이 아니라, 그것과 함께 근본적인 것, 내면적인 것도 짚어가자는 이야기입니다.

고발해서 법적으로 정부가 시장구조에 개입해서 뒤늦게 껍데기로 해결할 것이 아니라, 원천적으로 오염을 안 시키게 해야 될 것 아니냐. 감시 고발을 반대하는 것이 아니라 그것과 함께 근본적인 것도 짚어가자는 말입니다. 생명운동, 환경운동을 근본적으로 하려면 마음을 이해해야 합니다. 물질 속에도 살아 있는 마음!

이것을 6~7년 전에 문순홍 박사님과 얘기했습니다만, 서양 생태학의 여러 가지 주장들이 있는데 다 좋죠. 훌륭하고. 여러 가지가 다 백가쟁명해야죠. 성향이 서로 다르고, 상황이 여러 가지로 다르고, 주체적 조건이 다르고, 문화적 맥락이 다르니까 각기 맥락 속에서 각기 100퍼센트 노력을 해야죠. 그렇지만 이 다양한 실천운동 밑을 흐르는 근본적인 생명에 관련된, 지구·인류문화·시장조건 등과 관련하여, 자연과 사회와 인간의 마음 삼자를 관통하는 통일된 큰 담론이 있어야 합니다. 전 세계적으로 지금 이게 없습니다.

　그래서 시민운동은 시민운동대로 소통론에 입각해서 소위 사회라는 이름의 공공성의 한계 안에 갇혀 버리고, 환경운동은 환경운동대로 문화와 자연사이의 관계에서 인간의 재규정, 재발견에도 도달하지 못하고 있습니다. 그렇다면 무엇이 중요한 것인가?

　아까 이야기한 대로 마음을 이해해야 한다 이겁니다. <삼국유사>에서 최치원 선생이 '나랑'이라는 화랑의 비문에 '국유현묘지도國有玄妙之道 왈풍류曰風流', 즉 나라에 현묘한 도가 있는데 그 이름을 풍류라 한다고 했습니다. 그 풍류는 '포함삼교包含三敎', 유불선의 중요한 사상을 애당초부터 다 아울러 가지고 있고, 그 다음 말이 중요합니다.

　'접화군생接化群生'. 뭇 생명, 인간만이 아니라 동식물, 무기물까지가 다 군생입니다. 풍류도나 신선도의 전통, 단군의 천부사상, <삼일신고三一神誥>, 그리고 동양학의 일반적인 전통은 대개 인간, 동식물과 무기물까지 생명으로 봅니다. 동양학에서는 대체적으로 '생생화화生生化化', 낳고 낳고 변화하는 우주만물의 변화의 이치, 즉 생명입니다. 여기에서 도를 찾습니다. 동양학에 대해서 서양의 환경론자들이 늘 존경의 마음을 갖는 이유가 거기에 있습니다. 하여튼 접화군생이란, 이 뭇 목숨, 뭇 생명에 접接해서, 서양식으로 이야기하면 사랑입니다. 가까이 사귀고 사랑해서 감화, 감동, 변화, 요즘 식으로 이야기하면 진화시켜서 완성 해방시킨다는 뜻입니다.

　카톨릭 이야기 한마디 합시다. 성경에 우주 만물이 메시아를, 해방의 날을 기다리면서 물질의 속박 안에서 신음하고 있다는 말이 있습니다. 굉장히 중요한 말입니다. 생명운동의 최고 목표는 바로 이렇게 신음하고 있는 만물을, 물질이 가지고 있는 그 타성적 조건으로부터 해방시키는 것입니다. 그 큰 목적을 가질 때, 그것을 실천할 때, 그때에야 비로소 전 지구 오염이라든가 파괴, 라니냐, 엘니뇨 극지 이동에 의한 해수면 상승, 기상 이변 등 문제 전체를 해결할 수 있는 새로운 과학을 창조하도록 촉발시킬 수 있는 어떤 형태의 촉매가 나옵니다.

이 촉매가 없이는 과학은 자기 발견을 못해요. 촉매가 더 들어가서 심지어 어떤 비전까지도 봐야 새로운 과학이 가능하게 됩니다. 극히 소수지만 아주 훌륭한 서양 과학자들도 어떤 비전이 수학·과학의 전개 과정을 촉발시킨 예는 많이 있습니다. 그러니까 인문학적이라 하더라도 그 어떤 내용이 있어서 과학자들을 촉발시켜야 합니다. 문화담론이라도 좋고, 시 한 편도 좋고, 생명운동의 큰 물줄기가 시민 사이에서 일어나 인간의 마음과 물질의 마음까지 소통하자. 물질의 마음까지 구원하자. 물질의 마음에 감동을 주어서 그들을 물질 관성 상태의 속박으로부터 해방하자는 말입니다.

더군다나 오염된 상태로부터 해방하자는 운동이 문화적으로 나올 수 있다면 이것이 과학자들을 크게 자극합니다. 이때에야 비로소 오염 상태를 근본적으로 해결할 수 있는 탁월한 우주과학, 지구과학, 지구 의학, 지구생리학이 나올 수 있다고 저는 봅니다. 그렇기 때문에 물질 안에도 있다는 마음, 동식물의 마음, 인간의 마음을 가까이 사귀어서 감화시키는 생명 운동, 풍류의 본질인 접화군생, 그것의 문화적 표현으로서의 예술, 이것을 주요시하게 되는 겁니다.

먼저 말씀드렸다시피 내 직업이 시인이고 전공이 미학이며 문화 담론의 핵심인 미학적 생산성, 그 창조적 콘텐츠로부터 새 시대 인류의 정치적 삶, 경제적 삶에 대한 비전을 보여 주어야만 되는 이 시대의 독특한 요구를 느끼고 있습니다. 그런 요구와 그에 부응하여 활동 내용이 제3섹타로서의 시민활동의 기준이 되고, 시민적인 소통론, 시민민주주의적인 기본 철학의 내용으로 되어 단순한 사회적 소통이 아니라 우주와 사회를 관통하는 우주사회적 공공성이라는 통일적 담론이 될 때에 문제가 근본적으로 해결되지 않겠는가, 이렇게 생각해서 생명운동이라는 큰 테마를 안고 문화 쪽으로, 미학과 예술 쪽으로 돌아간 겁니다.

길게 이야기드렸는데 그러면 율려가 뭐냐. 아까 물질 안에도 마음이, 생명체 안에 영성이 있다고 했습니다. 영 속에 무엇이 있을까요? 인간의 식은 천층만층입니다. 참선을 해 보니까 인간의 마음의 층위가 무지무지하게 복잡하고 중층적입니다.

요즘 과학에 의해서 많이 나오죠? DNA연구, 분자 생물학, 무엇을 연구합니까? 물질 진동의 기억까지도 인간의식 안에 정보로 있다는 것 아니에요? 파충류나 포유류 단계는 말할 것도 없고, 유인원 단계도 물론이지요. 융의 임상실험에서는 쇠 입자가 진동하는 형상 같은 것이 채취된 적도 있습니다. 물질의 기억까지도 인간 안에 있어요. 뇌 생물학 분야에서는 인간의 뇌세포 안에 우주 진동, 초신성 따위의 폭발의 진동까지도 그대로 복제된다는 것 아닙니까? 아직은 가설 단계를 못 벗어납니다만은 이런 것들이 무엇을 의미합니까? 당연히 근본적 인간 이해가 변해야 합니다.

<천부경天符經>에 '삼사성환三四成環'이라는 구절이 있습니다. '셋과 넷이 원을 이룬다'는 뜻입니다. <천부경>은 굉장히 어려운데 여러 사람이 여러 가지 해석을 합니다. 나는 어떻게 이해하느냐? 기학氣學에 의하면 우리 몸에 있는 외단전外丹田 네 개, 내단전內丹田 세 개를 의미한다고 합니다만, 저는 그렇게 보이지 않습니다.

여러분 19세기 말 동무 이제마의 사상의학四象醫學에 대해 들어보셨을 겁니다. 사상의학은 장기나 세포를 소음·소양·태양·태음의 네 가지 득성으로 분류해서 다시 종합하는 겁니다. 그러니까 넷이라는 코스모스적이고 안정적인 수의 역수체계 안으로 장기나 세포 같은 드러난 신체 질서를 흡수한 겁니다.

단전은 눈에 보이지 않습니다. 단전에는 하단전이 있고 중단전이 있고 상단전이 있습니다. 하단전은 정력, 육체적인 힘, 생명력이고, 중단전은 기장氣壯, 즉 사회적 사랑, 사귐, 타인에 대한 정열, 이런 것들입니다. 하단전의 신체적, 물질적인 능력이 개별적이라면 중단전의 사귐이나 사랑은 사회적입니다. 상단전의 영적·지적, 좌뇌·우뇌의 통합적 능력을 통한 신적 창조력은 우주적입니다. 그래서 무의식의 깊이까지 내려갑니다. 그런데 무의식까지 내려가는 명상 체험은 절대로 우뇌적인 것, 직관적인 것만은 아닙니다. 분석을 동반합니다. 이건 미묘한데 앞으로 큰 문제가 되겠죠. 하여튼 이 세 단전을 중심으로 780여 개의 경락이 온몸에 퍼져 있습니다. 780여 개의 경락은 소위 카오스 생명체입니다. 눈에 보이지 않습니다. 이것은 단순한 에너지가 아니라 마음을 실어 나르는 기의 체계, 에너지 체계입니다.

간단히 요약하면 셋과 넷으로 이루어진다고 보는 몸은 카오스적이면서 코스모스적이라는 말이 됩니다. 드러난 질서로서의 장기, 기관, 세포와 이 드러난 질서 사이사이로 흐르는, 보이지 않는 숨겨진 차원의 경락, 경혈의 카오스적인 질서를 말한다고 생각합니다. 나는 이것이 원을 이루어 전체적인 몸이 치유, 완성되는 것을 율려라고 생각합니다.

율려는 몸에 있습니다. 우주적 질서이지만 동시에 몸 안에 살아 있는 게 율려입니다. 음이면서 양입니다. 아까 이야기한 드러난 질서로서의 안정적 구조, 이것은 질서정연한 뇌수와의 관계에서 매우 직결적인 데 비해서 경락은 매우 독립적입니다.

육체 안에 율려가 있다는 것은 구체적으로 어떻게 나타나느냐? 춤으로 나타나죠. 이제까지 <예기> 중의 '악기'나 <한서>, <율력지> 등 동양의 악서들을 보고 정치적으로 이야기를 했더니 자꾸만 어렵다는 겁니다. 그래서 바꾸기로 했습니다. 춤추고 노래 부르는 게 바로 율려입니다.

그게 시대마다 다르지만 요즘엔 어떤 게 가장 가까운 율려냐 하면, 메탈 비슷한 것 같아요. 그런데 내가 보기에 메탈은 비트가 우리 몸과 안 맞아요. 연속적이고 부드러운 율동이 아니에요. 그래서 물어보니까 맨날 디스크 같은 게 생긴대요. 젊은이들을 위해서도 새로운 춤과 노래가 필요합니다.

나도 아침마다 춤추고 노래합니다. 그건 일정한 정형이 있는 건 아닙니다. 매일 달라요. 이것이 중요합니다. 무정형. 그걸로 건강을 유지합니다만은. 몸 안에 율려라는 실체가 있는 게 아니라, 결코 실체가 아닙니다. 그것은 생명이라고 부를 수밖에 없고, '영'이라고 부를 수밖에 없고, 그 '영'의 핵심으로서 미묘하게도 '신'이라고 부를 수밖에 없는 것입니다. 우리 민족은 '한'이라는 한마디로 불렀습니다만.

그것이 율려라는 '음'이면서 '양', 카오스이면서 코스모스, 극과 극이 서로 어우러지는 창조적인 이중 질서로 나타납니다. 아까 3이면서 4, 보이지 않는 숨겨진 질서로서의 3의 체계, 780개의 경락, 경혈, 세 개의 단전의 움직임을 드러난 질서로서의 장기의 움직임과 같이, 요동하는 통일적인 질서를 일단 율려라고 부를 수 있습니다.

율려가 '용用'이라면, 즉 현상을 율려라고 한다면, 그 '체', 본질은 황중皇中, 성인이라 합니다. 또 몸 안에 있는 율려는 우주질서의 반영이죠. 경락론에 의하면 몸 안에도 12계절의 질서가 그대로 있고, '궁상각치우' 오음의 질서가 그대로 있습니다.

거기서 더 나아가면 여러 가지 분석이 나오지만 그런 근본적인 신체의 통합적인 움직임을 율려라고 부르는 겁니다. 육체의 뇌 체계의 압축이 두뇌인데 이 두뇌 속의 뇌간이 율려의 생성을 압축한다고 합니다. 그 움직임이 소위 역사와 함께 제왕이 나타나고 노동이 조직화되고 국가 질서가 나타나고 시장이 나타나고 여러 가지 법률이 나타나고 이러면서 육체에서 사라졌다는 겁니다. 즉 춤을 추어도 우주의 기본질서와 그대로 일치하고 신령한 영성과 일치하는 춤이 안 나타났다는 겁니다. 이건 우리 민족의 오래된 이야기입니다.

이걸 현상이라고 부르는데 본체는 뭐라 그랬죠? 화중이라고 부른다고 했죠. 인간 마음이, 즉 존재핵이 우주핵, 즉 천지마음과 일치했을 때 이루어지는 거룩한 인간을 황중이라고 부릅니다. 이게 체입니다. 본체, 이걸 성인이라고도 부릅니다. 우리가 현상으로서 좋은 우주적 춤을 추고, 무용을 하고 그래서 어디로 갑니까? 그 율려를 할 때만이 인간의 마음을 감통시킬 수 있고, 동식물 마음에 침투할 수 있고, 물질의 마음에 감화를 줄 수 있고, 생명운동을 할 수 있습니다.

요즘 자연 음악이란 게 있습니다. 일본의 열일곱 살 먹은 한 소녀가 마음이 깨끗해서인지 나무나 새하고 말하고 그러는데 이 내용을 음악으로 표현합니다. 이것이 일단은 좋은 기악器樂을 통한 율려입니다. 여러분 우리 민족은 예로부터 춤추고 노래 부른 민족이에요. 신령한 하느님 백성이라고 했던 겁니다. 왜? 그 춤과 노래로 하늘의 질서, 우주적 질서를 반영하고 표현한 겁니다. 반영, 표현하면 바로 그것으로 치료가 됩니다. 치료란, 그러니까 근본적 생명 운동입니다. 내가 치료되면 사회를 치료할 수 있는 윤리나 문화의 준거 기준이 내 마음과 몸에 나타납니다. 카오스모스, 카오스적인 코스모스, 신령한 카오스적 코스모스가 나타납니다. 무궁무궁 창조 생성되는 신령한, 텅 빈 핵이죠. 이랬을 때 사회 기준도 달라지고 이것을 준거 기준으로 볼 때 의학체계도 달라지고 정치나 경제도 달라질 것이라고 저는 희망을 하죠.

그런데 체는 황중이라고 그랬습니다. 이 '중中'자에 주의해야 합니다. 신령한 우주적 인간 성취입니다. 성인이죠, 요즘은 네오휴먼이라고 하죠. 신인간은 천지공심을 가진 자입니다. 천시공심이란 건 쉽게 이야기하면 우주적 공공성입니다. 공공영역이란 것이 한나 아렌트나 하버마스처럼 너와 나의 커뮤니케이션에 의해서 형성되는 사회적인 것만이 아니고, 동식물이나 흙이나, 바람, 공기, 물방울과도 통신하는 공공영역, 텔레파시겠죠. 또 그렇게 높은 경지까지 못 가도 그걸 목표로 하는 교육과 그걸 목표로 하는 문화, 그걸 목표로 하는 예술, 그걸 목표로 하는 미학적 생산성을 콘텐츠로 하는 대중 복제 예술의 출현, 그래서 PC방에서까지 그것이 기본이 되어 오락적인 대중성과 소위 '아우라'와도 같은 그것이 결합될 때 일반 대중들이나 여러분 같은 신세대들도 비트를 통해서, 음률을 통해서 내용이 아니라도 그 오묘한 우주적 치유와 율동에 접근할 수 있는 것이 아닌가.

율려는 일단 비트입니다. 또 율려는 리듬이면서 밸런스입니다. 다이나믹 이퀄리브리엄dynamic-equilibrium이라고 부를 수 있습니다. 역동적 균형의 원리입니다. 음이면서 양이고, 코스모스이면서 카오스입니다. 거기서부터 무궁 생성되는 것은 어떤 제3차원의 미묘한 거룩함, 성스러운 감동입니다.

우주 사회적 공공성, 우주 사회적 소통이 가능할 텐데, 여기서 생성되는 건 무엇일까요? 공공영역이 사회적 삶과 시장적 삶에 한정되지 않고, 지구 생태계 전체와 지구를 둘러싼 지구의 절기, 태양계 전체의 변화, 달과 해의 순환의 변화, 이런 것들이 우리들의 일상적인 삶 안으로 들어올 수 있고, 그렇게 되었을 때 우리들 일상적 삶의 집약적 표현으로서의 정치 문제로 지구 생태계 문제가 바로 떠오를 수 있다는 것입니다.

우리는 서양 생태학의 오랜 논쟁의 초점을 기억해야 합니다. 사회생태학과 근본생태학의 오랜 논쟁의 초점은 자연과 구별되는 문화와 자연 사이에서 인간이 무엇인가 하는 겁니다. 만약에 여기서 인간이 자연의 한 종에 불과하다면 거기에 대한 처방은 완전히 달라집니다. 만약에 여기서 인간이 자연과 구분되는 완전히 문화적 존재라고 하면, 그래서 이 사회가 완전히 인공물에 불과하다면 거기에 대한 처방은 또 완전히 달라집니다.

문화와 자연 사이에서, 자연에 토대를 두고 그로부터 출발하지만 또한 그것과는 다른 문화적 인간, 이건 역설입니다만 이것이 바로 생명론입니다. 여기서 문화라는 독특한 경지를 또 다르게 평가하여 제2의 자연이니 뭐니 한다면 거기에 대한 평가는 또 달라집니다.

그러나 이것이 서양에서는 해결이 안 된 것 같습니다. 우리 쪽에서 접근한다면 천지공심, 우주사회적 공공성이 해답이죠. 바로 이것, 즉 율려

인간이요, 신인간입니다. 어렵게 생각하지 마시고, 이래서 통할 수 있다면 통할 수 있는 이 기초 위에 사회이론이 형성되고, 정치 · 경제 이론이 형성되고 시민생활, 세계의 시민운동이 그런 문화적 내용, 즉 율려를 중심으로 해서 새로이 진행된다면 적어도 앞으로의 정치나 세계시장 안에서 생태계 오염에 대한 최소의 비용 계산은 들어갈 수 있지 않느냐. 그 이상은 갈지 못 갈지 모르겠습니다만, 그렇게 되면 문명이 달라질 겁니다.

◆ 생명의 출발, 우주의 여성음

율려가 천지를 창조했다는 이야기가 있습니다. <부도지>라는 고서를 보면서 내게 큰 변화가 올 것 같은 느낌을 받았는데 지금 이야기가 완전히 난센스가 될지도 모르겠습니다만, 말씀이 천지를 창조한 게 아니라 말씀의 로고스를 포함한 카오스의 전개라고 볼 수 있는 율려가 천지를 창조했다는 겁니다.

<부도지>에 의하면 첫 번째 창조한 게 여성입니다. 음악이 천지를 창조했고, 주역과 같은 수와 역은 음陰에서부터 생깁니다. 최초가 음이죠. 이게 율려인데, 첫 번째 생겨난 게 누구냐. 여성, 여성음입니다. 이것이 8려라는 겁니다. 우리가 아는 율려에서는 6개가 '율'이고 6개가 '여'죠. 그런데 최초의 음악은 '8려'라고 합니다. 여성음이 8개고 남성음이 4개라는 겁니다. '8려' '4율'이죠. 우린 그런 음악 들어 본적이 없습니다. 그러면 어떻게 될까요?

여성음을 카오스적이고 에로스적이라고 본다면, 그렇게 가정할 수 있다면 이건 좀 이상해집니다. <부도지>에 최초로 나오는 것은 '마고성 이야기'입니다. 파미르 고원에, 1만4천 년 전 마고성에 인류 시원의 문명이

있었다고 합니다. 이 마고성을 창조한 것도 율려입니다. 무엇을 뜻할까요? 이 마고성의 주인이 마고인데 여자죠. 이 여자로부터 궁희와 소희라는 두 딸이 나오고, 여기서 남자들이 나옵니다. 땅으로부터 젖이 나와서 그걸 먹고 살았는데 인구가 증가하니까 이 젖이 모자라서 지소씨라는 족속 중의 한 사람이 배가 고파서 포도를 먹었어요. '오미五味의 변變'이라고 부릅니다. 포도의 맛에서 오미의 쓴맛, 단맛 등 맛을 경험한 겁니다. 불교식으로 이야기하면 다섯 가지의 분별지를 획득한 겁니다. 에덴의 선악과 사건과 흡사합니다.

우리 잘 생각해야 합니다. 이 민족의 오래된 고서인데 이걸 어떻게 평가할 것인지가 율려운동에서 우리의 한 과업입니다. 그러니까 이때부터 사람들이 병이 들고 이상한 마음이 생기고 분열하게 되더니 전 세계로 흩어졌다는 겁니다. 그 중에 황궁씨라는 한 족속이 천산을 거쳐서 동아시아 쪽 바이칼호쪽으로 중앙아시아를 거쳐서 이동했다는 이야기이고 서쪽으로는 수메르, 발칸, 티베트 등으로 흩어졌다고 합니다.

나는 오늘 전설을 이야기하려고 온 건 아닙니다. 문화적 원형, 상상력을 생각해야 합니다. 율려와 함께 마고, 인류시원의 여성성, 그리고 그들의 천지창조의 음악으로서 8려 4율. 여성음이 주조를 이루고 남성음이 보조적인, 8려가 목표하는 건 무엇일까요? 내가 보기에는 내재된 어떤 균형일 겁니다만은, 그러나 균형이면서 동시에 역동입니다. 리듬이면서 동시에 밸런스. 이때 그 행위 주체가 누구냐 하는 것이 가장 큰 문제입니다.

카오스 이론에서 해체와 요동은 당연한 것입니다. 그러나 완전 혼돈, 무질서한 전면 해체는 죽음입니다. 여기에서 어떤 형태로든 질서가 있지 않으면 완전한 해체입니다.

엔트로피 최고 증대의 순간에 지구는 깨져버리고, 물질은 붕괴하고 선택된 소수의 영적인 진보주의자들과 소수의 크리스찬만이 행성이 되어서 허공으로 올라간다는 테야르의 종말관은 다분히 프리메이슨적입니다. 기독교인들은 그것을 철저히 수정해야 합니다. 그렇게 행성이 상승한다면 그럼 나머지 물질과 함께 붕괴되는 소수 민족들, 낙오자들, 지체부자유자들, 조금 모자란 사람들은 어떻게 하라는 겁니까? 진보주의를 맹신하던 시절에는 그런 과학적 묵시론이 근사한 것 같지만 오늘날에는 전혀 맞지 않습니다.

수운선생이 우주 진화의 미래를 표현한 시詩가 있습니다. '만년지상화천타萬年枝上花千朶' 만년의 진화 나무에 천 떨기 꽃이 활짝 피는 황홀한 풍경을 생각해야 합니다. 모든 개성, 모든 민족, 모든 부족, 문명권이 다 제 안에 살아 있는 우주적인 큰 유출과 생성을 무궁무궁 실현하는 미래를 그려야 합니다. 이걸 실현하는 게 '한'이라는 한 마디 말입니다. 우리는 이런 차원에서 민족을 다시 발견해야 합니다.

내가 한국에서 제일 존경하는 여성이 이영자 선생인데 이영자 선생이 고개를 갸우뚱하며 난 민족이 뭔지 모르겠다 이랬습니다. 그래서 내가 이런 말씀을 드렸습니다.

모든 생명에는 '막膜'이 있는데, 나 개인도 막이 있기 때문에 생명체입니다. 민족도 막이 있고, 동아시아 문명도 막이 있고 지구도 막이 있고 인류도 막이 있습니다. 지구도 대기권이라는 막이 있기 때문에 에너지는 통과하고 물질은 통과하지 못합니다. 즉 막은 열려 있으면서도 동시에 닫혀 있습니다. 역설이죠. 생명 논리는 역설입니다. 닫힌 만큼 주체적이고 열린 만큼 세계적이어야 합니다. 생명론의 입장에서만 민족문제는 세계 문제와의 불화와 모순을 넘어설 수 있을 것입니다. 그러니까 내가 주체적이라고 해서 비세계적이고 비인류적이라고 볼 수는 없습니다.

다행히도 요즘 지식인 사회에서 지구시대의 열린 민족주의라는 담론이 뜨기 시작했습니다. 좋은 조짐으로 봅니다. 서양인들 맨날 뒤쫓아 다녀봐야 콧물도 없어요. IMF가 뭐예요? 세계시장을 완전히 엉망으로 만들고 뉴욕증권 시세 따라 사람 얼굴이 찢어졌다 모아졌다, 희로애락이 다 증권 시장의 널뛰기에 달라붙어 있다고, 아무리 자본주의 시장질서를 우리가 어떻게 할 수가 없으니 따라가야 한다고 하지만 이건 좀 너무하죠?

하여튼 나는 영 속의 움직임이 율려라고 말하고 싶습니다. 그것은 내 체험입니다. 감방 안에서 참선을 해보니까 한 사흘 훤해져요. 흰 갈대가 바람에 흩날려요. 햇빛이 그걸 통과하고 빨간 황톳길, 푸른 시냇물 등 찬란한 풍경이 보입니다. 이것이 사라지면 컴컴한 지옥 같은 풍경이 한 나흘 계속돼요. 그런데 괴상한 것은, 아까 '8려' 이야기 했죠? 어둡고 무질서하고 그러면서도 그 안에 푸른빛이 반짝반짝하는 그런 체험이 더 오래 가요. 하여튼 그것이 왔다 갔다 한다구. 그런데 동시에 지독한 육욕肉慾과 지독한 증오심 사이를 끊임없이 왔다 갔다 해요. 거기에 휩쓸리지 않고 중립적인 태도로 가만히 보는 것, 그게 참선자의 할 일입니다. 그러던 어느 날 그게 슬며시 없어지면서 '팍' 하고 소각小覺, 조그만 깨달음에 도달합니다.

이것과 저것, 저것과 이것, 카오스와 코스모스, 여성적인 것과 남성적인 것, 음과 양, 천상적인 것과 지상적인 것, 신적이고 영적인 것과 육체적이고 리비도적인 것, 두뇌 중심과 신체 중심……, 이런 이중적인 순환이 언제나 수평적이지는 않습니다. 어느 쪽에든 중심이 있죠. 그러나 언젠가는 마침내 제3의 차원이 열립니다. 그건 뭘까요? 변증법일까요? 변증법 비슷하지만 아니에요.

그런데 그레고리 베이트슨 같은 사람들의 책을 보니까 생명도 똑같은 거야. '아니다·그렇다'의 논리예요. 컴퓨터도 똑같아요. 컴퓨터도 생명을 모방하는 거니까. '예스 노우', '온 오프'……, 숨어 있던 차원이 계속 드러나는 차원을 수정하고 견인하고 개입하다가 그 숨겨진 차원 자체가 새로운 차원으로 드러나는 것, 바로 이런 전환 관계입니다. 마음과 일반 생태적 생명 생성이 똑같죠.

이것은 뭘 의미할까요? 그 안에 있다고 했지만, 안에 안 있다 해도 좋습니다. 그걸 율려라고 부를 수는 없습니까? 마음 안에 어떤 움직이는 것, 이걸 살려내는 게 율려운동입니다. 그래서 노래 부르고 춤추고 그러면서 뽑아내자는 겁니다.

이렇게 뛰뛰고, 또 개인적인 체험이긴 하지만 그럴 경우에 미묘한 일이 일어납니다. 비천飛天하는 솔개가 되어서 하늘을 난다는가 하는 시각적 비전이 일어납니다만, 인간은 하늘로 올라갈 때 무엇을 느낄까요? 거꾸로 마음과 몸 전체가 밑으로 한없이 가라앉고 고요해지는 걸 느낍니다. 그것은 뇌파가 아래로 내려간다는 걸 뜻하는데 그런 상태로 내려가면서 기는 굉장히 역동적으로 움직입니다. 이걸 뭐라고 부를까요? 리듬 앤 밸런스. 이렇게밖에 표현을 못합니다. 그게 율려죠. 그럴 때 건강해지고 치유됩니다.

나는 11년간을 맨날 술만 퍼마시다 살려고 고향에 내려갔습니다. 해남. 무화과가 피고 토담 너머 길바닥에 커다란 감이 널려 있는데 사람들이 주울 생각도 안 해요. 내 고향은 목포입니다만, 목포 가까운 데가 해남입니다. 김준태 시인도 거기가 고향이고, 내가 사랑하는 황지우 시인도 거기가 고향입니다.

거기 정착하러 내려갔었습니다. 술에 절어서 완전히 해골만 남았는데 그래도 살아보려고. 그런데, 거기서 병이 나 버렸죠. 어마어마한 환상에 시달렸는데 그래서 11년 동안 신경안정제 먹고 살았어요. 사람이 아니죠? 그걸 극복하게 해준 게 율려입니다.

<부도지> 이야기도 하고, 마고 이야기도 했습니다만은, 새로운 율려 문화는 코스모스 시대, 로고스 시대, 남근중심주의 문명 이후에 다가오고 있는 카오스, 에로스, 여성성이라 부르는 가이아가 바로 그것이죠.

환경, 여성성, 해방 이런 여러 가지 사태들이 전혀 우연이 아닙니다. 고대의 회복이라고 부르는 것, 뱀의 부활, 용의 부활을 절대 놓쳐서는 안 됩니다. 수천 년 전 죽임당하고 갇혀 꼼짝 못하던 고대 카오스 시대의 우로

보로스 뱀을 인정해야 합니다. 신세대의 여러 가지 감각주의도 저는 인정을 합니다. 다만 여기에 이런 식으로 부서져 나가는 것. 이 해체를 그냥 그대로만 인정한다는 건 죽음입니다. 여기서 어떤 질서를 찾아야 하는데, 이 민족을 한 번 보십시오. 난 중국에서도 그걸 못 찾았는데, 미묘한 걸 한 번 봅시다.

산조음악 들어보신 적 있습니까? 그때 잘 들어야 합니다. 음악을 잘 알아야 합니다. 난 서양음악, 모차르트나 바흐 같은 몇 사람 이외에는 잘 몰라요. 그런데 이 산조에 본청本淸이라는 게 있습니다. 늘 움직이고 계면으로 흘렀다, 우조로 흘렀다, 천天으로 빠졌다, 지地로 내려갔다 이렇게 운동하는데 끊임없이 분산적이고 복잡화하고 이동하고 유동하면서도 중심의 기축, 뿌리로서의 역할을 잃지 않는 것, 이게 본청입니다.

카오스 시대의 질서, 코스모스는 따로 하나의 억압적 우주로서 존재하는 것이 아닙니다. 끊임없이 분산하고 개성화하고 독립되고 자기주장을 하고 민족 나름의 삶을 개척하는 이 모든 산란한 물질 형식의 분해 속에서, 그 하나하나 안에서, 어떤 유기화랄까 깊은 전체화, 창조적 전체를 이룰 수 있는 어떤 노릇을 하는 것, 이것이 율려의 중심음이라고 봅니다.

◆ 우주적 해원의 주체로서의 마고

이제 율려의 중심음까지 왔습니다. 이걸 찾아서, 이걸 타고 누가 인류 시원의 원형인 마고를 현재 미래의 세계에 창조적으로 실현할 것인가? 누가 갈 것인가? 그것은 마고이며 도달하는 곳도 마고라고 생각합니다.

이 강연의 원래 제목이 '율려와 여성'이었어요. 여성이 이 전환 시대를 이끌고 가는 기관차다, 난 이렇게 생각해요. 남자들은 조금 후퇴해야 합니다. 목표는 남성성과 여성성의 진정한 해방이겠죠. 또 이 주체가 성 평등을 넘어서야죠.

그러면 그 근처에 도달한 강증산이라는 유명한 사람이 있습니다. 신비가이고, 잘못 보면 허풍쟁이인데, 그 사람을 단순히 종교가로 볼 것이 아니라 우주적 비전으로 파악해야 합니다. 위대한 우주적 비전을 가진 사람, 그 비전을 이 우주 시대에 있어서, 문화운동 안에서 우리가 어떻게 활용할 것인가? 이렇게 생각해야지, 대순진리회니 증산도니 자꾸 몰려다니면서 기도나 하고 이래서는 안 됩니다. 그러니까 오늘의 시대에 맞게 재해석하고 재획득해야 합니다.

아까 체와 용이라고 그랬죠? 황중, 신인간, 성인을 이루었을 때 우주와 인간이 마음에서 하나가 되었을 때 이루어지는 게 성인이고 신인간입니다. 우주적 인간이며 신령한 인간, 이게 베르그송 이후 동서양에서 계속 요구되는 신인간입니다. 또한 동학東學에서 목표로 하는 것이고 사카르도 이야기했습니다. 이게 뭐냐. 천지공심, 모든 만물의 아픔, 오염을 걱정하고 슬퍼하는 마음, 이게 하느님 마음인데, 거기에 목표를 두고 우리 마음을 열도록 계속 밀고 가야 신인간이 됩니다. 이때 이루어지는 것을 황중이라고 합니다.

이것은 김일부 선생의 <정역正易>과 관련이 있습니다. 이 '황중'의 '가운데 중中'자가 중요합니다. 이건 비어 있습니다. 즉 존재핵과 우주핵의 중심은 비어 있다고 봐야 됩니다. 짧막한 제 체험이니까 믿어도 좋고 안 믿어도 좋습니다. 하느님 중심은 비어 있다. 이게 뭐냐? 자유의 근거입니다. 활동하는 자유, 창조적 무無, 또는 생성하는 공空. 뭐라 해도 좋습니다. 우리는 동서양의 가장 깊은 근원적 우주론을 탁월하게 종합하지 않으면 안돼요. 전 인류가 동서양의 지혜를 전부 통일해도 위기를 뚫을까 말까 합니다.

그러면 이 텅 비어 있는 창조적 자유가 자유의 생태학의 근거가 될 수는 없는가? 이것이 생성했을 때 어떤 구조를 갖는가? 이것이 율려구조입니다. 코스모스적이면서 카오스적이고 그러면서 새로운 성스러운 제3의 차원을 형성시키는 하나, 둘, 셋. 변증법 아닌 변증법. 여기에 정의의 생태학의 기초를 세울 수는 없는가? 정의의 생태학과 자유의 생태학이 지금 서구 환경 운동의 기초적 이론 중에서 가장 중요하면서도 골치 아픈 대립입니다.

강증산이 "저 여자들이 염주 굴리는 소리를 들어봐라." 이런 이야기를 했어요. 저게 무슨 소리냐 하면, 수천 년 동안 완롱거리 장난감, 사역거리 부엌데기로만 천대받던 여자들이 해방되려고 염주 굴리는 소리가 구천에 사무친다는 말이에요. 구천은 가장 높은 하늘이죠. 엄청난 이야기에요. 강증산, 잘 봐야 합니다. 우리 민족이라고 해서 우습게보지 말고. 여러분, 서양 것은 이제 배울 만큼 배웠어요. 이제 그 혜안으로 우리 걸 한번 들여다봐야 합니다. 과거에 똑똑한 미국, 일본 유학생들이 다 놓쳤던 것, 다시 한번 들여다봐야 합니다. 이젠 그때가 왔습니다.

강증산은 날아다니는 나비에게도 원한이 깊이 깃들어 있다고 했어요. 물질, 동식물 안에 들어 있는 마음이 모두 병든 것, '한恨'입니다. 막혀 있는 정서, 어떤 것을 향해 나아가려는 희망이 좌절되어 침전된 심리의 그늘, 그림자, 그 침전물, 이게 한입니다. 나비까지도 한에 차 있다고 본 거에요. 여성들은 말할 것도 없죠. 이들 여자들이 원하는 게 뭘까? 이들이 지배하는 세상일까? 아니에요. 남녀동권이겠지. 그런 말이 나옵니다.

그 다음의 말이 중요합니다. 강증산은 제자에게, 수천 년 억압으로 뒤틀린 남녀 관계가 평형을 이루려면 한참 동안 여자들이 설쳐야 할 것이라고 말합니다. 여자들이 난리를 부려야 돼요. 기울었던 게 바로 잡히려면 그럴 수밖에 없습니다.

새 시대의 요구가 뭡니까? 아까도 이야기했지만 영성이에요. 이게 기준이에요. 나는 영성주의자는 아닙니다. 욕망학도 동시에 인정하니까. 그러니까 이중 중심이겠죠. 두뇌 중심과 신체 중심의 이중 중심. 아까 이야기한 경락 체계를 인정한다면, 기氣는 마음을 싣고 가는 에너지의 체계니까,

그렇다면 마음은 두뇌에만 있는 게 아니에요. 두뇌는 축소판이죠. 이 축소판의 확대가 온몸, 전신입니다. 전신이 마음이라고 나는 봅니다. 그러니까 이중 중심도 아닌 것 같아요. 앞으로는 이제 밝혀져야 할 겁니다.

자, 이거 누가 할 것이냐 하는 이야기 또 나왔죠. 강증산이 자기 부인한테 법통을 넘깁니다. 남자 제자들이 둘러서 있는 가운데 자기 부인에게 큰 식칼을 들고 자기 배 위에 올라타라 그래요. 그래서 부인이 강증산의 배 위에 올라탑니다.

그리고 배 위에 있는 부인에게 "천지인 삼계 대권을 내놓으라고 그래라." 하고 시킵니다. 강증산이 스스로 옥황상제라고 했으니까 바로 하느님이죠. "나보고 이 천지대권을 내놓으라고 해라." 그래요. 강증산이 시키는 대로 고수부라는 자기 마누라가 "삼계 대권을 내놔라." 그러니까 강증산이 빌면서 "네, 드리겠습니다." 이럽니다. 이게 바로 가장 중요한 천지공사라. 천지가 바뀌었다. 여성한테 대권이 넘어갔다. 이거 어떻게 보세요. 고수부가 마당에 유교 경전, 성경, 불경, 채권, 공명첩, 벼슬 임명하는 것, 온갖 것 다 모아놓고 밟으면서 춤을 춥니다.

진화판, 새 세상 여는 거예요. 자 이거, 어떻게 봐야 될 것인가? 여성학, 성 평등, 페미니즘 다 좋은데, 난 페미니즘에 대해선 잘 모릅니다만, 생명론에 입각했다는 에코 페미니즘까지도 문제가 많은 것 같습니다. 이거 어디서 뛰어넘을 거냐?

이런 간단한 이야기를 자기가 창조적으로 이 시대에 맞게 파악하는 것, 율려가 천지를 창조했던 시대, 천지의 모든 질서를 최초의 카오스적 질서로서의 음악이 창조할 수 있었고, 그때 창조의 주체로서 떠올랐던 인류 시원의 여성 마고로 돌아가는 운동, 이것이 우리 민족과 인류의 영원한 꿈입니다.

서양 발칸으로 돌아가는 회귀 운동에서 이제 완전히 힘을 잃었습니다. 마르크스도 푸코도 니체도 한나 아렌트도 창조적 담론을 발칸 고대로부터 끌어냈습니다만은 20년 전 푸코 이후, 들뢰즈의 마지막 책인『철학이란 무엇인가?』가 나온 이후 구라파의 의미 있는 담론은 끝입니다. 이제 어디서 튀어나올까요? 벽에 부딪히면 맨날 미국이나 구라파 가서 담론 카피해 오는 문화식민주의는 이제 극복해야 합니다. 마르크스는 존경하면서 왜 마르크스가 벽에 부딪혔을 때 발칸 고대로, 공산제 사회로 돌아갔던 그 용기를 못 갖습니까? 우리는 왜 아시아 고대로 돌아가는 그 용기를 못 갖느냐 이겁니다. 왜 민족주의는 원수처럼 미워하고 우습다고 생각하는 겁니까?

프란츠 파농이『검은 피부 흰 가면』의 분석을 통해서 제기했던 문제, 프랑스 말을 쓰면서 오르가즘과 전율을 느꼈다는 식민지 흑인의 이야기를 기억하십시오. 왜 오르가즘과 전율을 느낄까요? 그건 잘못된 정신 상태입니다. 이걸 치유해야 합니다. 이건 단순히 쇼비니스트적 견해가 아닙니다. 그럴 정도로 나는 적은 체험을 한 사람도 아니고, 배짱이 작은 사람도 아닙니다. 내 이야기는 여성, 여성성, 여성적 문화가 앞장서면서 남성도 돕고, 결국은 근원적 인류의 꿈을 미래 체제로 성취시키기 위해, 고대로 대담하게 탐색 여행을 떠나면서 미래로 비전을 보내는 쌍방향 운동을 할 수 없는가? 있다! 그게 뭐냐? 율려운동이다! 이 이야기입니다.

율려를 너무 어렵게 보지 마세요. 우선 춤추고 노래 부르는 것부터 시작해서 몸부터 치료해야 합니다. 자기 몸과 목소리의 진동을 통해서, 자기 몸의 내강이 흔들흔들히고 공기가 흔들흔들하는 체험을 통해서 느낌이 옵니다. 이제 말의 시대, 문자시대는 끝났고, 멀티미디어의 시대입니다. 멀티미디어의 가장 핵심 콘텐츠는 신령神靈입니다. 영에서부터 창조적 아이디어가 나오고, 탁월한 미학적 생산성이 보장되고, 이것이 새 시대의 지구 정보 하이웨이의 내용이 됩니다. 이게 창조화 시대입니다. 그리고 새 문명입니다. 지금의 인프라만 갖고는 해결하기 어렵습니다. 핵심을 짚어야 합니다.

그러려면 우선 여러분은 뭘 해야 합니까? 아까 민족주의 재구성에 대한 문제가 나왔습니다만, 우리 민족의 역사나 사상체계나 19세기 수운, 증산, 일부의 사상 안에 들어 있는 좋은 씨앗을 여러분들같이 높은 지식을 가진 분들이 창조적으로 재해석해야 합니다. 우리 민족뿐만 아니라 한 걸음 더 나아가 아시아와 세계 인류와 지구 전체를 구할 수 있는, 자연과 인간과 사회를 연결시키는 새로운 담론과 과학, 안팎으로 '체體'이면서 '용用'이고, 용이면서 체인, 신인간에 의한 새로운 율려운동, 세계를 바꾸는 생명운동을 해야죠.

우리의 과거엔 신시와 같은 독특한 세계경제 체제의 씨앗도 있는데, 이것은 호혜와 교환을 결합한 이중적 교호결합의 복합적 시장질서입니다. 또 전원일치적이고 직접적·집단적 민주주의의 씨앗이 화백제도 안에 있습니다. 굉장히 복합적입니다. 연구해야 할 것이 많습니다.

이걸 가로막고 있는 것이 지금의 상고사 교육입니다. 이게 내 결론입니다. 이병도 식민사관, 일제에 의해서 조작된 사관이 있습니다. 우리 모두 그 역사 교육에 의해 세뇌받았고 현세대 청소년들도 그 교육을 받고 있습니다. 뭡니까? 단군은 곰의 자식이라고 하죠? 초등학교 역사책에 곰이 그려져 있어요. 고조선은 신화라고 가르칩니다. 또 단군조선의 건국 시기가 BC 10세기, 청동기 시대에 한정되어 있어요.

여러분 고조선 강역이 어디입니까? 완전히 자루 속에 쥐 잡아 넣듯이, 평양이고 뭐고 대동강 근처로 전부 집어넣어 버렸어요. 강역이 그렇게 좁지 않았습니다.

그런데 이 운동을 할 때 조건이 있습니다. 절대로 쇼비니즘과 타협해서는 안 됩니다. 한편에서는 쇼비니즘의 위험이 있고, 한편에서는 무정부주의자들의 민족 해체론이 있습니다. 양쪽을 치면서 나아가야 합니다. 민족적으로는 주체적이면서 동시에 그것을 넘어서는 개방성, 이 생명의 패러독스를 자기 철학으로 가져야 합니다. 이런 운동을 지금 시작해야 하고,

현행 상고사 교육의 중지 운동을 벌여야 합니다. 이에 대한 대안 운동으로서 전 민족 속에서 민족교육문화회의가 소집되어야 합니다. 이것과 함께 과학적 근거, 사상적 근거, 새로운 해석 방법론 등이 나와야 할 겁니다.

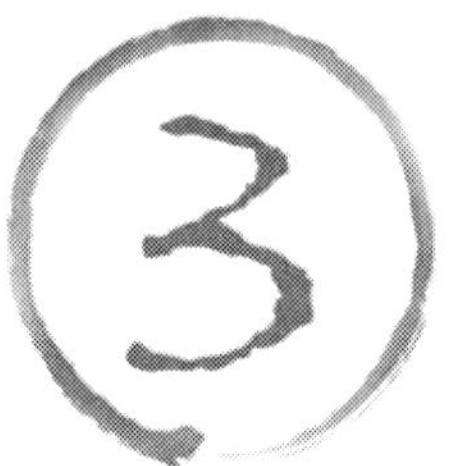

예술과 과학*

무슨 이야기를 할까 생각하다가 떠오른 것이 요즘 여러분이 당하고 있는 현실, 예술종합학교의 책임운영 기관화, 민영화입니다. 오늘 이야기의 주제는 그것입니다. 민영화가 아니라 과학기술대학과 예술종합학교를 국립대학으로 위치를 격상시켜서 그 지위를 확정해야 할 뿐만 아니라, 석ㆍ박사 학위까지도 줄 수 있는 재량권을 주고, 관계 법령을 바꾸고, 여러 가지 특혜를 주는, 21세기 국가발전전략의 두 기둥으로 과학과 예술문화를 인식해야 한다는 것이 오늘 제 이야기의 주제입니다.

왜 그러하냐? 21세기는 콘텐츠contents의 시대입니다. 문화의 시대고 창의력의 시대입니다. 예술이 문화의 핵심이고 예술 가운데 가장 중요한 것은 창의력ㆍ창조력입니다. 미학적 생산성이 중심이 되어 가는 시대입니다. 지식과 정보화가 21세기 생산양식이 될 것이라는 것은 이미 상식입니다. 정치나 경제가 중심 담론이 되는 것이 아니고 문화가 중심 담론이 된다는 이야기이고, 전 지구를 뒤덮는 정보하이웨이가 이제는 우리의 일상생활이 된다는 이야기입니다. 전 지구가 신경망화, 영권화靈圈化되는 것입니다.

---

* 이 글은 1999년 3월 20일 한국예술종합학교 전통예술원에서 강연한 내용을 옮긴 것이다.

전 지구적 신경망 영권 안에 살고 있는 사람의 모든 삶에 있어 중요하게 되는 기관은 두 가지입니다. 신체와 두뇌. 그렇다면 이것을 관통하는 것은 무엇일까요? 그것은 신체적 일상생활과 그 생활의 내용을 이루는 문화적 가치, 그 문화적 가치의 핵심인 미학적 생산, 미학적 생산의 핵심인 창조력입니다. 그리고 그 둘을 창조적으로 통합하는 사회적인 새 문화운동입니다.

미학적 창조력과 대중의 신체적·일상적 삶이라 했습니다. 또한 신체적 사람의 연장이면서 그것을 심화 확대할 수 있는 과학적 기술이 필요합니다. 그래서 과학기술과 그 콘텐츠를 이루는 미학적 창조력, 즉 문화가 21세기 생활의 두 기둥입니다. 이것은 여러분이 깊이 있는 문명론이 아니라 정보화에 관계된 책을 조금만 읽어도 예견력이 있는 분들이면 금방 짐작할 수 있습니다. 그래서 제 주장은 예술종합학교와 과학기술대학을 국가 발전을 위한 21세기 전략의 두 기둥으로 격상시켜 달라는 것입니다.

왜 그러하냐? 현대와 앞으로의 세기는 에로스의 세기입니다. 남녀 간의 관계가 우리 때보다 훨씬 친밀하죠. 사회적으로 에로스가 강하게 작용하고 있기 때문입니다. 에로스는 무엇과 관계가 있습니까? 바로 여성, 여권과 관계가 있습니다. 여러분, 페미니즘이 날로 강화되고 있는 거 아시죠? 그것은 희랍신화의 가이아가 다시 살아난다는 이야기입니다.

가이아는 또 바로 지금의 환경운동과 관련이 깊습니다. 제임스 러브록이라는 사람이 '가이아 가설'이라는 것을 발표했죠. 그 이전의 사회주의적·개량주의적 갈래의 환경운동이나 생태학 사상과는 크게 대별되는 아주 굵직한 담론입니다. 가이아 가설, 즉 지구의 물질덩어리가 단순한 물질덩어리가 아닌 생명을 가진 유기체요 정신체계라는 것을 강조하고 있기 때문입니다. 제임스 러브록은 이것을 가이아, 즉 '대지의 모신'이라고 불렀던 가이아가 억압당하고 죽임당한 지 수천 년 만에 부활하는 것이라고 봅니다. 이것과 관련해서 여성문제 혹은 여권운동이 강화되고 있습니다.

에로스와 가이아의 등장은 카오스의 등장을 의미합니다. 여러분, 카오스 수학 알죠? 카오스 수학 혹은 카오스 과학 혹은 복잡성의 과학, 여러 가지로 표현합니다만 북경에 나비가 팔랑거리면 뉴욕에서는 폭풍이 일어난다는 이야기, 바로 이 '나비효과'라는 것이 카오스이론의 대표적인 선전 문구입니다. 복잡성, 무질서, 혼돈, 요동, 비평형…… 여러 가지 말이 있죠. 이 과학·수학 체계가 지금 구라파를 중심으로 해서 과학계, 철학계를 휩쓸고 있습니다. 이렇게 해서 에로스가 가이아를 물고 나오고, 가이아가 카오스를 물고 나오는 것이 희랍신들의 족보입니다.

이것이 무엇을 뜻하느냐? 고대의 부활입니다. 고대의 부활은 서양에서는 곧 굴속에 갇혀 있던 우로보로스, 즉 뱀 또는 용의 부활입니다. 원시의 대생명력, 성적 난교蘭交, 처음과 끝이 하나로 이어지는 지금 여기의 무궁무궁한 삶의 우주적 생성 문화 따위가 다시 살아나는 원시적 생명시대의 새로운 시작을 말합니다.

우리의 문명사는 5만 년 전에 호모사피엔스사피엔스, 슬기인간 혹은 이성적 존재라고 하죠. 생각하는 것을 생각하는 반성의식, 리플렉션, 이러한 능력이 소위 언어의 발생, 문화와 문명의 발생, 노동의 조직화, 사회의 출현, 그 뒤를 이어서 여러 가지 공구·도구들의 발생과 종교·국가의 발생 같은 일들로 이어집니다. 문명이 생긴 것입니다. 5만 년 전 인간의 뇌수 중에 생각하는 것을 생각하는 '반성적 의식'이 돌연한 순간에 일어났다는 것이죠. 그것을 슬기인간이라고 하죠. 바로 그 무렵으로 다시 돌아간다는 이야기입니다, 문명사가 지금…….

원시반본原始返本이라고 하죠. 동양에서는 '원시로 되돌아간다', 서양에서는 '렐리지오religio'라고 부릅니다. 종교에서도 '렐리지오'라고 하는데, 근본 가르침은 원래 '근본 자리로 되돌아가는 것'을 말합니다. 그래서 렐리지오, 되돌아본다는 이야기입니다. 서양에서는 모든 사상가들, 작가들이 한 시대의 문화가 벽에 부딪히면 반드시 고대 희랍으로 돌아가죠. 그래서 미래와 현재에 효력 있는 새로운 담론, 새로운 사상, 새로운 예술을 끄집어냈습니다. 대표적인 것이 무엇입니까? 르네상스죠. 우리나라 사상가와 예술가들한테 불만 있어요. 저도 그중의 한 사람이겠습니다만.

동양에도 고대가 있고, 특히 우리나라의 고대는 찬란했습니다. 6천 년 전, 신시神市라고 부르기도 하고 그 뒤 고조선이라고 부르기도 합니다만, 엄청난 고대의 위대한 문명의 기억이 있음에도 불구하고 우리는 벽에 부딪히면 우리의 고대로 돌아가지 않고 서양으로 갑니다. 서양에서 가서 그때그때마다 유행하는 담론들, 과학체계들을 카피해서 돌아와 폼을 잡고 써먹어요. 그러다가 한 7~8년 써먹다가 또 나가서 카피해 옵니다. 이것이 우리나라 지식인, 사상사, 예술가들의 아주 못된 버릇입니다.

왜 못됐냐? 남의 것, 배워야죠. 배울 것은 배워야 합니다. 그러나 나쁜 점은 자기가 속해 있는 대륙, 자기가 속해 있는 문명권의 고대로 돌아갈 생각은 않고 무조건 서양에서 베끼는 겁니다. 서양 지식인들, 열심입니다. 무척 성실합니다. 지식인·예술가·사상가, 그들이 벽에 부딪혔을 때 고대 발칸, 고대 희랍으로 돌아가서 열심히 고대의 경제, 고대의 문화, 히브리어, 희랍어를 공부해 가지고 원시와 고대 그리고 그 이후의 플라톤, 아리스토텔레스, 소크라테스를 새롭고 현대적인 사상으로 재창조한, 그러한 성실한 노력의 결과를 우리나라 사람들은 우리 스스로는 되돌아가려는 노력을 하지 않고 남의 노작을 베껴다 먹는 거예요. 불성실한 태도지요. 동양인이 언제부터 이렇게 불성실해졌는가 한번 생각해 보세요.

예술도 마찬가지입니다. 예술에서 가장 중요한 것은 무엇입니까? 재능이죠. 요즘은 예술을 똥구멍으로 해요. 재능이 중요한 것이 아니라 미국 가서, 구라파 가서 예술을 배워온다고 생각하는 것입니다. 그럼요, 예술 사상도 배워야겠죠. 미학과 예술 실기도 배울 것은 배워야겠죠. 허나 중심은 자기한테 있는 겁니다. 저는 쇼비니스트가 아닙니다. 그렇지만 우리가 벽에 부딪혔을 때, 무엇을 결정적으로 해결해야 할 때는 반드시 우리의 고대로 되돌아가야 합니다.

고려 후기 몽고 침입으로 혼란할 때 일연 스님이나 이승휴는 고조선으로 삼국시대로 되돌아갔고, 조선 후기 수운 최제우 선생, 일부 김항 선생, 증산 강일순 선생도 단군과 『천부경』의 풍류도로 되돌아갔죠. 가서 고대로부터의 비전으로 당시의 역경을 돌파하려고 했죠. 저 유명한 마르크스도 고대로 돌아가서 새로운 세계혁명 이야기를 꺼냈지요. 그것이 공산주의입니다.

우리나라에도 물론 해방 전후에 백남운 선생이나 손진태 선생처럼 위대한 분이 많이 계셨습니다만 지금은 별로 없어요. 이제 우리는 다시 그 문제에 부딪혔습니다. 여러분, 포스트모던의 아버지라고 하는 푸코 같은 사람도 희랍으로 돌아갔습니다. 푸코, 그 유명한 니체가 모두 문헌학을 통해서 희랍으로 돌아간 사람들입니다. 거기서부터 현대적인 이야기를 끄집어낸 것입니다.

우리도 한번 돌아가야죠. 어때요? 신라로 돌아가고 풍류로 돌아가고 오히려 그 이전, 5천 년, 9천 년, 1만4천 년 전으로 크게, 성큼 돌아가야죠. 우리나라 것 속으로 깊이 들어가야 해요. 왜냐? 이것은 시대적인 조류이기도 합니다. 서양과 동양이 똑같이 고대로 돌아가야 합니다. 그러면, 고대로 돌아가면 과학과 예술이 하나입니다. 아시아의 고대는 사실 서양의 고대인 희랍의 시원始原이기도 합니다. 그러니까 아시아의 고대는 전 인류의 문화적 기원起源입니다. 거기에서는 과학과 예술이 하나입니다. 그리고 거기에 신령한 주술적 품격이 예술과 과학에 함께 있습니다.

이것이 현대 예술이 잃어버린 아우라입니다. 벤야민이 '아우라'라고 부른 것은 영성靈性, 초월성, 신령한 품위, 우주적인 인간의 감성인데, 우리는 이것들을 잃어버린 것입니다. 대중 복제예술이 판치게 되니까 아우라가 증발해버렸다는 이야기입니다. 그러나 동성의 새로운 미학과 예술, 문화이론은 이 초월성의 회복을 다시 요구하기 시작했습니다.

오늘 제 이야기의 핵심은 고대로 돌아감과 함께 고대에는 하나였던 과학기술과 예술문화의 깊은 창조력과 감성이, 상상력이 가지고 있었던 고대적인 인간과 우주 사이의 신령한 관계, 즉 아우라를 되찾을 수 있겠는가에 있습니다. 과학과 예술이 서로 결합함으로써 단순히 개인 천재 중심의 고급예술뿐만 아니라 점점 청년화·대중화되고 있는, 예술의 세기 21세기 삶의 거의 전면을 획득할 문화예술의 미학적 생산성의 내용이, 단순히 복제예술이나 천박한 오락예술이 아니라, 고급예술이 가지고 있고 누릴 수 있는 영적인 깊이, 예술적인 깊이, 벤야민이 현대 복제예술에서 증발되고 있다고 말하는 바로 그 아우라를 대중적·민중적 차원에서 재획득할 수 있겠는가 하는 것, 이것이 오늘의 주제입니다. 그리고 여기에 여러분이 몸담고 있는 전통예술, 우리의 전통예술이 기여를 할 수 있겠는가를 찾아보자는 것입니다.

이 주제는 바로 여러분들이 몸담고 있는 이 학교가 국립대학보다도 더 높은 위치를 과학기술대학과 함께 가져야 하는 그 정당성의 원리가 되는 것입니다. 그렇기 때문에 오늘의 이야기는 미학 공부이면서 동시에 여러분들이 처해 있는 처지를 뚫고 나갈 여러분들 자신의 정당한 명분이 되어야 할 것입니다. 부디 그렇게 되기를 바랍니다.

오늘 이야기의 제목을 '산조散調'라고 붙이자고 했는데, 그 뜻은 과학처럼 대체계도 아니고 서양 예술처럼 연속적인 감흥 구조도 아니며, 띄엄띄엄 이것저것 툭툭 던지는 식으로 무질서하게, 그야말로 카오스적으로 이야기할 것 같아서입니다. 또 오늘의 주제도 산조, 그 산조음악에 흐르고 있는 카오스 분위기와 관련이 있습니다. 그래서 이야기를 토막토막 하겠습니다.

여러분에게는 조금 어려울 것입니다. 어렵지만 이 생각을 하십시오. 저는 젊었을 때 조금 어렵더라도 의미 있는 이야기를 들을 기회가 있으면

꼭꼭 들어두었습니다. 그것이 예술창작이나 이론탐구 활동을 하는 과정에 계속 머리에 남아서 수시로 작용해 주었던 기억을 갖고 있습니다. 저는 미학하고 연극하고 시 쓰고 그림 그렸던 젊었을 때, 훌륭한 선생님의 묘한 이야기가 그때는 영 풀리지 않았는데 계속 살면서 생각하고 부딪히고 작업하는 과정에서 어느 날 '아, 이런 이야기 였구나!' 하고 깨달을 때가 여러 번 있었습니다. 그 기억을 더듬으며 조금 어렵다고 느껴질지라도 제가 몇 개의 문제점을 던지겠습니다. 받아 넣어 두시기 바랍니다.

여러분은 경험하지 못했지만 여러분들 조금 위로 올라가면 선배들이, 우리 때부터 시작해서 한 20년 넘게 민주화투쟁이라는 것을 했습니다. 특히 박정희 씨와 그 뒤의 군사정권하에서 엄청나게 많은 사람들이 희생당하고 감옥에 가고 고통 받으며 저항운동을 했는데, 이때 그 투쟁의 밑을 관통한 세 가지의 사상이 있었습니다. 하나는 전통예술과 관련이 있는 민족주의 사상, 또 하나는 사회주의·공산주의, 즉 과학적 마르크시즘, 나머지 하나는 새로운 형태의 사회와 관련이 있는 인간과 사회 구원을 지향하는 새로운 혁신적 종교사상이었습니다.

그런데 이 세 가지의 흐름 가운데 중요한 뼈대를 이루고 있던 마르크시즘은 아시다시피 소련과 동구라파의 붕괴와 몰락으로 세계사에서 거의 자취를 감추고 있습니다. 그 마지막 꼬리에 붙어 있는 사상가 한 사람이 있습니다. 이매뉴얼 월러스틴. 월러스틴의 최근의 책이 우리나라에서 번역이 되었는데 제목이 『유토피스틱스』입니다. 앞으로 40~50년 안에 세계체제로서의 자본주의는 끝장난다는 것입니다. 현명한 사람이니까 경청해서 들어야 할 필요가 있습니다. 월러스틴의 이야기는 세계체제로서의 자본주의가 '끝장난다'는 이야기입니다.

여러분도 먼 이야기라고 생각하면 안 됩니다. 21세기에 들어서게 되면—사실은 바로 지금부터입니다만—문화자본주의 혹은 인지자본주의라고 하죠, 인간의 창의력, 영적인 것, 깨달음, 아우라…… 이러한 상품화·

자본화할 수 없는 것을 몽땅 자본화 · 상품화하려고 하는 자본주의자들이 이 세상의 온갖 것을 다 상품화시키겠다는 쪽으로 달려갈 것입니다. 참 꿈도 야무지죠. 저는 그것이 자본주의의 끝이라고 봅니다.

월러스틴은 생산비 증가 때문에 이윤 축적이 잘 안 된다는 것, 이윤 축적을 가능하게 해주었던 보호막으로서의 국가가 쇠퇴한다는 것, 생태계 위기의 압박, 이 세 가지 원인을 들어 자본주의가 끝난다고 하지만 저는 그것은 외적인 요인이라고 보고 자본주의의 참된 끝장은 상품화할 수 없는 것, 자본화할 수 없는 것, 이윤으로 축적시킬 수 없는 인간 최심부의 정신영역까지 전부 상품화하려고 하는, 인간의 영혼까지도 팔아먹으려고 하는 자본주의의 마지막 장삿속이 결국 자본주의를 끝장낸다고 생각합니다.

인간의 가장 깊은 곳, 삶의 가장 괴롭고 진지한 것으로부터 솟아나는 고뇌에 찬 예술적 창의력 또는 영적인 깊이의 빛, 미학적 생산성, 이러한 것까지도 자본화하고 이윤화하려고 했을 때 자본주의는 마침내 끝장난다고 보는 것입니다. 그렇기 때문에 월러스틴이 아니라 하더라도 문화나 미학적 생산성, 창의력이 중심이 되어가는 이 시대에 있어서 자본주의는 최초의 강하고 기막히게 에로틱한 유혹을 받죠. 이 신령한 영역을 전부 자본화시키고 싶은 유혹을 받지만 바로 이 유혹 때문에 끝장이 난다고 봅니다.

어떻게? 제가 명상을 해보니까 뇌파가 알파파 이하로 내려가는데—더 내려가면 졸리죠. 이 졸리기 직전까지가 가장 좋습니다—이때 알파파 상태에서 '정신적 항체'라고 부르는 이상한 치유와 포괄적 지혜의 능력이 생겨납니다. 그것은 아래로부터, 즉 심층 무의식으로부터 서서히 퍼져 올라오는 능력이죠. 저는 이것을 이단 '율려'라고 이름 붙였습니다만 일종의 초능력인데 그 저항력, 그 정신적 항체가 암에 걸린 사람까지도 회복시킨다고 합니다. 그래서 암을 명상이나 영가무도로 치료한 사람도 많습니다. 약물이나 수술로도 어쩌지 못하는, 몽땅 망가진 정신과 신체의 커뮤니케이션 시스템 전체의 신령한 순환을 기적적으로 회생시키는 것입니다. 완전히 공인된 것은 아니지만 저는 그것을 상당히 중요하게 생각합니다. 인간의 깊은 무의식과 초의식, 우주의식…… 여러 가지 말이 있습니다만 그렇게까지 내려가면 거기서부터 올라오는 영적인 능력은 분명 인간의 정신과 신체의 병적 상태를 바꿉니다.

종교가나 유명한 사상가들이 어떤 깨달음에 의해서 괴롭고 어두워도 새로운 길을 과감하게 걸어가는 것을 여러분은 잘 알 것입니다. 꼭 거기까지는 못 간다 하더라도 이제 예술 역시 단순한 재치나 재능 따위 능력이나 감각만으로 되는 것이 아닙니다. 깊은 영적 능력, 영적인 깊이까지 내려가서 거기서부터 올라오는 어떤 내적 체험에 근거하고 그것으로부터 밀고 나갈 때 감각적인 체험이 깨달음으로까지 연결되는, 그런 깊고 큰 창조적 영역에 미래의 예술이 놓여 있습니다. 그것이 곧 율려운동입니다만.

이때 나타나는 정신적 항체가 그것을 둘러싸고 그것을 자본화하려고 하는 자본주의적인 시장구조의 메커니즘을 오히려 역으로 전향시킨다고 봅니다. 콘텐츠웨어가 하드 · 소프트웨어를 거꾸로 결정하고 지배하는 이치입니다. 즉, 그 창의력은 항체이기 때문에 그것을 천박하게 써먹으려고 상품화시키고 병들게 하는 일체의 속된 흉계와 질병을 거꾸로 치유 전환시킨다고 봅니다. 그래서 자본주의를 끝장내고 새로운, 제 문자입니다만 '거룩한 인간과 생명의 시장', 즉 신시神市를 만듭니다.

시장은 없어지지 않습니다. 사회주의자들은 너무 성급했어요. 시장은 그대로 있어요. 시장은 인간이 나무에서 내려올 때부터 시작됩니다. 가족은 나무 위에서 시작되었고 이념이나 제도, 자본주의냐 사회주의냐 하는 것은 아주 훗날의 이야기입니다. 사회주의자들은 너무 성급하게 가족과 시장을 이념이나 제도로써 전부 뜯어고치려고 했습니다. 그러다 망한 것이죠.

우리는 이러한 시대에 진입하고 있습니다. 월러스틴은 자본주의 이후에 나타날 질서는 "카오스 질서, 복잡성의 과학, 혼돈의 경제"라고 말합니다. 혼돈은 반드시 새로운 질서를 창출하는데 그것이 끔찍한 것이 될지 좋은 것이 될지는 자기도 잘 모르겠답니다. 잘 모른다? 서양 사상은 여기에서 벽에 부딪히게 됩니다. 잘 모른다는 고백이 서양 과학과 사상의 솔직한 형편입니다.

왜냐? 문화가 21세기의 핵심 영역이 될 것이라고 합니다. 오히려 문화나 미학적인 창의력으로부터 경제나 정치에 대한 새 시대의 비전을 끄집어내야 한다는 것이 요즘 시민운동 쪽의 담론입니다. 그래서 자본을 가진 자들이 문화를 향해 덤벼들고 공무원들도 침 흘리며 덤벼들죠. 광주 비엔날레니 과천 마당극이니 하는 현상은 앞으로 굉장히 증폭될 것입니다. 왜냐? 문화가 중심이 되기 때문에 그래요. 돈벌이도 되고 인기 상품이 된다 이거지요.

그 문화의 중심은 미학적인 창의력이에요. 여기에서 한 가지 주제가 나왔고 또 한 가지는 자본주의 이후 새로운 질서의 핵심은 복잡성과 혼돈, 즉 카오스적 질서가 될 것이란 이야기입니다. 그런데 문화의 핵인 미적 창의력 안에는 우주와 인간의 관계가 들어 있고, 어쩌면 이것이 근원으로서 창조를 좌우하고 있습니다. 그 우주와 인간의 관계가 사실은 미적 창의력의 핵심입니다.

그런데 우리 민족의 고대로부터 내려오는 흐름이 있습니다. 고조선 『천부경』의 질서나 삼한과 삼국시대의 화랑 무예와 가무 풍류의 핵심을 이루는 것이 두 가지입니다. '접화군생接化群生', 모든 살아 있는 것, 동식물·인간·물질을 접해서, 사랑해서 그 마음을 감동 감화시키고 변화시키는 것, 요즘 문자로 하면 진화시켜 완성시키는 것, 이것이 풍류입니다. 그런데 그 질서는 『천부경』, 『삼국유사』, 『고려사』, 신선도, 풍류도 등 여러 가지 기록과 기억들을 볼 때 분명히 카오스적입니다.

21세기는 문화와 미학적 창의력 등 창조적 발상량發想量이 기본 유니트가 됩니다. 비트가 유니트가 아니에요. 이제부터는 정보화도 창조적 발상

체계로 중심이 이동합니다. 전 지구적 정보하이웨이의 발전 방향은 안으로 굴러 들어가는 내권內眷운동입니다. 밖으로 퍼져나가는 것은 반드시 안으로 굴러 들어갑니다. 오메가 포인트를 지나면 안팎의 진화 순서가 바뀝니다. 우주 진화의 외면적 복잡화는 오메가 포인트를 지나면 내면적 의식의 창조력에 지배됩니다.

서양 문화계는 내용이 부실해요. 예를 들어 스탠리 큐브릭의『스페이스 오디세이2001』을 보면 기술은 기막히게 발달했죠. SF의 고전인데도 내용이 부실해요. 요컨대 신령이 없어요. 오디세이의 목표인 목성에 도달할 때까지의 그 현란한 우주 이미지 합성에서 기막힌 놀라움이 왔는데 막상 자체의 이미지는 중부 유럽의 바로크 르네상스에요. 그 정도로 답답합니다. 나머지 SF들은 서부극이나 공포극 재판에 불과하고…….

디지털 테크놀로지, 카메라도 굉장히 세밀해졌어요. 몽타주 기법을 만들었을 때하고는 달라요. 그런데 내용은 포르노지요. SF도 겨우 우주에서 서부극을 해요. 얼마나 빈약하냐고요. 앞으로는 콘텐츠웨어, 결국은 영적인 창조력으로 돌아옵니다. 결국 예술가의 창조력이 필요해요. 창조력의 핵심은 영성, 즉 카오이드, 신령한 카오스적 질서입니다. 이것이 전제에요.

제가 요즘 율려학회를 하고 있는데 율려는 음악을 말해요. 우리나라 말로는 풍류風流인데, 양음陽陰을 '율律'이라고 하고, 음음陰音을 '려呂'라고 하죠. 율려는 음악이면서 동시에 우주 리듬이지요. 12계절이 우주의 질서인데, 이 우주의 질서를 그대로 모방하는 것이 율려에요. 율려는 12율로 되어 있어, 6개가 양陽이고 6개가 음陰입니다. 그 안에는 황종黃鐘도 있고 협종夾鐘도 있고, 궁상각치우宮商角徵羽 5음과 12율이 합쳐져 음악을 구성하는데, 이것은 중국음악과 우리 음악이에요. 왜 이 운동을 할까요?

제가 스무 살 때부터 반反박정희 운동을 하다가 감옥에 갔는데 그곳에서 생명운동, 환경운동, 지방자치운동의 필요성을 깨달았어요. 그래서 출옥 후에 그러한 운동을 했고, 책 쓰고 강연하고 사상활동을 했지요. 그런데 4~5년 전에 벽에 부딪혔어요. 민중운동도 중요하고 환경운동, 생명운동도 중요하고 직접민주주의인 지방자치도 중요하지요. 하지만 이러한 것들은 발로 뛰는 조직만으로는 안 돼요. 그리고 외면적 사회변혁만으로는 근본적인 변화가 오지 않죠. 한계에 도달했어요. 왜 그럴까요?

사람의 마음보가 변하지 않으면 병든 인간, 병든 사회, 병든 지구를 살릴 수 없어요. 참생명운동 못해요. 환경운동연합의 공해추방운동, 녹색운동에 대해 많은 조언을 했고 참여도 했지만, 사람의 마음이 달라지고 사람의 내적 생활, 즉 문화와 교육과 예술 내용이 달라지지 않으면 소용이 없어요. 그린피스 아시죠? 환경오염, 핵 확산 감시 고발 단체지요. 그 활동, 의미 다 인정하는데 근본적으로는 해결이 안돼요. 왜냐. 욕망이 문화의 중심에 있으니까요. 욕망의 에너지에 영적 능력이 더해져야 합니다. 도리어 영성이 욕망을 컨트롤해야 하지요. 신체의 리비도libido 중심과 두뇌의 영성이 같이 있어야 해요. 그리고 그것을 가슴의 사회적 사귐과 사랑의 창조적 문화가 통합해야 합니다. 마음이 편해야 해요. 그리고 마음은 우주와의 관계 위에 있음을 다시 살펴야 합니다.

20대에는 한때 헤겔, 칸트, 하이데거가 다인 줄 알았어요. 하지만 다행스럽게도 조동일 씨나 심우성 씨를 만나 20대에 민족문화운동을 해서 두 가지를 다 섭취할 수 있었어요. 최근에는 서양적인 근본주의 보다는 동양적인 근본주의에 눈을 돌렸지요. 어떻게 세상에 새롭게 눈을 돌릴 수 있는가?

「악기樂記」는 『예기禮記』에 들어 있죠. 악기에 보면 '세상이 망하려면 음악이 먼저 썩는다'고 해요. 연극·무용·음악과 예술이 썩으면 나라가 망해요. 사람 마음이 음탕해지면 세상이 끝납니다. 이것은 저도 자신 없지만 원론은 그렇다는 거지요. 『시경詩經』에 보면 '정풍위풍鄭風衛風', '정나라와 위나라의 음악과 예술이 썩었다'는 말이 나와요. 그러면 사회 분위기가 흐려지고 도덕이 무너지고 결국은 정치가 끝장난다는 겁니다.

성인이 일어날 때는 반드시 새로운 음악이 생겨나고 연극과 같은 감성의 복잡화 장치가 생겨나요. 잇달아 사회적 도덕이 생겨나고 거기에 알맞은 정치·경제·사회혁명이 일어나는 거예요. 이것이 동양의 정치사상이지요. 그리고 이것이 동양적 근본주의입니다. 우주와 인간을 다시 살피는 음악과 연극을 새로 발견하고 새로 만드는 것입니다.

여러분이 좋아하는 헤비메탈은 음탕하고 거칠고 툭툭 끊어져요. 기氣 흐름의 연속성이 없기 때문에 디스크 걸리기 안성맞춤이죠. 죽음, 폭력, 섹스, 화학적 순수. 앞의 세 가지는 이해해요. 화학적 순수는 우리가 도달할 수 없는 꿈이지요. 끝장난 음악입니다. 하지만 우리가 받아들일 것은 있어요. 비트는 카오스적이에요. 그러나 이것도 제가 보기에는 너무 짧아요. 한국의 산조 음악이 미래의 세계적 대중음악의 시작이 될 것 같아요. 그러나 그것도 조건이 있어요. 산조의 '본청本淸'에 대한 보다 깊은 검토가 있어야만 그리 됩니다. 여하간 지금의 음악 내용은 끝났다는 것이지요.

문학에도 흡혈귀 이야기가 있지요. 전 세계적으로 청년 문학이나 록이라는 것이 하나의 카오스, 카오이드라는 것이지요. 질서가 주어진 무질서를 담고 있어요. 스톡하우젠에 비틀스적인 음악체계가 들어와 있지요. 그런데 동시에 바흐가 들어와 있어요. 일반적으로 비틀스 이후의 록이나 메탈을 거부하는 것이 아니라 그 안에 들어가는 내용을 말하는 것입니다. 내용이 엉망이니 비트가 카오스를 타면서도 카오이드 생신에 무기력해요. 새로운 음악을 만들 때가 되었다는 것이지요. 그래서 율려, 우주와 인간의 마음을 살피는 것입니다. 다시 봐야 해요. 정치·경제·사회 제도, 새로운 지구질서를 위해……

우주도 변하고 사람의 마음도 변하지요. 음악이 바뀌지 않으면 새로운 모럴이 나타나지 않아요. 전 세계적인 위기입니다. 위기란 무엇일까요? 지구 생태계의 균형 유지 기간을 앞으로 40년쯤으로 보는 사람이 많아요.

동식물의 멸종, 해수면이 높아지면 표토가 사라지고, 농업의 위기가 오고, 인구는 엄청나게 증가하고, 식량 위기가 와요. 전 지구적 위기가 오고 있어요. 닫힌 지구론과 열린 지구론이 있는데 저는 닫히면서 열린 지구론이라고 생각합니다. 그것은 바로 생명의 역설이죠. 그러니 위험하지만 또한 희망이 있지요. 그래서 율려를 시작한 거예요.

율려에서 가장 중요한 것은 중심음中心音 또는 본음本音이지요. 중국의 삼황오제 때, 황제 시대에 곤륜崑崙 산맥의 대나무 마디를 끊어 와 도량형의 기준을 삼았어요. 그리고 그 굵기로 악기 율관의 모델을 삼았고 정치의 표준을 삼았지요. 사회생활과 인간생활의 척도, 그것을 '중심음' 또는 '본음'이라고 하지요.

율려는 우주의 질서를 표현하는 음音 체계인데, 이 변화—역易의 질서는 한순간도 가만히 있지 않아요. 끊임없는 변화예요. 이 변화에는 반드시 중심음이 있어요. 이 중심음으로 우주와의 관계를 측정하고 문화의 전체 질서를 조율하지요. 이 중심음이 황제 때 이후 황종으로 정한 것입니다. 누를 황黃, 쇠북 종鐘 황종黃鐘은 주역에서 하늘이고 잠룡潛龍, 즉 숨은 용인데, 양陽이 드러나지 않고 음陰 밑에 숨어 있는 것, 아직 드러나지 않은 것, 가장 좋은 양陽, 젊은 선비, 집권하기 직전의 제왕, 이 양陽 중의 양陽이 황종이지요. 그러면 서정·서사, 지적인 교술·예술의 척도가 전부 달라집니다.

동양 무용의 미학적 원리는 사事죠. 일 사事 자. 사람이 우주의 변화 원리를 흉내 내는 것, 춤과 노래, 우주 질서를 자기 몸으로 생활 가운데 표현하는 거예요. 율동도 시도 연극도 그렇습니다. 사상 철학적 이론—공자는 왜 거문고를 들고 다니나, 왜 군자들은 시를 자꾸 읊나—옛날 사람들은 우주와의 접촉 과정을 시로 표현했어요. 우주의 질서로부터 한 순간도 안 떨어지려고 그랬던 것입니다. '불이不移'라고 하지요.

한민족의 전통은 조금 달라요. 중국은 사대부 중심의 우주에 대한 숭배

모방, 즉 문화 원리가 사事예요. 우리 춤의 미학적 원리는 '동사同事'지요. 사事는 모방, 숭배, 섬김의 뜻이었지만 동사同事는 동지이면서 친구입니다. 옛날에는 친구보고 동사라고 그랬어요. 춤의 미학, 그러니까 우리 춤의 미학은 사事이면서 동사同事지요. 동사는 이미 그 안에 사事이면서 동사同事의 뜻을 지녀요. 묘한 이치입니다. 높이 섬기되 친구로서 동역同域한 거예요. '비스듬한 가로지르기'지요. 무엇을? 내면에 생성하는 무궁무궁한 우주의 신령한 창조고국을 섬기되 그것을 친구로서 동맹, 파트너 노릇을 하는 거지요.

탈춤에 말뚝이춤은 동사同事—비정비팔非丁非八이고 노동과 성교의 바쁜 춤인데—양반춤은 사事, 민지풍우民之風雨예요. 솔개춤은 음적陰的인 절제요, 우주적이지요. 이것이 같이 있어요. 이중적입니다. 황종이라는 중심음, 본음, 바탕음, 중심음을 짚어야 새로운 시와 음악, 예술이 나오는 거예요. 이것을 짚지 않으면 21세기의 새로운 문화담론을 내세울 수 없고, 새로운 정치적 사회적 질서를 세울 수 없어요. 얽히고설킨 게 지금의 IMF입니다. 이때에 새 질서 찾아야지요.

황제는 어느 때 사람입니까? 엄청난 옛날이지요. 그런데 그 이후로 황종은 안 변했어요. 19세기의 수운水雲, 일부一夫, 증산甑山은 후천개벽後天開闢을 이야기했지요. 선천先天은 뭐냐, 5만 년 전의 슬기인간, 데카르트적 인간이에요. 이성적 주체지요. 서양의 제국주의 과학이 전 지구를 점령하기 시작할 때 동양에서는 이것을 질병과 재앙으로 봤어요. 우리가 짐작 못하는 공포, 한반도·중국·일본을 휩쓸었던 질병, 재앙……. 이분들은 이 질병들로 후천後天 우주 질서가 변한다고 봤습니다.

제가 보기에 서양에서는 17세기부터 시작되었던 것 같아요. 프랑스혁명, 산업혁명, 그전으로 올라가면 르네상스…… 그러니까 조화와 질서지요. 3천 년 이래의 로고스, 코스모스지요. 그것이 이때의 최고 이상이 되어 세계를 지배했습니다. 영웅, 지배자, 남자, 과학기술, 밝음, 이상향, 아폴론적인 것…… 이것이 지난 3천 년 문명의 우주질서지요. 여기서 억압된 것은 카오스, 여자, 가이아, 에로스, 땅, 생명, 영성이지요. 소수민족, 민중과 여자들은 형편없는 존재예요. 우리 어머니들은 이름도 없었지요. 뒷방네, 마당네…… 그런 시대에 살았어요.

코스모스가 지배하는 우주적 질서는 황종 시대예요. 그러면 오늘날도 똑같은 황종시대냐, 이것을 묻는 것이 율려학교지요. 율려학교가 다른 것이 아니에요. 오늘날의 우주질서, 변화하고 있는 우주질서가 옛날과 똑같으냐, 우주가 변하면 인간도 변한다, 이 변화를 무엇으로 담을 것이냐. 이것을 짚어야 음音이 나오죠. 음이 나와야 악樂이 나오고 그래야 음악音樂이 돼요. 그래야 사회적 예禮가 나옵니다. 예악禮樂이 되지요. 그 다음에는 형정刑政, 형벌과 정치, 즉 정치제도가 치료되고 바뀌지요. 이렇게 되는 것이 동양의 정치, 사회, 사상의 순서입니다.

서양은 좀 꼬불꼬불하게 이야기하죠. 하여튼 새로운 중심음, 본음이 무엇일까요? 이것을 찾는 것이 새로운 21세기 예술문화운동의 핵심적 과제입니다. 우리는 봄에 여름을 경험해요. 온화한 춘분·추분을 이루었던 미국 동부도 폭설 폭한으로 영하 40~50도씩 내려가는 겨울이 와요. 라니냐, 엘니뇨, 이런 것이 단순히 이산화탄소의 영향만은 아니에요. 서양의 학자들도 라니냐, 엘니뇨가 이산화탄소의 과다분출인 것 같다고 했지, 그것이라고는 확정하지 않았어요. 아직도 해수면의 변화나 온도의 변화를 제대로 측정 못해요.

오존층 뚫어진 거 아시죠? 게다가 피부병 환자가 전 세계적으로 급증하죠, 절기가 다 변했죠, 봄에 꽃이 간격 없이 한꺼번에 피죠. 이런 것을 어떻게 봐야 할까요? 그러니까 중심음, 본음, 즉 우주와 인간의 관계를 밝히지 않으면 해결할 수 없습니다. 환경오염 감시만 하다가 그 근본의 마음과 우주의 관계를 찾지 않으면, 인간의 마음과 우주의 관계를 짚지 않으면 새로운 문화—생각이나 문화라는 것은 사람의 내적 생활, 즉 생각이 변하지 않고서는 새로운 삶을 만들 수 없어요―와 삶이란 게 어디서 와요?

유물론자와는 다르죠. 토대가 만들어지면 상부구조가 변한다는 것은, 장점은 있지만 그것만으로는 설명도 변화도 안돼요. 사람의 생각이 먼저 바뀌어야 되지요. 이것을 바꾸지 않으면 세계체제라는 것을 바꿀 수가 없어요. 자본주의, 40년 안에 끝장난다는 것입니다. 다들 떠들어요. 테야르 드 샤르댕이나 아난다 뮤르티 같은 사람은 극지 이동으로 만년설이 녹아서 지구가 물로 가득 차게 되면 화성으로 도망간다고 합니다. 화성 달력까지 만들어 놓은 사람도 있다고요. 그런데 그것은 문제가 많아요.

저는 지구에 단전이 있다고 믿는 사람이에요. 이 단전을 우리가 찾지 못했기 때문에 경락을 몰라요. 3백60개의 배, 7백~8백 개의 혼란한 경락이 지구에 있어요. 몸에 도는 것은 반드시 사회에도 돌고 지구에도 돕니다. 지구가 생명체라고 본다면 그렇게 봐야 해요. 이 단전을 열었을 때 자정능력이 생기지 않겠는가, 저는 그렇게 봐요. 이렇게 사람 신체의 기도, 사회의 기혈氣血 흐름도, 지구와 우주의 단전丹田과 경락經絡도 인정하고 신령한 생명체로 보는 태도라야 우주와 인간의 관계가 보이지요. 인간의 마음과 우주의 관계를 살피는 것이 급선무니까요.

그렇다면 중심음이 무엇이냐? 새 시대의 중심음! 여기에서 나온 것이 19세기 사상가들입니다. 수운, 증산, 일부……. 여러분은 앞으로 이분들에 대해서 공부를 좀 해야 해요. 수운 최제우 선생, 일부 김항 선생, 증산 강일순 선생 이외에도 동무 이제마, 혜강 최한기, 이분들에 대해 공부하고 그 근원으로 단군과 풍류도, 『천부경』을 공부해야 뭐가 뭔지 보여요. 하지만 뒤쪽의 두 분은 후천개벽 사상가는 아니고, 앞의 세 분이 "5만 년 단위로 우주와 인류가 바뀌었다"고 주장하는 분들입니다.

5만 년 전에 호모사피엔스사피엔스가 출현하기 전에는 호모사피엔스 에렉투스, 즉 인간으로서 그저 감각하고 의식하고 생각하는 직립인간이었습니다. 그런데 5만 년 전 어느 날, 인간에게 생각하는 것을 생각하는 이성이 생긴 것입니다. 즉, 데카르트적 인간이 5만 년 전에 생긴 것이지요. 이 인간과 후천개벽 사상가들의 체험을 통해서 본 새로운 인간, 신인간新人間은 무엇이 다를까요?

신인간이란 '신인합일新人合一' 인간입니다. 신과 인간이 하나로 결합되어, 즉 우주와 인간이 하나로 결합되어 인간이 산을 재현했다는 것입니다. 분석적인 좌뇌로만 생각하는 것이 아니라 직관적이고 통합적인 우뇌를 함께 사용하여 우주핵과 자기 삶의 존재핵이 하나로 만납니다.

수운 선생 게시 체험에 맨 먼저 '오심즉여심吾心卽汝心'이라고 그러죠. 내 마음이 네 마음이다. 하느님 마음, 즉 우주핵이 네 마음, 즉 인간의 존재핵과 일치하는 것이죠. 그런데 문제는 여기에 있습니다. 세상이 시끄럽다고 했어요. 수운 선생이 서양학 천주학이 들어올 당시 "서교西敎로써 세상을 가르칠까요?"하고 하늘에 묻습니다. 그 당시에는 서학이 굉장한 구원의 활로인 것처럼 생각되었습니다. 그만큼 중국의 지배체제가 답답했고, 우리나라와 중국은 또 사상이 달랐으니까요.

15세기 이후부터의 군현제 통일국가가 영·정조 이후 전면 붕괴되면서 완전히 해체 단계에 이르게 됩니다. 거기다가 7년의 흉년에 6년의 환난, 전염병까지 돌았습니다. 유민이 수십만 명이나 발생해서 전부 길바닥에 늘어서고, 굶어 죽는 자가 10~20만씩 됐어요. 돈 있는 사람이나 없는 사람이나 "궁궁弓弓이라는 피난지가 있다, 낙원이 있다"는 『정감록』의 비결을 믿고, 혹은 비산비야非山非野—산도 아니고 들도 아닌 묘하고 엉큼하게 숨어 있는 동네, '십승지'라고 부르죠—를 찾아 방황합니다. 또 서학, 천주학에 들어가는 사람 등 민심이 흉흉했죠. 서해 바다에는 이상한 서양 배들이 쳐들어오고……. 우리가 겪는 요즘의 불안과는 비교가 안 되었을 거예요.

그 공포는 수천 년 동안 중국을 세상의 중심으로 알고 살아왔기 때문이었지요. 세상이 무너지는 듯한 공포가 지배하고 있을 때 서학은 엄청난 구원의 길이라고 소문이 퍼지고 있었습니다. "서학으로 가르칠까요?" 수운이 하늘에 묻습니다. 그런데 하느님이 "아니다" 그럽니다. 오늘 이야기의 주제입니다.

오유영부吾有靈符, 나에게 영부가 있다. 영부란 천부天符예요. 『천부경』에 천부가 영부로 나타나지요. 천天은 하늘, 영靈은 마음. 이것은 보이지 않는 질서지요. 부符는 부적. 이것은 드러난 표적 형상이죠. 이것이 무엇일까요? 인류가 5만 년 동안 기다린 이야기가 있어요.

독일은 녹색운동이 한창이죠. 녹색운동 때문에 독일이 프랑스보다 문화적으로 앞서고 있습니다. 사상도 그렇고. 독일 녹색운동의 원조는 루돌프 슈타이너라는 사람입니다. 루돌프 슈타이너는 대단한 신비가인데 '슈타이너 학교'라고 해서 유기농 중심으로 대안학교를 운영했지요. 대단한 사상가입니다. 그런데 이런 말을 했어요. "대문명의 전환기에는 반드시 새로운 삶의 원형을 제시하는 성배聖杯의 민족이 나타난다."

우선 이스라엘이 생각나죠. 지중해 로마문명의 전환기에 나타난 것이 이스라엘이고, 예수죠. 이들은 원형을 제시하는 민족입니다. 이스라엘 민족은 개인적으로나 집단적으로 엄청난 영성靈性을 지니고 있는데, 주변으로부터 고난당하고 침략당하고 그러기 때문에 새 시대에 대한 응어리진 꿈이 있다는 거예요. 새 세계의 이상이 있다는 것이죠. 새로운 시대에 이렇게 이렇게 살아야 된다는 꿈을 가졌어요. 그런데 오늘날에는 동아시아에 그 민족이 있다는 것입니다.

일본의 인지학교—루돌프 슈타이너의 학교를 '인지학교'라고 부르는데—다카하시 이와로라는 회장이 있어요. 이 사람이 그 성배의 민족이 일본 민족인 줄 알고 자꾸 공부를 했던 거예요. 그러던 어느 날 한국근대사하고 동학사를 읽다가 깜짝 놀랐어요. '그 성배의 민족이 한민족韓民族이다!' 전율과 함께 이것을 깨달은 거예요. 그리고 그 제시자가 수운, 증산, 두 사람이라는 것을 깨닫고는 곧바로 한국에 와서 연세대 어학당에 다니면서 한국말과 한국문화를 공부했어요. 그 무렵 저를 만났지요. 제가 동학 한다고 하니까……

저도 혼란스러웠죠. 지금도 그렇지만 저는 쇼비니스트가 아니에요. 동서양이 모두 좋은 것을 가지고 있지만 동아시아가 새로운 구심점으로 세계의 모든 것을 다 받아들여, 새 차원의 창조적 메시지를 만들어서 세계로 퍼뜨려야 된다고 생각하는 사람입니다. 그러나 아무리 생각해 봐도 우리 민족이 틀림없는 성배의 민족인 것 같아요. 문제는 그 원형입니다. 이것이 무엇일까요?

영부靈符, 새 시대의 변화하는 우주핵의 상징, 신은 사물 내부에 있으며 보이지 않는 질서로 움직입니다. 즉, 카오스적인 질서지요. 데이비드 봄이 이야기하는 이른바 '숨겨진 질서'가 '드러난 질서'로 우선 선험적 차원에서 나타난 것이 영부입니다. 이것이 새 시대의 원형입니다. 이 우주와 인간 내면의 전환기에 새 시대의 원형을, 하늘이 우리 민족, 그 중에도 고난이 심했던 수운 선생에게 제시한 것입니다. 아무리 쇼비니스트가 아니라도 이 점만은 확실히 인정할 것입니다.

그 모양其形은 태극太極이고 또 그 모양又形은 궁궁弓弓이다. 태극은 『주역』의 상징이죠. 음양陰陽을 합해 놓은 것. 거기에서 사상四象이 나오고 팔괘八卦가 나오고…… 중국 중심의 동양 문명과 사상의 핵심이지요. 이것이 코스모스와 동양의 우주관의 핵심입니다. 그런데 궁궁弓弓이 무엇이냐? 왜 하느님이 계시를 하는데 태극이면 태극이고 궁궁이면 궁궁이라고 딱 자르지, 태극이면서 또 궁궁이냐 이 말입니다. 이상하지요?

동학에는 주문도 두 가지입니다. 경전도 두 개예요. 한글하고 한자, 이중성이죠. 감옥 나올 때 중얼중얼했어요. "이중성, 이중성, 이중성……" 하고. 동학적 논리학의 핵심은 '아니다—그렇다'예요. 불연기연不然其然. 이것도 이중성이죠. 우주의 중심이 무엇이냐, 삶의 중심은 무엇이냐? 전체는 변화예요. 한순간도 멈춰 있지 않죠. 이 변화의 중심이 무엇이냐, 중심은 과연 있느냐?

『정감록』에 '이재궁궁利在弓弓'이라는 말이 있어요. 이재利在, 이익이 궁궁弓弓에 있다. 『정감록』 고려 말에 생겨서 조선시대에 성행했던 비결이에요. 『정감록』 이전 비결에 "소나무 밑에 가면 산다, 집에 있으면 산다" 그랬지요. 혼란한 시대에 백성들이 살 데가 어딨어요. 그러나 모두 그랬지요. 그러니까 오늘날에는 궁궁弓弓에 가면 산다고…….

수운은 유명한 운동가입니다. 민간에 유포되는 참설, 민중의 마음을 사로잡는 핵심을 잡았다고 봅니다. 스스로 잡았으면서 동시에 하늘의 계시를 받은 것이죠. 만사지萬事知가 동학 수련의 목표로서 '도통'이라는 뜻인데, '지기도 이수기지知其道 而受其知'예요. 스스로 현실에서 공부해 알면서 동시에 하늘의 계시를 받는다는 '이중적 앎'입니다. 주문 수행으로 들어갑니다. 그런데 주문이 이상하죠. '시천주조화정 영세불망만사지侍天主造化定 永世不忘萬事知' 단락은 넷인데 움직임은 셋으로 끊어집니다. 총체로도 셋이고 셋 중에 하나로 들어가도 셋이고 계속 돌아오는데, 이 네 개의 과정에 수없는 세 개의 운동이 출몰합니다. 이것이 무엇일까요?

김항 선생의 『정역』이라는 것이 있습니다. 이것은 중국의 『주역』에 대한 '정역正易'입니다. 『주역』의 건곤乾坤에서 건乾이 황종이죠. 그런데 『정역』에서 어떤 분이 중심음을 찾았어요. 『정역』을 공부하다가 알았는데 협종夾鐘이라는 거예요. 협종이란 새로운 시대의 중심음이지요. 즉, 『주역』과 『정역』은 괘도가 달라요, 그림이. 『주역』의 '팔괘八卦'라는 말 들어봤죠? 건곤乾坤, 우주를 표시하는 그림이 바뀐다는 말입니다. 복희역의 제자리로 뒤집히면 돌아간다는 이야기예요. 여기서 중심음은 황종이 아니라 협종이에요. 그러니까 황종의 위치에 협종이 들어갑니다.

협종은 음陰이고 황종은 양陽이에요. 황종이 중심을 흐른다면 협종은 사이음이지요. 협종 중심으로 하면 음악이 상당한 무질서해진대요. 카오스적이지요. 협종이 음인데 황종이라는 양의 위치에 들어간다면―『정역』에 의하면 이것은 소위 '포오함육包五含六', 선천 15일의 달이 만월인데, 이 만월이 16일의 애기달(후천달)이 초하루달로 서로 겹친다는 말이에요. 이것은 후천개벽이지요. 그러니까 후천개벽은 후천 중심이면서 동시에 선천이 겹치는 것이에요. 여러분 자신이 한번 따져보고 찾아야 됩니다. 중요한 공부니까요. 이것이 후천개벽이지요. 그러니까 후천개벽은 후천 중심이면서 동시에 선천이 겹치는 것이에요. 여러분 자신이 한번 따져보고 찾아야 됩니다. 중요한 공부니까요.

태극太極은 주역의 기본 상징으로 '음양陰陽, 건곤乾坤, 천지天地'를 압축한 것이에요. 태극도 한 부분이지요. 주나라 이후 3천 년 동안 중국이 동양 세계의 중심부로 우뚝 섰고 우리도 그 영향을 많이 받았는데, 영향을 가장 강하게 받은 것이 조선 5백 년이지요. 그런데 성현의 『악학궤범』을 보세요. 전부가 주역 중심의 음악질서를 만들고 있죠. 『악학궤범』속에 협종이 어디 있는지 가만히 찾아봐요. 『주역』은 수체계니까 음양사상 팔괘, 즉 짝수, 안정수예요. 궁궁은 무엇이냐. 궁궁 공부의 핵심은 1·3·5·7·9 역동수예요. 카오스지요.

들뢰즈는 포스트모던 담론의 최종 승리자입니다. 국내의 문화운동 하는 사람들은 전부 들뢰즈에 통합되었어요. 이것도 앞으로는 뜯어고쳐야 될 심각한 문제지만요. 여하튼 들뢰즈가 제임스 조이스를 거론하며 제시한 원형이 카오스모스예요. 제임스 조이스의 『율리시즈』는 토막토막이죠. 주의해서 보세요. 우리나라 열두 거리, '열두' 거리예요. 마당극도 토막토막 열두 토막, 시나위판도 토막토막. 그 토막 하나 안에서도 진행은 토막토막이지요. 판소리도 그래요. 조동일씨는 '부분의 독자성'이라고 그러죠.

코스모스는 무엇입니까. 기승전결, 콩 심은 데 콩 나고 팥 심은데 팥 나고……. 소위 아리스토텔레스적 시학, 동양으로 말하자면 주자 이래의 불이관不移觀입니다. 기·승·전·결. 변하지 않는 생생화화生生化化의 대체계로 표현한 것이지요.

제임스 조이스는 모두 토막냈는데 내적인 숨은 질서는 서로 유기적으로 통일되어 전체적 전개는 일치한 것이에요. 이것이 카오스모스, 카오스적 코스모스지요. 들뢰즈는 카오스 또는 카오이드라고도 해요. 이것은 또 다른 이야기인데 다른 기회에 자세히 말하기로 하고, 카오스 또는 재편된 카오스, 카오스에 침잠하면서 카오스로부터 빠져나오는 다가올 '민중의 그림자'—이것은 아주 중요한 말입니다. 판소리의 '그늘'과 관계있어요—에 대해 말하기로 하지요.

우리나라 사상만이 아니고 서양에서도 카오스를 인정했습니다. 스톡하우젠은 비틀스 음악과 바흐를 연결했어요. 비틀스 음악이야말로 토막토막 감성이죠. 우주음악이 아닙니다. 록이나 메탈도 그렇고. 그것을 우주적 코스모스인 바흐 음악과 합친 것이에요. 절충이죠. 절충. 그러니까 이것 가지고는 안 되죠.

협종적 황종, 협종 또는 황종, 황종 또는 협종은 무엇을 뜻합니까? 정악을 하는데 정악은 향악이죠. 옛 어른이 말하기를 신라 이후 우리나라 궁중악은 황종 자리에 협종을 두고 연주를 했다는 것이에요. 속악이나 산조음악도, 일제강점기시대 악기 개량 이전에는 속악도 중심음을 협종으로 잡았다는 것이에요. 황종의 위치에서 협종을 중심음으로 잡았다는 말이죠. 만약 이렇게 되면 『악학궤범』의 삼궁三宮 칠음七音 팔풍八風 같은 것이 전부 뒤집어져요. 완전히 바뀐다고요. 정역에 의해서 주역을 부숴 해체하는 것이 사상계의 숙제이고 동양 과학의 숙제인데, 음악에 있어서도 협종을 중심으로 황종을 다시 봐야 한다는 것입니다.

왜 그러냐? 해월 선생이 후천개벽은 선천을 없애는 것이 아니고 "후천이 선천 되고 선천이 후천 되는 개벽"이라고 그랬어요. 김일부 선생은 아까 말한 대로 '포오함육包五含六'이라. 보름이면 만월이고 16일은 새 달이 떠요. 15일이면 선천이고 16일이면 후천이에요. 15일 달과 새로 솟아오르는 16일 달이 겹치지요. 아직도 동양 세계에서 보면 중국의 아시아적 가치가 횡행하는 이유가 여기에 있어요. 아직 중심이 선천에서 후천으로 완전히 이동하지 않은 거예요. 그래서 그 전환기가 무질서하지요.

아버지와 아들, 남편과 마누라, 임금과 백성이 유교적 질서로 가서는 안 되죠. 아시아적 가치를 지지하지만 내용은 바뀌어야 한다. 이 말입니다. 아버지와 자식 사이가 수평적인 효로 바뀌어야 하고 민중과 국가와의 사이도 중심은 민중과 후천에 있다, 하지만 도덕의 내용은 그대로다, 후천개벽은 후천이면서 선천이다 이 말입니다. 아직도 중국의 학문을 비판적으로나마 해야 하는 이유가 여기에 있고요.

최치원의 「난랑비서」에 우리에게는 풍류가 있다고 했지요, 그때 중요한 것은 두 가지 다 이중적인 표현입니다. 포함삼교包含三敎, 접화군생接化群生. 삼교는 뭐예요. 유불선이죠. 접화군생이야말로 뭇 삶, 인간, 동식물, 우주만물을 가까이 사랑해서 진화·해방·완성시키는데, 그 우주적 책임이 인간에게 있다는 것, 그래서 홍익인간을 신인간이라고 부른다는 것이지요. 대표적인 것이 화랑입니다. 이것이 풍류고 생명운동입니다. 그리고 이것이 우리 민족 풍류의 핵심인데, 동시에 중국 중심의 삼교, 유불선을 애당초부터 아울러 지니고 있다 이 말입니다. 풍류 안에 삼교가 들어 있어요. 그렇기 때문에 수월하게 받아들이는 것입니다.

'축건태자', '노사구' 같은 말의 의미는 무엇일까요? 노사구는 공자, 노나라에서 공자를 부르는 이름이에요. 축건태자는 석가모니지요. 축건이란 '나라의 왕자'예요. 낮춰 부른 것이지요. 우리 안에 이미 그 사상의 씨앗이 있기 때문에 받아들일 수는 있지만, 우리의 민족적인 풍류를 중심으로 하되 중국 중심의 사상, 서양 중심의 사상은 낮춰서, 즉 해체하고 격의格義해서 받아들이는 것이에요. 이러한 이중성이 바로 우리문화의 핵심 원형입니다. 즉, 삼수분화의 천지인사상이 한국 문화의 중심이고 이수분화의 음양사상이 배합적 위치에 있는 3과 2의 이중구조지요. 그러나 이 균형은 기우뚱합니다. 그 중심은 바로 한민족의 삼수, 천지인의 삼극 문화 쪽에 있는 것입니다.

들뢰즈는 "모든 반역사적 생성은 이중적이다"라고 했는데, 기억해 두세요. 탈춤의 이중성의 무용에 두 가지 대립되는 것이 들어와 있습니다. 중국 궁중의 예교禮敎는 상체와 두뇌 중심이죠. 사대부의 군자적인 예교, 이것이 탈춤의 양반이나 중춤이나 일반이에요. 또는 솔개춤, 고대의 우주를 모방한 토템 춤이지요. 그러다가 말뚝이나 취발이나 쌍것들은 여러분도 잘 아는 비정비팔非丁非八이에요. 고무래도 아니고 여덟 팔도 아니고, 벌린 팔도 아니고 모둠발도 아니고, 발 근육 아랫도리, 하반신 중심적입니다.

기본 미학적 원리를 찾읍시다. 모든 예술은 감각적인 것도 개념적인 것으로, 개념적인 것도 감각적인 것으로, 신체 중심, 리비도 중심, 육체와 삶 중심이면서 동시에 과학적이고 개념적이고 철학적인, 영성과 두뇌 중심의 문화와 하나가 되어야 한다는 이야기예요. 서양도 마찬가지지만 이것이 지금껏 확실하지는 않습니다.

문학에서 착안한 것이 '그늘'이라는 것입니다. '흰 그늘'이라고도 하는데, 그늘이 무엇이냐. 판소리에서 소리를 아무리 잘해도 그늘이 없으면 "저 소리 끝났다" 그래요. 그늘은 어디에서부터 오는가. 그늘은 한恨과 관련이 있어요. 한은 신산고초, 피투성이 삶과 관련되고 또 반면 신명과 관련이 있어요. 신명은 뛰는 것, 약동하는 것, 밝은 것, 순환하는 것, 영성이죠. 한과 신명이 어우러지는 것이 그늘입니다. 신명은 안에 있고 한은 밖에서 싸고 있으며, 속의 신명이 한을 가지고 놀아요. 그러다 밖으로 빠져나오면서 한이 가시고 빛이 나지요.

그늘이란 환하기도 하고 침침하기도 하고, 꼭 호랑이 장가들 듯이 비오다 볕들다 그러지요. 자연과 초자연, 웃음과 눈물, 골계와 비장, 현실과 환상, 주체와 타자를 넘나들고 아우르는 것을 그늘이라고 하지요. 이것은 괴로운 한을 단순히 풀어버리지 않고 안으로 끌어안고 삭이는 시김새에 의해 형성되지요. 이때 미적일 뿐 아니라 윤리적인 깊이, 창의력, 지혜, 즉 그늘이 나타납니다. 이것이 중요합니다. 한국 현대민족미학의 준거 기준, 미적·윤리적 패러다임입니다. 그래서 이 그늘이 우주의 율려, 음양과 관련이 있는 중요한 미학 원리이지요. 우선 그늘은 삶에 있어 신산고초가 있어야 생깁니다. 삶을 사는데 있어 출세는 포기해야 합니다. 고생해야 하고 사람을 사랑해야 합니다. 그래야 그늘이 생깁니다. 사랑을 못한 사람은 음악, 예술 못합니다. 피나는 독공을 안 하면 그늘이 깃들이지 않습니다. 문학에도 그림에도 다 통용됩니다. 삶과 텍스트를 넘나드는 어떤 것—텍스트는 작품이고 담론 구조인데 이것이 미의식입니다—삶의 미의식을 찾지 않으면 예술 못합니다. 우리나라 미의식은 실제 창작과 삶의 연장으로 이어집니다.

원효의 통일적인 '일심론一心論'은 그늘과 연관돼요. 수운 최제우 선생은 이때의 마음을 '무자미지특심無滋味之特心'이라 했지요. 이 그늘에 의하면 문학의 기본을 이루는 3음보와 4음보가 연원이 다릅니다. 3은 역동적이고 진취적이며 4는 균형적·안정적인데, 3음보 4음보와 율격 없는 산문시는 카오스와 코스모스를 다시 짚어볼 수 있는 핵심인데, 여기에 구분하고 연관시키는 기본 미의식이 그늘입니다. 작품 창작과 실제, 자기의 삶과 직업 관계가 연결되어 있습니다.

모차르트를 분석하는 데 심리학에서 그림자의 분석에 착안합니다. 그림자는 현실의식에서 침전된 불만이라든가 무의식에 침전되어 있다가 불쑥불쑥 솟아나는 찌꺼기지요. 난데없이 화를 낸다든가 난데없이 우울해진다든가, 이것이 모두 그림자의 작용이에요. 이 그림자는 불행한 삶에서 많이 생기는 것이죠. 모차르트는 그림자가 많은 사람이에요. 모차르트의 인생이야말로 개판이죠. 개똥같이 살았어요. 그런데 음악 봐요. 전 서양 음악에서 모차르트 이상은 좋아하지 않아요. 그 원인은 그림자에 있는 것 같다 이 얘기죠. 이것은 무엇을 암시하죠? 전 논리적으로 하는 것보다는 얼른 힌트 받기를 좋아하는데……. 그림자와 그늘은 어떤 관계예요, 같은 것은 아니죠. 오늘 중심부에 들어 왔어요. 임진택 씨가 오늘 이 이야기를 들으려고 왔어요.

마당극, 탈춤, 마당판, 시나위, 다 똑같습니다. 여기에 전면적으로 일관된 특징이 몇 가지 있는데 그 중 일관된 세 가지 특징은 시간, 공간, 시각, 이 세 가지는 앞으로 우리 문화예술, 특히 전통예술이 세계로 밀고 나가고, 우리 문제를 해결하고, 남과 북의 동질성을 획득하는데 있어 굉장히 중요한 것입니다. 제가 파악한 사항은 그렇습니다. 아주 어려운 이야기인데, 저는 옛날 민족문화운동 하면서 탈춤을 보고 처음에 아주 이상한 생각이 들었습니다. 앞부분에서 제임스 조이스 이야기를 하면서 뚝뚝 끊어진다고 했죠. 일관된 기승전결이 아니고, 이두현 선생 같은 분은 '옴니버스 스타일'이라고 했고, 조동일 씨는 '부분의 독자성'이라고 했고, 천이두 씨는 다르게 이야기하고…….

연속적이고 진보하는 상승적인 서양적 시간관. 연희예술에서의 시간관은 굉장히 다르죠. 주문 체험에서 동학이라는 것은 하느님 체험에서 나온 것이지만 우리 민족의 고대로부터 내려온 삶의 질서를 많이 가지고 있죠. 우선 고대의『천부경』을 잘 살펴보세요. 시작도 없는 한 시작에서 시작해서 끝없는 끝인 한에서 끝나니까 시작은 끝도 없는 우로보로스적 무궁 생성. 뱀이 제 꼬리를 물고 돌아가는 알케익 카오스지요. 그 과정에 우주적 인간 완성도 있고 아주 카오스적인 복잡한 조화의 생성이 있지요. 지금 여기서 시작해서 지금 여기로 돌아오는 끝없는 우주적 삶의 시간인데, 이것이 천부天符의 시간으로 수운 해월의 시간에 그리고 또 탈춤과 마당과 판소리와 시나위판의 시간 등에 나타납니다.

동학 2대 교주가 해월 선생인데, 해월 최시형 선생, 이분이 갑오혁명에서 실패한 이래 이천의 앵산동이라는 조그만 마을에 숨어 있었죠. 그곳에서 1897년 4월 5일 수운 득도일―깨우친 날이죠―제사를 올리는데 그때 제사 방식을 바꿨습니다. 이제까지 서양이나 동양이나 제사 지내는 방식은 모두 향벽설위向壁設位입니다. 벽을 향해서 밥을 떠놓고 위패를 받들고 꿇어 엎드려 드리는 제사 형식이었습니다.

서양도 마찬가지고 동양도 마찬가지죠. 이것이 문화의 기본구조로 되어 있어요. 이것이 바로 시간관입니다. 위대한 것, 살 만한 것, 값어치 있는 모든 것은 위쪽과 앞쪽에 있다는 것입니다. 눈앞의, 조금 위에다 지내는 제사는 무엇입니까? 하느님한테 혹은 조상한테 비는 거예요. 조상은 어디에 있느냐? 하느님은 어디에 있느냐? 눈앞에, 눈앞 저쪽에, 피안彼岸에, 저승에, 조금 위에, 하늘에……시각적이죠.

이러한 고대적인 전통은 그 이후 근대를 거치면서도 바뀌지 않았습니다. 유태인을 통해서, 기독교를 통해서, 유물론을 통해서 공산주의로, 자본주의로. 모든 위대한 삶, 낙원은 앞에, 미래에 있습니다. 2백 퍼센트 생산, 2백 50퍼센트 초과 생산, 또는 내일을 위해서 오늘을 투자하자. 모든 것은 내일을 위해 있고 내려올 새 예루살렘은 미래죠. 종말도 미래입니다. 종말론은 미래입니다.

그러면 과거로부터 미래를 향해서 현재를 거쳐 가는 화살과 같은 것이 인생이고 시간이고 우주다, 이렇게 정의합니다. 여기에 심리적 시간, 실존적 시간, 우주적 시간이 다 똑같아요. 스티븐 호킹 같은 물리학자들은 심리적 시간까지도 질서에서 우주적인 팽창적 무질서로 해체되어 가는 일방적인 엔트로피 증대 과정 안에 통합시켜 버립니다. 생태주의자들도 똑같아요.

엔트로피 이론이라는 것은 과거의 질서로부터 미래의 무질서로 끊임없이 엔트로피가 증대되는 것입니다. 특히 닫힌 우주론을 주장하는 사람들, 지구비관주의자들은 이 때문에 지구 물질이 40년 안에 붕괴된다는 것입니다.

테야르 드 샤르댕 같은 사람은 과학자이면서도 기독교 신부니까 지금과 같은 정보화 시대에 전 지구의 신경망, 정보화 통신망이 계속 발전하면 하나의 정신망이 된다는 것입니다. 이 정신망 영권靈圈은 점점 오메가 포인트, 마지막 비등점에 이르게 되면서—하나의 영적 물질이죠—지구 표면의 영권, 정신권이 행성화되면서 하늘에 둥둥 뜨고 지구 물질은 반대로 붕괴된다는 것입니다. 엔트로피가 최고로 증대되면서……. 이것이 닫힌 지구론입니다.

예수살렘은 테야르에 의하면 하늘에서 내려오는 것이 아니라 올라갑니다. 그러면 기독교 신자들, 진보주의자들, 선택된 자들, 가장 첨단적인 모던 보이들, 과학자들만 살아납니다. 나머지 소수 민족들, 촌놈들, 민중들, 탈락자들, 물질들, 동식물들은 붕괴됩니다. 참 엉터리지요, 제국주의자들은……. 그러니까 이런 식의 시간관, '앞에 있다, 위에 있다' 하는 것이 향벽설위입니다.

동양에 있어서는 상고尙古로 돌아가자, 주례로 돌아가자, 삼대로 돌아가자, 황제시대로 돌아가자. 전부 상고입니다. 상고는 고대 모방이지요. 재창조와는 아주 다릅니다. 이것은 좀 의미가 다릅니다. 이것은 우리가 원시로 반본할 때는 좀 달리 취급해야 합니다. 안정된 원안에 폐쇄된 순환적 시간관은 또한 과거를 향한 향벽설위입니다. 이런 식으로 해서 앞에다 놓는 것. 그러니까 마르크스주의자가 아니라도 이런 식으로 생각할 수 있어요.

밭에서 노동해서 얻은 우주적 협동의 상과가 바로 밥이에요. 자기 노력의 성과도 밥이고. 밥과 자기의 정성과 정신력과 삶의 모든 소망들을 눈앞 저쪽에다, 즉 피안, 미래, 천국의 환상 앞에다 갖다 놓고 엎드려 절합니다. 그러면 중간에 귀신들이 거둬 먹죠. 정치국 간부, 자본주의자들, 제3세계의 소위 독재자들, 에이전트들이 다 거둬먹는 거예요. 그래서 끊임없이 미래를 향해서 살자고 외쳐 왔는데 이런 거짓 시간관을 뒤집어버린 것이지요. 해월 선생이 어떻게? 밥그릇을 번쩍 들어다 '나' 앞에 가져다 놓은 거예요.

조상 귀신이나 하느님이 왔다갔다하는 것이 저 벽 쪽이나 위에서 어른 거리는 것이 아니라 나의 뇌에 신이 있고 조상이 있다는 것이지요. 내 몸과 마음 안에. 어디 벽보다는 이쪽이 더 신빙성이 있죠. 살아 있는 두뇌와 정신이 있으니까. 그리고 수억의 DNA 유전인자가 살아 있으니까. 해월 선생은 이어서 "우주 삼라만상이 바로 내 안에 살아 있음을 증명하는 제사"라고 강조합니다. 이것은 시간의 대변혁을 말합니다. 즉, 내가 노동해서 번 활동의 결과인 밥을 노동과 활동의 주체인 나, 민중에게로 되돌린다.

나의 정신력, 희망, 삶에 대한 모든 소망, 이 모든 것을 지금 여기로부터 시작해서, 내 생존의 실천적이고 정신적인 모든 '지금 여기'로 부터 우주 사방팔방, 상하로, 과거와 미래로 퍼져 나가면서 또는 접히기도 하고 펼 치기도 하면서, 여러 가지 주름과 그늘을 걸치면서, 수렴하면서, 확장하 면서, 빠르게 혹은 느리게, 다양하게, 이 사람 저 사람 전부 다르게, 그렇 게 무궁무궁 생성하면서 우주로, 과거와 미래로 퍼지다가 지금 여기로, 다시 자기 자신으로 돌아온다. 이것이 향아설위입니다. 동학 주문 체험이 고. 길게 나오고. 안에서 나오고 안에서 돌아오고.

그런데 이러한 시간이 마당판, 탈춤판, 시나위판에서도 있다는 것입니 다. 가만 생각해 보세요. 서양음악이나 연극의 시간과 틀려요. 서양음악 의 시간과는 전혀 다르죠. 여기서 질적으로, 질적으로 뭐냐? 확산 진화라 고 하는데 감동, 그러니까 드라마—갈등하고, 투쟁하고, 이렇게 해서 어떤 결과가 나오는 것을 보고 객석에서 감동하는 것이 아니고 그 자체로서 귀 환하는 이 시간에 질적 감동을 맛본다 그것입니다. 그래서 한 마당은 한 마당으로 끝나고 두 번째 마당은 두 번째로 또 새로이 시작한다 이거지요.

일본에 가라타니 고진이라는 문학평론가가 있어요. 이 사람은 작품에 서 사상을, 사상에서 새로운 감성을 찾아 나갑니다. 한국 진보주의자들이 요즘 이 사람에게 많은 신세를 지고 있습니다. 저는 그것도 차마 한심하 다고 생각해요. 왜 이런 시간관에 대해 생각하면서 전통예술로부터 추출되고 사유된 새로운 시간의 틀, 삶의 방식, 진행 방향, 역사가 아닌 생성, 삶의 내면성의 생성을 생각하지 못하는지 몰라요. 고진 따위에게 기대는 것과 비할 바가 있겠습니까?

지식인이나 지도자들이나 역사가들이 생각하는 조직된 시간, 물질화된 시간, 이미 사건화된 정치기록으로서의 정치 시계 속의 역사라는 이름의 거짓 시간이 아니고, 삶의 분수령마다 민중과 예술가들, 특히 진정한 예술가들은 내부로부터 올라오는 강한 삶의 의욕과 예감을 그대로 실현하는 삶을 가장 소중한 삶으로 알아요. 이것이 내면성의 생성이고, 이 생성하는 시간이 탈춤과 마당의 기본 움직임을 이루고 있다 이 말입니다.

그래서 과거에도 미래에도 속하지 않고 과거와 미래를 현재 안에 끌어들여 질적 고양으로 의미화시키는 진정한 내적 삶으로서의 시간, 이것은 역사가 아니죠. 역사란 말과 생성을 잘 구분해야 해요. 참된 예술가는 역사에 관여해서는 안 돼요. 참된 예술가는 민중 삶의 무궁 신령한 내면성의 창조적 생성에 관여해야 합니다. 예전에 저는 잘못 생각했어요. 역사란 말 많이 쓰지는 않았지만. 역사에 제가 합해지는 것이 진정한 삶의 길이라고 생각했습니다.

우주와 역사의 객관적인 질서라는 게 자꾸 봉쇄하니까 이제까지는 바꾸지 못할 것으로 은연중 인정해 왔어요. 그러나 인간의 창조적인 행위까지 포함한 우주를 생각할 때 시간은 달라져요. 이러한 시간관에 의해서 신체, 공간, 육체와 자리는 어떻게 다르게 생각되는가?

여러분, 포스트모던 담론 이후 서구 사상에서의 공간관이 굉장히 중요한 개념이 되었지요. 이제는 예술에까지도 굉장히 중요한 개념이 되었습니다. 공간, 육체, 지리 다 다르지만은 같은 뜻이에요. 시간이 어떻게 생성하느냐에 따라 다 달라집니다. 왜냐하면 그 자체, 생명체니까요. 또 그 자체에는 독특성도 있어요. 마당판, 탈춤 특히 탈춤에 있어서 재담자 또는 춤추는 자, 즉 배우의, 광대의 육체 항배를 잘 봐야 합니다. 우선 우리가 생각할 수 있는 것은 어째서 동그란 마당에 사람들이 가득 차거나 기하학적 배치를 하지 않고 한쪽 귀퉁이에서 움직이다가 텅 비고, 이리 갔다 저리 갔다…… 거기 보면 질서가 있는 것 같지도 않고—예전에 저는 궁궁 모양으로 이해했고, 임진택 씨, 채희완 씨가 정리를 했습니다만, 이건 일부에 지나지 않는 것 같아요. 일부 그런 것이 있어요. 오방, 오방으로 배치한 것, 태극 모양, 대각선 등……. 그런데 전체는 그렇지 않고 구멍이 많아요. 틈, 육체적 배치에도 공간적 배치에도 그 땅, 마당판 전체의 구조에 틈이 많단 말이에요.

잘 생각해 보세요. 서양 연극이나 서양 예술에는 틈이 없어요. 우리 음악을 들어보세요. 침묵이, 틈이 더 중요해요. 소리보다 '이~' 하다가 탁 끊어버려요. 이것이 중요합니다. 침묵이 오히려 주인공이죠. 시에서도 제가 성글게 하고 틈을 내는 것은 우주의 기운이 통하게 하려 함이며 여백을 이루어—이 여백, 틈이 많은 마당판, 탈춤, 시나위판, 그리고 판과 판 사이에도 틈이 많은 마당판, 탈춤, 시나위 판, 그리고 판과 판 사이에도 틈이 있죠. 옴니버스라고도 하고 독자성이라고도 하고. 그리고 연주하다가 중지, 하는 도중에 중지, 그리고 그 극단적인 증폭이 농현弄絃 같은 것인데 이런 것들을 미학적으로 어떻게 해석할 것인가가 이제부터의 숙제입니다.

서양 사람들은 그런 틈을 못 견디고 전부 장식음으로 채웁니다. 또 서양 연극을 보세요. 막 내렸는데 막 앞에 나와서 또 해요. 막간. 틈, 사이를 견디지 못하는 거예요. 침묵이라든가 텅 빈 것, 틈, 구멍, 공, 허, 한, 우리 민족의 애매한 근원 개념—조용함, 고요함, 빈 것—견디지 못하는 거예요. 즉, 카오스를 못 견디죠. 그래서 떨림, 즉 농현弄絃을 이해 못하고, 기본이 리듬이지 장단長短이 아니지요. 호흡이 아니라 심장박동이 기본이 된다 이 말입니다. 이런 것이 모두 근원에서는 '틈'과 관련돼요. 그리고 풍류의 핵인 내적인 '떨림'과 외적인 '흐름'에 모두 관련돼요.

그런데 그런 틈이 마당극, 탈춤판에서는 무시무종無始無終으로 튀어나오는 거예요. 오히려 틈이 움직여요. 그래서 틈과 틈을 이루고 있는 그물, 법화경과 화엄경의 그 그물과 그물, 그물과 그물코를 틈이 움직입니다. 그러니까 침묵이, 공이, 허가, 자유가, 무가 물질을 물체를 그리고 육체를, 드러난 질서, 즉 코스모스를 이리저리 비판 견인하고 추동하고 움직입니다.

이렇게까지 비약할 수 있습니다. 숨겨진 질서로서의 카오스로부터 빠져나오는 미적 창조력인 카오이드가 드러난 질서인 코스모스의 물질세계와 육체들을 움직이는 것이죠. 변형시키는 것이지요. 광대의 육체와 육체 사이의 공간 모두가 틈의 복합체요 그물인 듯합니다.

이것은 또 한 면으로 보면 인간경락론, 사회경락론, 또는 지구경락론과 관련됩니다. 아까 제가 지구에도, 몸에도, 사회에도, 우주에도 단전과 경락이 있다고 했어요. 그래서 우리 민족과 동양의학에서부터 나온 세계관이 굉장히 중요하고 앞으로 연구해야 해요. 그런데 이러한 의학적 육체관이 있다는 말이에요. 이렇게 그 원리를 보지 않으면 완전히 우연성으로 떨어집니다.

시나위나 탈춤판, 이것이 왜 그런 공간 구성이나 육체의 움직임이나 또는 미학 지리적인 땅과 판의 구성을 읽어내는가 하는 것은 그 원리를 찾지 않으면 미개 민족이라는 이야기밖에 안 된다 이 말이지요. 이래야 율려, 즉 근원적 우주예술이 진정한 치유, 의학, 생명운동이 되는 까닭을 이해하게 됩니다.

서양 사람들은 본디 빽빽하니까 이것들을 전부 우연성으로 놓아둔다고 해요. 잘 모르니까 그럴 밖에요. 우연성, 그런가요? <수제천> 한번 들어봅시다. 언제부터 시작 되었는가 따지기 이전에 이런 음악, <영산회상> 같은 것을 들어보면 그 음악이 가지고 있는 우주적 감동을 볼 때 과연 시나위판이나 탈춤이 우연히 공간을 비게 하고 틈새를 만들고 사람을 이리저리 움직이겠는가? 정말 우연히? 천만의 말씀입니다.

또 미학적 사유라는 것은 그렇게 가는 것이 아닙니다. 비록 우연이라 하더라도 그들이 그런 연희를 배우고 실연해 온 수천 년의 세월 안에 어떤 미의식이 싹텄는가를 직관해야 하고 그것을 오늘에 넘겨받아 밝혀야 한다는 말입니다. 그런 원리를 발견하지 않으면, 즉 미적 감각과 대중적인 영성 및 사유가 결합되지 않은 예술은 21세기에는 죽은 예술입니다.

문화담론에서 이야기하는 시공간이 어떻게 변하는가를 보세요. 이제까지는 목적론적 시간관, 진보론적 시간관, 선적 시간관, 알파와 오메가, 처음과 끝이 있는 시간관, 완성이 있는 시간관, 이렇게 자꾸 이야기가 들어가기 때문에 서양적인 문명사회 진행방향, 과학의 진행방향을 중심으로 해서 모든 제3세계 민족들은 사다리꼴처럼 이것을 따라오라고 했어요. 우리의 고민은 거기에 있는 것이죠.

그런데 요즘은 다르죠. 각 나라가 다 지리적·공간적 조건이 상이하고 그 속에서는 사람들의 육체적 삶 자체가 전부 다르기 때문에 근대화도 다 다르게 가야 한다, 이런 식으로 변하지요. 시간 우선적 세계관과는 좀 다르지요. 서양도 많이 발전했습니다. 사람들이 많이 착해지는 것 같아요. 그래서 이제는 서양 사람들과 손잡을 수 있다고 생각해요. 그러나 아직 멀었어요.

그러니까 이렇게 본다면 인간 신체, 마당판, 시나위, 사회, 지구, 태양계, 우주에 단전들과 경락들이 있다고 봐야죠. 지구의 단전은 볼텍스 아닙니까. 경락적인 육체관, 경락적인 지리관, 단전과 임맥任脈, 독맥督脈이 있고, 정경正經이 있고, 기경奇經이 있고, 12경맥이 있고, 대맥帶脈이 있고…… 이외에도 무질서하게 새로 생겨나는 천응혈天應血, 아시혈阿是血 등 수십 가지 혼돈혈이 열려 있고 소주천小周天, 대주천大周天의 움직임에 따라 표리表裏, 내외內外, 종시終始, 도역倒逆의 각종 기氣의 활동들이 복잡하게 보이지 않는 숨은 질서로서 살아 움직이고 있습니다.

카오스적인 여러 기혈들이 있다고 봤을 때 이것은 생명과 영성으로 채워진, 마음이 있는, 신기神氣가 흐르는 숨겨진 질서의 코드입니다. 따라서 문화가 21세기 사회를 좌지우지하고 정치에 대해서 새로운 비전을 내걸고 미학적·창조적 예술이 사람의 삶을, 인류의 삶을 좌지우지하려면 어디를 쫓아가야 하는가. 마음의 내용을 가지고, 심적 기능을 가지고 기가 흐르는 바로 이 경혈의 숨겨진 비밀의 코드를 쫓아가야 합니다.

그렇다면 앞으로 다가올 시대에 거대한 카오스 민중, 대중적 민중예술에 있어서 마당판, 탈춤, 연극, 연극의 순환, 사이버 예술에서 공간과 육체와 지리의 꽃인 땅의 관계와 구조는 바로 마음의 기 카오이드, 즉 신기神氣가 흐르는 바로 그 비밀의 카오스 코드를 따라가야 한다 이거죠. 단전, 경락, 대맥, 임맥, 독맥 등을 쫓아가야 합니다. 연출 미학의 핵심원리를 여기에 두어야 해요.

먼저 미학적 탐색이 시간관을 시작으로 해서 드라마와 문학과 음악의 무궁무궁한 삶의 내면성의 생성적 시간관으로, 또 앞으로 영화와 텔레비전의 시간관으로, 그와 함께 일어나는 영적 생명체로서의 틈의 복합체, 그물과 그물코의 공간관, 이어서 단전과 경혈, 경락의 기체계로서의 육체와 지리, 마당관, 판관에 집중되어야 할 것입니다. 이것은 미학과 연출론, 창작실재론에서 출발하지만 미술, 영화 등 공간과 시각예술의 획기적인 변화를 가져오면서 인문·사회·자연과학에 큰 변화를 몰고 올 것이 틀림없습니다.

혜강 철학의 신기론神氣論과 수운의 지기론至氣論이 이와 같은 시간, 공간, 육체, 지리관과 기 순환체계와 연결되면 어떻게 될까요? 생각만 해도 가슴이 뜁니다. 이 모든 위대한 사상적·과학적 담론의 창조적 개척자는 예술이요, 미학이며 문화입니다.

전통으로부터 남이 발견하지 못한 뭔가를 끄집어냄으로써 현대가 필요로 하는 내용의 답을 알아내야 합니다. 그러면 시각은—사이버 시대의 시각은 굉장히 중요합니다. 전 세계적인 문화의 기본 틀이 되게 하기 위해서는 적어도 지금의 희랍적인 일면적 시각 구조는 수정해야 합니다. 일방적 시각을 다원적 시각으로 바꾸자는 이야기지요. 협동적 시각, 다원적·다층적 시각은 기본적으로 시각의 시너지 문제일 수 있습니다―신체적이면서 동시에 두뇌적인 이중 중심의 시각, 온몸으로 열려 있는 시각의 구조, 이 새로운 시각 이론의 원리로부터 출발해야 합니다.

수운 선생의 시에 '월전고후매시전月前顧後每時前', 달 앞에 서서 뒤를 돌아보니까 거기가 또 달 앞이라는 말이 있는데, 즉 눈이 앞에도 있고 뒤에도 있다는 이야기예요. 그런가 하면 우리 민족의 조상인 치우蚩尤 또한 방상시方相氏의 눈은 네 개지요. 융은 인간의 몸과 혼 안에 네 개의 눈이 있다고 했지요. 이것이 초비상 상태나 깨달음과 명상상태에서 깨어나는 우리 안에 있는 전면적 시각입니다. 이것을 살아나게 해야 합니다. 우리 몸은 사실은 눈에 해당하는 전면적 감각이 있어요. 그래야 신체가 온전히 되고, 그렇게 함으로써 두뇌로 집중되는 마음의 기능, 영적인 기능이 온전해집니다.

15년 전인가 일본의 분자생물학계에서 배꼽 밑 하단전에 소뇌 기능이 있다는 가설을 내놓은 적이 있어요. 그 전후해서 영미에서 "신체 전면에 뇌수적인 고등 신경기능이 골고루 분포되어 있어서 꼭 어떤 자극이 왔을 때 뇌수 기능의 명령이나 판단이 내려지기 전이라도 신체부위 쪽에서 즉각 판단하고 자체 반응한다"는 이론은 이제 일반화되어 가고 있습니다.

따라서 신체 중심적이면서 두뇌 중심적인 '이중 중심성'이라는 것이 분리적·분열적이 아님은 물론 전신에 퍼져 있는 감각의 통합기능의 하나로서 시지각적인 영성적 의식작용을 생각해 봐야 할 때인 듯합니다. 왜냐하면 이제는 인간의 사회적 문화 창조의 첨단적이고 깊은 내용은 바로 이같은 '이중 중심'의 창조 통합에 의한 제3원의 거룩한 초월적 생성, 곧 새로운 아우라의 발견을 겨냥하기 때문입니다. 온몸에 눈이 열렸다든가, 급할 때는 쌍동자와 같은 네 개의 눈이 열린다든가 하는 이야기는 우리의 시각관이 아직도 초저녁이라는 이야기지요. 시각이 전방화되어야 합니다.

사이버 공간에서 이 시각의 닫힘과 열림의 문제, 협동성 문제가 해결되지 않으면 안 되는데 그 암시가 마당과 판에 있지요. 마당판, 동그랗게 보이죠? 이것이 삼한시대부터 내려온 축제 구조예요. 동그랗지 않은 것도 많아요. 서양의 극장 구조는 일면적―사이버 공간의 시각과 똑같지요―기계, 모니터, 스크린을 향해 있어 희랍 이래 서양 문명은 일방시각 중심이요, 이스라엘 이후 미래역사 중심이죠. 여기에서 해방되지 못하면 우리의 삶은 끝없이 세뇌당하고 조종당하고 수동 상태에서 병들고 불편해집니다. 시각의 일면성으로부터 해방되어야 합니다.

마당을 보면 안에 있는 자기와 똑같은 관객을 볼 수 있습니다. 서양의 극장 구조는 배우만 보게 되어 있죠. 배우가 감성적 독재를 하는 것이죠. 마음대로 가지고 논다, 그래서 관객은 세뇌 당하게 되는 것입니다. 이건 예술이 아니고 도그마요, 아지프로입니다. 서양의 프로시니엄은 성당의 미사 구조에서 나옵니다. 일방적인 하늘의 메시지, 카리스마요 독재지요. 이것이 어디서 나온 것이냐? 감성적 독재란 작가나 배우가 만들어 가는 것입니다. 웃지도 못하고 야유도 못하고, 즉 문화 생산자가 상품 자본가하고 똑같은 연방적 관계에 있는 것이지요.

마당판에서는 하늘, 땅, 전방 다 보여서 추임새나 야유 등이 자연스럽게 나옵니다. 육체적으로 열린 시각이 두뇌까지도 열리게 하는 것입니다. 이 점 주의해서 생각해야 합니다. 비판적 의식을 가진 채 덩실덩실 춤춥니다. 이 감동이 미학적 근원을 찾아야 합니다.

마당판에 오면 사람들이 왜 극장에서와 다른가? 다원적이고 복합적인 시각, 온신체에서 열리는 영적이고 신적인 협동적 시각이 영적으로 사방으로 활짝 열리고, 단순한 탈자脫自, 소박한 의미에서 자신을 잃어버리는 것이 아니라 비판적이면서도 창조적 소통을 하는 타자나 비인격적 사물과 주체 사이에 서로 가로지는 생성과 통합이 일어나는데, 그것이 여기서는 미적 감동으로 자연스런 차원 변화와 함께 창조적으로 일어나게 되는 것입니다. 바로 이 협동적 시각과 영적 사유의 결합에 비밀이 있을 것입니다.

그렇다면 일방적 시각에 오감, 다섯 감각을 총동원해 놓고도 정신적 분열과 마조—사디스트적 일탈과 변성을 면치 못하고 신체적 불안과 건강 장애를 가져오는 지금의 사이버 스페이스, 또는 디지털 테크 등에 이 원리를 적용하여 신체적 감각 총화, 시지각 시너지와 함께 영적 사유의 통합, 해방과 신적 각성 등을 연결하는 대전환 미적·윤리적 탐색의 내용으로 삼는다면 어떨까요. 원효의 '일심론', 혜강의 '신기론' 수운의 '지기론' 등이 모두 여기에 연계됩니다. 이것은 우리가 지금 중요시하는 깨달음과 미학적 창의력과 아우라와 대중 복제 예술, 그리고 수학체계와 생명, 기계의 복합적 관계에 관련됩니다. 이것을 탐구하는 운동이 있어도 좋을 듯합니다.

조명을 보면 지금의 극장 불은 차디찬 밝기, 룩스만 있고 온도는 없어요. 마당판은 밝기와 온도가 함께 있습니다. 밝기는 개인 중심으로 해방하면서 내부로 들어가게 하고 따듯함은 서로 모여서 사회화하게 합니다. 영적 생명의 이중적 창조 기능입니다. 장작불은 따뜻하면서도 밝아서 판이나 굿이 끝나면 이상하게 원시로, 존재의 근원으로 돌아가는 느낌입니다.

또 장작불 위를 넘나드는 광대들의 탈의 표현이 시시각각 수천수만 가지로 변하는데, 이러한 가능성은 마당판이 극장 안으로 들어갔을 때도 가능합니다. 과학기술을 거기까지 발전시키면 되죠. 여기서 미학적 생산성이 나옵니다. 다른 대중예술과도 관련되죠. 시간, 공간과 육체와 미학적 지리성, 시각문제, 조명관을 보았는데, 마지막으로 기계와 예술과의 관계를 봅시다. 『주역』 또는 『정역』, 그리고 『천부경』하고의 관계입니다.

제가 대학 다닐 때 시네마 클럽을 했는데 에이젠슈테인—근대 영화의 거목이죠—그가 발견한 것이 오행, 금목수화토입니다. 오행은 우주질서의 물질적 상징인데 실제 물질, 실체가 아니고 상징이지요. 그런데 이 오행은 오방, 오색, 오음, 다섯 가지로 나눠서 통합이 가능하다고 예언을 합니다만, 이것을 보고 경극, 가부키, 노 등을 참고해 보면서 에이젠슈테인이 놀랐다는 것이죠.

몽타주이론이 단순히 변증법의 영화적 작용으로서만 된 것은 아닙니다. 서양식의 유물론 철학이나 미학의 전통만 가지고는 힘들지요. 브레히트도 경극의 영향을 받았지만 에이젠슈테인도 오행표를 보는 순간에 몽타주의 원리가 착상된 것이죠. 오행과는 비교가 안 되게 깊이 들어간 주역하고 영화를 결합해 보면 어떨까? 만일 이것이 가능하다면 대중예술의 총아인 영화에 있어 우리 민족예술이 금자탑을 세울 수 있습니다. 할리우드의 기술 영화에 대해서 특히…….

역은 괘卦와 효爻를 수리로 풀 뿐만 아니라 거기 신비로운 삶의 내면적인 뜻을 찾아내고 예언까지 합니다. 그러니까 영화의 극적인 내용으로서의 신비적인 삶의 예언성과 예감으로 가득 찬 긴장된 감동의 깊은 영성적 생명 생성에는 접근하면서 동시에 그것을 가능케 하는 기술체계가 근본으로서의 수리문제, 신비적 수학문제를 해결하지요. 역을 가지고 합리적이면서도 신비적인 이중성을 가졌다고 합니다. 전부 숫자체계에요.

왕필의 『주역』 해설을 보면 너무 철학적이죠. 소강절의 매화역수梅花易數가 있는데, 어느 사람이 몇 시에 누구를 데리고 어디로 왔다 하는 것이 숫자가 나오는데 이를 매화역수라고 합니다. 이 숫자가 조합되면 예언점이 나옵니다. 그 사람 내일 죽는다고, 이런 걸 잘 활용할 수 있다면 아마도 대중적 문화 차원의 멜로드라마로도 신비한 삶의 내면 생성이나 그 복합성, 역성들을 잘 보여줄 수 있을 것입니다.

여기서 우리가 해결해야 될 것은, 벤야민이 말했죠. 사진술 발달과 함께 아우라가 사라져버렸다고. 대중 복제 문화시대의 영화야말로 대표적이고, 컴퓨터 게임, 디지털 테크놀로지 등 디지털도 카오스적으로 접근하지 않으면 앞으로 미묘한 인간의 내면이나 삶의 영성, 동물영의 숨겨진 움직임이나 내면적 관계를 표현 못하지요. 그래서 디지털도 계속 카오스적으로 접근해야 합니다. 그러면 대중 복제 문화에서도 잃어버렸다고 하는 아우라가 디지털 테크놀로지 안에서 부활이 가능한가? 영적인 것, 카오스인 것 말이죠.

고대에는 과학과 예술이 구분이 안 되고 주술, 즉 인간의 신비적 체험과 물질적 우주체험이 분리가 안 되었지요. 하나라, 은나라 같은, 일부는 동이족 문화의 꽃이었다는 '연산連山'과 '귀장歸葬'과 같은 참으로 '신령한 수학' 등이 모두 그것이었던 것 같습니다. 그것이 '괴력난신'을 금지하는 공자 혁명과 '주역'의 대사상 숙청으로 폐기된 것이지요. 언어도 옛날에는 신의 호칭이었죠. 신을 부르는 것이 언어였습니다. 근본에 있어서 신은 아우라, 즉 신령입니다. 이제 고대가 반본되면서 이런 것이 모두 되살아납니다. 이것을 잘 봐야 합니다.

장인적 기술에 속하는 고급예술에 대중적 기술이 아닌 암묵적 기술에서나 가능했던 아우라, 영성! 아까 들뢰즈가 생성이라고 불렀던 것, 역사나 계량화, 계획화되거나 물질화된 삶이 아니라 또는 기호화된 삶이 아니라 그 이전에, 그 속에, 그 밑에 지금 여기로부터 나와서 지금 여기로 되돌아오는, 생생한 내면성의 생성으로서의 안팎의 무궁무궁한 우주 충만의 소망스러운 삶, 진정한 민중의 내적 소망으로서의 삶, 해방·통일·초월이면서 일상적으로, 에로틱하면서 영성적·정신적인, 그런 모순된 요구를 다 안을 수 있는 내적 삶을 오늘 신인간의 아우라라고 부를 수 있습니다. 그것을 저는 '흰 그늘'이라고 부릅니다만.

신이나 죽은 조상과의 관계, 앞으로 태어날 자손의 예감, 멀리 떨어진 친구와의 텔레파시 또는 자기 운명에의 예감, 전생의 기억…… 이 모든 것이 아우라입니다. '흰 그늘'입니다. 이것을 대중 복제 예술, 영화나 디지털 카메라가 잡을 수 있겠는가. 역易은 수리체계에 의한 우주의 끊임없는 변화의 질서이기 때문에 카메라의 원리로서 그대로 합당할 뿐 아니라 신체적·물질적·기계적·과학적·기술적이면서도 영적이고, 생명적이고, 정신적·우주적·신비적인, 이 두 개의 상호 모순된 층위를 동시에 가진 것이지요.

주역은 참찬론參贊論이라고 그래요. 2천8백 년 전 주나라 문왕이 만들고 주공이 손보고 공자가 보완한 것이 주역입니다. 주역이 중국 문화의 핵심이고 철학의 꽃입니다. 참찬론─우주의 물질적인 질서는 변경될 수 없는 필연적인 것이고, 그래서 인간의 대표격인 성인은 이 필연적인 우주의 뜻을 깨닫고 질서를 파악한 뒤 오직 거기에 참여할 뿐이다. 참여해서 그 질서를 사회와 정치와 문화와 소인들의 삶에 적용시키기 위해서 군자들을 가르친다. 군자는 지식인이고 관료다. 이들이 성인으로부터 배워서 소인과 만물을 위해 그 지식을 적용해야 한다. 이것이 주역의 참찬론입니다.

뉴턴, 데카르트적인 우주론과 비슷합니다. 인간은 참여할 뿐이죠. 똑같은 참여지만 양자역학 이후 서양에서 관찰자 참여 우주론이 나왔는데, 가속기에다 입자를 넣고 운동시키는 것, 분해되면서 관찰자의 주관이 원하는 방향으로 간섭받는 것이죠. 그러니까 주관과 객관, 물질과 정신 밑에 하나로 관통하는 무엇이 있다는 이야기지요. 아직도 서양 사람들은 그걸 깊이 못 느끼는 것 같아요. 그러니까 융이 꿈 이야기를 듣고 놀랐지요.

심리와 물리 세계에 비인과적인 상관관계의 동시성의 원리가 있다. 그것을 학적 체계로 밀고 나가려고 융이 볼프강 파울리하고 함께 구상한 것이 심리물리학이지요. 심리물리학, 심리와 물리 세계에 동시성의 원리가 있다. 마음속의 만다라와 물리적 우주공간에 나타나는 UFO가 동시적 관계라는 것이죠. 이러한 과학적 체계와 인지과학, 이런 것들이 요즘 나타나지요. 인간 마음의 내면과 외계의 물질적인 질서와의 사이에 어떤 보이지 않는 하나의 통일된 질서가 있다고 생각하게 되는 겁니다.

우리가 잘하면 서양 첨단과학과의 행복한 결합이 가능할 듯해요. 데이비드 봄과 최수운과 혜강을 비교하는 철학자, 과학자, 미학자는 아주 행복해질 수 있습니다. 그런데 왜 주역 이야기를 했는가? 참찬론이기 때문에 수직적이지요. 성인이 하늘에서 지혜를 받아서 군자에게 가르쳐서 군자가 소위 소인과 오랑캐와 여성들을 구해준다. 여성들은 이름도 없고 부엌에서 꿀꿀이죽만 먹고, 그래서 억울하니까 어떤 새로운 것이 나와야 한다, 이것이 개벽이지요.

성경식으로 한번 말해 봅시다. 사람의 고통이 하늘에 닿으면 하느님이 응하신다. 수천 년에 걸친 여성들, 민중들, 고통 받는 사람들, 반항아들, 혁명가들의 그 고통, 물질들의 한 맺힌 소통, 동식물의 고통, 이것이 우주 질서를 바꿨다는 비의가 정역正易의 배후에 서려있습니다. 겉에 잘 드러나지 않는 이것을 봐야 합니다. '그늘이 우주를 움직인다影動天心月'는 말이 그것입니다.

인간을 대표하는 성인이 마음으로 우주의 변화를 원했기 때문에 우주의 변화가 왔다는 숨은 이야기가 있습니다. 우주의 질서를 인간의 의지와 고통과 성실성이 바꿀 수 있다는 가능성을 이야기합니다. 역수성통원리易數聖統原理. 역수, 우주의 물질적인 과학적 전개요 객관적 수학적 전개를 성통, 성인의 깊은 마음이 주체가 되어 변화시킬 수 있는 원리라는 뜻이지요. 성인은 따로 태어난 것이 아니기 때문에 현대는 만인 성인시대여야 합니다. 민중성인 시대요, 신인간 민중시대, 한 민중, 카오스 민중시대지요. 진정한 소망이 간절하다면 그리고 거기에 준할 신령한 새 과학이 개발된다면 능히 우주질서를 바꿀 수 있다는 이야기지요. 서양에는 이런 사상이 없습니다. 이제 막 걸음마 시작했지요. 그러나 정역은 1880년대 올시다. 이러한 정역의 원리가 고대 3천 년 전의 『천부경』과 『삼일신고』에 그 기본 원리가 들어 있으니 참으로 놀랍습니다.

영화에 있어서 『주역』을 활용하되 『주역』은 엄청나게 세련되고 발전되어 있어서 현대 물리학, 인지과학, 심리물리학, 관찰자 참여 우주론, 양자역학 등이 미래의 주역을 겨냥합니다. 『천부경』 안에서 또 밑에서 『정역』에 의해 『주역』의 해체·재구성 과정에 서양의 이러저러한 첨단과학을 종합하는 것, 이것과 카메라—기술과학이나 디지털 과학을 결합하는 것. 역을 모르면 전통음악을 못합니다. 아우라와 동시에 판타지의 흥미로 가득한 새 세대의 대중 복제 문화와 그 알찬 미래도 없습니다.

고대로부터 풍류사상이 중심이었지만 중국 중심의 역학이라든가 유불 도사상이 또한 중요했습니다. 한글은 만들 때부터 한글 중심이지만 한문 을 함께 쓰게 되어 있어서 이중적이고 상호보완적이지요. 우리 문화의 핵 심은 이러한 이중성에 있고 이중성은 카오스적인 어떤 독특한 질서에 있 습니다. 그래서 우리 민족이 미래 21세기로부터 시작될 전자 시대, 정보 화 시대, 탈근대 문화 창조의 시대에 있어서 인류의 새로운 삶의 원형을 제시할 성배의 민족이라는 데에 나는 전적으로 찬성합니다.

감독의 눈과 연기자의 혼의 움직임, 물질의 숨겨진 핵이나 마음이 충분 히 객관적인 피사물로, 스크린으로, 영상으로 바뀔 수 있는 가능성이 있 지요. 『천부경』의 삼극론과 인중론人中論 아래 역수성통의 원리,—정역을 중심으로 주역을 부숴서 다시 영화역映畵易의 새로운 영화원리로 만든다 는 것—세련된 과학기술과 서양 물리학이나 디지털 테크놀로지와 결합된 천부역天符易, 정역을 중심으로 한 새로운 주역, 거기에 관련된 기학, 기 철학, 기 수학, 앞으로 나와야 할 지기학至氣學, 혼돈학과 결합해서 문화의 내용을 바꿔나가고 대중 복제적인 대중문화 생활과 그 안에 다시 신비로 운 아우라, 즉 '흰 그늘'이 대중 복제 예술에서 가능할 때에 비로소 고급예 술의 독재와 예술 엘리트와 결탁한 문화자본·문화 권력의 독재는 끝날 것이며, 그때 비로소 소수의 성인聖人 지배가 끝나는 진정한 대중 해방이 옵니다. 영화나 컴퓨터 게임, 애니메이션이 인류의 깊은 전부를 전부 들 고 나오는 것이지요. 그때 비로소 모든 인간은 우주적 인간, 천지인天地人, 신인간, 홍익인간이 됩니다.

정역적 주역, 이것을 포함한 천부역, 이것의 분과적 적용으로서의 영화 역, 디지털 테크놀로지와 결합된 아우라의 미학, 이것들을 모두 찾는 것이 여러분의 과제요, 운명입니다. 미학, 예술적 창의력, 깊은 문화적 담론과 과학기술, 기계와 수학 원리의 관계는 이제부터 저의 대중적 율려운동, 문화운동의 과제요 핵심 목표이며, 또 저의 미학적 탐구의 주요 주제이자 여러분 예술종합학교의 중요한 화두입니다. 그리고 21세기 인류의 숙제이자 우리나라 미래 국가발전전략의 가장 큰 두 기둥입니다.

예술종합학교는 과학기술대학과 함께 국립대학이 되어야 합니다. 여러분의 목전의 과제입니다. 부디 건투하십시오.

붉은 악마의 세 가지 테마에 관하여

나는 지금까지도 놀라고 있다.

지난 월드컵 때 붉은 악마의 대파도가 우리 역사와 동아시아, 그리고 세계사에 대해 의미하고 있는 것이 무엇인가를 생각할 때마다 깜짝깜짝 놀라곤 한다.

특히 그 파도가 밀고 나온 세 가지 테마를 생각할 때마다 그렇다. '엇박', '치우', '한국형 태극'이 그것이다.

그것을 이해하기 위해 붉은 악마 현상에로 우선 상식선에서 천천히 접근해보자.

700만이 동원된 대규모의 역동적 사태임에도 불구하고 단 한 건의 대형 사고나 훌리건 따위 폭력이나 인종적 편견의 노출이 전혀 없었다. 대 혼돈 속에서 그 나름의 큰 질서를 창조했으니 어떤 의미에서 현대사 속의 가장 중요한 사건으로 떠올랐다

치열한 민족의식을 드러냈음에도 불구하고 동시에 세계인으로서의 보편 의식과 아시아인으로서의 분권적 융합 의지를 보여주었다. 유럽에 대해 일체의 콤플렉스 없이 대등한 의젓함을 과시했고 승리에 대한 열망과

동시에 외국팀에 대한 관용과 우정을 아낌없이 표현해 낸 것이 바로 그것
이다.

현대 사회가 요구하는 세계화라는 지구 의식과 지역화라는 민족의식
의 건강한 이중적 교호결합이 잘 나타났으며 아시아 문명권에 대한 편견
이나 우월감이 아닌 정당한 문명권적 소속 의식이 그 사이에 적절히 나타
났다.

그 수많은 군중의 의상이 붉은색 셔츠 일색이어서 통일성과 융합(퓨전)
을 드러냈으나 동시에 그 패션은 수천만 가지로 각양각색이어서 철저한
개성과 개체성(아이덴티티)을 과시하였다.

붉은 악마 세대 자신들의 주장대로, '밀실의 네트워크' '방콕 족의 퓨전'이
었으니 현대 생명과학, 자유의 진화론의 핵심 개념인 '개체성을 잃지 않는
분권적 융합'이요 '자기조직화'이며 이른바 '내부공생(內部共生 · endosymbiosis)'
의 현실화다.

1999년 시애틀에서 벌어진 세계무역기구 WTO 반대 시민 집회가 인
터넷 소통만으로 일어난 거의 우발적 자기 조직화의 대규모 시위로 발전
한 것이 그 한 예증이다.

생명체의 발전 과정에서 군집, 종, 집단이 먼저 발생하고 개체는 그 뒤
에 차차 개별화, 자유화되며 전 과정에서 군집이 개체보다 더 필연적이고
더 가치 있다는 군집발생선행론群集發生先行論이 생물학과 진화론에서 19
세기 말, 20세기 초의 정설定說이었으니 이에 따라 코뮤니즘, 나치즘, 파
시즘과 공동체주의, 집합주의 같은 전체주의가 기승을 부렸다. 그러나 20
세기 중후반에 오면서 현대 생물학과 진화론에서 돌연변이, 다양성, 자유
의 기제機制(메커니즘)에 의해 군집보다 개체가 먼저 발생하며 개체의 가치
가 더 중요시되고 그 개체마다의 숨은 차원으로서 전체성이나 우주 총유
출을 각자 자기 나름으로 자기의 생활 형식을 자기조직화하는 과정에서
다양하게 실현하는 공생론이 압도하기 시작했으니, 그에 따라 각 방면에

서 공동체주의나 전체주의가 현저히 후퇴하고 개성과 개별성을 철저히 존중하는 전제 위에서 각각의 개체가 권리를 나누어 행사하는 분권적인 융합이 더 가치 있고 도리어 진리인 것으로 존중되기 시작하였다.

그 가치관의 결정적 표현이 곧 에코적인 디지털 문명이며 더욱더 결정적인 것으로는 붉은 악마 현상이었던 것이다.

생명의 자기조직화의 주체는 마음, 영성靈性이니 그 핵심이 곧 신神이다. 다원주의나 유물론은 이제 더 이상 진화를 설명할 수 없다. 최근에 '창조적 진화론'이 두각을 나타내는 것은 필연의 대세다. 창조적 진화, 자기조직화는 첫째, 내면의 의식(마음·영성·신령)의 주동성의 원리와 외면의 물질 및 생명의 복잡화 사이의 상호관계의 원리, 그리고 개체 개체가 자기 나름대로의 숨은 영적인 전체성을 자기 생활 형성life-form으로 자기조직화해 나가는 진화의 세 가지 원리가 바로 현대의 자유 및 자기 선택의 진화론이요 생물학인데, 참으로 기이한 것은 이미 백여 년 전인 1860년, 한반도에서 출현한 동학사상의 제일주제인 '시천주侍天主(하느님을 내 안에 모셨다)'의 핵심인 바로 그 '모심 [侍]'의 해설 내용이 곧바로 다름 아닌 이상의 세 가지 원리라는 점이다.

동학은 후천개벽 사상이다. 후천개벽은 지난 5만 년(호모 사피엔스사피엔스가 출현한 시기) 이후의 인류 문명사 전체가 완전히 바뀌는 대전환이요, 대혼돈의 도래到來를 명제화하는 변혁 사상이다.

그리고 이 대전환 속에서 인류가 살아갈 새 삶의 원형을 동학은 계시(하늘로부터의 묵시)에 의해 받았으니 그 모양은, '태극 또는 궁궁太極又形弓弓'이고 그 뜻은 '혼돈의 질서混元之一氣'라는 것이다.

그런데 아메리카와 유럽의 대신문들은 요즈음 기회 있을 때마다 현대를 한 마디로 '대 혼돈大混沌·Big Chaos'이라고 정의한다. 인간의 도덕적 황폐화, 신자유주의 세계화에 의한 세계 시장의 실패와 빈부 격차의 심화, 지구 생태계의 전면 오염과 파괴, 그리고 심상치 않은 기상 이변 등을 가리키는 말이다. 여기에 테러와 전쟁까지 가세한다. 이것에 대해 처방할 수 있는 것은 바로 이 혼돈을 혼돈대로 인정하고 그 혼돈에 침잠하면서도 그 혼돈 나름의 독특하고 보편적인 질서를 찾아 혼돈을 치유 해방함으로써 전 지구와 인류를 혼돈에서 탈출시키는 탁월한 통합적 과학이라고 한다. 그런데 이 과학은 인문학 또는 종교적 사상 속에서의 원형元型·archetype으로서의 독특한 '혼돈의 질서'가 나타나 과학을 오히려 촉매함으로써만 성립된다는 것이다. 문제는 이 원형이 유럽이나 아메리카에서는 보이지 않는다는 점이다. 유럽이나 아메리카에서 이른바 '이스트 터닝east turning(동아시아에 대한 관심이동)'이라는 대유행이 휩쓰는 이유가 바로 이 점에 있다.

생각해보자.

동학에서 '혼돈의 질서混元之一氣'라고 부르고 그 모양이 '태극 또는 궁궁太極又形弓弓'이라는 영부靈符, 즉 원형, 그리고 동학에 이어 나타난 한국적 동양 우주과학인 정역正易에서 여율呂律이라는 개념이 무엇을 뜻하는지를 이어서 생각해보자.

먼저 동학의 '태극 또는 궁궁'

태극은 중국의 주나라 성립 이후 2천8백 년을 지속되어온 동양의 우주과학 질서인 주역周易의 상징으로서 질서정연한 우주 변화를 의미한다. 궁궁은 19세기 서양 세력이 동양과 전 세계를 휩쓸던 이른바 서세동점西勢東漸의 혼란한 시대에 민중의 살길을 예언한 『정감록』의 비결에 나타나는 혼돈의 지형地形 또는 풍수風水의 원리다. 계룡산이 대표적인 궁궁이다.

그렇다면 '태극 또는 궁궁'은 이미 그 자체로서 '혼돈의 질서'이니 현대와 같은 대 혼돈에 대한 처방이자 원형으로서의 역설逆說(모순어법)인 것이다.

정역에서 말하는 '여율呂律'이란 또 무엇일까? 지난 시절 주역에서 주장하는 우주 질서인 '율려(律呂, 律은 코스모스, 즉 질서요 呂는 카오스, 즉 혼돈이다)'의 순서를 뒤집어, 카오스인 여呂를 앞세우고, 그 '여'를 중심으로 한 그 나름의 '율', 즉 '카오스코스모스'. 줄여서 '카오스모스(질 들뢰즈의 우주 개념)'를 뜻한다.

누군가 나서서 현대 세계의 대 혼돈을 처방할 '혼돈의 질서'라는 새 삶의 원형과 이런 사실들이 전혀 무관하다고 주장한다면 그것이 과연 옳은 일일까?

자, 이제 붉은 악마의 세 가지 테마로 옮겨 갈 차례다. 붉은 악마는 월드컵의 그 하늘이 놀라고 땅이 흔들린 한 달 내내 세 가지 테마를 붙들고 늘어졌다.

'엇박', '치우', '한국형 태극'이다.

먼저 '엇박'.

한 달 내내 응원의 함성은 '대~한민국'과 '따따따 따따'였다. '대한민국'은 4분박이니 2분박과 함께 질서와 균형과 고요의 박자, 이에 대비해 3분박은 혼돈과 역동과 소란의 박자다. 그런데 이 '대한민국'의 '대한'의 2분박을 길게 끌어 '대~한'의 3분박으로 만들어서 혼돈의 박자로 바꾼 뒤에 '민국'의 2분박을 그 뒤에 갑자기 붙여서 전체를 3분박 플러스 2분박의 '혼돈의 질서,' 즉 '엇박'을 창조한 것이다.

'엇'이라는 우리말은 전통 예술에서 서로 반대되는 이것과 저것이 서로 '엇가면서도 함께 붙어 있는 것'을 말한다. 이 엇박이 지배적으로 나타는 전통굿이 곧 '호호굿'인데 '호호굿'이야말로 격동과 고요가 함께 '엇걸이' 또는 '잉아걸이(베틀의 북이 들어가며 동시에 나가는 것)' 하는 (어떤 의미에서) 대단히 현대적인 굿 형태다.

'대~한민국' 다음의 장단인 '따따따 따따' 역시 3분박 플러스 2분박으로 엇박, 즉 '혼돈박'이니 마찬가지로 '혼돈의 질서'다.

그런데 우리의 전통 음악에서는 '대~한민국'과 '따따따 따따'가 연속되는 경우의 '대~한민국'은 '불림(일종의 귀신 부르는 소리, 즉 초혼[招魂])'이 되고 뒤의 '따따따 따따'는 '장단'이 되므로 신령한 카오스인 '불림'과 음악적 질서인 코스모스의 '장단'이 플러스되어 결국은 또 하나의 '혼돈의 질서' '카오스모스'가 되는 것이어서 이 역시 하나의 카오스모스 문화인 것이다.

바로 이 같은 혼돈이면서 질서인 '엇박'이 음감音感 예민한 유럽 선수들을 커다란 당황감과 혼돈 속에 빠트렸고 전통적인 '엇박'에 익숙한 한국 선수들에게는 역동적인 차분함을 선사했다는 것이 월드컵을 구경한 사람들의 중평衆評이다. 이 역설에 가득 찬 붉은 악마의 '카오스모스' 문화가 현대 세계에 진정으로 의미하는 것은 무엇일까?

'자크 아탈리'나 '질 들뢰즈'는 현대 유럽의 첨단적 철학자들이다. 그런데 그들의 21세기 세계 문명에 대한 예상과 전망은 유일하게 '유목 이동 문명'뿐이다. 그리고 이것은 또한 유럽 및 아메리카의 신자유주의적 세계화주의자들의 문명론이기도 하다. 하기야 지구상에 사는, 더욱이 한반도에 사는 그 누군들 핸드폰과 노트북, 컴퓨터와 비행기, 공항, 승용차, 호텔, 모텔에서부터 자유로울 수가 있겠는가? 인터넷, 그것이 이제는 어디서나 발화·수신하는 '유비쿼터스'에서 벗어날 사람이 누가 있으며 그것을 벗어나서 인류의 '영적 소통spiritual communication'이 가능하기나 하겠는가? 21세기의 더욱 발전된 도시 유목 이동 문명은 불가피하며 필연이다. 그러나 동시에 반드시 생각해야 할 것이 있다. 급증하는 세계 인구와 북극 해체로 인한 곡창 저지대의 침수 때문에 제기되는 전 지구 식량난과 전 지구 생태계 오염 및 세계화로 피해를 보는 후진국 민족들의 지역화, 반反세계화 주장으로 연결되는 지역 농업 정착 문명 특히 유기농업에 대한 요청 역시 무시할 수 없다.

결국 21세기 새 문명은 디지털적 유목 이동과 에코적인 농촌 정착의 이중적 교호결합 문명일 수밖에 없는데 현재의 세계는 세계화 유목주의자들과 반세계화 지역주의자 및 생태주의자들의 대결 투쟁만이 있을 뿐 그 양자의 교호결합을 주장하는 새 삶의 원형 제시는 어디에서도 나타난 바가 없다. 이것이 붉은 악마의 그 시뻘건 로고, 치우蚩尤의 도깨비 모양과 깊은 관계가 있다면 어쩔 터인가?

4천5백여 년 전 고조선 직전의 배달국倍達國 14대 천황인 치우는 당시 과거의 유목을 숙청하고 새로운 농경을 유일 문명으로 고집하는 중국의 황제黃帝에 대항하여 동아시아·중앙아시아의 여러 부족들의 오래된 유목 문명과 해안의 새로운 농경 문명을 함께 이중적으로 교호결합하며 그것을 중심으로 채취·수렵·어로 등 생산양식들을 다양하게 연대하는 복합적 문명을 주장하였다. 74회에 걸친 피의 전쟁은 곧 문명 전쟁이었다.

현대에 와서 다시금 요청되는 이 이중적 내지는 복합적인 문명에 대한 집단적 예언 행위가 다름 아닌 붉은 악마의 치우 깃발의 테마라고 해석한다면 너무 억지인가? 역사란 계몽만에 의해서 앞으로 나아가는 것이 아니다. 때로는 신화가 계몽을 앞지르는 것이 또한 역사의 신비다.

붉은 악마들이 여러 종류의 스티커로 이마에도 허리에도 엉덩이에도 바디페인팅한 그 태극기, 망토로 스커트로 블라우스로 둘렀던 그 태극기는 무엇을 상징하는 테마인가?

한국의 태극기, 태극 형상, 태극 사상은 중국의 그것과 "같으면서도 다르다." 바로 여기에 한국 태극기의 테마가 있다.

중국 사상, 동아시아 나름의 과학과 철학의 꽃은 역易이니 중국엔 주역周易이요 한국엔 정역正易이다. 사회주의의 변증법과 자본주의의 배제 논리를 동시에 극복할 미래의 인류 철학과 대 혼돈을 극복할 탁월한 통합적 과학은 곧 역易 사상이라는 확신이 우리 동아시아인보다 도리어 유럽 지식인들 사이에 더 짙게 깔려 있다. 태극기는 그 주역과 정역 그리고 또 다른 하나의, 아직은 드러나지 않은 채 미지수인 '주역 · 정역 사이의 관계역' 또는 '간역間易'이라는 세 가지 역을 다 포함하고 있는 미래 철학 · 미래 과학의 보물 창고다.

그러나 중국의 태극과 한국의 태극은 분명히 같으면서도 다르다. 중국 태극은 흑백黑白이고 좌우로 나뉘어 서 있다. 그리고 백 안에 흑점黑點이, 흑 안에 백점白點이 있다. 네 귀퉁이의 네 괘상, 즉 하늘[乾], 땅[坤], 어둠[坎], 밝음[離]의 사상四象은 동서남북 정방正方에 뚜렷이 서 있다.

거기에 비해 한국 태극의 음양은 흑백이 아니라 '푸르고 붉음靑紅'이며 서 있지 않고 상하로 나뉘어 누워 있다. 두 개의 점은 없고 네 귀퉁이의 하늘[乾], 땅[坤], 어둠[坎], 밝음[離], 또는 제1괘인 건괘와 제2괘인 곤괘, 그리고 제63괘인 수화기제水火旣濟괘와 제64괘인 화수미제火水未濟괘, 즉『역경易經』전체 64괘의 압축 괘상인 사상이 각각 동서남북의 간방間方에 배치되어 있는데 서 있지 않고(역 읽는 해석 방식의 원리에 따라 말한다) 비스듬히 누워 있다. 이처럼 비슷하면서도 이처럼 다를 수가 있는가?

중국인들은 한국의 태극기를 보고 "이것은 태극이 아니다!"라고 단언하는 형편이다. 태극이 아니라면 무엇일까? 왜 이처럼 같으면서도 다를까?

같으면서도 다른 것.
'아니다'이면서 '그렇다'인 것.
또는 '그렇다'이면서 '아니다'라고 하는 동학의 논리, 생명 차원이나 물질 내지 영성의 차원 변화 논리인 이 '불연기연不然其然 · no-yes(뇌과학과 생물학과 물리학 및 그 모방인 컴퓨터의 이진법 등의 근본원리)'론이 다름 아닌 동북공정이라는 중국의 고구려사 강탈에 대한 우리의 역사 전쟁의 사관 · 전략 · 전술에 깊이 적용되어야 할 필수의 원리이기도 하다.

기왕의 한국 태극기에 대한 철학적 해석은 대체로 바탕의 흰색은 순수·동질성을, 태극은 우주 삼라만상의 근원이요 음양이라는 인간 생명의 원천, 네 괘상은 사상으로 동서남북 공간과 춘하추동 시간의 영허소장盈虛消長(비고 차고 줄어들고 늘어나는 것)의 영원한 질서의 상징으로서 생명·평화·조화를 뜻한다.

그렇다.

그러나 아니다. 그것만은 아니다.

이 '아니다·그렇다'의 원리가 태극과 함께 대중화되는 날이 온다. 그때 '삼태극의 춤'과 '정역正易에 의한 주역의 해체·재구성'과 '주역·정역 사이의 관계역關係易 또는 간역間易의 출현'이 있을 터인데 바로 그때가 '새로운 팔괘'가 나타나 태극을 재해석하고 '시천주 단전호흡법의 대중화'를 통해 '궁궁'을 체득體得하는 '태극궁궁'의 원형이 과학과 생활 속에서 새 세대 중심의 대 문화혁명을 일으키는 때이다(나의 회고록『흰 그늘의 길』제3권 227쪽과 300쪽 참조).

같으면서도 다른 한국 태극의 참다운 철학은 언제 어디서 나올 것인가?

그때가 바로 이때이다.

붉은 악마 세대(전 인구의 78퍼센트 이상이 10대, 20대, 30대 초반의 남녀)가 월드컵 때 스스로 제시한 세 가지 테마를 스스로 설명하고 자기 인식하기 위해 자기 혼자, 또는 인터넷을 통해 여러 형태로 서로서로 공부하며 토론하기 시작할 때, 그때에 비로소 이 모든 일들이 시작되고 그들로부터 새 문명론, 새 삶의 원형으로 다가올 것이다. 문명론은 바로 문사철文史哲로 이루어진다. 엇박文, 치우史, 한국 태극哲이 새 과학(새로운 역학·역학으로서의 생명학, 우주 생명학)의 성립을 촉매할 것이다.

그때가 언제일까?

그때가 한국학 최고 최대의 명제인 혜강 최한기의 기철학·역학과 수운 최제우의 동학·유불선 및 기독의 창조 통합학 사이의 사상적 이중교호결합이 실현될 때이다. 그때가 바로 '태극궁궁'의 원형이 확대되는 때이다.

나는 4·19 세대이면서도 4·19의 테마가 무엇인지 몰랐다. 5·16이 난 뒤에야 비로소 4·19의 혁명성을 깨닫고, 그때부터 열심히 민족, 민중, 동양을 공부하기 시작했다. 그때의 우리 공부가 바로 최한기와 최제우의 결합 공부였다. 그러나 예감이었을 뿐 성취는 뒷날로 미루어졌다.

아마 붉은 악마는 지금 이미 그 공부를 시작했을지도 모르겠다.

그 공부에 조금이라도 도움을 주기 위해 다음 세 가지만을 암시한다.

첫째, 한국 태극은 중국 태극이 말은 하면서도 실제로는 일태극一太極만을 추구한데 비해 그 근본의 북방계 혼돈 질서인 '삼태극三太極(우주의 원래의 근본 기운이요 셋을 품고 하나 노릇을 하며 음양동정[陰陽動靜]을 이미 제 안에 포함한다)의 춤'을 품고 있다. 먼저 이 방향으로부터 공부를 시작해야 한다.

둘째, 한국 태극은 1879년에서 1855년 사이에 충청도 연산連山(지금의 논산)에서 김일부 선생에 의해 공표된 한국역(韓國易, 즉 艮易)인 정역正易 및 동학과 함께 동학의 원형과 여율론 따위 정역의 역학적 과학 체계를 기준으로 해체·재구성되어야 할 동아시아 기철학과 중국 주역의 그 풍부한 내용 위에 담대한 새 해석을 가할 때에 비로소 해명·전개될 것이다.

셋째, 새 시대의 우주 생명학, 즉 새로운 역易은 선천의 주역先天周易과 후천의 정역後天正易 사이의 상호 관계의 역, 즉 '간역間易'이 새로운 팔괘八卦와 함께 나타나고 성립되며 동학주문呪文인 '시천주侍天主 단전호흡법의 대중화'와 함께 '궁궁수련弓弓修練'이 유행하면서 나타날 새 세대에 의한 새 시대의 새로운 차원의 '태극 또는 궁궁', '혼돈의 질서'라는 원형과 패러다임의 인식에 의해 비로소 적극적으로 해명·전개될 것이다.

그 관계의 역, 간역의 예언이 감옥에서 밖으로 내보낸 동학 최수운 선생의 두 구절 시 속에 선명히 드러난다.

등불이 물 위에 밝으니 의심을 낼 틈이 없고

기둥이 다 낡은 것 같으나 아직도 힘이 남았네.
(燈明水上無嫌隙 柱似枯形力有餘)

사실 오늘 우리의 개인적·지역적·민족적·문명적·지구적이고 우주적인 삶, 그 총체적인 삶이 처해 있는 과학적 형편은 주역과 정역 사이에 양쪽에 다 걸치며 끼어 있다. 기둥은 낡았으나 아직도 힘이 남았고先天周易 등불이 물위에 밝으니 의심 낼 틈이 없다後天正易.

둘 다 유효한 것이다.

그렇다.

그 이중적 교호관계 사이에 끼어 있는 지금 우리의 삶 자체의 생명학, 우주 생명학, 즉 새 역학이 필요하다. 그것이 한국 태극이고 그 창조적 해석의 주체가 붉은 악마다. 그들이 동아시아 태평양의 새 지구 및 우주 문명을 후천개벽할 주역들, 바로 여기 앉아 있는 여러분이다.

새 문명은 천·지·인의 세 가지 조건이 맞아야 탄생한다.

동북공정, 고구려사 문제로 인해 민족 역사에 지금 큰 대중적 관심이 일어나는 까닭은 무엇인가? 천시天時 아닌가!

한국이 동북아, 동아시아 물류 중심(허브)이 된다는 얘기는 왜 나오는가?

또 대륙과 해양, 유럽과 아시아 사이의 부두가 된다는 얘기는 지리地利가 아닌가!

동아시아뿐 아니라 아메리카에까지도 불고 있는 한류 열풍은 그럼 또 무슨 조짐인가?

그 천시와 지리를 문화 속에서 통합하는 것, 즉 '인화人和'를 뜻하는 개인적 또는 집단적 주체라고 내가 지금까지의 강연을 통해 내내 지적하고 있는 붉은 악마 세대, 즉 여기 앉아 있는 당신들은 도대체 누구인가?

바로 이 물음!

새 세대의 공부는 바로 이 물음에 대한 답변에서부터 시작될 것이다.

새로운 문화 코드에 관한 열대여섯 가지 생각들

오늘이 무슨 날인가?

오늘이 총선 바로 전날, 단기 4337년 서기 2004년 양력 4월 14일 오후 5시다.

'논객論客'이 원고를 청탁해왔다. 무슨 일일까? 마감일이 아직 한 달 반이나 남았는데도 곧 책상머리에 앉아 글쓰기를 시작한다. 예외적이고 이상한 일이다.

머리에 떠오르는 열대여섯 가지 생각들을 소제목 밑에 탈중심적으로 늘어놓는다. 비교적 앞뒤, 위아래, 무거움과 가벼움, 중심과 둘레의 차이가 별로 없는 생각들이어서 보기에 그리 흉하지는 않은 듯싶다.

'확충(擴充 · amplification)'의 글쓰기여서 밖에서 안으로 들어갔다가 다시 안에서 밖으로 나오곤 하는 것도 특징이라면 특징이랄까?

1.

일본 얘기부터 하자. 약 십여 년 전인 듯하다. 일본 자본주의 문명의 최첨단인 '노무라野村 종합 연구소'는 매우 예외적 기획으로 '창조 전략創造戰略'이라는 이름의 보고서를 발표했다.

보고서는 21세기의 시작과 함께 지구 문명의 일대 지각 변동이 올 것을 예언하였으니 바로 지금 최정상에 올라 있는 듯 전 지구를 휩쓸고 있는 미국의 정보화 문명의 위력이 이제 끝났다는 충격적 선언을 내놓은 것이다.

21세기가 시작되면서 '정보화'라는 코드가 '창조화'로 바뀐다는 것이다. 정보화는 우리가 지금 한창 쓰고 살며 가꾸고 있으니 이해하기 어려울 것이 전혀 없으나 창조화라는 것은 도대체 무엇일까?

창조화는 문자 그대로 창조력과 창의력 중심으로 변한다는 말이겠는데 그것은 어디 엉뚱한 별에서 내리 닥치는 외계의 문화나 사물이 아니라 정보화의 내용, 즉 '콘텐츠웨어'의 '질質'을 뜻하는 것이다.

쉽게 풀면 콘텐츠의 질이 하드웨어를 크게 변화시키는 지배적 요인이 된다는 뜻이다. 왜 그런가? 진화 때문이다. 무슨 진화인가? 문화의 진화다. 한 문화의 진화는 처음 단계에서는 내용이 형식을 지배하지만 최정상에 이르면 형식이 내용을 좌우한다. 그러나 그에 잇따라 나타나는 쇠퇴기 또는 전환기에는 다시 내용, 또는 창조적인 내용의 질이 형식을 수정하거나 변경하거나 전복시키는 것이다. 차원 변화다.

결국 지금 진행 중에 있는 정보화라는 문화는 그 내용이 점차 진화하면서 가까운 시간 안에 그 형식을 크게 수정하는 단계가 올 것이라는 얘기다.

바로 지금이 정보회의 절정이다. 전 지구가 정보 하이웨이, 소위 '신경망화'하고 있기 때문이다. 그렇다면 '창조 전략'의 예언이 이미 현실적으로 진행되고 있다는 것인가? 그렇다.

모든 디지털·엔터테인먼트에서 '소스source' 혹은 '리소스resource'가 중심 부위로 떠오르면서 '데이터'의 비중이 '아이디어' 쪽으로, '비트'의 위상이 '창발량創發量', 즉 '창조적 발상의 양적 단위量的單位'로, 아직까지도 효력이 있는 '환원적 접근'이 철두철미한 '자발성·창발성emergence'으로, 그리하여 드디어 '컴퓨터'의 핵심성이 '컨셉터concepter'의 기기묘묘한 순간적 창조력으로 중심 이동한다. '컨셉터'란 '창조적 발상 지원 시스템'으로 컴퓨터를 포함한 온갖 첨단 장비와 함께 처음의 그 '소스', '리소스', '콘텐츠'를 제시한 사람 주위에 다양하고 다층위, 다단계적으로 해석·활용·표현하는 수많은 종류의 창조력과 해석력과 표현력들이 둘러싸고 일종의 '브레인스토밍'을 전개하는 시스템이다. 이 시스템의 작동은 중심에 있는 창조적 발상자로 하여금 인간 정신의 최심부에 살아 있는 심층 무의식이나 인류 및 생명체의 최상고대最上古代의 여러 가지 기억을 아이디어나 감정이나 환상이나 자기 나름의 재구성의 형태로 드러내게 하는 것이다.

인간의 지극한 창조력이 나오는 코스는 둘밖에 없다. 심층 무의식에로의 '알파파 여행(일종의 명상이나 참선)'과 인류 및 생명체나 물질의 최상고대에로의 르네상스 여행에서 발견하는 내용들이다. '컨셉터'란 바로 이 여행의 조직 과정이다.

'창조 전략'은 21세기 국력國力의 기준이 경제력 중심에서 문화력 중심으로 바뀐다고 한다. 미국의 절대적 우위는 과연 어느 나라의 새로운 우월성으로 바뀔 것인가?

하기야 세계 무역의 중심이 유럽과 아메리카의 대서양 루트에서 동아시아와 아메리카의 태평양 루트로 이동함에 따라 한국 경제의 구조가 대륙과 해양 사이의 물류物流 중심의 확보 쪽으로 경사되고 제조업 중심에서 서비스와 문화 콘텐츠 산업 중심으로 바뀌어야 한다는 예언적 주장들이 널리, 급속히 번지고 있는 현실에서 물류의 중심을 문류文流, 즉 '문화 교류'의 중심으로 상승시키는 것이 자연스런 결론이고 그에 연속되어 서비스나 문화 콘텐츠 산업 담론이 요란스럽게 등장하는 것은 당연한 귀결이기도 하다. 이미 문화 산업의 수출 성장률은 28퍼센트에 달하고 제조업을 대신할 산업으로 서비스와 함께 문화 산업, 콘텐츠 부문이 담론이 아니라 국가 경제 정책의 가장 중요한 내용으로까지 이미 상승했다.

그렇다면 바로 그 물류 및 문류의 허브(중심처)에로의 상승을 놓고 일본의 나리타나 간사이공항, 중국의 상하이와 푸동, 그리고 싱가포르와 한국의 인천공항 및 송도 항만, 광양, 부산항들이 경쟁을 벌이고 있는 지금의 동아시아 경제 흐름은 크게 보아 자연히 경제력 중심에서 문화력 중심으로 넘어가는 과정임을 쉽게 눈치 챌 수 있을 것이다. 과연 이 경쟁은 그 최종 결정이 난다는 향후 5년 안에 어느 쪽의 승리로 끝날 것인가?

이 문제에 대한 국제적 전문가들의 판단이 결국 그 당사국 국민들의 높은 문화력과 콘센서스, 즉 '정신적 합의'에 의해 결정된다는 이야기이고 보면 노무라의 창조 전략이 지금 우리가 다루고 있는 새로운 문화 코드와 어떤 연관이 있는지 쉽게 이해할 수 있을 것이다. 왜냐하면 문류, 즉 문화 교류의 중심이란 전통 문화의 계승과 재창조, 대륙과 해양 및 동서양 간의 광범위한 문화 융합(퓨전) 그리고 미학적으로 극히 웅숭스러운 새 문화, 새 문명의 창조 지점이라는 것을 뜻하기 때문이다.

높은 문화력 그리고 정신적 합의 속에 들어 있을 동서양과 해류 사이의 탁월한 문화 융합의 가능성이란 무엇일까? 지금 '한류韓流'라고 부르는 문화의 내용은 이 융합력과 무관한 것인가?

적어도 그 속에는 우리가 흔히 문학, 역사, 철학文·史·哲이라고 부르는 문화적 창조력, 해석력, 융합력이 들어 있을 것이며, 이는 세계 역사 및 세계 체제와 문명들 사이에서 서로 반대되거나 이질적인 문화들 간의 이중적 교호결합의 창의력과 창조적 융합 능력의 한 차원 높은 경지를 뜻할 것이다.

2.

세계의 흐름은 목하 정치나 경제보다 문화, 특히 새 정치, 새 경제의 씨알을 품고 있는 독특한, 그럼에도 그 전통이 깊은 새 문화에로 중심이 옮겨 가고 있고, 정부와 시장보다는 새 정부, 새 시장을 갈망하는 대중적 민중, 다중적 민중, 소위 카오스 민중이라 불리는 제3의 시민 섹터에 중점이 이동하고 있다.

또한 자연과 도덕, 즉 경제와 정치에 대한 지나친 경사傾斜로 결국 살벌한 실패작이 되고 만 프랑스 혁명과 10월 볼셰비키 혁명 역사에 대신하여 유희, 즉 종교와 미적 교육과 상상력에 의해 교양된 새 민중이 이끄는 세계적 문화 대혁명의 요구가 상승하고 있다.

바로 이러한 요구에 대응하여 유럽과 아메리카의 지성은 그 대답을 동아시아. 특히 동북아에서 구하려고 하는 것이 또한 현실이다.

한민족의 전통 문화, 그리고 근대 이후에도 우리가 집중하고 혹은 존중해온 문화 이론(문 · 사 · 철) 가운데서 이 대답을 구할 수는 없는 것일까?

우선 정치, 경제, 문화에 대응해서 새 질서를 창조할 수 있는 오래고도 새로운 씨앗은 혹시라도 그 안에 없었는가?

1)

최근 현실적으로는 미국식 자유민주주의와 독일식 정당명부제를 모방하고 답습하면서도 한국을 비롯한 여러 나라에서 근본적인 회의감과 비판이 일어나는 현상은 도리어 새삼스럽다. 더욱이 그것이 이제부터 시작될 전자메커니즘과 연속될 경우 그 부정적인 측면이 전면화되지 않을까 하는 논의조차 있다.

우리 민족과 동북아 고대의 전통 문화에는 철저한 전원일치제이자 철두철미한 직접민주주의 제도인 '화백和白' 제도가 있다. 한번 시작해서 완전 합의와 전원일치에 도달하기까지 열흘 가까운 긴 시간에 군중과 대의 기구 사이의 철저한 직접민주제적 토의와 용납 과정을 매우 복합적으로 진행했다는 전설에 대해서 우리는 과연 무엇을 할 수 있으며 어떻게 해야 하는 것일까?

서양의 민주주의가 그 근원에서 볼 때 그리스의 고대 광장에서의 논의 구조에서 비롯되었다는 사실에 대응해서 우리는 이런 경우 과연 아무 느낌도 없는 것인가?

2)

월러스틴Immanuel Wallerstein은 자본주의의 종말을 40년 정도로 내다보고 있으나 그 대안의 제시는 전혀 못한 채 다만 복잡계 경제학일 것이라는 막연한 예상만 내리고 있다. 일본의 '시오자와 유시나리' 등의 복잡계 경제학은 바로 코밑의 문제인 7만여 헤지펀드의 전황조차 제어하지 못한 채 대체로 보아 실패에 기울고 있다.

월러스틴이 자본주의 종말에 대한 예언의 근거로서 제시한 생태학적 비용 과다와 국가의 역할 약화, 생산 비용의 증대와 함께 자본주의의 치명적 약점인 인간 동료들에 대한 얼굴 없는 무자비성을 고려 할 때, 그 대안으로서 또는 기존 교환 시장과의 이중적 교호관계로서 보완적 역할을 할 수 있는 경제 제도의 씨앗이 우리의 고대에는 전혀 없었던 것일까?

신시神市란 도대체 무엇이었을까?

한민족만이 아니라 수천 년 전의 아시아와 아프리카 북단 등에 교환 시장만이 아닌 생태계와 자연의 신령한 영성을 존중하고 인간 동료들에 대한 얼굴 가진 우정을 기초로 한 인격 교환의 상호 혜택적 시장이 있었다는 경제 인류학의 암시에 입각해서 국내의 소수 연구자들에 의해 검토된 '신시'라는 '호혜 시장互惠市場'을 과연 어떻게 보아야 할 것인가?

장 보드리야르가 이미 자본주의에 대한 청정한 하나의 대안으로 강조했던 바 제사경제인 인격 교환의 '포틀래치'가 교환 시장과 함께 아메리카 인디언 속에서 교호적으로 공생하기 시작한 현실을 바라보면서도 우리의 고대에 분명히 존재했던 호혜 시장, 공급계와 소비계 사이에, 유목 이동민과 농경 정착민 사이에 유력한 계契의 형태로써 엄연히 존재했던 '신시'

의 전설을 망각하고 있는 것이 그리 잘난 일일까? 아메리카 인디언보다 그리도 더 똑똑하고 그리도 더 문화적인 증거라도 되는 것일까?

3)

우리 사회에 지금 막 태어나고 있는 세계적 영향력을 지닌 깊고 넓은 한 문화가 우리의 삶을 이끌고 있다. 그 문화의 이름은 '생명과 평화'다. 그 요동과 요서 비장의 동이계東夷系 방상方士 술사術士들의 노작으로 검증된 바 있는 『산해경』에는 "예맥·숙신東夷族은 생명 살리기를 좋아하고好生 죽이는 것을 싫어하는不殺生 덕을 지니고 있고, 또 양보하기를 좋아하고好讓 서로 싸우기를 싫어하는不爭 덕성을 갖고 있어서 죽지 않는 군자의 나라不死君子之國"라고 했다. 바로 생명과 평화의 전통이다.

그 문화는 그리고 한민족의 역사와 전통 안에 그 뿌리를 단단히 내리고 있다. 도대체 무엇에 그 뿌리를 내리고 있는가?

바로 '풍류風流'다.

신라의 고운 최치원에 의하면 풍류는 애당초 유불선儒佛旋 삼교의 근본 사상을 모두 아울러 지니고 있으며 특히 그 중심 사상은 '접화군생接化群生' 이라 했다. 뭇 생명과 존재 만물을 사랑하고 감화, 진화시켜 살리며 결국은 물질까지 그 굴레에서 해방하는 사상인 바, 다른 말로는 그 이름이 선도仙道이기도 했다. 현재의 개념으로는 바로 '생명학'이니 한반도의 모든 유불선 사상, 심지어 그리스도교 밑에까지도 유유히, 그리고 면면히 흘러넘치며 유불선을 통일하는 중심인 생명의 문화 그것이다. 19세기의 대 생명학, 후천개벽의 생명학인 동학간역사상東學艮易思想 역시 이 풍류의 부활이었으니 오늘 우리들의 '생명과 평화' 사상의 핵심 근거에는 유불선, 그리스도교와 함께 유럽의 모든 생성의 철학, 생명과학의 통일점인 이 풍류의 문화가 살아 꿈틀거리고 있는 것이다. 그러면 이 문화, 이 사상이 현실과 세계적 자장磁場에 맞게 현대화, 과학화할 수 있을 것인가?

우리는 지금 바로 이 독특한 생명학 안에 이미 말한바 있는 해륙과 동서의 온갖 문화의 융합력과 새로운 창조력이 생동하여 전 민족적 합의와 동북아 및 그 세계적 확장에 도달하기를 기다리고 있다.

4)

이 생명학, 이 풍류, 이 선도는 민족과 인류, 지역과 전 지구 및 우주, 개체와 전체, 주체와 타자, 지역화와 세계화를 결합시키며 농경과 유목, 정착과 이동, 에코와 디지털, 리비도와 아우라, 카오스와 코스모스를 경합시키는 원형으로서 동학의 저 유명한 결정적인 새 삶과 새 문명의 묵시黙示인 '태극太極이면서 궁궁弓弓'이요 율려律呂의 후천 형식인 '여율呂律'이니, 1만4천 년 전 민족의 시원이라 하는 중앙아시아의 '마고麻姑 시대'의 우주적 혼돈 질서인 '팔려사율八呂四律'의 '기우뚱한 균형'을 생성시키며 품고 있는 참다운 미래 문화의 모태母胎인 것은 아닐까?

3.

풍류, 그 오래고도 새로운 우리의 생명학은 천지인天地人의 삼축론과 음양陰陽의 이축론, 그리고 '한'이라는 이름의 혼돈적 질서混元之一氣, 즉 '궁궁태극弓弓太極'의 '카오스모스'. 이 세 가지 원리를 제 안에 품고 있다.

천지인의 삼축을 따라 우리 민족의 독특한, 또는 19세기 동학 간역의 개벽 사상에 의해 다시금 결정적으로 변화된 시간, 공간, 육체관을 음양의 이축을 따라 『천부경』에 제시된 셋과 넷[三四]의 천부天符 또는 영부靈符와 함께, 셋과 넷 사이의 '고리의 생성[成環]'이라는 것을 한번 생각해 보자.

1) 시간에 관하여

우리 민족의 시간은 알파와 오메가의 시간이 아니다. 히브리나 헬라적 시간도 인도나 중국적 시간도 아니다. 상고尙古의 시간도 아니며 목적론적 역사주의의 시간이나 선線적이며 미래주의적인 화살과 같은 진보주의적 시간도 아니고 묵시록과 같은 상승주의적 종말론적 시간도 아니다. 그것은 또한 완성된 원 안에서 주지적으로 되풀이하여 고대의 대동 세계로 돌아가려는 순환적 시간, 삼대夏殷周三代나 삼황오제三皇五帝나 수사학洙泗學(공자 시대)에로 복고復古하는 그런 시간도 아니다. 질서에서 무질서로 진행되는 엔트로피 최대의 증대 과정에서 결정적으로 파멸되는 팽창 일변도의 비가역적 시간도 아니다.

『천부경』에서 시간은 시작도 끝도 없는 한 시간이며 한에서 시작하고 한으로 돌아가는 시간이자 하늘[天]과 땅[地]이 사람[人] 안에서 작동하고 통일되는 그런 시간이다. 처음이 끝을, 끝이 처음을 맞물고 있는바 '생성하는 고리[成環]'의 시간이다.

탈춤이나 시나위 등 제사 예술 속의 시간이 똑 그러하다. 열두 거리로 해체된 마당들마다 시작과 끝이 '잉아걸이'처럼 서로 맞물리는 고리의 생성을 표준으로 하는, 각각이 모두 독립적인 '연산連山' 구조로서 이것은 '지금 여기의 시간'이 과거와 미래로 확산해 나아가며 동시적 또는 계기적으로 과거와 미래가 현재 속에 도리어 수렴해 들어오는 펼침과 접힘, 반복과 차이의 끊임없는 확충(擴充·amplication)의 시간이니 프로이트적인 자유연상의 치유가 아니라 상징에 의해 순환 확장하는 집단 무의식의 치유요, '재정위reorientation'를 포함한 '카를 융'적인 해방의 치유이다. 그리고 그것은 지금 여기에서 사방팔방 시방으로 끝없이 뿌리고 끊임없이 수렴하며 다층위적인 차원 변화와 함께 과거와 미래를 지금 여기에로 깊숙이 끌어들여 현재적으로 창조 생동시키는, 어떤 점에서는 고대적인 시간, '우로보로스Uroboros'적 시간이기도 하다.

나로부터 시작해서 차원 변화와 함께 바로 나에게로 돌아오는 시간이니 바로 내 안에 모든 신령과 자유와 '그날'이, 우주 만물과 천고의 시간이 살아 있음을 의미한다.

해월 동학의 '향아설위向我設位'는 위패[神位]와 맷밥을 벽 쪽에 진설하는 동서고금의 모든 제사(향벽설위[向壁設位], 모든 동서양 문화와 사상의 공통된 양식)처럼 나, 즉 상제喪制의 지금까지의 모든 노력, 삶, 생산물과 소망과 그리움을 몽땅 저 눈앞의 피안彼岸이요 미래에 갖다 바치고 끊임없이 거기에 대고 절하고 빌고 모시어 지금 여기의 나喪制를 없이하는 '없앰無化'의 문화가 아니라 신령과 미래와 과거와 모든 것에 대한 모든 것, 천고만물이 살아 있고 조상과 역사가 살아 있는 나, 지금 여기에 제사 지내고 있는 나喪制 자신에게 내가 스스로 빌고 절하고 '모심'으로써 나와 우주와 시간 자체를 '살림'으로 들어올리는 '첫 샘물과 스승이 바로 내 안에 있다自在淵源'는 사상인 것이다. 이러한 향아설위의 제사를 통해 회복된 삶의 시간은 해월 선생에 의하면 앞으로 5만 년 동안 바꾸지 못할 법이라 한다.

바로 이 시간이 긴 동서 문명사, 특히 현대에 있어서 인류의 거짓된 삶, 목적론, 선적인 시간, 미래주의, 순환적 상고주의, 자동 기계의 유토피아, 속도 생산에 의한 공산주의 낙원, 엔트로피 최대 증대 점에서 지구 물질의 붕괴와 함께 그로부터 분리된 소수의 선택된 자들만의 거대한 하나의 꽃인 지구 영권(地球靈圈·noosphere(테이야르의 비전))의 상승이라는 과학적 거짓말로부터 우리를 해방시킨다.

해월 선생이 향아설위의 큰 법을 선포한 이천군 설성면 앵산동은 지금은 아무도 찾는 이 없는 쓸쓸한 시골 마을이다. 그러나 마을 입구 논 가운데 불쑥 솟은 앵봉鶯峰에서 1897년 4월 5일 11시에 선포된 향아설위 법설은 이제부터의 인류와 우주 생명계 전체에 참으로 새롭고 개벽적인 문화 중의 문화 코드로서 그 창조력을 발휘할 것이다. 미셀 세르가 자기의 대담집 『해명』에서 '미라보 다리 아래 센강은 흐른다'는 아폴리네르와 유명한 시 구절을 무식하다고 몰아세운 참 이유를 한번 생각해보자. 센 강은 강 좌우에 역류를 포함하고 있으며 강물 밑에서 무수한 폭발과 상승 회전이 함께 있어서 간단히 '흐른다'고 말할 수 없다는 것이다. 또 프루스트의 『잃어버린 시간을 찾아서』와 제임스 조이스의 『율리시즈』의 구성 형식을 생각해보자.

그러나 그 무엇보다도 우리는 탈춤의 열두 마당, 그중에서도 은은한 향아설위의 '각비점覺非点', 즉 '전환점'에 속하는 '미얄할미의 죽음 마당'을 보며 이제 시간 앞에서 우리의 마음의 외투를 벗어야 할 때가 되었음을 절감해야 한다.

2) 공간에 관하여

공간은 시간과 함께 살아 있는 생명체다. 그것은 먼저 풍류의 세계관, 선도仙道의 사상에 의해 그 생명성과 그 신선神仙적인 '중력적 초월성'이 거듭거듭 강조되어왔다. 공간 특히 '마당'은 탈춤과 마당놀이에 의해 범속한 일터에서 거룩한 신령의 마당으로 차원 변화한다. 또 그것은 함부로 침을 뱉고 오줌을 싸 갈길 수 없는 우리들 어머니의 살결이다. 공간을 거룩하게 볼 수 없는 자는 지구에서 살 권리가 없다. 오직 옷과 마음의 깃을 여미고 조심스럽게 길을 가고 조심스럽게 마당에서 곡식을 타작하는 자만이 이 세상에 살 값어치 또는 권리가 있는 것이다. 풍수風水, 특히 한민족의 자생 풍수는 지역적 구심성(또는 '생물―지역')을 밝히는 형국론形局論, 숨은 차원인 용맥龍脈(산맥)의 기운생동한 연속성과 드러난 차원인 화성(화성, 봉우리)의 비연속적인 '솟음' 사이의 숨은 연속성인 '연산連山'이라는 용龍의 원리는 탈춤의 생성 구조뿐 아니라 마당의 '판' 구성의 원리 노릇까지 해온 거대한 사상이요 참다운 문화 코드다. 우주의 변화나 햇빛 방향과 땅의 대응을 조리화條理化한 좌향坐向 특히 '24좌향론', 세론勢論, 혈론穴論, 명당론明堂論과 무서운 당판堂板이나 비수터[悲愁板] 등 한없이 깊고 넓고 다양하게 전개되는 자생의 민족 풍수는 분명 새 시대의 공간론, 공간 문화의 새로운 코드다. 제임스 러브록의 지구 의학, 지구생리학이 이제 가 설에서 벗어나 공리로 자리매김하는 것을 보며 생각하는 것은 수백, 수 천, 수만, 수십만의 지구 전체의 표층과 심층의 수없이 많은 경락經絡과 단 전丹田들, 그 기맥氣脈과 수맥水脈에 대한 탁월한 기감氣感에 의한 공간 치 유와 결합되지 않는 지구 의학 또는 생리학은, 글쎄, 서양인들에겐 엄청나 게 멋이 있을지는 모르나 우리 눈에는 도리어 불모不毛의 이론이요, 부족 한 학설이니 동서양의 참된 지리학이 결합하는 내일을 기다려야만 할 것 같다. 이 지구의 심층기맥을 열어 표층 기맥을 정화하고 또 잇달아 심층 수맥을 걸러서 표층 수맥의 물을 정화하며 동시에 생태권과 대기권에 연 속적인 천기天氣(우주 공기와 기운)까지 정화하는 자생적 민족 풍수 원리와 서양의 산맥학, 해양학, 산림학, 암석학, 생태학, 대기학의 결합인 지구생 리학 사이의 참다운 교호결합에 도달하지 못한다면 지구의 앞날은 그리 밝지 않다. 자연의 자정自淨 능력의 한계가 불과 수십 년 안에 올 것이다. 그러니 참으로 공간을 알아야 한다. 그것이 공 풍수다. 그리고 그것은 마 당과 연극 등의 '판'의 원리이기도 하다.

3) 육체에 관하여

메를로 퐁티의 신체학으로부터 들뢰즈의 신체행동학까지, 그리고 지 금까지도 소문으로만 떠도는 칸트의 신체학에 관한 유고遺稿 등 서양 철 학은 몸, 신체 담론으로 집중되고 있다. 철학뿐 아니라 사실은 문학마저 왼 통 '몸론論' 투성이다. 좋은 일이다. 하늘[天]과 땅[地]을 통합한 인간 생명과 무의식의 거처는 인간의 속, 인간의 몸 속, 즉 '인중人中'이기 때문이다.

그러나 '몸론論'이 지금처럼 앞으로도 한도 끝도 없이 유럽 신체학의 인 용 이상을 넘어서지 못한다면 '제몸론論'이 나타날 수 있다.

'제몸'이란 '몸'은 '몸'이지만, '주체'와 분리되기 때문에 그저 물질일 뿐,

'중中' 특히 '인중人中'이라 불리는바 '몸이면서도 동시에 마음'일 수는 없는 것이다.

들뢰즈 등의 신체행동학은 마땅히 기학氣學과 선도仙道의 참동계參同契나 태을금화경太乙金華經 그리고 경락과 단전에 관한 저 숱한 풍류사상계의 생명학들과 함께 거론되고 통합적으로 토의 되어야 한다.

참동계는 특히 세포, 장기계와 함께 주역周易을 신체학으로 결합시켜 신체 우주 생명학의 뚜껑을 열었다.

이야기는 여기에서 참으로 오묘한 곳에 이른다. 우리 민족의 자랑인 허준許浚과 이제마李濟馬에 관하여 말해보자. 주역에서는 혁명에 관환 괘卦가 있으니 바로 혁革괘다. 혁괘에서 '아랫동네', 즉 민중들의 거처를 물구덩이[水穴]에 비유한다. 군자는 반드시 그 물구덩이 깊은 곳에서부터 밑바닥의 물(욕망, 불만, 증오, 원한, 새로운 세상에의 몽상이나 콤플렉스, 정신질병과 야유 등 그림자들)을 끌어 올려上水 햇빛 아래 드러내야 한다陽性化(개혁). 그렇지 않으면 음산한 피와 복수의 혁명이 터질 수밖에 없다.

이 물을 끌어올리는 두레박이나 사람들, 햇빛 등이 모두 다 의학적으로 보면 세포, 장기류, 내분비계 등 보이는 질서, 드러난 차원의 공공公共적 신체의 위계位階들이다. 이것이 말하자면 위상位相이요, 질서요, 코스모스다. 19세기 대의학자 이제마의 사상의학四象醫學은 이 같은 보이는 질서로서의 세포, 장기류 등에 관한 엄밀한 학문이다. 여기에 비해 허준의『동의보감東醫寶鑑』은 그 경락계를 흐르는 기氣에 관한 이론은 마음을 동반한 기운으로서 보이지 않는 질서, 숨겨진 차원의 세계를 포함한다. 그리고 그것은 욕망이요, 불만이요, 몽상인 불칙흉흉한 마음의 거센 흐름까지도 포함한다. 그것은 역동적 활동이요 혼돈한 기운, 즉 카오스다.

허준의 카오스가 이제마의 코스모스와 서로 다르면서도 어떤 경우 그 카오스가 그 코스모스를 '탄다'. 삶과 세계의 변혁을 치유라고 했을 때 바로 세포와 장기계의 의학이 어두운 물구덩이(아랫동네) 속, 보이지 않는 질

서의 카오스를 위로 끌어올려上水 햇빛 아래서 양성화陽性化 치유·개혁
해야 하는 것이니, 이와 관련해서 참동계를 이해하고 선도와 도교道敎 및
도가道家 측의 전통 사상을 검토 한다면 아마도 매우 흥미 있고 새로운 의
학, 생리학, 말하자면 지금 우리가 검토하고 있는 생명학의 세계가 나타
날 듯싶다. 세계의 사회사상계가 점차 생명학과 영성, 그리고 사회 및 정
신질병성을 다시 평가하는 쪽으로 나아가야 하기 때문이다. 통합적 생물
학 등이 그런 예감을 증거하는지도 모르겠다. 인간을 육체, 신체로 보는
철학은 그 이전보다야 일보 전진한 셈이다. 그러나 생명에 대한 선도 사
상은 본디 인간의 신체身體(하단전), 기체氣體(중단전), 영체靈體(상단전)로 삼분
되는데 여기에 비상非常한 변화와 병적인 혼돈의 경혈인 회음혈會陰穴이
또 하나의 카오스적인 혼돈혈, 비상한 단전으로 나타났다 꺼졌다 한다.
인간의 몸은 몸만이 아닐 것이다.

　최소한 보이는 장기계와 안 보이는 경락계 사이의 차원 변화나 간섭,
물꼬를 트는 관계 등으로 복합화하는 이것이 새 시대의 새로운 '몸론論'의
기초가 아닐까?

4)

　『천부경』에는 기이한 말이 많다. 그중에서도 참으로 기이한 것은 '셋과
넷이 고리를 이룬다三四成環'라는 구절이다. 이것을 음양의 이축설로 대응
해보자. 셋[三]은 카오스요 역동수, 홀수이면 혼돈, 발전이고 삼분박이며,
넷[四]은 코스모스요 균형수, 짝수이며 안정, 평등이고 이분박이다. 우리
음악에서는 혼돈의 3분박과 질서의 2분박이 합쳐서 혼돈한 질서의 박인
'엇박,' 즉 5분박을 흔히 만든다. 2002년 붉은 악마의 연호였던 '대~한민
국'과 '따따따 따따'의 장단이 곧 3분박 플러스 2분박의 엇박, 혼돈박, 5분
박으로서 곧 혼돈의 질서다. 셋과 넷은 곧 『천부경』에서는 천부天符다. 그

럼으로 동학에 와서 천부는 영부靈符가 된다. 사람의 영성 안에 있는 혼돈과 질서의 상징이므로 그렇다.

서로 음양으로 대척적이거나 대조적인 천부, 영부인 셋과 넷 사이에 일어나는 작용은 어떤 것인가?

5)

천부경의 '셋과 넷이 고리를 이룬다'라는 말에 대해 한번 생각해보자. '고리,' 즉 '환環'은 시작과 끝이 맞물리고 끝이 완전히 끝나기 전에 새로운 것이 시작되며 활동이 위상을 타고 흐르고 차이와 반복의 순환 확장으로 『장자莊子』에는 강조되어 있는데, 이것은 혜강惠岡 철학의 '신기神氣', 또는 동학에서는 '지기至氣'가 안팎으로 드나들며 접혀지고 펼쳐지는 '확충'의 '치유 과정'을 지시한다. 셋은 활동이며 양陽이고 카오스와 역동을, 넷은 위상이며 음陰이요 코스모스와 균형을, 그리하여 '고리'는 보이지 않는 활동과 보이는 위상 사이의, 카오스와 코스모스 사이의, 역동과 균형 사이의 순환적 확장, 반복적 차이, 접힘과 펼침, 과거와 미래, 안과 밖 등을 들며 나며 빙빙 돌면서 '미얄의 죽음과 함께 취발이 아이의 탄생'으로 나아가는 빛과 그늘, 즉 이른바 '흰 그늘'의 강력하고 집요한 치유 운동이자, 혹은 데이비드 봄의 이른바 '물꼬(과학의 역할)'에 해당한다. 천부天符가 우주핵이라면 영부靈符는 존재핵이다. 천부가 소위 천심월天心月이라면 영부는 이른바 황중월黃中月이다. 천부가 무중벽无中壁이라면 영부는 천심단天心丹이다. 우주의 중심과 인간의 중심을 지시하는 상징들 사이의 관계다. 그리고 데이비드 봄처럼 천天과 영靈이 숨겨진 차원, 보이지 않는 질서요 우주 총유출이요 총체라면 부符는 곧 드러난 차원, 보이는 질서이며 천부의 그 경經과 동학에서의 그 형태其形又形는 과학이요, '물꼬'의 상징으로서 숨겨진 차원에서 드러난 차원으로 전체적 우주 총유출의 그때마다의 벡터를 방향 잡아주는 것이 될 수도 있다. 그리하여 '고리', 즉 '환環'은 장자의 철학 '환중環中'과 함께 물리학과 생물학에서 동시에 의미심장한 '확충'의 활동을 하는 것으로 볼 수 있겠다.

6)

바로 이 '셋과 넷의 확충(고리)'이 시간에 있어서는 차이와 반복, 확장과 수렴, 과거와 미래, 안팎의 활동을, 공간에 대해서는 기氣와 물物, 접힘과 펼침, 좌향과 형국, 심층과 표층, 수맥과 기맥, 장풍藏風과 득수得水의 활동을, 육체에 대해서는 장기계의 드러난 코스모스에 대해 경락계의 숨겨진 카오스, 아랫동네의 물구덩이, 즉 리비도와 원한과 그늘에 대해 윗동네의 햇빛, 즉 아우라와 코기토와 흰빛 그리고 초월성 등 사이의 '고리 생성'이라는 '확충' 활동을 함으로써 살아 있는 '여율', '궁궁적태극'의 상징적 원형으로 집단 무의식에 대한 깊숙한 치유 및 개혁 작용을 할 수 있는 기능으로 생각하게 되는 것이다.

4.

우리가 가는 새 문화 길, '생명과 평화의 길'이라는 이름의 새 문화 코드는 과연 무엇일까?

그것은 인문학으로서의 지금 여기에서의 생명학의 요구와 자연과학으로서의 앞으로의 가능한 생명학의 대답이 부딪치는 길, 만나는 길, 왈 추천개벽의 길일 것이다.

1) 인격 ― 비인격의 우주 생명으로서의 공동 주체성을 확립하는 문화 창조에 관하여.

인간과 생명 안에 뿐만 아니라 물질과 무생물 안에서도 신이 살아 있다. 따라서 우주 생명과 인간을 하느님으로 모시고, 있을 수 있는 죽임, 즉 인위적 살해로부터 살려내는 것은 물론이고 동식물과 물·흙·공기·바람과 빛, 어둠 안에마저도 신은 살아 있으니 경물敬物에까지 이르러야 비로소 도덕의 극치에 도달한다고 해월 선생은 가르친다. 인격과 비인격이 모두 다 우주의 공동 주체다. 이것을 불문가지不問可知의 사실로 인정하고 우주 만물 일체와 일체 생각, 일체 느낌까지 모두 내 안에 공손히 모셔야 하는 것이니 이것이 사실은 환원주의還元主義의 낡아빠진 반생명학을 버리고 순전히 자발성과 창발성(創發聲·emergence)에로 나아가는 생명의 참다운 길이다. 고대에로 돌아가는 판타지와 미래로 나아가는 과학적, 영성적 투시透視의 쌍방향 통신, 그리고 '에코'와 '디지털'의 상호 통합의 성취는 개체들이 자발적으로 전체를 이루어 '창조적 개혁'에 도달하는 길, 곧 '자기조직화self-organization'의 길이다.

'붉은 악마'와 '촛불'의 웅숭깊은 감동은 바로 다름 아닌 '자기조직화'에서 나온다. 약육강식이나 환경 적응, 도태 따위의 눈에 언뜻 보이는 데로만 생명을 규정하는 유사과학을 힘차게 넘어서는 자발성과 상부상조, 보이지 않는 차원의 기본 질서인 공생共生은 바로 '자기조직화' 그것이다. 어쩌면 문화 문제에서 가장 먼저 인식되고 성취되어야 할 과학적 진리는 '자기조직화'일 것이다. 생명과 생명 이외의 온갖 우주 물질의 내면적 의식이 주체가 되는 것은 그 물질의 '자기조직화' 과정이 진화이기 때문이다.

2) 아시아 고대 문예 부흥

한민족은 이미 19세기에 동학 간역 사상사東學艮易思想史라는 후천개벽을 경험했다. 그것은 바로 '한번 간 것이 다시 돌아오지 않음이 없음無往不復'의 진리에서 나온 것이지 전혀 작위적인 것이 아니다. 지금 '이른바, 인간, 사회, 자연 전체의 혼란인 대 혼돈Big Chaos'에 빠진 우리 인류에게 절대적으로 필요한 것은 혁혁한 미래의 길, '생명과 평화의 길'을 가기 위해

아시아 고대 문예 부흥을 과감하게 일으키는 것이다. 그런데 자칭 진보주의자들은 대체로 이것을 두려워하며 기피한다. 퇴행이며 복고라는 것이다. 그러나 근대주의의 철벽 앞에 부딪히자 고대 그리스로 돌아갔던 마르크스나 니체, 푸코와 한나 아렌트가 과연 퇴행했는가? 그들은 복고를 통해 미래를 창조 했다. 이른바 추사秋史의 '옛날로 들어가 새로움으로 나온다入古出新'인 것이다. 자칭 진보주의자라는 그들은 문예부흥이 비과학이요, 신비주의라고 입에 거품을 문다. 오늘 그들에 들려줄 말이 바로 '재진화(再進化 · re-evolution)'라는 이름의 과학적 발견이다. 수천만 년 전에 이미 퇴행하여 자취를 감춘 곤충의 옆구리 날개들이 최근 30여 종에서 동시에 다시 돋아나는 사건이 관측되었다고 한다. '『네이처Nature』지誌'에 이를 보고한 것은 영국 과학자 '마이클 위팅'이다.

재진화!

생명은 필요와 자연에 의해, 생명의 원력願力과 질긴 소망에 의해 다시 진화할 수도 있다!

그것이 다름 아닌 생명이란 것이다. 어쩔 텐가?

고구려 역사와 발해사를 강탈한 중국은 머지않아 부여사와 고조선사 역시 강탈할 것이다. 이러한 날조에 대응하는 우리의 역사 전쟁은 싸움이 아니고 곧 모든 동아시아와 동북아, 양심과 양식을 지닌 중국인들까지도 포함한 일체 아시아 민족들의 아시아 고대 문예 부흥의 서막인 것이니 이 어찌 절박한 생명의 요구가 아니랴!

고대로 가는 이 부흥은 문헌 사료에 대한 독특한 해석학과 더불어 신화나 구전에 대한 참으로 '귀신도 놀랄' 만한 깊은 해독법을 찾아 고대를 읽어내는 길일 것이다. 생명학이라고 부를 수밖에 없는 이런 방법들이 도대체 어디에 숨어 있을까?

해방 직후, 동방 르네상스를 강조한바 있는 김범부 선생은 사고史庫가 불타고 사료使料가 약탈당한 민족 현실에서, 가능한 증거 방법으로 구증□

證을 포함한 사증론四證論을 제시했다. 그것도 우리는 받아들여야 한다. 그러나 고대의 증거 중의 증거가 19세기 후천개벽사, 동학 간역 사상사 안에 풍부하게 숨어 있다. 어찌할 것인가? 문예부흥은 곤충의 날개보다도 훨씬 더 과학적인 역사 행위 자체인 것이다.

3) 세계적 문화 대혁명

오늘과 미래 세계에 필요한 것은 정치와 경제의 혁명이 아니다. 심오한 미적 교육과 광활한 상상력에 의한 세계 문화의 대혁명이니 곧 '정신개벽'이다. 세계적 규모에서 문·사·철文·史·哲의 대변혁이 와야 한다. 이것은 우선 지리멸렬, 부패, 무기력, 퇴행의 대명사인 '관료주의'와의 질기고 평화적인 장기적 싸움을 뜻한다. 관료나 정부가 올바르고 개혁적, 협조적일 때는 개혁에 의해 문화 변혁이 가능하다. 그러나 그렇지 않을 때는 문화혁명이다. 문화혁명에 의해 일어서는 세계적 신사고·신문화·신정신 안에 새 정치, 새 경제의 씨앗이 이미 자라고 있기 마련이다. 문화를 통해서 이윽고 자연과 도덕, 즉 새 경제와 새 정치의 변혁으로 다가가야 한다. 관료주의는 한 마디로 인류의 집단적 정신질환이다. 콤플렉스요, 좌절된 욕구이며 원한이자 그림자다. 그리고 '굳어버린 오류'요, '사물화된 문화'다. 관료주의는 용의주도한 문화 창조력에 의해 장기적으로 치유되어야 한다. 즉 세계적인 연쇄로서의 문화 대혁명이라는 '대 치유'이니 한마디로 '이화세계理化世界'다. 이 치유가 곧 '확충'이다. 확충은 프로이트의 '자유연상'이라는 기계론적 방법을 대체하는 참으로 생명학적인 내상內傷의 치유법이다. 그것은 상징에 의한 집단 무의식의 치유이니 차이와 반복, 확장과 순환에 의해 안에서 밖으로, 밖에서 안으로 빙빙 돌면서 현재 안에서 과거, 미래를, 미래에서 현실과 과거를 질문하고 검토하며 접힘과 펼침으로 정신 차원을 변화시켜가면서 새로운 각 방면에서 창조적 비약을 이끌어 올릴 것이다. 치유로서의 문화 대혁명이야말로 대 혼돈 시대의 황폐한 인간 문화에 대한 본격적인 정신개벽이다.

증폭增幅이란 뜻도 가진 '엠플리피케이션'!

무서운 정신의 과학이다.

5.

이와 같은 문화의 길, 새로운 문화 코드는 새 세대만이 성취할 수 있다. 왜냐하면 신화와 과학, 고대와 미래, 에코와 디지털, 또는 디지털과 아날로그, 정착과 이동, 농경과 도시 유목, 중력과 초월 등 쌍방향 통행이 가능한 세대는 역사적으로 지금의 10대, 20대, 30대 초반의 네트워크 세대뿐이다. 쌍방향으로 아시아 고대 문예 부흥과 미래를 향한 문화 대혁명을 동시에 성취시키는 새로운 문화 코드를 창조할 수 있고 창조하고 있는 유일한 세대이기 때문이다. 그러므로 그만큼 더 열심히 '창조화의 길'을 가지 않으면 안 될 것이다.

6. 문학, 예술, 철학, 과학 등에 관하여

신화나 판타지 이외에 괴기와 심오深奧, 골계滑稽와 축제, 환상과 리얼리즘 등의 이중적 교호결합이 문학예술에서 시도되고 철학에서는 주체와 세계화란 이름의 타자, 인간 생명과 우주적 물질세계, 홍익인간(신인간)과 이화세계(후천개벽)의 실천적 융합이 성취될 것이며 과학에서는 심리(관찰 주관)와 물리(관찰대상)의 통합 과학의 등장, 동양 역학(역학, 주역과 정역, 『천부경』)과 서양의 고도의 상수학常數學의 통일 등이 미래의 새로운 천부역天符易을 통해 이루어지고 천부역에서 우리 민족의 『천부경』의 수리 체계의 괘효 전개와 현대적 계사繫辭의 새 철학 체계에 대한 '묘연妙衍—해독解讀 집행'이 이루어질 것이다. 또는 달력[曆]과 역사[歷]의 과학 철학[易]이

천부역을 기초로 새로운 '지기학至氣學'으로 통일 성립될 것이다. '지기학'
의 다른 이름의 혜강의 '신기학神氣學'이요 '혼돈학'일 터이다. 신령神靈 컴
퓨터가 창안되고 제2의 컨셉터 시대가 열릴지도 모른다. 그것은 일종의
새로운 대중적, 과학적 참선이 될 것이다. 선도 이래의 생명수련법이 보
다 대중화되고 그 수련 과정에 컴퓨터가 도리어 매우 유용해질 전망이다.
또한 디지털과 아날로그가 한 차원을 바꾸며 새로운 창조 과정에서 결합
된다. 따라서 가상공간과 현금의 문학, 문화의 차원이 상호보완적으로 될
것이다.

미학과 수학의 결합(영화역映畵易의 출현)에 의해 컴퓨터 게임이나 디지털
영화가 엔터테인먼트를 통한 깨달음과 높은 수준의 영성과학 교육의 도
구가 될 수도 있다.

7.

선도仙道 · 風流의 생명학과 선불교禪佛敎의 심층심리학이 교호결합 함
으로써 새로운 우주과학을 융합 창조하는 새 우주 종교가 출현할 것이 기
대되며 이 우주적 과학 종교는 대중 속에서 드넓고 깊게 생활화될 것이
기대된다. 바로 이 같은 융합의 과정은 쉽게 문화자본이나 문화 권력에
의해 지배당할 수 있다. 그러나 인간사의 상고대와 인간 무의식의 심층에
는 창조력이면서 강력한 '항체抗體'가 있다. 이 '항체'가 문화자본이나 문
화 권력, 문화 관행, 문학 이론 따위 모든 잘못된 하드웨어를 수정, 변화,
전복, 개벽한다. 이것을 믿어야 한다.

8.

우주와 생명과 인간과 신령의 진화 과정은 '지화점至化点 · omega point'을

통과하며 내면의 명상적 평화와 외면의 사회 생명적 변혁, 그리고 개체 개체마다 모두 자기 나름의 우주적 총유출[不移], 즉 전체를 실현하며 저마다 소규모의 사회 공생체symbiosis를 창조 할 것이다. '율려적 여율律呂的 呂律'을 기축基軸으로 한 새로운 우주 생명적 대중음악에 대한 '본청本淸의 미학'이 성행할 것이며 신인간新人間이 출현하고 '요기ー싸르Yoggi-SSar'(내면적으로는 수행자, 외면적으로는 혁명가)가 나타날 것이다.

지구에 거대한 차원 변화가 온다. '그늘[影]ー그늘이 우주를 바꾼다影動天心月·蓮潭'란 이름의 이 문화적이면서도 과학적인 변화는 지구 주변의 우주 질서를 재조정하는 '지화점의 성스러운 과학Omga point science'으로서 물질을 영성화하고 엔트로피를 거슬러 오르는 '네겐트로피'의 '가역可逆' 진행에 의해서 물질의 유기화 과정이 유기공업, 생명공업으로 부활하고 기타 서비스 기업 등에서도 영성적 문명 형성이 가능해질 가능성이 있다. 인간 내면의 심오한 영성적 항체抗體와 고대로부터 독특하게 해독된 새로운 '신령기화神靈氣化'의 힘이 문화자본과 문화 권력을 근원적으로 변혁할 것이다.

인류의 초월적 영성과 지구의 물질적 중력 체계는 상호 이탈하지 않는, 그러나 종말의 진보적인 단 하나의 거대한 꽃이 피는 변증법적 지양止揚이 아닌 그야말로 '얽힘[結繩]'이라는 논리 형식의 '이중적 교호결합'으로서 '만 년의 진화나무에 천 떨기 꽃이 피는(최수운의 진화 비전인 萬年枝上花千朶)' 모든 개인, 모든 민족, 모든 문명과 만물중생의 대 해탈, 다종다양한 자유의 만개에 도달할 가능성이 있다. 어찌 보면 이미 지금부터 오기 시작했으니 그것은 '그날'이라는 유토피아가 전혀 아니라 '오늘·여기'의 비전이요 변화다. 동아시아의 핵인 한반도에 '생명과 평화의 길'을 개척하는 (붉은 악마와 촛불 세대의) 10대, 20대, 30대의 새 세대가 현실적으로 삶의 현장에 이미 와 있기 때문이다.

9. 미적 교육과 상상력의 원리는 대체로 다음과 같은 것들이다.

1) 협종적 황종夾鐘的 黃鐘을 민중적으로 실현하는 새 세대의 본청本淸의 미학 창조.
2) 여율적 율려呂律的 律呂로서의 생명 문화, 풍류風流의 새 발견.
3) 신비주의와 역易 수학의 결합.
4) 5감 통합과 깨달음의 길의 연관 창조.

10.

새로운 문화 코드는 문화에 있어서의 새 세대에 의해서만 가능하다. 2002년의 '붉은 악마'와 그해 겨울 소파 개정 시위에 선구적이었던 '촛불'의 기축 세력이 그 주체이며 그들의 3대 명제는 그대로 이 새로운 '생명과 평화'의 문화, 문명의 중심 명제가 될 것이다. 왜냐하면 그것은 곧 동학 간 역 사상사에 대한, 그리고 새 문명과 새 지구적 삶에 대한 개벽적 원형이 요, 치유제요, 패러다임이기 때문이다.

그것은 기이하게도 문 · 사 · 철 세 방면에 걸쳐서 눈부시게 나타났다.

1) 문학예술적 원형

'대~한민국'과 '따따따 따따'의 3분박 플러스 2분박의 엇박, 5분박. 이 것은 혼돈의 질서(동학의 지기[至氣], 즉 혼원지일기[混元之一氣])로서 3분박의 카오스와 2분박의 코스모스의 결합인 '카오스모스'의 한국적 원형이다.

2) 역사적 원형

'치우蚩尤'는 중국인의 조상이 아니다. '치우'는 중국의 '화하족華夏族'의

'농경 정착 일변도의 문명(장자 세속제, 가부장제, 봉건제, 천자 왕권 중심제, 천원지 방[天圓地方]의 세계관, 유학 중심주의, 군자 중심주의 등등)'에 대항하여 북방 이동 유목족인 환웅족과 남방정착 농경족 웅녀족의 결합을 중심으로 한 동이 東夷족 및 중국 이외의 여러 소수 부족들의 연맹체 국가의 리더인데, 유목 이동 문명과 농업 정착 문명의 이중적 교호결합을 주장함으로써 74회에 걸친 피비린내 나는 문명 전쟁을 치러 마지막의 탁록涿鹿 대전에서는 피 가 백 리를 흘렀다고 한다(『장자莊子』). 중국인들은 고구려 역사를 강탈하 듯이 우리의 조상마저 훔치려 든다(그들은 북경 외곽에 삼조당三祖當을 짓고 황제 皇帝, 신농神農, 치우를 모셨다). 왜냐하면 치우의 역사는 현재의 그들의 탈출 구인 소위 애국주의와 팽창주의의 의도를 가장, 위장, 과장하는 데에 꼭 필요하기 때문이다.

젊은 세대가 치우의 붉은 로고를 깃발로 내건 것은 일단은 스포츠에서 의 승리를 축원하는 응원의 성격이었지만 우연인지 필연인지 도시 유목 이동 문명과 생태계 보전 및 농업 재생을 위한 농촌 정착 농경 문명의 이 중적 교호결합, 그리고 그에 기반한 새로운 지역적 세계화의 명제를 내건 하나의 문명사적 제안을 담은 사건이 되는 것이다. 자크 아탈리나 질 들 뢰즈마저도 일방적으로 인류의 미래를 유목 사회만으로 예견함에 비추어 유목과 농경을 이중적으로 높이 내건 이 신선한 제안의 사건은 다음 차례 의 새 문명과 그 문화의 내용을 '다양한 정착적 노마디즘'으로 결정하는 신구자적 역할을 히었디.

3) 철학적 카오스모스

붉은 악마는 태극기를 거의 한 달 내내 전면적으로 클로즈업하였다. 태 극기는 동양 철학의 집약이다. 특히 한국의 옆으로 누운 붉고 푸른 태극 은 중국의 바로 선 흑과 백의 태극(흑점·백점 포함)과 그 뜻이 '비슷하면서 도 전혀 다르다.' 네 귀퉁이의 괘상卦象도 중국의 경우는 동서남북의 정방

正方인데 비해 한국은 각기 간방間方에 그것이 있으니 그 뜻을 해석하면 '비슷하면서도 전연 다른 뜻이 되는 것'이다. 이것이 중국과 한국의 비교학이 지닌 '다이나믹스(서로 주고받는 역동 관계)'의 내용이 '그렇다其然' 이면서 '아니다不然'인 이유이다. 그러나 태극 음양의 중심으로부터 네 방위의 처음 1, 2번의 건곤괘乾坤卦에서 마지막 63번과 64번의 '수화기제水火旣濟'와 '화수미제火水未濟'까지의 전 괘상을 다 압축한 점에서 볼 때 동아시아의 기본 철학과 우주관을 중국이 아닌 한국식 관점과 철학 아래(태극과 네 괘의 위상을 해석할 때 이것은 분명해진다. 한마디로 후천개벽적인 역이요, 우주관이라는 말이다) '접은 채로 펼쳐놓고' 있다는 뜻이다.

이것이 한민족의 철학이다. 그런데 그것은 분명 태극은 태극이되 후천적 괘상 속에서의 태극이다. 그러니 그것은 곧 이제껏 강조해온 19세기 동학 간역 사상사의 핵인 새 문명의 원형 계시原型啓示로 나타난 '태극궁궁(또는 궁궁적 태극)'의 의미가 아니겠는가? '궁궁적 태극', '태극궁궁'은 곧 '카오스모스(질 들뢰즈와 펠릭스 가타리)'로서 동서양 공히 참다운 철인들이 거의 목숨을 걸다시피 탐색하고 있는 새로운 문명의 그 원형, 새 우주관의 패러다임이자 새 삶의 상징이니 새 시대의 철학이 아니겠는가! 동학의 『동경대전』에서 '지극한 기운至氣'을 일러 '혼돈한 근원의 태극混元之一氣'이라고 밝히지 않았는가! '일기一氣'란 태극의 다른 말이다.

아아!

이 기이하고 기이한 일을 어찌 다 말로 표현하랴!

다만 20여 년 전 유럽의 대사상가, 대신비주의자이며 독일 유기농 운동과 생태주의 및 현대 영성 운동의 아버지인 '루돌프 슈타이너'가 말하기를 인류 문명의 대전환기에는 그 새 삶의 원형을 제시하는 성배聖杯의 민족이 반드시 나타나는데 이 민족은 개인적으로나 집단적으로나 심오한 영성靈性과 세계에 대한 오묘한 이상理想을 제 안에 지녔지만 끊임없는 외침과 폭정으로 그 뜻을 표현하지 못하고 내상內傷이 깊어진 민족이다. 옛 로

마의 지중해 문명 말기엔 그 민족이 이스라엘이었으나 그때와는 비교도 할 수 없는 근원적 대전환기인 오늘날엔 그 민족이 극동에 있으니 찾아가 경배하고 배우며 도우라고 했었다는 말을 슈타이너의 일본인 제자인 일본 인지학회人知學會 회장 다카하시 이와로부터 듣고 또 그 민족이 다름 아닌 한민족이라는 말을 들었다는 사실만을 오늘 여기에서 말하고자 한다.

그런데 나까지 포함해서 우리가 어찌해서 그 성배의 민족이 오늘 우리들 한민족이 결코 아니라고 우겨야만 정당하고 소수하고 옳다는 말인가? 이 또한 쇼비니즘일 뿐인가? 여기에 우리 세대는 대답해야 한다. 치우의 신세대, 엇박의 신세대, 태극궁궁의 신세대, 그리고 붉은 악마와 촛불의 신세대는 자기 자신만의 대문명 전환기의 명제와 길을 찾아 나서기 바란다. 이제 유럽 사상은 들뢰즈나 세르 등 몇 사람을 제외하고는 이미 그 현실적 의미를 상실했다.

그 길은 우선 가장 현실적인 것으로 다음 다섯 가지 눈앞의 과제와 그 다음 또한 다섯 가지 손끝의 숙제를 해내는 과정에서 차츰 열릴 것이라 믿는다.

처음 과제

① 남한 사회의 '창조적 개혁'
   (동서양 통합과 19세기 동학 간역의 후천개벽론에 입각한 혁명적 생명—영성학)
   이는 '생명과 평화의 길'이다.
② 평화적 남북 통일
   (동서 해류 물류 중심, 문류 중심이라는 민족 공통의 비전 추구 과정에의 창조적 남북 공조)
③ 동아시아 새 문명의 주동적 창조

④ 지구 생태계와 주변 우주의 과학적 재조정의 과학 탐구

⑤ 생명학에 입각한 탁월한 미학과 탁월한 과학의 통일, 생명 및 영성
학에 입각한 심오한 과학과 심오한 종교의 통일

다음 숙제

① 각 지방 사투리의 회복

② 한글과 우리말을 더욱 풍부히 할 것

③ 한자 공부와 동양 고전 해독력을 기를 것

④ 영어와 기타 공용 언어의 습득 대중화

⑤ 전 지구적 · 우주적 암호문자暗號文字의 발견 · 창조 · 보급 · 활용—
새 문화 코드를 사방팔방으로 발신發信 · 발화發話하기 위하여

새로운 문화와 문명의 창조에는 반드시 주역과 함께 파트너와 주변의
여러 코디네이터들이 둘러싸고 있는 법이다. 이른바 '컨셉터'이다.

내가 그동안 강조해온 동학 간역東學艮易의 그 간역(간[艮]은 산을 뜻하며 간
방[艮方]은 한국으로 간역[艮易]은 한국 역학인 김일부의 정역[正易]을 말한다) 안에는
'간태합덕艮兌合德'과 '진손보필震巽輔弼'이란 두 돌출 명제가 보인다.

'간태'는 정동正東(한국)과 정서正西(미국)의 '합덕', 즉 한 · 미의 협동적 새
사회 창조와 문화 개벽'禮三千과 義一'을 뜻하고 '진손'은 진방(일본)과 손방
(중국)이 간태의 협동적 개벽을 좌우에서 필연적으로 보필하게 된다는 것
이다.

그런데 지금의 세계와 우리의 삶은 어떠한가? 대 혼돈Big Chaos이다. '혼
돈의 질서'라는 독특하고 보편적인 새 삶의 원형, 새 우주 변화의 고학, 탁
월한 처방을 하지 않으면 안 된다.

유럽과 아메리카는 동아시아를 보고 있다. 그 과학 성립을 촉발하는 원
형 또는 패러다임을 찾는 것이다.

주역周易인가? 주역이다. 그러나 아니다.

정역正易인가? 정역이다. 그러나 아니다.

주역은 아직 그 효력이 있으나 정역이 조금씩 머리를 든다. 동학의 최수운 선생은 옥중시獄中詩에서 다음과 같이 읊었다.

> 등불이 물위에 밝으니 의심을 낼 틈이 없고
> 기둥이 낡은 것 같으나 아직도 힘이 남았네.
> (燈明水上無嫌隙 柱似枯形力有餘)

선천先天의 주역과 후천後天의 동학 및 정역이 서로 얽혀 이중적 교호결합하는 관계와 역설의 시대가 우리 시대이다. 우리 시대의 새로운 원형은 무엇일까? 역시 '태극 또는 궁궁'이다. 이 시대 나름의 '새로운 팔괘(복희나 주문왕, 정역의 팔괘도 아닌 제4괘도)'가 나타나 '중국 태극과는 같으면서도 다른 한국 태극'의 그 기이한 철학이 새로운 태극으로 유행하고(나의 회고록 『흰 그늘의 길』 제3권, 300쪽 참조), 동학의 시천주侍天主 주문을 앞세운 사단전수련四丹田修練법이 '궁궁弓弓' 모양과 그 생명학적 상징으로 널리 퍼질 때(『흰 그늘의 길』 제3권, 227쪽 참조), 바로 그 동학의 원형(새 문명의 상징)인 '태극 또는 궁궁'이 현실화할 것이다.

그것은 곧 온다. 이때 한국학 최고 최대의 숙제인 혜강 최한기와 수운 최제우 사상 사이의 이중적 교호결합이 이루어진다. 붉은 악마 700만은 '엇박', '치우'에 이어 '중국 태극과는 같으면서도 다른 한국 태극'을 스티커로, 바디페인팅으로, 블라우스, 스커트, 망토로까지 밀고 나왔다. 확실한 조짐이다.

중국 태극은 흑백으로 좌우에 나뉘어 서 있고 흑 안에 백점, 백 안에 흑점이 있으며 주역의 우주 생명학 64괘가 모두 압축된 네 괘상이 동서남북 정방正方에 서 있다. 한국 태극은 청홍靑紅으로 상하에 나뉘어 누워 있고 우주 생명학 64괘를 다 함축한 네 괘상이 동서남북 간방艮方에 누워 있다臥. 같으면서도(期然·yes) 다른 것이다(不然·no).

역易은 같은 뜻이라도 위아래, 앞뒤, 중간, 방향, 위치 등등에 다른 각각 독특한 읽기讀易 또는 掛衍에 따라 매우 다른 철학적·과학적 의미를 갖게 된다. 이른바 주역, 정역 사이의 관계역關係易 또는 간역間易이다.

우리는 같으면서도 다른 이 철학, 이 사관史觀으로 동북공정 따위 중국의 '중화주의'에 대결하여 그를 패퇴시켜야 한다. '태극 또는 궁궁'의 원형은 또한 중국 철학, 과학의 '말로는 삼극이지만 실제로는 일태극·음양론의 코스몰로지'의 한계를 뛰어넘는 북방 샤머니즘에 연계된 한민족 나름의 '삼태극의 춤(우주 근원의 에너지요 셋을 품은 하나이며 음양을 이미 제 안에 포함하는 원사상[原思想])'의 흐름을 혼돈의 질서(붉은 악마의 '3분박 플러스 2분박'의 '엇박')로 되살리고, 주역의 '여율呂律론'이라는 카오스모스적 새 해석학의 촉매로 주역·기철학을 전면 해체·재구성해야 한다.

거기에서부터 비로소 중국 관료 지식인들의 통치 철학의 봉인 아래 '산 채로 죽임당한' 유불선의 생성, 생명, 과정, 혼돈, 변화의 사상 문화를 되살려내고 유럽 비주류의 생성·혼돈학과 통합함으로써 이른바 전 지구·우주의 '대 혼돈'을 처방하는 탁월하고 통합적인 과학, 즉 우주 생명학·생명학을 촉발할 것이다.

이것이 곧 '태극 또는 궁궁'이니 '붉은 악마'의 세 가지 명제와 한국 태극에의 새 해석은 이것의 원형이다. 그리고 이때가 곧 올 것이니 이 구체화된 '태극궁궁'이 '간태합덕', '진손보필'의 새 문명의 기준(패러다임)이다.

한번 깊이 생각해보아야 할 일이다.

"'미 제국'을 활용하라."

하영선河英善 교수의 말이다. 미국이 아니라 미 제국이라고 한 국제정치 전문가의 뜻을 잘 짐작해야 한다.

"중국에 대해서는 항상 '아니다·그렇다'로 나가라."

한 노인의 말이다.

"일본 해방은 여성과 소수 피차별 민중 중심의 광범한 변동이며, 그 첫 물결이 한반도로부터 온다."

일본의 대 철인의 말이다.

그런데 동학에서는 이 후천개벽의 시기를 구체적으로 어떻게 표현하고 있는가?

전라도 익산 사자암益山 獅子庵에 해월 최시형 선생이 숨어 계실 때다. 남계전南啓天이 묻되,

"후천개벽 후천개벽 하는데 그놈의 후천개벽은 언제 오는 겁니까?"

해월 선생 왈,

"만국의 병마兵馬가 다 이 땅에 왔다가 만국의 병마가 다 이 땅을 떠날 때."

병마(?)가 다(?) 이 땅을 떠날 때?

남계천이 또 묻는다.

"후천개벽 후천개벽 하는데 그놈의 후천개벽은 언제 오는 겁니까?"

해월 선생 왈,

"장바닥에 비단이 깔릴 때, 장바닥에 비단이 깔릴 때."

장바닥(?)에 비단(?)이?

신시神市? 신령한 시장?

마지막 병마는 어느 나라 병마이며 장바닥은 또 무엇이고 어디인가?

다 떠날 때는 언제이고 장바닥의 비단은 도대체 무엇인가?

덕德은 합숙하되―병마는 떠난다? 무슨 뜻인가?

그렇다면 '간태합덕'이 표현된『正易』속의 시 구절.

'동쪽산 첫째 봉우리 3·8봉에 서쪽 요새의 백로가 푸드득 날아든다(東山第一三八峯 西塞山前白鷺飛)'의 숨은 뜻은 과연 무엇이란 말인가?

그리고 '신시神市'는 현대의 비단 깔린 장바닥이 아닌가?

신시의 율려의 모형이었다는 천시天市는?

하늘의 거대한 성운군星雲群의 하나인 천시원天市垣은 지금 어디에서 어떤 모양으로 눈이 시리게 빛나고 있는가?

탐라耽羅, 즉 제주에는 북방대륙계 신화가 아닌, 남방해양계 신화가 있다. 그것이 '신당', '당堂' 신앙이요 신화다. 산꼭대기의 '신神'들이 내려오고, 해변에서 '사람[人]'들이 올라와서 함께 새 창조를 진행하는 중간 산지대의 삶, 또 하나의 '신시'다. 북방계 신화인 '신시'와 함께 우리는 이것을 사회경제사와 문화인류학에서 어찌 보아야 하는가?

글을 끝내니 4월 15일 밤이다.

선거는 문자 그대로 양당의 '기우뚱한 균형' 위에 민노당이란 양념까지 얹었으므로 국민들이 대체로 안심하는 듯하다.

새로운 시작이다. 상투적 개혁이 아닌 '창조적 개혁'이 구상되어야 한다. 자격이나 경륜이 있건 없건 할 일은 하는 척이라도 해야 한다. 그것은 선거와는 관계없이 여기저기서 나부끼기 시작한 '생명과 평화의 길'이라는 깃발의 구체적 어젠다이다. 그것은 문명사 전체, 적어도 새 문명 창조의 길이니 그 길에서 민족 통일도 동아시아의 새 차원도 한 파도로 몰려올 것이다.

이 글의 퇴고가 끝나던 날은 내가 탐라에서 돌아온 22일 뒷날 23일 오후였다. 떠나오던 23일 낮 한라산 허공 위에 오색채운五色彩雲의 찬란한 무지개가 서렸다는 보도가 신문지상 여기저기에 나오고 있었다. 큰 경사가 있을 조짐이라는 옛부터의 이야기를 탐라 사람들이 수군대었다.

무슨 조짐일까?

정역의 대가 이정호李正浩 선생의 '한라 예언?' '생명과 평화의 길?' 그것의 현실적 전개 형식인 '창조적 개혁'론?

이 길 위에 비추는 오색채운이라고 나는 확신한다. 그것이 아니라면 상서祥瑞의 영역에 들어가기는 힘들다. 왜냐하면 상서란 적어도 커다란 새 문명의 길에서나 나타나는 것이기 때문이다.

판타지적 복고와 생태학적 상상력

◈ 이 시대의 문학정신은 무엇인가

오늘 얘기는 여러분들이 문예창작과이고 문학을 공부하는 분들이기 때문에 문학에 대해 말씀드리고자 합니다.

문학을 얘기하되 문학은 좋다든가 문학은 근사하다든가 하는 얘기가 아니라 문학을 전공으로 하는 분들에게는, 특히 청년기의 문학 지망자에게 가장 중요한 것은 우리 문학이 어디로 지향할 것인가, 어떤 문학 행위를 할 것인가, 어떻게 쓸 것인가, 무엇을 쓸 것인가, 어느 방향으로 밀고 갈 것인가가 중요하고, 이것을 아는 것이 매우 중요하다는 이야기를 하고자 합니다.

제가 여러분 나이 때에 서울대학교에서 공부를 했는데 그때 4·19혁명이란 것이 있었고 5·16군사정변이라는 것이 있었습니다. 군인들이 정권을 잡고 박정희 독재가 시작되었습니다. 그때 우리는 무슨 문학을 어떻게 할 것인가를 놓고 친구들과 많이 토론을 했고 검토했습니다.

그때부터 싹튼 것이 제가 젊은 시절 일관해 왔던 민족문학, 그리고 민중문학이었습니다.

민족적이면서도 민중적인 문학, 지금은 많이 희미해져 버렸죠. 그리고 지금은 상황이 좀 다릅니다. 그러나 민중·민족, 두 범주는 한국문학 밑에 엄연히 깔려 있다고 봐야 합니다. 지나간 시대의 문학의 사상이나 문학에 적용되는 시학·미학의 사상은 침전되어 밑에 깔려 있는 것이지 아예 없어지는 것이 아닙니다. 마찬가지로 유럽의 문학사나 예술사 역시 우리들의 창작의 밑에 깔려 있는 것이지 함부로 버릴 수 있는 것은 아닙니다. 우리 동양과 한국의 문학사 역시 당연히 그럴 것입니다.

하여튼 이제부터 어떤 방향으로 문학을 할 것이냐가 문제올시다. 그런데 솔직히 말씀 드려서 우리 문학에는 지금 방향이 없습니다. 문학만이 아닙니다. 이 사회가 지난 시절의 민주화투쟁과 그 내용으로서의 사회변혁론이 동구라파와 소련이 연쇄 붕괴되면서 변혁론이 거의 전면적으로 증발하고 민족·민중문학이라는 것도 이에 따라 쇠퇴해버렸습니다. 쇠퇴했지만 밑에 깔려 있고, 깔려는 있지만 현실적인 문학 이념으로서는 쇠퇴했습니다.

이제부터 무엇을 해야 할 것이냐? 그 시대 시대마다 문학이념은 있습니다. 이것을 찾는 것이 굉장히 중요합니다. 우리 시대에도 소위 사회를 변혁하고 개혁하고 민주화한다는 것이 이념이었고 이제 정권까지 잡았음에도 불구하고 하는 둥 마는 둥 히미해져 버렸어요.

그걸 다시 해야 할 것이냐? 물론 다시 해야죠. 그러나 그것은 다른 방향에서 해야 합니다. 예전과 똑같은 얘기로 갈 수는 없는 것이고 특히 그 사회와 관련해서 문학이 새로운 주장, 참신한 미학, 신선한 문학이론으로, 또 획기적인 문학적 상상력으로 가야 할 것입니다.

아까도 말씀드렸다시피 젊은 문학 전공자들에게 좀 곤혹스러운 것이 있습니다. 어떤 방향으로 글을 쓸 것인가, 무엇이 이 시대의 문학정신인가, 그게 확실치 않습니다.

지금 대가大家들도 똑같습니다. 어떤 의미에서는 저도 마찬가지입니다. 그것을 한번 우리가 찾아보자는 겁니다.

문학을 어떤 방향으로 어떻게 쓰고, 무엇을 쓰고 누구를 향해서 쓰고, 누구와 토론하면서 밀고 갈 것인가. 그 주제를 찾기 위해서 우선 인천을 한번 검토합시다.

◆ 경기, 동아시아의 허브

여러분이 살고 있는 인천, 경기 지방이 지금 이 역사의 진행과정에서, 또 이러한 동아시아적 형편에서 어떤 의미를 가지고 있고 무엇과 관련되는 방향으로 가야 할 것인가. 이것부터 생각하고 그것과 관련해서 문학을 얘기해 봅시다.

요즘 신문에 무엇이 가장 중요한 얘기인 것 같습니까?

여러 가지 얘기가 나오겠지만 제가 보기에는 한국이 동북아시아 또는 동아시아 물류의 중심으로 올라선다. 이것입니다. 이것이 가장 중요합니다. 남한에서 그렇습니다.

그러면 북한은 무엇이 제일 긴급 뉴스입니까? 신의주 특구 문제입니다. 그러면 '동북아 물류 중심'이라는 것은 무엇일가요? 지금 미국이라는 거대한 공룡은 세 갈래로 세계무역을 장악하고 있습니다.

대서양 항로가 있고, 인도양과 아프리카를 향한 항로가 있고, 동아시아를 향한 항로가 있습니다. 이 중에서 무역량이 가장 많고 긴박하고 밀도가 높은 것이 동아시아입니다. 동아시아의 물류량은 전 세계를 압도하고 있습니다.

따라서 동아시아에서 물류 중심으로 올라간다는 것은 세계 무역의 중심지가 된다는 것을 뜻합니다. 이것이 간단한 얘기가 아닙니다. 물류의 중심으로 들어선다는 것은 각종 산업들의 핵심에서 불꽃이 일어난다는 얘기입니다. 제조업만이 아니라 서비스, 문화 부문 등 여러 가지가 있습니다.

그런 중심으로 우리나라가 들어갈 수 있냐 못 가느냐가 이제부터 우리나라의 국가적 운명이요, 비전입니다.

그런데 이것은 우리나라만이 그런 것이 아닙니다. 일본도 그렇고 중국도 마찬가지입니다. 어떤 의미에서는 싱가포르, 홍콩도 마찬가지입니다. 이것이 무엇을 의미할까요?

물론 경제라는 것은 현실의 급박한 요청입니다만 문명사적으로 봐서는 대륙과 해양을 연결시키고, 동양과 서양을 연결시키고, 아시아와 유럽을 연결시키는 겁니다. 경의선, 동해선을 복구하는 일들이 그냥 남북한 당국자들의 일일 뿐 여러분의 생활과 직접 관계없는 것이 결코 아닙니다.

왜냐하면 인천이나 부산이나 신의주, 개성, 원산만이 중심으로 올라가는 것이 아니라 그쪽이 중심이 됨으로써 한반도 전체가 하나의 바다와 육지 사이에 브릿지bridge, 부두가 되는 겁니다. 반도 전체가 부두가 됩니다. 컨테이너 부두가 되는 겁니다. 왜냐하면 그 물동량이 엄청나기 때문입니다.

나는 인천에 올 때마다 부두에 가 서보는데, 인천도 그렇고 부산도 그렇고 물동량이 엄청납니다. 1분 안에 10개 이상의 거대한 화물선이 쭉 일렬로 섭니다. 그래서 분 단위로 소위 부두 넘버를 지정받습니다. 그래서 아주 짧은 시간에 거대한 화물선이 들어와서 엄청난 양의 컨테이너를 내려놓고 순식간에 물러가고 잠깐의 찰나에 또 들어옵니다. 온종일, 밤낮 그렇습니다. 이 양이 얼마입니까?

여러분은 여러분이 살고 있는 소비문화의 좋지 않은 점만 공격하지만 여러분들이 그만큼 좋지 않은 점을 공격하기까지에는 이 나라에 엄청난 경제적 순환이 있는 겁니다. 좋다, 나쁘다 이전에 현실을 인정합시다. 물류의 중심으로 부상하면 이 사정이 더 급박해지고 더 양이 많아진다는 얘기입니다. 얼마만큼? 지금의 10배 내지, 20배 정도가 되는데 그러면 인천이 어떻게 될까요?

여러분 인천이 어떻게 될 것 같습니까? 부두가 늘어나야 합니다. 그래서 송도 쪽으로 더 나갔죠? 부산도 새로운 컨테이너 부두들을 두 개나 더 건설하고 있습니다.

왜 이 얘기를 하느냐? 간단히 얘기하면 신의주 특구 계획이라는 것도 똑같습니다. 신의주가 특구로 개발되면 개성이, 그리고 개성이 개발되면 원산이 열립니다. 원산은 일본 자본과 일본 물품들을 들여오는 출구가 되고, 그곳이 바로 러시아로 관통됩니다. 신의주는 중국의 동북 지방의 유통 자본과 유휴 역량들을 흡수합니다. 개성은 남한 쪽의 자본을 흡수하게 되어 있습니다. 북한 쪽도 이렇게 해서 개혁·개방을 하려고 하고, 그것이 목표입니다.

남쪽은 아까 말한 대로입니다. 인천, 경기 쪽은 허브hub, 즉 동북아시아와 동아시아의 물류의 중심지로 키우려고 합니다. 대통령이 이미 말했고 손학규 지사가 표명했고 안상수 인천시장이 후속 발언을 하고 있습니다. 그리고 또 이종찬 같은 사람들이 저서까지 출간하면서 그 점을 중시하고 있습니다.

◆ 북방계 문화와 남방계 문화의 통합

박정희 이래 공업화 비전이나 소위 여기에 있는 김지하 등에서부터 끊임없는 투쟁에 의한 민주화라는 국가적 목표가 이제는 동아시아·동북아시아의 물류 중심지로, 허브 위치로, 또는 거기에 따라서 비즈니스 중심지, 서비스 산업의 중심지, 문화 교류의 중심지로 올라서느냐 못 올라서느냐, 이제는 거기에 국가 운명이 달려 있다고 보는 것이죠.

그런데 그것은 우리나라만이 아니라고 했습니다. 중국의 상하이와 연계된 푸동浦凍항의 개발은 엄청납니다. 소위 상하이에서 푸동까지 전기자기부상열차까지 놓는 형편이고 어마어마한 자본을 투자하고 있습니다. 일본은 나리타공항과 간사이공항을 수리하고 있습니다. 바로 동아시아의 물류, 아시아와 유럽을 연결시키는 철도, 항만, 공항, 이쪽에서 움직이는 물동·물류의 중심에 서려고 하는 겁니다. 우리가 중국이나 일본 같은 거인들을 이길 수 있을지 그것이 문제입니다만…….

그런데 하여튼 그런 것이 국가적인 목표로 되어 있는 한 북한과 남한은 비전을 공유하게 됩니다. 북한과 남한은 동아시아의 물류 중심으로 자기 경제의 화살의 높이를 올려 세우는 문제에 있어서 동일한 국가적 비전을 공유합니다.

공유는 통일의 전 단계라 볼 수 있습니다. 그리고 교류 합작의 전 단계입니다. 또 문화의 일치, 자기 민족의 정체성을 획득하는 데 있어서 그 전 단계입니다. 제가 경제 얘기를 하는 이유를 아시겠죠? 어떤가요? 왜 경제 얘기를 하는지 아시겠죠?

인천이 그런 위치입니다. 우리나라는 역사적으로 봐도 고조선 이후, 특히 고구려, 백제, 신라 이후 발해와 고려에까지 엄청날 정도의 눈부신 해상활동 국기였습니다. 대륙과 해양 양쪽에서 엄청나게 움지이던 활동력이 강대한 국가였습니다. 그러나 조선으로 들어오면서 중국의 압력 아래 폐쇄 국가가 되어버린 겁니다. 그러면서 과거의 기억을 잊어버렸습니다.

여러분 「제국의 아침」이라는 드라마를 보세요. 별 것은 아니지만 거기에 어떤 얘기가 나오냐면, 고려는 건국하면서 건국이념을 고구려의 부활이라고 했습니다. 고구려는 대륙 활동 민족으로 이제까지 못이 박혔습니다.

그러나 최근에 젊은 사학자들에 의해서 밝혀진 바에 의하면 고구려는 어마어마하게 무역을 했던 해양 국가였습니다. 백제는 더 말할 것도 없습니다. 신라에는 이른바 장보고가 있었습니다. 고려는 송나라, 페르시아 등과 엄청난 양의 무역을 했습니다. 이 기억들이 조선朝鮮의 국가적 목표 밑에서 폐쇄되어 버렸고 흔적도 없이 사라져 버렸습니다. 그리고 일본인들이 들어와서 한국민족을 반도국가로 압록강, 두만강 이남에 한정된 매우 고리타분한 민족으로 격하시켰습니다.

그러면 역사는 어떻게 될까요? 문화에 있어서 가장 첨예한 부문인 역사가 어떻게 될까 하는 겁니다. 우리는 과거에 대륙과 해양을 연결시켰던 소위 북방계 문화와 남방계 문화를 통합시켰던 과거의 전통을 역사 속에서 다시 회복해야 합니다.

역사의 회복이 그렇게 중요한 걸까요? 중요합니다. 왜냐하면 역사라는 것, 시간이라는 것은 특히 집단의 시간, 한 민족의 역사라는 것은 과거의 어떤 시점에다 모델을 두고 그 모델을 변화·변경시켜 나가는 과정일 것입니다. 그렇기 때문에 우리는 우리의 역사 속에서 어떤 모델을 잡아야 합니다.

장보고가 한 모델이고, 고구려도 한 모델입니다. 끊임없이 남진하려고 했던, 즉 보다 훌륭한 농업기반과 보다 훌륭한 항구 조건, 즉 해양 무역을 하기 위한 좋은 조건을 획득하기 위해서 고구려는 끊임없이 남쪽으로 내려오려고 합니다.

이것을 막기 위해서 수나라와 당나라가 백만 명의 병력까지 동원하는 겁니다. 우리가 지금 엉터리 역사를 배우듯이 무슨 민족적인 감정 때문에 백만 명이 동원될 정도로 중국은 멍텅구리들이 아닙니다. 과거의 중국, 『자치통감』이나 『사략』이나 『정관정요』 같은 것들은, 나는 한두 권밖에 못 봤습니다만, 엄청난 정치적 술수와 정치적 계산들이 들어 있습니다.

그렇다면 고구려를 왜 막으려고 했을까요? 허브 때문입니다. 동아시아에 있어서 황해를 점령하는 일은 허브를 점령하는 겁니다.

왜 중국이 양빈을 잡아갔을까요? 양도 사기 쳤다고 한다? 사기 쳤겠죠. 그러나 다른 사람들도 장사하면서 사기 안 치는 놈이 어디 있습니까? 거기에서 뭔가 느껴야 합니다. 만약 북한이 자신 있는 국가라면 잡아가자마자 신의주에다 3개 사단 정도를 투입시킬 겁니다. 전쟁 일보직전까지 가서 협상으로 들어가야 합니다. 그러나 김정일은 자신이 없는 것 같아요. 자신감 문제보다 중국에게 물려 있다고 할까요?

농담이 됐습니다만, 그만큼 황해를 중심으로 한 중국과 일본과 한국의 각축이 벌써 수천 년 전부터 시작했습니다. 바다가 그렇게 편안하지 않아요. 네, 다시 돌아갑니다.

동북아시아 · 동아시아에서 해양과 대륙을 연결시키는 각 방면의 교류, 물류, 물동량 무역의 중심지 위치에 올라선다는 것은 남북한이 공유할 수 있는 국가적인 비전입니다. 이것은 아무도 변경시키지 못합니다. 세계사의 흐름입니다. 왜? 가장 중요한 것은 동남아시아에 대한 일본의 패권과 중앙아시아 및 전 세계에 대한 중국의 위치 격상입니다.

그리고 중국의 제조업은 벌써 그 성장속도가 어떤 부문에서는 미국을 따라잡았습니다. 5년 후부터 중국에 대한 미국의 노골적 견제가 시작된다고 합니다. 벌써 지금도 아프가니스탄 전쟁을 벌이고 나서도 이라크를 때리려고 하는 것은 석유 문제도 있지만 중국의 서역 진출을 견제하려는 명목도 있습니다. 내기 이렇게 길게 늘어놓는 이유는 여러분이 현실감을 가지고 문학에 있어서 목표를 잡으라는 뜻입니다. 더 길게 안하는 것이 좋겠죠? 충분하죠?

그만큼 우리는 하나의 국가적 목표를 세우고 그리고 진행하고 있습니다. 소위 국가 엘리트들은 전부 그쪽으로 움직이고 있습니다.

◈ 중국을 경계하라

그러면 내가 이 얘기를 왜 하느냐? 중국이 문제입니다. 중국은 아까도 우리와 경쟁 관계에 있다고 했지만 2008년 베이징 올림픽을 분기점으로 해서……. 이런 얘기를 중국에 가서 하면 나는 중국에 못 갑니다. 중국 사람들은 굉장히 눈이 밝아요. 조금이라도 자기들 이해에 맞지 않으면 비자를 내주지 않습니다. 그러면 인천에 살죠 뭐. 그런데 베이징 올림픽을 분기점으로 해서 사회주의나 자본주의적인 모든 관계망, 관계의 본질들을 전부 중국적 콘셉트로 바꿉니다. 그것이 그들의 목표입니다.

그러니까 중국적 이념, 중국적 철학 안에서 자본주의와 사회주의의 절충을 새롭게 전환시킨다는 얘기입니다. 그리고 그 나머지 문제를 그 시스템 속에서 해결하겠죠. 소수민족 문제, 북중국과 남중국의 경제적 차이, 내륙과 동쪽 해안의 경제적 차이, 50여 소수민족의 분열문제, 중앙아시아 · 이슬람과 갈등, 이런 것들이 모두 다 문제입니다.

그래서 벌써 초등학교부터 『논어』를 암송시킨다고 합니다. 『논어』를 본 사람 손들어 보세요. 없죠? 나도 두 번밖에 보지 못 했습니다. 어려워요. 철학입니다. 그것을 초등학생들에게 암송시키는 것은 무슨 이유일까요? 자세히 몰라도 됩니다. 감만 잡으세요.

그만큼 묵직한 어떤 것, 힘 드는 그 무엇을 목표로 하고 있다는 것이죠? 그렇죠? 정신 차려야 해요. 요즘 여러분들 보니까 한자로 종로鐘路도 못 쓰는 사람들이 많아요. 동양 세계에서 한자를 모르는 것은 유럽 세계에서 라틴어를 모르는 것과 마찬가지예요. 아니 그보다 더하죠.

한글도 더욱더 잘해야 하지만 한문 공부를 반드시 해야 합니다. 적어도 천자天字는 알아야 해요. 그래야 옥편 보고 무엇을 알 수 있어요. 알아야 면장을 하지, 왜? 중국 놈들은 옛날부터 강대국이어서 모든 것을 다 문자로 정착시켜놨어요. 엄청나게 축적되어 있어요. 그래서 우리나라에서 역사를 알려면 중국 문헌을 들춰야 해요. 그런데 한문을 모르면 어떻게 하겠어요? 특히 문화 문제에서 어떻게 중국과 겨룰 수 있겠느냐 하는 것이 우리가 부딪힌 목전의 문제입니다. 못 겨루면 어떻게 될까? 못 겨루면 그냥 가요? 그냥 가는 것은 세상에 없어요. 역사를 공부했죠? 중국이 천하를 통일하고 강성대국으로 올라서면 반드시 우리나라는 직·간접적으로 혹독하게 당했습니다.

그런데 지금 중국이 눈부신 속도로 강해진다는 겁니다. GDPGross Domestic Product(국내총생산)가 어떤 부분은 미국을 앞서고 있어요. 앞으로 10년 이내에 세계 일류 국가가 된다는 거예요. 그것은 전문가들 견해이니까 우리가 느낌만으로는 알 수 없는 것입니다.

그러면 뭐예요? 중국은 문화적으로 엄청난 자부심을 가진 나라입니다. 모든 것이 자기들이 만든 것이고 모든 것이 자기들의 역사입니다. 고구려도 자기 역사라고 주장하는 나라입니다. 그런 친구들이 경제적으로 우월한 입장에 서게 될 때 문화적으로 무슨 짓을 하겠느냐? 나쁘게 얘기하는 것은 아니고 좋은 방향으로 한·중 다이나믹스가 발전했으면 좋겠는데 우리가 스스로 그것을 좋게 만들어야 한다는 거죠. 어떻게? 우리가 잘 알아야 합니다. 또 우리 자신이 동양 전체에 대한 우리만의 독특한, 그럼에도 보편성을 지닌 문화적 각도를 세워야 합니다. 어떻게 해야 하죠?

내가 지난 2002년 10월 25일 '제8회 세계 작가와의 대화' 모임에서 베트남작가동맹 휴틴 서기장과 같이 「아시아의 평화와 문학」에 대해서 발제를 했는데 이 때 내가 제안한 것이 있어요.

중국이 중화중심주의, 거대 제국, 진나라, 한나라 같은 천하통일을 하고 주변의 민족들을 오랑캐라고 부르고 문화를 전파하는 대신 정치적으로 억압하고 군사적으로 침략하고 할 때 그 이전에 중국까지 포함해서 아시아의 모든 민족들이 하나의 고대문명을 만들었던 모태 문화가 많습니다. 용산문화龍山文化(신석기시대 유적이 발굴된 중국 산동성 용산성)나 이런 것도 사실은 중국만의 문화는 아닙니다. 황하 입구의 대문구大汶口 문화는 더 그렇습니다. 그 이전으로 올라가면 더욱 더 그렇습니다. 이것을 회복하자, 일차적으로 베트남과 한국 작가들부터 그것을 시작하자, 고대 아시아의 여러 사상이나 문화로부터 갈 길이 막힌 서양문화만 가지고는 어떻게 해볼수 없는 목전의 세계사의 혼돈한 앞길을 개척해 나가자고 주장했습니다.

사회학자 I. 월러스틴은 자본주의가 앞으로 40년 안에 끝장난다고 명백히 얘기합니다. 월러스틴만이 아니라 그와 동조하는 사람들이 많습니다. 그러면 자본주의 교환 경제 대신 어떤 경제학이 세계를 지배할 것이냐? 말을 못합니다. 다만 '카오스chaos경제학'일 것이다. 하는 정도입니다. 그러나 카오스 사상은 유럽에서 내처 올라가면 희랍의 신화들에서 어떻게 나타나느냐? 카오스는 카오스일 뿐이고, 코스모스cosmos는 코스모스일 뿐입니다. 이것이 서양사상의 가장 큰 문제점입니다.

그런데 간단히 얘기하면 중국과 우리나라를 포함한 아시아에 있어서 고대 사상을 보면 카오스는 카오스이면서 동시에 코스모스입니다. 이것은 좀 깊은 얘기입니다만, 그렇기 때문에 동아시아로부터 세계의 미래를 결정할 수 있는 사상과 문화, 정치·경제 제도가 나와야 한다는 얘기를 유럽의 눈 높은 지식인들까지도 하고 있는 것입니다. 공연한 이야기가 아니에요.

이래서 중국이 자기들의 문예부흥, 르네상스를 계획하고 있는 이때에 우리나라는 동북아의 물류 중심으로 올라서려고 하고, 그것이 남북한의 공동의 비전이 되어 가고 있고, 그 길을 따라간다면 민족이 쉽게 통일될 수 있는 길이 열리는데 이는 아시아와 유럽을 연결시키는 물질의 이동만이 아닙니다. 물질이 이동하기 시작하면 자연히 문화도 이동하게 됩니다.

여러분 여기에서 퓨전fusion을 맨날 구경할 겁니다. 길바닥에서 맨날 퓨전을 만날 거예요. 아시아와 유럽, 아프리카와 남미가 막 뒤섞여서 무엇이 나타날 겁니다.

◆ 동이족들끼리의 단합의 중요성

그러나 내가 보기에 여러분들은 민족적인 주체의식을 절대 놓치지 않을 것으로 보입니다. 무엇이 그렇게 보게 만들었는가?

붉은 악마입니다. 세계에 대해서 다 열고 있었죠. 민족적 편견이나 인종적 편견을 한 번도 드러낸 적이 없습니다. 독일과의 경기에서 독일이 이기니까 '도일칠란트'를 연호했습니다. 그리고 패전한 한국 대표선수들에게는 '괜찮아'를 외쳤습니다.

이것은 아주 놀랍고 소름끼칠 일입니다. 어떻게 7백만 명이나 되는 10대, 20대, 30대 젊은이들이 길바닥으로 뛰쳐나와서 한 건의 대형사고도 없이 질서를 지키고…… 그리고 전부가 새빨간 셔츠인데 얼굴이나 몸에 태극기를 그린 패션은 제각각이라는 겁니다. 그러니까 집중과 해체를 동시에 체득하고 있는 것입니다. 왜 이렇게 됐을까? 누가 지도했어요? 지도가 없어요. 이것이 무엇일까요? 어떤 사람은 무병巫病이라고 합니다. 집단적으로 무슨 내림을 받았다는 거죠. 그런데 내가 보기에는 요물단지가 인터넷이다, 나는 그렇게만 생각합니다.

그런 각도에서 본다면 문학이 이런 대세에 있어서, 특히 인천에서 공부하는 사람들의 역사적 안목으로 보면 경기만京畿灣이 항상 중심입니다.

그래서 고구려, 백제, 신라가 맨날 이 근처를 차지하려고 싸웠어요. 그렇죠? 맨날 여기야. 왜 그랬을까? 대륙과 해양을 연결시키는 허브 중심이라는 겁니다. 중심지로서의 역사 지리적 특이성이 있기 때문에 여기를 획득하려고 했던 겁니다.

물류가 다만 물류일까요? 물질이 가는 데는 정신이 갑니다. 왜냐하면 물질 가운데 있는 핵은 마음입니다. 인간만이 아니라 동식물만이 아니라 물질의 내부에도 인공의 피조물 중에도 마음이 있다는 것은 불교의 승려

들만 얘기하는 것이 아닙니다. 이제 와서는 진화론을 주장하는 생물학자, 생태학자들도 다 인정합니다. 그것이 무엇일까요? 물질의 원자가 중심이죠? 원자의 마음은 원자의 핵입니다. 우리 마음과 똑같은 것이 아니에요. 희로애락을 느끼는 것이 아니라 물질 나름의 씨앗 상태의 마음이라는 겁니다.

물질이 그렇게 움직이면 마음이 간다. 그렇지 않나요? 물질 안에 있는 마음이 자기의 생활양식을 획득하기 위해서 그걸 진화시키기 위해서 옆에 있는 돌들이나 흙과 관계를 맺는 겁니다. 몇 십 년, 몇 백 년에 걸쳐서 이런 것이 요즘 진화론이나 생태계에서 발표되고 있는 과학 논문들입니다. '똥에도 마음이 있다'고 하는 것이 스님들만 하는 얘기가 아니에요.

그러면 어떻게 될까요? 물류가 그만큼 활발해지면 정신문화도 그만큼 활발한 교류를 이룬다는 겁니다. 여기에서 가장 중요한 것이 무엇일까요?

지금 미국의 리버럴리스트들은 거의 전부가 불교의 참선, 티베트 불교이든지 한국 불교든지 아니면 선도仙道, 풍류風流로 이미 기울어졌어요. 우리만 등하불명燈下不明이에요. 등하불명은 등잔 밑이 어둡다는 얘기입니다. 한문도 잘 몰라요. 나도 잘 몰라요. 나도 잘 모르는데 고등학교, 중학교 때 한문을 배웠다고요. 박정희라는 양반이 잘난 체해서 한문은 다 집어치우라고 해서 그렇게 되어 버린 거예요. 다시라도 한문은 꼭 배워야 합니다.

그럼 뭡니까? 이것이 무엇으로 정착되어 있습니까? 조동종, 임제종, 조계종, 그리고 유학 같으면 공자의 가르침, 노자, 장자, 우리나라의『천부경天符經』, 우리나라의『삼국유사三國遺事』까지 한문으로 되어 있어요.『삼국유사』는 번역이 되어 있지만……. 그러니까 한자를 공부해야 되는데 이건 기초적인 겁니다.

하여튼 무엇이 여기에서 가장 초점이 되는 문제일까? 중국 철학의 핵심은 '주역周易'입니다.

‘주역’을 처음 시작한 것은 동이족이었습니다. 동이족東夷族은 한국 민족의 선조입니다. 그러나 우리 민족만의 선조는 아닙니다. 오랑캐 이夷자를 쓰는 것은…… 중국도 그때는 오랑캐나 다름없었지요. 나중에 다른 민족들을 자기들이 오랑캐라고 했죠. 중국까지 포함해서 아시아 모든 민족들은 한 문화권이었습니다.

만리장성 요새 바깥에 있는 민족들은 전부 ‘오랑캐’라고 불렀습니다. 몽골, 흉노, 돌궐, 여진, 거란, 동남아시아의 베트남, 라오스, 캄보디아, 인도, 일본 큐슈, 한반도. 전부가 오랑캐입니다. 그러니 중국까지 포함해서 오랑캐들끼리 단합해서 민족들 모두가 참가했던 상고시대의 모태母胎 문화를 부흥해야겠다는 겁니다.

◈ 복고와 판타지적인 경향

‘베트남 작가동맹’의 작가들에게 얘기한 것도 똑같은 얘기입니다. 그렇다고 내가 중국을 소외시키자는 것은 아닙니다. 중국도 저희들이 제일 잘났다는 생각을 안 하면 같이 하자는 겁니다. 왜? 중국 문자로 많은 것들이 정착되어 있거든요, 여러분, 『산해경山海經』을 이 대학에서 강의하는 박현석 교수가 들고 나왔는데 한민족 조상들이 방사, 술사, 무당 같은 사람들이 정착시킨 것이 『산해경』입니다. 그뿐만이 아니라 얘기를 하자면 많은데 그런 것들을 여러분들이 알아야죠. 알아야 면장을 하지. 안 그럴까? 몰라도 면장 하나요? 쓱싹해서?

여기에 한국문학이, 특히 젊은 한국문학이 무엇을 할 것인가가 나옵니다.

그러면 모든 중요한 역사의 물결은 그 이전에 조직을 보위합니다. 나는 동학하는 사람이에요. 천주교를 하다가 동학이 제일 근사한 것 같아서 동학을 하는데 그렇다고 천도교를 하는 것은 아니에요. 나는 불교도 좋고 그리스도교도 좋고 다 좋지만, 동학이 제일 좋아요.

그런데 동학의 수운水雲 최제우崔濟愚 선생이 무슨 말씀을 했냐면 "하느님이 무슨 일을 하려고 뜻을 가지면 금수 같은 세상사람, 동물같이 미련한 사람들이 얼풋이 알아내네"라고 했습니다.

어렴풋이 짐작을 한다. 이래서 백성, 민중이 무섭다는 겁니다. 이미 아는 겁니다.

세상의 변화를 미리 감지하는 겁니다. 왜 그럴까? 이미 민중·민족문학을 한참 떠들 때 다 나와서 더 이상 얘기하면 식은 죽이 된다고. 그것이 무슨 뜻일까? 그런데 수운 최제우 선생이 하늘로부터 받은 계시의 모양이 태극, 혹은 궁궁이라고 되어 있습니다.

최수운 선생이 이미 크게 깨우치기 이전에 벌써 한국의 민중들은 궁궁弓弓이라는 말을 알고 있었습니다. 부자든 가난뱅이든 전부 궁궁촌을 찾아가야 산다고 궁궁촌을 찾아다녔다고……. 또는 천주교가 궁궁이라고 해서 천주교에 들어가는 사람도 있고, 계룡산이 궁궁이라고 해서 계룡산을 찾아가고 모악산이 궁궁이라고 모악산을 찾아가고 지리산이 궁궁이라고 해서 들어가고 말이죠. 이걸 두고 하는 얘기입니다. 무엇을 안다는 거죠. 미리 감을 잡았다는 얘기입니다. 『정감록鄭鑑錄』에 이미 '궁궁이 이롭다利在弓弓'는 말이 나오거든요.

그러면 여러분이 이제부터 정리해야 할 문학, 진짜 새롭고 여러분들 나름의 문학, 또는 붉은 악마의 민족이면서도 세계적으로 열려 있는 그 역동적인 문화적 표현을 담을 수 있는 새 문학이 여러분에게서 나와야 하죠.

그리고 물류, 동아시아, 세계, 퓨전, 유럽과 아시아의 결합, 이런 여러 가지 것들을 얘기하며 나와야 하고 여러분이 행하고 있는 소비문화, 연애의 실패를 다 표현해야 할 텐데 그 조짐이 나타나고 있는가? 나타나고 있어요. 그것이 뭐냐? '복고와 생태학'입니다.

오늘의 주제가 복고와 생태학이죠. 한국문학의 제일 큰 흐름, 유행이 무엇일까 했을 때 판타지적인 복고와 생태시, 환경시, 생명시, 이런 겁니다. 그리고 예컨대 소설 같은 데서 나타나는 경향은 복고가 아니라 하더라도 판타지적인 경향이 강합니다. 김영하든, 윤대녕이든, 배수아든, 전경린이든 크게 보아 대개 그쪽이에요.

시인들 속에서 생태시의 유행은 말할 것도 없습니다. 꼭 얼마 전의 민중시의 유행과 방불하죠. 이제는 시를 쓴다 하면 그저 생태시예요. 생태시가 어떤 시인지 알죠? 다람쥐가 죽어서는 안 된다느니 물이 썩으면 안 된다느니 공기가 오염되면 안 된다느니 하는 것들입니다. 요즘은 시를 썼다 하면 그런 시를 써요. 그리고 그 배후에 있는 미학적 근거, 시학적 근거가 다름 아닌 신비주의입니다. 불교적인 신비주의이든 노장학이든 카발라Kabbala(유대교의 비의적秘儀的 신비주의)적인 것이든, 아니면 우파니샤드 Upanisad적인 것이든 아니면 산해경까지도…….『산해경』을 우리나라 경전으로 알고 있는데 아까 박현석 선생은 중국 경전이라고 하대요. 하여튼 간에『산해경』이 좀 이상하죠.

저쪽 뒷산에 가면 발이 아홉 개 달린 새가 걸어 다니고 하는 얘기가 가득 차 있어요. 그런 신비주의가 바탕을 이루고 있습니다. 그리고 복고에 있어서는 환상, 판타지적 미학적 특징을 이루고 있습니다.

문학민 그리느냐? 문학과 연계된 문화 전부냐? 사이버 쪽은 전부 그래요. 맏아들 놈이 인터넷 소설가에다 게임시나리오 작가인데 환상적인 것은 말도 할 수가 없어요. 나 같은 '구라 선수'도 말이 안 될 정도예요.

무엇을 하는지 몰라요. 무엇을 얘기하는데 모르는 것이 없고 개념적 파악이 아니라 그 안에 들어 있는 묘한 부분을 끄집어내서…… 소설가도 움베르트 에코 정도밖에 평가를 하지 않아요.『해리포터』같은 것은 읽지도 않아요. 그것은 아이들 장난이라는 거죠. 그러면 이것이 무엇을 뜻하는 조짐이냐? 복고에 대해 앙리 르페브르 같은 프랑스 미학자, 사회학자는 '일상에 대한 반역'이라고까지 말했습니다. 지금 우리가 살고 있는 이 세상이 하나도 재미가 없다는 거예요.

그러니까 여러분의 윗세대, 그러니까 나보다 약간 아래 세대인 386세대는 데모하는 데 미쳤다고……. 화염병 던지는 것이 맛은 아니겠지만 눈에 시뻘겋게 핏발이 섰어요. 그래서 권태롭고 그런 것이 없었어. 연애도 안 한다고 하던 판이야.

◆ 멀리 내다보는 철학적인 모색

그런데 여러분들 아래쪽은 N세대라고 하면서 사회변혁에 대한 정열, 사회 민주화에 대한 정열은 다 날아가 버렸어요. 그럼 뭘까요? 민족통일? 그것도 그렇게 강렬하지는 않아. 일상의 지루함, 재미없음, 시시함, 여기에 대한 반역일 것이다. 라고 얘기했어요. 내가 마지막으로 붉은 악마 얘기를 합니다.

붉은 악마를 보고 내가 크게 생각을 수정했습니다. 하여튼 이런 점이 있어요. 과거에 우리를 지배해 준 삶의 양식이 사라져 버린 겁니다. 무엇이 사라졌어요? 요즘 「친구」라는 영화는 물론 드라마 또한 전부 한 세대 전의 얘기예요. 우리도 아니고 우리 부모대나 형님대, 그때는 무엇이 있었어요? 여러분은 잘 모르죠? 그때는 친구끼리도 좋아서 못 살아. 친구끼리도 그렇게 의리가 있고, 연애도 아주 지저분하게 했어요. 죽네 사네 하고 질질 짜고……. 또 깡패들이 세상을 주름잡았다고요. 조폭말이에요. 「친구」가 그렇죠. 그런 것만이 아니에요. 보지는 못 했는데 제목도 그래요.

「가문의 영광」이 뭐예요? 하여튼 그런 것들이 판을 치는데 그런 것들이 뭘까요? 우리가 잃어버린 삶의 양식이에요. 아주 쉽게 얘기하면 '인심'이에요. 사람의 마음이 살아 있었어요. 6·25 뒤에도 지나가는 거지를 불러서 상을 차려줬어요. 밥 먹으라고 밥그릇만 준 것이 아니라 상을 차려줬어요. 6·25처럼 남북에서 4백만 명 이상이 죽은 뒤인데도 그랬어요. 부상당한 것이 아니라 죽었다고요. 그때 인구가 2천만 명이 안 돼요. 그 잔혹한 경험을 하고 나서도 굶는 사람을 보면 밥상을 차려줬어요.

그렇게 인심이 살아 있었는데 그게 언제 망했느냐? 박정희 때 망했어요. 새마을운동 하고 '잘살아 보세' 하면서 전부 돈 벌러 서울로 가고 돈이라면 환장하고 농민들도 도시 사람들보다 훨씬 돈에 대해서는 눈이 높아……. 그러니까 그 시절을 추억할 수밖에 없단 말예요. 친구 사이가 서로 좋아서 죽고 못 살고, 애인 사이도 그렇고, 부자 사이에도 끈끈하고, 친척끼리도……. 여러분, 친척 잘 모르죠? 나도 늙어가면서 그래요. 세상이 그래요. 사촌, 오촌, 육촌까지 왔다갔다하고 사돈끼리도 왔다갔다하면서 살았는데 여러분은 그런 것 모르죠. 그 시절을 그리워하는 거야.

여러분 복고가 어디에서 나옵니까? 그런데 지금은 우리의 행동 양태를 결정할 수 있는 삶의 양식이 없어요. 우리 잘못이지. 내 잘못이고. 우리 세대에 그것이 있었어야 했어요. 왜 없었을까요?

좀 이상한 얘기지만 나는 애를 썼어요. 우리가 5공을 타도하고, 그 전에 박정희를 쫓아내는 투쟁도 좋다 이거예요. 그러나 단기적인 투쟁 외에 중장기적인 담론도 해나가자는 얘기입니다.

그래서 내가 생명론을 얘기했고 동학 얘기도 했고 그래서 고조선 얘기를 했던 겁니다. 내가 감옥에서 막 나와서 생명과 영성, 동학과 선불교에 대해 얘기하는 것을 보고 반동분자, 배신자, 변절자, 생명교 교주, 혹세무민하는 자, 그랬다고……. 그것이 다 내 후배, 친구들입니다.

그런데 지금 보니까 그들이 도리어 전부 환경주의자, 생명주의자들입니다. 그 사람들이…… 내가 잘났다고 하는 것이 아니라 앞으로 올 시대에 대비해서 문학자는 뭔가 말을 하고 생각을 하고 상상력을 움직여야 하는데 분명히 말해서 나는 좀 했어요.

그러니까 오늘 이런 얘기를 할 수 있는 거예요. 그런데 그때는 모두 5공 타도밖에 없었어요. 박정희가 죽은 뒤에 5공 타도, 그래서 옛말에 그런 말이 있어요. 늑대를 쫓으니 호랑이가 온다는 말이죠. 박정희가 죽고 나니까 대머리가 나타났다고……. 더 지독해. 야, 어떻게 이렇게 되냐? 나 같은 사람까지도 내가 꽤 똑똑한 놈인 줄 알았는데 박정희가 죽으면 다 잘될 줄 알았는데 말이죠. 그러니까 멀리 내다보는 생각, 준비, 이야기, 철학적 모색이 꼭 있어야 합니다. 지금 당장의 문제, 중기적 문제, 장기적 문제에 대해서 다 준비해야 합니다.

그래 내가 감옥에서 나와 "나는 이제 데모 안 해." 그랬습니다. 그러자, 후배들이 와서 뭐라고 하는지 알아요?

"선배님, 우리가 다 준비해놨으니까 선동 연설만 한 번 해주십시오. 그러면 우리가 다 불 지릅니다."

"그것이 선동이지 어떻게 연설이냐?"

그러니까 나를 보고 변절자라고 욕을 한거야. 그런데 내가 물어본 것이 있어요.

"너희들 지금 병정놀음이냐, 전쟁이냐?"

결판내야 해요. 그렇게 정보부 지하실에서 얻어터지면서까지 그런 날카로운 결단을 못한다면 사람도 아냐. 그럼, 전쟁이라고 대답해요.

"그러면 전쟁을 보자. 병정놀음이 아니라 전쟁은 보병만 있는 것이 아니다. 포병도 있고 병참도 있고 심리사령부도 있고 전략사령부도 있어야 한다. 그러면 선배들까지 전부 앞장세우고 보병을 하란 말이냐? 뒤에 있는 심리전 사령관은 누구냐 내가 심리전 사령부 좀 하려고 하는데 왜 방해하느냐" 그렇게 묻곤 했지요.

지금 복고가 나타나고 생태시가 나타나서 어떤 조짐이, 수운의 "금수 같은 세상사람 얼풋이 알아내네"라는 말처럼, 뭔가 큰 변화가 오려면 조짐부터 나타난다는 겁니다.

여러분, 남북통일의 조짐이 저 신의주 특구입니다. 신의주 특구가 굴러가면 개성 특구가 열립니다. 개성 특구가 열리면 원산 특구가 열려요. 그 특구가 열리면 그것으로 끝이냐? 그것은 섬입니다. 본토와의 연결이 이제부터는 김정일 지도부의 문제입니다. 본토에서는 사회주의적 계획경제를 그대로 밀고, 특구에서는 자본주의적 시장경제를 한다는 겁니다. 그러면 부를 어떻게 하느냐? 이윤이 옮겨가고 기술이 옮겨가고 잘 사는 분위기가 옮겨 갑니다. 그 얘기에요. 중국 경기가 그렇죠.

한 세대 전에도 문제가 많았어요. 「친구」가 근사해 보이지만 그것은 그것대로 고민이 많았어요. 친구 또래가 바로 나예요. 내가 고민이 없었을까? 고민이 없었으면 내 시가 안 나왔죠. 그런 슬픈 곡조가 안 나왔다고……. 내 시는 「오적」 빼놓고 모두 슬픈 곡조야.

그러면 왜 그렇게 슬펐을까? 내가 20대에는 참으로 살기 싫었어요. 술이 아니면 살 수가 없었어요. 술도 무슨 좋은 술인가? 막소주, 순 화학주죠. 안주는 있나요? 소금이나 먹죠. 그래서 내가 몸이 망가진 겁니다. 이제는 완전히 끊었지만 왜 그렇게 먹었을까요? 고민이 있어서 그랬던 겁니다. 무슨 고민? 우리 이근배 선생이 잘 알지만 그때 사람 사는 것은 사람 사는 것 같지 않았다고요.

왜? 예를 들게요. 우리 도시는 더 말할 것도 없어, 농촌의 농민들에게 박정희가 통일벼를 심으라 했다고. 왜? 통일벼가 식량이 많이 나오거든, 그걸로 식량문제를 해결하려고 했다고. 그런데 통일벼는 쌀이 엉망이야. 못 먹어. 그래서 그것을 아는 농민이 술에 잔뜩 취해서 농촌지도소 직원 앞에서 "제기랄, 통일벼도 벼냐?" 하면서 얘기를 했단 말야. 그러자 덜커덕 잡아갔어. 감히 대통령의 지도 노선을 비판하느냐? 북괴를 이롭게 하는 발언이다 해가지고 반공법 4조1항인가, 5항인가로 들어가게 한 거야. 내가 반공법에 걸려 들어간 것은 왕왕댔으니까 그렇다고 하자고.

그런데 통일벼 하고 반공법이 무슨 관계가 있냐고. 그리고 택시 안에서 '개씨팔' 하면서 체제에 대해서 불편을 털어놓았다고 해서 잡아 갔다고. 이런 세상이 어디 있어요? 그런 세상에서, 대학에서 공부를 하고 철학을 공부하고 미학을 공부하는데 자존심이 안 상해요?

그러면 그것이 제대로 돌아간 것일까? 6·25 이후에 부산 분위기가 그렇게 좋은 거예요? 친구가 그렇게 근사해? 내가 말을 심하게 하나? 복고, 과거로 돌아가려면 유럽인들처럼 르네상스 정도는 해야 되지 않느냐? 고대 희랍과 발칸에 숨어 있는 소위 아고라agora 민주주의, 광장 민주주의 전통, 그건 커뮤니케이션입니다. 커뮤니케이션에 입각한 시민민주주의의 원형을 희랍의 광장문화에서 발견한 겁니다.

그리고 발칸의 고대문화에서 공유제 사회의 원형을 찾아내 가지고 현대적 과학으로 풀어낸 것이 마르크스의 공산주의 사회입니다. 그러면 이집트나 지중해 주변의 고대 시장들 중에 가장 강력한 페르시아는 제외해 놓고 대개가 일변도의 교환시장입니다. 자본주의의 원형, 자본주의, 시민민주주의, 공산주의, 다 희랍과 발칸에서 나온 겁니다.

마르크스, 한나 아렌트, 푸코, 니체…… 니체는 문학을 통해서 소위 디오니소스적인 전통, 어둠과 정열의 철학을 세운 거죠. 니체가 없었다면 신이 죽었다고 선언한 이후에 유럽 사람들은 정신적으로 갈 데가 없었어요. 여러분들, 마르크스는 잘 알죠? 여러분의 선배 세대는 전부 마르크스 판이었어요. 그러면 다 끝났다고 하지만 마르크스는 아직도 이름이 남아 있어요. 그러면 푸코는 어떤가요? 푸코는 포스트모던의 아버지예요. 포스트모던의 전통을 모르나요?

◆ 복고를 하려면 제대로 해야

내가 이들 네 사람 중에 제일 중요시하는 분이 한나 아렌트인데, 이 사람이 왜 중요하냐?

지금 우리나라 시민운동 단체가 2만1천5백 개 정도인데 이것이 전부 정신적으로는 한나 아렌트의 커뮤니케이션 이론, 공공영역론에 입각해 있습니다.

공공영역론은 어디에서 찾은 것이냐? 희랍의 광장에 서서 너와 나 사이의 소통, 그 광장에서는 만나면 똥 싼 얘기, 애기는 잘 크냐는 얘기를 하겠죠. 그리고 어떤 얘기가 나오느냐? 정치적으로 어떻게 되는가, 페르시아의 관계는 어떠냐? 이런 얘기입니다. 그러니까 정치와 경제 문화가 광장에서, 너와 나의 통신 과정을 통해서 합의에 도달하거나 합의에 근접하는 그런 식의 소통을 시민민주주의 기본으로 본 겁니다. 주관과 주관 사이의 소통론이죠.

그 이전에 소위 민중론이 왕성했을 때, 혁명론이죠. 시민적인 조그마한 문제들, 개인의 문제들, 소위 소액주주 문제라든가 문제는 많았죠. 그러나 그런 얘기는 못했죠. 그런데 그런 얘기를 하는 단체들이 시민운동 단체들인데 2만 개 넘는 이 단체들이 하는 것이 깡그리 하버마스나 한나 아렌트의 공공론에 근거를 둔 것입니다.

그런데 내가 그 얘기를 왜 하는가? 그 사람들이 그것을 어디에서 가져왔습니까? 우리 지식인들은 반성해야 합니다.

무엇인가 벽에 부딪치면 유럽 사람들은 희랍과 발칸의 고대로 돌아가서 문헌을 찾고 고고학으로 유물을 발굴해서 뭔가를 새롭게 찾아냅니다. 발견과 상상력을 동원하는 거죠. 우리는 뭐에 탕 부딪치면 미국이나 유럽에 달려가서 카피해 와요. 외국 이론 베껴다가 써먹는 거예요. 내 친구

들이 선배든 후배든 다 똑같아요. 내가 맨날 욕하는 거니까 여기에서 욕
좀 해도 괜찮아요. 그러면 맨날 그쪽 사상 가지고 우리를 찾아냈다는 얘
기야. 맞을까? 맞을 것 같지? 안 맞아. 안 맞으니까 이 꼴이야. 안 맞으니까
여러분이 재미가 없어서 복고하는 거야. 「친구」 보고 낄낄대고 박수치고.
결정적으로 얘기하면 「친구」가 깡패 영화지 뭐야? 재미는 있지만 그런
영화가 과거 같으면 어떻게 수백만의 관객을 동원할 수가 있겠습니까?

그러면 결론을 내려 봅시다. 복고를 하려면 제대로 합시다. 희랍이나
발칸이 우리에게 있는가? 누군가 그런 말을 했어요. 우리에게 희랍이나
발칸이 있다면 나도 가겠다는 겁니다. "이놈아, 너는 못가." 왜 못가냐면
발칸이나 희랍에 소위 밀레토스 문명이 어디에서 처음 발상했는지 모르
잖느냐? 이놈아 그것은 파미르고원이다. 파미르고원은 발칸의 시작이자
우리 민족의 원상이다. 그것을 모르면서 어떻게 발칸에 가고 희랍에 가겠
느냐? 그건 유럽의 고고학자들도 다 안다.

수메르(현 이라크 남부 티그리스, 유프라테스 강 유역의 고대문명) 문명의 기원,
밀레토스의 기원, 유다야 문명(티그리스 강 유역의 문명)의 기원, 이집트 문명
의 기원은 파미르고원(티벳과 중국 등 알타이 지역의 고원)입니다. 파미르고원
에서부터 우리 민족의 문화가 시작됐어요. 거기에서부터 갈라져 나온 겁
니다. 에덴 사라Sarab(『구약성서』에 나오는 아브라함의 아내)도 파미르고원에서
부터 시작되는 겁니다. 나도 다 증거가 있어요. 그러면 거기 근처에 가봐
야 할 것 아니에요?

아프가니스탄에 폭탄이 떨어지고 이라크 또한 폭탄이 떨어져서 못 갑
니다. 바로 그 점이야. 세 가지가 문제입니다. 하나는 석유, 하나는 중국에
대한 견제, 세 번째는 지금 지구 온난화가 보통 문제가 아닙니다.

여러분, 봄에 보세요. 봄인지 여름인지 모르고 꽃들이 한꺼번에 핍니
다. 앞으로 한반도에서 1백 년 이내에 소나무가 없어지고 아열대로 변합
니다. 서울에도 동백이 피고 대나무가 자랍니다. 그러니까 더워서 못 견

디는 거예요. 어디로 갈까? 중앙아시아요에요. 별장지대에 이민이 대단히 시끄러울 겁니다. 그걸 장악하는 거예요. 아메리카의 세계 전략이라는 것은 로마시대보다 더 치밀합니다. 미국 놈 가는 데 보면 세상이 어떻게 변할지를 알겠어요. 나는 맨날 미국 놈만 봐요. 아, 저 자식이 저리로 가는데 저기에 무슨 볼일 있는 모양이구나. 증권 같으면 거기에다 때려야 하는 거야. 증권 같으면 미국 놈이 가는 데는 증권이 올라갑니다. 우리 국내도 그렇죠? 제 스스로 올라가는 것은 전부 외국인 투자야. 외국인이래야 거의가 미국인들이지.

어디로 가? 우리의 발칸, 우리의 희랍은 파미르고원입니다. 파미르고원에서 시작해서 바이칼로, 바이칼에서 홍안령으로, 만주 아무르강 밑으로, 그래서 백두산으로. 한쪽은 돈황 근처의 삼위산三危山으로 태백산으로 몇 줄기가 뻗어 나옵니다. 이것이 다 아시아 고대문명, 문화의 흔적들입니다.

◆ 문예부흥의 전위는 문학이다.

지금 뭐가 있을까요? 고고학은 괜히 있나요? 땅 파는 것이 고고학이야. 땅은 밑에 있어요. 그럼 뭐하자는 얘기입니까? 문예부흥 하자는 얘기입니다.

아시아의 고대로, 직관과 상상력을 가지고 대담하게 비약하는 겁니다. 우선 여러분, 미국이나 파리 같은 데 배낭여행 가지 말고 조금 위험하지만 아프가니스탄으로 가라고. 우즈베키스탄, 바이칼……. 몇 달 전에 바이칼에 가려다가 아쉽게 못 갔는데, 내년에는 갈 거예요. 바이칼에 가면 울혼섬, 그리고 브리야트 박물관에 있는 샤머니즘 기념물들을 보면 여러 가지 생각이 난다고 해요.

그러면 어떻게 할 거냐? 환장을 할 것 아닙니까? 누가 말했듯이 화냥질을 할 거면 아예 까놓고 하라 이겁니다. 고려이발소라고 써놓은 것을 영화 소재로 잡고, 건달들이 칼라를 밖으로 내놓고 하는 것이 그럴싸합니까? 그런 식으로 할 바에는 아예 상고대로 가자는 갑니다. 거기에서 뭘 찾아? 새로운 문화의 원형, 미래 세계의 새로운 문화 원형의 구체적 사인을 찾는 겁니다. 그것이 뭐가 있죠? 내가 하나의 예만 들게요.

신시神市, 신시는 우리 민족에게만 있던 것이 아니에요. 중국을 둘러싼 소위 앞에서 얘기한 오랑캐들, 베트남, 라오스, 캄보디아, 중국 남부의 묘족들도 자기들 전통 안에 신시라는 것을 가지고 있답니다.

신시가 뭐예요? 요즘 식으로 하면 계꾼들이 소비계와 공급계 양쪽으로 게를 묶은 후에 전개하는 호혜 시장입니다. '포틀래치Potlatch'와 비슷한 거예요. 인격 교환 형태로서의 물질교환입니다. 우리는 지금 아메리카 인디언보다 못 해요. 아메리카 인디언들은 자본주의 시장경제가 너무 반인간적이기 때문에 백인들이 오기 이전에 자기들이 제사를 지내고 제수로 바친 고기나 떡 같은 것을 서로 나눠먹는 포틀래치라는 경제구조를 가졌다고 하는데 거기에서부터 인디언 경제가 다시 나타났습니다. 교환과 함께 이중적으로 이 포틀래치를 다시 살려요. 아메리카 전역에 있는 인디언들이 인터넷을 한다고……. 그것이 포틀래치예요.

아까 얘기했죠. 자본주의가 망한다고 해놓고도 어디로 갈지 몰라요. 일본의 아주 유명한 시오자와 요시노리라고 하는 카오스 경제학자가 있어요. 그 사람은 월터스타인이 예언한바 있는 『복잡계의 경제학』이란 책을 썼습니다. 그는 우선 잡아야 할 것이 '헤지펀드hedge fund'라고 했습니다. 주식시장에 들어오는 대규모의 자본들이 들어왔다가 그 이튿날 아침에 빠지는데, 들어왔다 나가는 사이에 가난한 나라들의 중소기업들이 팍 망하는 겁니다. 하루에 30~40개에서 1백여 개가 넘어져요. 그것이 대표적으로 나타난 것이 우리나라의 IMF입니다.

그러면 어떻게 할 것인가? 사회주의와 자본주의를 적당히 절충하는 것, 이것도 아직은 중요하지만 그건 사회계제적 상식이 돼 버려서 앞으로는 별것 없어요.

그러면 어떻게 할 것인가? 교환과 호혜, 포틀래치 같은 것이 부활해야 합니다. 포틀래치는 내가 저놈에게 호피를 받고 내 돌소금을 주는 것이 경제적인 이익입니다.

화폐를 교환하기 위해서가 아니라 같은 계꾼이야, 친구야. 날씨가 추워졌어. 가만 생각하니까 5백리 바깥에 있는 갑이라는 놈이 춥겠다 이거야. 그러면 내가 호피가 5장 남아 있는데 그걸 갖다 주면 이놈이 따뜻하게 지낼 것 같다 해서 호피를 메고 5백리 길을 가는 거야. 말 타고 가겠죠. 그리고 블라디보스토크에 있는 놈은 소금을 굽는데, 그 소금으로 홍안령 근처에 있는 놈이 겨울에 김치를 담갔는데 영 싱겁다 이거야. 소금이 없는 모양이니 올 겨울에는 소금을 듬뿍 넣고 짭짤하게 담그도록 소금을 갖다 주자 해서 소금을 메고 천 리 길을 가는 거야.

그래서 서로 어디에서 만나느냐? 눈 쌓인 연못이 있는 백두산이야. 천산 산맥 봉우리 등허리에도 연못들이 여러 군데에 있대요. 바이칼 같은 큰 연못 물가에서 서로 만나는 거예요. 물가에서 만나는 것이 다 이유가 있어요. 거기에서 만나서 포옹하고 소식도 전하고 좋아라 하다가 나중에 서로 바꾸는 거예요. 화폐가 나타났을 때는 화폐도 교환했어요. 정역에는 '간태합덕艮兌合德'이라고 한국과 미국의 미래 협조가 나오고 주역에는 '간' 즉, '산'과 '태' 즉, '못'이 기운을 합치는 '산택통기山澤痛氣'란 것이 있어요. 이것이 모두 수운의 시에 '산 위에 물이 있음이여山上之有水'라는 구절과 같은 뜻입니다. 신시, 호혜 시장과 화백과 풍류가 열렸던 장소가 바로 산 위에 있는 물, 연못 둘레였다고 합니다. 그러니 산 위에 물이 있다는 것은 '신시'의 바로 그 '상호 혜택적인 공생共生의 사상'을 표현한 것이겠습니다.

그러니까 교환과 호혜의 이중성, 인격적인 상호 신뢰가 함께 있는 시장이 앞으로 인류의 세계적 이중 시장이 되어야 한다. 그것을 어떻게 할 거냐? 우리의 과거를 탐색함으로써 대담한 해석학으로 꺼내오자.

정치란 무엇입니까? 저번에 부시와 고어가 선거하는 것을 봐요. 그게 무슨 장난입니까, 뭡니까? 그것을 절충해서 끌고 나온 것이 독일식 정당명부제인데 이건 너무 복잡한 절충일 뿐이야. 그러면 많은 정치학자들이 뭔가 고대에는 이렇지 않은 정치제도가 있었을 것이다. 특히 전자 시대에 들어오면 정치 도둑놈들이 사방에서 뛰어요. 인터넷으로 투표하면 어떻게 될 것 같아요? 지금도 해커들이 사방에서 난리인데 별놈이 다 튀어나올 거라고. 전자 시대에 통용될 수 있는 직접민주주의이랄까 전원일치제, 만장일치제적인 민주주의 싹이 어디 없겠느냐? 나도 한 정치학자와 두 사회학자에게 들은 것인데 유럽과 미국의 정치학자들이 바로 그 새 씨앗을 찾아서 문화 인류학을 열심히 활용한다는군요. 무엇이 인류의 과거 속에 있을까요? 내 생각으로는 화백和白이야 화백.

내가 이런 말을 자꾸 하니까 나보고 미쳤다고 해요. 미쳤어. 사람이 미쳐야 살지. 보들레르 같은 대시인도 「미치십시오」라는 시를 썼어요. 괜한 것일까? 아니야, 일상의 권태에 대한 반역의 광기라고. 그래, 난 미쳤다. 어쩔 테냐? 미치지 않으니까 영 재미가 없어서 「친구」나 보러 다니고, 그게 뭐냐? 그게 바로 문예부흥의 시작입니다.

그런데 나중에 논증하고 실증해야 하는데 그건 과학적인 방법으로 진행해야죠. 문제는 그것이 나오기 전에는 직관과 상상력이 움직여야 합니다. 더욱 깊어지면 문제는 상상력입니다.

문학자가 제일 먼저 가야 돼요. 우선 배낭여행을 바이칼로 가요. 바이칼은 물 밑까지 투명합니다. 고기 다니는 것도 다 보이고. 거기에 가서 뭔가 원시림 속에서 외로운 바람 소리도 듣고……

◆ 유럽 신화와 한국 신화의 차이점

『환단고기桓檀古記』의 처음에 무슨 말이 나오냐면, 그 밀림에 독화지신 獨化之神이 살았다고 했어. 신을 독화지신이라고 했어요. 독화가 뭐예요? 혼자서 변화하는 신이야. 외로운 변화의 신, 이렇게 번역할 수 있습니다.

물론 여성이 옆에 없었다는 얘기야. 그것도 반대가 있어요. 저 쪽 파미르고원의 성은 마고성이라고 했어. 마고성의 주인 마고할미는 남편이 없어. 딸도 남편이 없고 손녀도 남편이 없고 증손녀도 남편이 없고 전부 여자야. 궁희, 창희, 황희, 그렇던가? 그것이 뭘까? 모계사회의 상징적 원형입니다.

우리나라에서도 여자들이 페미니즘을 하려면 그것부터 짚어야 해요. 구약의 창세기를 처음에 혼돈과 여성이 있었다고 억지 쓸 것이 아니라 마고성에는 마고가 성주인데 여자예요. 지리산의 주신이 마고할미야. 그래서 노고단이라고 해. 마고麻姑, 그 밑에 궁희穹姬, 그 밑에 창희蒼姬가 있고 4대인지 5대로 가서야 남자가 나옵니다. 그것이 우리의 조상입니다. 황궁씨黃穹氏, 유인씨有人氏, 환인씨桓因氏, 환웅씨桓雄氏, 단군, 이렇게 내려오는 거예요.

그러면 내가 얘기하고 싶은 것은 뭐냐? 문예부흥의 제일 전위에선 것이 문학지라는 겁니다. 문학은 다른 예술과 달라서 이념적인 얘기, 즉 철학적 내용과 감성적 인식을 같이 하는 겁니다. 문학이 그래서 중요한 겁니다.

다른 예술과 함께 어떤 새로운 물결이 올 때 항상 문학이 앞장서는 이유는 그 안에 사상과 감수성을 같이 가지기 때문입니다. 그리고 비약에 있어서 직관과 상상력은 다릅니다. 직관과 상상력은 같이 있기 때문이에요. 문예부흥은 사실 이미 여러분이 하고 있어요. 사이버를 보면 맨 신화야. 그런데 안타깝게도 북구 신화, 지중해 신화들뿐이야.

그런데 미안한 얘기지만 유럽 신화神話들은 참 피비린내 나요. 이 신이 꼭 저 신을 죽여. 중국 신화도 그렇습니다. 그러나 우리나라 신화는 그렇지 않아요. 신이 신을 죽이지 않고 결혼을 해요. 화해한다는 겁니다. 신과 신이 화해를 한다는 것은 어떤 문제의식과 문제의식, 어떤 문명과 문명. 어떤 문화와 문화가 서로 화합하기 때문입니다. 싸워서 이긴다는 것이 아닙니다. 이것이 저것과 동거하고 화해하고 결혼하고 태평하지요.

그렇기 때문에 첫 문예부흥이 문학자들로부터 나와야 한다는 겁니다. 환웅과 웅녀가 우리 조상이다 하는 얘기를 하기 전에……. 그 얘기를 하면 "저 새끼 국수주의자다. 안호상의 똘마니다"라고 합니다. 안호상의 똘마니만 돼도 근사하지. 새 정신을 갖고 있으니. 그런데 지금 계속 나오는 것이 뭡니까? 북방 대륙계와 해양 남방계의 물류 교차, 교류, 이것이 한반도의 중요한 지점으로 가려고 합니다. 중국도 그리로 가려고 하고 일본도 그리로 가려 하고 싱가포르도 그렇게 가려고 합니다. 싱가포르는 별 놈의 짓을 다해요. 동서양 문화의 퓨전을 목표로 하는 예술대중전도 지었어요.

환웅은 북쪽에서 내려온 북방 유목계입니다. 그리고 굉장히 영적으로 발달해 있는 아우라적인 부족입니다. 웅녀는 남방 해양계 내지 정착 농경계예요. 그리고 굉장히 리비도적인 부족입니다. 감성적인 삶, 육체적인 삶을 중심으로 살았던 부족이에요. 곰족에 대한 연구가 그렇게 나와요.

그러면 뭘까요? 소위 요즘의 철학으로 말하면 이렇게 되겠습니까? 들뢰즈의 신체학적 철학으로 접근하면 리비도Libido적이면서 정신적이면서 동시에 영적이다. 이렇게 되는 겁니다. 이것이 뭘까요? 얘기를 조금 더 해도 되죠? 리비도적이면서 욕망을 부정하는 것이 과거 중국계 동양 철학들입니다. 그러나 들뢰즈 · 가타리처럼 우리 민족도 이미 신화에서부터 욕망을 부정 안해요. 그러나 동시에 영靈을 강조해.

왜? 환웅이 삭의천하數意天下, 세상에 뜻을 두고 자꾸 세상으로 나가려고 해. 그러니까 아버지인 환인이 삼위산과 태백산 사이에 홍익인간을 할 수 있는, 세상을 이롭게 하는 인간이 기를 수 있는 땅이 있다. 그리고 내려가라 하면서 천부인天符印 3개를 준 겁니다.

천부인이 사상적으로 결집된 것을 천부경이라고 합니다. 천부경은 기본은 둘입니다. 하나는 천지인天地人 삼세사상으로 하늘, 땅, 사람이고, 또 하나는 음과 양이에요. 그것이 3과 2의 관계입니다.

우리나라 문화의 핵심원리, 구성원리는 3과 2예요. 3은 굉장히 역동적이고 혼란스럽고 변화하는 그런 것이고, 2는 안정적이고 균형적이고 고요합니다. 태극기로 말하면 3이 양이고 밝은 것, 빨간 것이고 2가 음입니다. 파란 거죠. 이것이 어디에서 나왔죠? 여러분 보았죠. 붉은 악마에게서 나왔습니다.

대한민국은 4박자예요. 2박자의 배죠. 그런데 대에서 한까지 길게 끌어버리니까 3박자가 되어버렸어요. 거기에다 빨리 민국을 붙이니까 2박자가 됐어요. 3박자와 2박자, 5박자 나는 이것을 '궁궁'이라고 불러요. 혼돈 박, 혼돈, '엇'입니다. 그러니까 유럽 애들이 따라가지를 못하는 거예요.

특히 라틴 애들은 음악에 민감한데 대~한민국 하니까 가다가 딱 멈추는 거예요. 그건 어떤 평론가의 말인데 그러니까 혼돈인지 질서인지 분간이 안 간다는 거예요. 혼돈이면 혼돈이고 질서면 질서라고 했죠? 혼돈적 질서, 이것은 우리나라에만 있는 거예요.

혼돈이면서 질서이고, 카오스와 코스모스가 함께 있다고 했죠? 이것을 가지고 붉은 악마가 앞선 거예요. 박수는 어떻게 해요? 짝짝짝 짝짝, 3과 2입니다. 「오! 필승 꼬레아」도 이것을 록으로 복잡화한 것이고, 「아리랑」도 민요로 복잡화한 거예요. 그러면 이런 것이 애당초 어디에서 나온 것인가? 문예부흥에서 나오는 거예요. 그런데 문예부흥이라는 과거로 돌아가는 운동만 갖고는 안 돼요. 나 같으면 돼요. 나는 작년에 환갑이었으니까 이제 죽을 날이 멀지 않았어요. 몸도 안 좋고 각오하고 있어요.

그러면 이제부터 살날이 창창한 여러분들이 과거로만 자꾸 돌아가서 될까? 할아버지가 아무리 근사하지만 할아버지 흉내만 자꾸 내서 될까? 여러분 자신의 미래가 있어야지. 백척간두의 벼랑에 서서 한 발을 앞으로 왕창 내딛어 버리는 거야. 그래야 뭐가 돼. 뒈지든지 날아가든지.

붉은 악마를 보니까 어디론가 날아갈 것 같아. 그런데 날아가는 데 무엇이 필요하냐? 문화혁명이 필요합니다. 현재와 같이 곧 문화가 중심이 되는 사회에 있어서의 문화혁명은 문화자본과 문화 권력과 문화관행과 문화이론과 문화 조정 인력과의 협동이든가 아니면 싸움입니다.

문학혁명이 언제 있었죠? 중국과 서양에 있었습니다.

중국에서는 홍위병이 했는데 그것은 완전 실패작입니다. 이것은 문예부흥과는 완전히 반대야. 옛날 것은 깡그리 다 때려 부쉈어요. 공자, 맹자, 노자, 장자, 묵자, 다 때려 부쉈어요. 아무것도 안 남았어요. 중국인들이 지금 공자묘에 제사 드리는데 그것을 성균관대학에 와서 배워 가요. 그리고 조계종에 와서 옛날 임제종, 선풍, 육조대사(당唐나라의 승려, 중국 선종禪宗의 제6대 조사) 혜능 이래의 참선하는 방법을 배워가요. 이 정도예요. 우리나라에서 문예부흥이라든가 문화혁명이 일어날 필연적 이유가 있는 겁니다.

여기에 원형이 있어요. 동남아시아는 소승불교예요. 유학도 제대로 들어가지 않았어요. 일본의 경우에는 불교가 밀교, 남방불교이고, 유학은 유학 중에서도 제일 문제가 많은 양명학이에요. 주류가 그렇다는 겁니다.

그런데 우리나라에는 퇴계학, 양명학, 율곡학, 화담학이 다 있어요. 더군다나 주역의 원형이 복희역이라고 하는데 복희역은 동이문화권의 산물입니다. 황하 입구, 대문구문하大汶口文化(신석기 후기 문명 B.C. 4500~2500. 가장 오래된 형태의 한자가 발견됨)의 산물이야. 그런데다가 계사전繫辭傳('주역'의 십익 중 하나로 태극과 음양을 논한 최초의 저술)에 주역 안에서 새 시대의 역이 한반도에서 나올 것이라는 예언이 있어요. 그 예언대로 튀어나온 것이 충청도 연산에서 나온 정역正易입니다. 1879년. 그러면 여러분이 공부하면 할 수록 내가 미친놈이 아니라는 것을 알게 됩니다.

　문예부흥을 하면 문화혁명을 해야 돼. 과거로 그만큼 나갔으면 미래로 또 그만큼 나가야 합니다. 미래란 것은 홍위병처럼 다 때려 부수는 것이 아니라 반대로 과거로부터 배우면서 나가야 하는 겁니다. 이것을 '옛으로 들어감入古'이라고 합니다. 과거로부터 배운 것을 현대적으로, 미래적으로 적용하라는 겁니다. 이것을 '새로움으로 나아감出新'이라고 합니다. 이 것을 합쳐서 '입고출신入古出新'이라고 하여 '법고창신法古創新(옛 것을 본보기로 삼아 새로운 것을 창조해내자는 뜻)'과 함께 동양 세계의 중요한 공부 방법으로 쳐 주지요.

　이에 조금 접근한 게 불란서의 68혁명입니다. 68혁명은 1/3쯤 성공했어. 그것은 신좌익들이 공산당 기관지도 공개했어요. 그리고 오늘날 쭉 나오는 것을 보면 푸코라든가 장 보드리야르라든가 리요타르, 데리다 든가 포스트모던 계열들, 이런 식으로 완전히 마르크스니 구조주의니 하는 것을 다 뛰어넘었어요. 그나마 유럽이 아직도 폼을 잡는 것이 포스트 모던 이후의 담론들 때문입니다. 그것이 68문화혁명의 결과입니다.

◈ 문화혁명의 핵심은 미적 혁명

　가장 중요한 것은 문학의 표현, 내용부터 바뀌어야 한다는 것입니다. 무엇을 원할 것인가? 과거로부터 배운 것을 현재적으로 미래적으로 과감하게 재해석하고 재창조하라.

　그것이 경제 문제 같으면 신시, 호혜 시장, 그 안의 교환과의 이중구조, 또 정치 같으면 화백, 직접민주주의……. 눈 쌓인 산꼭대기 연못가에서 신시와 화백이 동시에 열리는데, 그 기간이 1주일에서 열흘이 걸린대요. 막판에 풍류風流판이 벌어지면서 전원이 합의에 도달한다는 겁니다.

화백에 대한 연구가 있어요. 말이 많아. 이놈저놈 다 말을 한대, 평소에
그 사회를 위해서 공이 있는 사람들은 옥을 여러 개 받아. 그런데 공이 별
로 없는 평민은 하나나 둘을 받는 거야. 그러면 옥을 여러 개 가진 자가 단
위에 올라가 · 밑에서 다른 사람들은 막 질문 공격하면서 떠들어 · 그러면
위에서 튕기기도 하고 수렴하기도 하면서 이 과정이 열흘 간다는 겁니다.
단 밑에서 정치 문제로 떠드는 것을 팔정八政이라 하고. 또 위에서 이 의견
들을 조율하는 것을 일어 사단四壇이라 해서 화백은 바로 '팔정사단'이라
고 한답니다. 이것이 율려론에서 마고시대의 '팔려사율八呂四律'과 어떤 관
계가 있을 것인지 매우 궁금합니다. 대강 얘기가 정리될 쯤 해서 풍류, 굿
에 들어가요. 그래서 문화적으로 정서적으로도 합의에 도달하는 거예요.

이제 더 이상 얘기는 안 하겠습니다만, 그런 것들을 여러분들이 현대적
으로 풀 재간이 없겠느냐 하는 겁니다. 논리적으로 하기 이전에 문학적으
로……. 내가 예를 하나 들어볼게요.

여기 머리 긴 친구, 자네가 어떤 친구에 대해서 쓴다고 해봐. 내 친구가
하나 있는데 그 놈은 이름이 김광이야. 그런데 그 놈이 바이칼을 갔다 오
더니 이상한 소리를 해쌓고 어쩌고저쩌고 하는데 이것을 나중에 알아보
니까 이런 얘기더라. 그러면 현대소설로는 너무 간단한가?

그래요. 그래서 어쨌든 새로운 시대를 만들려면 혁명을 해야 합니다. 문
화의 혁명, 프리드리히 쉴러라는 독일의 작가가 있죠. 괴테와 동시대인인
데 그 사람이 덴마크의 국왕에게 보낸 편지가 있어요. 소위 '인간의 미적
교육에 대한 서한'이라는 것인데 이것이 요즘 유럽에서 많이 재평가된다
는 겁니다. 그 서한에서 프랑스혁명을 두들겼어요. 쉴러가 프랑스혁명을
기대했던 사람입니다. 공화파예요. 그런데 두들겼다?

인간에게는 세 가지 측면이 있습니다.

도덕, 자연, 유희인데, 도덕은 정치로 연결이 되고 자연은 먹는 것, 경제
로 연결됩니다. 유희는 예술과 축제로 연결됩니다. 그런데 도덕과 자연만

가지고 세상을 뒤엎었다는 얘기예요. 즉 정치와 경제죠. 그래서 유희, 인간의 미적 교양과 아름다움과 사람과 사람사이의 친애로움과 세계에 대한 꿈꾸는 듯한 눈동자를 전부 잃어 버렸다는 겁니다.

그러니까 루이 16세를 죽이고 '6월 학살'이라고 해서 막 죽이고, 그 뒤로부터 낙오자가 이루 말할 수 없이 늘어나고 사회에 공식적인 공공 프롤레타리아가 양산된 거예요.

서양은 원래 사상 자체가 종합적이지 않고 분열적입니다. 이것 하나 부수고 저것 세우고, 저것 부수고 이것 부수고 그런데다가 정치나 경제로만 사회를 봤다고요. 그래도 지금 세계를 지배하죠. 그러나 어때요? 매우 불안합니다. 가만 앉아 있지를 못해요. 내가 가부좌를 틀고 앉으면 자기도 해보려고 다리를 들려고 하는데 올라가야지. 그러고는 자꾸 못 견디겠다고 뭐라고 합니다.

왜 못 견디는가? 마음이 불안해서 그래요. 그것이 왜 그래? 감성과 영성은 같은 물 위에서 뜹니다. 자기가 미적 체험을 통해서, 교양을 통해서 조화로운 인간, 우주와 자기가 하나가 되는 인간 체험을 통해서 교양 있는 인간이 되어 유럽을 개혁했어야 하는데 그것은 놔두고 먹는 것과 정치문제만 가지고 두들겨 부수었다는 겁니다.

문화혁명의 핵심은 미적 혁명입니다. 미적 혁명의 기준은 고대의 문예부흥을 통해서 나타나는 미적 혁명에서 중심은 무엇이냐? 귀여운 것, 우아한 것이 미의 핵심이 아니라 숭고한 것입니다. 좀 더 가치가 높죠. 차원이 바뀌는 것이 문화혁명입니다.

◆ 쌍방향 미학의 아름다움

그러면 문화혁명의 기간이 언제냐? 동북아가 물류의 중심으로 올라서는 것은 전문가들에 의하면 5년 이내라고 합니다. 5년이 넘으면 중국에게 휘둘려 버려요. 중국이나 일본에 휘둘리지 않으려면 5년 안에 여기 우리 땅에 불씨를 내려야 해요.

정치·경제적으로는 엘리트들이 하겠지. 경기지사 손학규도 그것을 하려고 하니까. 그러나 경제만 갖고는 되지 않는 거예요. 문화적 상상력, 문화적 직관, 문화적 의지, 문화적 감수성이 있어야 경제도 굴러가는 겁니다. 이제는 그래요. 왜? 서비스 산업이 중시되고 문화컨텐츠 산업이 중요시되기 때문입니다.

중국과 한국의 노임 차이가 11대 1입니다. 중국이 그만큼 쌉니다. 그래서 제조업 부분은 중국을 못 당해. 우리는 다 손을 놓아야 해요. 그러면 우리는 어디로 가야 할까? 서비스, 그리고 문화컨텐츠 산업입니다. 한류韓流가 좋은 조짐입니다. 그럼 어떡해? 문화혁명이 일어나야 합니다. 문화혁명가 함께 문예부흥이 일어나야 해.

그런데 5년 동안 그것을 할 주체는 있느냐? 내가 제일 고민했던 것도 주체 문제입니다. 주체, 신세대인데 나는 그것을 붉은 악마에서 봤어요. 붉은 악마에서 '치우'라는 붉은 도깨비 깃발이 나오죠. 처음에는 Be the Reds하니까 빨갱이가 되자는 소리가 아닌가? 공산당이 되자는 소리가 아닌가? 또 어떤 사람은 공산당이라는 6·25에 대한 터부, 빨간 것에 대한 터부가 이제야 깨졌다고 공언을 해.

이어령 씨인가 그 사람이 흥분해서 그렇게 말한다고. 그런데 그것은 본디 치우 깃발입니다. 원래 시뻘게요. 왜? 치우는 4천5백 년 전의 동이족의 추장입니다. 그와 중국의 황제가 74회에 걸쳐서 싸움을 합니다. 장자에 나와 있는 기록만 해도 탁록琢鹿전쟁이 결정적인데 피가 백리를 흘렀다는 겁니다. 그만큼 엄청난 전쟁을 했어요. 거기에서 치우의 깃발이 새빨갛습니다. 똑같아요. 유럽에서도 전쟁의 신인 마르스의 깃발 색깔을 시뻘게요. 빨간 것이 빨갱이가 되자는 것이 아니라 싸움의 귀신 치우가 되자는 겁니다.

그러면 치우는 어떤 사람이며 왜 싸웠는가? 4천5백 년 전에는 지금처럼 온난화시대였습니다. 그래서 뜨거우니까 한반도 서남부로부터 발해만과 산동성 쪽으로 벼농사가 북상하기 시작합니다. 북상하는 농경문화, 농사, 정착지, 이것을 중심으로 해서 중국을 바꾸려고 한 것이 중국의 황제黃帝입니다. 그래서 그때까지 내려오던 유목문화를 모두 청산, 숙청하려고 한 거예요.

거기에 대해서 중국인들이 말하는 소위 오랑캐 부족연맹의 추장격이었던 치우는, 치우는 우리나라만이 아닙니다. 베트남도 들어가고 몽골, 묘족, 흉노, 말갈족까지 다 관계돼요. 그쪽에서는 기왕에 진행되고 있는 유목문명과 새로 시작한 농업문명을 결합하려고 한 거지요. 그래서 이것이 가치관의 싸움으로 됩니다.

지금은 어떤 시대입니까? 유럽의 첨단적인 철학자인 아탈리나 들뢰즈 같은 사람은 자기 철학의 마지막에 꼭 못 박는 것이 있어요.

앞으로 21세기 세계는 유목사회다. 아침에 파리에서 밥 먹고 저녁은 북경에서 밥 먹는다. '잡 노마드jop nomad'라는 것도 있습니다. 유럽에서 5개월 동안 일하고 북경에 가서 5개월 동안 일하고 베를린에서 5개월간 일하고. 아주 재미있데요. 그리고 수많은 사람들이 이동하고, 수많은 사람이 유학, 이민, 사업적 목적으로 여행합니다. 항만, 공항, 호텔, 모텔, 비행기, 배, 컴퓨터, 핸드폰, 노트북, 이것이 유목문명이에요.

이것을 벗어나기 힘들겠죠? 그러나 인간이란 마냥 이동만 해서는 못 삽니다. 좀 쉬기도 해야 하고 밥을 먹어야 해요. 그러면 농경이 중요하고 정착도 중요합니다. 또 거기에는 생태와 생명의 가치라는 것이 있어요.

그래서 이 두 가지를 연결시키는 것…… 유목적인 것은 영적인 겁니다. 그리고 그것이 현대적으로 나타나는 것이 '사이버네틱스Cybernetics'입니다. 사이버네틱스라는 것은 인공지능 또는 가상공간이라고 해서 근본에 있어서는 영적 소통, 텔레파시를 최종 목적으로 합니다.

그래서 컴퓨터의 개발은 텔레파시를 목표로 합니다. 유목인들, 젊은이들이 전부 여기에 흡수되어 있어요. 그래서 사이버와 에코, 디지털과 에코는 서로 교호결합을 해야 새 문명이 탄생합니다. 13일에 30만 명의 농민이 모여서 우리 쌀 먹기 운동을 한답니다. 우리 쌀도 먹어야 해요. 농업이 붕괴되면 25년 이후부터는 미국의 곡물 메이저들, 농산물 재벌들에게 전부 고개를 숙여야 해요. 그러나 그들의 생태학이 붉은 악마들의 도시적, 유목적, 디지털적 파도와 연결, 통합이 안 되고서는 목적 달성을 할 것 같지 않습니다.

이제 마지막입니다. 붉은 악마가 치우를 들고 나왔기 때문에 깜짝 놀랐는데, 태극기와 혼돈박 즉 '엇박'도 들고 나왔어요. 이것은 여기에 유목적 도시문명, 영적인 문명과 농업적인 생명의 문명, 이것이 젊은이 속에서 '디지털 에코'로 종합되는 것을 바라볼 수 있는 가능성을 나에게 보여주는 겁니다.

이것이 쌍방향입니다. 여러분 쌍방향 좋아하죠? 이것이 쌍방향입니다. 이것을 처음부터 치고 나가는 것이 여러분 세대의 문학이었으면 한다는 겁니다. '디지털 에코' 또는 '에코 디지털!' 이것이 새 문명, 새 양식이며 새로운 삶의 원형입니다. 그리고 문학정신입니다. 시를 쓰든 소설을 쓰든 이런 비전을 갖고 밀어붙이면 내가 보기에 독자들이 많이 생길 것 같은데…… 이제 끝내겠습니다.

— 2002년 11월, 인천 재능대 국문학과 초청강연

소리에 대한 한 생각

다른 이들은 어떨지 모르나 내 경우 '소리'라 하면 맨 먼저 떠오르는 것이 윌리엄 포크너의 『소리와 분노』이다. '강철 무지개' 같은 이중구조의 기이한 소설이다.

그 소설에 등장하는 탈옥한 죄수의 기억 때문일까? '소리'라 하면 또 이어 떠오르는 것이 나의 감옥에서의 한 경험이다.

나는 심각한 벽면중壁面症(독방에 오래 있으면 앓게 되는 일종의 정신착란)에서 벗어나기 위해 백일참선에 들어갔는데 수행의 후반쯤에 간 어느 저녁, 취침 나팔 소리가 갑자기 터져 나와 고막을 찢고 허공을 가르는 우레 번개처럼 크게 울리며, 웬 독수리 발톱 같은 것이 내 두개골의 두피를 콱 찍어 위로 끌어올려 몸이 반쯤 허공에 솟았다가 쿵 하고 떨어져 마룻장에 딩군 적이 있다. 그때의 나팔 소리! 그것은 과연 소리였을까? 소리란 그렇다면 무엇일까? 묵시록에 자주 나오는 나팔 소리는 또 무엇일까? 나는 그때 소리에 대해 많은 생각을 하였다.

옛 동아시아 사람들은 소리를 어떻게 생각했을까?

그들은 소리를 일러 '율려律呂'라고 했다. 음악이다. 소리의 동아시아적 미학 개념은 율려다. 그리고 율려는 우선 우주질서다.

우주의 순환인 12절기와 똑같이 12율려가 있다. 이 점은 서양과 마찬가지다.

5음 12율은 동아시아 북방문화의 핵심인 천지인天地人 삼수三數 원리의 음악적 구조이다.

동아시아에는 역시 서양과 똑같이 세 가지 음악이 있다. 하늘 음악天樂, 땅 음악地樂, 사람 음악人樂이다. 하늘과 땅의 음악이 우주적이고 도구적인 음악이라고 한다면 사람의 음악은 인간의 희로애락을 표현하는 민중음악이요 민속악이다. 그리고 동양이건 서양이건 현대를 압도하는 음악은 사람 음악人樂이다, 민중음악民樂, 생활음악俗樂이다. 주의해야 할 점은 본디 사람 음악 안에는 하늘과 땅의 음악이 이미 그 밑에 깔려 있다는 것이다.

이것이 고대 경전인 『천부경』에 나타난 '하늘과 땅은 사람 안에서 하나로 통일되어 있다人中天地一'의 세계다. 그리고 정간보井間譜에서의 천지인의 구조 원리다.

율려에 관해 잠깐 생각해보자.

'율律'은 무슨 뜻인가?

율은 하늘이며 남성이며 제왕이요, 군자다. 그리고 중국이요, 질서 즉 코스모스다. 그리고 일 년 중 따뜻한 6개월이 율에 해당한다.

'여呂'는 무슨 뜻일까?

여는 땅이요 여자이며 민중이요, 속인이다. 그리고 중국 바깥의 오랑캐요, 혼돈 즉 카오스다. 일 년 중 서늘한 6개월이 여에 해당한다.

그러니 율려는 하늘, 남성, 군자, 제왕, 중국, 질서 즉 코스모스가 더 무겁고 더 중요하며, 땅과 여성, 속인, 민중, 중국 밖의 오랑캐, 혼돈 즉 카오스가 밑에 있어 대응적인 역할만을 하는 우주질서요, 소리의 전체 체계인 것이다.

중국 전승에 의하면 율려는 4천여 년 전 중국의 황제黃帝에 의해서 인간세계의 삶의 기준이요 음악(정치)의 질서로서, 우주질서로서 확립되었다 한다. 그리고 그것의 수리적·과학적·철학적 전개를 '역易'이라 했다고 한다.

율려, 즉 음악은 어찌 보면 한마디로 수학이요 역학이다. 그러나 동시에 그것은 예언과 판단 등을 포함한 주술의 세계이고 또한 감각적 관조의 세계이다. 코기토(이성)요, 아우라(영성)이며 리비도(감성)이다.

많은 사람들이 율려를 중국의 상고 문화의 산물이라고만 알고 있다. 그러나 우리 민족의 옛 글인 『부도지』에 따르면 율려는 1만4천 년 전 동이東夷계 문화의 시원과 연결되어 있다. 중국의 황제에 의한 기원설은 불과 4천5백 년 정도에 한정되고 있는데 말이다.

더욱이 『부도지』에는 "율려가 천지를 창조했다"라는 기술이 있다. 이것은 '말씀(로고스)이 천지를 창조했다'란 신화와는 크게 다른 계열의 신화다. 율려, 즉 소리가 천지를 창조했다는 전설을 받아들이면 우주론뿐 아니라 모든 학설과 담론, 심지어 세목적인 과학까지도 크게 변하게 된다.

왜냐하면 『부도지』에서는 모든 사물, 사태에는 다 제각각의 율려가 있고 율려, 즉 '역曆'은 '역歷'이요, '역易'이라고 하기 때문이고 소리가 숫자보다 선행하는 기본이 되므로 '코스모스'가 아닌 '카오스' 또는 '카오스모스' 론이 되기 때문이다.

그런데 바로 이러한 동이족, 한민족의 전통의 율려관, 음악관, 소리관이 중국적 율려론의 틀을 바탕으로 하되 그 내용과 함께 틀 자체를 크게 바꾸는 한국 여하, 즉 1879년에서 1885년 사이에 정립 공표된 충청도 연산蓮山 땅의 김일부金一夫의 '정역正易'에 의해 도리어 '여율론呂律論'으로 바뀌게 된다.

여呂가 율律에 앞서 있다는 것은 말하자면 여성, 민중, 속인, 물건, 오랑캐, 당, 중국이 아닌 세계, 카오스 즉 혼돈의 과정과 생성이 코스모스나 남성, 군자, 중국, 하늘보다 더 중요하고 주동적인 것이 되었다는 말이 된다.

다시 말하지만 정역에서의 '소리'는 율려가 아니라 여율이다. 김일부가 공표한 여울과 정역이 나타났던 때는 바로 세상이 어지럽고 3천 년간 지속되던 중국 중심의 동아시아 질서가 서세동점西勢東漸 속에 무너지던 때이다. 소리에서도 중국계의 아악雅樂과 신라 이래 궁중악이었던 정악正樂 대신 산조散調나 속악俗樂, 판소리와 무가巫歌, 민요, 풍물이 판치게 되던 시기였다.

따라서 중국 율려체계의 중심음이던 황종률黃鐘律이 후퇴하고, 신라 이래의 정악正樂과 귀족들의 정가正歌의 율려에서 비공식적으로 중심음 노릇을 하던 협종률夾鐘律이 강화된다. 바로 이 같은 중심의 혼돈은 주역 곤괘坤卦의 괘사인 '황상원길黃裳元吉'의 비밀스런 뜻이라고 할 수 있는 '황종 자리에 들어가 도리어 중심음 노릇을 하는 협종', 그러니까 '황종적 협종'을 보여주는 문제점으로 떠오르게 된다. '협종'은 '대장괘大壯卦'의 이월춘분二月春分을 가리키지만, 동시에 '건괘乾卦'의 '황종'에 대해서는 '곤괘坤卦'의 '육오六五'에서 '황상원길'의 기능을 논다. 그래서 '황종'에 대비되는 '협종'이 된다.

그러나 이 같은 혼돈 현상이 본격적으로 나타나는 것은 일종의 '카오스적인 코스모스'라고 할 수 있는, 협종적 황종 즉 '카오스모스'를 적극적으로 표현한 산조나 속악에서의 '본청本淸'의 역할에서다. 정간보의 천지인 구성에서 '천'과 '지' 사이의 '인'에 해당하는 본청의 원리가 되는 '사람 안에서 하늘과 땅이 하나로 통일된다人中天地一.'는 천부天符의 미학 안에 바로 황종적 협종 또는 협종적 황종의 카오스모스가 대중적 음악미학의 핵심으로 나타나는 것이다. 탈중심적·해체적인 산조와 일반 현상 속에서 탈중심적 중심, 계열화, 배열, 촉매, 뿌리 등의 역할을 노는 본청을 통해서 정역과 여율 시대의 협종적 황종, 카오스모스가 자기 발현을 하는 것이며 민중시대에 있어서의 율려와 여율이 본청 속에서, 그리고 하늘 음악과 땅 음악이 사람 음악 또는 사람의 성음聲音 속에서 통일적·이중적 교호관계를 갖게 되는 것이다.

애당초 정간보의 미학적 원리가 바로 그 같은 천부사상에 기초를 둔다고 봐야 할 것이다.

그러매 19세기 이후 민족, 민중, 인간, 생활, 개인, 욕망, 감성 등이 주요시되는 시대의 음악, 그 중에도 우선 사람의 소리에 대해서 생각해봐야 한다는 결론에 이르게 된다.

판소리의 역사에 대해서는 그 방면 전문가에게 맡기기로 하고, 소리에 대한 나의 관심의 기원은 세 가지이니, 하나는 내 고향인 전라남도가 바로 판소리나 민요, 육자배기류의 고장이라는 점, 두 번째로 4월 혁명 이후 5월 쿠데타와 한일협정 등을 통과하며 불붙기 시작한 민족민중 문화예술운동에서 큰 관심사가 산조나 속악, 특히 판소리에 집중되어 나 역시 그 같은 문화운동 과정에 참여하면서 소리에 관심을 집중시키게 되었다는 점, 그리고 마지막으로 6개월이라는 짧은 시간이었지만 당시의 명창이요 국창國唱이었던 박녹주朴綠珠 선생을 쫓아다니며 소리에 대해 약간의 미학적 인식을 얻게 되었다는 점을 말할 수 있겠다.

박녹주 선생에게서 배운 소리의 미학적 인식의 세 가지를 요약해봄으로써 오늘 말하고자 하는 주제에 대한 결론을 도출해 보고 싶다. 미학적 인식이라고 표현했지만 그것은 전혀 논리적인 성격을 갖고 있지 않다. 그저 이야기일 뿐이다.

하나는 소리의 '천장'에 관한 것이다.

언젠가 나는 박 선생님에게 당시의 유행가 가수, 그러니까 뽕짝 가수 중에 누가 제일 못난 소리냐고 물었다.

박녹주 선생의 대답은 즉각적이었다.

"이미자야!"

"왜 그렇습니까?"

"소리에도 천장이 있어, 높은 소리를 할 때에도 반드시 천장까지는 아직 두 옥타브 정도 여유를 둬야 해! 이미자 소리는 천장까지 가는 정도가 아니라 천장을 찢어버려! 천장을 뚫고 나간단 말이야! 듣기 싫은 소리야!"

"그럼 누가 제일 소리를 잘합니까?"

대답은 역시 즉각적이었다.

"문주란이지!"

"왜 그렇습니까?"

"문주란이는 되도록 소리를 낮춰가면서 옆으로 올리도록 하려거든! 소리 살림을 잘 살아 아껴 쓰거든! 이미자는 헤퍼! 유행 가수만 아니야! 판소리 동네에서 명창이란 것들도 그런 것들이 여럿이여!"

누구 이야기인지 짐작은 갔다. 그러나 이야기는 그 정도에서 그쳤다. 목청을 수련하고 되도록 아껴 쓰는 우리 민족의 성음의 미학은 이탈리아나 유럽의 벨칸토 스타일과는 매우 상이하다는 것을 금방 깨달아 알 수 있었다.

두 번째는 '걸이'라고 부르는, 끝과 새로운 시작 사이가 미묘하게 얽히는 기법, 한 소리를 중간에 끊고 한참 지나서 다시 이어가는데 전혀 끊겼다는 느낌이나 위화감, 이질감을 느낄 수 없게 하는 미묘한 기법 등에 관해서다.

박 선생님은 그때 천식기가 조금 있었는데, 말이나 소리를 중간에 끊었다가 한참 기침을 하고 가래를 내뱉은 다음에 다시 이어가거나, 한 마디가 끝나고 새 한마디가 시작되는 그 중간 어름에 코를 풀거나 물을 마시는 등의 행동, 또는 침묵 후에 새 소리를 시작하는데 전혀 단절감이 느껴지지 않았다. 그리고 소리를 허공에 탁 던져놓고, 혹은 공중에 띄워놓고 한참 잔소리를 하다가 다시 그 소리를 받아서 이어가는데 단절되었다는 느낌이 아니라 오히려 일종의 달관의 경지에 도달한 듯한 깊은 멋을 느끼게 되었다.

바로 그 점에 대해 나는 어느 날 소리를 '끊었다가'라는 표현을 사용한 적이 있다. 선생님은 가로되,

"허허허, 나는 한 번도 소리를 끊은 적이 없어!"

하하!

바로 그 점이다. 소리는 계속되고 있었던 것이다. 소리에 두 차원이 있다는 말이겠다. 들리는 소리와 안 들리는 숨은 소리의 차원이 있어 늘 상호 관계를 갖는다는 것. 귀에 들리는 것은 끊어져도 숨은 소리는 계속되고 있다는 점. 숨은 차원은 들리는 소리와 침묵, 또는 잡음에 대해 추동, 창조, 개입, 비판, 수정, 차원 변화의 관계를 계속 갖는다는 점. 아마도 동학식으로 말하자면 '아니다—그렇다不然其然'의 차원 관계일 것이다.

마지막으로 선생님은 아무리 세월이 흘러도 잊을 수 없는 참으로 감동적인, 진정한 소리의 미학에 관한 중요한 말씀을 들려주셨다.

박 선생님의 스승은 저 위대한 송만갑宋萬甲 선생이신데, 송 선생님은 박 선생과 몇 제자를 수련시키기 위해 금강산을 오르신 적이 있다고 한다. 금강산의 깎아지른 절벽을 송 선생님이 앞서 오르며 소리를 지르면 따라 오르는 제자들이 그 소리를 받아야 하는, 참으로 어렵고 힘든 무서운 수련이었다.

박 선생님은 웃으면서 말씀하셨다.

"차라리 죽는 게 낫겠다 싶었지. 사람이 할 수 있는 일이 아니야. 그래도 해야 하는 거야. 가슴과 목이 찢어지기 직전이요, 다리가 깨지기 직전이라고 할까! 그래도 끝까지 따라 부르며 헐떡이는데 그게 바로 지옥이야! 그런데 지금도 이상한 것은 바로 죽을 지경의 직전쯤에 도달하면 그 깎아지른 절벽에 난데없이 쉴 수 있는 조그마한 평지나 풀밭이 반드시 나타난다는 거야. 선생님이 '여기서 좀 쉬어가자' 하시면서 해녀처럼 휘파람을 휘이이 내시면 우리도 따라서 휘이이 휘파람을 내지. 그게 뭣일까? 그 살맛나는 순간, 그게 소리여 소리! 그게 판소리란 말이여! 알겠는가?"

아아!

바로 소리 미학의 핵심이다. 그리고 그것이 곧 '틈'이다.

나는 세 가지 얘기를 했다.

소리의 본질이자 소리의 수련 원칙이겠다. 이렇게 수련하는 목적은 바로 '그늘'이 깃드는 '한恨과 흥興의 소리', 바로 '수리성'을 체득하기 위한 것이다.

수리성이라야 삶의 신산고초를 표현할 수 있는 그늘이 소리에 깃드는 법이니, 우선 수리성이라야 그 기초 위에서 이른바 소리의 최고 영역이라 부르는 '귀신 우는 소리' 즉 '귀곡성鬼哭聲'의 신령한 경지에 이를 수 있는 것이다.

이것이 '흰 그늘'이고 '흰 그늘'이야말로 이연담李蓮潭 선생의 수수께끼 같은 화두인 '그늘이 우주를 바꾼다影動天心月'에 접근한다. '천심월天心月'은 우주핵이나 곧 '신神'이다. 신을 움직일 수 있어야, 신을 감동시킬 수 있어야 인간은 물론 동식물과 물질을 포함한 전 우주질서를 조절할 수 있고 후천개벽을 실현할 수 있으니 그 주체가 곧 '그늘'이요, 엄밀히 말하면 '흰 그늘'이다. '흰'은 우리말의 '신'이다. 이른바 '아우라'인 것이다.

그리고 바로 이 '흰 그늘'만이 가슴에 첩첩 쌓인 한을 '삭혀서'(시김새, 발효, 견딤, 삭힘) 흥을 만든다. 바로 여기에서 멋이 나온다. 한과 그늘을 동반한 흥! 이때에야 비로소 온갖 오묘한 경지와 탈속적인 멋이 다 우러나고 생겨난다.

바로 이런 점에서 소리의 미학은 시의 원천을 이루기도 한다. 거꾸로 소리는 도리어 현대시의 재발견의 영역에 가까이 있다. 한국 현대시 최대의 숙제인 '줄글'과 '행갈이'의 미학적 근거를 찾고자 할 때도 소리에 대한 이 같은 접근이 다각적으로, 또 세목적으로 이루어져야 할 것이다.

나는 행갈이의 해체 현상이 역설적으로 시가 참다운 소리(소리와 두 가지 차원, 드러난 차원과 숨은 차원, 표면적 주제나 전개와 이면적 주제나 작용 사이의 미묘하고 복잡한 상관관계의 탐색)에 도달하려는 노력의 시발점이라고 생각한다.

소리를 떠난 시는 눈먼 장님의 환영이요 이미지 범벅이다. 이미지 범벅은 시가 아니다. 이 점에 대해 젊은 시인들의 맹성猛省이 있어야 한다. 환유, 제유 등의 범람은 정도의 차이는 있지만 대체로 기이한 여러 오류들을 동반한다. 말은 먼저 뜻이로되 소리와 함께 동거한다는 것, 더욱이 활자로부터 소리 또는 소리의 원류에 근접하는 암호문자Kryptogramme나 '소리글'에 기우는 것 등이 바로 그 현상이다.

디지털에 대응하는 소리, 새로운 소리의 예술 탐색 과정에서, 예컨대 슈톡하우젠의 우주음악 안에 바흐와 비틀스가 함께 살듯이 새로운 비틀스 안에 바흐와 슈톡하우젠이 동거 또는 결합할 수 있는 이중성 등이 본청에 대한 혁명적 접근 과정에서 중요시되어야 한다.

이미 전제했듯이 '계열화', '배열', '촉매' 또는 범박하게는 '탈중심적 중심', '융합 과정의 개별성의 분권·해체 현상' 등을 본청 안에서의 하늘과 땅, 황종과 협종, 율려와 여율의 이중적 교호관계(생물학과 정신병리학에서 더블 바인드에 대응하는 더블 메시지의 일종)를 가지고 탐구해야 할 것이다.

나아가 '소리의 육체성 안에서 에코적인 것과 디지털적인 것의 이중교호관계'에 대한 '영성적 신체학'이 요구되는데, 이때에 비로소 음악과 무용과 시와 연극 또는 굿, 제의 등의 새로운 차원의 창조적 연관이 나타날 것이다.

그늘 또는 흰 그늘을 매개로 하는 '한恨과 흥興', 나아가 '요謠와 설設' 그리고 '비比와 부賦' 등이 『시경』과 『악경』(『예기』의 「악기」), 『율려신서』나 『익힉궤범』 등 이른바 '카오스를 억압하는 로고스적 코스몰로지', '봉건적 음악정치학'의 낡고 완강한 봉인을 풀고 본디의 '카오스모스'의 세계로 해방되어 나와야 하는 것이다.

이때에 비로소 소리는 제 영토를 떠나면서 새로운 제 영토를 찾아낼 것이다. 그리고 이때에 비로소 소리는 '신체적·철학적·영성적' 총체성과 통합성, 창조성과 기축성基軸性, 즉 율려적 여율성, 여율적 율려성을 회복할 것이다.

『부도지』는 1만4천 년 전 고대의 '율려'를 정역처럼 간단히 '여율'이라고 부르는 곳에서 정지하지 않고 나아가 팔려사율八呂四律이라고까지 못 박는다. 그리고 그 속에서 또한 '오음칠조五音七調'라는 또 다른 하나의 '카오스모스'를 상정한다. 카오스모스와 여성성의 비중이 그만큼 큰 것이다. 팔려사율은 역易(사물과 생명과 영성의 우주과학)에 있어서는 음악학에서 독특한 '카오스모스'인 '팔풍사위八風四位'에, 그리고 정치적(음악은 정치의 기준이다!)으로는 '팔정사단八政四檀'(나중에 유교정치의 한 원리로까지 전승되지만 본디는 화백의 논의구조라고도 한다)에까지 연속된다. 이런 연관 등에 대해서는 다른 기회를 기다리자.

오늘은 소리가 우주의 기원임을 아는 지점에서 이야기를 그치기로 하자.

윌리엄 포크너의 소설『소리와 분노』는 사실 소음을 다루고 있다. 도시의 소음이 소리로 들려오려면 벨칸토적 창법보다 시김새를 통한 수리성의 득음법을 통해야 할 것이다. 수리성이라야 비로소 강철의 무지개와 같은 도시의 소음, 분노의 폭류暴流도 비로소 소리로 예술화, 지예화至藝化할 수 있겠기 때문이다. 바로 그 이중구조(더블 바인드 또는 이진법)안에 시김새가 있기 때문이기도 하다. 수리성은 그 스스로 된목, 생목, 양철 소리, 쇳소리까지도 안고 있어서 나팔 소리나 온갖 금속성마저 사람 음악 안으로 끌어들여 예술화하므로 이른바 '강철 무지개'까지도 지예至藝로 이끈다.

그렇지 않은가?

귀곡성을 낼 수 있는 수리성이 '색깔 있는 쇳소리' 정도를 어려워할 까닭이 있겠는가? 물론 옛날 유성기판으로 들은 것이긴 하지만 이동백李東伯 선생의 귀곡성, 특히 그 소름끼치는 '힛힛히' 하는 귀신 울음소리는 20여 년이 훨씬 지난 지금에까지도, 단지 소리의 기억만으로도 모골이 송연하다.

소리란 그러매 온 예술의 첫 샘물일는지도 모르겠다.

범패梵唄, 특히 쌍계사 진감국사의 <어산魚山>은 해 떠오를 무렵 섬진

강 물고기들의 비약에서 발원되었다 하니 쇳소리로 생명의 약동과 비약
을 범패 안에 안아 들인 것이다. 지예에서 이미 해탈에 이르는 길에, 감각
적 관조에서 참다운 심신탈락心身脫落에 도달했으니, 오늘날 요구되는 대
중적 참선으로서의 PC방의 오감통합五感統合에 의한 디지털 체험으로부
터 제 나름의 독특한 무의식 체험, 곧 깨달음에 이르는 길에 하나의 커다
란 낙관의 이정표를 세운 것이 아니겠는가!

그렇지 아니한가!

그러매 소리의 절정은 흰 그늘에 의해 탄생하는 예술이며 예술의 상이
다. 돌멩이까지도 감동시켜 우주를 바꾸기 때문이다. 율려律呂, 다시 말해
여율呂律이다.

율려적 여율, 여율적 율려가 실현되는 자리, 동학에서 이른바 '혼원지
일기混元之一氣' 즉 '혼돈의 질서' 또는 '태극적 궁궁太極又形弓弓'이라 부르
는 '카오스모스'인 '본청本淸'이 곧 '소리'의 핵심 아닌 핵심이다.

나의 소리, 나의 시에서 그것은 한 이름을 갖고 있으니, 그것은 곧 다름
아닌 '흰 그늘'이다.

'흰 그늘'이 바로 나의 소리다.

젊은 생명문학 훈수 몇 마디

스스로 가난하게 삶으로써만 가난의 문제가 근본적으로 해결된다고 말하면 모두 다 입을 모아 둔사遁辭라고 비웃을 것이다.

그러나 요즈음의 빈민운동은 실제에 있어 그 변혁적 돌파구로서 청빈淸貧의 길을 제기한다(권춘택, 노원 자활). '신 빈곤'에 대한 해결의 길이 곧 자발적 빈곤이라는 이 역설 안에 생명과 영성靈性의 미묘함, 기이함이 들어 있다. 물론 '가난'은 미덕이 아니다. 빈곤의 극복은 중요한 가치관이다. 그러나 '자발적 가난'은 또한 동시에 그 나름의 생명의 가치관이다. 빈민운동가들의 이 주장을 한번 살펴볼 필요가 있을 것 같다.

미학에 있어서도 사정은 마찬가지다.

빈터에만 추임새가 들어온다. 추임새란 탈춤이나 판소리나 시나위 또는 민화, 속화 그리고 문인화에서까지도 빈터 즉 '마당'이 형성되어야만 일어나며, 그것이 일어나면서 거기 '판'이 벌어지는 것이다. 마당은 판벌임의 선행 조건, 청빈 속에서만 참다운 생명력과 영성적인 항체가 생산되는 법이다. 마당이라는 이름의 빈터가 먼저 마련되지 않으면 그 둥근 빈터를 둘러싼 관객들의 '참으로 생명적인 관여' 즉 '모심'은 성립되지 않는 것인데, 바로 이처럼 현상의 배후에 숨은 채 빈 마당을 어떤 방향으로든지 움직이려는 예술의 벡타를 우리는 흔히 '판'이라고 부른다. 그리하여 민중민족 문화운동 특히 오늘의 빈민문화운동은 바로 이렇게 빈 마당에서 판이 벌어지고 스스로 판을 벌이는 운동, 곧 생명운동인 것이다.

마당은 조건이다.

마당은 우리가 '모심'을 실천할 때 나타난다. 비잉 둘러앉아 허공을 내 안에, 우리들 안에 펼치는 것, '모심'이라는 전제가 없을 때 거기 무슨 일인들 감히 생성할 수 있을 것인가? 비잉 둘러앉는 것, 이른바 '고리' 즉 '환環'이 형성되는 때가 바로 판을 벌이는 때다. 탈굿 맨 앞의 길놀이나 차례 지내는 것이 그것이다.

판이 이루어지는 때는 이미 마당이라는 빈터에 생명력이 생성하는 것, 즉 '홍'이나 '신명', '신바람'이 움직이는 때다. 빈민운동이 바로 그 가난을 청빈으로, '자발적 가난으로' 들어 올리는 것은 놀랄 만큼 정확한 방향감각이다.

청빈은 오늘날과 같은 지구 파괴, 생명 파괴라는 거짓 풍요의 거품이 지배하는 시대에 있어 참으로 옴팍한 '거룩함聖性'의 조건이 된다.

청빈 속에서만 영성과 생명이 활기를 띠기 시작한다. 빈민운동이 가난, 공동체, 생명의 세 가지 구호를 내거는 것 또한 의미심장하다. 그러나 이 중 '공동체' 원리에는 문제가 있다. 공동체를 '개체성을 잃지 않는 분권적 융합'을 뜻하는 '내부공생內部共生'과 더불어 이중교호적으로 재검토해야 한다.

시몬 베유는 "빈민만이 가장 성자聖子에 가깝다"고 말했다. 빈민의 삶과 의식 안에 늘 빈터가 있기 때문일 것이다.

도시와 농촌, 나라와 나라 사이를 넘나드는 새로운 생명권 운동의 모델을 찾겠다는 빈민운동가들의 노력은 바로 이러한 이치에 터 잡고 있다.

최소한도의 생존권을 지키기 위한 빈민운동은 본디 기본적 생명운동이며 관계회복운동(생명의 관계성, 다양성, 순환성, 영성의 회복)이다. 가난의 영성, 그 통전적 영성은 최소한의 경제적 여건 속에서도 온전한 인간으로 살아갈 수 있는 방법을 알게 해준다.

빈민운동의 방법이 '자발적 가난'에 있었다면 탈춤, 판소리 등에서 나타나는 이른바 '공소公所의 미美'란 적극적으로 이러한 '가난의 미학'이시작하는 판이다. 우리는 이미 생명(생성)을 '활동하는 무無'라고 부르지 않았던가!

이재무의 시에서 자연스럽게 '신 빈곤'과 '비조직 노동자', 즉 '빈민'의 삶이 도시 도처에서 배어 나오는 점을 눈여겨봐야 한다.

민중민족문학과 생명 문제는 첫째 빈민 속에서, 둘째 조직은 되었으나 실제에 있어서는 참생명체로서 아직도 조직되지 않은 노동자 농민 등 잡계급 연합적인 대중적 민중 곧 카오스 민중 속에서, 셋째 생명(영성)운동의 일반적 조건으로서 바로 이 '빈터'이자 '빈곤' 즉 '마당'이 나타난다고 봐야 한다. 그러매 생태문학이 최근 민중의 삶과는 다른 쪽으로 움직이는 점을 날카롭게 주목해봐야 한다.

생명의 문학은 우선 민중론 방면에서 '신 빈곤'의 문제를, 민족론 방면에서 고구려사의 동북공정東北工程 문제를, 지구생명 자체에 대해서는 청빈 즉 '자발적 가난'의 방향을 대응시켜야 한다.

우리는 무수한 생태시와 생태문학 담론을 경험하고 있다. 그러나 지난 시절 민중문학이 민중에 대한 참다운 인식이나 문제들에 대해 창조적으로, 단기와 함께 중장기적인 복합적 접근을 시도하지 않고 조직적 산업노동자 일변도로 편향되어 결국은 획일화할 때 이미 운동으로서의 생명력을 상실해버렸듯이 생명운동, 생명문화 역시 소재주의 따위 피상적으로만 생태 문제에 접근할 때 또다시 미궁에 빠지게 되고, 형식적인 운동으로 끝날 공산이 크다.

우리는 '가난'이라는 말을 깊이 이해하지 못하고 있다. 빈민운동 쪽은 '자발적 가난'을 전략적 명제로 내걸고 '가난(극빈의 극복과 이중성을 전제함), 공동체(호혜공생의 이중적 교호관계를 전제함), 생명(영성과의 안팎 이중교호성을 전제함)'을 주요 모토로 해서 생명을 명제화하고 있는 것이다.

그것이 '빈터에만 바람이 든다' 즉 "'마당'이 이루는 둥근 '모심' 안에서 비로소 '살림' 즉 생명이라는 야단법석의 '판'이 이루어짐"을 말한다.

생명은 무無에 기초한다.

'비움'이 없이는 '모심'이 없고, '모심'이 없이는 '살림'도 없다. 이것은 참다운 '나눔'이 '비움'이요, '낮춤'인 탓이다.

이재무의 최근작 속에 신 빈곤과 비조직 노동자의 문제가, 인격과 함께 공동 주체인 '쓰러지신 팽나무님'(!)이 그 쓰라린 문법 속에 등장하는 것을 눈여겨보아야 하는 까닭이 바로 여기에 있다.

오늘날 생명운동의 한 핵은 빈민운동이다.

텅 빈 가난 안에서 영성을 추구하기 때문이다. 생명운동은 이제 농촌과 지역 소도시들의 주민운동, 주민자치와 대도시의 비조직 빈민들의 새로운 차원의 여러 운동들과 풍부한 연속성을 담보하는 속에서 그 구체적 실천과 현실적 성취의 맥을 찾아내야 한다.

시몬 베유가 '중력(지구적 삶, 그 대표적 삶이 빈민, 천민)'과 은총(영성, 초월성, 생명성)'을 직결시킨 까닭이 바로 여기에 있다.

빈곤이 우주와 인격의 생명력을 쇠퇴시키고 정신의 타락을 가져옴으로써 사회혁명의 부정적 근거가 되듯이 또한 '자발적 빈곤'과 '청빈'이야말로 차별 약탈 아래 오염 파괴되는 전 지구와 우주 생명의 매듭, 그 치유의 긍정적 근거가 됨으로써 세계적 문화대혁명의 새로운 전제가 된다.

자발적 빈곤이 소위 환경, 생태학, '생명'으로서의 '모심'이요, 인간중심주의와 과잉 욕망으로 인한 전면적 생명 파괴 즉 '죽임'을 극복하는 '살림'

이 된다는 말이다.

대중적 민중, '카오스 민주의 사회변혁과 내적 명상'의 실천에 있어서 그 첫 발자국이 곧 청빈이 되는 이유가 그것이다.

민중민족론을 생명학 안에서 다시 준비하고 그 범위를 우주로까지 확대하는 과정에서 '동학간역사東學艮易史'를 중심으로 하여 통합하는 유불선儒佛仙, 기독교와 이슬람교, 나아가 모든 민족들의 전통적 우주론의 지혜들이 다 같이 참고 되고 다 제각기 웅숭깊게 모셔져야 할 것이다.

그것은 온갖 사상이 다 함께 움직이는 우주적 뇌수학, 전신 두뇌론의 내용이며 수수억만 년 우주와 인류 진화를 담은 유전자의 정보망인 것이다.

특히 중국까지 포함한 동아시아 전체에 아직도 유효한 풍수風水, 풍류風流, 참동계參同契나 역학易學, 기학氣學 등은 더없이 소중한 전통들이다. 그것은 만물화육萬物化育과 생생화화生生化化의 우주론이다. 그것은 제왕학帝王學이나 성인학聖人學, 군자학君子學 안에서까지도 자연의 깊은 연관을 포함한 우주적 도덕정치로서 민중 차원에서 현대적으로 대담하게 재해석할 수 있어야 한다.

이 같은 원리들이 축약되면 들뢰즈나 가타리의 삼축론三軸論 이축론二軸論에 대응하는 음양陰陽 이가사상이 집약된 '동학간역사'의 '후천개벽사상'이 드러나게 되는 것이다.

그리고 그곳에로 접근하는 논리가 이른바 생극론生克論(상생과 상극을 똑같이 보는 태도)과 불연기연론不然其然論(생명차원 변화 문법으로서 '아니다—그렇다'의 모순어법)이다. 이것은 또 '안으로 신령이 있고內有神靈, 밖으로 생명의 복잡성이 있으며外有氣化, 한 세상 사람一世之人이 모두 다 서로 옮겨서 따로따로 살 수 없는 그 전체로서의 우주 총유출을 각각 나름 나름대로 깨달아 실천한다各知不移'는 현대의 최첨단 과학인 자유의 진화론, 자기조직화와 자기선택의 진화론 즉 '모심의 진화론'인 것이다.

이 속에서 우리는 아메리카와 유럽의 근본생태학과 사회생태학의 분리와 논쟁 따위를 모두 다 극복, 융합하는 '우주 생명학'을 추구하고 체계화해야 한다.

생명학이야말로 고대 아시아 문예부흥의 새로운 해석학이며, 미래 세계의 혼돈적 질서에 의한 지극한 진화 즉 이화세계理化世界를 가능케 하는 세계적 규모의 문화대혁명의 이념이자 전략이요, 또한 그 방법이다. 그리고 그것은 '죽임'의 문화에 의해 오염된 지구의 '살림'을 가능케 할 '모심'의 존재론(사실은 생존론), 모심의 인식론, 모심의 관계론이며 새로운(그러나 이미 테야르에 의해 우주 진화 역사가, 그리고 토인비에 의한 안팎에서의 세계 역사라는 내외교호 진화사관이 나왔다) 생명—영성 사관(우리는 고구려사 문제를 정치가 아닌 문화 즉 사관의 대결과 논쟁으로 '업그레이드'해야 한다)이자 새로운 '동사同事의 미학'이다. '동사'란 수평적 친구로서 서로 높여 섬긴다는 뜻이다.

문학으로서의 생명학, 즉 '몸'론은 동시에 영성靈性을 제 안에 내포해야 한다. 진화하는 생명의 외면적 복잡화(氣化・outward compelxity)는 내면의 의식(神靈・inward consciousness)을 증대 심화시키는 '神化' 과정이기도 한 것이다.

이 안팎 양 측면의 '생명과 영성으로부터 '몸 안에서의 에코(생명)와 디지털(영성)의 결합'(이재복)이 이루어져야 한다.

'몸 안에서의 에코화 디지털의 결합'은 아마도 사상적으로 지극한 생명론인 선도풍류仙道風流와 지극한 영성론인 선불교禪佛敎의 대습합을 유도할 것이다. 민중문학, 민족문학을 결합하는 생명문학은 미구에 새로운 문명의 성립에 관한 강렬한 요청으로 차원 변화하면 크게 나타날 것이다. 바로 그와 같은 강한 '긴장' 속에서 삶의 윤리이자 미학적 창조 원리인 '모심'과 '살림'이 적극화 되어야 한다.

머지않아 동학의 원형인 '태극 또는 궁궁'이 새 모습으로 다시 나타날 것이다. 아직도 유효한 '선천주역先天周易'과 이제 막 머리를 들기 시작한 '후천정역後天正易' 사이의 관계의 역易, 간역艮易을 결정할 태극, '새로운 팔괘八卦'가 출현하고, 동학과 '시천주侍天主를 앞세운 사단전四丹田 수련'의 기

氣 활동 형태로 '궁궁弓弓'이 드러나 '태극궁궁'이 젊은이들 속에 유행한다.

여기에 우리 풍류의 알짬(핵심)인, 생물 무생물 모두를 사랑해서 변화시키는 접화군생接化群生의 비밀이 놓여 있다. 그리고 새 시대 새 세대의 새로운 '요기—싸르'의 길, 외면의 사회적 생명 변혁과 내면의 명상적 평화의 이중적 교호결합이 새 차원으로 크고 넓게 열릴 것이다.

생태문학의 문법을 '있음'과 '없음' 정도의 차원에서만 찾는 일(김양헌)은 문학적 상상력과 형상적 사유를 초급 불교에 한정시키게 될 수도 있다.

그러나 비록 초급이라 하더라도 그 징후를 젊은 시인들 속에서 발견하는 일은 여전히 즐거운 일이다.

이미 오래전에 김기택과 허수경을 읽는 일이 나의 큰 기쁨중의 하나였다. 최근에는 이재무와 최승호와 조용미가 크게 두드러진다.

이재무가 참으로 자기를 낮춘 텅 비움으로 공손한 '모심'에의 길 위에서 자발적 청빈을 바탕으로 '신 빈곤'에 대응해 늘름한 길을 간다면, 최승호는 추醜와 괴기의 문학으로 '살림' 즉 생명학을 제기하고 있다고 여겨진다.

짐작이다. 그러나 날카로운 예감이 있다. 생명문학의 두 가지 큰 성취에 관한 것이다. 최승호는 결국 저 무한히 징그러운 생명의 그로테스크 이미지들을 통해 '숭고'에 이를 것이며, 이재무는 결국 동양적 자연관 일반에 연속되는 '심오'의 아름다움에 도달할 것이다.

모심과 살림, 유목과 농경, 이동과 정착, 리비도와 아우라의 차이와 그 이중적 교호결합처럼 상호 영향을 주고받으면서 새 세대 '요기—싸르'의 '생명—영성문학'의 흰 눈 덮인 저 높은 산정山政에 도착할 것이다.

최근에 만난 시 가운데 주종환의 시가 있다. 놀라움이다. 그러나 그의 진정한 천재는 산문적 표현으로라도 제 사상의 비밀을 알리고자 초조해 하는 태도를 넘어 시가 참으로 시적인 자제력을 얻게 될 때에 그것은 비로소 환히 입증 될 것이다.

기이하고도 깊숙한 삶의 천착에서 이루어지는 무의식의 깊이로서 잊지 못할 시인은 조용미다. 그녀의 시행에서는 아픈 이월매화二月梅花, 독한, 그러나 은은한 설중매의 향기가 난다. 조금만 더 건강했으면 좋겠다.

생명!

그것이 대중적 민중, 카오스 민중의 신 빈곤, 청년 실업 등에 대한 날카로운 응전을 통해 새로운 민중론을 '자발적 가난'이라는 철학 일류의 방향으로 나아가 신자유주의가 지배하는 건 세계적 규모에서 미래지향적이고 평화적인 대문화혁명을 겨냥하던, 그것이 분단된 이 민족에게 엄청난 내상內傷을 몰고 올 고구려사 강탈을 위한 중국의 동북공정에 당당히 맞서 옛 동이東夷 시절처럼 동학간역사관東學艮易史觀으로 한수 크게 가르쳐주는 고대 아시아 르네상스를 겨냥하던, 이같이 과거로 가고 동시에 미래로 가는, 쌍방향 통행을 시도하는 절체절명의 요새요 관문으로서의 새로운 '모심'의 문화이론, 미학, 생명학, '살림', '몸 안에서의 에코와 디지털의 결합' 등의 생성적 해석학이 이제 서서히 등장할 때가 되었다.

나는 그것위에 이름을 붙인다. 그 새롭고도 오랜 해석학과 생명학에는 또 한 번 이름을 붙인다.

'매화梅花 공부'다.

눈이 시려 크게 뜨지 못할 만큼 텅 비고 눈 펄펄 내리는 중에 가난한 매화, 외로운 일지매로부터, 과연 누가 알겠는가? 전 세계의 10대, 20대, 30대 초반의 청년들과 젊은 주부 세대들이 자신들만의 어둠과 괴로움을 전 우주적·전 지구적 소통을 통해서 공유할 수 있고 치유할 수 있는 새 시대의 암호문자kryptogramme가 탄생할는지도 모르지 않은가?

그러나 그것 역시 자발적 빈곤과 같은 '빈터', '마당'을 만들어야만 벌어지는 '판'인 것이니, 판으로 뜨는 참 추임새의 멋들어짐, 아름다움이 없이는 생명과 영성, 숭고와 심오는 성취하기가 그리 수월치만은 않으리라! 쓰러진 마을 동구의 늙은 나무를 참으로 가난한 마음으로 '님'이라 부르지 못한다면 비조직 노동자, 실업자, 노숙자들의 '새로운 가난'에 대해 쓰라린 시행을 독특하게 행갈이하거나 징그러운 짱구벌레며 소름끼치는 바이러스들의 뢴트겐으로부터 '숭고'의 거대한 '라오콘(로마시대 조각, 고통과 추와 괴기로 가득찬 작품)'을 끄집어 올리려는 시인들의 작업이 대중적 민중의 생명학, 그 문예부흥, 그 문화혁명, 그 인격—비인격의 공동주체성 등의 양양으로 참담게 대중화되지 않는다면 인류와 지구 생명계는 불원간 걷잡지 못할 대병겁大病劫(중세유럽의 페스트처럼 질병이 지배하는 시대) 아래 휩쓸리게 될 것이 분명하다. 에이즈, 에볼라, 사스 등등.

그러나 마지막으로 엉뚱한 말 한 마디만 하자. 자발적 가난은 그 반대쪽에 반드시 '웰빙'을 세워야 비로소 미덕이 되고 대안이 된다. 삶이란, 참된 다중적 민중, 참다운 빈민의 삶이란 결국 '웰빙과 청빈 사이의 중도'이기 때문이다. 극빈의 극복 정도는 이미 상식이지만 웰빙에 대해서는 빈민 대중의 곱지 않은 시선이 있다.

그러나 청빈만으로는 청빈이 성립되지 않는다. 웰빙이라는 큰 흐름과의 긴장에서만 발생하는 것이 비로소 생명의 문학이요 영성의 시인 것이다. 왜냐하면 이 둘 사이에 바로 그 '빈터'가 있기 때문이다. 그리고 또 하나. 공동체성에 대해서는 개별체성이라는 반대가 이중적으로 함께 움직여야 한다. 공동체가 만병통치약이 아니다. 개체성(아이덴티티)의 융합(퓨전)을 생각할 때다.

앞뒤 꼭지 없는, 그리고 뜬금없는 훈수 몇 마디였다.

이미 여러 사람에 의해 예언되어온 대병겁에의 두려움으로 인한 마음의 커다란 빈터, 내게는 아마도 이것이 이 글을 쓰는 참된 까닭인지도 모르겠다. 그리고 그것이 나의 빈터요, 나의 마당이며 나의 자발적 가난일 수도 있겠다.

이것! 이것이 나의 시 쓰기라는 '웰빙'인 것이다.

흰 그늘의 미학(초)

머리글

여러 해 전에 미학 관련 강의록 『예감에 가득 찬 숲 그늘』에서 '그늘의 미학'을, 그리고 그 뒤 부산 민족미학연구소 강의록 『탈춤의 민족미학』에서는 '고리環의 미학'을 천착했다.

이미 그때부터도 나의 미학 생각의 이면裏面은 '흰 그늘'이었고 지금까지도 여전히 그렇다.

지금 다시금, 그러나 도리어 명백하게 '흰 그늘의 미학 운운' 하는 것은 '고리'를 원리로 하는 민족미학과 '그늘'을 최상승最上乘으로 하는 민중미학을 생명과 영성靈性, 생명학적 변혁과 깊은 무의식의 명상을 누 기능으로 하는 동아시아 나름의 '흰 그늘의 미학'의 차원에서 교호결합 시켜보고자 하는 욕심에서다.

한 가지 더 욕심을 낸다면, 날이 갈수록 더욱 깊어지는 본격적인 미학 생각과 오히려 날이 갈수록 더욱더 경제와 가까워지는 현대미학, 예컨대 광고와 PR, 기업문화와 문화정책 등 미학과 경제 사이의 연관성의 심화나, 방송 · 신문 · 인터넷의 베스트셀러, 시나리오, 게임 및 영화 따위 생산미학에서 '경제성'과 '질' 사이의 긴장 관계를 배후에서 새롭게 결정하기 시작하는 '디지털―에코' 같은 근원적인 미학원리와 관련하여 그것을 생각해보고자 함이다.

'흰 그늘'은 또한 '아우라'는 물론이지만 과학이나 경제 따위 '코기토'와 함께 융이 '그림자'라고 부르는 현대 대중심리의 불온하고 복합적인 무의식과 광범위하게 확산하고 있는 '리비도'를 다 함축하고 있기 때문이다.

민족민중미학의 기초는 '풍류風流'에 있다. 현대 생태학 및 생명미학의 기준 역시 풍류다. 그런데 지금 서양과 전 세계 및 우리나라의 경우에도 대규모 생산양식화하고 있는 대중문화의 앞으로의 담론 방향 또한 풍류다. 이른바 '한류韓流'의 지금 숨은 차원도 미래의 드러난 차원도 역시 풍류이기 때문이다.

풍류의 현대적 면목이 곧 '외면적 생명과 내면적 영성', 그중 한 면으로 좁게 말하면 역시 '디지털―에코'이기 때문이다.

따라서 나의 미학 생각도 어떤 의미에서는 현대적으로 해석된 풍류라고 할 수 있다.

풍류는 '넋의 떨림과 목숨의 흐름'이므로 다른 말로 '뇌의 진동과 신체의 파동'이기도 하다.

나는 '흰 빛의 떨림'과 '검은 그늘의 흐름'을 마치 초월과 중력의 결합처럼 '흰 그늘'이라 불러왔으니, 나의 풍류미학, 미학적 생명학을 '흰 그늘의 미학'이라 이름 짓는 한 까닭이다.

1. 풍류의 연원淵源

동아시아와 한민족의 생명문화요, 생명학, 우주 생명학의 시작인 풍류와 함께 말이 있었다. 물론 말이 세계를 창조한 것은 아니다. 풍류, 다른 말로는 율려가 세계를 창조했다. 이것은 어김없는 우리 조상들의 전언傳

늘이다. 그러나 풍류의 창조력과 함께 이미 그 동력 안에서 말 또한 중요하다.

'빛'을 뜻하는 '붉'이 있었고 '그늘'을 뜻하는 '금'이 있었으며 이 둘이 이중결합하는 큰 차원 변화가 또한 있었으니 '흰'이다.

'흔'이 곧 '흰 그늘'인 것이다.

'흔'은 그러매 '리비도'와 '코기토'과 '아우라'의 상호 관계의 세계요, 하늘과 땅과 사람의 셋이 해와 달의 둘과 함께 어우러지는 원형, '낱'과 '온' 사이의 '관계'의 원형이기도 하다.

'한'은 훨씬 더 나아가 빛離인 남쪽과 그늘坎인 북쪽 사이에서, 그리고 산艮인 동쪽과 못兌인 서쪽 사이에서 이중사중으로 이루어지는 '흰 그늘'과 '산 위의 물'이라는 대개벽의 기준이다.

'흔'은 우레震인 동남쪽과 바람巽인 서북쪽의 강력한 도움으로 하늘乾인 서남쪽과 땅坤인 동북쪽의 빈터에 만물이 가고 만물이 오는 바로 선후천 전환 중의 대개벽 후천문명, 생명과 평화의 길을 열 것이다. 이 길에 관련한 미학 생각을 통틀어 '흰 그늘의 미학'이라 부른다.

풍류는 이미 세상에 널리 알려져 있듯이 신화요, 종교요, 사상이면서 동시에, 아니 그 이전에 예술이요 미학이다.

더욱이 풍류는 한민족의 근원적 민족종교, 민족사상, 그 연원 즉 샘물의 첫 시작인 중앙아시아 마고麻姑신화의 율려론과 함께 북방 샤머니즘의 중심 흐름인 '삼태극三太極의 춤'과 님빙 해양계의 문회기 결합한 우주 생명학이다.

그러나 풍류는 그 이후에 성립한 동아시아 사상들, 유불도儒佛道의 남상濫觴이면서 또한 제 안에 이미 그 세 가지 사상의 골수를 통합하고 있으니, 그 통합의 사상적 바탕을 일러 한마디로 '접화군생接化群生'이라 한다. '뭇 삶(더 나아가 생명·무생명, 인격·비인격을 다 넘어선 일체의 우주만물)을 가까이 사귀어 화한다'는 뜻으로 신라 말 고운孤雲 최치원崔致遠의 말이다.

우선 의미심장한 말이 '접接'이다. 그 본뜻은 아마도 '널리 이롭게 함', 곧 '홍익弘益'에 있을 것 같다.

그러나 그보다 더욱 의미심장한 말은 곧 '화化'다. 그 참뜻은 아마도 '혼돈적 질서로 혼돈 자체를 다스리는 진화요 자기조직화'인 '이화理化'에 있을 것이다.

여기서 유념해두어야 할 것은 '화'가 단순한 '진화', '자기조직화'에서 한 차원 더 나아가 '조화造化', 즉 '창조적 진화'의 뜻을 지녔다는 점이다. 그러나 유념 이상으로 도리어 주목해야 될 것은 '화'가 애당초 예술 창조와 미학적 인식의 핵심인 '감동感動'이나 '감화感化'를 뜻하고 있다는 점이다.

앞에서 언급한바 동양사상문화의 맥락 안에서 '뭇 삶群生'이 마치 '중생衆生'처럼 '인격·비인격을 물론하고 생명·무생명을 막론하는 일체 우주만물'을 뜻하는 것이고, '가까이 사귄다接'는 말이 '널리 이롭게 함弘益'을 뜻하여 '공익公益', '공심公心', '공공성公共性'을 말한다면 이는 곧 우주만물에 대한 친밀한 관여로서 인간에 대한 사회적 공공성인 천하공심天下公心을 이미 포함한 우주만물에 대한 우주적 공공성인 천지공심天地公心이니 이는 곧 '우주사회적 공공성'을 지시하게 된다.

공심과 공공성의 근거는 바로 '소통communication'이다. 그러하니 '접'은 결국 우주사회적 소통이며 미학적으로는 우주사회적 차원에서의 미학적 관여를 뜻하게 된다.

인격·비인격, 생명·무생명이 모두 다 제 안에 자기조직화의 주체인 의식, 마음, 영성과 무의식을 '모셨고內有神靈'(동학의 개념), 그 모심은 곧 의식, 마음, 영성과 무의식의 더 깊은 핵인 '신神' 또는 '한울님'을 모신 것이니, '접화'는 곧 '홍익과 이화의 주체'인 인간속의 신이 바로 만물 속의 신과 소통함이다.

미학적으로는 창조와 향수를 통한 주체와 타자의 미학적 소통, 즉 '느낌으로써 통함感而遂通'이겠다.

이 '감통感通', 즉 '접接'의 결과 또는 목적이 '감동'임은 물론 더 정확하게는 '감화感化'라는 점에서 '접화군생'은 풍류미학의 근본 명제, 생명미학의 기본 테마가 되는 것이다. 더욱이 '접화'는 '미학적 감동과 깨달음(감화, 감동과 조화)'의 통해서 '인간과 신 사이의 합일'이라는 높은 종교적 차원에까지 이르러 '생명─영성적인 창조적 진화 체험'을 활짝 열어준다.

'접화군생' 네 글자가 생명과 우주만물의 '지극한 차원 변화(동학의 '至化', 테야르류 우주 진화론에서의 오메가 포인트)'라는 자유만개의 대개벽大開闢으로 정향定向함으로써, 풍류는 이미 현대 인류가 갈망하고 우주만물이 신음 속에서 고대하는 생명학, 우주 생명학이요, 혼돈적 우주질서의 패러다임, 대후천개벽사상으로 부활·재창조되는 새 삶의 원형, 즉 '한'의 원형, 아키타이프에 대한 생명미학적 담론인 것이다.

19세기 동아시아와 한국의 후천개벽사상가 세 사람, 최수운崔水雲, 김일부金一夫, 강증산姜甑山이 우주혼돈에 대응하여 상고대 원시 동방사상의 혼돈적 질서인 생명학, 우주 생명학을 재창조함에 있어서 유불도와 함께 서양 과학사상 및 기독교의 충격을 통합하는 중심과 근거를 똑같이 선도풍류仙道風流에 둔 것은 결코 우연이 아니다.

어디 그뿐이랴!

동방불교의 가장 높은 봉우리인 원효元曉사상의 기저基底에서, 동방고대사의 복원자인 일연一然의 사관史觀 밑바닥에서, 강화학江華學의 근저에서, 화담化潭, 율곡栗谷, '남명南冥, 이기학理氣學의 골격에서까지 그것을 관통할 뿐 아니라 퇴계退溪의 언저리나 속 깊은 경지에서까지 작동하고 19세기에 이르러 혜강惠岡과 동무東武의 개념들 밑에서까지도 약동하는 것이 모두 다 선도풍류의 생명학, 우주 생명학이었고, 그에 연계된 풍류사상이요 풍류의 미학이었다.

학술만이 아니다.

종교와 예술문화에서는 더욱더 뚜렷한바 있으니 우리 민족 미학·예술학의 전통 중의 전통은 바로 풍류요, 풍류의 연원 아닌 것이 없을 지경이다.

고구려 벽화로부터 신라의 궁중악 이래 19세기의 탈춤, 시나위, 판소리, 풍물, 민화와 속화, 춤사위와 불화와 도예 및 공예 일체를 관통하는 풍류에 대해서는 철학보다 도리어 예술 쪽의 접근이 더욱 여실해서 오늘의 풍류미학, 생명미학은 커다란 차원에서 '자재연원自在淵源(진리와 감동의 샘물이 남이 아닌 내 안에 있고, 외래문화에서가 아니라 자기 역사와 자기 철학·미학원리 안에서 솟고 있다는 동학의 원리)'인 것이다.

이미 앞서 강조한바 있듯이 민족민중, 생명예술뿐 아니라 대중문화 일반에서까지도 '영성―생명'의 세계와 '디지털―에코' 및 혼돈의 질서, 즉 '카오스모스'의 원리가 휩쓸고 있다. 이것이 나의 이른바 '흰 그늘의 미학'으로 귀일됨을 보기 위해서도 민족사상 및 그 이전의 신화 등에 접근해볼 필요가 있을 것이다.

2. 신화로부터 1

현대 '대중문화'의 '생산양식'이나 '경제력'의 측면이 아무리 강조된다 하더라도 그 본격 예술로서의 미학적 명제나 '소스, 리소스, 콘텐츠'의 결정성, 그리고 그로부터 비롯되는 이른바 '질'이 결코 폄하될 수 없다.

디지털이 반드시 에코와 이중결합을 성취해야 하듯이, 또한 그것이 '유비쿼터스' 단계에 이르면 반드시 기존의 아날로그 양식을 통해 추구되었던 실존적 문제의식과 외계와의 관계의 깊이가 다시 표면에 떠오르면서 코디네이션 과정을 더욱 다차원화·복잡화하게 될 것이다.

현대미학에서도 역시 인간 주체의 '삶과 세계'의 근본 명제는 기초일 수밖에 없다는 것이다.

동아시아 고대와 한민족의 전통의 경우 그것은 신화 속에서 어떻게 나

타나고 있는가? 이미 언급한바, '홍익인간弘益人間, 이화세계理化世界'가 그
것이다.

인간의 삶, 또는 삶의 미학적 인식 및 창조 원리로서의 주체와 타자의
문제를 원천적으로 해결하는 명제가 '홍익'이다. '홍弘'은 사회적 넓이를
포함한 우주적 넓음이니 천자문의 '천지홍황天地弘荒'의 그 '홍'이기 때문
이다. 장자류의 '천지 미학天地美學'의 가능성을 이미 안고 있는 셈이다.

나아가 서양 현대미학의 소통론의 근거인 사회적 공공성을 이미 제 안
에 내포한 우주사회적 공공성의 역역, 사회생태학적 미학 연관을 먼저 전
제하고 있는 셈이기도 하다.

'홍익'이 이렇게 광활한 차원의 '공익' 또는 공공성이므로 그 활동 주체
도 인간이면서 인간을 초월하고 그 활동의 타자 역시 인간이면서 동시에
인간을 초월하게 된다. 이것이 무엇일까?

유럽철학과 미학에서 잃어버린 '주체─타자성'을 회복하는 것이면서
'홍익'이라는 미적 창조 또는 미적 인식이 '인격 · 비인격의 우주사회적 공
동주체성' 위에서 성립한다는 것이다.

'홍익'의 신화적 명제 안에 '이익'이라는 실용주의적 의미가 포함된 것
을 도리어 유의해서 보아야 한다. 왜냐하면 그 이익과 실용이 현대미학
에서 중요시되는 기업문화와 문화정책, 방송 · 신문 · 인터넷의 베스트
셀러 등 생산미학의 '경제력'에 그대로 연계되기 때문이다. 그러함에도
동시에 그것이 서로 긴장 관계 속에 있는 '질'이라는 차원 변화 또는 미학
적인 숨은 차원을 이미 그 이익 안에, 실용의 경제력 안에 내포하고 있기
때문이다.

'홍'이 우주사회적 넓음을 뜻한다는 것은 그것이 '질'의 영역에 연계되
며 우주적 넓음 자체가 이미 인간의 심층무의식에 연결되어 있음을 알게
한다.

고로 '홍익'은 '경제력(드러난 차원)'이면서 '질(숨은 차원)'인 것이니 그 사이

의 '긴장 관계'는 다름 아닌 보이는 차원 내부에서의 이것과 저것의 상보적 관계이면서 동시에 보이는 차원과 보이지 않는 차원, 현존차원과 미래차원 사이의 창조적 차원 변화 관계이게 된다.

현대 생물학과 뇌과학에서 살필 때에 우리는 생명의 숨은 차원(영성 또는 무의식)이 생명의 드러난 차원(물질 또는 생명생태)을 추동·변화·비판·수정·보완하다가 전환점, 즉 동학 용어로 '지화점(至化點·critical point)'에 이르러 드러난 차원이 해체될 때에 숨은 차원 스스로 새로운 차원으로 드러남을 알게 된다.

이것은 대전환, 창조, 쇄신, 혁신, 혁명, 그리고 큰 깨달음과 새로운 대작大作의 출현 등으로서 내용과 형식의 문제이기도 하고 의식과 진화적 복잡화, 콘텐츠와 하드웨어의 관계와도 같다. 이때에 두 차원 사이의 관계를 인식·파악하는 논리나 방법론이 곧 이중성(double bind, double message) 또는 '이진법', '역설', '모순어법'이라고 불러온 '아니다—그렇다(不然其然·no-yes)'의 생성논리, 생명 차원 변화의 논리이다.

이것이 또한 뇌 활동을 그대로 모방한 컴퓨터의 작동 원리이니 '디지털—에코'는 단순한 당위의 차원이 아닌 것이다.

한민족의 상고대 신화로부터 우리는 우선 미학과 경제, 경제력과 질, 대중문화와 기초예술 사이의 현실적 미학 문제를 이끌어내었다.

3. 신화로부터 2

'홍익'은 그렇다 하자.

그 다음 '이화세계'의 '이화理化'란 무엇인가?

'이화'의 '이理'는 중국 성리학에서 주장하는 바로 그 '이치理致'인가? '기운氣運'인 '기氣'와 대립 모순되거나 '기의 주재主宰'이거나 '기 위에 군림하는 창조자, 명령자'인가?

그러면서도 그렇지 않다.

'그렇다—아니다'이다.

왜 그러할까?

'이화'를 해명함에 있어 첫째는 최치원의 풍류론의 그 '접화接化'와의 관계를 먼저 고려해야 한다.

둘째는 『삼국유사』의 다음과 같은 대목을 유의해서 보는 것이다. 환웅의 아버지인 환인이 환웅을 세상에 보내려고 세상을 내려다보니 삼위태백간三危太白間이 '홍익인간 하기에 적당하다'고 판단하여 그곳으로 환웅을 내려 보낸다는 점이다.

홍익인간 하기에 적당하다면 이화세계 하기에도 역시 적당하다는 말이 된다. 그렇다면 환웅이 세운 고조선사회의 구조나 이상을 살펴야 하고, 그 과정에서 바로 그 '이화'가 무엇을 뜻하는가를 알아차리며 그에 연계하여 사상과 종교 · 예술 등 민족의 전통을 새롭게 해석해야 한다.

먼저 홍익과 이화의 주체인 환웅과 웅녀가 어떤 인물인가를 살펴야 한다. 환웅은 신화에서 '하늘에서 내려온 天降 사람'으로 돼있다. 그렇다면 '이화'의 '이'가 성리학에서 주장하듯이 하늘이나 우주질서를 뜻하는 '코스모스'일 뿐이란 말인가?

그렇다. 그러나 아니다.

환웅이 평소에 천하에 웅대하고 신령한 뜻을 품었다고 신화는 말한다 數意天下. '그렇다'이니 코스모스요 우주적 질서다. 그러나 바로 뒤에 환웅이 인간세상을 탐내어 구했다고 돼 있다 貪求人世. '아니다'인 것이니 카오스요 혼돈 · 욕망 · 리비도이다.

환웅 자신이 코스모스요 카오스이며, 혼돈적 질서의 사람이다. 또한 영적 존재인 그가 육적인 인간 세상에 온다는 것 자체가 혼돈적 질서, 카오스모스인 것이다.

웅녀는 어떠한가?

곰 토템의 맥족貊族인 웅녀, '곰녀'는 이미 '곰' 즉 '구덩이' '그늘'의 이미지이니 하늘에 반대되는 땅이요 육체요 욕망이요 세속적 삶이다. 카오스다.

그런데 이런 웅녀가 굴속에서 백 일을 견디며 쑥과 마늘(신령한 약초)을 먹고 수련한다. 전환이 시작된 것이다, 그리고 인간이 되기를 환웅에게 항상 빈다. 帝祈桓雄 願化爲人. 이미 영적인 인간 환웅과 같은 코스모스적 인간이 되기를 기원한다는 것이다.

웅녀 역시 '카오스모스'의 사람이다. 육적인 사람이 영적으로 되기를 빌고 또 수련한 것이다.

웅녀는 영적으로 되기를 항상帝祈(하늘로 상승), 환웅은 신체적 존재로 육화한다假化(땅으로 하강). 두 사람의 결혼(카오스와 코스모스, 영과 육, 아우라와 리비도, 유목이동과 농경정착, 북방대륙계와 남방해양계의 이중적 교호결합)을 중심으로 여러 부족의 다양한 생산양식(어로·수렵·채취 등)의 복합에 의한 부족연맹체국가가 곧 단군조선, 고조선이다.

'홍익'과 '이화'의 주체의 조건이 카오스모스, 혼돈적 질서인 것이다. '이화'는 따라서 '혼돈적 질서에 의한 자기조직화'이며 그 보다 한 차원 높은 '창조적 진화'에의 예감이다. 환웅이 환인으로부터 받아 가지고 온, 홍익과 이화의 원리일 것이 분명한 '천부天符'는 내용 이전에 이미 그 자체로서 '천天' 즉 코스모스요 보이지 않는 하늘의 숨은 차원이고, '부符' 즉 카오스요 눈에 보이는 드러난 차원이다. 두 차원의 결합인 '생명—영성적 카오스모스, 혼돈적 질서'의 한 모습이니 삶과 세계의 원형이다.

고조선의 시작이었다는 '신시神市'가 이미 '신령한 장바닥'이니 하늘과 신령과 우주자연에 대한 숭배와 인간 사이의 호혜에 기초한 교환의 사회 구조인 것이며, 바로 카오스 자체요 공포와 외경의 대상이던 비와 구름과 바람(유목과 농경에 절대적인)을 제어하고 관장하는(코스모스) 우사雨師·운사雲師·풍백風佰의 삼사三師 및 360가지 복잡한(카오스) 세상일을 맡아 하는 사회 구조(코스모스)가 고조선 사회에 다 있었다 하니, '이화'야말로 혼돈적 질서, 카오스모스, '혼돈적 질서에 의한 자기조직화'인 것이다.

신화로부터 우리가 배우는 동아시아와 한민족의 전통적 예술과 미적 창조 및 인식의 원리는 이와 같이 현대 미학의 여러 가지 요구, 이른바 경제력과 질, 혼돈과 질서, 드러난 차원과 숨은 차원, 생명과 영성, 에코와 디지털, 농경과 유목의 이중교호결합에 대한 요구에 대답하고 있는 것이다.

전통미학과 현대 대중문화의 경제력 및 현실 예술문화에 대한 미학적·예술학적 연찬의 방법론, 해석학의 기초를 바로 이러한 조건 위에 두어야 할 것이다.

4. 신화로부터 3

우리 민족 상고대·고대의 '한 문명', '천부사상天符思想', '삼일문화三一文化' 등의 원류源流는 우선 북방대륙계로 보아 중앙아시아의 1만4천 년 전 인류 원문명原文明인 '마고성의 율려'와 북방시베리아 샤머니즘계의 '삼태극의 춤'이며, 남방해양계로 보아 '고인돌'과 농경정착문명의 구석기 문화 등이다.

한반도와 바이칼·시베리아 및 만주대륙, 요동과 황하 유역 그리고 일본열도는 모두 이와 같은 세 갈래 원류로부터 이루어진 것으로 보이며, 예술과 미학사상의 원형들 역시 그러하다고 믿는다.

마고성의 1만4천 년 전 신화 중 오늘 우리의 미학적 탐색에 의미심장한 원류는 네 가지다.

하나는, 마고성의 문화와 문명은 '소巢'라 불리는 높은 대 위에서 관측·청취한 당대 천문 중 천시원天市垣, 태미원太微垣, 자미원紫微垣의 거대한 세 성운군으로부터 오는 천부음天符音, 즉 율려의 '혼돈적 질서'에 의해 조직된 것으로, 그 중심 원형은 천시원을 모델로 한 '천시天市'라 불렸으며, 그 이후 바이칼 시대 환인씨 단계에서 부활한 율려체계에 의한 사회 조직이 '신시神市'였고 이것이 고조선사회의 기초가 되었다는 것이다.

둘은, 마고성 당시 인간은 물론 동식물과 우주만물 안에 다 제 나름나름의 율려가 살고 있어서 그것이 바로 우주질서인 역曆으로, 인간사회의 시간 진행인 역歷으로, 생명과 마음의 변화 이치인 역易으로 관찰되고 표현되고 활용되었다는 것이다.

셋은, 마고성 당시의 우주와 지구 및 인간사회 질서의 원형이 '팔려사율八呂四律'이었는바, '여呂'는 이른바 카오스요 혼돈이요 생성, 생명, 변화이자 여성, 여성성, 모성이며 밤과 그늘이요, '율律'은 코스모스요 질서요 실체, 정신, 위상이자 남성, 남성성, 부성이었으며 낮과 빛이었으니 '여가 여덟이요 율이 넷'이라는 이 '원율려'의 여성과 카오스 쪽으로 중심이 약간 기울어진 '기우뚱 한 균형'이 아마도 그 이후 주역周易과 악경樂經, 율력律曆에서의 팔풍사유八風四維의 기원이자 어쩌면 화백和白의 논의 구조이기도 했을 것이고, 먼 훗날 육학의 도덕정치인 '지치至治'의 한 형식이었다는 '팔정사단八政四檀'으로까지 발전한 그 첫 원형이 아니었을까? 그리고 이미 『주역』「계사전繫辭傳」에 예언된 바대로 만물이 바뀌는 후천시대에 조선에서 나오리라 했던 그 정역正易 또는 간역艮易 기본우주론이 '율려律呂'를 거꾸로 뒤집은 '여율呂律'이라는 사실과 『부도지』의 팔려사율은 어떤 관계가 있는 것일까?

동학정역계 사상이 모두 다 원시반본原始返本에서 출발하고 있음을 생각할 때, 이것이 오늘날 지구문명의 '대 혼돈'에 대한 처방의 아키타이프나 패러다임, 그리고 담론으로서 갖는 가치는 무엇일까? 더욱이 해체, 탈중심, 생명, 여성 중심으로 기우는 '기우뚱한 균형'으로서의 새 문명이 요구되고 있는 현실의 세계사상사와 과학 발전에 대해 어떤 관계가 있을 것인가?

넷은, 마고시대의 질서가 모계요 모권사회였음을 『부도지』의 신화가 전하고 있다는 점이다.

바흐오펜Bachofen에 의해 주장되고 에릭 노이만Eric Neumann에 의해 파헤쳐진 모계사회의 실재성의 문제와 오늘의 페미니즘계 신문명론에서, 그리고 모성과 여성성을 중심으로 한 문화변혁을 요청하는 생태학적 전망에 대해서는 어떤 관계가 있는 것인가? 더욱이 해월 최시형의 부인도통婦人道通 우선론이나 '모심侍天主'의 최고 형태로서 포태胞胎를 강조한 것, 그리고 교육의 뇌과학적 절정으로서의 태교론에 어떻게 연결될 것이며, 한 걸음 더 나아가 천지인 삼계의 대권을 여성에게 모두 넘기는 '천지굿'을 집행한 강증산의 이른바 '음개벽音開闢'에 대해서는 어떻게 관계 지어질 것인가?

신화에서는 인간이 '다섯 가지 음식 맛을 알게 되는 괴변五味之變'과 함께 그때까지 몸에 살아 있던 우주질서인 율려가 인간을 떠나면서부터 질병이 시작되었다는 이야기가 1860년 최수운의 계시 득도와 함께 인간에게 율려가 돌아왔다는 동학계 전설과는 어떻게 이어질 것인지 의문이다.

북방계 샤머니즘의 '삼태극의 춤'은 한 마디로 한민족 전통 사상과 한국적 율려사상의 핵이다. 왜냐하면 그것은 '본디 우주근원 질서太極元氣이면서 셋을 포함하고 하나로 작동하며含三爲一 동시에 음양동정陰陽動靜을 이미 제 안에 갖고 있음'이기 때문이다. 이것은 천지인 '셋'과 근원인 '한'을 줄기로 하면서도 음양의 '둘'을 함께 배합하는 것으로 인식되어온 한민족 전통사상분화의 원형이기 때문이다.

더욱 중요한 것은 이 삼태극 사상이 중국에 들어가 여러 우주론과 율려, 주역에 반영되어 크게 융성하는데, 역시 삼태극과 천지인, 삼재三才가 말로는 강조되고 있으나 실제에 있어서는 일태극一太極 음양陰陽 이기론二氣論 일색으로 발전하여 구성되어왔다는 점이다.

고로 중요한 것은 삼극과 음양의 삼축三軸과 이축二軸 그리고 그 둘의 이중교호결합인 혼돈적 질서로서의 '한一元' 명백히 계승하고 있는 한민족 사상과 문화의 동아시아 사상사에 있어서의 탁월성, 창의성 및 주체성을 새 시대에 더욱 밝혀야 한다는 점이다. 왜냐하면 음양은 균형이요 질서이지만 천지인 삼극은 역동이요 혼돈이기 때문이며, 현대 인류와 지구 및 주변 우주의 기상이변과 생태오염이 갈망하는 치유 처방의 길은 바로 이 같은 '한' 사상 안에 있음이 분명하기 때문이다.

한민족은 고조선, 부여, 고구려, 발해와 고려에까지 끊임없이 대륙계 북방유목문명과 해양계 남방농경문명을 결합·발전시켜왔으며, 대륙을 통해 중국은 물론 머나먼 서역과 돌궐(터키)과 로마에까지, 그리고 동시에 해양을 통해 동남아와 인도와 페르시아에까지 활활발발한 무역을 일으켜 문자 그대로 강력한 해양국가의 전통을 대륙국가 전통과 함께 건설하였다. 그것은 해상무역을 통한 세계화와 더불어 반도 도처에 상고대 구석기 이래의 농업정착문명을 통한 지역적 안정성을 구축하였는데, 그 사상·문화·예술적 전통이 고고학이나 인류학 등을 통해서 차차 밝혀지고 있는 중이다.

우리가 신화와 고고학을 통해, 그리고 역사를 통해 확인하는 이 세 가지 원류를 바탕으로 그 통합과 상승相乘의 과정에서 우리 민족과 동아시아 나름의 독특하고도 보편적인 예술학·미학의 원형적 사유와 그 전형들을 연찬·탐색하지 않으면 안 되는 시절이 오고 있다.

유럽문명의 하강과 동아시아 전통에 대한 전 세계인의 탐구열, 그리고 일본의 해양권 문화중심주의론이나 중국의 저 유명한 문화패권주의적 중화사상 강변과 고구려사 강탈의 동북공정에 대응하기 위해서도 이 작업은 필수적이다. 더욱이 절대다수 신세대의 날이 갈수록 강화되는 문화적 취향이나 지역마다의 문화행사 붐에 대해 독특하면서도 보편적인 혼돈적 질서로서의 한국미학, 한국예술학의 전통과 전망의 탐색은 참으로 필요한 것이다.

5. 천부天符의 원형

　한민족의 본격적인 사상사는 고조선 때의『천부경』으로부터다.『천부경』81자는 북방계 샤머니즘의 삼태극론에서는 지극한 우주론의 성수聖數다. 이 계열에서는 '3, 9, 81'을 성수체계로 확정하며 그 성수들은 모두 역동과 생명과 변화와 혼돈의 수열이다.

　동학정역계 사상사의 상수학도 여기에 기초를 두고 있다. 현대과학, 특히 뇌과학과 생명학은 이 같은 성수론聖數論에 대한 상수학적 연찬에 힘을 쏟아야만 수리적인 물질운동의 체계와 혼돈하고 신령한 생명이나 무의식의 세계를 연결시키는 영적인 수리체계, 신경컴퓨터를 훨씬 뛰어넘는 신령컴퓨터에 접근할 수 있으며, 미학·예술학 역시 수리적 과학과 신령한 종교, 그리고 감각체험과 우주적 깨달음을 결합하고 더욱이 그것을 대중화하는 데에서 현대 민중문화의 당면 과제인 '경제력'과 '질' 사이의 현실적 긴장을 창조적 긴장으로 한 차원 높일 수 있을 것 같다.

　『천부경』에서는 다섯 가지 정도의 문제점을 밝히고 가자.

　첫째,『천부경』의 시작과 끝이 시작과 끝임에도 시작과 끝이 아니라는 점이다. 이점에서도『천부경』은 주역 64괘 우주론의 한 전형前型이다.

　주역은 처음은 고대적 코스몰로지의 제시로서 시작함이 분명하지만(선천시대의 한계다) 마지막 63괘 수화기제水火旣濟와 64괘 화수미제火水未濟는 끝을 완성으로 매듭지으면서도 이어서 새로운 처음으로 크게 무한 개방해버린다. 주역이 그나마 오늘에까지도 질기게 유효한 것은 바로 이와 같이 일면적이긴 하나 그 나름의 혼돈적 질서의 측면을 보이기 때문이다.

　그러나 처음과 끝이 분명한 '시종始終'의 우주시간, 우주변화란 점에서 선천적인 한계가 명백히 드러난다.

　『천부경』은 '고리環'의 세계다.

　처음과 끝이 똑같다. 처음은 처음이 아니면서 처음이고, 끝은 끝이 아니면서도 끝이다.

중요한 것은 81자의 맨 첫 구절과 맨 끝 구절이다.

'한 시작은 시작이 없는 하나다—始無始一.'
'한 끝은 끝이 없는 하나다—終無終一.'

이것은 '시종始終'의 시간관에 대비해 '종시終始'의 시간관이라고 부른다. '시종'의 시간관은 대개 알파와 오메가의 시간, 처음과 끝이 분명히 서로 다른, 과정과 전개의 각 단계가 전제된 상승주의적·미래주의적·목적론적·역사주의적·발전론적 시간이니 히브리와 서양의 시간관이다. 그러나 '종시'는 끝이 처음으로 돌아가고 끝난 데에서 새로이 시작하는 둥근 고리의 시간이다.

그렇지만 돌아간다 해도 주기적週期的 상고尙古는 60년, 120년 등 주기의 완성된 시간을 거꾸로 타고 옛날의 좋았던 시절, 삼황오제三皇五帝, 삼대夏殷周, 아니면 수사학洙泗學(공자의 학문시대)으로, 그리하여 결국은 고대의 대동大同이라는 이상세계로 되돌아가는 중국적 시간관이다.

거기에 비해 81자 『천부경』의 시간은 한 처음이 처음이 없는, 한 끝이 끝이 없는 하나다. '고리'이니 이 '고리'가 탈춤을 비롯하여 판소리, 시나위, 풍물, 민요, 무가, 온갖 민화와 도예, 공예 등에까지 그 형식을 조금씩 바꾸면서 관통하고 있는 점은 놀라운 현상이다.

'기승전결'이라는 '역사'로부터, 물론 그 역사와 깊은 연관을 맺을 운명이긴 하나 확실히 벗어나 있고, 역시 범박한 물리학, 엔트로피론으로부터도 훌쩍 벗어나 있다.

끝이 처음이고 처음이 끝이다.

원시의 '우로보로스 시간(뱀이 제 꼬리를 물고 돌아가는 혼돈의 시간)'에 연계되어 있다. 그러나 명백히 차이를 동반한 반복이다. 그러므로 '고리'이고, 그 '고리 속環中'은 곧 우주의 빈터로서 '무궁無窮' 또는 '무궁무궁'이 사는 자리이다.

이 시간이 목적론, 역사주의, 미래주의와 상고론, 과거 회귀·복귀의 시간관을 너울질로 뒤흔들면서 지금 우리에게 다가오고 있다.

그러나 막상 이 지점에서 우리가 주목해야 할 것은 '처음과 끝'에 연계된 '제로無'와 '하나—'의 관계다. '0'과 '1'의 신비상수학적 수리 관계라는 것이다. 깊은 무의식의 신비체험과 새로운 역학易學적 상수학象數學의 '이중적 교호결합'(통합이 아님) 또는는 둘 사이의 '창조적 긴장'이 예감된다.

그것은 생명학, 우주 생명학이라는 새롭고 탁월한 통합적 과학, 또 그것과 연계된 과학시대의 새로운 생명신비적 예술 또는 미학 출현의 예감이기도 하다.

신령컴퓨터의 시작?

디지털—에코의 시작?

유비쿼터스 단계에서의 디지털과 아날로그의 새로운 결합의 시작?

영성적 신체학 출현의 시작?

한 17세 소년이 세 시간 동안 컴퓨터 게임을 하고 나서 문득 인생의 심오한 숨은 뜻을 느끼고, 한 50세의 장년이 영화 한 편에서 난데없이 삶의 실존적 조건을 아프게 각성하면서 영화관을 나서는 시대의 시작?

조선시대 민간에 유행했던 '매화역수梅花易數'는 역시 하나의 예감이다. 지금 젊은이들 사이엔 엄밀한 수학적 기제에 입각한 '디지털 카메라'가 보급되고 있으며, 엉뚱하게도 역점易占이나 토정비결이 대유행이다.

이 역시 하나의 큰 예감이요 조짐이다.

최수운의 말씀이다.

"한울님이 뜻을 두면 금수같은 세상사람 얼푸시 알아내네."

물론 '얼푸시'다.

유럽은 중국 바람이 휩쓸고 아메리카는 참선 바람에 난리다. 한국 젊은이들 사이에서 일어나고 있는, 유럽과 아메리카 문화와 동아시아 및 한국의 전통문화를 연결시키고자 하는 바람, 또 다른 면이긴 하지만 일본과 아메리카에서까지 '한류'가 뜨는 현상이 모두 다 새로운 아키타이프나 패러다임, 그리고 새 담론이 일어나기 이전에 그것을 '얼푸시' 알아내는 큰 조짐이요 큰 예감인 것이다.

둘째, 『천부경』에서도 가장 기이한 구절인 '삼사성환오칠일三四成環五七一', '셋과 넷이 고리를 이루어 다섯과 일곱이 하나가 된다'에 관한 것이다. 탈춤, 판소리, 시나위, 민요, 풍물, 굿, 춤사위 등 전통예술을 일관하는 한민족과 동아시아 예술의 중요한 미학원리다.

① 셋과 넷, 혼돈의 질서, ② 고리를 이루어, 끝과 처음이 확장 순환하는 고리의 시간관, ③ 고리 속의 무궁, 고리 속에서 형성되는 '무궁무궁'의 차원 변화, ④ 다섯과 일곱, 귀신(무의식 속의 불온한 침전물인 그림자 따위의 콤플렉스, 한 등등)과 신명(집단 또는 심층무의식, 거룩한 영성, 신령, 흰 빛으로 표상되는 '아우라'나 초월성)이 ⑤ '한'으로 하나가 된다. '한(한민족의 한울님, 신, 우주영성)' 속에서 하나로 차원 변화('무궁무궁'의 체험)하는 것을 그 내용으로 한다.

'셋과 넷이 고리를 이룬다三四成環'

① 혼돈의 질서, ② 고리의 시간관, ③ 무궁무궁.

'셋'은 무엇인가?

한민족 전통사상과 예술문화에서 '셋'은 우선 천지인 삼극의 혼돈한 우주관의 표현으로 역동, 변화, 생명, 생성, 혼돈, 이동, 사랑, 정염 등의 장단이요 박자요 음보音步다.

'넷'은 무엇인가?

'넷'은 '둘'의 배수다, '둘' 또는 '넷은' 균형, 정착, 존재, 실체, 질서, 정지, 대립 등의 박자요 음보다, 음양 두 기운二氣이나 사상四象의 네 방위 등 질서 중심의 우주관의 표현이다.

'셋'과 '넷'이 무엇을 이룬다 했다. '이룸成'은 '셋'과 '넷'의 이중교호작용이다.

'셋'과 '넷'이 이중교호작용으로 이루는 것은 우선 동학의 패러다임인

'혼원지일기混元之一氣, 至氣', '혼돈의 질서', 동학의 아키타이프인 '태극 또
는 궁궁 태극太極又形弓弓'이며, 루이스 멈포드의 신문명 개념인 '역동적 균
형dynamic equilibrium'이자 카를 융의 현대 유럽인간의 정신구조의 비밀인
'역동적 사위체力動的 四位體', '테트락티스Tetractis' 개념이다.

현대의 신세대 문화 개념으로 확장한다면 '에코와 디지털의 결합'이요,
'유비쿼터스 단계에서의 디지털과 아날로그의 새로운 융합'이며, '도시 이
동 유목문명과 농촌정착 농경문명의 이중교호결합'이자 '세계화와 지역
화, 숨은 차원과 드러난 차원 사이의 차원 변화의 생명논리학', 그리고 한
마디로 '내부공생(內部共生 · endo-symbiosis)'이니 다름 아닌 '개체성identity을
잃지 않는 분권적 융합fusion'이다

이렇게 형용모순 · 반대일치하는 역설적paradox 모순어법oxymoron에 의해
이루어지는成 고리環, 즉 '고리 속環中'은 '텅 빈 무無'요 또는 '무궁무궁'이다.

바로 이것이 『장자』에서 말하는 '무궁'이요, 동학에서 말하는 '무궁무
궁'인데 『장자』의 '천지 미학(아직 성립되지 않았고 가능성만 있음)'이나 동학의
'지기미학至氣美學'에서 본다면 미학적으로는 셋이라는 혼돈과 넷이라는
질서, 또는 셋이라는 활동과 넷이라는 위상 사이의 결정적인 내적 체험
이며 시작과 끝이 만나서 만드는 '공소空所'의 '미美', '빈터의 아름다움'이
다. 이 빈터, 빈칸, 무, 공空, 허虛라는 '제로체험'이 탈춤에서의 미학적 전
제다.

열두 마당이 모두 셋과 넷이 이루는 고리인데, 최초의 터 벌임이나 길
놀이 고사에서 뒤풀이까지 셋과 넷이 처음 아닌 처음에서 끝 아닌 끝으로
돌아가는 '고리'는 그 미학적 조건이 우선 '마당을 펼치는 것' '속된 마당을
성스런 마당으로 금줄을 치는 것(사실은 성 · 속이 이루는 고리)'이다. 먼저 '마
당'의 '빈터'가 이루어져야 그 다음 극적 상황이자 셋과 넷의 전개인 '판'이
라는 생기 넘치는 생성이 시작된다.

마당이 먼저 텅 비지 않으면 관객의 '추임새', 즉 '비판적 감동'이 일어

나지 않는다. 극정 상황(성·속의 결합적 전개)이 수렴(마당으로 집중) 확장(마당으로부터 판이 구경꾼들 속으로, 그리고 구경꾼의 마음마다에서 온 세상과 온 우주 사방을 포함한 열 가지 방향으로 퍼져나가는 것, 예컨대 사방치기, 사방뿌리기 따위) 되지 못한다.

'무궁무궁'은 동학의 경우 '나(주체의 영)의 무궁체험이 동시에 세계(우주의 신)의 무궁체험과 함께 일어남'을 뜻한다. 이것이 숨은 차원(마당 속의 판)이 드러난 차원(객석을 지나 온 우주로까지 나아가 실현되는 판의 사방뿌리기)으로 개벽함으로써만 완성되면서 동시에 무한개방—始無始一, 一終無終—되는 것이 탈춤이다. 나는 이 원리 위에 판소리의 그 판의 원리, 시나위의 원리 등이 준거한다고 본다.

④ 본디 우리말의 '귀신'은 무속의 정신상징학적으로 검은 그늘의 무의식인 '귀신'의 다섯과 흰 빛의 심층무의식인 '신명神明'의 일곱으로 구분되고 통합된다.

혼돈의 질서가 역동과 균형의 엇걸이로 고리를 생성하면서 빈 마당 안에 솟아나는 판으로 '무궁무궁'을 체험할 때(제로의 체험, 제로의 전개, 빈칸의 우주적 확대) 비로소 리비도 등 무의식의 욕구불만이나 근친상간, 패륜 또는 패배와 회한 같은 중력체험, 귀신의 검은 그림자, 그늘이 탈춤의 마당극과 마당굿을 통해 드러난다. 웃음과 눈물, 무의식과 의식, 칠식七識과 팔식八識, 할미와 영감, 중과 창녀, 익살과 청승, 저승과 이승, 싸움과 사랑이 서로 부딪치고 어울리는 복잡한 그늘이 극劇으로 장단長短을 바탕으로 진행되는 과정에서 굿祭儀, 불림招魂이 섞여 들면서 초월성, 아우라, 희망, 화해, 상생의 신명들이 드러나 흰 빛을 뿜으며 제의적인 성스러운 넋풀이가 진행된다.

드디어 검은 그늘과 흰 빛, '다섯'과 '일곱'의 이중적 교호결합으로(통합이 아님) '흰 그늘'이 떠오른다. 그리하여 마침내 '한'의 세계가 열린다, 차원의 큰 변화다. 마당은 성스러운 판으로, 신들의 유희장으로 드높여지고, 재담과 춤들은 전 우주의 사방팔방 시방으로까지 뿌려지면서 뒤풀이로

들어가 굿이 끝나면서 동시에 무한개방된다. 차원의 큰 변화, 즉 ⑤ ‘한一’
의 실현이다.

마침내 ‘다섯과 일곱이 한으로 하나가 되는五七一’ 경지다.

융 등의 정신의학, 칼 프리브럼Karl Pribram의 뇌생리학, 켄 윌버Ken Wilber
등의 영성담론 등이 참고 되면 좋을 듯하다.

중요한 것은 ‘삼사성환’, 곧 탈춤이니 판소리, 시나위 등이 끝나면서 끝
나지 않는 것, 그리고 그 처음도 시작되지 않으면서 시작된다는 것, 이것
이 곧 고리의 시간이고 혼돈의 질서이자 후천개벽이니, 태극의 우주질서
이면서 『정감록』이나 풍수의 ‘궁궁’과 같은 혼돈생명론에 새 원형의 출
현 · 전개가 만드는 ‘고리 속의 무궁무궁’이 결국 수학에서의 ‘제로(0)의’
세계라면, 그 뒤를 이은 ‘오칠일’이 ‘흰 그늘’의 출현과 함께 이루어지는
‘한’ 또는 ‘하나(1)’의 경지라는 점이다.

주지의 사실이지만 ‘제로’와 ‘하나’의 관계(0+1)는 앞으로 성립할 생명
학, 우주 생명학, 창조적 진화론에 의한 과학종교, 과학과 신비체험의 결
합에 의한 감각적 관조에서 깨달음에 이르는 새로운 민중예술, 대중문화,
그리고 그것과 함께 새 시대, 새 세대의 심오한 무의식과 생명 사이의 미
학적 탐색에, 어쩌면 신령 컴퓨터의 길, 역학易學과 서양수학, 수학과 미학
등의 관계에 새로운 여명이 될 수도 있다.

이때에도 그 창조적 대전환(제로체험에서의 한의 새로운 정신 및 무의식적인 영
성 생활로의 차원 변화)의 조건은 ‘흰 그늘五七一이 한이라 불리는 큰 살림(생명 ·
영성의 자각)의 차원을 열어주는 것’이다.

‘흰 그늘’의 미학은 바로 여기서 시작된다.

6. 오묘한 추연推衍

역易의 해석과정을 ‘추연’이라 한다. 역의 괘卦와 효爻의 배치, 재배치,

해석, 새로운 해석, 또 다른 차원에서의 뜻풀이 등 괘상의 도상학, 숫자의 상수학, 『주역』「계사전」의 철학적 해석의 확정, 변경, 보완 등이 모두 추연이다.

중국사상사의 꽃은 주역이다.

주역은 문자 그대로 2천8백 년 전 주나라 성립 이후 오늘까지의 선천先天시대의 생명과 우주 생명질서의 체계적 코스몰로지다. 그러나 그 안에는 혼돈의 계기와 혼돈학적 해석의 가능성이 무궁하다. 그래서 "주역의 힘은 아직도 남음이 있다枯似柱形力有餘"고 수운 선생은 읊었던 것이다.

주역과 미학은 어떤 관계인가?

생명과 영성, 숨은 차원과 드러난 차원, 감感과 통通, 리비도와 코기토와 아우라의 예술 및 미적 창조체험에서의 결합, 에코와 디지털, 그리고 나아가 현대미학에서의 이른바 '경제력'과 '질'의 긴장문제, 개체성과 융합, 미적 인식과 내적 범주 및 관계 미적 향수享受 등의 심오한 내적 연관, 사실인식과 상징 읽기, 상상력과 무의식, 생태학과 명상 등등의 미학 생각을 주역에 연결시킬 때 반드시 그것은 '추연'에 의해서만 가능하다는 것을 잊지 말아야 한다.

주역은 아직도 힘이 남았다. 그러나 새로운 시대, 후천後天과 대전환시대의 다가오고 있는 새 역학, 예컨대 김일부의 정역正易은 또한 "의심을 낼 틈이 없다燈明水上無嫌隙."

선후천 사이의 대전환기. 이 전환기 자체의 특징은 '대 혼돈'이다. 그리고 이 대 혼돈의 전환기는 너무 길고 너무 복잡하고 마치 잉아걸이나 완자걸이, 모든 엇걸이, 이른바 '혼돈적 질서'의 역설, 모순어법처럼 최수운의 두 시구와 같이 이중적 증상(더블 바인드)이고 이중적 처방(더블 메시지)이 요구되는 '아니다—그렇다'의 판단 대상이 되고 있다.

이 양역兩易, 주역과 정역 사이의 관계에 대한 새로운 '간역間易'이 필요하게 되었는데 곧 동학 원형인 '태극 또는 궁궁'의 예언처럼 새로운 '시천주' 단전수련법인 '궁궁'과 함께 새로운 팔괘가 나타나 '태극궁궁 원형을 앞에 세운 새로운 시대, 새로운 세대의 새 간역'의 시대가 올 것이다.

바로 그 원형과 기준, 즉 패러다임의 해석학적 촉매에 의해 주역의 저 풍요한 문화·철학·과학·신비학적인 내용들을 담대하게 해체·재구성하며 재해석할 수 있을 때 주역으로부터 도리어 도움을 받는 오묘한 새 미학원리들이 나타날 수 있을 것이다. 오늘의 생명학, 우주 생명학은 옛 주역과 새 정역 등의 변화의 학으로부터 혼돈적 질서, 태극궁궁, 여율呂律 또는 '흰 그늘'의 현대적 미학의 길을 걸어나가야 한다.

이때 필요한 것이『천부경』의 기이한 개념인 '오묘한 추연', 즉 '묘연妙衍'이다. '묘연', '오묘한 해석'은 그 이전의 '삼사성환오칠일'을 조건으로 하고 '묘연' 다음의 '만물이 가고 만물이 오는萬往萬來 후천개벽, 즉「계사전」에서 말한바 '만물이 끝나고 만물이 새로 시작하는 終萬物 始萬物' 대 문명 전환을 결과로 하여 탐색해야 할 기이한 개념이다.

이 '추연'의 조건인 '오묘함妙'이란 무엇일까? '삼사성환오칠일'로 풀어 본다면 '고리環', '그늘影' 또는 '흰 그늘白闇'이다.

이 글의 머리글에서 나는 이미 말한바 있다. 이미『예감에 가득 찬 숲 그늘』에서 '그늘의 미학'을,『탈춤의 민족미학』에서 '고리의 미학'을 천착했고, 이제는 '흰 그늘의 미학을 찾아서' 여행하는(추연은 여행이기도 하다)것 이기도 하다.

'오묘한 여행'이다.

'그늘', '고리', '흰 그늘'의 탐색과정에 숨어 있는, 후천개벽이란 이 전환기 나름의 오묘한 해석학, 생명학, 우주 생명학이 곧 '묘연'일 터이니 그것은 곧 새 시대, 새 세대의 '태극궁궁' 원형문화운동과 직결될 터이다.

새로운 단전법인 시천주의 '궁궁'수련과 '새로운 팔괘' 출현에 의한 새 간역間易의 '태극' 공부가 결합되는 곳에 바로 그 '오묘한 추연'이 있을 것이다.

‘묘연’ 이후의 ‘만왕만래’와 그 뒤를 이은 ‘태양이 높이 떠 밝게 비치는 太陽昻明’ 그것은 이미 개벽이다.

그러매 중요한 것은 그 개벽의 태양시대가 오기 전까지 소위 ‘백 년 만의 폭염’이 오고 있다는 이 ‘대 혼돈’의 전환기의 고통에 대해 ‘오묘한 추연’을 통해 새 예술학, 새 미학을 찾고 그로써 전 세계 카오스 민중의 카오스모스문화와 문명을 가져다주는 세계 대문화혁명을 촉발하는 일이다. 또 그것을 위해 ‘오묘한 추연’을 해석학적 촉매로 중국의 동북공정에 대한 참다운 대답으로서 고대 동아시아 르네상스를 제안하고 주도하는 일이다.

‘만왕만래’라 했다.

「계사전」은 ‘종만물 시만물’이라 했다. 그때 간역艮易 즉 정역正易이 한반도에서 나오리라 했다. 거기 ‘간방보다 더 왕성한 곳이 없다莫盛乎艮’ 했으니 오직 정역만은 아닐 것이다. 주역과 정역 사이의 간역間易, 관계역關係易도 가능하다는 뜻이다.

중요한 것은 주역이 아직도 유효한 중에先天力有餘 정역이 나타났으니 의심 낼 틈이 없다後天無嫌隙는 점, 그 사이의 ‘있음’과 ‘없음’, 그 ‘아니다— 그렇다’의 생명학, 우주 생명학이 필요하다는 것이 최수운의 감옥 안에서의 결론이라는 점이다. 그래서 수운은 주문의 마지막 절정을 ‘만사지萬事知’라 했고, 그 ‘만사’를 해석하여 ‘수의 많음數之多’이라 했으니 바로 ‘막성호간莫盛乎艮’과 같은 뜻이다. 주역만 아니라 그 이전 동이족 문화의 소산인 복희역伏羲易과 함께 주역 이후의 정역과 주역과 정역 사이의 관계와 전환기역인 관계역, 간역間易의 가능성을 다 열어놓고서 ‘지’, 즉 ‘도통’을 ‘독공으로 열심히 수련 공부하는 중에 계시를 받는’ ‘합발도통’으로 명시한 것이다. ‘모심’과 ‘살림’이라는 드러난 질서 속에 숨은 ‘깨침’의 드러남이다.

‘수數’.

‘수’란 동양문화의 맥락 안에서 ‘공功’이 반드시 혁명이나 정치사를 뜻하는 것과 똑같이 ‘역수易數’, 즉 ‘역경易經’을 말함이니 ‘수의 많음’이란 ‘역수의 여러 갈래易數之各類’를 뜻한다.

당시 유학儒學의 유일 과학체계인 주역법통에 대한 분명한 반역이다. 동학 자체가 이미 선천에 대한 반역이 아닌가! 이 역시 ‘막성호간’이 아닌가!

그러나 후천개벽은 첫째, 후천원형(태극궁궁, 혼돈적 질서)을 중심으로 하되, 둘째, 선천원형(주역의 태극 · 군자 · 중국 · 남성 중심의 코스모스론)을 해체 · 재구성하여 선 · 후천이 공존하는 기우뚱한 균형이니, 이 같은 ‘아니다―그렇다(더블 바인드에 대한 더블 메시지)’의 선후천 교합과 ‘엇걸이’ 시대(이 시대가 계속 장기화되고 있다) 나름의 개벽원형, 새로운 ‘태극궁궁’, 새로운 혼돈적 질서(카오스모스), 그리고 새로운 궁궁수련과 태극 공부의 간역을 중심으로 한 새 세대(10대, 20대, 30대 초반) 중심의 새 문화운동, 생명문화운동이 일어나야 한다.

이것이 다름 아닌 ‘묘연’이라 주역과 정역공부, 그리고 내 나름의 수련과 직관 등에 의해 이루어지는 기이하고 오묘한 ‘추연’이기 때문이다.

태양시대(『천부경』), 용화세계(강증산), 유리세계 4천 년(김일부) 등이 사실은 모두 ‘유토피아’다.

나는 ‘유토피아’를 믿지 않으며 따르지도 않는다. 다만 하나의 비전을 형태로 고려할 뿐이다.

‘고리의 시간’은 그러나 유토피아를 향하지 않고 지금 여기 살아 있는 나로부터 시작하여 지금 여기 살아 있는 나에게로 시간 · 공간 · 육체와 정신 등 온갖 삶의 차원 변화와 함께 되돌아오는 ‘나를 향한 제사向我設位(해월 최시형)’의 시간이니 여기에 전제된 원리가 『천부경』에 있다. 그것은 무엇일까?

7. 사람 안에서 하늘과 땅이 하나다

'사람 안에서 하늘과 땅이 하나로 통일되어 있다人中天地一.'

이것이다.

천지인은 북방 샤머니즘계 '삼태극의 춤'의 원형 이후 동아시아와 한민족의 근본사상이요, 우주론이다.

수운선생은 '천지인'을 현대적으로 해석하였다.

> 하늘은 우주물질 구성의 상징인 오행의 벼리, 법칙, 원리이고
> 天爲五行之綱,
> 땅은 우주물질 구성의 상징인 오행의 바탕, 질료, 재료이고
> 地爲五行之質,
> 사람은 우주물질 구성의 상징인 오행의 기운, 생명, 주체이다.
> 人爲五行之氣.

하늘이 질서요 코스모스라면 땅은 혼돈이요 카오스이며 사람은 그 코스모스와 카오스, 그 질서와 혼돈, 그 법칙과 질료를 제 안에서 창조적으로 통합하는 기운이요, 주체이니 곧 생명이다.

음악 쪽에서 본다면 하늘인 건괘乾卦가 율려律呂요 그 중심음인 황종黃鐘이며 중국의 아악雅樂이라면, 땅인 곤괘坤卦가 여율呂律이요 협종夾鐘이요 한민족 궁중악인 정악正樂인데, 주역 둘째의 곤괘에 있는 '누른 치마를 입으면 으뜸으로 길하다黃裳元吉'란 상징의 의미처럼 재상이 임금 자리에서 통치함이라 협종이 황종 자리에서 중심음 즉 궁음宮音 노릇을 하면 아주 좋다는 뜻이다. 협종은 본디 이월춘분二月春分의 대장괘大壯卦이나 건괘인 황종에 대응해서 곤괘의 '육오六五'의 '황상원길'로 기능한다. 이 '황상원길'은 다시 '카오스가 코스모스 자리에 들어가' 우주를 통치하면 매우 좋다'란 뜻이 된다.

이것은 역易 질서로 볼 때 '정역의 여율呂律이 주역의 율려律呂 자리에 들어가 지배하면 매우 좋다'로까지 의미 확장이 될 수 있다. 마찬가지로 여성, 여성성, 모성, 사랑과 대지의 생명학이 남성, 남성성, 부성, 도덕과 하늘의 이법理法 자리에서 통치하면 으뜸으로 좋다는 말이 될 수도 있다.

선천체계를 위상으로, 후천원형을 활동으로 하여 그 네 개의 위상 위에서 궁궁의 역동이 푸른 별 뜨듯, 붉은 꽃 피듯 시천주 주문의 네 단전에 폭발하는 '궁궁弓弓'은 '태극자리에 궁궁이 들어가면 매우 좋다'로까지 발전한다. 바로 후천개벽이다.

미학적으로는, 특히 음악에서는 무슨 뜻이 되는가?

협종적 황종, 여율적, 율려, 혼돈적 질서混元之一氣나 '그늘'에 해당한다면 숨어 있는 차원에서 새롭게 드러나는 차원으로 올라오는 초월성, 아우라, '한'의 경지인 '흰 빛'에 결합된 '그늘', 즉 '흰 그늘'이 될 터이니, 다름 아닌 산조散調나 속악俗樂 등의 '정간보井間譜'의 미학이 그것이다.

왜냐하면 정간보는 탈중심, 해체, 혼돈과 생성, 생명의 시대에 중심 아닌 중심이라 해야 할 계열화, 촉매, 뿌리 등의 기능을 가진 본청本淸을 천지인 중의 '사람' 즉 '인人'의 역할에 배치하고 그 위아래의 음역에 '하늘天'과 '땅地'을 획정하여 사람을 중심으로 하늘과 땅을 아우르거나 오르내리거나 너울질(꺼꿀잡이, 혼돈)하거나 엇걸이(중층화, 복잡화)해나가기 때문이다 ('인중천지일'이 정착한 것이다). 혼돈적 질서, 하늘과 땅의 이중교호결합 그리고 '그늘'이 아무리 훌륭한 미학적 범주라고 해도 구체적인 경우에 구체적으로, 개별적인 조건에서 개별적으로, 개체가 자기정체성identity을 잃지 않고 혼돈과 질서, 하늘과 땅을 '분권적으로' '융합fusion표현'하기는 쉽지 않기 때문이다.

판소리에서 엄격한 소리꾼 자질의 첫째 덕목으로 치는 그늘, 웃음과 눈물, 익살과 청승, 잉아걸이, 엇걸이 등과 농弄, 묵默, 틈間, 앞소리가 끝나기 전에 뒷소리를 겹치거나, 허공에 소리끌텅(줄거리)을 던져놓고 기침하거나 가래를 뱉거나 물 한 잔 먹고 나서 허공에 아직도 떠 있는 소리끌텅을 확 낚아채다가 다시 이어가도 조금도 단절감이나 위화감을 느끼지 않을 정도의 재능의 수련과 연마의 조건이 되는 '시김새(삭힘의 명사)' 역시 바로 개별적 조건의 개별적 조율이라는 '사람 속人中' 그 '본청本淸'에 좌우되는 것이다.

한 걸음 더 나아가 '시김새'나 '그늘'이 다 충족된 소리꾼이 걸걸한 '수리성'으로써 가히 명인의 경지에 이른다 하더라도 '귀신 울음소리를鬼哭聲'를 내지르는 신령의 영역, 『천부경』의 이른바 '오칠일五七一'의 경지에 이르지 못하면, 중력으로부터의 초월성, 중력과 초월성의 통일, 이른바 '땅과 하늘의 통일天地一'을 '사람속人中' 즉 개별적 조건에서 개별적으로 신산고초를 제 나름나름으로 견뎌내지 않으면 통달하지 못한다. 동학의 주문 앞머리 '모심侍'의 마지막 명제인 '각자각자 서로 옮길 수 없는 것을 나름나름대로 깨달아 다양하게 실현한다各知不移者也'. 또는 '밝고 밝은 이 운수를 각각 제 나름으로 밝혀라明明其通各各明'가 그것이다. 그렇기 때문에 귀곡성은 제 나름의 '삭힘(忍辱精進 수련, 연마, 신령한 차원 변화, 동학의 至化至氣·至於至聖)'의 지극한 경지에 이르지 못하면 어림없다.

이것이 '흰 그늘'이다.

19세기 말, 20세기 초의 그 숱한 명창들이 기라성같이 등장했음에도 귀곡성에서는 이동백李東伯을 따라갈 자가 없었다는 것은 이동백의 시김새가 곧 '지리산 삭힘(지리산의 험산준령 같은 신산고초와 수련의 역경, 정신적·영적 인욕정진을 상징 비유함)'에서 터득되지 않았다면 어려웠을 것이란 후세의 평 또한 정확함을 말해준다.

요컨대 '그늘'은 '흰 그늘'이어야 한다. 그것이 '인중천지일'에서 '인중'의 어려움이다. '인중'은 존재핵이니 유학에서 '허심단虛心丹', 역학에서 '황중월皇中月'이라 부르는 바이고, '천지일'은 우주핵이니 유학에서 '무중벽無中碧', 역학에서는 '천심월天心月'이라 부르는 바다.

'흰 그늘'이란 바로 이 '인중'에 '천지일'이 일치하는 것이니 존재핵과 우주핵의 합일, 즉 '신인합일神人合一'의 경지다. 이것이 또한 '흰 그늘'이다.

그러나 놀랄 것은 없다. 이것은 우리네 민족예술가들의 드높은 기상이요 뜻이었지 현실에서 늘 수월히 할 수 있고 또 그래야 당연한 무슨 당위 같은 것은 아니겠기에 말이다.

그리고 그 '합일'은 또한 역사를 가진다. 끝없이 양자가 서로 일치했다 싸웠다 멀리 떨어졌다 또 가까워졌다 하는 끝없는 갈등 관계인 것이다. 그러나 때가 되면 그 긴 역사 자체가 바로 새 차원의 근거다 된다.

드디어 중심 명제에까지 도달했다. 그러나 이 명제는 다시 뒤로 유보한다. 동학정역계 사상사와 탈춤, 판소리, 문인화, 민화, 민요 등에 가까이 가서 그리고 나의 당대 현실에 이르러서 다시 살피고자 한다. 커다란 원리만으로, 원리의 복합만으로 해명되지 않는 것을 또한 '본청'이라 하노니.

8. 『삼일신고』에 대한 몇 생각

『삼일신고』는 국권상실기 36년 전체를 통해서 가장 전투적이고 가장 신비주의적인 민족주의 집단인 대종교大倧敎의 국수國粹(민족혼) 그 자체이다. 대륙의 거칠고 찬 칼바람에 백발을 흩날리며 목청을 높여 낭송하던 그 내용 한 구절 한 구절이 내게는 모두 시다. 그러나 아직도 어렵기 끝이 없고 두렵기 한이 없다.

미학적 통로에 서서 우선 다섯 가지를 생각해본다.

하나.

'신은 사람의 뇌 속에 내려와 산다神降在爾腦'에 관해서다.

내 삶에서 『삼일신고』를 보고 두 번 크게 놀랐는데, 아주 오래전에 읽다가 땅을 '한 개의 구슬 같은 둥근 세계一丸世界'라고 언명한 곳에서 처음 놀랐다. 중화中華를 자처하던 중국이 '하늘은 둥글고 땅은 모나다天圓地方'

고 말할 때보다 훨씬 더 옛날이고 천동설은 당연하고 당연할 때다. 유목
민적 세계관의 산물이 아닐까 생각하는 정도에 그쳤다.

두 번째 놀라움은 '신과 뇌' 관계에서다. 이미 아메리카 뇌과학이 전 인
류과학사, 나아가 전 우주 진화사의 화살 끝으로 진화된 뒤의 일이다.

무서울 정도로 아름다운 사태는 다음의 세 가지다.

하나는 뇌생리학 쪽의 홀로그램 관측 결과다. 대우주에서 벌어지는 블
랙홀 출현이나 초신성超新星의 폭발, 은하계군群의 기이한 변화 등 온갖
현상이 인간 뇌세포의 활동 안에서 거의 그대로 압축 재현된다는 점이다.
뇌는 곧 우주인 것이다.

둘은 뇌세포의 90퍼센트가 아직 잠자는 상태라는 것이다. 범인이 그
100 중 6퍼센트 정도를 활용하고 천재가 9퍼센트를 사용하는데 아직도
90퍼센트는 긴 잠 속에 빠져 있다는 것이다. 아마도 크게 깨달은 성인이
있다 할 때 이 90퍼센트 중의 10퍼센트나 15퍼센트가 갑자기 크게 깨어
나 확장한 것 아니겠는가. 그렇다면 신의 거처는 허공이 아니라 인간의
뇌 속에 있는 것이다.

예언자가 처음 계시를 들을 때 소리는 허공에서 울린다. 그리고 정신질
환자가 환청을 처음 듣는 것은 역시 허공의 울림을 통해서다. 그러나 예
언자의 계시 내용이 주밀해지거나 정신병자의 환청이 오래 계속되면 그
소리는 뇌 안에서 울린다.

최근의 정신과학, 뇌과학의 결과다.

그런데 달이나 해를 보고 신이라 숭배하고, 이상한 늙은 나무를 보고
절을 하던 그 수천 년 전 한민족은 인간의 뇌 안에 신이 내려와 산다는 대
폭발음 같은 발견을 어떻게 발표했는가?

훗날 동학이 '한울님을 인간이 자기 안에 모셨다侍天主'고 주장한 것 역
시 이런 아득한 옛 진리의 무왕불복無往不復, 한 번 간 것이 돌아오지 않음
이 없음을 믿었기 때문이다.

셋은 바로 인간 안의 우주요 신이 두개골만이 아니라(물론 두개골 안에는 그 전 활동이 고농축이 있겠거니와) 세포 하나하나, 장기와 피부 하나하나의 온몸에 퍼져 있다는 전신두뇌설이다. 무릇 등이 외부 자극에 대해 대뇌의 명령 전에 즉각 반응한다거나 배꼽 밑 조금 안쪽에 있는 하단전, 즉 기해혈氣海穴에 소뇌小腦 기능이 집결에 있다는 20년 전의 일본 분자생물학계의 보고 등을 보라, 이것은 점점 공리公理 단계로 나아가고 있다.

『삼일신고』는 말한다. "생명의 주체는 한 기운一氣이요 그 한 기운 안에 세 신三神이 모셔져 있다"고. 옛 북방계 신화 '셋을 품고 하나로 작동한다含三爲一'이니 곧 '셋과 하나의 신 이야기三一神誥'인 것이다.

뇌에 모신 우주 활동, 신, 두개골만이 아닌 온몸의 한 기운一氣(태극과 같은 우주 생명의 질서) 안에 모신 생성혼돈 중의 삼극, 삼신을 청하고請神 맞이하는迎神 '어아於阿의 음악'이라는 신시神市의 노래가 있었다 하고, 또 삼신을 기쁘게 하고 함께 놀았다는 신시 음악에 '공수供授'와 '두열頭列'이 있었다 하니, 옛 신시의 예술이 '신성한 우주와 속된 장바닥의 결합神市' 위에 세워졌고 또 그것이 무궁혼돈의 삼신三을 한 기운一氣의 질서 안에서 청신請神 · 영신迎神 · 오신娛神하는 선도풍류의 전통적인 굿을 이미 놀고 있었던 것을 알겠다.

넷 역시 한 기운, 한 몸 속의 삼신에 대한 수련 공부와 관련된다.『삼일신고』가 가르치는 우주 생명학적 수련연마의 가장 큰 원리요 철학은 '반망환진返妄還眞(거짓을 되돌려 참으로 바꾼다)' 네 글자에 있다

『삼일신고』에서 '망妄'으로 제시한 생명학적인 체계가 바로 '정력 · 기운 · 신령精氣神'의 삼단전론이다. 하단전에 성적인 힘, 중단전에서 사회적 활동력, 상단전에서 정신작용이 있다 함이고, 최근의 단학丹學 역시 이 체계를 고수한다.

이것은 분명 생명의 단전체계요 이른바 '드러난 차원'이다. 그래서 고태古態적 표현으로 '망妄'이라 부르는 것이다. 여기에 비해 신고가 '참眞'이

라 부르는 영성적 신체의 삼신三神은 무엇일까? '성품性·목숨命·정기精'이다.

영적인 생명의 숨은 차원이다. 숨은 차원은 드러난 차원 밑에서 숨은 채 드러난 차원을 추동, 변화, 비판, 수정, 보완한다. 그러다가 드러난 차원이 한계에 이르러 해체 단계에 들어갈 때 숨은 차원 스스로 새로운 차원으로 드러난다. 바로 이때의 변화를 표현하고 그 두 차원의 관계를 인식하는 동학의 논리가 곧 '아니다—그렇다'이다.

이것은 흔히 전환, 쇄신, 개혁, 현현顯現, 개시開示, 대각성, 혁명 같은 현상으로서, 이때 생명은 피나는 노력을 통해 새 차원에 적응하는 '학습'을 행한다. 바로 이렇게 차원 변화하는 관계를 일러 『삼일신고』는 '거짓을 뒤집어 참으로 돌아간다返妄還眞'라 부르는 것이다.

실제에 있어 신고류의 옛 생명학에서 수련하는 과정은 생명 중심의 '정력·기운·신령精氣神'의 삼단전수련의 절정에 이르면 영성 중심의 삼신영통三神靈通인 '성품·목숨·정기'의 신령 공부로 차원을 바꾼다.

'반망환진'에서 삼단전의 생명수련을 드러난 차원, 즉 외면으로 보고 삼신영통의 마음공부를 숨은 차원. 즉 내면으로 보면서 두 차원 사이의 '아니다—그렇다'의 '되돌림返'과 '돌아와 바꿈還'의 '반환返還'이란 명기한 것 역시 우리의 미학 생각에 큰 발걸음의 자취를 남긴다.

'망진妄眞'은 '허실虛實'이기도 하지만 특히 오늘의 영상매체나 디지털 코드의 경우에서 살피면 또 다른 진실이 드러난다. 이미지와 콘텐츠의 관계요 에코—디지털이나 디지털—아날로그 등 여러 가지 미학적 논의를 유발시킨다.

다섯, 『삼일신고』에는 "생활발전生活發展을 삼신을 모신 마음으로 살고"라는 말이 있다. '생활발전'이란 생성, 변화, 발전이니 혼돈적 생성이요, 생명의 변화발전이니 진화요, 자기조직화요, 혼돈적 복잡화 즉 기화氣化요 조화造化인데, 그것을 '마음으로 담는 것' 그리고 '그 마음은 삼신을 모신다는 것'은 무슨 소리인가?

문자 그대로 '생명—양성', '에코—디지털'의 미학적 원리 아니겠는가!

돌이켜보건대 『천부경』과 『삼일신고』에 함축된 미학 생각은 옛 선도 풍류로부터 종교적 표현이나 예술문화를 통해 불변의 주류를 형성·계승 하면서도 우선은 외래사상이라 할 유불도儒佛道의 패권의 추이를 거치며 그것들을 격의格義 토착화土着化 저류형성底流形成하거나 어떤 형태로든 보존하면서 마침내 동학정역계 사상사를 통해 원시반본의 거대한 분출을 하게 된다. 그 대폭발에 이르러 미학 생각의 창조적 비약이 일어났는바, 거기 도달하기 이전에 우리는 그간 우리 민족사에 영향을 끼친 유불도의 미학적 주류 안에 어떻게 천부天符나 『삼일신고』 등등의 미학적 원형이 변형되고 결합되며 나타났는가를 간략히 살펴보기로 한다.

9. 전통미학과 유불도

우리 민족의 전통미학 안에 이미 일부를 이루고 있는 유가·도가·불 가의 미학원리를 간단히 살펴보자면, 우선 고운 최치원은 "풍류가 이미 유불도 삼교三教를 애초부터 아울러 갖추고 있다包含三教"고 했고 그 통합 의 바탕을 "뭇 생명을 가까이 사귀어 감화, 변화시킨다接化群生"는 근원적 생명학, 우주 생명학에 넌지시 두려 하였다.

분명 도가사상이 한민족 상고대·고대의 선도풍류의 중국적 버전임이 분명하고 유학의 정수인 '사람人사상'과 '어짊仁사상'이 이미 선진동이先進 東夷문화로부터, 예컨대 역시 동이족이었던 순舜임금을 통해 중국의 주공 周公과 공자에 이르러 철학적·문학적 대완성에 도달했고, 역시 동이문화 의 산물인 음양길흉陰陽吉凶의 우족점牛足占이 은殷에 접속되어 갑골점甲滑 占으로 전변하며, 또한 동이계 우주 생명학인 복희역伏羲易이 중국에 흘러

들어 이후 주나라 문왕文王에 의해 주역으로 크게 풍요로워졌다는 점을
전제해야 한다.

또한 정신사적 입장에서 볼 때 일연의『삼국유사』에서처럼 한민족의
땅이 오랜 인연을 가진 거대한 불국토佛國土였고 화엄학이나 선禪불교 자
체가 본류本流인 선도풍류와 다양하게 습합習合돼 있음을 전제할 때 최치
원의 '접화군생'을 기저에 둔 '포함삼교'는 그리 어려운 바도, 생경한바도
없는 말인 것이다.

1) 원효의 삼태극 춤

삼태극이나 천지인 삼극사상이 원효불교에서 여하히 그 기저基底로서
작용하는가?

세 가지만 지적한다.

첫째, 원효교학元曉敎學의 절절은『대승기신론소大乘起信論疏』이다. 그리
고 '소'에서 가장 주목해야 할 깃발은 그 첫 마디 '목숨을 들어 삼보에 돌
아간다歸命三寶'에 꽂힌다.

'남무南無'를 '귀명歸命'으로 옮긴 것부터가 생명학적 해석이다. 특히 '귀
명'이 그 번역해설자인 이기영李箕永에 의해 '목숨을 들어 돌아간다'로 해
석된 것은 참으로 놀라운 일이다. 선도풍류의 생명학을 불변으로 승화시
켰으니 옛 '솟대' 자리마다 '절'을 세운 신라불교의 생명학의 참다운 부활
을 본다. 그러나 여기에 나는 한 마디를 더 붙여서 생명학과 생명운동의
일치를 강조코자 한다. 즉, '귀명'을 '목숨을 들어 삼보라는 이름의 목숨의
진리에 돌아간다'로 확장 해석하는 것이다. 그렇다, 삼보는 목숨의 진리
이니 곧 그 원형이 한민족의 경우 삼태극,『삼일신고』,『천부경』의 '천지
인사상'에 있다, 삼보, 즉 부처님佛寶, 부처의 가르침法寶, 그리고 그것을
실천하는 스님僧寶이 곧 천지인이요 삼신三神이요 삼태극이니 그것을 목

숨의 진리(혼돈생명의 우주질서)로 삼아 목숨을 바쳐 그 실천과 공부에 돌아
간다는 것이다.

둘째, 원효는 인식에 있어서도 삼태극을 본다. 현실총괄의식인 칠식七
識과 초의식, 무의식의 시작인 팔식八識을 연결, 결합시키되 마치『삼일신
고』에서 거짓妄과 참眞 사이의 이중성을 ‘반환返還’으로 차원 변화시키듯
깨달음覺과 어리석음無明을 이중적으로 함께 가진 팔식인 ‘아뢰야식’에 기
초를 둔 ‘한마음一心’으로 칠식이라는 감각적 의식의 통합체험을 무의식
의 깨달음, 그러나 깨달음과 어리석음의 이중성·양면성을 내포한 팔식
에도 연속, 결합시키는 곳에서 다름 아닌 ‘셋과 하나’의 옛 풍류가 되살아
나는 것이다.

이미 누누이 강조했듯이 동아시아 및 우리 민족 고유의 세계관은 ‘우주
의 원기임에도 셋을 품고 하나로 작동하며 이미 제 안에 음양 두 기운을
포함’하고 있는바, 천지인 삼축三軸과 음양이축二軸과 그 셋과 둘을 혼돈적
질서의 ‘아니다—그렇다’로 이중적 교호결합하는 ‘한’의 사상이다.

셋째, 원효는『대승기신론소』만이 아니라『십문화쟁론十門和爭論』과
『판비량론判比量論』에서도 바로 이 ‘셋과 둘과 한’의 풍류 생명학, 우주 생
명학을 강조하고 있다. 잊지 말아야 할 것은 당대의 숱한 스님들과 똑같
이 원효도 그 이름이 ‘서당화상誓幢和尙’, 곧 화랑스님이었다는 점이다. 선
도풍류도의 화랑이면서 불교의 스님이었다는 점이다. 풍류의 생명사상
과 불교의 영성사상의 동전 또는 이중교호결합을 공부하고 실천했다는
뜻이다.

그러한 그가 삼국통일, 즉『삼일신고』의 핵심인 ‘셋이 모여 하나로 돌
아가는 일會三歸一’이라는 큰 도끼를 마련하기 위해 그 도끼자루를 찾겠노
라고 밤의 문천蚊川 위에서 고공高空에 대고 큰 소리로 서원한다. 곧 이어
파계를 하고 자칭 ‘소성거사小姓居士’로서 ‘불교관행’을 벗어버린 뒤 곧 선
도풍류『천부경』의 핵심인 ‘울타리를 걷어치우면 천지인 셋이 자연스레

진화한다無匱化三’와 『삼일신고』의 핵심인 ‘거짓을 뒤집어 참에 돌아간다
返妄皽還眞’를 참으로 실천한다.

그의 ‘무애무無碍舞’가 바로 그것이다. 물론 동방불교의 정수인 ‘뭇 이단
중생 속에 들어가 삶異類中行’과 ‘털을 입고 뿔을 단다被毛戴角’ 같은 중생구
제의 운수행雲水行이라고는 하나 원효가 보여준 ‘무애의 춤’, 커다란 박을
들고 남무아미타불(목숨을 들어 목숨의 땅인 아미타극락에 돌아가리라)을 연호하
며 장바닥과 촌락의 민중들 복판에서 춤을 추고, 서라벌의 밑바닥이었던
사복蛇福과 친구同事로서 함께 장바닥의 떠돌이 풍각쟁이처럼 유랑한 것
은 하나의 거대하고 심오한 생명학적 미학 행위, 예술 중의 최고 예술이
라고 생각된다.

‘무애무’라는 원효의 민중예술, 중생을 위한 카오스모스 예술의 원리는
물론 ‘삼태극’이다. 그러나 ‘무애無碍’라는 혼돈한 근원 목숨의 진리(삼보, 삼
태극), 즉 혼돈적 질서를 ‘춤’이라는 미적 양식(또는 장단) 안에서 표현한 점
은 그대로 오늘에까지 이어지는 대중적 구도예술의 모범이다. ‘화삼化三’
이 ‘무궤無匱’에 의해 이루어지기 때문이다. 그리고 PC방에 앉아서 10대
소년이 혼돈스런 게임을 칠식(오감통합의 현실총괄의식)을 통해 즐기는 도중
에 문득 숨은 차원이 드러나듯 팔식체험을 하는데, 예컨대 ‘인생은 부질
없으나 성실히 살아야 한다’고 깨닫고, 더욱이 그것을 한편 긍정하면서도
한편 고개를 갸웃거리며 PC방 문을 열고 집으로 돌아가는 이전과는 무언
가 크게 다른 마음의 한 서늘함을 느끼게 해주는 것이 곧 요청되는 새 시
대, 새 세대의 대중문화, 민중예술의 한 방면이라 한다면 여기에 필요한
미학 원리를 이미 아득한 옛날에 제기한 것이 또한 원효임을 깨닫고 새삼
마음이 서늘해짐을 느낄 것이다.

이 역시 혼돈적 질서이며 ‘흰 그늘’의 미학이다.

2) 유가의 역易의 미학

동양 음악이 '철학적 세계관을 음音으로 드러내는 예술'이라고 한다면 동양음악의 궁극은 음악을 통해 도道와 일치하는 경지라고 볼 수 있다.

유가의 미학은 '5음音과 12율律의 질서정연한 짜임새'를 통해 천지자연의 도道를 드러내는 것이다. 천지자연의 도를 괘상卦象으로 드러내는 주역은 유가에서 가장 존중되는 경전이지만 본디 유가에서 만든 것은 아니다.

유가의 미학은 역易의 미학이다. 역과 거문고의 관계를 보자. 서계西溪 이득윤李得胤의 시다.

> 역易은 소리 없는 금琴이요
> 금琴이란 소리가 있는 역易이다
> 이는 옛날 포희씨가 만든 것으로
> 처음 팔괘八卦를 그었고

역은 음양, 오행, 삼재, 십천간天干, 십이지지地支등이 조화롭게 조직되면서 쉼 없이 흐르는 천지자연의 도를 표현한다. 요컨대 코스모스요 율려요 이법理法이니 우리가 탐구해오고 있는 혼돈적 질서, 카오스모스나 여율 또는 생명과는 정반대이거나 어떤 경우 혼돈 위에 '기운생동'이라는 이름의 양식적 봉인을 씌운 또 하나의 정연한 질서인 것이다.

그러나 혼돈적 질서와 여율이 휩쓰는 후천개벽기 예술 안에서 이 같은 주역의 미학도 조건부로 용납된다는 것, 즉 해체·재구성·재해석 된다는 조건 위에서 도리어 적극적으로 활용된다는 점을 잊지 말아야 할 것이다. 동학이 고대 이래의 후천생명학인 '수심정기守心正氣(궁궁단전법)'를 중심에 두되 다른 한편 공자의 네 가지 덕四德(태극사상·四象에 해당하는 인간 윤리 덕목)인 인의예지仁義禮智를 도리어 용납하는 까닭을 잘 알아야 한다. 후천개벽은 선천을 섬멸적으로 파괴하는 단절이 아니라 후천에 의해 그것을 해체 · 재구성한 뒤 공존하되 후천 쪽에 중심이 약간 더 가 있는 '기우뚱한 균형', '비평형적 공존 · 공생'이라는 것을 잘 이해해야 한다는 것이다. 더욱이 역易은 봉인의 한계 안에서이지만 주역의 경우에도 역시 생성과 변화의 학임을 부정할 수는 없다.

3) 도가의 무현금

도가에서는 작위적이고 인위적인 음악은 타기되고 원초적이고 자연적인 '소리'는 도리어 '큰 음악大音'으로 긍정된다.

'큰 음악'은 우주만물의 배후에 숨어 있는 숨겨진 질서요, 차원이다. 그래서 '큰 음악은 소리가 없다大音希聲'라고 말한다.

바로 이 경지가 도가의 미학에서는 최고의 경지다.

"말해지지 않는 가르침不言之敎과 하지 않음의 이익無爲之益에 도달하는 사람은 천하에 드물다."

노자의 말이다.

바로 이 같은 '무'와 '텅 비움'과 어떤 의미에서 혼돈이요 여성성이며 굴속의 어둠이나 '그늘'에 해당하는 도가의 미학 원리를 상징하는 것이 곧 '줄 없는 가야금無絃琴'이다.

'무현금'의 도가미학은 유가에서도 흔한 유행이었으니 우리민족의 기철학氣哲學의 원류인 화담花潭의 시에까지도 「무현금명無絃琴銘」이 있을 정도다.

이 역시 외적인 드러난 차원에 머물지 않고 내면적인 미학의 절정으로서 숨겨진 차원, 즉 강태공의 '줄 없는 낚시'와 같은 경지인 것이다.

그렇다고 '무현금'이 단순한 불가식의 '공론空論'만은 아니다. 왜냐하면 노자든 장자든 제 나름대로의 현실관계, 드러난 차원의 현실속의 있음有과 함爲의 정치에 대해 숨은 차원으로부터의 비판, 추동, 변화, 수정, 보완의 개입 작업을 결코 포기하는 일이 없었기 때문이다.

이는 옛 개념의 '몸體'과 '씀用'의 관계이니 제언하거니와 드러난 차원과 숨은 차원 사이의 '아니다―그렇다'의 이중적 교호관계에서, 그리고 혼돈과 질서 또는 생명과 영성, 에코와 디지털, 농경과 유목 등 현실적 이중성(더블 바인드)이라는 명제와의 관계 안에서 그 의미(더블 메시지)를 해석해야만 한다.

그러매 '무현금의 미학'은 '역의 미학', '무애무와 한 마음의 미학'과 똑같이, 동양예술의 한 경지이자 나아가 유가 · 도가 · 불가의 철학을 통합하는 큰 원리의 상징이라고도 볼 수 있다.

다만 그와 같은 통합이 참으로 살아 생동하는 혼돈, 과정, 생성, 생명, 변화의 차원에서, 그리고 무無, 공空, 허虛, 자유自由, 빈터空所, 빈칸空間, 그리고 고리 속環中의 텅텅 비어 있으면서도 영생불멸한 생명의 '무궁무궁無窮無窮'에 대한 인간의 미적 인식, 창조, 재창조와 향수, 미적 감동과 비판을 동반한 차원 변화 위에서 이루어지느냐 어떠느냐의 문제만 남을 뿐이다.

유불도와 기독교, 그리고 각종 철학, 과학 등의 평화로운 공존과 살아 생동하는 미학적 통합은 최치원의 풍류의 요점인 '뭇생명(나아가 생명 · 무생명, 인격 · 비인격을 막론한 우주만물)을 다 가까이 사귀어 감화, 변화, 진화, 조화시킴 접화군생接化群生'의 원리 위에서 성립 될 것이다.

'접화군생' 네 글자야말로 현대 생명의학의 알짬이다. 왜냐하면 그것이 곧 오염된 생명에 대한 생태학적 사랑이고 생명학적 모심이자 자비로운 치유해방이며 그 생명의 안쪽인 마음 또는 영성을 감동 · 감화시키는 천지 미학天地美學의 근본이념이기 때문이다. 또한 '접화군생'은 현대 생태학과 생명의 네 가지 근본 특성을 다 담고 있기 때문이다. '접'이 '관계성'이고 '화'가 '순환성'이고 '군'이 '다양성'이라면 '생'은 그 주체가 '영성'이기 때문이다.

최치원의 풍류 문맥을 다시 한 번 살피자.

"나라에 현묘한 도가 있으니 그 이름이 풍류다. 본디부터 유불도 삼교를 아울러 갖추고 있으니 그 아우름의 바탕이 접화군생이다.”

나는 이렇게 읽는다. 포함삼교의 바탕이 접화군생이라는 것이다. 풍류의 실천 과정에서 포함은 ‘모심’을 접화는 살림이 된다. 그리고 포함이 평화하면 접화는 생명을 지시한다.

이 전통, 선도풍류의 접화군생을 바탕으로 유불선을 아우르는 이 전통은 그 뒤 19세기에까지 이어진다. 가장 뚜렷하게는 최수운, 최해월, 김일봉, 강증산의 동학정역계 사상사 전체가 아주 명백히 선도풍류를 유불선의 통합의 중핵으로 제시하고 있으니, 풍류, 접화군생의 생명학, 우주 생명학은 중앙아시아 마고신화의 율려론과 북방계 샤머니즘의 ‘삼태극의 춤’ 이래 유불선과 기독교까지를 모두 통합, 새롭게 창조하며 19세기의 절정기를 거쳐 생태학과 무의식의 이중교호결합이 대유행을 형성하는 현대의 ‘에코─디지털 시대’에 있어서까지도 여전히 삶과 세계의 근본 명제가 되고 있는 것이다.

10. 그 뒤 근대에 이르러

그 뒤 근대에 이르러 일제의 식민통치라는 대문화말살시대에 그나마 한민족의 미적 사유의 흐름을 지켜준 두 사람을 잊을 수 없다. 하나는 일본인 야나기 무네요시柳宗悅이고, 다른 하나는 한국인 고유섭高裕燮선생이다.

두 사람 다 민예民藝적 전통을 중심으로 파악한 점에서 크게 보아 역시 풍류와 접화군생의 길 위에 서 있다. 다만 시각의 상당한 차이가 있다.

야나기의 경우 ‘선묘線描적인 것’, ‘백색’, ‘슬픔’, ‘한恨’과 같은 여성성, ‘그늘’에 강조점을 두었고, 고유섭의 경우 좀 더 밝고 담대한 역설이나 모순어법 또는 혼돈적 질서에 빛을 비추었다. ‘무계획의 계획’, ‘구수한 큰 맛’, ‘어른 같은 아해’ 등이 그것이다.

두 사람 다 생활과 종교와 예술의 미분화 지점에서 미학 생각을 일으켜 풍류 속에서 유불선을 아우른다.

만약 우리가 두 사람의 미학 생각을 결합하려 한다면 결국 두 방면인 것이다. 고유섭의 빛과 야나기의 그늘, 반대로 고유섭의 그늘과 야나기의 빛, 야나기의 선적인 연속성과 고유섭의 역설에 의한 이중성이라는 상호 모순이니, 어찌 보면 상호보완적이라거나 서로서로 바꾸는 관계相換性이 거니와 나의 문맥에서 보면 다음 세 가지 명제로 발전한다.

하나는 '흰 그늘'.

둘은 '아니다─그렇다'의 이중모순교호성.

셋은 숨은 차원의 이중성과 드러난 차원의 연속성 사이의 차원 변화 관계.

그러나 두 사람 모두 학문 연령이 깊어지면서 초월성과 일상성 사이의 교호관계로 더욱 나아가는 지점에서 근대 한국미학과 예술학의 중요한 법통을 만나는 것이다.

11. 풍류와 율려

_동학정역계 미학사상사 연찬의 시작

예컨대 이런 말이 가능할 것인가?

"당신은 율려만 해라, 나는 풍류만 할 테니."

예컨대 이런 말이 가능할 것인가?

"당신은 미학이나 해라, 나는 예술학만 할 테니."

예컨대 이런 말이 가능할 것인가?

"당신은 춤이나 춰라, 나는 노래만 할 테니."

가능하다, 나눌 수 있다. 그러나 나눌 수 없다.

'아니다─그렇다'이다.

이것이 풍류의 논리, 생명학, 우주 생명학의 기본논리다.

그리고 이것을 '서로 반대되지만 상호보완적인 것', '이중적 교호결합'이라고 부른다. 이것은 혼성混成은 아니지만 자기섬멸적인 지양止揚, 변증법적인 통일도 전혀 아니다.

그것은 현 차원의 이것과 저것의 관계이지만 그 역이기도 하다. 그러나 동시에 그것은 숨은 새 차원과 드러난 현 차원 사이의 관계, 어느 날 숨은 차원이 드러난 차원으로 스스로 개시開示되는 것 같은 모든 생명 관계에 적용되는 생성논리, 진화의 논리학, 혼돈적, 질서의 논리학, 생명과 영성, 생명차원 변화, 그리고 에코-디지털의 논리학이다.

생명과 영성은 똑같이 역설적인 이중성, 사이버네틱적인 이진법과 두 차원 변화 관계의 생성 구조를 갖기 때문이다.

말하자면 이것은 미학적 논리학으로서는 '흰 그늘의 논리학'이라 부르되 특히 문화가 정치·경제보다 더 첨단적 삶의 영역으로 돌출하여 그 삶, 그 생명이라는 눈동자의 뒤에 있는 거대한 망막의 숨은 차원으로서의 영성 또는 심층무의식의 탐색과 함께 그 숨은 차원의 현실적 개입이나 극에 이르러 그 숨은 차원 자신의 눈에 보이는 개시開示·현현顯現 과정에서 생명과 영성, 뇌수학과 생명학의 변화 논리인 '아니다-그렇다'의 이중성·이진법과 기존의 지배 논리인 배제의 논리 및 변증법과의 사이에서 폭발할 것으로 예상되는 '대언전大言戰', '대논리전쟁大論戰'에서 요청되는 새로운 생명 논리인 삼지창의 논리, 즉 '당파논법钂把論法'의 기본구조이다.

살아 있는 생명체인 뇌의 거룩한 영성운동인 우뇌·좌뇌·뇌간 세 차원의 연쇄 고리에 입각하여 비흥比興의 우뇌·좌뇌·뇌간 기능 순서로 연속된 베제론 또는 변증론의 공격에 그 연쇄 고리를 따르는 논쟁으로 대응하는 과정 자체를 승리나 패배 따위가 아닌 '무궁무궁'의 큰 깨달음으로 차원 변화시키는 각비覺非와 흥비興比의 생성논리학의 이름이 바로 '당파논법'이다.

'당파'는 길이가 다 각각 다른 삼지창으로 큰 짐승을 서서히 안락사 시켜 극락으로 보낸다는 무기 아닌 무기다. 본디 이것은 그 대중화된 전설에 따르면 원효가 취한 논법으로, '비슷하면서도 전혀 다른 것 사이에서 그 마땅한 것을 얻는 설득 과정(이른바 '似然非然之間當然之法'—나의 해석학적 견해)'인데 '일심一心 차원에서 말을 일으켜 서로 우주의 근본에서 비슷한 심정에 접근하고 팔식 차원에서 그 현실적으로 깊은 차원임에도 어리석음과 깨달음의 시비를 가리며 이어서 칠식 차원에서 감각적 합의에 도달하는 방법론'이니 최수운의 「홍비가」에서 먼저 시비를 가리고 다음 개벽에 대한 정서적 합의에 도달하는 '비흥법比興法'이 잘못임을 깨닫고覺非 나서 그것을 거꾸로 뒤집어 '홍비법興比法'으로 나아간 것과 깊이 관련된다.

'홍비법'은 먼저 숨은 차원의 후천 세계에 대한 묵시적 동의에서 출발한 뒤 그것의 선천 세계에서의 현실성을 시비하고 그러고 나서 다시 새 차원에서 정서적 합의에 도달하는 참다운 논쟁의 기술이다. 수운의 「홍비가」에 의하면 이때 인간은 '인간 주체인 나의 무궁함과 바깥세상인 우주의 무궁함이 겹쳐진神人合— 무궁무궁'에 도달한다 하였다.

수운의 시구에 다음과 같은 말이 있다.

"바람이 숲 속 호랑이를 이끄니 이로 말미암아 그 뒤를 다시 바람이 따른다風導林虎故縱風."

무슨 뜻일까?

상고사에 대해 생명학적 해석 과정에서 결과된 다음과 같은 추론이 있다.

고조선 이전의 풍류風流, 신시神市, 화백和白의 상호 관계에 관한 것이다. 신시는 반드시 '산 위에 물이 있는 곳'(수운 시에 '山上之有水兮'란 구절이 있다. 신시의 전통을 읊은 것이다), 즉 백두산 천지 같은 곳에서 열렸다고 한다. 먼저 풍류음악과 춤판이 크게 벌어지고 그 굿판, 즉 신시(신령한 제사와 교환과 증여와 신성한 호혜의 경제적 차례)가 끝나면 화백이 열려 부족과 부족 사이, 유목민과 정착민, 수요계와 공급계 사이 또는 대의기구와 민중 사이에 치열한 토의, 율려적 질서와 각론 사이의 대단히 복합적인 정치 시비가 있고 그것이 대강 합의 언저리에 접근할 때 풍류가 다시 크게 일어나 마침내 전원이 감성적으로 완전 합의, 전원일치에 도달한다는 것이다.

바로 이것을 반영한 것이 '당파논법'이니 치열한 논쟁을 오히려 주체와 세계의 무궁무궁에 대한 깨달음으로 연결하여 그 차원을 결정적으로 변화시키는 논법이다.

이것이 무엇일까?

우선 주역의 율려律呂 구조를 공부해야 이해한다. 그러나 막상 정역正易의 여율呂律과 함께 그것을 알지 못하면 참으로 이해하지 못한다. 그리고 끝내는 율려도 여율도 아닌 산조散調와 속악俗樂의 정간보井間譜의 음악원리, 그중에도 중심 없는 해체 속에서의 계열화와 촉매와 뿌리의 기능을 노는 본청本淸의 본질을 알지 못하면 알긴 알아도 그것을 스스로 활용할 수는 없다. 더욱이 그 본청 안에 '여율적 율려'라는 역설적 이중교호결합이 개성적으로 반영되지 않으면 어림 반 푼어치도 없다.

이 논법은 고려 적 강화 중심의 무신武臣정권 때, 그에 결탁한 지식인층文臣과 무신과 왕실관료 삼자에 대한 춤과 노래와 불할佛謁을 배합한 기승氣僧 혜정惠正의 사활을 건 치열한 논쟁과 비판으로부터 시작되었다.

그 결과 혜정은 세 세력 모두에게 갈기갈기 찢긴 뒤 난간 아래로 던져져 개밥이 되었다 한다. 어느 노을 진 무협 강화에서다. 비판이 얼마나 혹독했길래 그랬을까? 후천개벽과 생명의 대전환, 문화혁명의 천시天時가 아직도 캄캄하고 요원했던 시절, 과격무쌍한 한 불행한 선국자의 슬픈 전설이다.

풍류와 율려의 관계는 바로 이 '당파논법' 안에 있다. 율려의 기둥은 시비논쟁의 '비比'에 있고, 풍류의 바람은 바로 그 시작이자 끝인 '흥興'에 있는 것이다.

율려가 곧 풍류라고 말한 것은 중국책 『술수탐비術數探秘』다. 교술比이 곧 서정興이 된다는 말인데 이는 신중한 주의를 요한다.

풍류가 먼저 일어나서 율려를 이끄는 법이다. 그러고 나서 다시 풍류가 일어나는 것이다. 이것은 바뀔 수 없는 후천문화개벽의 순서다.

상고 때 마고신화에서의 팔려사율八呂四律이나 그 전통과 결코 무관할 수 없는 팔풍사위八風四位, 심지어 유교정치학의 지극한 경지라 하는 팔정사단八政四檀 역시 일설에는 그 옛날 화백和白의 치열한 논의 구조, 시비논쟁의 극교술極教述이었다고도 한다. 그 앞에서는 팔풍의 혼돈 풍류에 의해, 그리고 맨 뒤에서는 다시금 혼돈적 질서의 대풍류에 의해 감성적 합의와 전원일치에 도달했다 하니 음양사상 등 엄정한 시비 차원의 율려에 앞서 풍류가 십무극十無極의 혼돈한 바람을 일으키는 팔풍이요, 팔정이었으니 곧 팔려八呂인지라, 다름 아닌 정역의 저 '여율呂律'에 연속된다 하겠다.

어려울 게다, 이게 다 무슨 소린가 할 것이다.

분명히 알아두어야 할 것은 이 글은 실증이나 논증 따위가 아니라 신화적 해석 과정이라는 점이다.

이런 진술 방법이 미학에서 용납되는가?

"용납되지 않으면 대수냐? 내가 한다면 하는 것이지!"라고 내가 말할 것이라고들 모두 짐작할 것이다. 틀림없다.

그러나 나는 결코 그렇게 생각하거나 말하지 않는다. 나는 전공이었던 '추醜와 질병의 미학' 외에 긴 시간 독일의 저 지독한 규범미학인 발터 에를리히Walter Ehrlich의 '노르마티브 에스테틱'을 거의 전공하다시피 했다. 신화와 신화, 신화와 역사, 실증과 신화, 계몽과 신화 사이에 거리낌 없이 '대시'를 끼워 넣어 수평적 브리지를 만들어가는 중에 '실증적 상상력'과 '계몽적 계시' 또는 '계시적 계몽' 비슷한 양식으로 먼동 터오는, 논리적이면서 극도로 비논리적인 새 미학 세계의 체험을 푸른 그 먼동 자체에까지

브리지를 걸어 계시적 사유를 진행하는 내 나름의 규범미학공부를 오랫동안 진행한 적이 있다.

풍류가 율려를 배우고 율려가 풍류를 배울 수는 있다. 그러나 풍류의 '흥興'이 앞서고 율려의 '비比'의 교술이 그를 따르며 다시 풍류가 십무극, 팔풍과 같은 큰 광풍으로狂風 전원합의에 몰아넣지 않으면, 다시 말해 '여율적 율려'가 되지 않으면 후천개벽과 같은 궁극적 차원 변화의 대풍류는 일어나지 않는다.

'당파논법'은 배제의 논리와 변증법을 겨냥한다. 그러나 그 '피 비린 싸움'(그 싸움은 사실 피범벅 이상이다. 한 문명 단위가 아니다. 전 문명사의 대전환이다. '정신적 피범벅'을 각오하지 않을 도리가 없지 않은가! 물론 후천개벽은 선후천의 공존이다. 그러나 그 중심은 분명히 후천에 있다. 바로 이 '시중時中' 원리에서는 언어와 논리의 전쟁이 필요연이다. 그럼에도 불구하고 그 논쟁은 바로 큰 무궁무궁의 깨달음에 직결된다)의 끝은 참으로 서늘한 무궁무궁의 깨달음이다.

이것을 어찌할 것인가? 치열한 논쟁을 큰 깨달음으로 연결 하는 '당파논법'의 이 기이함을 도대체 어찌할 것인가? 율려가 풍류 즉 바람이라고 말한『술수탐비』를 신중하게 주의하라고 했다.

율려를 이끄는 것은 분명 풍류이니 '접화군생'의 생명학, 우주 생명학이다. 그러나 그 바람에 의해 일어나는 율려는 수학이다. 특히 미美의 수학이요, 역易의 미학이다. 이 신비수학이 새로운 컴퓨터 게임, 새로운 애니메이션, 새로운 영화, 새로운 캐릭터를 조직할 수는 없을 것인가?

예컨대 삶의 신비적 직관도 사물의 수리 과학적 탐구도 역시 거리가 먼 평범한 한 소년이 PC방에서 세 시간 동안 게임을 하고 나서 일어설 때 문득 삶과 세계의 깊고 커다란 아름다움과 따뜻함을 깨달을 수는 없는가?

동화로서의『어린왕자』는 성공적이다. 그러나 우주관으로서의 생텍쥐페리의『어린왕자』는 실패작이다. 인간은 우주 속에서 미아에 불과하다는 자크 모노Jacques Monod의 가없이 쓸쓸하고 외로운 우주론의 뒤풀이에 불과하기 때문이다. 거기에 비해『삼국유사』에서 "어린 화랑 셋이 금강산에 놀러 가는데 별이 내려와 길을 쓸어준다"는 어떠한가? 이 따뜻한 우주와 따뜻한 지구, 따뜻한 우주와의 우정의 아름다움이라는 풍류를 새로운 컴퓨터 수학, 율려라는 이름의 미학적 수학, 이른바 '신령컴퓨터'가 신령한 영상과 힘찬 리듬으로 조직해낼 수 있다면 청년문화 안에 분명 어떤 폭발이 일어나지 않겠는가? 그것은 진정한 신세대의 '대풍류가'가 아니겠는가!

지나간 날의 다중적 민중의 생명미학, 즉 풍류와는 또 다른 우주 생명학의 대풍류가 오늘에 와서 또 하나의 여율적 율려의 예술인 '본청本淸'에 의해 일어나야 하는 것 아니던가!

평화시장의 한 허름한 민중이 탈판에 끼었다고 하자! 그 탈판에서 한 광대가 재담 중에 '비류직하삼천척飛流直下三千尺'이란 시를 읊조렸다 하자! 평화시장의 그 허름한 사람은 즉시 자기가 번지수를 잘못 찾아왔음을 직감하고 슬그머니 빠져나와 노래방이나 영화관으로 갈 것이다.

앞의 시는 이태백이다.

지금 민중예술이라 자칭하는 탈판의 이태백 시를 이해할 사람이 도대체 몇이나 될 것인가?

풍류는 '바람의 떨림'이니 영구적이어서 극도의 세련성과 예민성을 요구한다. 그리고 그것은 초월성이다. 즉 '아우라'다. 우리는 이것을 카메라를 비롯한 모든 대중매체 속에서 살려야 한다. 이미 디지털 카메라는 LNG 시대의 카메라가 아니다. 그만큼 혼魂의 표현에 가까워졌다. 혼은, 영상은 이제 단순한 피사체가 아니다. 물질도 육체도 이미 피사체를 넘어 기체氣體이면서 영체靈體인 것이다. 민감한 카메라에 대해 육체의 혼이 춤추고 노래 부르기 시작한다. 그것은 카메라워크라는 자기조직화, 특히 창조적진화 과정의 주체이자 동시에 조건이다. '아우라'가 대중문화매체에 접근하고 있다. 베냐민의 '뒤집어짐'이다.

풍류는 또 한편 '물의 흐름'이라 했다. 중력의 철저한 긍정이다. 신체적이고 물질적이며 생태적이다. 거의 마력적일 만큼 기계·인공·연장의 물리적 수리數理의 세계이면서 광선과 물질 경향의 조직 관계다. 여기에 새 시대, 새 세대의 새로운 역易이 창조 되어야 한다. 역은 상수학象數學이다. 눈에 보이는 생명의 차원이다. '코기토'와 '리비도'의 세계다.

오감통합적 오디오—비디오 시스템의 현장성, 대중성, 경제성을 일단 전면적으로 받아들이지 않으면 안 된다. 이것이 민중, 다중적 민중, 카오스 민중, 그리고 더욱이 다가오고 있는 '두뇌민중'의 미학적 대개벽에 대한 적절한 수단이 되어주어야 한다.

바람의 떨림과 물의 흐름으로서의 풍류, 중력과 초월의 이중교호결합으로서 생명미학의 두 조건이다. 다만 풍류미학으로의 학문적 중심 이동에는 큰 논쟁이, 큰 언어 전쟁이 전제되고 있다. 또 중심 이동 이후에는 새 미학의 건설과 전개와 완성에는 그 보다 더 커다란 율려전쟁이 기다리고 있다. '여율'은 그 자체가 개벽이니 정역에서는 이것은 '십오일언'과 '십일일언'으로 대비·대립시킨다.

풍류와 율려의 문제를 미학차원에서 제기하면서 내가 먼저 '당파논법'과 「홍비가」를 전제한 까닭이다.

미학, 현대미학에 대한, 동서양 통합적인 새로운 미학에 대한 탐구 과정에서 제일 먼저 요청되는 것이 '각비覺非', 즉 '지난 잘못을 깨닫는 일'이 되는 것이며, 그 뒤에야 비로소 홍비법에 의한 '무궁한 주체와 무궁한 세계의 무궁무궁'을 체험할 것인데 이 과정 전체가 사실은 '당파논법'이다. 시비논쟁이 우주의 큰 정체에 대한 깨달음으로 연결되는 바이니 그 자체가 이미 현대미학의 새 차원이기 때문이다.

12. 태극 또는 궁궁 _ 원형

'태극 또는 궁궁'은 인류문명사 전체의 대전환, 즉 5만 년 후천개벽기의 인류의 새 삶을 지시하는 새 원형(元型·archetype)이다. 원형의 제시 없이 참다운 문명전환, 문화변혁은 어렵다. 원형은 기준(基準·paradigm)을 낳고 기준의 담론(談論·discourse)을 낳고 담론은 새 과학의 성립을 촉발하매 새롭고 탁월한 과학만이 지금과 같은 전 인류, 전 지구와 전 태양계와 우주의 '대 혼돈big chaos'을 처방·치유할 수 있다. 노벨 물리학상 수상자인 스티븐 추Steven Chu는 과학의 시작을 문학과 예술이라고 공언하고 있다. 뉴턴은 연금술사 아니었던가!

원형은 종교에만 해당되는가?

그럴는지도 모른다. 지금 우리가 제시하고 있는 '태극 또는 궁궁' 자체가 동학의 계시 내용이니까. 그러나 종교를 통한 계시원형이라 해서 미학과 무관하다고는 결코 말 할 수 없다. 신체는 그 자체가 두뇌의 체계이며, 감각은 그 자체가 이미 영성과 생명의 활동장이기 때문이다. 특히 생명의 기준이 되는 현대미학에서 오감통합의 감각을 통해서 참으로 우주 생명학적인 직관 및 관조로 나아가는 길 그 자체가 바로 요청적 미학인 까닭이다.

원형은 그렇다면 철학에만 해당하는가?

미학 속의 철학적 사유나 개념 영역 말이다. 그럴는지도 모른다. 그러나 우리는 철학적 대논쟁을 오감통합적·미적 관점의 대풍류로 연속시키는 '당파논법'이나 「홍비가」 얘기를 금방 끝마쳤다. 아직도 이 점에서 회의감이 든다면 그것은 그야말로 낡은 선천적 '쪼가리 지시체계Fachwissen'의 낡이든가 아니면 절집에서 항용 지저반는 '여우의 의심狐疑'에 불과하다.

넘어서야 한다.

차라리 원형이야말로 감성학으로서의 미학, 특히 감성이 생명과 생성과 과정과 변화와 혼돈을 주된 특징으로 하는 현대 민중의 삶의 미학에 있어서 미학 생각 중의 미학 생각, 즉 후천미학의 절대 명제가 되지 않겠는가!

최수운은 비록 서출이지만 양반이니 전실典實한 유가의 훈도薰陶 속에 자란 참선비(김범부의 『최제우론』)다. 기독교의 충격 아래 물론 옛 선도 중심으로 유불도의 사상을 통합했으나 그의 교양의 뼈대는 부친 근암近庵의 성리학 위에 있다고 봐야 한다.

『동경대전』에서 다음과 같은 구절이 나타남을 유의해보라.

"인의예지는 옛 성인의 가르친 바이니 그대로 따를 것이나 마음을 지키고 기운을 바로잡는 선도풍류는 이 시대에 맞추어 내가 다시 정하는 바이다仁義禮智 先聖之所敎 守心正氣 唯我之更定."

원형에 있어서 후천혼돈의 원형이 궁궁에 앞서서 선천질서의 원형이 태극이 우선하고 있는 까닭이다. 동학의 후천개벽은 물론 후천원형에 중심을 더 많이 두되 선천원형 또한 후천원형에 의해 선천원형을 해체·재구성·재창조하여 선후천 사이의 '기우뚱한 균형'을 실현하는 것이다. 파괴적 단절이 전혀 아닌 것이다. 그때 이미 원형은 후천 활동과 선천 위상의 관계로도 발전한다.

그러매 태극으로 표상되는 선전주역의 미학원리와 궁궁으로 표상되는 후천정역이나 『정감록』의 혁명적 미학원리, 그리고 양자사이의 관계의 역, 간역間易 또는 '태극궁궁'의 새로운 체험, 수련, 깨달음, 공부에 의한 참으로 신세대 중심의 개벽적 미학원리의 세 가지 생각을 연속성, 특히 '당파'나 '홍비'의 혼돈적 질서 위에서 밝혀나가야 할 것이다.

'태극 또는 궁궁'의 원형에 대한 인식의 세 가지 과제 및 세 가지 단계를 해명해야 할 것이다.

수운이 계시를 받은 1860년은 분명 후천개벽이 시작되는 때이긴 하나 아직 선천의 도덕과 선천 우주질서의 상징인 '태극'이 결정적으로 유효하며 도리어 지배적이었던 때다. 그 때문에 원형계시가 궁궁(혼돈)으로부터 시작되지 않고 태극(질서)으로부터 시작되는 것이다.

이미 적시했듯이 수운의 옥중시 두 구절은 이 시절 문명전환기 시작의 선후천 관계를 잘 보여주는 것이다.

태극은 아직도 힘이 남았던 것이고 지금에까지도 그렇다. 그러나 지금은 도리어 그 중심이 궁궁 쪽으로 이동했다. 이미 주역과 태극의 미학원리인 율려律呂가 수운 뒤 20년, 1879년에서 1885년 사이에 한반도 충청도 연산에서 김일부金一夫 선생에 의해 공표된 정역의 미학원리인 여율呂律로 뒤집어지는 사정을 유념해야 한다.

1879년에서 1885년경이면 황종黃鐘 중심의 중국 제례악인 아악雅樂, 당악唐樂, 송악松樂이나 드러난 차원에서는 황종 중심으로, 숨은 차원에서는 오히려 그 반대에 가깝거나 반대의 기능을 노는 협종夾鐘 중심으로 연주된 신라 이래 궁중악인 정악正樂이 귀족들의 정가正歌와 함께 모두 쇠퇴하면서 도리어 산조散調나 속악俗樂, 시나위, 판소리, 민요, 육자배기 들이 판소리나 민화, 속화와 함께 농상공農商工 민중층의 사회적 대진출을 통해서 대규모로 유행하기 시작한다.

이것이 정역에서 '여율'이라는 미학원리가 출현하게 된 현실예술사적 배경인 것이다. '정역'과 '여율'의 출현은 민간사조民間思潮에서는 『토정비결』과 『격암유록』과 함께 『정감록』의 궁궁사상이 동학 이외에도 여러 형태로 변형, 출현한 사정을 반영한다. 그야말로 여율적 율려, 율려적 여율의 상관관계가 이후 개화기를 거쳐 오늘에 이르기까지 속악, 정간보의 '사람 안에 천지가 하나다人中天地一'라는 원리를 압축한 바로 그 '사람 안人中'인 본청本淸 안에 반영되어 나타난다.

'태극궁궁의 관계, 균형이다. 그러나 현실에 이르러서는 그 균형은 확실히 뒤집어진다. 미학사상적으로도 유럽의 혼돈예술, 생태, 생명, 과정, 변화 또는 에로스나 가이아, 카오스, 심지어 악마적 경향으로까지 배척되었던 우로보로스(뱀 또는 용 신화에 연계된 원시회복 경향) 미학까지도 등장한다. 쉽게 말하자면 원형의 형태 중심이 반대로 이동한다.

'궁궁 또는 태극'이라야 옳다.

그리고 '여율적 율려'라 정리함이 옳다.

그러나 이 역시 '아니다—그렇다'이다. 이미 수운 단계에서도 원형의 형태는 '태극 또는 궁궁'이요 '인의예지 사덕四德이 수심정기의 선도 부활보다 앞에 세워지지만', '지극한 기운至氣'의 해석 속에 등장하는 기준은 도리어 '혼돈한 근원의 우주질서混元之一氣'라 하여 '혼돈한 근원'을 앞에 세우는 이중적 교호성, 상환성相換性이 이미 나타나고 있기 때문이다.

여하간 지금의 원형은 한 세기 가까운 서구문화의 영향 밑에서 차라리 '카오스모스', '카오스모시스'로 표현되어야 오히려 더 알아듣기 쉽다는 것이 대중적 반응이다. 그러나 이 역시 원형으로 따지면 '궁궁 또는 태극'에 다름 아니다. 또 그래야 동아시아 전통사상사를 효과 있게 반영한다.

여기서 주의할 것은 이상 제기한 3단계나 3대 과제가 변증법적 전형이 아니며, 현재의 '궁궁태극', '혼돈한 근원의 우주질서'가 '합명제Synthese'가 결코 아니라는 점이다.

최근의 '대 혼돈'이나 카오스, 가이아, 에로스 우로보로스 등 신화를 명칭으로 하는 여러 과학, 철학의 등장은 '지양(止揚 · Aufheben)'이나 '봉합封合'이나 '통일統一'이 전혀 아니라 그야말로 숨은 혼돈의 중심의 새 질서 차원이 문득 드러난 차원, 즉 질서 중심의 부분적 혼돈의 용납 차원을 제치고 전면적으로 개벽, 열고 나오는 것일 뿐이다.

지금의 대 혼돈과 그 혼돈에 대해 심미적 혼돈질서의 처방을 찾고 있는 미학적 현실로 볼 때 후천개벽은 이제 와 본격적 단계로 들어가는 것이고, 1860년 직후의 동학은 그저 예언이나 예감의 단계에 불과했다고 말할 수 있을 정도다.

동학과 정역계 사상들은 생명학, 우주 생명학이 요구되는 요즘에 와서야 비로소 그 원형, 기준, 담론으로서의 압도적 가치가 나타나고 있다고 생각해야 한다.

수운이 이미 그 시절에 말하기를, "우리의 도道는 지금에는 다 알 사람이 없고 백여 년 뒤에라야 다 알 사람들이 나타날 것이다"라고 했었다.

'모심'과 '살림'이 후에 오는 '지知' 즉 '앎'이니, '만사지萬事知' 즉 깨침의 단계의 도래를 예언할 것이다.

태극은 역易의 총괄 개념이다. 북방계 삼태극에 연계된 천지인 삼극과 마고 이래 팔려사율의 '율려적 여율'과 중국 주역의 '일태극 음양사상'은 모두 한민족 및 동아시아 예술과 미학의 근본 원리다.

태극은 중국으로부터 영향 받기 이전에 이미 한국에서 자생적으로 나타난 사상이다. 중국에 태극이 나타나는 것은 송나라때 주렴계周濂溪의 『태극도설太極圖說』이 처음인데, 그보다 4세기나 앞서 신라 시대 감은사삼층석탑의 두 탑, 동탑과 서탑 사이의 두 댓돌에 태극이 이미 새겨져 있었다.

한국 태극과 중국 태극은 같으면서도 다르다. 중국 태극은 흑백黑白으로 좌우에 나뉘어 서 있으며 흑 안에 백점이, 백 안에 흑점이 있다. 한국 태극은 청홍靑紅으로 상하에 나뉘어 누워 있다. 태극기의 경우에는 더욱 그렇다. 중국의 네 괘상卦象은 동서남북 정방正方에 서 있으나, 한국 태극의 네 괘상(역경 64괘 전체의 압축)은 동서남북 간방間方에 비스듬히 누워 있다.

역은 읽기와 해석에 따라 같은 내용도 다른 의미를 띠게 된다. 위아래, 좌우, 앞뒤, 반대로 거꾸로, 방위, 서 있고 누워있음, 빛깔과 방위, 안에서 밖으로, 밖에서 안으로 어떻게 읽고 어떤 원리에 따라 해석하느냐가 매우 중요하다.

이렇게 본다면 동학의 원형으로서의 태극은 매우 복잡하고 중첩된 의미망의 구조다, 수운 자신이 본주문의 마지막 '만사지萬事知'의 해설에서 '만사'를 '수의 많음數之多'이라고 한 점에서 이미 그것을 알 수 있다. 수운 당시까지도 유일 과학사상이었던 수數, 즉 주역 이전에 동이계 문화의 소산인 복희역이 있었음을 암시하는 것이고, 동시에 주역의 수이자 「계사전」에 이미 앞으로 올 후천개벽과 그 개벽기에 간방艮方(한반도)에서 새로운 역수易數가 나타날 것으로 예언되었던바, 1879년에서 1885년 사이에 충청도 연산에서 정역正易이 출현했고 또 수운 자신의 옥중시에 예견된 것처럼 선천주역과 후천정역 사이의 관계역關係易 간역間易의 가능성까지 생각한다면 그 네 개의 팔괘에 토대한 네 가지 태극론에 의해 동학의 계시 원형을 해석하고 읽어간다면 아주 복잡하고도 매우 풍요한 내용이 나타날 것이란 말이다.

유가에서는 태극을 도道라고 믿고 그 변화의 체계인 역易을 미학의 기본원리, 예술의 법칙으로 보고 있다. 음과 양의 순환을 배제하고는 동아시아 미학과 예술학은 성립되지 않을 정도다.

음양 역시 태극과 마찬가지로 한민족의 고대 동이문화의 소산이다.

음양길흉은 실제에 있어 은대殷代 갑골점胛骨占에서 크게 확산되는데, 그 원천이 동이족의 우족점牛足占이다. 소 발굽에 불을 댕겨 갈라지면 흉하고 합쳐지면 길하니 이것이 음양의 시작이요 역易의 비약적 발전이며 주나라 문왕의 유리 감옥 속에서의 '작역作易(새 역을 짜기)'의 근거였다. 그 증좌가 『삼국유사』의 '만파식적萬波息笛' 설화에 남아 있다.

'궁궁'에 대해서는 어찌 이해해야 할 것인가?

첫째 궁궁은 수운 자신의 『용담유사』에 의해서도 다음과 같은 이해를 얻을 수 있다. 당시 유럽 세력은 동아시아 전체를 침략하고 있었다. 아편전쟁에서 중국을 패퇴시키고 북경 궁궐에 불을 지르며 태평천국을 중국 봉건세력과 연합하여 진압하였다. 중국은 서양제국주의 침략에선 바람 앞의 촛불이었다. 이양선은 매일 서해바다에 나타나고 악한 질병과 가뭄과 흉흉한 소문이 세상을 휩쓸었다.

수운은 이를 '악한 질병이 세상에 가득찼다惡疾萬世'라 표현했고 '입술이 떨어지면 이가 시리다脣亡齒寒'며 중국의 변란에 의한 우리나라가 위태로움을 표현했다. 이때에 『정감록』은 '궁궁에 가야 이롭다利在弓弓'는 예언 비결을 내어놓는다.

소문은 반도에 가득 차서 계룡산을 비롯한 전국 지리의 십승지十勝地(재앙이 미치지 않는 땅)를 찾는 사람의 대열이 끝이 없었다. 궁궁은 점차 민중에게 무릉도원화하여 후천낙원을 상징하기까지 한다.

궁궁은 계룡산의 전설에서 그 구체적 모습의 한 면모를 드러낸다. 그 형국이 '회룡고조回龍顧祖'이기 때문이다. 산세가 크게 '궁弓' 자를 그리며 돌아간 뒤 그 꼬리가 그 할아비를 되돌아보는 지형, 즉 숨는 구멍이면서도 뒤를 향하여 눈을 떠 노려보는 지형이다. 고구려 무사들이 동쪽으로 향하여 말을 달리면서도 몸을 서쪽으로 돌려 화살을 쏘는 '반궁수叛弓手'가 그것이니 피난과 변혁을 동시에 성취하고 요구하는 혼돈의 질서로서 풍수지리의 요해처를 뜻한다. 이에 따라 궁궁은 자연히 평화와 함께 혁명을 요구하는 민중 내면의 이중적 소망의 생성을 상징하는 혼돈한 질서의 새 사상을 의미하게 된다.

둘째, 궁궁은 수운의 발언대로 동학의 도학道法인 '1, 3, 5, 7, 9'의 상징이다. 이것은 이른바 '삼수분화론三數分化論'으로서 북방계 삼태극의 3, 1 사상의 흐름인 생명, 역동, 변화와 혼돈의 사상이다. 이른바 성수聖數체계다. 끝과 처음이 일치하는 우로보로스적 원시간原詩間의 복귀요 역동과 균형이 둥글게 순환, 확장하는 고리環의 사상이자 나로부터 시작해서 나에게로 돌아오는(최해월의 향아설위 제사, 즉 나를 향해서 내가 제사 지내는 제사법) 새로운 시간의 상징이기도 하다. 또한 그것은 『천부경』에서 '한 처음이 처음이 없는 하나'라는 처음에서 시작하여 '한 끝이 없는 하나'로 끝나는 81자의 성스러운 우주혼돈질서 곧 '제로화 하나(0+1)'의 세계다.

셋째, 현대에 와서 본수문 '시천구조화정성세불망만사지侍天主造化定永不忘萬事知' 13자 수련은 단전법과 통합된다. 본디 옛 선도풍류에 의하면 우리 몸은 단전은 상·중·하 세 군데다. 배꼽 아래 안으로 3치5푼의 기해혈, 가슴과 양 폐 중간의 단중혈, 그리고 인당 안쪽과 두개골 가장 안쪽 부분 사이의 상단전인 수해혈이다. 여기에 성기와 항문 사이 약간 안쪽으로 회음혈이 추가되어 네 단전이 형성된다.

네 단전은 태극음양사상, 특히 사상四象의 사위체四位體로서 융에 의하

면 유럽의 경우 피타고라스 이후의 대안정大安定의 자리 '테트락티스Tetractis'
요 볼프강 파울리에 의하면 '우주사력(宇宙四力 : 弱核力, 强核力, 電子氣力, 重力
(이른바 빅뱅의 순간에 결합했던 우주의 네 가지 기본 에너지))'의 자리다. 이 네 단전
에 시천주 주문이 '① 시, ② 천주, ③ 조화, ④ 정', 그리고 반복해서 '⑤
영세, ⑥ 불망, ⑦ 만사, ⑧ 지'라고 궁궁형상을 만들며 순환한다. 그러나
이 순환은 불연속적 연속이다.

각 단전에 별 뜨듯, 꽃봉오리 열리듯 터지는 것이지 흐르는 것이 아니
다. 회음에서 '시', 단중(가슴 복판)에서 '천주', 기해(배꼽 아래)에서 '조화', 수
해(상단전)에서 '정', 다시 돌아와 회음에서 '영세', 단중에서 '불망', 기해에
서 '만사', 수해에서 '지'로 터진다. 주문은 단락의 위상은 네 가지이면서
의미맥락은 세 가지다. 시時, 정定, 지知, 즉 활동이요 역동이요 개벽이며
후천이 궁궁이요, 네 단전은 태극이니 사상이요 사위체, 융의 주장대로라
면 '테트락티스'요 '만다라'이다.

이러한 궁궁단전법은 그 자체로서 이미 '태극궁궁'의 원형 체험이다.

이 글의 앞부분에 '새로운 팔괘'의 출현에 관해 상세히 썼다. 바로 이 새
로운 팔괘로부터 작역作易되는 새로운 '태극(수운 옥중시를 새 팔괘시로 하는 관
계역, 간역)'과 지금 언급하고 있는 '궁궁'이 이중교호결합되어 새 시대, 새
세대의 '태극궁궁 원형수련 공부법'이 될 것 같다.

이것은 미학인가?

그렇다.

미학 중의 미학이다.

왜냐하면 인류의 새 시대를 불붙이는 것은 새 원형, 새 기준, 새 담론에
의한 평화적 · 자발적 세계 문화대혁명이며 그것은 고대 동아시아 문예부
흥 지향하는 후천개벽운동에서 시작되기 때문이다. 그 시작이요 주동력
이 바로 문화와 예술과 상상력에 결합된 영적 신체학일 터이고 '에코-디
지털'인데, 그것이 학술과 과학으로서는 '생명학, 우주 생명학'이요 예술

문화 및 수련 공부로는 새 시대, 새 세대의 새로운 '태극궁궁원형'운동일 것이기 때문이다.

새로운 시대는 옛 정치, 옛 경제가 아니라 새 정치, 새 경제의 씨앗을 품에 잉태한 새 문화의 개벽시대다. 새 문화는 반드시 생명과 영성의 문화이어야 하며, 새 정치는 생명과 평화의 정치, 직접민주주의와 전원일치제의 완전 민주정치인 화백和白일 것이고, 새 경제는 호혜互惠와 교환交換의 이중시장에 의한 획기적인 재분배의 새 차원을 여는 경제일 것이니 다름 아닌 신시神市요 契의 경제요 '한 살림'일 것이다.

'한'은 '낱', '온', '중간＝관계'의 우리말 중의 대종大宗이다. '개체성을 잃지 않는 분권적 융합'을 뜻하는데, 바로 이 자기조직화, 창조적 진화의 주체인 '한'을 살리는 일, '한 살림'이 새 문명이니 새 과학을 촉발하는 담론의 시작이다.

이 모든 시작이 새 원형과 새 기준과 새 담론을 안은 새 세대 중심의 문화개벽이니 바로 이 중심 아닌 중심에 새로운 미학, '흰 그늘의 미학'이 가진 창조력과 생산력이 있는 것이다.

13. 지기, 혼원지일기 _ 기준

새 시대의 미학, '흰 그늘의 미학'은 또한 '지기학至氣學'이다. '지기'의 '지至'는 '극極에 이른'이란 말이다. 그냥 기氣, 기운이 아닌 것이다. 기는 기로되 극에 이르러 이미 성리학사 내내 분별되고 혼란을 일으켰던 바로 그 '이理', '이치理致'를 그대로 회통會通해버린 기이기에 그냥 기운이 아니라 '지극한 기운', '지기'라고 하는 것이다. '지기'는 아마도 혜강 최한기의 '신기神氣'와도 일치할 것이다. 왜냐하면 혜강의 신기 역시 그냥 기가 아니라 '제 한몸수련一身運化'의 내용에 '우주와의 일치 수련大氣運化'을 통일시킨

'기 수련氣運化'이기 때문에 이미 그것은 단순한 기가 아니라 '신기神氣'인 것이기 때문이다.

수운은 이미 서학西學 비판에서 '기화신령氣化神靈'이 없다는 결정적 한마디를 남겼다. 기화신령이란 말 그대로 에리히 얀치의 이른바 '자기조직하는 우주'의 주체인 '신의 영적 진화활동'을 말한다. 수운의 '모심時' 해설에서 창조적 진화의 3대 명제인 '안으로 신령이 있고內有神靈', '밖으로 기화가 있다外有神靈', '한세상 사람이 각각 개체 개체 나름으로 제 안에 숨겨진 서로 옮겨 살 수 없는 전체 우주 유출을 나름나름으로 깨달아 다양하게 실현한다一世之人 各知不移者也'를 제시 했을 때 벌써 안팎의 생명과 영성의 주체를 '신기神氣'라고 명명한바 있다.

'신기' 안에 이미 '이理'보다 더 '이理'인 '신神'이 움직이며, '이기론理氣論'의 그 통일, 분리, 절충, 이원—일원—보합 논쟁 따위, 그리고 불교·도가 등과의 회통 문제 등 동아시아 전체 철학사에 대한 결정적 해답을 내어놓음으로써 '최한기—최제우 사상의 이중적 교호결합'이라는 한국학 최고최대의 난제가 바로 해결의 물꼬로 들어간 것이다.

다시 '지至'로 돌아가자.

해설에는 '극極에 이르러'로 돼 있다. '극언지위지極焉至爲至'다. 바로 테야르 드샤르댕의 '오메가 포인트omega point'다. 테야르는 우주 진화사, 인류진화사 전체는 현대의 대전환기에 극한점critical point에 도달하여 그야말로 엔트로피 최대의 증가와 함께 지구물질이 붕괴하고 전면 고도의 '신경망화', '영화靈化된 지구물질의 표면'인 새 행성이 창공에 두둥실 뜬다고 했다. 새 예루살렘의 출현이라는 것이다. 그리하여 묵시록에 예언된 선택된 자들의 거대한 '하나'의 꽃이 만개한다는 것이다.

이 꽃을 피우기까지의 우주 진화는 첫째, 시작이 좁고 결말도 좁으나 그 과정은 매우 넓은 생명나무의 '배흘림entasis'이라는 것이고, 둘째, 인류 속에서 진행되는 우주 진화의 가장 첨단적인 화살은 인간 뇌수에 관한 뇌

과학, 즉 가상현실의 학술인 '사이버네틱스cybernetics'를 통과하므로 그 사이버 학문의 디지털적 뇌 모방의 수학 및 과학, 즉 내면의 의식이 인류진화 전체의 현 단계문화, 곧 외면의 문명복잡화를 크게 수정, 변화, 보완하다가 드디어 그 스스로 차원을 변화시키고 개시開示하는 '오메가 포인트(일종의 변증법적인 질적 비약)'가 온다는 것이다.

그러나 테야르의 경우 이 두 가지 점은 오늘날 똑같이 오판으로 비판되어야 한다. 테야르의 '오메가 포인트'에 해당하는 수운의 '지화점至化占'에서 모든 생명, 물질이 '지화지기至化至氣'하고 '지극한 신성에 노닐게 된다至於至聖'는 점은 변함없다. 그러나 그것은 묵시록에 예언된 '선택된 소수의 단 하나의 거룩하고 거대한 우주꽃'이 배흘림나무(서양에만 퍼져 있는 시프레 따위의 소수 품종) 모양으로 피어나는 것이 아니라 '수만 년 진화나무에 천 떨기의 꽃이 피는萬年枝上花千朶' '드넓은 느티나무'의 비전이 정당하다. 모든 개인, 모든 민족과 문명, 모든 비인격의 자유의 만개가 옳은 비전인 것이다.

그리고 뇌수학의 발달과 그 모방인 디지털문명의 성립은 부분적으로 정확하다. 그러나 이와 동시에 신체학, 지구학, 우주 생명학, 생명학의 발달, 즉 에코문명의 동시 성립을 그는 보지 못했다. 내면의식과 외면 복잡화의 진화의 절정은 '에코—디지털' 또는 '디지털—에코'이기 때문이다. 기독교 우주과학의 한계다.

중요한 것은 '신'만이 아니리 '신기'이며 '지기'인 것이다. 또한 엔트로피 최고의 증대 단계는 대 혼돈인데 이때에 지구물질이 해체, 붕괴하고 그 속의 영성만이 육화되어 허공에 상승한다는 것은 거의 유사과학 수준이다. 혼돈마저도 받아들이면서 엔트로피 증대와 그 나름의 질서, 즉 네겐트로피 증대를 함께 볼 수 있는 눈이 서양사상사, 과학사, 종교사, 미학사에는 없는 것이다. 테야르만의 오류는 아니다. 오늘날 이와 비슷한 오류는 제러미 리프킨도, 스티븐 호킹도 흔히 범하고 있다.

따라서 수운의 대개벽기의 '기론氣論'이 안팎의 신기, 즉 창조적 진화론만이 아니라 동시에 '지기'로 되는 오묘한 까닭이 있음을 알아차려야 한다. 왜냐하면 '지기'에 대한 수운의 해석이 '혼돈한 근원의 우주질서混元之一氣'이기 때문이다. '혼돈한 근원混元'은 그야말로 우로보로스, 카오스, 가이아, 에로스를 다 품에 안고도 더욱더 혼돈한 근본생명 속의 핵, 영, 신의 비밀이다.

이 근본혼돈 안에서 시작된 그 나름의 독특하고 오래고 보편적이며 새롭고도 새로운 그 나름의 질서만이 오늘의 엔트로피론, 영적 행성론, 지구물질붕괴론, 반대로 지구생태계 전면파괴론, 영성과 생명의 이원적 분리론, 선택된 소수(아마도 유럽의 진보주의자와 기독교인과 유태인 따위)만의 지구탈출과 같은 애니메이션 수준을 넘어 심각한 '대 혼돈'에 진정한 처방을 줄 새 과학에 대한 새 기준(패러다임)이 되어줄 수 있을 것이다.

새로운 미학, 미학 생각이 '지기학'에 터를 잡아야 한다는 내 말은 까닭이 있다. 지기는 '극에 이른 기'이며 그러므로 '혼돈한 우주기운'이자 '혼돈한 우주질서', '영성적 생명'이며 '신령한 기운'이다. 아마 '신神'과 '기氣'가 이중교호결합해 '이理'와 '기氣'는 당연하게도 전적으로 회통한다.

우리는 일제치하의 근대 시기에 일본인 야나기 무네요시에 의해 한국미가 '한恨', '여성성', '흰 빛'과 '그늘', '슬픔', '초월과 안정성의 결합' 등으로 규정되었고, 그에 이어 고유섭 선생에 의해 '무계획의 계획', '구수한 큰 맛', '어른 같은 아해' 등으로 개념화됨을 보아왔다.

과연 '지기학', 즉 '혼돈한 근원의 우주질서', '혼돈적 질서'로부터 미학은 무엇을 얻을 수 있을 것인가?

'멋'이 무엇인가?

깊이 생각해야 할 미적 개념이다. 한국의 '멋'은 혼돈과 질서 사이에서 문득 드러나는 설명 불능의 숨은 차원이다. 쉽사리 때려잡으려 들면 안 된다. 이제부터 찾아야 한다.

① '멋'이 무엇인가?

그야말로 반대일치요, 이중성이요, 혼돈적 질서요, 처음과 끝의 동시적 진행의 고리이다.

② '걸이'란 무엇인가?

③ '농弄'이란 무엇인가?

④ '묵默'이란 무엇인가?

⑤ '잉아걸이'며 '완자걸이'는 무엇인가?

⑥ '틈'이란 무엇인가?

이 부분에서 공工, 무無, 허虛 등이 개입하는데 쉽게 유불선으로 때려잡으려 들면 안된다. 이 문제는 뒤에 다시 상론할 것이다. 미학의 핵심 사안이기 때문이다.

⑦ '이면裏面'이란 무엇인가?

물론 '숨은 차원'이다. 그리고 표면적 주제 뒤에 숨어서 표면에 개입, 작용하는 이른바 이면적 주제다.

⑧ '허튼소리'란 무엇이며 '산조散調'란 무엇인가?

문자 그대로 혼돈, 무질서, 흩어지는 멋이다.

⑨ '허름'이란 또 무엇인가? 한자로는 '졸拙'이다.

⑩ 일본이 한국에서 가져다가 저희 국보로 받들고 있는 막사발 '기자에몬 오이도'의 주둥이가 삐뚤랑하게 삐뚤어진 아름다움의 본질은 무엇인가? 왜 매혹하는가?

⑪ '빈터空所의 아름다움'이란?

⑫ '빈 마당'에만 일어나는 '추임새'란?

⑬ '빈 마당' 속에서 일어나는 숨은 극적 차원인 '판'의 비밀은 무엇인가?

⑭ 술 취한 선비가 갓을 삐뚜름하게 쓰고 휘청거리는 것이 어째서 매혹적인가?

⑮ '고리'는 미학적으로 무엇이며, '고리 속의 무궁環中無窮'은 또 무엇인가?

⑯ '무궁(나)무궁(울)의 무궁무궁'은 그러면 무엇인가?

⑰ '비흥比興'에 대한 '깨달음覺非'으로 시작되는 '흥비興比'의 독특한 미학은 무엇인가?

⑱ '신'은 무엇이고 '신명'은 무엇인가?

⑲ '흰 빛'을 '신'이라 부르는 까닭은 무엇인가?

⑳ '한'은 분명 신진화론, 생태학의 '내부공생endosymbiosis'이요 '개체성을 잃지 않는 분권적 융합'의 미학적 개념이다. 왜냐하면 '한'은 '낱솖, 個'이요 '온솖, 솖'이며 '중간=관계相互水平'이기 때문이다.

㉑ 광명인 '붉'과 어둠인 '금'의 교호결합으로서의 새로운 차원(합명제가 아니다, 도리어 '붉'과 '금'과의 관계가 혼돈·대립·반대·공존·상보 차원일 때 이 차원 밑에 숨어서 작용하다가 문득 솟아오르는 숨은 차원이기 때문에 '당파'에 의한 '무궁무궁'의 깨달음이지 변증법적 지양이 전혀 아니다. 중국 미학자 장법이 그의 『중서미학』에서 지양을 초월로 뒤바꾸려 하나 이것은 중대한 오류다. 초월은 바로 숨은 차원의 개시開示, 현현顯現, 개벽開闢인 것이지 지양이나 통일 또는 봉합 따위 평면 속에서의 도달이 아닌 것이다. 최고의 아름다움이 지닌 초월성·신성성을 밝히려면 분명히 이것을 구분해야 하고 넘어서야 한다).

㉒ '끊어지면서 이어지는 것'은 무엇 때문이다.

㉓ 이것이 곧 이중성(더블 바인드, 더블 메시지)이요 형용모순이요 드러난 차원과 숨은 차원 사이의 '아니다―그렇다'의 변화내지 동시 진행, 계기적 생성이다.

㉔ 이러한 모든 한국적 미학의 근저에는 삶의 신산고초, 쓴맛 단맛을 피하지 않고 또 함부로 대들지도 않고 묵묵히 견디며 정면으로 돌파하는 참다운 '살림'의 윤리적 패러다임과 온갖 장애와 좌절을 딛고 독공篤工에 독공을 거듭하여 한 차원을 넘어서는 '수리성'과 같은 자유자재한 재능에 도달하는 예술수련의 미학적 패러다임을 하나로 묶어서 보는 탁월하고 우월한 삶의 사상, '접화군생'의 풍류미학의 차원이 있음을 잊지 말아야 한다.

㉕ 바로 이 같은 '지기' 또는 '혼원지일기', '혼돈적 질서'의 미학 담론을 성립시키는 원리가 '삭힘(인욕정진, 피투성이 독공, 견딤, 참음, 발효)'이요 그 미학용어인 '시김새'다, 그리고 '시김새'에 의해서만 비로소 '그늘'이 가능한 것이며, 그야말로 그 고통스럽고도 아름답고 진지하면서도 덧없는 그늘이 우주를 바꾸려 할 때影動天心月, 그리하여 '귀신울음소리鬼哭聲'라는 한국 소리 최고최대의 차원에 접근할 때 나타나는 미학의 경지가 '흰 그늘'이다. 우리는 현대 대중예술에서 잃어버린 '아우라'를 다시 찾아야 한다. 다중적 민중, 잡계급 연합적인 카오스 민중, 두뇌 민중의 카오스모스 문화예술에서 말이다.

㉖ '흰 그늘'의 '흰'을 '신'이라고 부르는 한국말의 신화적 관통력을 이해해야 할 때다. '머리가 하얗게 새어버린' 즉 '한 차원 다른 삶을 달관해버린' 노인을 '신할아비'라 해서 굿에, 꼭두각시놀음에, 여러 민예에 등장시켜 소슬한 바람을 일으키는 미학적 연원이 바로 이 같은 '혼돈한 초월적 질서'의 탐색에 있는 것이다.

> 지극한 기운이 지금에 이르러 나에게 크게 내림 내리기를 바라옵니다至氣今至願爲大降.

강증산은 '지기금지至氣今至'를 '율려주문'이라 불렀다. 그리고 즉시 "율려가 후천세상을 다스린다"고 했다. 그러나 그가 막상 가장 중요한 개벽의 상징적 집행인 '천지굿'에 동원한 음악은 율려도 여율도 허튼소리도 아닌 밑바닥 중의 밑바닥 소리, 황종黃鐘도 협종夾鐘도 본청本淸에도 끼지 못하는 '걸뱅이 각설이타령'이었으니 그야말로 '지극한 기운이 지금에 이르러'의 '지'가 곧 '극極에 이르러'의 '지'이고, '지금에 이르러今至'의 그 마지막 말 '지' 또한 다름 아닌 '극에 이름'이니 '지화지기至化至氣', '지어지성至於至聖'이라는 수운 주문의 담론의 마지막 결론을 상징한다.

시몬 베유 가라사대, "천민만이 가장 성자聖者에 가깝다"고 했다. 천민 중의 천민의 소리, 음악이 아닌 소리, 소리 속에도 잘 끼워주지 않는, 허튼소리散調에도 못 끼는 타령, 농민들의 풍물류에도 끼지 못하는 천민의 소리, 그것도 '거지, 동냥아치'의 구걸타령을 바로 천지인 삼계 우주를 통치하는 율려라고 불렀던 강증산의 천지 미학사상 앞에 서늘한 마음으로 옷깃을 여민다.

강증산은 자신의 후천개벽 계획서인 『현무경玄武經』 첫머리에 '지기금지'라고 써 넣었다. '지기'는 바로 1만4천 년 전 중앙아시아아의 마고성에서 포도 맛을 알면서 일어난 '다섯 가지 맛의 괴변'으로 인해 인간의 몸에서 떨어져나간 율려가 인간에게 다시 돌아오는, 다시 돌아오게 하는 율려이니 '지기금지'는 바로 율려주문인 것이다.

그런데 그 '지기금지'가 곧 '걸뱅이 각설이타령'인 것이다.

"참다운 초월은 역시 중력 안에서만 일어난다."

기준 치고는 참으로 기막힌 기준이다 서늘할 뿐이다.

14. '모심' 그리고 '님' _ 담론

모심은 무엇일까?

모심을 모를 사람은 없다. 그러나 제대로 아는 사람도 없다. 왜냐하면 옛 사람들은 섬김만 알았지 사랑을 몰랐고, 요즘 사람들은 사랑만 알지 섬김을 모르기 때문이다. 모심은 섬기는 사랑이다. 그러면 곧 이렇게 반응할 것이다.

"아항! 예수가 제자들 발 씻어주는 거."

그렇다, 그것이다.

그러나 아니다. 그 이상이다. 예수도 중요하지만 그 이상을 알아야 하는 것이 동학의 계시가 내린 19세기 1860년이요, 지금 21세기의 시대정신인 것이다. 무엇이 그 이상인가?

테야리즘이다.

테야르 드 샤르댕이 우주 진화사, 인류진화사의 기본동력을 사랑으로 본 것 때문이다. 사랑으로 본 것은 우선 그가 예수회 신부이기 때문이었겠지만 진화의 동력이라 했을 때에도 역시 답은 '아니다—그렇다', '그렇다—아니다'이다.

우선 '그렇다'부터 시작하자.

테야르는 우주 진화의 3대 법칙을 다음과 같이 정리한다.

> 진화의 내면에 의식의 증대가 있고inward consciousness
> 진화의 외면에 복잡화가 있으며outward complexity
> 군집은 개별화한다union differentiates

그리고 기회가 있을 때마다 그는 그 진화의 주체를 신으로, 그 동력을 사랑으로 강조했다. 다윈 이후 진화론을 자연 선택의 약육강식과 도태의 끔찍한 유물론으로부터 건져내고 자기조직화와 창조적 진화론의 여명기로 신학과 과학철학을 비약시키는 한 발판을 마련한 우수한 고생물학자, 철저한 과학적 진화론자로서 우리는 테야르를 참으로 높이 평가해야 한다.

특히 우리는 테야르의 진화론을 통해서, 궁벽한 한반도의 시골구석, 경주 언저리 그 좁은 골짜기에서, 참으로 서양인들이 선 세계인과 동양인을 형편없는 야만인, 노랑마귀 정도로 폄하하던 그 서세동점과 동아시아 문명 대붕괴 시대의 한복판, 그 불안과 공포와 괴질과 흉년과 굶주림의 한복판에서, 그것도 성리학 따위 공부에 의해서가 아닌 한울님의 계시에 의해서, 찰스 다윈이 저 유명한 『종의기원』을 발표한 1859년 바로 그 다음 해인 1860년 음력 4월 5일 오전 11시에 동양 초유의 진화론, 그것도 자기조직화와 창조적 진화론의 3대 명제를 다음과 같이 현대적 · 초현대적 양태로 깨달았다는 놀라운 사실을 우리로 하여금 비로소 확인시켰다는 그 점에서 드높이 평가해야 한다.

'그렇다'이다.

수운사상의 핵심은 인류 새 삶의 원형인 '태극 또는 궁궁' 그리고 그 새 삶과 새 세계 및 우주의 기준인 '지기至氣' 또는 '혼돈한 근원의 우주질서混元之一氣' 다음에는 본 주문 13자에 있고 더욱이 그 첫마디인 '모심侍'에 있다.

수운 자신이 해설한 '모심'의 뜻을 살펴보자.

> 안으로 신령이 있고內有神靈
> 밖으로 기화가 있으며外有神化
> 한세상 사람이 각자각자 사람과 생명이 서로 옮겨 살 수 없는 전체적 우주유출임을 제 나름나름으로 깨달아 다양하게 실현 한다一世之人 各知不移者也.

이것이 무엇인가?

이것이 테야르의 진화의 3대 명제와 같은 뜻이라는 말인가? 우선 그렇다.

수운은 체포되기 직전인 1863년에 계시를 통해 저술한 글인 「불연기연不然其然」(아니다―그렇다, no-yse의 진화논리) 편에서 우주 진화와 인류진화, 그 생명진화의 숨은 차원과 드러난 차원, 그리고 그 두 차원 사이의 관계와 변화에 대한 인식 논리를 현대생물학(그레고리 베이트슨, 정신과 자연)과 현대물리학(데이비드 봄, 숨겨진 질서) 그리고 고생물학(테야르 드샤르댕, 인간현상)에서와 똑같이 기술하며, 또한 뇌생물학과 사이버네틱스, 그리고 그 모방인 컴퓨터의 이중성이나 이진법, 불교의 깊은 무식의에 대한 알파파 여행인 참선의 근본원리 그 자체로서의 진화의 이중차원 '아니다―그렇다'의 이진법적 인식논리 및 더블 메시지의 방법론을 개진하고 있는 것이다.

그뿐인가?

현생인류인 '호모 사피엔스 사피엔스' 즉 '생각을 생각하는 인간'의 출현을 5만 년 전으로 본 것이 종교인 수운과 과학자 테야르의 공통점이다. 이것이 다가 아니지만 우선 이것만 제시해도 동학이 무엇인지를 짐작하고도 남는다. 사랑만으로는 우주와 인류 진화의 동력이 될 수 없다. 섬김만으로도 안 된다. 그렇다고 섬기는 사랑만으로도 결코 해결되는 것이 아니다.

19세기, 20세기 초(테야르의 과학적 활동시대) 생물학의 생명발생사의 정설에 따르면 개체보다 전체가 먼저 발생하고 그 전체의 진화 과정에서 서서히 개별화가 이루어지고 자유가 주어지는데, 이 같은 필연성에 비해서 개체성 발생의 기제인 돌연변이·다양성·자유 등은 우연 혹은 부분적 현상에 불과하다고 여겨졌고, 그리하여 코뮤니즘·나치즘·파시즘, 일체의 전체주의나 공동체 주의에서 강조되는 '서로서로 들어붙어 한 덩어리가 되는 사랑'이 인류 최대, 생명체 최고의 진화력으로 믿어졌다. 물론 이것은 다윈의 약육강식을 넘어섰지만 그 자체로서 이미 오류라는 것이 20~30년 전 자기조직화의 진화론, 즉 개체발생이 전체발생보다 선행하며 그 개체 속의 숨은 차원으로서의 전체성을 나름나름으로 깨닫고 자기 스타일에 맞는 분권적 융합의 형태로 자기의 생명형식을 조직화한다는 새로운 진화론에 의해 밝혀진다.

누가 그 자기조직화의 주체인가? 인류는 물론 모든 생명, 모든 물질 안에서까지 숨겨진 의식, 영靈, 마음이다. 그 의식, 영, 마음의 주체는 누구인가? 신神이다. 여기에서 자기조직화의 진화론은 과학종교의 기초가 되는 창조적 진화론에 길을 열어준다. 그렇다면 그 창조와 진화의 원동력은 무엇인가? 주체인 신과 그 신의 창조 및 진화에 대해서 인간, 생명, 물질의 외피, 생명형식이 갖는 윤리와 태도는 무엇이어야 하는가?

섬김인가?

섬김은 이른바 성리학에서 공경敬이라 강조해 부르는 것이다. 이 점에서 해월 최시형 같은 분은 모심을 곧바로 공경이라고 잘라 말한다. 유학이 지배하던 시대, 후천개벽이 이제 막 시작되던 시대와 사회, 그리고 후천개벽이 선천을 섬멸적으로 파괴하지 않고 중심은 후천에 두되 선천을 또한 해체·재구성·재평가하여 선후천을 공존시키는 '기우뚱한 균형'임을 특히나 명심해야 하는 바로 그 여명기의 시대적 한계라고 하겠다.

섬김만으로는 창조와 진화의 동력이 가동되지 않는다. 그것은 낡은 공경 윤리에 쉽게 흡수되어, 참다운 후천개벽기의 참다운 '균형의 기우뚱함'을 실현해야 하는 시대, 예컨대 젊은이와 여성의 주체성, 그리고 혼돈과 혼돈 나름의 질서의 중요성이 강조되고 또 강조되는 에로스와 카오스와 가이아(촉각의 신, 대지적 모성의 신)의 시대, 나아가서는 우로보로스(뱀 또는 용 등의 욕망학, 신체학, 자기회귀적 시간과 고리의 생성학이 나타나는 문명)의 시대에 전 문명사의 대전환의 동력으로는 알맞지 않다. 더욱이 감각적 관조에 의해 자기 나름의 독특한 깨달음에 도달해야 하는 카오스 민중의 신체학적 미학의 시대에는 어울리지 않는다. 그것은 조금 옛 시대절의 종교요, 윤리이니 존중은 하지만 의지하기는 힘들다.

내가 너무 경박한가?

미학 논의이니 강조하지 않을 수도 없다.

섬기는 사랑이 대안인가?

그렇다. 그러나 역시 아니다.

그 동력은 과거나 현재만의 문제는 아니다. 현재와 미래, 그리고 인격·비인격, 생명·무생명을 막론한 우주 진화의 공동주체성을 인정하는 혼돈적 질서에 따른 자기조직화와 창조적 진화의 참다운 동력이어야 한다.

절충만으로는 부족하다.

'모심'은 수운 계시의 핵심이요, 첫째 조건이다. 더욱이 생태학적 '적정

거리'와 '틈'(전깃줄에 앉아 있는 참새들 사이의 거리와 틈을 관찰하라! 사랑이 흔히 근친상간이나 상호 범람, 상호 소유의 관계로 전락하고, 섬김이 지나치게 상대와 틈과 거리를 전제함으로써 창조적 파트너십이 결핍됨을 생각하라! 그 절충인 섬기는 사랑이 섬김과 멸시 사이에서 쉽게 분열하며 비과학성, 비창조성으로 기우는 것을 보라!)을 전제하여 부모와 같은 모든 인간, 모든 생명, 모든 물건, 모든 사태, 심지어 욕망과 한恨과 콤플렉스와 증오심 안에서마저 살아 생동하는 '님'이면서 수평적인 친구同事로 창조적 진화에 동역하는 윤리와 삶의 관계로, 과학적 동력으로 변화하는 곳에 참다운 모심의 위대함이 있다.

열석 자 주문 맨 처음 '시천주侍天主'의 첫마디 '모심侍'과 함께, 그 다음의 '하늘天'을 빈칸으로 그냥 놔두고서 훌쩍 건너뛰고 난 다음의 '님主'은 곧 자기조직화 또는 창조적 진화로서의 '모심'이요 '님'이며, 창조와 진화의 주체인 한울님·한·하늘·신을 빈칸으로 남겨두고 이 빈칸, 즉 '활동(창조적 진화, 자기조직화)하는 무無'를 모시고(진화의 3대 명제) '님으로 불러 부모와 더불어 친구로서 사귀며 창조적 진화 활동에 동역同事함'이 곧 '모심'이요 그리움의 다른 이름인 '님'이다. 동어반복이다.

고대 전통사상과, 이어서 미학에서의 '모심'과 '님'은 과연 무엇일까?

나는 이렇게 생각한다.

『천부경』에 "사람 안에서 하늘과 땅이 하나다人中天地一"란 말이 있다. 이것이 『천부경』의 핵심인데, 이때의 '사람 안', 즉 '인중人中'은 사람 마음이다. 사람 마음의 작용, 사람 정신의 작용이니 '사람 안'이란 '사람 마음 안'이지만 그것은 동시에 '사람 몸 안의 중심'이니 '존재핵'이다. 그러니까 사람 마음 안(몸 안의 중심)에 천지가 하나로 통일되어 있다는 말, 사람 안과 천지가 또한 하나로 통일되어 있다는 이 말은 사람 중심으로 볼 때 '모심'이다. 사람이 제 안에 천지를 하나의 통일체로 모시고 있다는 말이다. 뒤집어 보면 천지를 자기 안에 모시고 있는 것이 사람이라는 말이다. 이래서 '시천주'가 된다.

수운이 1860년에 '시천주'를 계시 받았는데『천부경』이 암각본으로 발견된 것이 1917년 묘향산에서다. 그러니까 57년 후에 발견되었으니 나는 이것이 원시반본原始返本, 즉 한국 동학정역계사상사의 다물多勿, 복본複本 함의 상징적 사건이라고 생각한다. '인중천지일人中天地一'이 '시천주侍天主'로 차원 변화하며 차이를 가진 반복을 한 것이다. '인중' 중심으로 '천지일'을 '모심'이다. 또는 '인중'에 '천지'를 '모심'으로써 '일一'인 것이다.

아름다움, 미美란 무엇일까?

온 지구 생명이 오염되고 주변 우주에 기상이변이 일어나는 이 시대의 참다운 미학은 바로 천지 미학이 아닐까?

하늘과 땅, 우주의 신령한 전체성·포괄성을, 뭇 생명과 무생명을 다 인간 안에 모신 것이 곧 천지의 아름다움이 아닐까? 그렇다면 모든 것이 다 아름답다고 보므로 존재 자체가 모심이 아닌가?

미적 인식론의 근거는 모심이 아닌가?

따라서 미적·윤리적 패러다임의 핵심은 모심이 아닌가?

종교적 어필을 가진 모심, 사물이든 생명이든 인간이든, 또는 대상이든 자기 자신이든 간에 모두가 신령하다면 신령한 우주를 모셨을 때가 참다운 미의 발생 순간이 아닌가?

미적 존재론, 미적 인식론, 미적 관계론 모두의 기원에 모심이 있지 않은가!

더욱이 우리 민족민중예술의 훌륭함의 극치는 미적 패러다임과 윤리적 패러다임의 일치에 있으니 모심이야말로 최고의 미학이 아닌가!

미적 인식, 즉 아름답다는 판단은 분명 이 같은 모심에서 발생한다.

미적 대상을 모셨을 때, 아름다운 대상을 모시는 태도가 모심이 아니고 함부로 대함, 아무렇게나 대함일 때 아름다움도 이미 아름다움이 아닐 것이다. 대상을 아름답다고 생각하고 각별히 모시는 태도에서 비로소 참다운 미적 인식, 미적 감동이 발생하는 것이다.

그렇다면 우리는 동서를 불문하고 미학을 다시 생각해야 한다. 대상을 함부로 대하거나, 이것도 아름답고 저것도 아름다우며, 이것도 쾌감을 주고 저것도 쾌감을 준다는 그런 판에 휩쓸려 버려서 미적 희귀성을 잃어버릴 때 그때 이미 판단으로서의 미학은 끝나는 것이다. 오히려 미적 희귀성까지도 넘어서서 매 사물과 매 인간, 매 심리적 충동까지, 어쩌면 추한 느낌, 아니 추악한 마음까지도 아름답다고 모실 수 있는 종교적 숭고崇高의 높이를 우리가 가질 때에야 비로소 미학이 참다운 미적 교육과 상상력을 통해 새 인간 새 세계로 현실을 변혁할 수 있는 세계적 문화대혁명의 근거가 될 것이다.

우리 예술의 오랜 전통 중에서 아무도 미학적으로 접근하지 않는 한 예를 들어 말하겠다.

고조선 가사로 전해지는 「공무도하가公無渡河歌」를 어찌 생각하는가?

백수白首의 남편이 술 먹고 물을 건너는데, 아내가 건너지 말라고 말리러 쫓아가는데도 가다가 그만 빠져 죽는다. 이 노래의 감동은 어디에서 오는가? 어디에서 그 미학적 적합성을 찾을 것인가? 공후를 가지고 켜는데, 그것이 고조선과 같이 안정되고, 소위 '팔조금법八條禁法'이었다고는 하나 그래도 신시神市의 여운이 있고 화백和白의 기운이 줄기차며 풍류風流가 지배했던 고대 태양 정치의 이상사회에서, 그 뒤 신라에까지 이어져 『삼국유사』의 도처에 드러나는, 그처럼 원융한 고대세계에서 이것은 단순한 애상哀傷이거나 비장悲壯이기만 한 것인가?

백수의 공公에 대한, 남편에 대한 비극적일 정도의 깊은 '모심'이 아니겠는가!

반대의 예를 하나 든다.

유교적 가부장제가 사실 지역적 삶에까지 뿌리를 내린 것은 병자호란 이후부터이고 그 이전까지는 고대적인, 상당한 정도의 독특한 여성 우대 전통이 남아 있어서 부인과 남편이 서로 경어를 쓰거나 반대로 부인이 남편을 '자네'라고까지 했으며, 제사를 모시는 데서나 재산을 분해하는 데까지 여자건 남자건 철저히 모시는 태도가 우리 민족사상과 삶의 뿌리에 있지 않았을까 하는 것이다. 사정이 악화된 것은 약 3백여 년 전부터라는 설이 있다.

성誠 대신 경敬을 성리학의 제일명제로까지 드높인 것은 퇴계退溪나 남명南冥의 귀족적인 철학에서이지만 민중적 삶과 예술적·미적 태도에서까지 자각적으로 크게 나타난 것(예컨대 탈춤에서 미얄할미의 죽음에 임하는 무당과 남강노인의 태도)은 동학정역계에서부터이고, 이것은 유불선 이전의 한민족 고대전통이 숨어 흐르다가 '원시반본'과 함께 19세기에 돌출한 것이라고 본다.

모심은 미학에서 주체와 타자, 또는 주체와 대상 사이의 관계를 일신한다. 물론 그것은 상호 소유도 상호 적대도 아니다.

모심으로서의 미적 인식.

미적 인식으로서 모심은 먼저 거리를 둔 모심이다. 상호 근친상간적 모심이 아니고 사랑하되 섬기는 사랑이니 거리와 틈을 전제한 사랑이다. 어떤 의미에서 생태학 시대의 사랑이다. 전깃줄에 늘어앉은 새들도 반드시 일정한 거리를 두고 앉으며 틈을 두고 날아간다. 뜨거운 여름날 1.75평의 감방에 한꺼번에 8~9명의 죄수를 수감하는 것은, 그래서 끊임없이 짜증과 싸움을 일으키는 것은 바로 모심의 철저한 상실이요 반反미학적 '죽임'이다. 이 '죽임'에서 미학적 모심을 살리는 것이 '살림'의 미학, 즉 생명문화운동으로서의 '모심'의 미학이다.

미학에 있어서도 모심이 곧 살림인 까닭이다.

달라붙어서 떨어지지 못하는 것이나 너무 멀어서 서먹서먹한 것이 아니고 사귀고 사랑하면서도 거리를 두는 것, 존경하면서 사랑하는 것, '님'으로 높여 불러 부모와 더불어 친구하는 것稱其尊而學父母同事者, 이것이 곧 '님의 미학'이다.

여기 ‘동사同事’란 말이 나왔다. 함께 같은 일을 하며同務, 뜻을 같이하는 同志 친구가 바로 ‘동사’다. 그러나 그 ‘친구同’를 ‘섬김事’이 비로소 ‘동사의 미학’이다. ‘님으로 높여 불러 부모처럼 섬김事’이면서 동시에 ‘친구로서 함께 동역하면서 섬김同事’이기 때문이다

중국 현대미학자 장법張法의 『중서미학中書美學』은 그 기본이 ‘사론事論’ 이다. 유럽사회주의적 사실주의 미학의 기본인 ‘모방’과 중국 미학의 핵심 인 『예기』의 ‘사事’의 결합이다.

『예기』는 춤舞蹈의 근원을 ‘사’로 본다. ‘사’는 바로 ‘모방’이니 백성이 우주를 모방하는 것이 춤이다. ‘사는 백성의 바람과 비民之風雨’라는 말이 그 말이다. 민중이 우주의 풍우상설을 모방한다는 뜻이니, 춤으로써 우주 를 섬기고 모방으로써 하늘의 뜻을 따른 것이다. 이것이 예禮의 기원이다. 표현表現보다 묘출描出이다.

숭배와 숭고를 중심으로 한 비극적 예술이 아지프로(선동선전)는 바로 ‘사’인데, 이는 미학적 실재론實在論으로서 묘출을 중심기법으로 하므로 대 체로 어김없이 자연주의로 기운다. 원숙한 리얼리즘과는 큰 거리가 있다.

중요한 것은 우리의 민족민중미학의 한 원칙이 바로 ‘사事’이면서 ‘동사 同事’에 있다는 것이다. ‘사’이니 섬김이요 실재론이자 묘풀 지향인데, 동 시에 ‘동사’이니 사랑이요 창조론이자 표현 지향인 것이다. 우주에 대한 숭배이니 객관주의요, 어떤 의미에서는 오히려 군주제적 미학이면서 동 시에 분권分權과 사귐이니 주관적 객관성이요 민주제적 미학인 것이다.

전자는 주역의 ‘참찬론參贊論’과 같으며, 인간이 우주 객관을 바꿀 수는 없고 우주의 객관적 필연을 배우고 거기에 참여·일치해서 모방하는 질 서의 활용이 있을 뿐이다. 후자는 한국의 19세기에 정역의 ‘역수성통易數 聖統원리’와 같으니 섬김이면서 동역(창조적 파트너십), 생성적 섬김, 창조적 섬김이겠다. 인간이 우주를 배우되 그 우주핵과 인간 존재핵의 일치 체험 을 통해서 우주를 재조정할 수 있다는 일종의 ‘관찰자참여우주론’의 한발

더 발전한 '창조적 진화론'의 미학이 된다.

다시 정리한다.

'사'가 우주의 객관적 질서를 모방하고 묘사함으로써 섬기는 것이라면, '동사'는 스스로 개입해서 우주의 객관적 질서 또는 혼돈을 인간의 희망이나 희로애락과 함께 우리와 우주만물이 고대하는 방향으로 표현을 통해서 바꾸는 것이다. 즉, 왜곡, 변화, 과장, 찬탈과 폄출貶黜에서 극단적으로는 추상, 환상, 몽상과, 상상과 같은 반사실적 변형 표현이 다 가능한 것이 바로 '동사'다.

우주 객관질서나 혼돈에 내가 개입하는 것이니 나의 느낌 역시 매우 중요한 사건이 되는데 이때 '동사'에 더 중심이 가는 '사'와 '동사'의 관계를 '기우뚱한 균형'이라 부른다. 서양철학적으로 말한다면 '비스듬히 가로지르기'와는 분명 다르지만 서로 연관된다. 왜냐하면 서양의 철학과 미학에는 진정한 '섬김'이 없고 '사귐' 즉 친구간의 '파트너십'만 있기 때문이다.

중요한 것은 인간 내면에 생성하는 '무궁무궁'한 우주의 창조력을 섬기되, 거리를 두고서 그 창조력을 나의 창조력으로 하여 친구로서 함께 일한다는 태도인데, 바로 신과 인간의 창조적 파트너십이라는 점이다.

이것은 미학, 특히 미적 교육에 있어서 굉장히 중요한 역할을 하게 된다. 미적 교육을 통해서 우주적 신인간新人間을 배출하고 완성시킬 수 있는 후천개벽의 길이 바로 이 원리 아닐까? 프리드리히 실러가 희망하듯 '아름다운 혼'을 지닌 미적 인간으로서의, 놀이와 제의에 의한 세계의 새로운 건설의 길이 아닐까?

우리 민족민중예술, 특히 탈춤에는 바로 이 같은 '사'와 '동사'가 함께 움직이고 있다.

'민지풍우民之風雨', '사事'의 경우는 머리나 상체, 중공中空 중심의 춤으로, 궁정무, 태평무太平無에 연계된 양반, 노장老丈 등 하늘의 질서 이법理法의 '솔개춤'이고, '활개춤', '나래체', '학체鶴體'의 세계다.

‘비정비팔非丁非八’, ‘동사同事’의 경우는 순 아래쪽, 발, 허벅지, 회음, 배꼽 아래 단전丹田을 중심으로 한, 노동과 성교와 생식에 연계된 땅의 질서, 생명과 혼돈의 ‘깨기춤’, ‘자라춤’, ‘오금춤’이다. ‘말뚝이’, ‘취발이’, ‘소무’, ‘미얄’ 등 무수한 허름한 민중의 ‘혼돈적 질서’의 세계다.

좀 더 미학적으로 말하자면 구체적으로 무엇을 모심인가?

전자가 ‘질서’와 ‘태극’을 모신다면 후자는 ‘혼돈’과 ‘궁궁’을 모시는 것이다. 그러매 간단히 줄여 말해서 탈춤은 ‘혼돈적 질서’와 ‘궁궁적 태극(또는 태극궁궁)’을 모시는 것이다.

다시 돌아간다.

‘사람 안’ 즉 ‘인중人中’이니 ‘상체’ 즉 ‘중공中空’ 안에 모시든, 아니면, ‘인중’은 동시에 ‘신중身中’이니 ‘하체’ 즉 ‘회음’에 모시든, 역시 ‘천지인’을 모심이든가 아니면 ‘천지를 모셔서 한으로 통일함’이든가 간에, 모심으로써 아름다움, 미적 인식이요 미적 생존인 ‘춤판’이라는 차원 변화를 창조하는 것이다.

이것을 감상하는 향수 측면의 감상 역시 한 원리가 작동하는 ‘판’의 미학이니, ‘모심으로써 살림을, 살림으로써 모심’을 이룬다.

왈, 모심의 미학이다.

그러나 모심의 미학이 탈춤만의 독자적 미학은 아니다. 판소리에서도 시나위나 풍물에도, 민화와 속화에도 민요에도 모두 통용되는 보편적 미학원리, 특히 미적 인식인 것이다.

15. ‘한’과 ‘무궁무궁’

동학 주문의 첫마디 ‘모심侍’이 현대의 첨단적 진화론인 자기조직화의 진화론, 자유와 자기선택의 진화론의 3대 명제라고 했다.

자기조직화는 ‘공생symbiosis론’이다. 그런데 진화의 내면에는 의식 또는 신령이 있고 진화의 외면에는 복잡화 또는 기화氣化가 있는데 전체보다 먼저 발생한 개체들이 저마다 제 안에 숨은 차원으로 감춰 가진 나름나름의 우주적 전체성을 제각각 깨달아 다양하게 실현한다. 이 실현 과정이 곧 자기조직화로, 내면의 의식 또는 신령이 제 안의 우주를 외면으로 복잡화 또는 기화, 즉 자기조직화하여 제 나름의 '생명형식life form'을 만드는 과정이다. 이 생명형식이 다름 아닌 예술 작품이요 '미美', '아름다움'이다.

이 과정이 또한 '내부공생(內部共生·endosymbiosis)'인데 이것을 두고 '개체성identity을 잃지 않는 분권적 융합fusion'이라고 부른다.

자기조직화의 진화론은 찰스 다윈 이후 진화론과는 완전히 절벽의 저쪽이었던 창조론과의 사이에 다리를 놓기 시작했다. 마음이 자기조직화하는 우주 진화의 주체를 신이라고 볼 수 있는 길을 열었기 때문이다.

그러나 유럽진화론과 기독교 신학의 경우 창조적 진화론으로 융합해나가는 데는 아직도 조건이 까다롭다. 『신학과 과학철학』의 저자인 볼프하르트 판넨베르크는 창조와 진화 사이의 융합의 조건을 다음과 같이 나열한다.

① 생명을 향한 끝없는 '목마름' 또는 '비어있음' 또는 '배고픔'으로서의 영靈, 즉 '네페쉬 하자nephesh hajah'의 전제
② 신의 창조에 대한 '우연성'으로서의 창발적 진화emergence
③ 생명진화의 '자발성'
④ 창조적 자기조직화의 '유기성'
⑤ 물질적 부패성으로부터의 '해방성'
⑥ 생명과 영의 '충만성'
⑦ 진화의 창조적 단계마다의 '자유성'
⑧ 생명의 영이 '무한정' 주어짐(「요한복음」 3장 34절)

기독교 신학으로부터 보아 이 모든 조건이 충족될 것 같지는 않다.

신·구약을 통해 볼 때 신에 대한 규정이 너무 많고 복잡하기 때문이다. '복수하는 자', '저주하는 자', '사랑하는 자' 등등이 그것이다. 그러나 그럼에도 불구하고 이러한 조건을 충족시키는 방향으로 신학과 과학이 나아가고는 있으니, 기독교의 믿음은 '희망에 입각한 행동'이기 때문이다.

그러나 이 까다롭고 복잡한 조건에 애초부터 대응하는 신관神觀이 있다면 어찌할 것인가? 그것도 이미 자기조직화를 전제하고 그 진화의 주체에 대한 인간의 윤리적 태도와 함께 그 창조과정에 대한 동역董役 관계까지 규정한 한복판에, 그 기초에 바로 그러한 신관이 주어져 있다면 어찌할 것인가?

21세기, 22세기 내내 계속될 것이 틀림없는 인류문명사 전체의 대전환, 이른바 후천개벽의 성취와 함께 현실의 지구 대 혼돈을 극복, 처방할 대비약의 조건이 창조적 진화론을 앞세운 탁월한 과학종교라는 새 문화의 출현이라 할 때 이 문제는 심각한 것이다.

더욱이 인류예술과 미의식의 역사, 미학 발생사 이래 줄기차게 요구되어온 무無 또는 자유에 입각한 생명과 영성의 미학적 탐구에 대해 참으로 의미심장한 것이다.

탈춤의 경우 '빈 마당', '마당에 빈터'를 조성할 때(마을 마당에 금줄을 쳐서 비우는 것으로부터 시작해서 연희가 진행되는 과정에서도 그물망, 그물코, 틈처럼 마당의 빈칸을 여기저기에 이루는 것) 비로소 '판'이 생성하는 것과 똑같은 원리가 동학주문의 첫마디 '모심'과 '님', 즉 '시천주' 해설에서 불쑥 솟아 일어난다.

'시'와 '주'를 눈부시게 해설한 수운이 막상 그 자기조직화의 주체인 '하늘天', '한울님', '신神'에 대한 단 한마디도 없이 '빈칸'으로 남겨둔 채 '시'에서 '주'로 넘어가버린다는 것이다.

우연적 누락인가?

그렇게 본 사람도 있다.

그러나 그것은 동학, 동아시아, 한민족 사상사를 참으로 우습게 여기는, 철이 덜 든 사람이나 하는 짓이다.

고의적 침묵인가?

그렇다. 그러나 아니다. 그 이상이다.

수운의 주문 해설은 모두 다 계시의 영역이다. 이것은 신의 계시인 것이다. 신이 신 자신을 비운 것이다. 창조적 진화의 기본 조건이고, 이 조건의 충족에서 비로소 판넨베르크 명제의 모든 것이 다 해석된다.

나는 지난 세월 내내 미적 창조와 감동의 주체 및 조건을 '활동하는 무無'라고 불러왔다. 그러나 이것만으로는 부족하다.

자기조직화하는 우주의 주체인 신, 창조적으로 진화하는 우주의 주체인 신, 스스로 '아름답다는 판단'(『구약』「창세기」)에 이르는 창조적 3진화행위(미학적 창조 및 전개와 감동의 전 과정)의 주체인 신의 그 주체성이 곧 '빈터', '무無', '공空', '허虛', '자유', '틈'이다.

'한울님', '신'의 본디 우리말은 무엇인가?

'한'이다.

그래서 본디 '한님'이다.

'한'은 '한개個 또는 낱개숨'이면서 '온全, 우주天地'요 '중간, 관계, 수평'이다. 그러므로 애당초 '개체성(한 개, 낱개)'을 잃지 않는 분권적(중간, 관계, 수평) 융합(온, 우주)'이다. 즉, 자기조직화의 과정이요, 자기조직화의 주체다.

그러나 '한은'은 '텅 빈' '외로움'인 동시에 '변화'의 '주체'다.

『환단고기桓檀古記』에 "사백력斯白力(시베리아)의 '빈 하늘(한)'에 '독화지신獨化之神', '고독한(외로움, 낱) 변화(진화 과정, 관계)의 신(주체, 전체, 우주)'이 내내 외쳤다"고 되어 있다.

이 '한'이 19세기 동학의 창조적 진화의 계시를 내리는 그 주체인 신이다.

계시 내용 이외에 수운이 체험한 '한'은 「홍비가」의 경우 '무궁무궁無窮無窮'이니 '나, 즉 인간의 무궁'과 '우주, 즉 세계의 무궁'을 동시에 체험함이다. '무궁무궁'은 아마도 '홍익인간弘益人間 · 이화세계理化世界'의 체험이자 인간의 존재핵(나)과 우주핵(울)의 통일체험神人合一으로서의 '무궁무궁'일 것이다.

'무궁한 이 울 속에서 무궁한 나 아닌가!'라 했다. 정역에 의하면 황중월皇中月(나 · 존재핵)과 천심월天心月(울 · 우주핵)의 통일이 곧 후천개벽이다.

주역의 문맥에서는 허심단虛心丹(나 · 존재핵)과 무중벽無中碧(울 · 우주핵)의 일치이니 불교 쪽에서 말하면 '화엄'이요 대 해탈이겠다.

그런데 바로 이 '무궁무궁'을 노장학老壯學에서 무엇이라 하는가와 수운 「홍비가」의 문맥 사이의 관계를 밝혀야만 비로소 이 황홀한 신인합일의 감통感通체험에 대한 미학적 접근 원리가 나타난다.

『장자』「제물론齊物論」에는 '우주의 중심이 고리 속을 얻음으로서 무궁에 응한다極得其環中以應無窮'는 구절이 있다. 바로 '고리 속이 곧 무궁環中無窮'이라는 뜻이다. 장자 나름의 천지 미학天地美學, 즉 천악天樂, 지악地樂, 인악人樂 등의 핵심 미학원리, 창조와 감동의 핵은 '무궁'에 있다.

동학의 수운은 한 발 더 나아가 '무궁무궁'에까지 이르니, 장자가 주역의 이른바 '참찬론參贊論'을 아직 못 벗어나는 '무궁'론임에 비해 정역적인 '역수성통원리易數聖統原理'의 실현이라고 볼 수 있는 인간과 세계 사이의 궁극적 통일체험, 후천개벽으로서의 '무궁무궁'론으로 점프, 차원 변화한 것이다.

우주미학, 우주 생명학의 큰 실현이니 그 조건은 '비흥比興'(좌뇌 · 우뇌 · 뇌간 순서의 초기 개벽문화, 시비교술로 시작해서 우주개벽체험으로 나아가고 그것이 다시 신체와 영성의 통일체험으로 완성되는 수운 포덕의 초기방법. 공자의 가르침이나 배제의 논리, 변증법이 다 이에 속한다)의 잘못을 깨닫고覺非(전환전 · 지화점) 나서 이를 거꾸로 뒤집어(차원 변화, 문화개벽, 대언전, 대논리전쟁) 오히려 '흥비興比'(좌뇌 · 우뇌 · 뇌간 순서의 논리에 대한 전투로서 우뇌 · 좌뇌 · 뇌간의 역순으로 그러나 동일한 뇌간의 새 차원 변화에 도달하는 당파논법. 먼저 우주후천개벽의 숨은 차원을 전제한 뒤 그것을 '아니다—그렇다'의 생명차원 변화와 생성논리학으로 생각하고 논파하고 비유

하고 가르쳐 실행해나감으로써 마침내 큰 풍류, 즉 무궁무궁에 도달함)로 전화하는 것
이니, 여기에 바로 후천개벽의 새로운 미학이 있다.

보라!

비흥比興이 세간에 유행하는 것을 보라!

환유, 제유의 범람과 이미지 범벅比의 생태시興의 홍수를 보라! 무엇보
다 먼저 생명, 우주 생명의 대 혼돈에 따른 대개벽의 흥興이 넘쳐나고 실
존적 감흥으로 흐를 때, 그에 절실한 그 혼돈 나름의 질서인 독창적 비유
나 교술敎述이나 이미지의 '아니다—그렇다比'의 진술로 나아가야 하는 것
이 아닌가?

이것이 '줄글과 행갈이'라는 한국 시학 최대의 문제 영역이 아닌가! '흥
비'만이 새로운 행갈이를 창조하는 것이다.

이 전환이 현 시가 우리 미학과 시학이 단행해야 할 '각비覺非'다. 바로
이 각비만이 흥비의 차원 변화에 의해 미학적 시간의 '시종始終(처음과 끝이
명백히 주어진 기승전결의 시간관)'을 미학적 시간의 '종시終始(끝이 바로 처음이 되
는 자기회귀의 무궁무궁의 시간관)'로 뒤집어놓는다(문화대혁명, 문화개벽).

16. '살림'과 '깨침'

그렇다면 '살림'의 사상은 어디에 있는가? 강령주문 뒤의 본주문 열석
자 중 '시천주侍天主' 다음이 곧 '조화정造化定'이다.

여기에서 '조화'란 말 안에는 이미 '창조적 진화'란 개념이 축약되어 있
음을 재빨리 눈치 채어야 한다. 이른바 창조적 개시開示, 미美의 창발적 현
현顯現이다.

막상 수운 선생의 해설에 의하면 '조화'는 분명 본디 유학의 창조와 변
화 개념임에도 불구하고(이미 그 뜻을 내포한다는 전제이다) 노장학, 즉 도가道
家의 핵심 개념인 '무위이화無爲而化'로 설명된다.

‘무위이화’야말로 도가의 지고한 아름다움, 무교대교無巧大巧 또는 대교약졸大巧若拙의 경지, 바로 무현금無絃琴의 차원이거니와 동양학의 개념체계 전체를 고려할 때 ‘무위이화’야말로 유럽 최신 진화론 및 최근 미학에서의 ‘자기조직화self—organization’에 가장 들어맞고, 거의 일치하기까지 한 개념이다.

‘무위이화’는 본디 노자의 ‘성인聖人인 나는 아무 일로 하지 않는데 민중이 스스로 변화한다我無爲以民自化’에서 나온 말이다. 그야말로 ‘자기조직화’인데, 정치사상적으로는 성인의 종교나 임금의 국가나 지식인의 지도가 전제되지 않는 민중 주체의 자연의 고대정치, 이른바 ‘태양 정치’를 뜻하니 부분적으로는 ‘아나키즘’과 연결되기도 한다. 이것은 또한 철학이나 이념 지배로부터 이탈한 미학적 창조와 관조의 영역이기도 한 것이다.

생명의 자기조직화적 진화, 자기선택적 진화인바, ‘모심’의 두 번째 개념인 ‘밖으로 기화가 있다外有氣化’의 그 ‘차이를 동반한 반복확장’(질 들뢰즈)인 셈이다. 이것은 ‘확충(擴充·amplication)’(용)으로써 생명의 본성적인 내외 수렴 확산을 통한 치유와 창조와 진화를 말하고 있으니, 바로 이 ‘무위이화’의 ‘작용 또는 현상에 일치해서 삶合其德’ 또는 창조행위를 이어 강조함으로써 유학에서 존중하는 ‘하늘의 작용(창조적 진화) 또는 하늘의 도덕(성스러운 질서)에 일치함合天德’이자 불교에서 거듭거듭 강조하듯 ‘마음의 대선정大禪定에 들어감定其心’, 즉 ‘해탈’이다.

이것이 이른바 ‘살림’이다.

참다운 삶이기 때문이다.

‘모심’에 이어서 또한 ‘살림’의 예술이니, 생명미학의 참 근거이다.

‘살림’의 한 뜻 안에 도가, 유학, 불교의 핵심 사상이 다 녹아 있으니 어찌 놀라운 미학 이론 아니겠는가!

그 다음의 ‘영세불망永世不忘’은 무엇인가?

우리는 옛사람으로서 어진 정치를 편 관리나 선비 등을 기념하는 비석

에 반드시 쓰여 있기 마련인 '김 아무개 영세불망비'라는 글귀를 기억해야
한다.

전통사회에서 중요시한 것은 한 도덕의 모범에 대한 끈질긴 기억 행위
였다. 그와 같은 집요함으로 바로 이와 같은 '모심'과 '살림'의 깊은 의미
를 평생토록永世者 人之平生也 생각하고 생각해 잊지 않아야不忘者 存想之意也
할 것이며 그 생각함이 마치 절의 스님이 굴속에서 참선에 들어가 화두를
잡고 생사를 넘어선 몰두 집중하듯 해야 한다는 것이다.

평생 공부다.

'모심'과 '살림'은 평생 공부란 뜻이다.

한순간도 잊어서는 안 되는 공부다.

생각해보자.

예술은 어떤 의미에서 '망각에의 저항'이고 '기억 행위'이며, 고도의 '집
중'이다. 어떠한 창조 행위도, 심지어 '퍼포먼스'나 동양의 '문인화'의 '몰화
의沒畵意(무엇을 그리겠다는 구상이 없는 것)'의 경지까지도 사실은 어떤 경지에
서의 미학적 감동에 대한 질긴 기억 행위이며 끊임없는 기억의 현재화다.

주문의 마지막인 '만사지萬事知'는 쉽게 말해서 '만사도통'일 것이요 '모
심'과 '살림'에 이은 '깨침'이다. 진리가 확 뚫려버린다는 뜻일 게다. 그것
이 소박한 민중적 해석 방법이긴 하다.

그래서 해월 최시형 선생 왈, '밥 한 그릇이 만사지다' 했을 때가 바로
그런 뜻이 된다.

'밥 한 그릇이 만사지'란 해월 말씀은 곧 20년 전 한 살림 생협의 창립
당시의 로고, 구호, 화두이기도 하다. 그러니 생명운동의 핵심 사상은 세
가지, '모심과 살림, 그 다음엔 곧 밥 한 그릇'으로 되는 셈이다.

하긴 쌀 한 톨이 여물려면 볍씨는 물론이거니와 사람의 노력과 노동,
햇빛, 바람, 물, 흙, 계절의 변화, 우주의 온갖 질서와 벌레와 심지어 참대
와, 메뚜기, 거름 등이 다 같이 우주적으로 협동 협력하지 않으면 안 된다.

또 쌀이 밥이 되는 과정에는 방아나 절구, 그리고 '물과 불의 제사'라고 불리는 아궁이와 솥의 부엌일을 통과하고 어머니들의 밥상 차리기를 모두 지나야 하는 것이니 농본시대의 삶의 표준으로서는 그야말로 세상사 가장 중요한 세상사요, 우주사 중 가장 으뜸 되는 우주사이기 때문이다.

물론이다. 마르크스에 의하면 개개의 인간은 그 자신의 근육을 그 자신의 두뇌의 통제 하에서 활동시키지 않고는 자연에 대해 작용할 수 없다고 했다. 자연 속으로 인간의 구상과 노동이 들어가는 미학적 성교에 의해 창조가 이루어진다는 뜻이다. 예술작품의 '경제력(상품가치)'과 '질(미학적 신비성)' 사이의 긴장은 창조의 노동의 사회적 성격에 의해 생산된 예술품의 감각성과 초감각적 신비성을 동시에 생산한다.

미적 개시開示와 물신숭배적 일정 경향이 일치하는 곳에 문화상품과 기초예술의 긴장된 결합이 있다.

그러나 사실은 그 이상이다.

과거의 동학, 농민운동으로서의 동학, 민족민중혁명운동으로서의 동학, 그리고 20년 전의 유기농산물 생산·유통·소비 중심의 생명운동 다시, 그리고 지금까지도 '웰빙' 시대의 '살림' 운동은 '밥 한 그릇이 만사지'로 만족하고 완성될 수 있다. 그래서 해월도 그 다음의 의암 손병희도 개벽과 신인간의 이론가 이돈화李敦化도, 청우당靑友堂과 오심당吾心堂의 저 유명한 김기전金起田까지도 '만사지'에 대해서는 그 이상의 말씀이 전혀 없었던 것이다.

그러나 우리는, 지금 전 지구와 세계 인류의 '대 혼돈'에 대한 한민족 나름의, 그리고 신세대 나름의 깊고 새로운 대답을 찾아야 한다.

단지 '모심과 살림과 밥 한 그릇'으로 완전한 대답, 이른바 대 혼돈을 처방할 수 있는 새롭고 탁월한 통합적 과학을 촉발하는 담론과 기준과 원형을 찾을 수 있을 것인가?

원형과 기준은 이미 우리에게 와 있다. 그러나 그것을 과학에 직결시키는 담론은 충분히 준비된 것인가?

원형과 기준은 본디 숨어 있고, 드러나는 것은 담론이다. 담론이 탁월해야 원형과 기준이 여러 눈앞에서 빛을 내는 법이다.

우리는 그 담론을 생명학, 우주 생명학으로 명명하고 사단법인 '생명과 평화의 길'을 창설하여 작년에 이어 올해, 내년, 내후년까지 계속해서 각종 워크숍과 포럼을 통해서 그것을 탐구 연찬하려 하고 있다.

왜 생명학이요 우주 생명학인가?

여러 사람이 이 점을 이해하지 못한다.

생명학까지는 이해하는 듯하다.

서양의 생태학이나 혼돈이론, 생성철학을 동아시아적 생명사상의 바탕 위에 새롭게 결합시키려는 의도라는 정도는 막연하게나마 짐작은 한다. 그러나 우주 생명학이라는 말에 이르면 고개를 갸웃거린다.

'너무하지 않은가?'

바로 이것이다.

우주 생명학이 무슨 뜻이며 왜 필요한가?

지구생명과 주변 우주와의 관계와 그 질서의 이해 및 그 사이의 만물의 평온과 평화 없이는 인류와 지구는 살아날 길이 없다. 향후 백 년 만의 폭염까지를 포함한 끝없는 생태계 전면 오염파괴와 온난화, 북극해체와 해수면 상승, 갖가지 흉흉한 기상이변과 함께 예상과 예방, 그리고 진단과 치료가 거의 불가능하다는 기괴한 바이러스나 무서운 전염병들의 엄습을 어찌할 것인가?

그 치유와 처방은 참으로 불가능한 것인가?

현대 인류의 구원의 길로 예상되는 문화대혁명, 예술에 의해 재정위再定位된 '신인간新人間'(홍익인간)에 의해서만 '세계의 이화理化(혼돈적 질서로 자기조직화, 창조적 진화) 될 것이며, 이것은 곧 인간노동(구상, 영감, 의욕)이 자연이라는 자궁 속의 핵과 결합하는 미학적 성교(우주 생명학)의 생명예술에 의해서만 그 치유와 처방이 가능하다.

심지어 지구 탈출을 위해서도 우주 생명학은 요청적이다. 어떻게 가능한가?

빠른 사람은 짐작한다.

아하!

주역을 염두에 두었구나!

그렇다. 주역이다. 주역이 곧 동양의 우주 생명학이요 우주변화 학^學이다.

그러나 주역만이 아니다.

그러면 무엇인가?

아하!

정역이다.

그렇다. 정역이다. 정역은 선천 시대 우주 생명학. 변화학으로서의 주역의 시대적 한계, 그 태생적 결핍을 넘어서는 현대의 우주 생명학, 우주변화학이며 정역을 통해 주역을 해체 재구성하여 정역과 주역의 공존공생의 시대, 후천개벽, 새 우주시대를 열어갈 수 있다.

그렇다. 그러나 그 또한 아니다.

정역만도 아니다.

주역과 정역이면서 주역과 정역이 아니다.

그러면 무엇인가?

이 점에 착안하자!

지금 우리가 살고 있는 이 시대의 지구와 주변 우주는 주역으로 해명될 수 있었던 선천시대가 아직 유효하면서도 정역과 같은 파천황의 대개벽의 조짐이 여기저기서 머리를 들기 시작한 그야말로 전환기라는 점에 착안하자!

따라서 정역은 오고 있는 시대의 우주 생명학에 분명 속하긴 하나 주역과 주역의 시대는 아직도 여전히 유효하다는 것을 유념하자!

수운 선생의 다음 옥중 시 두 구절을 묵상해보자.

등불이 물위에 밝으니 의심을 낼 틈이 없고
기둥은 다 낡은 것 같으나 아직도 힘이 남았네
燈明水上無嫌隙
柱似枯形力有餘

과연 후천개벽이다.

후천개벽은 후천이 선천을 섬멸적으로 파괴하는 대단절의 전환점이
아니다.

후천이 새 중심을 이루되 그 중심에 의해 선천이 해체 재구성되어 이중
적으로 공존하는 선후천 공생이 곧 후천개벽이다. 다만 그 중심이 후천
쪽으로 더 많이 기우는 '기우뚱한 균형', '기우뚱한 공존'의 시대인 것이다.

그러므로 이러한 시대, 얼마를 더 지속할는지 알 수 없는 이 전환의 틈
에는 이 틈 나름의, 이 양 시대 관계 나름의 독특한, 그러나 양 시대의 두
가지 우주 생명학, 주역과 정역 사이의 관계역關係易 또는 간역間易이 필요
한 것이다.

그러면 인류사 위에는 네 개의 역이 나타나는 셈이다.

동북아문명의 여명기에 동이東夷 문화의 소산이었던 복희역, 중국 주나
라 문왕文王의 주역, 1879년에서 1885년 사이에 한반도 충청도 연산에서
공표된 김일부의 정역, 그리고 이제 나타나리라고 예견되는 가칭 '관계역'
또는 '간역間易'이 그것이다.

다시 수운의 '만사지' 해설로 돌아가자.

'만사지'는 '만 가지 사물을 다 깨달아 안다'는 뜻이니 지구의 생명과 함
께 인격 비인격 생명, 무생명을 포함한 우주만물의 실상을 다 안다는 뜻
이다.

그러매 곧 생명학, 우주 생명학을 뜻한다.

그런데 '만사萬事'에 대한 수운 자신의 해설은 무엇이라 되어 있는가?

'수의 많음數之多'이라고 돼 있다.

'수數'가 무엇인가?

마치 동양사상사의 전통 문맥에서 '공功'이 반드시 혁명이나 정치를 뜻하듯이 '수'는 곧 동양의 과학, 또는 생명학, 우주 생명학, 우주변화의 학을 말한다, '수'는 다름 아닌 '역수易數'인 것이다.

'역수'는 동시에 '역'이나 '역경易經'을 뜻하는 것이니 '수의 많음'은 곧 '역수의 여러 갈래易數之各類'이다. 그렇다면 여러 갈래의 역수란 무엇을 말함인가?

우선은 수운 당시만 해도 유일 과학사상인 주역 이외에 다른 역사상易思想의 가능성을 의미하는 것이다.

주역 이전의 복희역을? 그럴 수도 있다. 복희역은 '동이東夷의 학學'이다.

또한 주역 말고 정역을?

그렇다 그럴 수 있다.

그렇게 이해할 수 있다.

수운 이후 20년에 김일부가 하느님化无上帝의 계시에 의해 선도풍류를 중심으로 유불선을 통합하는 새 우주 생명학, 바로 『주역』「계사전」(주역의 철학적 해석. 공자가 지었다고 함)에 예언된 그 '간역艮易'을 제창하지 않았는가? 그것이 곧 정역正易이다.

그리고 정역은 후천개벽을 예언한 점, 주역은 우주미학 원리인 율려律呂를 거꾸로 뒤집어 동학의 패러다임 '혼돈의 질서混元之一氣'인 '여율呂律'을 주장한 점에서 사상사적으로 곧 동학계다.

그러나 바로 '수의 많음'을 그 앞에 전제된 '모심과 살림'의 사상적 맥락, 풍류 중심으로 한 유불선 통합에 연결시킬 때에 앞에 인용한 수운의 옥중 시에서 암시된 선후천 양역兩易 쌍관雙關의 '간역艮易'의 가능성은 또 어찌 보아야 할 것인가?

'모심'의 사상에서 우리는 이미 '자기조직화'와 '창조적 진화'의 가능성, 그리고 '살림'의 사상에서 생명학과 함께 창조적 진화와 대 해탈의 가능성, 그리고 평생 지속성을 잃지 않는 연찬과 실천론을 보았다. 그것은 미학에 있어서도 다름 아닌 '시김새'에 연결된다. 그리고 '시김새'는 '귀곡성'과 '그늘이 우주를 바꾼다'에 도달할 수 있는 그늘, 흰 그늘의 독공수련에 연속된다.

새로운 과학과 새로운 인문학적 예술의 신비 사이의 결합관계가 동터 온다. 디지털적 문명과 에코적인 문화의 결합, 신비수학, 신령컴퓨터를 비롯해서 유비쿼터스 디지털과 함께 드높이 앙양된 새로운 변화 차원의 컨셉터(창조적 발사지원 시스템)에 의한 심오한 문화 콘텐츠를 중심으로 가장 대중적이고 일상적인 예술과 감각 체험이 우주 미학적 깨달음에로의 새 길을 열 것이다.

여기에서 무엇인가 큰 의심이 나는 점은 없는가? 눈치 빠른 사람은 이미 짐작할 것이다. 본주문 열석 자를 다 해설했음에도 근본적인 어떤 것을 빠뜨린 것이 있다고 했다.

그것이 무엇인가?

동학은 계시다.

그 계시 내용이 자기조직화의 진화론, 더욱이 창조적 진화론이다. 자기조직화의 경우에도 그 진화의 주체인 의식, 영, 마음, 신령에 대한 해명이 중요시되지만 한 걸음 더 나아가 그것이 창조적 진화론으로 나갈 때 창조의 주체 문제는 그 이론의 사활 문제가 된다.

그러나 이것 역시 대강은 설명되었다. 더욱 본주문 열석 자 앞에 전제되는 강령주문 여덟 자인 '지극한 기운이 지금에 이르러 크게 나에게 내리기를 바라나이다至氣今至 願爲大降'의 해설에서 수운은 결정적 해석을 가하고 있다. 바로 '지극한 기운至氣'의 정체다. '기'의 해석은 '중국의 기학氣學과는 똑같으면서도 선적仙的인 그 기저基底에 있어서 크게 다른바가 있는’ 화담花潭 녹문鹿門 이래 가장 독특하고, 유불선 및 동서양 통합의 큰 길을 열어놓은 혜강惠岡 최한기崔漢綺의 기철학에 그대로 일치한다. 더욱이 수운의 ‘지기至氣’는 그 자신의 기화신령氣化神靈과 함께 혜강의 독특한 우주와 인간 주체인 ‘신기神氣’와 크게 일치한다. 이 점에서 한국학 최고 최대의 숙제인 ‘최한기와 최제우 사상 사이의 이중교호결합’ 및 통합의 가능성은 이미 현실로 바뀐다.

그러나 수운의 ‘지기’는 한 차원이 또 다르다. 왜냐하면 ‘기氣’의 설명은 기철학과 흡사하나 ‘지至’를 ‘극極에 이르러’의 뜻으로 해석함으로써 성리학사 내내 혼란과 논쟁의 핵심이 되었던 이理와 기氣를 회통시키고 동시에 테야르류의 우주 진화사의 대전환점, 대비등점인 ‘오메가 포인트’를 일찌감치 예언하고 있으며 바로 그 극한점에 이른 신기에까지 나아가고 있다. 신성한 감각체험, 영적인 에로티시즘, 아우라와 코기토와 리비도의 결합의 대차원 변화를 예언하고 있다. 그러나 그보다 몇 차원이 더 높은 놀라움은 ‘지기’의 해석을 ‘혼돈한 근원의 우주질서混元之一氣’라고 명백히 규정한 점이다. ‘혼원’이 이미 세계사의 아득한 근원을 혼돈으로 보고 그 근원으로의 원시회복, 5만 년 후천개벽이라 했으매 혼돈적 질서의 회복인 것을 이해 못할 바 아니거니와 문제는 그 ‘혼돈한 근원’ 뒤에 ‘한기운一氣’을 붙인 점에 있다. ‘한기운’은 주역에서 ‘태극’의 다른 말이기 때문이다. 결국 이 말의 뜻은 ‘혼돈한 근원의 태극’이니 ‘혼돈한 근원의 우주질서’란 말이 된다.

‘혼돈한 근원의 우주질서’란 곧 들뢰즈, 가타리 등의 새 문화 개념인 ‘카오스모스’, 즉 ‘카오스코스모스’인 것이다.

여기서 우리는 수운이 계시를 통해 내림받은 우주후천개벽의 새 원형, 아키타이프인 ‘태극 또는 궁궁太極又形弓弓’에 대한 기준 즉 패러다임이 다름 아닌 ‘혼원지일기’임을 깨닫고 크게 놀라게 된다.

더욱 놀라운 것은 그 40년 뒤 강중산이 ‘지기금지至氣今至’를 ‘율려주문’

이라 하여 '지기 곧 한울님'으로까지 해석할 여지를 주었는바, 다시금 '율려가 후천세계를 통치한다' 했고 그 '율려'를 황종黃鐘 중심의 아악雅樂이나 협종夾鐘 중심의 정악正樂, 심지어 본청本淸 중심의 산조散調나 민중의 속악俗樂에도 못 끼는 밑바닥의 밑바닥인 '걸뱅이 각설이타령'으로 지적하는 지경에서는 본디 수운 선생이 '지기'를 '혼돈한 근원의 우주질서'라고 불러 한울님의 정체를 후천개벽시대라는 '극極'에 이르러 '이치理이면서 기운氣인 중에' '창조적 진화의 주체'로 규명한 그 대담성에 혼비백산할 수밖에 없다. 허름하고 쉽고 허튼 신체적(몸) 표현 형식 안에 (혹은 거의 일상화된 디지털 체험 안에) 서늘하고 신령한 생명(에코)의 내용이 활동하는 민중적 내면 생성의 혼돈한 그늘로서의 성스러움! 아니면 그 반대로 삶과 생태계의 에코 속에 약동하는 영성적 소통인 디지털이 결합되는 기이함!

『카오스모스』의 저자인 펠릭스 가타리도, 그의 동료인 질들뢰즈도 모두 다 신을 부정하는 유물론자다. 그러기 때문에 '혼돈적 질서'라는 뜻의 카오스모스, 카오스모시스가 쉽게 발음된다. 그러나 바로 이 카오스모스의 진화론인 자기조직화의 진화론이 그 자체 내부의 숨겨진 신성神性과 영혼의 가능성을 극대화하여 '창조적 진화론'으로까지 차원 변화함에 있어서도 신이 없는 카오스모스론이 내내 유지될 수 있는 것일까?

신도 주체도 휴머니즘도 죽어 없어진 유럽사상계에서 카오스모스론만으로 생명학, 우주 생명학의 탁월한 통합적 과학과 차원이 다른 지극한 예술至藝의 결합이 성립 가능할 것이며, 대 혼돈을 처방, 치유, 감화할 수 있는 새 문화, 새 문명이 성립할 수 있을 것인가?

자기조직화가 창조적 진화로 차원이 변화하지 않는 한 탁월한 통합적 과학은 성립 불가능이고 새로운 예술 역시 그러하며, 그 과학 그 예술은 역시 신이 주체가 되면서 혼돈 나름의 독특하고 보편적인 우주질서의 담론이 애당초부터 원형 및 기준과 함께 제시되고 대중적으로 파악되지 않는 한 현실 혼돈의 '해명' 차원이나 그 혼돈의 '봉합' 차원을 넘어서지 못

한다는 사실이 유럽의 경우, 들뢰즈의 자체적 한계나 일리야 프리고진이
종래에는 헤겔과의 타협에서 봉합의 띠를 빌려오는 사태로부터 확연히
증명되고 있다.

그렇다.

자기조직화는 혼돈적 질서라는 기준 위에서 창조적 진화론으로 나아
가야 한다.

17. 민족신화와 '흰 그늘'의 미학

새로운 예술의 창조, 창조적 예술 역시 바로 그 '혼돈적 질서混元之一氣'
와 '태극 또는 궁궁' 그리고 생명학, 우주 생명학(자기조직화, 창조적 진화) 위
에서 가능하다. 문화와 예술, 그리고 미학은 21세기 이르러 이미 정치나
경제를 제치고 다중적 민중, 카오스 민중의 가장 첨예한 삶과 세계 대응의
화살로 되고 있기 때문이다. 새 미학 안에 새 정치, 새 경제의 씨앗이 숨
어 있다. 바로 이 창조적 진화의 담론이 다름 아닌 '흰 그늘의 미학'의 기초
이다.

'흰 그늘의 미학!'

아마도 이 '흰 그늘'이 우리 민족 신화의 창조적 상징이요 미학적 원형
의 원형인지도 모를 일이다.『삼국유사』「고구려조」에 다음과 같은 기사
가 실려 있기 때문이다.

> 해모수와 사통한 뒤 버림 받은 유화를 이상하게 여긴 동부여의 왕 금
> 와가 그녀를 방에 가두었는데 햇빛이 비추니 몸을 이끌어 이를 피하
> 고 해그늘이 좇아와 비추니 받아들여 이로 인해 잉태했고 하나의 알
> 을 낳았다.
> 金蛙異之 幽閉於室中 爲日光所照 引身避之 日影又逐而照之 因而
> 有孕生一卵

주몽을 낳은 것이다. 햇빛日光과 해그늘日影이 분명히 서로 다름에도 불구하고 이병도는 그냥 각각 '햇빛'으로 번역했으니 '해그늘' 곧 흰 '그늘'의 깊고 무궁한 신화적 · 신비적 · 미학적 의미, 그 창조적 진화의 맥락을 전혀 깨닫지 못했음이다.

'해그늘日影'은 분명히 '흰 그늘'인 것이다. '흰 그늘'이 곧 '오래고도 새로운 역수들' 바로 '만사萬事'라면 '흰 그늘의 미학'은 '수련 · 공부로 이를 알고 동시에 그 앎을 계시 받는 것知者 知其道而受其知也'이니 이른바 '깨침'인데 이것은 다시 수련 · 공부로 이를 안다知其道는 진화론적 과학과 연계된 '미적 계시美的 統覺'이요 그 앎을 계시 받는 것受其知은 창조론적 종교와 결부된 '미적개시美的開示'인 것이다. '통각과 개시의 합발合發'에 의해 '흰 그늘'의 미적 창조 체험이 이루어지니 이것이 '만사지萬事知'요 '지화至化'다.

몇 가지 사실이 뒤따라 내 마음에 떠오른다. 북방 유목 이동 문명의 환웅이 '흔' 즉 '빛'이요 '우주'라면 남방 농경 정착문명의 웅녀가 '곰' 즉 '그늘'이니 양자의 결합이 다름 아닌 '흰 그늘'이요. 주역팔괘周易八卦의 남쪽이 '흰 빛'임에 대해 북쪽이 '그늘'이니 주역 시대의 지구적 생명의 축대를 '흰 그늘'이라 부를 수도 있다.

바로 이 '흰 그늘'은 지금도 역학에서 유효한데 그 문화적 문명적 현실화가 정역에서의 정동正東쪽인 '산艮', 즉 한국과 정서正西쪽인 '못兌' 즉 미국 사이의 '창조적 파트너십艮兌合德'과 이것에 대한 동남쪽의 '우레震'인 일본과 서북쪽의 '바람巽'인 중국의 '도움震巽補弼'으로 성취된다 했으니 이 후천 문명은 서남쪽의 '하늘乾'인 호주, 남비, 아프리카 동남방과 동북쪽의 '땅坤'인 시베리아, 캄차카, 베링, 알래스카에서 완성된다. 이것이 주역과 정역 사이의 관계의 역, 간역間易의 내용일 것이다. 이제부터의 동아시아 태평양 문명, 그 새로운 문화와 미학의 원리다.

그렇다. '흰 그늘의 미학'은 민족미학이면서 민족미학을 훨씬 넘어서는 새 시대, 새 세대, 새 세계 문명의 알짬인 새 문화의 촉수요 중추인 것이다.

위낭소리

_한반도 르네상스에 관한 한 소견

나는 세상에서 일단 영화에 대해서는 문외한처럼 인정돼 있다.

'인정'이라고 했다. '인정'이 무엇인가? '인정'이란 동의에 토대를 둔 공적인 인식 결과를 말한다. 그렇다면 묻자, 그 인식 결과를 누가 동의했는가?

내가 영화에 문외한이란 사안에 누가 동의했다는 말인가?

엊그제 한국영상자료원에서 전화 연락이 왔었다. 용건은 고 하길종 감독의 미완성 영화 <새야 새야 파랑새야>, 원작명「태인전쟁」에 관한 것이다. 그것에 관하여 자료를 요청하여 그에 관한 공개 강연을 해 줄 수 없겠느냐는 부탁을 해왔다. 그리고 바로 그「태인전쟁」을 영화화하는 문제는 하반기 부산영화제 기간에 공개적인 토론과 자료 소개 등을 통해 결정한다는 것이었다.

<새야 새야 파랑새야> 즉「태인전쟁」은 본디 나의 원작이다. 시나리오 전 단계인 트리트먼트가 나의 것이란 말이다.

문외한이 트리트먼트를 손델 수 있는가?

하길종이란 영화감독은 문외한에게 그저 아이디어 수준의 시놉시스가 전혀 아닌 시나리오 바로 전 단계의 트리트먼트를 의뢰할 만큼 아마추어에 지나지 않았던가?

만약 그렇지 않았다면 이 문제는 전혀 다른 각도에서 이야기되어야 한다.

이런 이야기부터 시작하는 이유가 있다.

세상이 하도 요상스러워서 자기가 이해하지 못할 것은 좋지 않다고 평가해버리기 일쑤요, 자기가 모르는 것은 덮어 놓고 아니라고 우기는 악습이 공공연히 판치기 때문이다.

내가 대학시절 이래 영화 미학을 포함한 전문 미학자라는 것을 전혀 알지 못한 자들, 또는 내가 대학시절부터 미술사와 미술 이론 등을 포함한 미술 미학과 예술학 일반을 대학에서만도 8년 가까이 전공한 미학과 출신이라는 사실을 아예 알려고도 하지 않은 자들이 내가 간혹 영화나 미술에 관한 글을 쓰거나 말을 하면 '제까짓 시인 나부랭이가 뭘 안다고 영화를 건드려?', '그림을 왜 문학하듯 짓까불어?' 이런다.

이것은 그러리라는 짐작이 아니고 실제 있었던 사건들이다. 항차 한 발 더 나아가 「태인전쟁」의 경우, 내용을 잘 알지도 못하는 자칭 영화감독이란 자가 가라사대,

"그 김지하인가 뭔가 하는 시인 나부랭이가 하길종 씨 시나리오 트리트먼트에 손을 댔다는데, 웃겼어! 테마가 일본군 총알에 뚫어진 동학군 부적을 손에 쥐고 그 비밀을 해명하려고 사흘 동안 전장을 기어다닌다는구만! 기긴 왜 기어? 총알에 뚫어진 종이 부적이 뭘 그렇게 심각해? 종이니까 그런 거지! 웃겼어! 그 까짓 게 무슨 비극이고 영화가 될 수 있어? 전문성 없이 덤비면 전부 그렇고 그래!"

이 이야기 역시 지금 현역의 한 젊은 영화감독의 입에서 실제로 튀어나온 이야기다.

이따위 몰상식한 사례들이 실제로 있었기 때문에 미술은 물론 영화에 관한 이야기를 하려면 항용 먼저 불쾌감부터 앞서는 것이다.

<워낭소리>는 영화다.

이 영화 작품에 대해 나는 필히 할 이야기가 있다.

그러나 그 이야기는 세상에서, 대중 매스컴에서 흔히 통용되듯 자질구레한 작품평이나 기술 비평이 아니다.

이 작품 안팎에서 이 시기, 이 상황에서 제기된 좀더 근원적인 문화사적 의의와 가능성, 그리고 그 숨겨진 어떤 의미심장한 새 문명의 기미와 전통, 그것 사이의 미묘한 관련 등에 대한 본격 미학적 '문제 제기학' 차원의 이야기다.

미학 일반에 관한 한국 지식인의 통상적인 무지와 함께 그 무지보다 훨씬 더 몰지각하고 쌍스러운 '미학 냄새 풍기기'나 '현학적 미학 타령'을 지적하지 않을 수 없다.

하기야 '피부 미용'마저 '에스테틱Aesthetics'이란 간판을 내붙이는 형편이다. 문화예술 관련 논문에서 할 말이 없거나 이야기의 고리가 복잡 미묘해지면 거기 반드시 등장하는 식어나 둔사遁辭가 바로 '미학적'이라는 어사다.

그러지 좀 말아야 한다.

대학에 눌러앉아서 세상의 참으로 미학적인 문제 현상에는 담 쌓고 유럽 짝퉁의 텍스트 주워섬기기나 일삼는 자들보다도 조금 낫겠지만 역시 잘 알지도 못하면서 서푼짜리 멋 부리는 경박한 말장난은 좀 그만두자.

이따위 작품들 때문에 앞글이 이리 길어졌다.

분명히 말하거니와 나는 서울대학교 문리과대학 미학과에서 영화 미학을 내 학문의 한 분야로서 전공했고, 또 대학시절 여러 해 동안 "씨네클럽"을 조직해 실제로 외국 영화의 고전 작품들을 관련 대사관 등을 통해 빠짐없이 빌려다 감상하며 다각적인 토론과 분석을 행했었다.

그 무렵 불문과에서 영화와는 거리가 먼 초현실주의 전위 시에만 몰두했다. 하길종 씨보다는 훨씬 더 그 방면에 전문적 지식을 가진 사람이라는 이 새삼스러운 이야기를 구태여 앞세워야 하는 이 어색한 사태의 근원적 원인이나 책임이 누구에게 있는지를 먼저 자각해야 한다는 이야기다.

<워낭소리>로 들어간다.

<워낭소리>로 들어가면서 내가 할 말의 맨 첫째 소리는 '르네상스' 이야기다.

우리나라에 이미 르네상스가 진행되고 있다는 말이다. 지금 일어나고 있다거나 지금 일어날 가능성이 있다는 말이 아니라 이미 상당한 정도로 진행되고 있다는 말이다.

그런데 바로 이 같은 진단을 그야말로 모두들 좋아하고 존경하는 '전문적 견해'로서 피력하는 글을 거의 하나도 본 적이 없어서 하는 말이다.

이 나라에 르네상스 전문 연구가가 실제로 한 사람도 없다는 반증이 되는 셈이다.

그래서, 일언이폐지하고 그것이 이미 상당히 깊이 진전돼 있다는 이야기를 공식적으로 전문적인 차원에서 하겠다는 그런 말이다. 어째서 그러한가?

15세기 이탈리아 르네상스 문화의 연구가인 야콥 브루크하르트에 의하면 당대 르네상스의 초기 특징 중 중요한 단서의 하나가 '말'의 색채와 그 특징적 표현이다.

'르네상스 언어'에 대한 별도의 전문 연구가 있긴 하나, 이 경우 브루크하르트의 이론이 우리나라의 경우에 비해 매우 중요하고 흥미로운 지적을 하고 있기 때문에 거론하지 않을 수 없다.

15세기 초기 이탈리아의 르네상스 도시들인 피렌체와 베네치아의 귀족들, 대상인들과 고급 지식인, 예술가, 특히 그들 모임의 중심인 사교계 부인들과 젊은 배우, 가수, 무희들 사이에 일반화되어 있던, 요즘 우리나라 어휘로는 이른바 '막말'이다.

'막말'의 종류는 여러 가지다.

쌍소리, 욕설, 천박한 비유, 시골 농사꾼들의 독특한 비유법, 그리고 어순을 뒤틀어 놓은 파격적인 어휘 등인데 여하튼 그런 '막말'이 대유행이었다.'범죄적 쾌락guilty pleasure'이라 불리었던 '악의 도락道樂', 마약, 이상한 식물들과 동물 신체의 부위들, 심지어 인간 신체의 은밀한 부분들을 약품이나 향신료 등에 채워서 먹거나 바르거나 여러 가지로 즐기는 도락 행위들이 대유행이었고, 실제의 반윤리적 악행들, 자기 부모를 독살하거나 칼로 쑤시거나 극약을 발라 병신을 만들거나 광란적 형태로 근친상간을 자행하거나 모략중상, 살해, 살상, 살인, 또는 일반적으로 남에게 흔히 해코지하기를 당연한 취미로 여기는 사람들이 거의 동시에 밤마다 파리에서는 고도로 전문적이고 아름다우며 우아하고 격조 높은 희랍 등의 고전 문학, 미술, 음악 등을 말하고 낭독하고 대화하고 토론하며 감상을 즐기는 것이었다.

그 대표적인 집안이 바로 유명한 귀족 '볼지아' 가문이다. 그 그룹 속에는 당대 교황의 직계 자손들까지도 다수 포함되어 있었다. 중세 가톨릭 교회의 부패는 극도에 이르렀고 그 부패는 아직 확고한 대안代案 문화나 문명, 그리고 새로운 생활 양식과 교양을 확립시키기 이전의 암중 모색 과정과 과도적 전환기 속에서 낡은 부패 양식과 뒤얼크러져 혼돈의 양식적 특징들을 보여준다.

바로 이 같은 '혼돈' 또는 '그늘'에 대해서까지도 전환기 미의식 그 나름의 독특한 '혼돈적 규범norm'을 찾고자 노력한 시대적 흔적을 연구한 미학자기 후세에 있었으니 바로 '발터 에를리히Walter Erlich'다.

이 시기의 혼돈한 문화 규범을 발터 에를리히는 다음과 같이 규정한다.

'기독교적—이교도적christlich-heidnisch'.

여기서의 '대시'는 그야말로 극과 극의 공전의 등식으로서 '아니다, 그렇다[不然其然]'의 모순어법 그 자체다. 여기에 해당하는 당대의 대표적인 작품으로 고트홀트 에프라임 레싱Lessing은 점찍어 조각상 <라오콘Laokoon>을 들고 있다.

<라오콘>의 규범미학적 특징인 '기독교적—이교도적'인 그 '아니다, 그렇다no-yes'의 구체적 내용은 이렇다.

수많은 독사들에게 물리어 극심한 고통에 빠진 한 건장한 인물이 절망적으로 몸부림치며 하늘을 향해 한없는 원한에 가득 찬 '이교도적'인 저주를 퍼부어 대면서 동시에 끝없는 구원의 호소를 외치는 '기독교적인' 기도 사이의 모순에 가득 찬, 고통과 비장과 괴기로부터, 다시 말하면 그 지극한 추醜와 죽음에 가까운 병적인 극단성으로부터 참으로 기이하게도 어떤 낯선 '숭고崇高와 심오深奧'의 아름다움이 생성, 현현하고 있다는 점이다.

레싱은 바로 이 같은 숭고와 심오의 아름다움을 르네상스기 이탈리아 문화예술 특유의 문학—미술 간의 장르적 대립의 상호 침투와 상호 보완성에서 그 미학적 규범을 찾아내고 있는 것이다.

일반적으로 15세기 르네상스기의 이탈리아에 팽배해 있던 당대의 부패한 가톨리시즘의 어둠과 연결된 악惡, 절망, 질병, 죽음, 황폐와 추醜, 그리고 그것과 대결하는 옛 그리스 예술과 문화의 이교도적인 고전 규범 사이의 갈등과 혼효의 어두운 밑바닥에 숨어 있던 전혀 낯선 기이한 숭고와 심오의 새 차원이 상승(이것을 우리는 '복승復勝'이라고 부른다)해 올라와 새 시대, 새 문화 양식으로서의 드러난 미美의 차원으로 흐르고 뜀뛰기 시작한 바로 그것 말이다.

서구 미학에서는 이 '복승'을 통상 '베어나옴phosporus'이라 명명하거나 신성神性의 현현顯現이라 하거나 귀신불 같은 인광燐光 효과로 표현한다.

그러나 사실 르네상스 문화예술의 실질적인 위대성은 바로 여기에 있었다.

오늘 우리의 경우는 어떠한가?

우리 민족의 문화사, 예술사에서 르네상스는 실제로 300년 주기로 되풀이되어 왔다. 신라통일기 불국사 석굴암 안압지 건설기, 고려조 팔만대장경 금속 활자본 인쇄와 고려청자, 고급 탱화의 대유행기, 그리고 이씨

조선 세종조의 한글 창제와 한국적 음악 규범 확립, 온갖 과학기기의 발명과 그 융성, 마지막으로 영정조 당시의 누구나 다 아는 대문예 부흥기다.

모두가 다 300년 단위로 왔다. 그리고는 그 뒤 꼭 300년 되는 때가 바로 지금인 것이다.

기이하지 않은가!

외국에는 별로 흔치 않은 바로 이 같은 주기적인 문예 부흥기의 반복이 뜻하는 것은 무엇일까?

이 의미심장한 질문에 대한 본격적인 대답은 다음 기회로 미루고 우선 지금 여기 바로 우리가 목전에 맞고 있는 그야말로 대대적인 문예 부흥기, 단순한 한민족만의 소규모 부흥이 아닌 아시아 전체와 태평양 너머 유럽과 미국 등이 다함께 어울려 들어가는 이 네오 르네상스를 참으로 심각하게 생각해 보아야 할 때다.

그 징후부터 우선 검토해 보자.

야콥 부르크하르트와 고트홀트 에프라임 레싱의 이론에 의거하여 접근해 본다면 우선 '막말'의 대유행이 문제다.

모두 다 아는 사안이므로 간략히 예만 든다. 수많은 신세대의 통상적 입버릇이 돼 있고 길거리의 PC방 간판의 상호로까지 압도하고 있는 '졸라 빨라Zolla BBalla'가 무슨 뜻인가? 역시 육회, 육사시미 집 간판인 '육肉값 하네'가 왜 거기 쓰여 있는가? '씨팔'이나 '좆같이' 같은 말들은 이제 거의 표준어 수준이다.

일곱 명의 여성을 죽인 '강호순' 사건의 의미는 무엇인가?

이른바 '범죄적 쾌락guilty plasure'이고 '싸이코패스'의 결과라고 한다. 악과 추와 범죄와 흉측성, 살인, 가학 등을 태연하게 즐기고 또 그것을 습관화하는 이 시기의 사회의식과 생활 감각은 과연 정상인가?

우리나라 자살자 수는 세계 제4위이고 OECD 국가 중 제1위다. 그 중 대학생 자살자 수만 한 달 평균 30명을 상회한다.

이것은 날로 증가 추세다.

극도의 피로감, 노동력 감퇴, 불임 부부 급증과 성불감증 만연에 암 등의 질병 대유행은 이제 상식이고 보도 듣도 못한 괴질들이 '감기'라는 이름으로 창궐하고 있다.

이미 죽지 않는 생명체가 출현하고 이미 진화가 종료되어 생물종이 완성된 곤충 겨드랑이에서 날개가 다시 돋는 '재진화re-evolution'는 과학계에 보고 완료된 객관적 사안이다. 진화는 한 생물종 내에 폐쇄되지 않는다. 그것은 순식간에 확산한다.

최근 병든 강아지를 안마해 주는 고양이의 출현이나 고양이 새끼를 안아 기르는 닭, 훈련시키지도 않았는데 거리에 반드시 신발을 챙겨 신고 작은 강아지들의 안전을 위해 스스로 거리의 위험한 차선을 지켜서는 엄마 개의 등장은 또 무엇을 뜻하는가?

과연 소는?

<워낭소리>의 주인공인 소는 이 변화와 무관할 것인가?

문학에 나타난 괴기 한 가지만 들어보자.

이른바 젊은 시인들 속에 대유행하는 '미래파 신드롬'이다.

괴기, 흉측성, 황폐, 난폭, 강간, 살인, 난륜, 패륜, 근친상간, 친구 살해, 생명 가학, 정신 이상, 악몽, 괴질 따위의 내용들을 전통 음보와 정상적인 율격을 완전 무시한 채 콤마도 피리어드도 대시도 없고 산문조차도 아닌, 처음도 끝도 없는 줄글 행태의 완전 무정부 상태가 바로 미래파 문학이라는 것이다.

중요한 것은 그들 자신이 그들의 문법에 대한 한 치의 시학적 반성도 없다는 점이다. 추나 질병, 죽음과 분열, 혼돈, 괴기에 대한 혼돈 그 나름의 새로운 규범적 미학 의식이 전무하다는 점이다.

정도의 차이가 있지만 문학의 다른 분야, 그리고 신세대 예술의 다른 장르 등에서도 이 현상은 여러 모의 현차를 보이면서 확산일로에 있고,

이에 대한 반동이나 역행逆行 또한 심상치 않은 양식 파괴와 반反미학적 극단의 보수화 또는 자기 분열을 보여준다.

한편, 이 사회의 진보를 담보한다고 자임하는 진보적 노동조합 등이 극단적인 파렴치를 서슴치 않고 강간 따위 범죄를 치졸한 자기 이익을 위해 저지르고 있다.

성욕 때문이 아니라는 점이 중요하다.

'볼지아' 가문 등을 비롯한 15세기 이탈리아의 피렌체, 베네치아의 귀족들, 교황가의 자손들, 그에 연대된 상인과 지식인, 예술가들의 악덕과 파렴치가 오늘 이 땅에서 마치 작심이나 한 듯이 재현되고 있음은 무엇을 뜻하는 것인가?

이미 가장 대중적 통속 장르인 텔레비전 연속 드라마는 지속적인 역사물로 히트를 기록하고 있다. 고주몽에서 정조까지.

본디 이탈리아에서 시작된 르네상스에서의 복고, 상고 열풍은 고대의 상대上代로부터 하대下代로, 하대下代에서 상대上代로 순행順行하거나 역행逆行하는 쌍방향 통행이 일반형이다. 우리의 경우에도 주몽에서 대무신왕으로, 정조에서 세종으로 하행과 상행을 병행하고 있으니 그야말로 전형적인 르네상스 유행이라고 하겠다.

이미 인터넷에 입력돼 있는 한글 대장경과 한글 이조실록을 클릭하는 젊은 신세대의 역사열은 치열한바 있고 그들의 관심 역시 이전과 같은 민족주의적 정치사 취향이 아닌 풍속사, 의상사, 여성사, 취미와 교양과 생태와 음식문화, 그리고 참선 수행이나 보살행의 독특한 경지, 또한 풍수, 사주, 명리와 정감록, 격암유록 등 비결류에까지 이르고 있다.

이것이 의미하는 것은 또 무엇인가?

나는 이미 레싱의 <라오콘>에서 르네상스 문화의 두 기둥인 문학과 미술의 상관관계에 대하여 잠깐 말한바 있다. 이에 관한 레싱의 언급은 간결하다.

‘호메로스가 인간들은 신으로 끌어올리고 신들은 인간으로 끌어내리려고 하는 것처럼 생각될 때가 종종 있다고 롱기누스는 말한다. 회화는 이 끌어내림을 실행한다. 시에서 신을 신 같은 인간 위에 올려놓는 것 모두가 회화에서는 완전히 사라진다. 호메로스는 탁월한 영웅들에게 부여하는 것보다 한층 높고 놀라운 수준의 크기, 힘, 빠르기를 신들을 위해 준비해 두고 있다. 이것들은 회화에서는 인간의 보통 수준으로 내려와야 한다.’

레싱의 이 말이 과연 오늘의 우리에게 뜻하는 것은 무엇일까?

어떤 이는 이에 대해 ‘해당 사항 없음’이라고도 대답할 것이다. 그러나 르네상스를 단지 예술 작품의 기술적 측면에서만 보려는 자기도 모르는 사이에 좁혀져 버린 답답한 시각을 드러내는 졸렬한 답변의 한 사례가 될 것이다.

지금 우리 사회의 변동은 전세계 문명사의 이동 과정에서 대서양 중심이 동아시아 태평양 중심, 한반도와 동북아시아에로의 중심 이동인 것이다.

문명의 핵심인 자본과 시장의 대규모 이동이면서 문화와 사상과 철학, 종교의 대변동 과정이다.

나는 이 변동과 이 변동을 타고 실천해야 될 의미심장한 우리의 전망을 이름하여 ‘화엄개벽華嚴開闢의 길’이라 부른다.

민족의 방향이자 전세계 인류의 방향이다.

그것은 화엄불교와 후천개벽 사상의 결합이며 우주적 만물 해방, 세계가 세계를 인식하는 대화엄과 현금의 우주와 지구 대변동, 생명 생태계 위기와 기후 혼돈의 현실이 결합된, 여성과 어린이, 소외 대중의 철저한 그 실천적 <모심>의 참선에 의한 새 세계 창조 운동이다.

따라서 이것은 물질, 생명, 인간 정신과 초월적 우주 신령의 광활한 상관 속에서 진행될 수밖에 없다.

문학과 미술이라는 두 상반된 미학적 기능 사이의 연관을 바탕으로 한 르네상스 본연의 이른바 ‘신과 인간’, ‘초월과 중력’, ‘리얼리즘과 신령성’ 등의 문제는 이미 우리의 르네상스 과정 안에도 뚜렷이 들어와 있는 것이다.

거기에 동아시아와 한반도, 그리고 현대 세계의 생명 위기, 기후 혼돈 특유의 여러 문제들, 불교와 개벽사상, 미물중생의 생명 문제와 부처의 해탈문, 과거 즉 선천先天의 여러 정사 문화의 전통과 현대現代의 혼돈적인 삶, 오만 년 전의 '호모 사피엔스 사피엔스 개벽' 뒤 오만 년 현대의 '호모 사피엔스 사피엔스 디비나 개벽', 즉 '신과 우주적 생각을 자기 생각으로 생각하는 인간' 즉 '신인간(神人間, 新人間)'의 출현으로서의 '후천개벽後天開闢', 그리고 '달이 천 개의 강물에 모두 다 서로 다르게 비침이라는 '월인천강月印千江'의 '디지털 네트워킹' 시대정신, 물질과 정신 사이의 새롭고 획기적인 복승復勝 관계의 출현 등이 섞여 들어온다.

그 구체적 실체가 작년 초 시청 광장 앞에서 켜진 최초의 촛불이고 보편화된 생명과 평화 운동이며 기독교와 불교의 현실 관련의 새로운 문명 변경 운동이겠다.

이 운동의 실천적 주체로서의 미학 문제가 바로 르네상스 예술 운동에서의 '흰 그늘'의 문제다.

<워낭소리>는 이러한 맥락에서 과연 무엇인가?

그것은 거의 물질 상태의 미물중생인 늙고 병든 소의 숨은 마음과 농사일 속에서 그 소와 거의 한 동료요, 한 식구처럼 친교하는 늙은 농부의 참다운 '모심'의 태도 사이의 관계, 그리고 르네상스 특유의 관계인 '옛 전통적 삶에 근거인 생명과의 소통과 일체 존재를 거룩한 우주 공동 주체로 들어올리는 공경의 정신'을 현대적 맥락 속에서, 극히 현대적인 혼돈적 다이나미즘 속에서 감동적으로 되살리는 것.

또 그것을 동물 사료 먹이는 미국의 미친 쇠고기 수입이라는 문명사의 일대 균열을 계기로 '소', 그 '소'의 영성과 생명성에 주제를 맞추는 진행.

마지막으로 일상적인 소외 상태의 농촌 생활의 울적하고 지루한, 드러난 과정 속에 숨어 있던 참다운 세계, 미물중생인 소와 인간 사이의 '모심과 친교'라는 근원적 차원의 상승, 즉 소외된 꼬래비 차원의 늙은 소와의 사랑이 가장 숭고한 부처님, 한울님, 임금님의 차원으로까지 상승하는 '복승復勝'의 절정을 기록하는 점 등이겠다.

나는 이 '복승'을 바로 '아시아 네오 르네상스'의 초점인 후천 화엄개벽 그 자체로 보고 있으며 그 웅변적 표현을 지난해 미국 쇠고기 수입 반대 의 촛불에서 본다.

그것이 바로 김일부金一夫 정역正易에서의 '기위친정己位親政'이다. 2004 년 인도네시아 대해일과 함께 26만 명이 한꺼번에 죽은 대륙판과 해양판 충돌의 원인이었던 지구 자전축 이동, 3000년 동안 서남북 방향으로 기울 었던 지구 자전축이 우주 중심인 북극 방향으로 복귀 이동한 현상이 바로 '기위친정'이다.

이것이 지난 시기 극도의 소외 상태에 기울었던 미물중생이 그 본디의 부처자리, 한울자리, 임금자리를 회복하는 대전환, 즉, '복승'이 곧 촛불의 예절인 것이다.

이것은 일대 인류 문명사 전체의 근본적 대전화이니 바로 후천개벽이 요, 기위천정에서 나아가 '화엄개벽'이다.

이때엔 이십 미만의 어린이, 여성, 쓸쓸한 대중과 함께 저주받은 존재 인 성경의 저 밑바닥 만물중생 '네페쉬하야'가 해방되는 날이다.

이미 곤충과 개와 고양이 속에서 재진화가 시작되었다고 했다. 무엇의 진화인가? 짐승 속의 숨은 차원인 정신과 영적 생명력의 진화적 폭발인 것이다. 이 재진화는 만물 해방의 전조가 아니라는 그 무슨 보장이라도 있는가?

<워낭소리>는 바로 이 점에서 현대의 생명력 재진화, 즉 '화엄개벽'을 배경으로 하는 아시아 네오 르네상스의 위대한 기념비인 것이다.

하필이면 이 촛불의 시대에 그 주인공이 '소', '한우 소'인가!

불과 1억 원의 제작비용으로 전 인류가 기다리는 생명과 평화의 길, 화엄개벽의 모심의 길, 그 위대한 아시아 네오 르네상스의 첫 촛불을 켠 것이다.

나는 이 영화를 보며 세 번이나 울었다.

영화 보면서 잘 안 울기로 유명한 내가 소 영화를, 아마추어들의 다큐멘터리를 보면서 세 번이나 뜨거운 눈물을!

보통 일이 아니다.

기술적인 문제들은 별로 중요하지 않다.

그 근본에서 생명이 무엇인지, 평화가 무엇인지, 화엄이 무엇인지, 개벽이 무엇인지, 그리고 그것을 실천하는 '모심'이 무엇인지, 그 '모심'의 영화적 실천은 어떤 것이어야 하는지, 그리하여 그것이 이 초미한 생명 위기와 기후혼돈의 시대에 하아얀 촛불을 켜 전 세계에서 "모심의 문화대혁명, 인격―비인격, 생명―무생명 등 일체 존재를 거룩한 우주 공동 주체로 들어올리는 모심의 문화, 모심의 생활 방식으로 인간의 삶을 뜯어고치는 문화 대혁명의 방향"을 똑똑히 밝혀 준 것이다.

호주 생태학자 빌 플럼우드의 메시지다.

바로 이 메시지의 세계관이 화엄개벽의 길이요, 그 길을 문화에서 이룩하려는 것이 모심을 중심으로 한 <워낭소리>의 르네상스다.

<워낭소리>는 우리들 모두인 그 소를 이끌고 가는 한 늙은 농부의 참다운 모심이다. <워낭소리>의 에코 속에서 내 눈에 내 귀에 참으로 소를 포함한 만물 해방의 날이, 세계가 세계 스스로를 인식하는 대화엄개벽의 날이 보이는 듯했다.

영화가 끝났을 때다. 극장 밖은 도리어 시원하지 않았다.

죽기 전에 소의 눈에서 흐르던 눈물, 늙은 농부의 눈물, 그리고 후반의 할머니의 눈물.

할머니 왈 '소가 죽기 전 끝없이 일해서 우리 두 늙은이 땔감을 마련해 두고 갔다'고 말할 때의 그 눈물로 극장 안이 훨씬 훨씬 시원했다.

때로 콘텐츠, 창조적 발상은 극도로 아름다운 형식보다 몇 천 배, 몇 만 배나 더 신령하고 숭고하고 심오한 법이다.

한국의 르네상스는, 그 입고출신入古出新: 옛날로 들어가서 그 옛날 것을 새것으로 바꾸어 현대화하는 문예부흥, 후천개벽은 마치 2002년 월드컵 때에 2000년 전 한민족 고대 축제인 영고迎鼓 · 동맹東盟 · 무천舞天 때에 사흘 낮 사흘 밤을 쉴 새 없이 춤추고 노래 부르던(중국 기록) 그 천의무봉한 '신명[흥: 興]'이 976회의 외국 침략에 억압되어 어두운 귀신같은 '한恨'으로 내면화되었다가(<워낭소리>의 늙은 농부의 얼그러진 얼굴의 그늘과 할머니의 끊임없는 신세 한탄 소리) 어느 날 바로 그 '소의 눈물'처럼 속으로부터 밖으로 '배어남'인 것이다.

이것이 다름 아닌 '복승復勝'이고 '출신出新'이고 '부흥復興'이고 '화엄華嚴'이고 '개벽開闢'이고 '기위친정己位親政'이자 '무위존공戊位尊空'이다.

또 더 들어간다면 '확충擴充'이고 '몽양夢養'이고 '당파선金黨把禪'이자 '여래선如來禪'이다. 이것들은 동아시아 전통적인 미학원리들이니 묘사描寫나 모방模倣이 아니라 표현表現이자 동사同事의 원리다. 이제 더 이상 헐리우드 짝퉁의 고비용 저효율의 상업 영화, 블록버스터의 늪에서 헤맬 틈이 없다. 세계와 삶은 달라진다. 온난화溫暖化와 간빙기間氷期의 교차 생성조차도 이제 그 극점極点에 이르러 마침내 춘분春分 · 추분秋分 중심의 서늘하고 온화한 4천 년 유리세계琉璃世界가 아직은 희미하지만 분명히 시작되고 있다. 대혼돈이다. 이것이 한국 르네상스의 배경이다.

그리고 이것을 '복승'을 통해 드러나도록 유도하는 소리가 다름 아닌 바로 <워낭소리>다.

감독 이충렬의 영화 기법의 주요 코드들은 이제까지의 그 어떤 서구의 영화 문법에도 아직 존재하지 않았던 '숨은 차원의 생성 양식'이다.

'슬며시 베어남'이라고나 표현해야 할까?

이것이 바로 침 · 뜸의 배경 생명의학인 경락학經絡學의 '복승復勝'의 특징이다. '소의 눈물'이 바로 그것이다.

우리는 바로 이 같은 <워낭소리>의 이 '복승'의 영상 미학으로부터 앞으로 다가올 한국 르네상스, 나아가 아시아 네오 르네상스 전체의 참으로 탁월한 중요 특징이 될 '복승미학復勝美學'의 장렬한 예감을 느끼며 크게 전율하게 된다.

그것은 '정·반正反'뒤에 동일한 가시적 현실의 평면에서 '합合'을 조직하는 망상적 변증법의 미학 '몽타주 이론'을 여지없이 극복하고 '드러난 차원의 생극生克'과 '숨은 차원으로부터의 신선한 복승復勝'에 의해 끊임없이 교차 생성하며 '아니다·그렇다[不然其然]'의 '역동적 균형'과 '혼돈적 질서'를 창조해 가는 새로운 '신령한 리얼리즘'을 활짝 열 것이 틀림없기 때문이다.

구미 영화에서 신령한 생명의 '복승'을 '몽타주'로 조직하거나 제작하려는 미학의 결과가 전 세계 영상 시장의 치명적인 권태와 헐리우드의 '고비용 저효율'을 가져왔다. 겨우 그것을 '발견'과 '계시'쯤으로 돌려놓으려는 희미한 시도만이 아직은 기대의 대상이다. 헐리우드의 컴퓨터 그래픽이나 와이드 스크린, 디지털 매체 혁명이 가져올 변화는 별 것 없다. 문제는 생명 위기와 기후 혼돈과 금융 위기에 대응하는 전세계 문화 대혁명을 촉발할 수 있는 신령한 생명의 숨은 차원이 드러난 차원으로 생성生成하는 복승미학復勝美學으로 세계가 세계 자신을 인식認識하는 만물 해방과 창조적 조화를 전제前提한 화엄개벽을 선적 형식으로 표현하는 것뿐이다.

그것은 곧 인격―비인격, 생명―무생명 등 일체 존재를 모두 다(그러나 따로따로) 거룩한 우주 공동 주체로 드높이는 '모심'의 미학이다. 그것이 그리고 한국이 실천해야 할 아시아 네오 르네상스의 길이다.

그 길이 아직은 희미하지만 <워낭소리>에서 나타난 것이다.

한국 명작 명저 총서

김지하의 문예이론

| 초판 1쇄 인쇄일 | | 2013년 5월 09일 |
| 초판 1쇄 발행일 | | 2013년 5월 10일 |

지은이		김지하
펴낸이		정구형
출판이사		김성달
편집이사		박지연
책임편집		홍용회
편집/디자인		정유진 윤지영 신수빈 이가람
마케팅		정찬용 권준기
영업관리		한미애 심소영 김소연 차용원
인쇄처		월드문화사
펴낸곳		국학자료원

등록일 2006 11 02 제2007-12호
서울시 강동구 성내동 447-11 현영빌딩 2층
Tel 442-4623 Fax 442-4625
www.kookhak.co.kr
kookhak2001@hanmail.net

| ISBN | | 978-89-279-0248-5 *93800 |
| 가격 | | 34,000원 |

* 저자와의 협의하에 인지는 생략합니다.
  잘못된 책은 구입하신 곳에서 교환하여 드립니다.